FEEL PREMIUM EDITION

제
무덤 파는
여우

下

은빛광대 장편 소설

목차

제 무덤 파는 여우 외전 모음

서장

노란 유채꽃들과 연록색의 청보리들이 스쳐 지나가는 바람에 나부끼는 넓은 들판. 그 뒤로 넓게 퍼진 산등성이가 우아한 곡선을 그리고 있었다. 하늘 높이 치솟은 태양은 따스한 기운을 머금은 채 빛을 내리쬐고 있다.

그중 유독 눈에 띄는 곳은 들판 가운데 있는 거대한 느티나무. 그 아래로는 아무런 잡초도 자라지 않는 텅 빈 공터가 존재했다. 거기 검갈색의 흙으로 이뤄진 토양 위로 이질적인 것이 놓여 있었다.

고급스러운 비단으로 만들어진 돗자리와 탁자, 그 위에 놓인 하얀 그릇, 거기에다 광택이 자르르 도는 초록, 노랑, 연분홍색의 꿀떡. 하지만 그것들보다 더 이상한 것은 그 주위로 아무런 인기척도 느껴지지 않는다는 것이었다.

고요하기만 한 그곳에 얼마 지나지 않아 불청객이 찾아들었다.

부스럭부스럭.

제법 높게 솟은 수풀 사이를 헤치며 하얀 머리카락을 가진 소녀가 고개를 빼꼼 내밀었다. 그리고 어떤 냄새를 맡는 듯 코를 실룩거렸다.

쿵쿵.

주변을 휘휘 바쁘게 돌아보며 무언가를 찾던 소녀의 푸른 눈동자가 그릇 위에 놓인 예쁜 꿀떡에서 멈췄다. 뒤이어 얼굴에 맺히는 환한 웃음. 눈, 코, 입이 오밀조밀하게 모인 소녀가 그렇게 웃자 그 누가 봐도 흐뭇하게 미소를 지을 광경이 만들어졌다.

소녀가 입맛을 다시며 수풀 밖으로 몸을 내밀었다. 그러자 목덜미를 따라 푸른 깃이 무릎까지 이어지는 하얀색 포가 드러났다. 가느다란 허리는 동백꽃이 수놓인 넓적한 허리띠로 동여매어 있었고 무릎 아래론 새하얀 맨다리와 맨발이 가리는 것 없이 공기 중에 그대로 드러나 있었다.

여기까지는 복색이 좀 기이하긴 해도 그렇게 크게 사람과 다를 바가 없었다. 문제는 소녀가 수풀에서 완전히 몸을 다 뺐을 때 드러나는 이질적인 것이었다.

살랑살랑.

그녀의 엉덩이 가에서 각각의 움직임을 보이며 흔들리는 아홉 개의 꼬리. 소녀가 인간이 아니라는 명백한 증거. 영스러운 종족들 중 하나인 구미호.

기이한 장소에 나타난 기이한 존재인 소녀는 콧노래를 흥얼거리며 돗자리로 다가가 꿀떡을 집어 먹기 시작했다. 제법 배가 고팠는지 볼이 미어터져라 입으로 꿀떡을 넣으면서 행복한 미소를 짓고 있었다.

파사삭.

그 순간 돗자리가 있던 장소를 중심으로 수풀 속에서 병사들이 솟아올라 소녀를 포위했다. 소녀와 가장 가까운 곳엔 보병들이 창을 들고 있었고 그 뒤로는 궁병들이 활을 겨누었다. 거기에다 중간중간 도사들이 끼어서 지팡이를 든 채 경계를 하고 있다.

갑작스러운 변화에 소녀는 꿀떡을 먹는 걸 멈추고 눈을 휘둥글게 떴다. 흉흉해진 분위기 속에 잔뜩 얼어 있던 그녀는 자신도 모르게 입 안을 가득 채운 꿀떡을 그대로 꼴깍 삼켜 버렸고…….

"캑캑캑."

……목에 걸렸는지 가슴을 두들기며 땅바닥을 뒹굴었다.

"물이다. 마셔라."

소녀가 한참을 그렇게 있었을까? 소름 끼치도록 낮은 음성과 함께 그녀 앞으로 물이 가득 담긴 잔이 내밀어졌다. 소녀는 뒤를 생각할 것도 없이 잔을 받아 벌컥벌컥 들이켰다. 위급한 상황을 간신히 넘기자 소녀는 자신에게 도움을 준 이를 떠올리곤 고개를 들었다.

"아…….."

소녀는 의외의 존재에 넋이 나간 듯 감탄사를 흘렸다. 칠흑같이 검은 머리를 가진 청년이 흑룡포를 걸친 채 소녀를 내려 보고 있었다. 청년은 살며시 손을 들어 긴장한 병사들에게 활시위를 내리라 명한 뒤 그녀의 이름을 불렀다.

"하나린."

단지 이름일 뿐인데 그 안에 여러 감정이 뭉쳐 소용돌이치고 있었다. 그 이름을 들은 소녀가 저도 모르게 움찔했을 정도. 소녀는……
아니 하나린은 멍하니 눈앞에 있는 그의 이름을 부르려 했다.

"제…….."

허나 그 말이 모두 나오기도 전에 멈춘다. 하나린은 잠시 고민하더니 명칭을 바꿨다.

"음…… 아니지. 임금님?"

그와 함께 제현의 표정이 무섭게 굳어졌다. 무언가 탐탁지 않다는 그의 모습에 하나린은 고개를 갸웃하다가 무언가 깨달았다는 듯 손바닥을 주먹으로 내리치며 말했다.

"아! 맞다! 왕님?"

물론 틀렸다. 그의 얼굴이 기분 나쁨을 드러내며 와작 구겨진다. 그에 소녀는 자신 없다는 투로 한마디를 더 내뱉었다.

"동공왕?"

"……"

"전하?"

"……"

"동공왕 전하?"

당연히 모두 정답이 아니다. 점차 험악해지는 그의 기운에 구미호
는 슬슬 눈치를 보더니 고개마저 점점 아래로 떨구었다. 그러나 손가
락 하나가 그녀의 이마를 꾹 눌러 움직임을 막았다. 하나린이 눈을 말
똥말똥 뜨고 올려 보자 그의 입가가 삐뚜름하게 올라갔다.

"제현."

"응?"

"내가 분명 이름을 가르쳐 준 것 같은데?"

그에 소녀는 제현의 눈치를 보며 조심스럽게 입을 열었다.

"그건 내가 아닌 아란에게 가르쳐 준 거잖아."

분명 그가 자신을 이름으로 불러도 된다고 명했던 대상은 '서아란'
이었지 '하나린'이 아니었다. 기운이 빠진 그녀의 모습에 그는 묵묵히
있다 짧게 말을 내뱉었다.

"……그냥 불러."

"그래도 돼?"

"허락하지."

"알았다, 제현."

역시 이런 말은 잘 들어서 좋다. 아니…… 전부터 제가 하는 말은
늘 따라 줬지. 그리고 자신은 그녀를 배신했다. 제현은 욱신 하고 가
슴 한구석이 아려 오는 걸 숨기며 잘했다는 듯 하나린의 머리를 쓰다
듬었다. 그리고 약간의 불평을 담아 말을 이었다.

"왜 도망갔지?"

가장 중요한 질문이었다. 말투는 잔잔하지만 그렇다고 그 속에 담

긴 것마저 고요하진 않다. 혹시 그녀마저 절 싫다고 하지 않을까 하는 걱정과 불안이 마구 요동친다. 진짜 그러하다면 그는 어찌해야 할까?

하나린은 그 질문에 슬픈 눈빛으로 그를 응시했다.

"나 더 이상 쓸모가 없으니까."

그 답이 정말 아프게도 가슴을 파고든다. 제현은 제 얼굴을 쓸어내리며 쓰게 웃었다.

'나 이제 쓸모없어?'

'그래, 쓸모없지. 더 이상 아란의 연기를 할 필요가 없으니.'

따지면 그가 쫓아낸 거나 마찬가지다. 제 손으로 저의 아군을 떠밀어 낸 격. 마음이 쓰리다. 하지만 그와 반대로 안도할 수 있었다. 이 소녀가 자신을 미워해서 떠난 게 아니니까.

제현은 하나린의 뺨을 쓸어내리며 목을 향해 손을 뻗었다. 그리고…….

철컥.

"응?"

두꺼운 족쇄를 그녀의 목에 채웠다. 하나린이 뭔가 이해할 수 없다는 듯 고개를 갸웃거리자 제현이 친히 고개를 숙여 그녀의 귓가에 속삭였다.

"궁에 들어온 것은 자유지만…… 나가는 것은 그렇지 않단다."

그 한마디가 소름 끼칠 정도로 집요하였다.

정확히 하나린이 궁 밖으로 탈출한 지 단 하루 만이었다.

1장
돌아온 여우

덜커덕 덜컥.

울퉁불퉁한 숲길을 마차 한 대가 달려가고 있었다. 그리고 그 앞뒤로 수많은 병사들의 행렬이 이어지고 있다. 마차를 단단히 에워싼 모습이 마치 전쟁터에서나 볼 수 있는 진법과 같았다. 문제는 목적이 보호라기보단 죄인 호송에 가까운 모습이란 것일까? 철저하기 그지없는 방비에 그 누구라도 탈주를 꿈꾸지 못하게 만들 위엄이 서려 있었다.

그 행렬을 이끌고 있던 흑영은 병사들 가운데 있는 마차를 보며 쓰게 웃었다. 보아하니 전하께서 저 요물을 벌하기 위해 잡아가는 것은 아닐 것 같고. 혹여 저 구미호와 함께 지낸 두 달간의 시간이 그분에게 무슨 영향을 미친 게 아닌가 싶다. 아무리 성격이 가차 없다고 해도 무려 자신을 거부하던 반려의 형태로 정을 주고받으며 지냈으니.

"하아—"

흑영은 깊은 한숨을 내쉬며 어제부터 있었던 일을 떠올렸다.

동공왕이 풍옥전에 들어가서 나오지 않는다는 소식을 접하고 아침 일찍 그곳으로 달려갔다. 그리고 눈에서 흉흉한 기세를 뿜어내는 제현과 딱 마주쳤다. 그가 하는 말로는 요물이 홀연히 사라졌다고. 그는 킥킥거리며 미친 듯이 웃더니 곧장 지하 감옥에 수감되어 있는 진예호를 찾아갔다. 그리고 두 달 전 어떻게 구미호를 데려왔는지 자세히 묻고 나서 최소한의 경비병들을 제외하고 전군 출정이라는 어마어마한 짓을 저질렀다.

덕분에 군사들은 반쯤 정신이 나간 동공왕을 등 뒤에 두고 구미호의 흔적을 찾아다녀야 했다. 칼날이 제 등 뒤에 당장이라도 박혀 들 듯한 스산하고 섬뜩한 기분을 실시간으로 느끼며 군사들은 정말 필사적으로 뛰어다녀야만 했다. 그만큼 왕의 기세가 무시무시하게 살벌했다.

다행이라면 다행이랄까? 구미호는 궁에선 족적조차 남기지 않았으나 궁 밖으로 나선 순간부터는 당당하게 거리를 활보하여 한양 밖으로 나갔었다. 뒤를 쫓던 이들이 어리둥절할 정도로 목격자가 많은 판국. 그래도 일단 밤을 새워서 쫓을 수 있을 만큼 최대한 뒤쫓아 갔다. 그리고 구미호의 행적이 딱 끊긴 곳에서 꿀떡을 접시에 담아 탁자에 올려놓고 기다렸다.

이해할 수 없는 지시에 그가 왕에게 묻자 왕이 말하길 여우를 낚기 위한 미끼라고. 그에 흑영은 순간적으로 어이없다는 표정을 지을 수밖에 없었다. 황급히 다시 표정 관리를 하긴 했지만.

"그런데 진짜 낚이다니……."

흑영은 허탈한 듯 긴 한숨을 내쉬었다. 그 웃기지도 않은 상황에서 자신도 병사들도 혀를 차고 있었던 차에 일각도 안 되어 구미호가 덥석 덫에 걸려들었다. 잡은 이도 잡힌 이도 기가 찰 수밖에 없는 상황.

"후우— 그래도 전하께서 진정하신 것 같으니 다 잘된 건가?"

흑영은 구미호와 마주한 직후에 급속히 안정을 되찾아 가던 동공왕을 떠올리며 안도할 수 있었다. 만약 그 구미호가 몇 날 며칠을 숨어서 나오지 않았다면 도대체 무슨 일이 벌어졌을지. 상상만으로 눈앞이 아득해졌다.

정말 어제의 동공왕은 역대 사상 최악이라고 부를 수 있을 정도로 무서웠으니까. 정신이 나간 듯 킥킥거리고 혼자서 무어라 중얼거리고 심약한 사람이라면 그대로 죽어 버릴 만한 살기를 뿜었다가 순식간에 조용해졌다가 하고. 차라리 분노를 계속 터뜨리기만 하면 그나마 적응된 게 있으니 덜 불안하련만 진짜 미친 사람처럼 보이니 그 공포가 이루 다 말할 수 없었다.

꼭 언제 터질지 모르는 화약고를 보는 기분이었다.

안 그래도 통제가 되지 않는 폭군이 미쳐 버리기라도 하면 궁이 문제가 아니라 동공국 자체가 끝장이었다. 흑영은 불안한 시선을 마차로 던지며 가슴을 조였다.

정말이지 저 구미호 하나가 동공왕을 잘 억누를 수 있어야 할 텐데.

그의 간절한 소원과 함께 마차는 한양으로 들어서고 있었다.

풍옥전.

하루 전 그 을씨년스럽던 분위기는 현재 싹 사라져 있었다. 사 일동안 단 한 번의 청소나 정리도 없이 어질러져 있어 마치 폐가와 같았던 그곳이 전과 같이 깔끔하게 정돈되어 있었고 수많은 궁녀들이 오가고 있었다. 아니…… 전보다 오히려 더 치장되어 있는 듯한 느낌이든다.

당연히 그럴 수밖에. 무려 이 나라의 왕이 풍옥전에서 하루 종일 업무를 보고 있으니…….

하나린은 불편하다는 듯 목에 채워진 족쇄를 계속해서 만지작거렸다. 그 앞에 자리를 잡은 제현은 조용히 상소문들을 처리하고 있었다. 소녀는 마루에 주저앉은 채 임시적으로 설치된 집무실에서 일을 하고 있는 그의 눈치를 살폈다. 잡아 올 당시에만 대화를 하고선 마차 안에서부터 지금까지 아무런 말도 하지 않고 있으니…….

하나린은 그 작은 머리를 팽팽 돌리며 제현이 자신을 도로 데려온 이유를 열심히 생각하였다. 아무리 고민해도 나오는 답은 하나밖에 없는 터라 머뭇머뭇하며 품 안에서 청옥의 용잠을 꺼내 그에게 슬쩍 내밀었다.

우뚝.

그리고 제현의 움직임이 멈추었다. 자신 앞에 내밀어진 용잠을 내려 보던 그의 눈썹이 기분이 나쁘다는 듯 한차례 꿈틀한다. 이걸 아직도 가지고 있었던가? 자신도 잊고 있었던 것이었다. 그런데…… 지금 이걸 제게 돌려주려는 이 행동은 무슨 뜻일까?

묘하게 속에서 무언가 뒤틀리는 느낌. 그러나 최대한 담담한 모습으로 천천히 고개를 들어 하나린을 바라보았다.

"이건 무슨 의미지?"

허나 낮게 가라앉은 목소리에선 위협적인 냄새가 물씬 풍긴다. 그에 하나린은 그의 눈치를 슬슬 보며 조심스럽게 입을 열었다.

"이것 때문에 나 잡혀 온 거 아니야?"

살짝 떨림마저 담긴 그녀의 어조에 제현은 태연함을 가장한 채로 말했다.

"왜 그렇게 생각했지?"

"이 선물은 본래 서아란 거니까."

그 대답에 그의 말문이 턱 막혔다. 그녀의 말이 틀리지 않았으니까. 그녀가 자신과 두 달간 지내며 받은 모든 것은 실은 '서아란' 이란 존재를 향한 것이었다. 그가 그녀에게 준 호의도, 선물도, 사랑도 모두…… 그게 너무나 당연한 것인데 마음 어딘가가 콱 막힌 듯 답답해져 왔다.

제현이 무섭게 무게를 잡고 있자 하나린의 작은 혀가 긴장으로 바짝 마른 제 입술을 살짝 핥고 들어갔다. 그것에 저도 모르게 시선을 빼긴 제현이었다. 한편 하나린은 그가 용잠에 대해 잊고 있었단 태도를 보이자 용기를 내어 다시 입을 열었다.

"저기 이거 그냥 나 주면 안 돼?"

다른 것은 다 가짜더라도 이것만은 온전히 자신 것으로 하고 싶다. 어쩌면 그녀가 처음으로 가진 작은 '욕심'. 그저 비녀일 뿐이더라도 그가 제게 준 온전한 마음인 양 간직하고 싶다. 눈에 살짝 물기까지 어린 하나린을 보며 제현의 표정이 기묘하게 변했다.

'저 말이 무슨 뜻인지 알고 하는 말일까?'

아마 모르고 한 말이리라. 청옥의 용잠이 가지는 무게는 상당히 컸다. 홍옥의 봉잠과 더불어 청옥의 용잠은 이 동공국의 왕비만이 할 수 있는 비녀. 즉 저 용잠을 가지고 싶단 말은 왕비가 되고 싶다는 의미이다. 물론 제현에겐 아란이 거부한 물건이기에 더 이상 큰 의미를 가지지 못하게 된 것이지만.

그것을 주어 저 아이가 기뻐한다면 그건 그것 나름대로 괜찮은 것이리라. 그는 그리 생각하며 별것이 아니란 투로 고개를 끄덕여 보였다.

"그래, 가져라."

그 짧은 한마디에 소녀의 얼굴에 함빡 미소가 맺힌다. 기쁘다는 듯 방방 뛰어다니는 그 모습을 보며 제현의 마음이 푸근함을 안으며 편안해졌다. 그는 제 가슴 위로 손을 올렸다.

두근두근두근.

평상시와 다름없이 뛰는 심장이다. 하지만 전과 달리 살아 있다는 느낌이 든다. 제현은 조용히 눈을 감았다. 제가 저 아이에게 느끼는 감정은 도대체 무엇일까? 정확히 정의를 내릴 수 없었다. 하지만 호의적이라는 것은 분명했다. 어쩌면 간절함마저 섞여 있는지도 모른다. 자신을 인간으로 바라봐 주는 유일한 타인이기에.

다시 천천히 눈을 뜬 그는 하나린의 모습을 눈에 담으며 말을 이었다.

"대신 조건이 있다."

그에 즐거움을 온몸으로 표현하던 그녀가 용잠을 품에 꼬옥 안은 채 그의 앞으로 바짝 다가와 앉는다. 무엇이라도 들어주겠다는 듯 눈을 반짝반짝 빛내며 아홉 개의 꼬리를 살랑살랑 흔들었다. 그 모습이 또 귀여워 피식 웃음을 터뜨리고 마는 그였다. 그녀는 늘 그렇듯 그에게 웃음을 선물해 주는 아이였다.

제현은 손을 뻗어 소녀의 하얀 머리카락을 한 줌 손에 쥐었다. 그리고 제 입술로 가져가 꾹 눌렀다. 그러면서도 그의 시선은 여전히 하나린만을 집요하게 바라보고 있었다. 그리고 다른 손을 뻗어 그녀의 목에 걸린 족쇄를 나른하게 쓰다듬는다. 그 순간 제현의 눈동자에 죄책감이 스쳐 지나갔다. 그럼에도 멈추지 않고 입을 열었다.

"날 떠나지 마."

움찔.

그와 함께 하나린의 몸이 한차례 떨렸다. 묘하게 곤란하다는 표정에 제현의 표정이 매섭게 굳었다. 그럼에도 거칠어지려는 자신에게 제동을 걸며 최대한 부드럽게 그녀의 목에 걸린 족쇄를 잡아당겼다. 그에 그녀 역시 그것에 따라 끌려온다.

"부탁이다."

어느새 종이 한 장 정도의 틈 사이로 가까이 마주한 두 얼굴. 제현은 애절하게 그녀에게 애원한다.

"부디 날 떠나가지 마."

너마저 없어진다면 난 어찌하여야 할까? 제정신으로 살아갈 수 있을까? 제 집착으로 인해 서아란이 저를 버림으로써 이미 마음 반절이 뜯겨져 나갔다. 그래, 아직 그에겐 스승이 남아 있다. 하지만 그분의 수명은 그리 오래 남지 않았다. 그렇게 스승도 사라지면 저는 진정 혼자. 그렇다면 난 어찌 살아가야 할까?

불안하게 흔들리는 그의 눈동자를 하나린의 푸른 눈동자가 마주한다. 그건 이제 애원을 넘어선 염원. 그의 입술이 다시금 열렸다.

"너마저 날 버리진 마라."

그 한마디로 그녀 주변의 세상이 검게 물들었다. 그곳에 존재하는 것은 '제현'과 '하나린' 오직 둘뿐. 아니, 하나가 더 있다. 그녀의 일부를 묶고 있는 검붉은 사슬들.

차르륵 차르르르륵 차륵.

그것을 인지한 순간 또 다른 수백의 사슬들이 튀어나와 그녀의 몸을 칭칭 휘어 감는다. 그녀의 다리를, 팔을, 목을, 몸통을, 꼬리를, 그 위로 감싸고 또 감싸서 하나의 감옥을 만들어 낸다. 자유로운 바람을 묶어 가두는 속박. 외면하지 못하게 강제로 고정시키는 소원.

그래, 그는 바라고 있다. 그녀를 자신에게 묶어 두기를.

하지만 그녀는 한곳에 묶이지 말아야 할 존재. 하나린은 파르르 떨리는 입술을 열어 제 목소리를 꺼내었다.

"하지만…… 나 쓸모없다고……."

제현은 그런 그녀의 손을 꼬옥 붙잡으며 말한다.

"필요해. 그러니까 내 곁에 있어 줘."

두근.

심장이 뛴다.

두근.

어떤 마음을 품고 그 누구의 것인지 구분할 수 없을…….

두근.

고동이 울려 퍼진다.

이미 한 차례 뒤틀렸던 그녀의 운명이 완전히 헝클어진다. 그리고 새로운 길은 더더욱 완벽하게 만들어져 간다. 제현이라는 예상치 못한 존재와의 만남과 하나린의 업의 상실로 인해 일어난 결코 있을 수 없는 접점.

그의 마음은 그 무엇보다 간절했고 그녀의 마음은 그 어느 때보다 약했다.

"알았어."

그리고 나온 그녀의 대답.

차르르르륵.

바람을 가두는 감옥은 완성되었다.

늦은 저녁. 제현은 마지막 남은 상소문을 옆으로 치우며 자리에서 일어섰다. 어둠에 잠식당하는 세상에 궁녀들이 처마마다 등불을 건다. 그에 궁 안이 불그스름한 불빛으로 흐릿하게나마 밝아졌다. 제현은 이곳을 떠날 생각도 하지 않고 바삐 돌아다니는 궁녀들을 구경했다.

"안 가?"

그 순간 하나린의 순수한 물음이 제현의 심줄을 끼익 하고 긁었다. 그는 미간을 살짝 찌푸리며 원망을 담아 하얀 소녀를 내려다보았다.

"왜? 내가 빨리 갔으면 좋겠나?"

조금은 날카롭게 튀어나온 음성. 그에 제현은 스스로도 멈칫하고 만다. 최대한 무섭지 않게 대하려 하건만 순간순간 불쑥 튀어나오는 거친 성정은 목줄을 걸어도 쉽게 제어되지 않는다. 물론 그녀는 그런 것에 크게 신경 쓰지 않는 듯하지만. 하얀 소녀는 그저 의아하다는 듯 고개를 갸웃거리며 답한다.

"평소 때는 그냥 가니까?"

솔직히 그녀에게 있어선 제현이 하루 종일 풍옥전에 있는 것이 이례적인 일이었다. 서아란으로 있을 때 아침과 저녁 시간에만 만날 수 있었으니까. 그렇기에 아마 이곳에 꼭 있어야만 하는 일이 있는 걸까 하고 생각하고 있었다. 당연하게도 제현은 하나린이 또다시 사라져 버리지 않을까 하는 걱정에 아예 여기서 식사와 일을 다 처리한 것이지만.

제현은 괜히 제가 조바심을 내는 것이 아닌가 의심했으나 쉽게 마음이 놓이지 않았다. 그녀라면 도망가지 않겠지만 그래도 혹시나 하는 생각이 머릿속을 떠나지 않는 것이다. 만에 하나를 막기 위해서라면 조심에 조심을 기하는 것이 옳지 않을까 하고.

"짐은 오늘 여기서 숙면을 취할 것이다."

그리하여 결국 여기서 잠까지 자기로 결심을 한다. 그리고 그것은 주변 인물들에게 말도 안 되는 오해를 낳고 말았다.

그의 말에 궁녀들이 숨을 크게 들이켜며 경악을 했다. 마치 무거운 망치로 한 대 맞은 것 같은 얼굴로 그 의미에 대해 끊임없이 되새김을 했다. 지금 이 자리에서 요물과 합궁을 하겠다는 의미인가?

하루 전만 해도 분명 그녀는 죄인 취급이었다. 그런데 갑자기 궁에서 사라지고 그걸 왕이 다시 잡아 와 묶어 두었다. 꼭 서아란을 이곳에 감금했을 때처럼. 아니, 지금은 그녀의 경우보다 더하면 더했지 덜하진 않았다. 그러니 궁녀들의 머릿속이 뒤죽박죽이 될 수밖에. 설마 자신이 잘못 들은 게 아닐까 하는 마음으로 동공왕 앞에서 움직이지 않고 있자 그로부터 뭐 하냐는 눈길이 떨어졌다.

"곧…… 준비하겠습니다."

한 상궁은 바들바들 떨리는 입술로 그의 명에 답했다. 속으로 맙소사란 말을 끊임없이 되뇌면서.

요물에게 홀린 것일까? 아니면 그 두 달간의 생활에 심경의 변화가 생긴 것일까? 그것도 아니면 서아란의 대용으로 삼기로 한 걸까? 어제까지 대역 죄인이었던, 그것도 인간도 아닌 요물이 왕의 승은을 입게 될 거란 충격적인 사실에 한 상궁은 휘청거리면서 걸어갔다. 참으로 기가 막힌 신분 역전이다. 한 상궁은 저처럼 공황 상태에 빠진 궁녀들을 독촉하여 빨리 이부자리를 준비하게 하였다.

"전하…… 준비되었나이다."

얼마 후 한 상궁은 침소가 정리되었음을 고하였다.

혹여 진짜 함께 방에 들어가시려는 것일까? 궁녀들은 제가 준비해 놓고서도 쭈뼛거리며 의심스러운 눈초리를 거두지 못했다. 오늘따라 괴이한 시선에 불편해진 제현은 방 안을 확인도 하지 않은 채로 귀찮다는 듯 손을 내저어 주변을 물렸다. 그리고 제 목의 족쇄를 이리저리 만지작거리는 하나린을 덥석 안아 들고 침실의 문을 열었다.

"……."

비단금침이 있다. 그것도 큰 것 하나에 베개가 두 개. 주변을 은은히 밝히는 꽃잎 모양의 촛불들도 있다. 그리고 다산과 다복을 바라는 쥐 문양이 그려져 있는 족자와 왕실 여인의 순결함을 뜻하는 백련화가 그려진 족자가 벽에 걸려 있었다.

"오해했군."

제현은 혀를 차며 혼잣말을 하였다. 아까부터 궁녀들의 눈길이 영 이상하더니 이런 망측한 상상을 하고 있었을 줄이야. 그는 쓰게 웃으며 다시 궁녀들을 부르려 했으나 이미 제 품을 벗어난 하나린이 이불 속으로 쏘옥 들어가 버린 뒤였다. 제현은 할 말을 잃고 이불 안에서 뒹구는 그녀를 바라보았다.

분명 모르고 하는 짓일 텐데 그 행동 하나하나가 참…… 요망하다. 용잠을 달라고 하지 않나 왕과 왕실 여인이 함께 합궁하는 이부자리에 겁 없이 들어가지 않나. 이건 꼭 호랑이 입에 제 머리를 들이대며 '먹어 주세요'라고 하는 짓 같지 않나?

"안 자?"

제현은 왜 계속 서 있냐는 듯 순진한 눈망울로 올려다보는 그녀의 모습에 픽 하고 웃음을 지었다. 저런 아이를 대상으로 무슨 생각을 하는 건지. 어차피 딱히 색욕이 든다거나 하는 것은 아니니까. 그는 고개를 절레절레 저으며 흑룡포를 벗고 자신도 이불 안으로 들어갔다. 그리고 잠자리에서 바스락거리고 있는 구미호를 끌어당겨 제 품에 꼬옥 안았다.

그녀가 둔갑했을 때와는 다른 특이한 감촉이었다. 무언가 따뜻한 것 같으면서도 시원한 기묘한 촉감. 그는 아담한 그녀의 몸을 느끼며 생각했던 것보다 작구나란 감상평을 내렸다. 그래, 정말 자그마하다. 이런 몸으로 어찌 그 도사들의 봉인을 버텼었는지.

죄책감이란 감정이 슬그머니 고개를 들었다. 제게 순수하게 호의만을 보내던 이에게 도대체 무슨 짓을 한 걸까?

그때 꼼지락거리던 하나린이 슬쩍 고개를 돌려 그를 보며 조심스럽게 질문을 던졌다.

"근데…… 서아란 아가씨는?"

움찔.

그에 제현의 몸이 한순간 경직되었다. 오늘 하루 눈앞의 소녀에게 집중하며 일부러 잊으려 했던 지금의 상황. 최대한 피하고 싶었던 것이 하나린의 입으로부터 흘러나왔다. 제현은 말없이 그녀의 목에 제 얼굴을 묻었다.

그것만으로 그의 감정을 예상할 수 있었던 것일까? 하얀 소녀는 더 이상 말을 하지 않고 입을 꾸욱 다물었다. 한참을 그렇게 불편한 침묵이 내려앉아 있었다. 그리고 그것을 깬 것은 제현.

"만약 네게 가장 소중한 이가 있는데……."

다짜고짜 하는 말이라 엉뚱할 수도 있지만 그녀는 그의 말에 귀를 기울였다. 그사이 그의 말이 계속해서 이어졌다.

"그자가 널 너무나 미워하면 어떻게 할 거지? 네겐 너무나 소중해서 그이가 없으면 하루하루가 숨이 막히고 가슴이 찢어질 듯이 아프다면? 그래서 억지로라도 붙잡아 두려고 해도 계속해서 달아나려고 한다면?"

단지 언어일 뿐인데 그 안에서 떨림이 느껴진다. 두려움이, 간절함이 모이고 모여 마치 절 버리려는 어미를 보는 아이처럼…… 그런 것이 느껴진다. 도저히 외면할 수 없게. 길을 잃어버렸다고 제발 제가 나아갈 길을 알려 달라고 하는 그의 모습에 하나린의 얼굴 위로 아련함이 덧씌워졌다.

그녀는 슬프게 웃으며 제 배를 끌어안은 팔을 부드럽게 쓸어내렸다. 그 단순한 행위에 제현의 몸이 움찔하고 반응한다. 그녀는 미소를 입가에 머금은 채 머릿속으로 생각을 정리했다. 그리고 그 생각을 천천히 인간들의 언어로 나열해 갔다. 그 후에 그저 혼잣말을 하듯 입을 열었다.

"함께함으로써 행복해질 수 있는 관계가 있어. 함께함으로써 행복할 수는 없지만 평온해질 수 있는 관계가 있어. 함께하지만 그저 무심함만이 가득할 수 있는 관계가 있어. 함께하지만…… 서로에게 상처만 되는 관계가 있어."

어느새 하나린은 많은 것들을 품고 많은 것들을 바라보고 온 이의 모습으로 속삭임과 같은 이야기를 이어 갔다.

"한 사람은 함께하길 바라. 상대에게서 위로를 얻고 희망을 보았기 때문이야. 그건 눈부신 빛이야. 결국 눈이 멀어 버려서 다른 것들을 보질 못하게 돼. 또 다른 사람은 자유롭길 바라. 그 사람은 자신이 세상의 잣대이고 어디에도 묶이지 않는 자유로운 바람이야. 두 사람은 바라보는 곳이 달라. 그렇기에 함께하는 것만으로 서로에게 상처를 주게 되고 받게 돼. 점점 상처는 늘어 가서 두 사람 다 죽어 가게 돼 버려."

그것이 현재 '제현'과 '서아란'의 관계. 절대 함께하지 말아야 할 관계일지도 모른다. 망가진 끝이 보이는 미래. 제현은 고통스럽게 얼굴을 일그러뜨렸다. 그의 괴로움이 느껴지는 것인지 하나린은 제 배를 끌어안은 그의 팔을 가볍게 도닥였다.

"이러한 관계를 끝내기 위해선 누군가 하나가 희생하고 포기를 해야 돼. 그리고 그것을 행하는 대상은 언제나 더 사랑하는 쪽이야. 너무나 괴로워도 둘 다 살기 위해선 어쩔 수 없는 선택이야."

"그럼…… 함께하길 포기하고 상대를 떠나보낸 뒤 남은 사람은? 도저히 살 수 없을 것 같은…… 그런 사람은?"

옳기만 한 그녀의 이야기에 그는 아프게 물었다. 알고는 있었다. 다만 혼자 남겨질 제가 너무나 무서워 그 선택을 하지 않았을 뿐. 너무 괴로워서 아픔에 몸부림칠지도 모른다. 어쩌면 스스로를 죽여 버릴지도 모른다. 그럴 자신을 잘 알고 있기에 저는 그 선택을 차마 하지 못했다.

그런 제현의 모습이 애처롭다. 비가 오는 날 길가에서 떨고 있는 강아지를 보는 것같이. 하나린은 저를 안은 제현의 팔을 풀었다. 그리고 몸을 돌려 그의 머리를 끌어당겨 제 품에 꼬옥 안았다.

"'영원히 함께'란 말은 존재하지 않아. 함께하면 언젠가 떠나는 건 당연한 일이야. 언제나 늘 누군가는 남겨지게 돼. 떠나는 이들은 떠나면 그만이야. 그 공허한 빈자리에 대한 아픔은 모두 남겨진 이의 몫이지. 그렇지만 그러한 것들을 떠안고도 계속해서 살아가야 돼. 아무리 힘들어도 살아가다 보면 어찌 되었든 살아지게 되거든. 그러다 보면 언젠간 새로운 인연을 만나게 되고 또 빈자리가 채워질 거야. 알 수 없는 미래란 그런 거니까. 어디선가 생각지 못한 또 다른 희망이 생겨나는 법이거든."

하나린은 부드럽게 제현의 등을 쓸어내렸다. 앞으로 나아가는 것에 겁을 먹은 이를 이끌어 주듯. 그래 괜찮다고. 한 걸음 내디디라고. 그렇게 한 걸음 더 내디디라고. 이제 그렇게 걸어 나가면 된다고. 네 앞에 있는 것은 깎아지른 절벽이 아니라 아직 뭐가 있을지 모르는 숲길일 뿐이니까. 그곳엔 네가 알지 못하는 희망이 숨어 있을 거라고.

"그게 남은 사람들이 살아가는 방식이야."

그 속삭임이 너무나 따뜻해서 제현은 그것에 기대고 만다. 언젠가 새로운 인연을 만난다. 어디선가 생각지 못한 또 다른 희망이 생겨난다. 작지만 포근한 품속에서 그는 흐릿하게나마 웃음을 지을 수 있었다. 그녀는 늘 언제나 그의 상처를 어루만져 주고 마음을 평온하게 만들어 주었다.

그녀의 말대로라고 할까?

그는 지금 이 순간 새로운 인연과 함께이고 또 다른 희망과 마주하였다.

그렇기에 한 걸음 더 나아갈 용기를 내기로 결심하였다.

"아가씨! 아가씨이이이이!"

이른 아침 백가의 가옥 별당채. 적이는 두 팔을 휘휘 저으며 미친 듯이 달려 들어왔다. 일찍 일어나 의복을 정갈히 한 백사린은 저를 부르는 어린 시비를 향해 의아하다는 시선을 던졌다. 그녀는 새파래진 얼굴로 방금 제가 듣고 온 소식을 더듬더듬 전하였다.

"그, 그, 그 요물이 사라졌댔잖아요. 근데 어제 곧바로 잡혀 들어왔대요! 그, 그, 그, 그것도 목에 족쇄까지 채워서요! 거기다 풍옥전을 예전처럼 단장해 요물을 가뒀대요! 꼭 서아란 때처럼 말이에요! 더 충격적인 건 어젯밤에 바로 하, 하, 하, 하, 하, 하, 합궁까지 했다는……."

맙소사를 연발하며 이어 나가는 적이의 말에도 백사린은 예상한 일이라는 듯 그저 고개를 끄덕일 뿐이었다. 그런 그녀의 모습이 답답했던 것일까. 시비는 제 가슴을 쿵쿵 치고 곡소리를 내며 한탄했다.

"아이고! 하늘이시여 이게 도대체 무슨 일이랍니까? 동공국의 태양이 요괴랑 같이 밤을 보내다니요! 우리 어여쁜 아가씨를 놔두고 이게 무슨 남사스러운 일이랍니까? 그놈의 왕이 미치다 못해 어찌…… 으허어어엉!"

"뚝 그치거라."

적이가 하는 말이 심하다고 느낀 걸까? 백사린이 짧게 일갈하였다. 자신을 불만스럽게 올려다보는 아이의 눈망울에도 그녀는 단호한 모습을 지우지 않았다.

"아무리 그래도 동공국의 지존이시다. 네가 그렇게 함부로 말할 분이 아니야."

"그래도……."

"그분이 그 요물을 선택하셨다면 그것을 존중해 드리는 것이 예의고 충정이겠지."

태연하기만 한 백사린의 반응에 적이는 마치 울 것 같은 얼굴로 입을 열었다.

"그래도 아가씨께선 억울하지 않으십니까?"

"억울하지 않아. 그러니 너도 그만했으면 한다."

적이가 절 소중히 여겨서 하는 말인 줄 알기 때문에 백사린은 그렇게 다독이는 말만을 하였다. 만약 적이가 아니었다면, 그녀에게 아부하기 위해 그딴 식으로 지껄인 연놈들이었다면 그에 합당한 대가를 톡톡히 치르게 만들었으리라.

"동공왕 전하께서 그리하실 만한 이유가 있을 것이다. 아마 수많은 신하와 여인들에서 얻지 못한 것을 그 요물이 채워 드렸을 게 분명할 테지."

백사린은 동공왕이 왜 요물을 처형하지 못했는지, 왜 다시 잡아 왔는지 그리고 왜 합궁을 하였는지 그 이유를 알 것 같았다. 그날 마주한 맑은 하늘처럼 순수한 눈빛과 호의. 주변의 악의에 지쳤을 그는 그녀와 함께하는 순간에 어떤 감정을 느꼈을까? 그것이 예상되어 백사린은 그저 쓰게 웃었다.

자신조차도 그러한 것은 그분께 드릴 수 없을 테니까. 동공왕을 연모한다. 하지만 그 안에 아무런 계산도 들어 있지 않다고 말할 수는 없었다. 그녀가 동공왕을 사랑하는 것도 결국은 완벽한 왕비로 가는 길의 과정. 만약 그가 왕이 아니었다면 그녀가 지금과 동일한 감정을 그에게 품었을까?

"답은 '아니오' 겠지."

지금 상황에선 그 요물이 자신보다 훨씬 낫다. 동공왕의 마음을 얻었다. 왕비로서 훌륭한 재능도 보인다. 무엇보다도 그를 두려워하지 않으며 호의를 품고 있다. 그렇다면 자신은 그것을 도울 뿐. 그 요물이 다른 길로 새지 않도록 상황을 유도해 간다.

왕가의 핏줄에 인외의 것이 섞인다는 사실이 좀 거슬리긴 하지만 그러한 일이 과거에 전혀 없던 것도 아니고 하니 크게 상관없을 것이다. 이 고선제국의 황제도 청룡의 피가 흐른다고 하지 않던가?

대신선에 달한 청룡에 비해 조금 격이 떨어지긴 한다. 거기에다 사람을 해치는 존재인 요물이라는 것이 불안하긴 하다.

"아니…… 어쩌면 요괴가 아닐지도 모르지."

백사린은 그날 그녀의 푸른 눈을 떠올리며 고개를 가로저었다. 그 성품에 맑은 느낌을 주던 구미호. 어쩌면 신선일지도 모르겠다. 만약 그러하다면 예상했던 것보다 더욱 좋은 방향으로 일이 진행되겠지. 그럼 반드시 그녀를 궁에 붙잡아 두어야 했다.

"그러려면 일단 그분과 만나 보아야겠지."

생각을 정리한 백사린은 여전히 불만스럽다는 듯 뚱해 있는 적이를 보며 입을 열었다.

"적아, 네게 부탁할 일이 있다."

"허어— 그 미친 왕이 요물과 동침을 하였다?"

백세악은 절대 일어날 수 없는 일이 일어났다는 듯 경악을 터뜨렸다. 몇 번이고 눈을 비빈 후 확인해 보아도 그 서편에 적힌 글은 변하지 않았다. 그에 그의 입가가 분노로 파르르 떨렸다. 그는 제 앞에 있는 탁자를 손으로 거세게 내리쳤다.

쾅.

"평생을 서가(家)의 계집만 보고 살 듯이 해 놓고 뭐? 이제 와서 다른 여인을 안아? 그것도 인간도 아닌 요물을!"

하도 단호한 모습을 보이기에 왕비의 본권리인 후사를 낳는 것마저 포기한 허수아비 자리에 제 딸아이를 앉히려 했다. 헌데 지금 와서 다른 여인에게 눈을 돌린단 말인가!

"열 길 물속은 알아도 한 길 사람 속은 모른다더니 딱 그 짝이군!"

고작 두 달 정도 함께 지냈으면서도 이불 속으로 그를 끌어들인 요물이 대단한 것일까, 아니면 서아란 껍데기를 뒤집어썼던 요물에게 홀린 그가 멍청한 것일까? 그 무엇이 되었든 왕이란 작자의 행동이 백세악의 심기에 심히 거슬린다는 것이 문제였다.

현재 귀족들로선 그들 위에 선 왕을 누를 수가 없었다. 전대의 동공왕과 달리 현 동공왕은 은근히 음흉한 구석이 있으면서도 개인적인 무력 또한 상당했다. 즉 귀족들의 의견을 간단하게 묵살시켜 버릴 정도의 능력을 보유하고 있는 상태. 이런 시대에 지상 최고의 권력을 얻기 위해선 왕을 등 뒤에 업어야만 했다. 그런데 왕이란 작자를 도저히 종잡을 수 없으니.

이대로 본래 계획대로 나가는 건 이제 위험하다. 비록 후사를 낳는 권리를 포기하는 것으로 왕비 자리에 대한 협상이 들어가고 있지만 왕비가 가지는 위치나 의무까지 모두 포기하는 것은 아니었다. 왕비의 알짜배기 권력은 무슨 일이 있더라도 필히 얻어야만 했다. 그래야 왕과 어느 정도 비등한 선을 유지할 수 있을 터.

하지만 이대로라면 제 딸을 왕비 자리에 올려놓더라도 실로 허수아비 왕비가 될 가능성이 농후했다. 아니 어쩌면 아예 왕비가 될 수 없을지도 모른다. 서아란의 경우엔 왕비가 되는 것을 거부해 억지로 왕비가 된다 하더라도 아무런 의무를 행하지 않을 확률이 높았다. 허나 그 요망한 것이 어떤 능력을 가지고 어떤 자리를 원하고 있는지 어찌 알겠는가?

"그것이 왕비의 자리를 탐한다면? 그리고 그 능력이 출중하다면?"

그 상상만으로 등골이 서늘해진다. 그 요물이라면 분명 왕의 편에 붙으면 붙었지 절대 귀족파 쪽으로 붙지는 않을 것이다.

백세악은 불안하다는 듯 시선을 흩트리며 끊임없이 중얼거렸다.

"해결책이 필요해. 해결책이."

현재 풍옥전의 궁녀들은 혼란에 빠져 있었다. 전날 밤 혹시나 하며 멀찍이서 침실을 바라보며 기다렸으나 동공왕은 다음 날 아침이 되어서야 방 밖으로 나왔다. 즉 구미호와 하룻밤을 지냈다는 의미. 그녀들은 눈물을 머금고 그들이 합궁하며 땀에 젖었을 옷을 생각해 새 의복을 대령하였다. 그렇게 하여 벗은 의복을 가져왔는데…… 딱히 크게 더러워지거나 구겨진 부분이 보이지 않았다.

그 부분이 조금 의아하긴 하였으나 그러려니 하고 넘어갔다. 밤일을 얌전하게 치르는 남녀도 있을 수 있는 법이니까. 폭군인 동공왕이 그랬다니 의외이긴 하지만 밤 취향은 평소의 모습과 많이 다를 수도 있지 않겠는가?

그런데 침실을 정리하며 이부자리도 확인하였으나…… 이불 역시 향기로운 냄새가 그대로 배어 있었다. 밤일을 치르다 보면 어쩔 수 없이 땀이 흐르긴 할 텐데 그런 냄새조차 나질 않으니. 거기에다 여인이 첫 경험을 하게 되면 처녀혈이 흐르기 마련인데 그 흔적조차 없었다.

혹시 처녀가 아니거나 요물이라 인간의 경우와 다른 건가 싶기도 한데…….

"분명 동침(同寢)하신 거 맞지?"

한 궁녀가 찜찜하다는 듯이 말했다. 어떤 여인이든 첫 경험인 이상 몸이 불편하기 마련일 텐데. 허나 정원에 있는 바위에 앉아 흥얼거리고 있는 하나린은 너무나 멀쩡해 보였다. 두 달간 서아란으로 알고 모신 적이 있으니 저 구미호가 발랑 까진 여인이 아니란 건 안다. 거기에다 외모는 아직 성인이 아닌 듯하니 분명 어제가 처음이었을 텐데…….

"말 그대로 같이 주무시기만 한 게 아닐까? 아무리 전하가 미친 폭군이라 불리지만 성인도 아닌 여인을 안진 않으실 것 아니야?"

"그것도 맞는 말인 것 같긴 한데……."

궁녀들이 청소를 하면서도 옹기종기 모여 수군거렸다. 아무리 고민을 해도 이런저런 증거로 봐선 어제 아무런 일도 없었던 것 같다. 그럴 거라면 왜 굳이 함께 침수를 드신 건지. 결국은 모든 게 뒤죽박죽되어 혼란만을 가중시켜 갔다.

"하아— 차라리 혼기가 찬 규수와 합궁을 하셨으면 뭔가 정리하기도 쉽지. 전에도 그렇고 이번에도 그렇고 다 성인도 안 된 여인이랑……."

한 궁녀가 답답하다는 듯 한숨을 내쉬며 말하자 주변의 궁녀들이 움찔하고 몸을 떨었다. 그리고 서로 눈치를 보며 혹여 자신과 똑같은 생각을 한 이가 있는지 살펴보았다. 척 봐도 그녀들의 생각은 하나로 일치하는 모양.

그녀들 중 하나가 기괴하게 입가를 일그러뜨리며 조심스럽게 말을 내뱉었다.

"혹시…… 전하께선 그, 그게 취향이 마음에 드는 여아를 선택해 키, 키우시는 게 아닐까?"

"그, 그 과정을 보면서 무언가를 느끼신다거나……."

"서아란 아가씨는 귀족가 출신이라 함부로 곁에 잡아 둘 수 없었잖아. 그런데도 종종 잠행을 나가서 어떻게 지내는지 직접 만나 보기도 하시고 밑에 사람을 시켜서 서편으로 보고를 받으셨다던데……."

"설마 그게…… 어떻게 자라는지 그 과정을 보시려고?"

"요물은 그렇게 조심할 필요가 없으니까 거의 하루 종일 곁에서 보고 밤까지 확인을 하는……."

그 다음 말을 다른 궁녀들이 차례대로 받아쳤다. 그에 그녀들의 표정이 미묘하게 변했다. 그저 가설일 뿐인데 뭔가 잘 들어맞는다? 동공왕이 관심을 주는 여인이 모두 어린 외모를 가지고 있다는 점과 거의 감금하다시피 곁에 두고 살피는 것.

궁녀들은 침을 꼴깍 삼키며 어색하게 웃었다.

"아하하 설마 진짜겠어?"

"뭐가?"

"히이익!"

그 순간 들려오는 목소리에 궁녀들은 숨이 넘어갈 듯 깜짝 놀랐다. 이래 봬도 그녀들이 하는 이야기는 이 나라의 지존에 대한 흉이었으니까. 궁녀들은 말갛게 자신을 올려다보는 푸른 눈을 보며 그대로 경직되었다. 그들이 입방아를 찧는 주인공 중 하나인 구미호가 호기심을 눈에 담은 채로 그들을 바라보고 있었다.

들었을까? 안 들었겠지? 아암. 못 들었을 거야. 그래야만 해.

궁녀들은 속으로 그렇게 부르짖으며 구미호를 간절히 바라보았다. 그런 눈길에 하나린은 의아하단 표정을 지어 보였으나 이내 멀리서 들었던 그녀들의 대화를 떠올리며 환히 웃음을 베어 문 채 물음을 이어 갔다.

"동침이 뭐야?"

"……."

31

"성인이 아니면 안을 수 없어?"

"……."

"여아를 키우는 취향도 있어?"

"……."

다 들었구나. 적어도 이 요물 아가씨가 동공왕 전하에게 저들이 한 말을 전하는 것만은 막아야 했다. 반쯤 절망에 찬 그녀들은 어떻게라도 수습을 하려고 입을 열었다.

"저……."

"아! 제현 왔다! 제혀—언!"

허나 때마침 방문한 동공왕과 그를 향해 뛰어가는 하나린.

궁녀들은 진정으로 울고 싶어졌다.

은명은 멍한 정신으로 눈을 떴다. 보이는 것은 거미줄이 낀 허름한 천장. 시선을 조금 돌려 보니 나무로 된 두꺼운 창살이 보였다. 그리고 깨닫게 된다. 자신이 가장 우려하던 일이 현실이 되었음을. 제 아내, 서아란은 동공왕에게 잡혀 다시 감금되었고 자신은 이렇게 처참하게 보복을 당하였다.

"그래도 질긴 목숨은 붙어 있구나."

은명은 허망하게 중얼거렸다. 궁의 의원들이 그렇게도 달라붙더니 결국 끊어질 목숨줄을 이어 놓은 모양이었다. 동공왕, 그자는 그렇게도 저를 괴롭히고 싶은 것일까? 죽음이라는 안식조차 허락하지 못할 만큼?

열이 오른다. 전신이 불타는 것처럼 뜨겁고 시야의 모든 것이 흐릿하게 보였다. 그럼에도 그는 이를 악물며 정신을 놓지 않는다. 그래, 아직 죽으면 안 된다. 틈을 살펴야 한다. 그리고 그 동공왕에게 비수를 꽂고 아란과 함께 달아나야 한다.

은명은 발악하듯 비명을 지르는 몸을 억지로 일으켰다. 그리고 그 순간 감옥의 문이 열렸다. 병사들이 밖에서 나열하여 서 있다. 그리고 신위군 부대장이 걸어 나와 왕명을 전하였다.

"죄인 은명은 왕실모독죄와 왕실 여인을 탐한 죄로 금일 참수형에 처한다."

무슨 일을 해 보기도 전에 그를 찾아온 것은 끝없는 절망이었다.

한편 침전의 가장 깊은 곳.

서아란은 불안하게 떨며 제 손톱을 물어뜯고 있었다. 얼마나 그러한 행동을 반복했는지 모든 손톱이 몽땅해지고 심지어 손끝에 핏물마저 송글송글 맺혀 나왔다. 단정하게 정리했던 머리는 이미 산발이 된 지 오래고 또렷했던 눈빛은 어둠에 먹혀 그 안이 새까맣게 칠해져 있었다.

드르륵.

그때 침실의 문이 열렸다. 그리고 흑룡포를 입고 차갑게 얼굴을 굳힌 제현의 신형이 드러났다. 아란은 그의 모습을 확인하는 것만으로 예민하게 경기를 일으키며 몸을 움츠렸다. 제현은 그런 그녀의 행태를 보며 입술을 비죽 끌어 올리더니 감정이 담기지 않은 음성으로 말했다.

"나와."

"그리하여 죄인 은명과 서아란에게 참수형을 내리는 바이다!"

속전속결로 처형 판결이 떨어져 내렸다. 그 대상은 흙바닥에 꿇어 앉혀진 남자와 여자. 그리고 하늘 높이 치솟은 검이 한 치의 망설임도 없이 머리에 천을 뒤집어쓴 두 사람의 목을 베었다. 몸뚱이는 풀썩 쓰러졌으며 단면에서 뿜어져 나온 피는 땅바닥을 붉게 적셨다. 몸에서 떨어져 나온 머리는 땅을 구르며 그들의 생명의 끝을 고했다.

그리고 그 모습을 멀리서 몸을 숨기고 있는 은명이 지켜보고 있었다. 자신의 처형 장면을 보게 한다라. 참으로 악취미가 아닐 수 없었다.

옥에서 끌려 나올 때만 해도 정말 죽는 줄만 알았다. 그러할진대 얼마 가지 않아 자신과 비슷한 복색의 사내와 죄인 수송 행렬이 은밀히 뒤바뀌었다. 들리는 바론 사형수 중 자신과 비슷한 이를 이용하여 속임수를 쓴다고 했다. 그리고 지금의 상황.

"넌 저기서 죽은 거다. 그 사실을 잊지 말도록."

신위군의 부대장 김진수가 싸늘하게 일갈하며 그에게 잔혹한 사실을 주지시켰다. 은명은 쓰게 웃으며 여전히 구속되어 있는 제 몸을 내려 보았다. 도대체 동공왕은 무슨 생각을 하는 것일까? 자신을 죽은 인물로 만든다고 하여 제가 고통스러워하는 것도 아닐 터인데. 아니면 제 아내에게 절 죽였다고 말하려 하는 것일까?

은명은 고개를 절레절레 저었다. 그렇다면 굳이 서아란까지 함께 처형시켰다는 연극을 할 필요는 없다. 그렇게 따지면 그 미친 폭군이 하고자 하는 일이 도대체 무엇인지 오리무중에 빠진다.

"그만 따라오도록."

그의 상념을 끊고 김진수가 사슬을 끌어당겼다. 그에 사슬에 연결된 족쇄가 당겨지며 은명의 몸이 휘청거렸다. 반시체 상태에서 간신히 살아남은 그로선 그 작은 충격조차도 버티기 힘들다. 결국 털썩하고 쓰러지자 김진수는 짜증이 섞인 시선을 그에게 던졌다.

그런 눈길에 모멸감을 느끼며 은명은 이를 악물고 자리에서 일어섰다. 그리고 그가 일어나자마자 김진수는 곧장 그를 이끌며 앞장서서 나아가기 시작했다. 궁의 인적이 드문 길을 따라서 은밀하게 이동한다. 은명으로선 그저 걷는다는 행위만으로 머리가 지끈대고 땀이 비 오듯이 흘러내렸다. 그렇기에 자신이 어디로 가고 있는지 파악할 정신이 남아 있지 않았다. 단지 약해진 몸으로 묵묵히 한 걸음 한 걸음 내딛는 것에만 집중할 뿐.

"은명?"

그리고 기적을 마주하였다. 앞으론 절대 들을 수 없을 거라, 그렇게 은연중에 포기하고 있었던 여인의 목소리. 그는 멍하니 고개를 들어 제 앞에 있는 아내를 바라보았다. 많이 망가진 그녀의 모습에 그의 눈가에 눈물이 맺혀 갔다. 그건 서아란 역시 마찬가지.

아란은 눈물범벅이 된 얼굴로 비틀비틀 그에게 걸어왔다. 많이 야위고 만신창이가 된 몰골이라 손을 뻗어도 차마 만지지 못한 채 허공을 헤맨다. 결국 그녀는 제 입을 틀어막으며 오열을 터뜨렸다.

"나 괜찮아. 살아 있어……."

그는 안쓰럽기만 한 그녀의 모습에 힘들게 위로의 말을 건넸다. 허나 그 말에 아란은 더더욱 심하게 울음을 터뜨릴 뿐이었다. 그렇게 서로를 향해 애절하게 눈물짓고 있을 때 한 불청객의 목소리가 그들 사이로 파고들었다.

"감동스러운 재회는 그 정도로 끝냈으면 좋겠군."

익숙한 그 음성에 은명은 열로 들뜬 몸이 싸늘하게 식는 기분이었다. 재빠르게 시선을 돌리자 입가를 삐뚜름하게 올린 동공왕이 그들을 잡아먹을 듯이 노려보고 있는 게 보였다. 은명은 반사적으로 아란의 앞을 막아섰다.

번쩍 정신이 든다. 만약에 전투가 일어날 것을 대비해서 주변 지형지물까지 빠르게 파악했다. 그랬기에 지금 있는 곳이 궁의 뒷문 쪽에 위치한 숲이란 것을 알 수 있었다. 과거 탈주에도 이용했던 문이 바로 앞에 보였다.

바짝 긴장하고 있는 그의 모습을 보던 제현은 피식 하고 비웃음을 흘렸다.

"성한 몸으로도 날 막지 못했으면서 그딴 상태로 뭘 하겠다고."

위협적인 말에 은명은 상처 입은 짐승이 경계심을 드러내듯이 몸을 웅크러뜨렸다. 그리고 언제든지 상대를 향해 튀어 나갈 수 있게 준비를 하였다. 무거운 정적이 내려앉았다. 폭풍 전 고요와 같은 불안함을 품은 일촉즉발의 상황. 신위군 무리마저도 슬그머니 제 무구를 향해 손을 뻗었다.

그때 제현의 뒤에서 아홉 개의 꼬리를 가진 하얀 소녀가 고개를 빼꼼 내밀었다.

"제현 뭐 해?"

상황에 맞지 않은 존재가 상황에 맞지 않게 밝은 목소리로 말하자 이곳에 모인 이들이 순간적으로 맥이 탁 풀려 버렸다. 하나린은 허탈하다는 그들의 모습을 보며 고개를 두어 번 갸웃하다가 눈앞의 만신창이인 두 사람을 보고는 인상을 찌푸렸다. 그리고 그대로 그들을 향해 종종종 걸어간다.

"어딜 가는 거지?"

턱.

그 순간에 제현이 하나린의 목에 걸린 족쇄를 부드럽게 끌어당기며 그녀를 제 품에 쏙 끌어안았다. 그리고 그녀의 목에 제 입술을 묻고 문지른다. 그와 함께 경악이라는 감정을 드러내는 주변 인물들.

그런 반응에는 신경 쓰지 않고 제현은 그 상태로 은명 뒤에 몸을 숨긴 아란을 바라본다. 그리고 히죽 비웃음을 지어 보였다. 마치 더 이상 넌 내겐 아무것도 아닌 존재라는 듯, 그렇게 쓸모를 다했다는 듯, 그리고 여기에 너보다 더 나은 대체물이 있다는 듯…….

아란은 그런 그의 눈길을 피해 은명의 등 뒤로 숨긴 몸을 더더욱 웅크렸다. 동공왕의 그런 시선에 느낄 감정은 모멸감이어야 할 터인데 안도가 먼저 찾아온다. 드디어 벗어났구나 하는.

"저 사람들 많이 다쳤다. 나 치료한다."

기이한 정적을 깬 건 이번에도 하나린이었다. 그녀는 귀찮다는 듯 제현을 밀어내며 또다시 은명과 아란에게로 걸음을 옮겼다. 제현은 이번엔 막지 않았다.

하얀 소녀는 가벼운 걸음걸이로 다가가 먼저 은명의 몸을 살폈다. 그리고 이내 살포시 미간을 찌푸렸다. 멀쩡히 서 있기에 겉만 안 좋아 보이는 것인가 했는데 실제론 내부까지 엉망이었다. 다리뼈나 팔뼈도 부러진 걸 간단한 주술적인 회복술과 의술 조치로 간신히 이어 놓은 상태. 거기에다 몸 전신엔 얼마나 열이 높은지 여기저기 열꽃이 피어 있었다.

지금 정신을 차리고 제 발로 서 있는 것 자체가 신기할 지경이었다.

하나린은 깊은 한숨을 내쉬며 손을 뻗어 은명의 가슴에 가볍게 가져다 대었다. 그 순간 하얀 소녀로부터 마치 반딧불이와 같은 은색 빛무리가 떠오르더니 은명의 신체로 흘러 들어가며 흡수되기 시작했다. 그와 함께 열꽃은 가라앉으며 명과 찰과상들이 서서히 그 흔적을 감추어 갔다.

그것은 신비한 이적이었다. 당장 쓰러져 죽을지도 모를 몸에 활력이 돌아오고 열기와 고통이 사라져 가며 흐릿한 정신이 맑아진다. 은명이 눈앞의 영스러운 존재에게 놀람을 표하는 사이 치료 행위가 모두 끝이 났다.

"이건……."

"응급처치는 했다. 그래도 며칠 정도는 쉬어야 한다."

하나린은 방긋 웃으며 은명의 곁을 스쳐 지나갔다. 그리고 그의 등 뒤에 바짝 붙은 아란을 올려다보았다. 그렇게 잠시 서로를 마주하는 그녀들. 하얀 소녀는 안쓰러움이 담긴 눈길로 여인을 보다가 그녀의 손을 잡았다.

"이제 쉬어도 된다."

짧은 한마디. 그것만으로도 요 며칠간 날카롭게 서 있던 전신의 긴장이 빠르게 풀려 나갔다. 아란이 제 몸을 주체하지 못하고 휘청거리자 은명이 급히 그녀의 어깨를 붙잡는다. 하나린은 쓰게 웃으며 아란의 배로 손을 뻗었다.

"여기 아이도 많이 지쳐 있다. 그러니 이제부터라도 편히 쉬어 줘야 된다."

어찌 그녀가 임신한 여인이란 걸 안 것일까? 겉으로 봐선 태도 나지 않는 배 위에 올려진 손으로부터 따뜻한 황금빛이 은은하게 발하였다. 그 온기가 피부를 넘어 배 속 깊이 파고드는 느낌이었다. 잠깐의 시간이 지난 후 하얀 소녀는 작은 미소와 함께 뒤로 물러섰다.

"아이는 건강하다. 튼튼하게 무럭무럭 자라날 거다."

아란은 순수하게 빛나는 그 웃음을 멍하니 바라보았다. 그리고 목에 채워진 족쇄를 향해 시선을 떨어뜨렸다. 분명 저 동공왕이란 작자가 채워 놓은 것이겠지. 그것을 보며 확신할 수 있었다. 집착의 대상이 자신에게서 저 아이를 향해 옮겨졌다고. 그것도 저를 향했던 것보다 더 지독하게 변하여서.

제대로 된 인간으로서의 대우조차 하지 않는 모습에 하나린에게 연민의 감정이 치솟아 올랐다. 동공왕의 소유욕과 집착을 직접적으로 경험해 보았기에 그것이 얼마나 잔혹하고 끔찍한 일인지 안다. 그것을 이 아이도 알고 있을까?

그 사실을 알려 주어야 했다. 그리고 자신 대신 그 짐을 짊어지게 해서 미안하다고 사과를 해야 했다. 하지만…… 차마 입이 열리지는 않았다.

적어도 이 소녀가 있으므로 자신은 안전해질 수 있으니까. 동공왕의 그 비틀린 마음을 피해 갈 수 있으니까. 그녀를 희생시키는 것으로 자신은 살아갈 수 있으니까.

그 이기심으로 서아란은 결국 침묵을 지켰다. 죄책감이 어린 눈으로 바라보기만 할 뿐.

팁.

"그만 들어가 봐라."

어느새 다가온 제현이 하나린의 머리를 꾹 누르며 말했다. 그에 제현과 아란을 번갈아 보던 하얀 소녀는 고개를 끄덕여 보이곤 문 안쪽을 향해 종종걸음으로 걸어 들어갔다. 제현은 하나린이 궁 안으로 사라진 것을 확인하자 곁에 대기하고 있던 김진수에게 명을 내렸다.

"포박을 풀어 주어라."

그에 신위군 부대장은 은명의 팔과 다리를 구속하고 있는 족쇄의 자물쇠에 열쇠를 넣어 돌렸다. 이내 그를 묶어 두었던 그것들은 바닥으로 추락하며 묵직한 소리를 냈다. 은명은 뻐근한 팔목을 돌리며 동공왕을 노려보았다. 그리고 제현은 그런 그를 향해 가소롭다는 듯한 눈빛을 보내며 입을 열었다.

"너희는 죽었다."

공식적으로는 그들은 처형을 당해 죽은 사람이었다. 이것으로 인해 그들은 더 이상 왕이나 귀족들에게 간섭받을 일이 없었다. 이는 반대로 정치적인 일에 힘을 쓰지 못한다는 의미이기도 했다. 즉 궁에서의 완벽한 퇴출이나 마찬가지.

제현은 인간에게 보내는 시선이 아닌 지나가는 개미같이 미개한 생물을 보는 것 같은 눈길로 말했다.

"서아란…… 여태까지의 정을 봐서 죽이진 않도록 하지. 허나 내가 베푸는 아량은 여기까지다. 이대로 한양 밖으로 꺼져라. 그리고 다시는 돌아오지 마라."

분명 잔인한 말이었다. 그 뜻은 한양에서 가지고 있던, 그리고 쌓아 왔던 모든 재물과 인맥을 강제로 포기시킨다는 의미였으니. 허나 그 말을 들은 아란은 희미하지만 웃음을 지었다. 어차피 궁을 나가게 된다면 한양 쪽으로는 시선조차 돌리지 않을 생각인 그녀로선 딱히 상관없는 이야기였음이라. 그 웃음을 마주한 제현의 표정이 일순간 흐트러졌으나 이내 좀 전의 냉엄한 얼굴로 되돌아가 말을 이었다.

"아아, 그리고 은명이라 했던가? 네놈에겐 받아야 할 것이……."

그리고 그 순간 은명이 그의 얼굴을 향해 전력으로 주먹을 날렸다. '뻐억' 하고 묵직한 소리가 울려 퍼지며 제현의 얼굴이 살짝 돌아간다. 그와 함께 신위군들이 검을 뽑아 들었으나 제현이 손을 들어 올려 제지하였다. 그는 아무렇지도 않다는 듯 다시 은명을 바라보며 '픽' 하고 웃음을 지었다.

"아아, 뭐 이건 마지막 애교 정도로 봐주도록 하지."

은명은 오히려 욱신거리는 제 주먹을 감싸며 이를 빠득빠득 갈았다. 동공왕이 원하는 바가 무엇인지 눈치를 챘기 때문. 그는 분명 아란을 탈주시키고 그 정보까지 차단해 낸 암정국에 대해 관심을 가졌으리라. 거기에다…… 풀어 주기로 결정했지만 여전히 적의가 담긴 눈길로 저를 보는 동공왕의 모습에서 또 다른 사실을 알아챌 수 있었다.

아란을 포기했으나 그건 집착의 대상이 옮겨 간 것이 이유가 아니었다. 심경에 무슨 변화가 일어났는지 모르겠으나 제 쪽에서 마음을 접는 '희생'을 하기로 한 것. 평소의 동공왕을 생각하면 땅과 하늘이 뒤집힌 것같이 놀라운 일이었으나 실제로 벌어진 일이기도 했다. 따지면 아직은 연적이나 마찬가지.

은명은 최대한 분노를 내리누르며 그가 원하는 것을 내어 주었다. 그것을 대가로 제 아내와 자신이 안전해질 수 있다면야 무엇을 버리지 못하겠는가?

"신위대장 흑영에게 우리가 처음 만난 곳에 있던 버드나무 아래를 파 보라 하시오."

그 말만을 남기며 은명은 왕에 대한 예우도 인사도 없이 아란을 이끌고 길을 따라 걸어 내려갔다. 이걸로 그들의 인연은 끝을 고했다. 은명과 아란은 한양과 최대한 먼 곳으로 가서 정착을 하고 살겠지. 하늘이 장난을 치지 않는 이상 다시 만날 일은 없을 것이다.

제현은 그들이 시야에서 사라지자 딱딱하게 굳은 안면을 풀었다.

"매정한 계집."

서아란은 마지막임에도 은명의 손에 자신을 의지한 채로 뒤도 돌아보지 않고 걸어갔다. 다시는 보기도 싫다는 듯이.

"그래도 예의상 인사라도 해 주고 가지."

제현은 제 얼굴을 손으로 쓸어내렸다. 제가 전심을 다해 사랑했던 여인이었다. 이렇게 보내는 것이 어찌 쉬울까? 당장이라도 달려가서 무릎을 꿇고 애원을 하고 싶었다. 제발 가지 말아 달라고. 동정이라도 좋으니 그때와 같이 인간으로서 봐 달라고.

"하지만 그래서는 안 되겠지."

그는 쓰게 중얼거린 뒤 궁문으로 발걸음을 옮겼다. 그리고 안으로 들어서자마자 침묵을 지키고 서 있는 흑영을 향해 물음을 던졌다.

"지금이라도 뒤따라가면 인사 정도는 할 수 있을 것이다."

"……아닙니다. 저들에게 있어선 전 불편한 대상일 겁니다. 그저 마지막 모습을 본 것만으로 되었습니다."

흑영은 괴로움을 마음 깊이 삭이며 그리 답했다. 위험에 빠진 친구를 구하진 못할망정 왕에 대한 충심이란 미명하에 도리어 위험 속으로 밀어 넣지 않았던가? 그래 놓고서 무엇이 지우(知友)란 말인가? 그리고 이제 와서 무슨 낯짝으로 그들 앞에 설 수 있단 말인가? 죄인은 이렇게 먼 곳에서 조용히 그들의 미래가 행복하길 기도할 뿐.

흑영은 최대한 담담한 모습을 유지하며 반대로 제현에게 질문을 던졌다.

"전하께서야말로 괜찮으십니까?"

"……큭, 글쎄."

제현은 짧게 웃음을 터뜨리며 자신을 기다리고 있던 하나린에게 걸어갔다. 그리고 그녀의 목에 걸려 있던 족쇄를 풀어낸다.

"이제 이건 필요 없겠군."

갑자기 풀려난 결박에 하나린이 어리둥절한 표정을 짓자 제현은 쿡 웃으며 그녀의 코를 쥐었다가 놓았다. 하얀 소녀가 살짝 아려 오는 코를 부여잡는 사이 흑영의 말이 이어졌다.

"역시…… 처음부터 이리할 계획이셨던 겁니까?"

도망친 요물을 잡아서 짐승에게나 채우는 두꺼운 족쇄를 채우고 마치 그것에게 마음이 움직인 양 행동한다. 그리고 서아란에게 더 이상 흥미 없다는 태도를 보이며 그녀의 남편과 함께 야멸차게 한양 밖으로 쫓아 버린다.

실은…… 그것은 모두 서아란이란 존재를 위한 행동. 몸도 마음도 갇혀 버린 그녀에게 새장 문을 열어 자유롭게 날아가라고 등을 떠민 몸짓. 이제 놓아주겠다고 혹시 모를 미련을 남길지 모르니 제 눈앞에도 보이지 말아 달라는 자학에 가까운 포기.

제현은 하늘을 올려다보며 쓰게 말하였다.

"생각은 했지만 실제로 하게 될지는 몰랐지."

"굳이 그렇게까지 악역을 자처하실 것까진 없었습니다."

흑영이 안타깝다는 어조로 말하자 왕은 비틀린 웃음을 지었다.

"하지만 그랬다면 그들이 내 호의를 믿었을까?"

"그건……."

"오히려 그것에 의심을 품고 그 뒤에 또 다른 생각이 있을 것이라 불안에 떨며 살아가겠지. 평생 동안 내 그림자 속에서 벗어나지 못한 채 시름시름 앓으며 살아갈 거야. 그럴 바엔 차라리 그 짓을 하지 않은 것만도 못하지."

"전하……."

"악마는 끝까지 악마다워야지. 그러니 악마답게 하는 이별이 옳은 것이야."

흑영은 말을 잇지 못하고 제 주군을 바라보았다. 기괴하게 웃고 있는 모습은 정말 악마다웠으나 너무나 아프게…… 슬프게 느껴졌다. 그가 있는 곳은 낮임에도 불구하고 어둠이 잠식해 가는 것처럼 검게 물들어 있는 느낌이었다. 악의와 살의, 고통과 슬픔이 뒤섞여 만들어 내는 매서운 광기.

그때 하얀 소녀가 작고 하얀 손을 뻗어 제현의 얼굴을 조심스럽게 쓸어내렸다. 마치 위로하듯이. 새털처럼 부드러운 그 손길은 이내 그의 머리를 제 품으로 끌어당긴다. 그리고 동공왕은 하나린의 그런 행위를 거부하지 않고 몸을 숙여 절 그녀에게 맡겼다.

"이제 울어도 돼."

그의 귓가로 작게 이어지는 속삭임. 마치 모든 걸 끌어안고 품어 주는 존재와 같은. 그렇기에 제현은 여태까지 궁에서 쌓아 오고 짊어진 것들을 내려놓을 수 있었다. 그렇게 그는 처음으로 제가 쓴 가면과 갑옷을 벗고 자신의 나약한 모습을 보였다.

툭 투두두두둑.

맑은 하늘에 어느새 옅은 구름이 모이며 갑자기 비가 떨어져 내리기 시작했다.

이날 흑영은 처음으로 제 주군의 눈물을 보았고 그보다 한참은 나약해 보이는 작은 인영이 함께 울어 주는 것을 보았다. 검은 광기를 끌어안은 소녀의 눈이 푸른빛을 토해 내며 영롱한 빛이 담긴 눈물을 흘려 내보냈다.

그는 소녀의 눈물과 함께 떨어지는 비 역시 영롱한 빛이 담겨 있는 것 같다고 생각했다.

토도도도독.

여울은 처마 밑에 몸을 숨긴 채 손을 뻗어 하늘에서 내리는 비를 받았다. 그와 함께 그 비가 그녀와 반발하듯 타닥 하며 사방으로 비산(飛散)한다.

"따갑군."

이무기는 그 모습을 경이롭다는 듯 바라보았다. 은은한 빛을 머금은 빗물이 지나가듯 떨어져 내린다.

"이게 바로 천우(天雨)인가?"

아름답고 신비하고 경외심이 든다. 이 빗방울 하나하나가 약하지만 맑고 정순한 선기를 머금고 있었다. 이런 것에 노출된다고 딱히 힘이 깎여 나가거나 몸에 피해를 입는다거나 하진 않는다. 다만 살생의 업을 짊어진 여울에겐 약간이나마 고통을 준다.

"하루 만에 다시 잡혀 온 여우라…… 명성에 어울리지 않게 너무 쉬운 거 아니야?"

그녀는 제 도톰한 입술을 손가락으로 톡톡 두드리며 빙긋 웃음을 지었다.

"뭐, 움직임이 제약당한 내게 있어선 나름의 구경거리가 생긴 건가?"

"서가(家) 쪽은 정리가 되었는가?"

그날로부터 벌써 며칠이 지났다. 집무실에서 업무를 보던 제현은 제 앞에 부복해 있는 흑영에게 질문을 던졌다. 그에 그로부터 간결하게 보고가 올라왔다.

"서가의 재산과 땅문서의 절반을 국고로 환수하였고 서가의 가주 서진인은 어제 이름조차 없는 먼 지방으로 유배를 보냈습니다. 구미호를 서아란으로 둔갑시켜 궁 안으로 들이는 계획에 동조하지 않은 식솔들은 최대한 피해를 주지 않는 선에서 처벌하고 방면하였습니다."

"딴 귀족 놈들이 먹잇감을 눈앞에 둔 승냥이 떼처럼 달려들었을 텐데도 잘 해결하였다."

"아닙니다."

그런 자들이 짖어 대는 소리는 모두 전하께서 막으셨을 테니까요. 그 말을 숨긴 흑영은 전에 제현이 은근히 말을 흘리며 신경 썼던 인물들에 대해 조심스럽게 말을 이었다.

"전에 전하 앞에 엎드려 호소하였던 진예호는 그 죄를 감하여 방면될 수 있다 하였으나 끝까지 제 주인을 모시고 싶다 하여 서진인을 따라 유배지로 내려보냈습니다."

"……그래 그랬겠지."

어느 정도 예상했다는 그의 태도에 흑영은 깊게 한숨을 내쉬었다. 진예호. 그 주인에 맞지 않게 너무도 곧은 인물이었다. 정말 마음에 드는 이였는데. 그렇게 의미 없이 스러지기엔 아까운 자였다. 허나 그자가 그렇게 살아가길 바란다니.

입맛이 쓰다. 하지만 이 사건의 원인을 찾아 올라가면 그 끝엔 제 주군이 있는 터라 침묵을 유지한다. 흑영은 더 이상 그에 대해 거론하지 않고 다음으로 넘어갔다.

"궁녀 오단의 경우엔 어명을 어긴 것이라 빼내기 쉽지 않습니다. 왕의 지엄함을 위해선 반드시 큰 처벌이 필요합니다. 그리고 시중인 청이 또한 이번 사건의 직접적인 동조자라 이 역시 빼내기 힘듭니다."

"……그 부분에선 짐이 알아서 하도록 하지. 이만 가 보아라."

제현은 마지막 문서를 옆으로 치우며 자리에서 일어섰다. 그리고 말없이 걸음을 옮겼다. 근래 그의 행적을 생각하면 그가 가고자 하는 곳은 따로 언급하지 않아도 쉽게 알 수 있었다. 이번 사건의 핵심에 들어앉아 있는 구미호가 머무르고 있는 풍옥전.

그녀는 그저 아무것도 모르고 이용당했다는 점을 감안해서 풍옥전에 연금이라는 처벌 아닌 처벌이 내려졌다. 이건 말이 감금이지 실상은 하나린이 두 달간 당해 왔던 처우와 크게 다르지 않았다. 그랬기에 제현의 하루 또한 전의 두 달과 비슷하게 돌아갔다. 왕의 업무를 마치면 풍옥전으로 향한다.

거의 변함없는 일상.

"동공국의 태양을 뵙습니다."

아, 언제부턴가 이물질이 이 평범한 하루에 끼어들어 있지만. 제현은 풍옥전 대문 앞에서 제게 고개 숙이며 인사하는 백사린을 싸늘히 노려보았다. 며칠 전부터 무언가 원하는 바가 있는지 꾸준히 이곳에 서서 그를 기다린다.

"전하께 드릴 주청이 있습⋯⋯."

그리고 제현은 늘 그렇듯 그녀를 무시하고 풍옥전 안으로 들어갔다. 그러면 늘 그곳에서 기다리고 있는 이가 절 맞이한다.

바람이 분다. 그럼 이 바닥에 떨어져 있던 나뭇잎과 꽃잎들이 허공으로 흩날리며 수를 놓는다. 그리고 그것들 사이로 하얀 소녀가 푸른 시선으로 바라보며 눈부신 웃음을 짓는다. 단지 이곳에 있던 존재가 서아란에서 하나린으로 바뀐 것일 뿐인데 여기 풍옥전에 따뜻하고 포근한 기운이 가득 찼다.

그렇기에 제현은 과거를 붙잡고 있던 손을 서서히 놓을 수 있었다. 그렇기에 제게 달려와 안기는 하나린을 향해 손을 뻗어 마주 안을 수 있었다. 그렇기에 그는 이곳에 발을 내디딜 때면 마치 꿈을 꾸는 것 같은 기분을 느낀다.

"제현! 저기저기 오늘도 예쁜 여자 있다! 벌써 삼 일째다."

그러나 그 환상은 그 당사자에 의해 파사삭 깨져 버렸다. 제현은 팍 인상을 찌푸리며 백사린에게 향하는 그녀의 눈을 손으로 턱 막아 버렸다.

"무시해라."

짧은 일갈.

"저 여자 계속 제현 기다린다. 정성 지극하다!"

허나 하나린이 그의 말을 고이 따를 리가 없다. 갑자기 시야가 막혀 버리자 답답하다는 듯 팔을 내저으면서도 제가 할 말은 다 하는 그녀였다. 제현은 무력으로 하얀 소녀를 질질 끌고 갔다. 하나린은 반쯤 대롱대롱 매달려 가면서도 계속해서 말을 이었다.

"왕이니까 들어 줘야 한다."

"마주하고 싶지 않군."

"피하는 게 능사가 아니다."

"때론 무시하는 게 답일 때가 있다."

"그러다 인생 망한다."

"······그건 또 어디서 어떤 과정으로 나온 원리냐?"

짧게 말을 주고받으며 가볍게 투닥거리는 그들. 제현은 하나린을 마루 위로 앉힌 뒤 친히 몸을 굽혀 한쪽 무릎을 바닥에 댄다. 그 사실 하나만으로 경악을 하는 궁인들이었다. 헌데 뒤에 이어지는 행위는 더더욱 가관이다. 직접 그녀의 신을 벗겨 주는 동공왕.

동공국 유일의 지존이 어찌 요물 하나에게 무릎 꿇을 수 있단 말인가! 그리고 종과 같이 저리 행동할 수 있단 말인가! 매번 볼 때마다 속으로 절규를 외치지만 차마 입으로 내뱉지는 못하는 궁인들이었다. 얼마 전 궁을 휩쓸었던 왕의 분노를 기억하면 지금 왕의 고삐를 새로 쥐게 된 저 요물을 감히 타박할 수가 없었다.

저 요물 덕분에 미친 폭군이 근래 들어 많이 잠잠해졌으니 불만스러워도 꾹 눌러 참을 수밖에 없다. 거기에다 무려 도주도 하지 않고 얌전히 풍옥전에 있지 않는가! 그 덕분인지 동공왕이 폭발이라 할 만한 분노를 터뜨리지 않을뿐더러 어제 있었던 아랫것의 실수도 너그러이 넘어가 주었다. 그랬기에 궁의 평화를 위해선 저 요물의 필요성을 일부 인정하게 되었다.

그 순간 하나린이 동공왕의 머리 위로 손을 올리며 쓱쓱 쓰다듬는다. 그걸 본 궁인들의 눈이 튀어나올 듯 부릅떠졌다.

'저저저 미친!'

허나 제현은 딱히 불쾌감을 표현하지 않는다. 오히려 기분 좋다는 듯 그르릉 울음소리를 내는 맹수와 같은 분위기를 풍겼다. 거기서 또 다시 말문이 막히는 궁인들이었다. 결국 좋은 게 좋은 거란 생각으로 따지는 걸 포기해 버린다.

그사이 하나린은 말을 고르는 듯 고민하더니 천천히 입을 열었다.

"음— 무시하는 거 상대에게 상처 준다. 꼬인 관계 풀리지 않는다. 오히려 오해가 더해진다. 그럼 적대한다. 그런 것들이 쌓이고 쌓여 되돌아오게 된다. 그건 매우 나쁜 감정이다."

"그러든가."

허나 제현은 그따위 것은 상관없다는 듯 시큰둥하게 답했다. 어차피 수십의 악의와 적의, 살의를 등에 업고 살아가고 있지 않은가? 그것에 고작 한두 명의 것이 더해지는 건 우습지도 않은 일이다. 그런 건 힘으로 눌러 버리면 그만이고 뒤에서 꼼수를 쓴다면 그건 그것대로 조금 머리를 써서 박살 내 주면 그만이다.

그럴 능력이 있기에 제현은 안하무인으로 행동할 수 있었다. 허나 하나린의 이어지는 말에 움찔할 수밖에 없었다.

"그건 가슴 아프다. 일부러 미움을 받는다는 거."

"아니 그건……."

"제현도 알고 보면 좋은 사람인데 그런 냉담한 행동 때문에 남들이 제현을 싫어하는 건 슬프다."

"……."

그는 할 말을 잃었다. 그리고 곁에 있던 궁인들도.

궁인들은 제가 들은 것이 거짓이 아닌지 제 귀를 의심하며 하얀 소녀를 쳐다보았다. 저것이 머리에 칼 맞았나? 아니면 왕이 따로 세뇌를 했나? 그것도 아니면 요물의 기준엔 미쳐 날뛰는 짓이 좋은 것이라는 법칙이 있나? 어이가 가출하다 못해 정강이를 차고 뺨을 올려 치는 그런 느낌.

"하아— 그래 이야기를 해 보도록 하지."

결국 제현은 두 손을 들고 항복을 선언했다. 진짜 마음이 아프다는 듯한 하나린의 눈망울에 그는 깊은 한숨을 내쉬었다. 그리고 반쯤 짜증이 서린 음성으로 백사린을 불렀다.

"들어와라."

먼 거리임에도 그 목소리는 백사린에게 닿았다. 그에 그녀는 흠칫하고 몸을 떨었으나 태연한 모습으로 옷매무새를 정돈하고 풍옥전 안으로 걸음을 옮겼다. 백합과 같이 하얀 옷을 입은 그녀는 한 걸음 한 걸음 고아하게 발걸음을 떼었다. 곱게 땋아 내린 분홍빛 머리카락을 검은 무늬가 섞인 하얀 댕기로 묶은 모습은 그녀를 더더욱 순결하게 보이게 만들었다.

"소녀, 동공국의 태양의 부름에 답하여 왔습니다."

그리고 섬섬옥수를 제 가슴께에 얹은 채 조신하게 인사를 해 보인다. 그저 남들이 하는 것과 똑같은 행위 같은데도 무언가 다른 우아함이 묻어났다.

"우아……."

그런 백사린을 보며 하나린이 감탄사를 터뜨리자 제현이 '쯧' 하고 혀를 차며 슬쩍 그녀의 눈을 손으로 덮었다. 그렇게 또다시 시야를 뺏기자 구미호는 두 팔을 붕붕 휘저으며 불만을 드러냈다. 허나 그는 그 반항을 모르는 척하며 백사린을 향하여 질문을 던졌다.

"그래, 이렇게 지극정성을 보이며 내게 하고자 하는 말은?"

귀찮다는 듯 서론은 생략하고 곧장 본론으로 넘어갔다. 그런 화법이 당혹스러울 법하건만 백사린은 미미한 미소를 입가에 건 채 입술을 열었다.

"긴 이야기입니다. 저분이 안 계시는 곳에서 대화를 하고 싶습니다."

"그냥 말해."

그녀가 뾰로통하게 입가를 삐죽이는 하나린을 보며 그 소녀를 잠시 떨어뜨려 줄 것을 권했으나 동공왕은 같잖은 수 쓰지 말라는 듯 차게 대꾸를 한다. 그럼에도 그녀는 미소를 전혀 흐트러뜨리지 않았다. 그리고 짧게 한마디를 툭 던졌다.

"왕비에 관한 이야기입니다."

그와 동시에 제현의 표정이 단단히 굳었다. 그는 서늘한 살기를 은은히 뿜어내며 백사린을 노려보았다. 눈빛에 담긴 살의는 지금 당장 그녀를 오체분시(五體分屍: 머리와 양쪽 팔, 양쪽 다리에 묶인 밧줄을 다섯 마리의 소나 말이 서로 다른 방향으로 당겨서 찢어 죽이는 참혹한 형벌) 시키고 싶다는 생각을 그대로 드러냈다.

주변 기온이 순식간에 겨울로 접어든 것같이 차갑게 내려앉았다. 백사린은 왕의 그 무시무시한 눈과 마주하며 전신이 식은땀으로 축축하게 젖어 드는 기분이었다. 허나 여기서 물러서면 이도저도 되지 않는다. 만약 그녀의 예상이 맞는다면 여기서 물러서지 않고 버티기만 해도 대화의 여지가 생기리라.

"제현. 피부가 따갑다."

하나린의 짧은 말에 살기가 씻은 듯이 사라졌다. 혹시나가 역시나 인 걸까? 백사린은 속으로 안도의 한숨을 내쉬었다. 제현은 짜증 난다는 듯 이내 제 머리를 거칠게 쓸어 올리며 딱딱한 어조로 말했다.

"자리를 이동하도록 하지."

이번 말은 좀 의외였다. 저 소녀를 방 안으로 들이고 이야기하면 될 터인데 굳이 왜 그렇게까지 하는 것일까? 당황을 감추며 백사린이 입을 열었다.

"네? 그렇게 하실 것까진……."

"영스러운 존재다. 저 아이의 귀가 닿는 곳은 최소 풍옥전 전체야."

그렇다면 저 소녀를 잠시 풍옥전 밖으로 내보내면 될 터인데? 제현은 동공국의 지존이다. 그런 위치에 있는 이가 공식적인 입장을 표명하는 대화도 아닌데 주변을 물리는 것을 택하지 않고 직접 장소를 이동하기로 한다? 그 말은 그가 저 소녀를 어떻게 생각하고 있는지 말하는 바나 다름없었다.

백사린은 먼저 일어서서 걸음을 옮기는 동공왕을 보며 눈빛을 반짝였다.

'최소 서아란. 혹은 그 이상.'

그러한 점에선 저 소녀의 존재는 위험하다. 전에 궁에서 봉인된 상태임에도 순식간에 사라졌던 걸 보면 언제든지 마음만 먹으면 탈주가 가능하다는 의미. 그렇게 되면 동공왕은 미친 듯이 날뛰게 되겠지. 하지만 반대로 생각해 보면 저 소녀가 이 궁에 계속해서 머무르게 된다면 확실한 동공왕의 고삐가 되어 줄 수 있다는 이야기도 된다.

방금만 해도 왕의 마음을 돌리지 않았던가. 그러니 어떻게 해서라도 저 소녀를 궁에 묶어 두어야만 했다. 서아란과 다르게 왕에 대한 호의도 가지고 있는 듯하니 조금만 뒤에서 수를 쓴다면 불가능하지는 않을 것 같았다.

"대화는 여기서 하지."

백련각 초입부. 제현은 벽에 등을 기대며 매섭게 백사린을 내려 보았다. 할 말이 있으면 빨리하라는 태도. 그에 백사린은 크게 심호흡을 했다. 주변에 사람들까지 물려 여기 있는 이는 동공왕과 그녀밖에 없었다. 즉 왕이 수틀려 그녀를 죽이려 한다고 해도 말릴 사람은 아무도 없다는 것.

이제 판은 펼쳐졌다. 남은 건 도박을 하는 것일 뿐.

백사린은 지독히 괴로운 고민 끝에 도달한 결론을 동공왕 앞에 내놓았다.

"풍옥전에 계신 그분을 왕비로 만들고 싶습니다."

"여긴 오랜만이군."

흑영은 숲속에 있는 거대한 버드나무를 올려다보았다. 그 아래에서 서아란, 그리고 은명과 첫 만남을 가졌었다. 엉뚱하기도 한 만남에서 지우로 지냈고 이후…… 파탄이 났다. 그는 쓰게 웃으며 검집을 꽉 쥐었다.

그는 상념을 털어 내며 나무 아래로 다가갔다. 분명 은명이 이 아래를 파 보라고 했지. 그곳에 암정국의 수장과 관련된 무언가가 있을 것이다. 허나 그곳으로 가까이 간 흑영은 경악할 수밖에 없었다.

"누가!!"

이미 파헤쳐져 있다. 누가 이랬을까? 은명이? 아니다. 그날 분명 한양 밖으로 나간 것이 확인되었다. 그럼 암정국의 인물인가?

그 순간 혼란에 빠져 있던 흑영의 등 뒤로 바람을 가르는 소리가 들려왔다. 그와 함께 흑영의 동공이 빠르게 좁혀진다.

캉.

검과 검이 부딪치는 소리가 날카롭게 울렸다. 그 짧은 순간에 발검을 하여 상대의 단도를 막아 낸 흑영. 마주한 검날 너머로 코 닿을 듯 가까이 다가온 사내와 눈을 마주한다.

"호오— 제법이네? 역시 은명의 지우인가?"

재밌다는 듯 입가가 찢어져라 귀를 향해 올리며 웃는 청년. 흑영이 눈을 깜빡하는 그 사이에 뒤로 멀리 물러서서 히죽거리고 있었다. 검녹색 머리카락에 얼굴을 붕대로 칭칭 감은 사내. 그는 붕대 사이로 붉게 빛나는 눈으로 흑영을 응시하였다.

"당신이 찾는 건 이거?"

그 사내는 킥킥 웃으며 작은 상자를 들어 보였다. 그에 흑영의 얼굴이 야차처럼 일그러진다.

"너……."

"곧 찾아간다고 전해 줘. 자격이 되면은 얻을 수 있을 거라는 말 역시. 누군지는 굳이 가르쳐 주지 않아도 알겠지?"

사내는 기괴함을 풀풀 풍기며 그 말만을 남긴 채 홀연히 자리에서 사라졌다. 과거 추억이 깃든 그곳엔 흑영만이 홀로 남아 이를 뿌득 갈고 있었다.

"미쳤군."

웃기지 말라는 듯 비웃음이 섞인 제현의 말이 백사린을 향해 떨어져 내렸다. 백사린은 귀족파의 수장인 백가(家)의 외동딸. 그런 이가 출신도 모르는, 그것도 인간도 아닌 요물을 왕비 자리에 올리고 싶다? 보나마나 무언가 수작이 있으리라. 차라리 백세악처럼 후계자를 낳는 권리를 포기할 테니 왕비로 올려 달라고 말하는 것이 훨씬 덜 의심스러우리라.

가시 돋친 그의 말에도 백사린의 표정은 담담하기만 했다. 어차피 예상한 바라는 듯. 그녀는 시선을 아래로 내리깔며 입을 열어 조근조근하게 말을 이어 갔다.

"전하께선 귀족가의 여인을 왕비의 자리에 앉히실 수 있을까요? 아니요. 절대 그러시지 못합니다. 경멸하는 그녀들을, 마음에 차지 않는 그녀들을 결코 선택하지 않으시겠지요. 그건 이 나라 귀족들에게만 속하는 이야기가 아닐 겁니다. 전하께선 풍옥전에 계신 그분 이외의 어떤 여인도 가까이 두시지 못할 겁니다."

차분하게 핵심을 짚는 그녀의 말에 제현의 입가가 비틀렸다.

"그래서?"

"당연한 이야기 아니겠습니까? 그분을 왕비 자리에 추대하여야지요."

어이가 없다. 제가 받아들일 수 있는 여인이 그 소녀이기에 그녀를 왕비 자리에 추대한다니. 제현은 제 앞에 다소곳이 있는 백사린을 내려 보았다. 저 머리통엔 도대체 무슨 생각이 들어 있는 걸까?

"내가 싫다면?"

"그러실 리가요."

확신적인 어조에 제현의 눈썹이 불쾌감을 품고 꿈틀했다. 네깟 것이 감히 날 함부로 재단한단 말인가? 그의 분노를 담은 기운이 주변으로 스산하게 퍼지기 시작했다. 허나 이어지는 그녀의 말에 요력은 빠르게 자취를 감추었다.

"그분을 곁에 붙잡아 두시려면 그리하셔야 될 텐데요."

완벽하게 허점을 찔렸다. 그가 지금 유일하게 두려워하는 것. 그건 하나린마저 제 곁을 떠나 버리는 것. 제현은 위협을 가하는 맹수처럼 목을 으르렁 울리며 말을 내뱉었다.

"왕비 자리와 그녀를 곁에 잡아 두는 것에 무슨 상관관계가 있지?"

"책임감."

"책임감?"

"예, 그분은 제 목숨이 위험할 지경에 처했는데도 서아란 아가씨의 대역을 끝까지 청했습니다. 즉 자신이 맡은 일에 강한 책임감을 가진다는 것이지요. 만약 왕비의 자리에 앉게 된다면 폐비가 되지 않는 이상 전하께서 왕의 자리에서 내려오실 때까지 그 의무를 계속해서 수행할 것입니다."

그렇게 백사린은 단언했다.

"만약 전하 사이에서 아이까지 낳는다면 필히 동공국에 뼈를 묻을 것입니다."

그 말에 제현의 말문이 턱 막혔다. 지금 백가의 계집이 하는 말의 의미가 너무나 확연하여서. 그야말로 아주 완벽한 족쇄이자 새장이 아닌가?

솔직히 제현은 하나린을 향한 제 감정이 무엇인지 정확히 정의 내릴 수가 없었다. 관계라고 해 봤자 고작 두 달. 그것도 하나린으로서가 아니라 서아란으로서다. 그녀가 다른 존재란 걸 알아채고 그렇게 대해 온 건 고작 며칠 정도.

애정인가? 아니면 그저 친우와 같이 지내고 싶은 건가? 아니면 신뢰 관계? 확실한 것은 호의적이라는 사실. 분명 그에게 있어서 그녀는 소중하다. 곁에서 사라지자마자 저 자신을 주체하지 못하고 반쯤 미쳐서 사냥하듯 그녀를 다시 붙잡아 왔지 않은가?

하지만 그렇다고 자신의 반려로서 생각하느냐 하면…… 장담할 수 없었다. 그에 제현의 표정이 잠시 흐려졌다. 의심된다. 반려라…… 자신이 그런 존재를 만날 수 있을까? 그렇다고 아무 귀족의 딸이나 왕비 자리에 앉히고 싶지는 않았다. 아니, 그녀들이 아닌 다른 여인들이라고 해도 마찬가지. 그건 마치 본능과도 같은 거부감이었다.

허나 그 자리에 하나린을 대입해 본다면?

"요물을 왕비로 만든다라…… 반대가 심할 텐데?"

……생각보다 나쁘지 않았다. 지금 이 순간 왕비로 맞아들이고도 거부감을 느끼지 않을 대상은 그녀밖에 없었다. 그리고 그것으로 언제 떠날지 모르는 그녀를 궁에 묶어 둘 수 있다면? 제현은 입가를 끌어 올려 섬뜩한 웃음을 지었다.

백가의 여식이 내뱉은 생각치고 썩 나쁘지 않은 계획이긴 하다. 그런데 그것에 대한 대책은 마련해 놓았을까?

순간 오싹한 느낌에 백사린은 한차례 몸을 부르르 떨었다. 허나 제 가옥에서부터 수십 번은 검토해 온 것들을 하나씩 풀어 놓기 시작했다.

"우선 그분을 왕비 후보로 공표하시려면 정체를 명확히 할 필요가 있습니다."

"정체라?"

"제 짐작이지만 그분은 요괴가 아니라 신선에 가까운 존재입니다. 성수청을 통해 그분의 위치를 분명히 하고 과거 고선제국의 초대 황제 경우를 예로 들어 그분의 격을 신성화시켜야 합니다. 다음은 왕가에 어울리는 고귀한 핏줄의 '인간'을 아내로 맞아들여야 한다고 주장할 왕실파를 설득하여 아군으로 만들어야 하고요. 아마 호조판서 이전량만 설득하면 나머지 왕실파의 소수 귀족들은 쉽게 수긍할 것입니다. 이후 그분에게 선생을 붙여 왕실의 여인으로서 교육을 하는 것 또한 필요하고요."

거기까지 말한 백사린은 한차례 숨을 내쉬었다. 이제부터가 관건이었다. 그녀가 가장 주요하게 생각하는 부분. 그녀가 가장 원하는 주청. 긴장에 긴장을 더하며 최대한 상대의 심기를 거스르지 않게 말을 이었다.

"그 선생으로서의 역할을 제가 맡고 싶습니다."

대답은 돌아오지 않았다. 대신 전신의 털이 쭈뼛 서게 할 만큼의 살기가 공간을 장악했다. 공기가 급격하게 차가워지는 느낌. 기분이 수틀린 제현에 의해 당장 이 자리에서 죽을지도 모른다. 그럼에도 백사린은 목숨을 건 도박을 하였다. 지금이 일생일대의 가장 큰 도전이었다. 제 남은 평생을 걸고서라도 해야 될 중요한 한 걸음. 사린은 덜덜 떨려 오는 몸을 꾹 누르고 땅을 내려 보며 판결을 기다렸다.

그 순간 제현의 목소리가 들렸다.

"그 이유는?"

과거 서아란으로 위장했던 구미호에게 가한 뒷공작과 연회 속에서의 겁박으로 이미 그의 눈 밖에 났다. 그렇기에 백사린은 더더욱 긴장할 수밖에 없었다. 그에게 있어선 등 뒤에 칼을 꽂으려던 적이 친우가 되겠다고 하는 격일 테니 결코 그녀를 믿을 수 없겠지. 백사린은 마른 침을 꼴깍 삼켰다.

"남은 귀족파 규수들의 고삐가 되어 줄 수 있습니다. 그리고 제가 그분의 선생이라는 것만으로 어느 정도 방파제가 될 것이고요. 무엇보다 전 지금까지 왕비를 배출했던 백가의 여식입니다. 어릴 때부터 왕비라는 자리를 보고 키워졌습니다. 그러니 그분을 가르치는 스승으로서 저만큼 훌륭한 이도 없다고 생각합니다."

핑계는 댈 만큼 대었다. 말이야 그렇게 했지만 스승으로서 그녀를 대체할 이들은 차고 넘친다. 이건 그저 욕망. 전에는 자신이 직접 왕비가 되고 싶다는 것이었으면 지금은 자신의 손으로 왕비를 만들고 싶다는 그런 그녀의 꿈.

스윽.

그때 제현이 손을 뻗어 백사린의 턱을 잡아 들어 올렸다. 그리고 자신의 코앞까지 끌어당겨 눈을 마주한다.

"무, 무슨?"

그에 그녀는 당혹스럽다는 듯 비명과도 같은 탄성을 토해 냈다. 깊이를 알 수 없는 검은 눈이 그녀의 눈을 응시했다. 조금만 움직이면 닿을 만큼 가까운 거리다. 아직 그에게 품고 있는 연모의 감정에 백사린의 심장박동이 빨라졌다. 그와 함께 얼굴도 점차 붉게 변한다.

"무슨 생각을 하고 있을까? 분명 어떤 욕망이 자리하고 있기는 한데."

제현의 입가가 매혹적인 선을 그리며 올라갔다. 그리고 새빨갛게 변한 그녀의 얼굴을 느긋하게 감상했다. 생긴 건 토끼같이 생겨서 속 안엔 능구렁이 몇 마리가 숨어 있다.

"뭐 일단 믿어 보도록 하지."

그는 그녀의 턱을 밀어내듯 놓으며 피식 웃었다. 눈은 마음의 창이라고 했다. 그런데 딱히 악의는 보이지 않았다. 그래서 우선 맡겨 보기로 했다. 어떤 수를 쓴다고 해도 사전에 차단할 자신이 있기도 하고.

"그래, 하나린을 가르쳐 보아라."

제현은 재밌다는 듯 그리 말하며 뒤돌아섰다. 그리고 뭔가가 갑자기 생각났다는 듯 '아' 하고 감탄사를 터뜨리며 입을 열었다.

"이렇게 함으로써 네가 얻을 수 있는 것은 무엇이더냐?"

그저 순수하게 궁금하다는 듯한 물음에 백사린은 간신히 미소를 그릴 수 있었다.

"완벽한 왕비입니다."

"재밌는 대답이군."

동공왕은 그 말만을 남기고 풍옥전을 향하여 걸음을 옮겼다.

"아가씨, 아침이옵니다."

하나린은 방 밖에서 들려오는 궁녀의 목소리에 멍하니 몸을 일으켰다. 그럼에도 아직 반쯤 잠에 취해 꾸벅꾸벅 존다. 그에 또다시 궁녀의 음성이 밖에서 들려왔다.

"아가씨 기침하십시오. 동공왕 전하께서 '선물'을 준비해 놓으셨습니다."

궁녀가 일부러 한 단어에 힘을 주어 말했다. 그리고 효과는 굉장했다. 하나린이 눈을 번쩍 뜨며 이불을 던져 버리고 튀어나온 것. 그녀는 흐릿한 시야에 힘을 주며 질문을 던졌다.

"어디? 어디?"

허나 말을 내뱉는 것과 동시에 그 선물을 발견할 수 있었다. 바로 코앞에서 익숙한 이가 궁녀가 입는 의복을 입은 채로 빙긋 웃음을 짓고 있었다.

"오늘부로 풍옥전에 배속 받은 무수리 청이라고 합니다. 앞으로 잘 부탁드립니다."

"청이야!"

하나린은 돌진하듯 청이를 덮쳤다. 과하게 반가움을 표하는 인사에 결국 엉덩방아를 찧은 청이였다. 그래도 그녀는 기분 좋은 웃음을 지으며 하나린의 등을 가볍게 쓰다듬었다.

"정체가 들켜서 모진 고초를 당했을 텐데 잘 버티셨습니다. 정말 수고하셨어요."

구미호가 반쯤 울먹거리자 청이는 '모습이 변해도 행동은 안 변하시네요' 라며 쿡쿡 웃었다. 그때 그들 위로 그림자가 졌다. 하나린은 무심코 고개를 들었다가 활짝 웃음을 지었다.

"선물은 하나가 아니라서요."

"오단!"

하나린이 손을 흔들자 오단은 방긋 웃으며 고개를 숙여 보였다.

"오늘부로 풍옥전의 무수리로 좌천된 오단이라고 합니다."

정중한 인사에 반가움이 가득하다. 하나린은 오단의 모습을 찬찬히 살폈다. 그리고 안타깝다는 듯 입을 열었다.

"너무 말랐다. 고목 같다."

"그때 야위었다는 말을 쓰는 겁니다."

"그래, 야위었다."

그 말을 청이가 정정해 주자 하나린은 그대로 반복해서 따라 말한다. 그러면서도 오단의 모습을 빤히 바라보았다. 그동안 고생이 심했는지 말 그대로 많이 야위어 있었다. 하긴 무려 어명을 어긴 죄인이다. 그것도 암묵적으로 왕의 여인이라고 칭해지는 궁녀가 말이다. 그러니 고이 다뤄 줄 리가 없을 테지.

하나린이라도 인간들 사이에 무언가 법칙이 있다는 것은 안다. 그리고 그 규율을 어기면 그에 대해 벌을 받는다는 것도. 인간의 영역에 함부로 간섭할 수 없어 제현에게 말을 못 하고 있었지 그들 걱정에 불안하긴 매우 불안했었다.

"어떻게?"

앞뒤 다 잘라먹은 물음. 그럼에도 그녀들은 어떻게 풀려나왔는지 물으려 했다는 걸 알 수 있었다. 그에 곤란하다는 듯 웃는 청이와 오단이었다.

"엄청 큰 벌을 받았습니다."

결국 청이가 먼저 입을 뗐다. 엄청 큰 벌이라는 말에 하나린의 눈이 크게 떠졌다. 그에 이번엔 오단이 조심스럽게 말을 이었다.

"그게…… 이제부터 죽을 때까지 평생 풍옥전 직속 무수리로 지내게 되었달까요?"

청이와 오단은 그 말을 내뱉고 인생이 반쯤 파투 났다는 듯 달관한 표정을 지었다. 어차피 죽은 목숨이었고 지금 살고 있는 것은 덤이라고 생각했기에 이렇게 웃음을 지을 수 있는 것이었다. 물론 하나린으로선 그런 그녀들의 모습이 이해되지 않는 노릇.

"그게 그렇게 큰 벌이야?"

예. 그녀들은 그 대답이 목까지 치솟아 올랐다. 허나 결국 아무런 말도 하지 않고 한숨만 내쉴 뿐이었다.

객관적으로 봐서 풍옥전 소속 궁녀들의 대우는 매우 좋은 편이었다. 다른 궁녀들보다 돈도 많이 받는 편이고 휴가도 철저하게 보장해 준다. 거기에다 지위 높은 귀족, 관리나 왕족이 먼저 와 있지 않은 이상 내의원에서 가장 일 순위로 치료받을 권한 또한 주어진다. 그리고 음식도 제법 괜찮은 편이었다. 풍옥전 소속의 궁인들 수도 많아 일도 분담해서 하면 쉬이 끝낼 수 있었다. 심지어 왕이 쉬는 곳인 침전과 업무를 수행하는 곳인 대전보다 더 좋은 대접을 받는다는 말이 나올 정도임에야.

근데 이런 것들을 포함해서라도 굉장히 안 좋은 단점이 있는데 그것은 바로⋯⋯ 단명한다는 것이다. 쉽게 말해 매우 잘 죽는 일자리였다. 최고 기록으로 풍옥전의 전 인원이 단 일주일 만에 갈아 치워진 전적도 있었다. 그것도 모조리 동공왕의 손에 시체가 되어 나갔다. 그 외에도 다른 일로 왕의 심기를 거슬러 팔이나 다리가 하나씩 사라져 궁 밖으로 내쳐지게 되는 경우도 있었다. 거기에다 반쯤 미친 폭군과 매일 마주하니 극도의 정신적 불안 증세에 시달리게 된다. 신경성 위염, 두통, 메스꺼움을 호소하는 이들이 속출하며 줄줄이 내의원을 방문한다.

청이와 오단은 이런 곳에서 평생 동안 일을 하게 된 것이다. 풍옥전에서 무슨 사고가 일어나 인사 조정이 일어나도 위치는 고정, 풍옥전 인물이 반쯤 죽어 나가 정신적 외상이 생겨도 위치는 고정. 절대로 벗어날 수 없다. 즉 이건 나가고 싶으면 죽어라는 말과 동일했다.

누가 봐도 연민밖에 느껴지지 않을 정도의 처벌이다. 얼마나 심한 것이면 어명을 어겼다고 당장 쳐 죽여야 된다고 외치던 귀족들조차 수긍하고 넘어갔겠는가? 그 사실을 차마 설명하지 못한 그녀들은 한숨만 푹푹 내쉴 뿐이었다.

결국 청이가 먼저 말머리를 돌렸다.

"그래서 아가씨께서는 어떻게 지내셨나요?"

그에 오단의 눈빛도 호기심으로 반짝하며 빛이 났다. 분명 그녀들이 잡혀 들어갈 때만 해도 봉인진에 구속되어 있었다. 그런데 막상 나오자 보게 된 것은 풍옥전에서 고이 대접받고 있는 광경. 새벽에 감옥에서 나오자마자 곧장 풍옥전 소속으로 배정되어 온 것이라 들은 바가 아무것도 없었다.

솔직히 말해 이미 죽어서 땅속에 묻혀 있거나 들판에 버려져 들짐승의 먹이가 되지 않았을까 하고 막연하게 상상하고 있었던 터였다.

허나 지금 있는 모습을 보니까 나름 중요한 사람으로서 대해지고 있는 모양이었다. 아마 이 아가씨만의 특유한 능력으로 그 위기를 극복해 내지 않았나 싶다. 그 과정이 궁금해지는 터라 청이와 오단은 하나린의 입이 열리길 기다렸다.

"음…… 그래, 봉인진에 잡혀 있었다."

그건 이미 알고 있었고.

"제현이 슬퍼 보여 위로해 줬다."

역시 그 상황에서도 그런 짓을 잘도 했구나.

"그런데 나 더 이상 쓸모없단 소리를 들었다."

어찌 그런 막말을…… 동공왕 답네.

"그래서 궁 밖으로 나갔다."

그래…… 나갔…… 뭐라? 청이와 오단의 표정이 순간 놀람으로 가득 찼다. 무려 궁의 성수청 도사들이 설치한 봉인진이다. 그런데 그걸 뚫고 나가다니! 그녀들이 경악하는 사이 하나린의 말은 계속 이어졌다.

"그런데 하루 만에 잡혀 왔다."

그럴 수도 있지. 그 동공왕이라면 멋대로 제 손을 벗어난 죄인을 그냥 놔둘 리가 없다. 뭔가 좀 찜찜한 면이 있지만 그녀들은 수긍했다.

"목에 족쇄가 채워진 채 돌아오니 풍옥전이 예전처럼 되어 있었다."

이쯤 되니 그녀들의 표정이 뭔가 기묘해졌다. 뭔가 일이 잘못된 것 같은 느낌. 하지만 그런 분위기를 읽지 못한 하나린은 여전히 흥겨워 보였다.

"제현이 아란에 대해 고민을 하는 것처럼 보여서 약간의 참고…… 충언? 아, 맞다! 조언을 해 줬다. 그랬더니 제현이 아란과 어떤 남자를 함께 풀어 줬다. 아란 표정 나쁘지 않았다! 그리고 나 다시 풍옥전에서 계속 지내고 있다."

어느새 청이와 오단의 안색이 새하얗게 변해 있었다. 그런 그녀들의 모습에 구미호는 이해할 수 없다는 듯 어리둥절한 표정을 지었다.

청이는 혹시나 하는 마음으로 오단을 향해 고개를 돌렸고 오단도 때마침 청이를 향해 시선을 돌렸다. 자신과 같은 생각이냐고 서로를 향해 눈짓을 보낸다.

이거…… 느낌이…… 여자의 직감이…… 아주 위험하다고 경종을 울린다.

오단이 꼴깍 마른침을 삼키며 먼저 질문을 던졌다.

"혹시…… 동공왕 전하께서 내 곁에 있어 달라는 식으로 말하지 않았습니까?"

"아! 그랬다!"

이어서 청이가 또 다른 질문을 던졌다.

"풍옥전 밖으로 나가지 말라고 제재를 가하지 않았습니까?"

"맞다. 그래서 전과 똑같이 생활하고 있다."

하나린의 밝은 대답이 이어질수록 그녀들의 얼굴은 시체처럼 새파랗게 변하는 걸 넘어서서 검게 죽어 갔다. 이건 착각 같은 것이 아니다. 분명 동공왕의 집착이 서아란에게서 구미호에게로 이동한 것일 터! 한편 안색이 나쁜 그녀들을 보며 하나린이 걱정스럽다는 듯 안부를 묻는다.

"청이, 오단 아파 보인다."

누가 누굴 걱정하고 있는 겁니까아아아아아아아! 당신은 이제 인생이 좋 났다고! 끝장이라고! 동공왕에게서 벗어나긴 글렀다고! 차마 입에서 나오지 못한 비명이 속에서 메아리친다. 이 여우는 도대체 무슨 죄가 있어서…… 하늘도 참 무심하기도 하지! 그녀들이 무슨 심정으로 제 가슴을 쿵쿵 치고 있는지 모르는 하나린은 눈만 말똥말똥 뜨고 있을 뿐이었다.

"아!"

그러다 무언가 생각났다는 듯 감탄사를 터뜨렸다. 그리고 약간 부스스해진 하얀 머리카락을 대충 다듬고 꼬리들도 흔들어 줘서 엉킨

털을 대강 풀어 주었다. 방 안에 들어가서 야장 위에 긴 겉옷을 걸치
기까지.

그 모습을 보던 청이가 '아' 하고 뒤늦게 감탄사를 내뱉는다.

"전하께서 오시나 보네요?"

"응? 오늘 제현은 아침엔 못 온다고 했다."

"네? 그러면?"

"나 오늘 아침에 새로운 스승님과 만난다."

"새로운 스승?"

"응! 오늘은 일단 하루 종일 함께 지내기로 했다."

그녀의 대답에 청이는 고개를 갸웃했다. 본래라면 소화부인께서 교
육을 진행하실 터인데? 그녀의 정체가 영스러운 존재라는 것에 부담
감을 느껴서 거부한 것일까? 그것도 아니면 다른 이유? 그렇다면 선
생으로 오는 사람은 누구일까? 어째서 단장할 시간조차 주지 않고 이
렇게 기침 시간에 맞춰서 찾아오는 것일까?

청이는 떠오르는 의문들에 고개를 갸웃하며 곰곰이 고민하다 결국
가장 중요한 것을 먼저 물었다.

"오늘부터 아가씨를 교육시킬 분의 이름은 누구신데요?"

"백사린이라고 했다."

……뭐시여? 백사린? 귀족파의 수장 백가(家)의 외동딸? 청이의 얼
굴이 와작 일그러졌다. 그녀는 손가락으로 제 관자놀이를 꾹꾹 누르
며 입을 열었다.

"백사린이 누군지 알아요?"

"응. 음 귀족파 쪽 사람이랬나? 그리고 저번에 연회에 초대해 준 사
람이다. 진짜 예뻤다."

보아하니 잘 알고는 있는 모양. 그런데 그 사람한테 교육 듣는 걸
반긴다고? 청이는 열불이 부글부글 끓어오르는 걸 참으며 질문을 던
졌다.

"혹시 아가씨가 수락한 것은 아니죠?"

"동공왕이 물어봤다."

"그래서요?"

"한다고 했다."

……빠직.

그와 동시에 청이의 이마에 힘줄이 돋아났다. 분명 조심하라고 알려 준 목록에 있는, 그것도 수없이 별표를 해 줬던 인물일 텐데? 청이는 이를 으득으득 갈면서 두 달 동안 그녀에게 했던 교육이 모두 허사로 돌아갔다는 걸 깨달았다. 그 순간 튀어나온 하나린의 물음이 청이의 신경을 부욱 하고 긁었다.

"문제라도?"

뚜욱.

그리고 청이의 이성의 끈이 완벽하게 끊겨 나갔다. 그녀는 그대로 손을 뻗어 구미호의 작은 머리를 통째로 꽉 잡은 채 음산한 웃음을 흘렸다. 분노로 눈을 희번덕이기까지 하며 악력을 더해 갔다.

"분명 제가 궁에서 사람을 함부로 믿지 말라고 했을 텐데요? 거기다 주요 인물들은 몇 번이나 강조에 강조를 더했었지요."

"청이야! 나 아파! 아파!"

"제발 좀 아파라, 이 여우야! 걱정해서 말해 주는 이야기를 좀 들어 처먹으라고! 앙? 그딴 식으로 궁에서 살다간 자신도 모르는 사이 등 뒤에 칼침 맞아도 몇 번은 맞는다고! 알아?"

아무리 조심할 것을 강조해도 알아서 적들에게 잡아먹으소서 하며 머리를 들이미는 하나린의 모습에 매번 복장이 뒤집어진다. 감옥에 있으면서 가라앉았던 신경성 위염이 다시 도지는지 속이 쓰려 오기 시작했다.

그렇게 청이가 으르렁대는 사이 그녀의 등 뒤로 그림자가 졌다. 허나 그걸 눈치채지 못한 청이는 이를 바득바득 갈며 목소리를 높였다.

"백사린 그 계집이 널 노리고 얼마나 많은 술수를 부렸는데 티끌만 한 긴장이라도 하란 말이다아!"

"나중에 올까요?"

"그래! 나중에 와! 일단 이것의 정신머리부……."

뒤에서 들리는 조곤조곤한 목소리에 버럭 성을 내다가 뭔가 익숙한 느낌에 말을 뚝 끊었다. 청이는 등골을 따라 식은땀이 또르륵 흘러내리는 기분이었다. 그녀는 최대한 태연하게 하나린으로부터 손을 떼고 옷매무새를 정리했다. 그리고 뒤돌아서서 분홍빛 머릿결을 가진 아가씨를 향해 고개를 숙여 인사했다.

"안녕하십니까? 혹시 오늘부터 하나린의 교육을 맡으셨다는……."

"백사린 그 계집이지요."

청이의 말을 끊으며 백사린이 방긋 웃으며 답했다. 청이는 혹시나 하여 저를 구원해 줄 이가 있는지 주변을 살폈다. 이미 오단은 자리에서 없어진 지 오래고 하나린은 아직도 제 얼굴을 부여잡은 채 끙끙대고 있었다.

'엿 됐다.'

그 생각만이 머릿속을 맴돈다. 청이의 표정이 반쯤 울상이 될 때까지 그렇게 서 있던 백사린은 시선을 돌려 이제야 정신을 차리고 자신을 바라보는 하나린을 내려 보았다. 그녀가 환히 웃으며 반갑다는 듯 손을 흔들자 백사린도 은은한 미소로 받아 주었다.

"이분의 말씀이 옳으니 명심하는 것이 좋을 것 같습니다. 그 대상이 누가 되었든 일단 경계부터 하는 것이 좋겠지요. 특히 저 같은 인물일 경우는 더더욱이. 지금부터 제가 가르쳐 드릴 것은 학문적인 면도 있겠지만 궁에서 만나는 사람들에게 어떻게 대처해야 하는지가 주를 이룰 것입니다."

순한 얼굴에 부드러운 음성이지만 제법 매섭게 충고를 던진다.

"그리고 궁녀분도 주변을 잘 살피면서 말씀하시는 것이 좋겠군요."

물론 청이도 빠뜨리지 않았다. 그리고 신을 벗고 마루로 올라가는 백사린. 청이는 급격히 쓰려 오다 못해 경련을 시작하는 위장에 몸을 웅크렸다.

이제 벗어났다고 생각했던 동공왕의 집착에 가장 위험한 적의 출현.

어딜 어떻게 봐도 총체적으로 난국이었다.

하나린이 흥얼거리며 제게 주어진 야식을 맛있게 먹고 있었다. 늘 그렇듯 그 식단은 꿀떡. 그것도 북공국에서 만드는 방식을 이용해 만든 떡이었다. 동공국의 것에 비해 떡의 두께가 두껍고 안의 고물을 꾹꾹 눌러 담아서 만들어진 것이었다. 거기에다 기름 함유량이 많은 편. 북공국이 추운 지방이다 보니 꿀떡에서 열의 손실을 막기 위해 채택된 방식이었다.

요즘 들어 하나린은 다양한 종류의 꿀떡을 맛보고 있었다. 비슷한 듯 하면서도 오묘하게 다른 맛에 그녀는 반쯤 중독된 상태. 야식 시간대가 되면 수라간 궁녀와 함께 방문하는 제현을 향해 꼬리를 살랑살랑 흔들며 반겼다. 물론 입에 고인 군침은 반가움에 비례한다.

"늘 나보다 꿀떡이 우선이군."

제현은 쓰게 웃으며 오물오물 꿀떡을 씹어 삼키는 하나린을 바라보았다. 그녀 몰래 앞으로 벌일 일, 즉 왕비 후보로 올릴 일에 대해 미리 꿀떡으로 나름 환심을 사려고 한 것은 매우 성공적인 것 같긴 한데. 먹을 것으로 유혹하는 게 꼭 길거리에서 길 잃은 미아에게 당과를 주며 납치하는 듯한 기분이다.

그는 궁녀에게 손수건을 받아 든 뒤 하나린의 턱을 붙잡아 부드럽게 자신을 향해 돌렸다. 그러자 기름으로 반질반질한 분홍빛 입술이 드러난다. 반지르르하게 빛이 도는 입술이 참 맛있어 보이는데. 제현은 슬쩍 입꼬리를 올린다.

'어차피 반려로 맞아들일 계획이라면 입맞춤 정도는 상관없겠지?'

그가 무슨 생각을 하고 있는지도 모르고 하나린은 순진하게 왜 그러냐는 듯 올려다본다. 그에 제현은 '픽' 하고 웃으며 손수건으로 그녀의 입술을 조심스럽게 닦아 주었다.

'혹시 경계를 하거나 겁을 집어먹으면 안 되니까.'

그 생각과 함께 계속 식사하라는 듯 그녀를 슬며시 놓아준다. 그에 다시 꿀떡을 맛나게 먹기 시작하는 하나린.

제현은 나른한 짐승처럼 제 눈앞에 있는 먹잇감을 바라보았다. 너무 조급하게 움직일 생각은 없었다. 그렇게 심하게 욕정이 드는 것도 아니고. 그녀와 함께 있으며 드는 느낌은 극심한 갈증이 아니라 태아가 어미 배 속에서 느끼는 것 같은 편안함, 안정감과 비슷하니까. 없어지면 불안해지고 미칠 것 같은 건 똑같지만.

"이건 어떻게 정의를 내려야 할 감정일까?"

제현은 멍하니 중얼거렸다. 솔직히 말해 그가 타인과 호의를 바탕으로 제대로 된 교류를 가진 적은 거의 없었다. 굳이 꼽자면 자신의 어머니와 청림, 그리고 그 사람들에 더해서 아주 짧은 시기였지만 아란 정도밖에 없었다. 어머니와의 관계에서 느낀 감정은 말 그대로 모정, 청림의 경우엔 부정과 유사한 감정이었고 아란의 경우엔 동경과 사랑……이라고 생각했었다.

그런데 지금의 하나린과의 관계에서 느껴지는 감정은 그 어느 곳에도 속하지 않는다. 그렇기에 그로선 상당히 혼란스러웠다. 일단 상당히 호의적이라는 것만은 알고 있다. 거기에다 자신이 원한다면 그 감정은 한 발자국 더 깊게 나아갈 수 있다는 것도. 허나 얼마 전 제 사랑이 맞은 파탄의 결과를 보았기에 더럭 겁이 났다.

여기서 더 나아가도 괜찮은 걸까? 그리고 그것이 혹여 서아란 때와 같은 서로를 죽이기만 하는 집착과도 같은 광기가 아닐까? 아니 어쩌면 지금도 그 조짐을 조금씩 보이고 있지는 않은가? 그렇기에 앞으로 이어질 나날들이 살얼음판 위를 걷는 듯 불안하게 느껴지기도 한다.

꾹꾹.

"제현, 인간은 인상 쓰면 주름이 생긴다고 했다."

그때 하나린이 검지를 뻗어 그의 미간 사이를 꾹꾹 눌러서 폈다. 그런 그녀를 멍하니 바라보던 제현은 이내 '쿡' 하고 웃음을 지었다. 아무리 고민하고 있어도 이 소녀가 저와 눈을 마주하고 있을 때면 그 모든 게 무의미해지는 것 같았다. 마치 그에게 부족한 부분을 채워 주는 느낌이랄까?

그의 표정이 펴지자 하나린은 망설임 없이 또다시 꿀떡에 정신을 집중했다. 그런 그녀가 조금은 얄밉다고나 할까? 제현은 짓궂은 웃음을 지으며 쉼 없이 흔들리는 하얀 꼬리들 중 하나를 덥석 잡고 만지작거렸다.

보들보들하게 손에 착 감기는 것이 부드럽다. 묘하게 중독성이 있는 감촉에 제현이 신기하다는 듯 조몰락거렸다. 그러자 하나린이 신경에 꽤 거슬리는지 슬쩍 뒤돌아보다가 제 꼬리를 잡아당겨 그의 손에서 쏘옥 빼낸다. 뭐 꼬리는 하나가 아니니까. 제현은 개구쟁이처럼 웃으며 다른 꼬리를 덥석 잡아 들었다.

그에 하얀 소녀는 부루퉁한 표정을 지으며 꼬리들을 탁 털어 내었다. 그 순간 꼬리들이 엉덩이 쪽으로 빨려 들어가듯 사라진다. 제현은 장난감들이 사라졌음에도 재밌다는 웃음을 지었다.

"오호 신기하군."

"둔갑술의 응용이다."

어느새 제게 할당된 꿀떡을 모두 처리한 그녀가 입술을 삐죽이며 말했다. 그러자 기름 범벅이 되어 반지르한 입술이 더 강조가 된다. 제현은 하나린을 들어 제 품속에 안착시킨 후 손수건으로 입술을 살살 문질러 닦았다. 그러면서 정말 궁금하다는 듯 질문을 던졌다.

"그런데 정말 넌 내가 밉지 않나?"

"응."

당연하다는 듯 돌아오는 그녀의 대답에 제현은 이해할 수 없다는 태도로 되물었다.

"나 때문에 많은 사람들이 다치고 희생당했다. 하지만 내가 왕이기에 그것에 대해 아무도 무어라 하지 못하지. 즉 나의 잘못으로 인해 연루된 자들은 지은 죄를 처벌받지만 나는 아무런 벌도 받지 않는다. 객관적으로 보아선 나는 악(惡)의 종점에 서 있는 자이지. 그런데도 넌 내가 나쁘지 않다고 생각하는 건가?"

왕은 무치(無恥)라고 했다. 왕은 백성을 속이고 핍박하며 말을 쉽게 바꾸어도 아들을 죽이고 며느리를 취하거나 형제를 죽이고 형수를 취한다 해도, 심지어 자신이 정한 법을 어겨도 부끄러워할 필요가 없다는 뜻이다. 왕이 위치한 곳은 나라의 정점. 왕이 힘이 없다면 모를 테지만 왕권이 강하기까지 하다면 그를 처벌하거나 제재를 가할 이가 없다.

그렇기에 제현은 그 자리를 놓지 않는 것이며 권리를 악용하고 있는 것이다. 허나 제현이라는 현(現) 동공왕은 백성들에겐 그리 나쁜 왕은 아니었다. 왕으로서 최소한의 의무는 착실하게 해 주고 있는 상태. 전대 동공왕의 치세가 매우 나빴기 때문에 현 동공왕를 향해 폭군, 폭군 하긴 하지만 백성들의 그에 대한 인식은 그럭저럭 나쁘지 않은 편이었다.

그러나 이것도 궁 안으로 들어오면 확연히 바뀐다. 왕이 서 있는 곳은 사신의 앞이요, 그의 관심을 받는 이는 죽을 날짜를 예약해 놓은 사람이었다. 그럼에도 거기에 아무도 항의를 하진 못한다. 그가 가진 왕권이 너무나 강하기 때문에.

그 사실을 스스로도 너무나 잘 알고 있는 제현으로선 제게 호의적인 시선을 보내는 하나린이 신기하기만 했다. 저의 그런 모습을 아예 보지 못했다면 할 말이 없겠지만 서아란 사건으로 제 본모습을 보기까지 하지 않았던가?

그때 하나린이 입을 열었다.

"제현은 나쁘다."

이건 사실. 알고 있지만 그걸 하나린의 입으로부터 듣자 가슴에 못이 박힌 듯 아파 왔다. 하지만 그녀의 말은 아직 끝난 것이 아니었다. 잠시 할 말을 머릿속으로 정리하던 그녀가 다시 입을 열었다.

"하지만 이유 없이 나쁜 사람은 없다. 모든 악행에는 이유가 있다. 그 근본적인 이유가 잘못되었다면 고쳐 나가면 된다. 과거에 매여 끝없이 악인으로 사는 게 더더욱 나쁜 거다."

"그렇다고 해서 악행이 사라지는 것은 아니지."

"맞다. 그렇기에 그 대가를 받아야 한다. 하지만 그 전에 자신을 용서하는 것이 먼저다. 자신을 용서하겠다는 것은 제 잘못을 알고 변화하겠다는 용기다. 그래서 사죄해 달라 할 수 있다. 사죄를 청할 수 있어야 처벌받을 수 있는 거고 속죄할 수 있는 거다. 자신을 용서 안 하고 변화할 용기가 없다면…… 그러니까 계속 악인으로 있겠다고 한다면 처벌받아도 그건 처벌이 아니다. 속죄해도 그건 속죄가 아니다. 그저 자신이 하고자 하는 일을 방해하는 불합리한 폭력이라 느껴질 뿐."

제현은 묘한 시선으로 제게 안겨 있는 소녀를 내려 보았다. 평소에 하는 짓을 보면 마냥 어린 소녀 같은데 종종 세상을 통찰하는 현자와 같은 말을 내뱉는다. 그 순간 하나린이 고개를 들어 그를 올려 보았다. 그리고 씨익 웃음을 짓는다.

"제현은 나쁘다. 하지만 슬픈 눈을 가졌다. 바뀔 수 있는 사람이다. 그러니까 좋은 사람이다."

제 스스로도 도저히 인정할 수 없는 말이 작은 소녀의 입에서 쏟아져 나온다. 다른 이들이 그런 말을 내뱉었다면 코웃음 치며 당장 반쯤 죽여 놓았으리라. 하지만 저 올곧은 푸른 눈을 마주하고 있으면 그녀가 하는 말이 아주 조금은 맞지 않을까 하는 생각이 든다. 제현은 슬그머니 그녀의 눈을 피하며 쓰게 말하였다.

"하지만 난 왕이다. 가장 높은 곳에 있는 자이며 함부로 몸을 숙여서도 안 되고 누군가가 함부로 벌을 내리지도 못하는 위치이지. 스스로 바뀔 수 있다고 해도 악행에 대한 대가는 받지 못해."

조금은 씁쓸한 어투에 하나린은 잠시 고민에 빠졌다. 그리고 제 손바닥에 주먹을 내리치며 감탄사를 터뜨렸다.

"아! 하지만 그건 인간들 사이에서지?"

"그렇……다만?"

제현이 떨떠름하게 대답하자 하얀 소녀는 대단한 것이라도 발견했다는 듯 말을 이어 나갔다.

"그럼 내가 제현에게 벌을 내리면 된다. 그럼으로써 제현도 죄의 앙금을 지우는 것이다."

그러고는 자리에서 벌떡 일어나 제 침실로 쪼르르 들어갔다. 제현은 살며시 고개를 기울여 그녀가 무엇을 하는가 지켜보았다. 하나린은 늘 제가 자는 곳에 쪼그려 앉더니 바닥을 향해 손을 뻗었고 그대로 '집어넣었다'. 그리고 무언가를 찾듯이 휘휘 젓더니 결국 원하는 것을 찾았는지 꽉 움켜쥐고 끌어당겼다. 그러자 웬 자그마한 괴생명체가 딸려 나왔다.

몸뚱이는 곰같이 생겼고 코는 코끼리처럼 길며 꼬리는 소꼬리처럼 생겼다. 거기에다 호랑이 무늬와 비슷한 얼룩무늬까지. 언제부터 궁 안에 저런 것이 있었을까? 제현은 어이가 없는 표정으로 질문을 던졌다.

"그건 뭐냐?"

"맥이다! 질병이나 불행을 피할 수 있게 해 준다. 또 악몽을 먹고 산다. 음음…… 신선이다."

아직은 어린지 작은 몸뚱이로 짧은 팔다리를 버둥거렸다. 하나린은 갑자기 보금자리에서 꺼내져 놀란 맥의 머리를 쓰다듬어 진정시키며 다시 제현에게로 돌아왔다.

"그게…… 벌과 관련이 있는 건가?"

제현은 무언가 찜찜하다는 듯 맥을 내려 보며 입을 열었다. 하나린은 제현에게 할당된 접시에 남아 있는 꿀떡을 하나 집어서 맥의 입에 넣어 주며 방긋 웃는다.

"응. 인간이 줄 수 없는 벌이니까…… 음…… 일종의 천벌?"

하나린은 고개를 살짝 갸웃하며 제가 한 말이 맞는지 고민을 했다. 그사이 제현은 검지로 맥의 머리를 톡톡 두드렸다. 그에 맥은 하지 말라는 듯 팔을 휘휘 저어 댄다. 이렇게 작고 약해 보이는 게 어떤 벌을 준다는 건지. 제현은 입가를 비틀었다.

"그래, 어떤 벌이지?"

"악몽."

답변은 바로 돌아왔다. 그에 제현은 미간을 살짝 찌푸리며 되물었다.

"악몽?"

"응. 맥은 악몽을 먹는다. 반대로 악몽을 토해 낼 줄도 안다. 제현이 이제부터 받는 벌은 아주아주 나쁜 꿈이다. 그게 얼마나 나쁘냐면은…… 음…… 무섭다? 아니 끔찍하다? 아니 음…… 혐오스럽다?"

"그래, 하여튼 아주 진절머리가 날 정도의 악몽인가 보군."

계속 놔두면 안 좋은 말들을 계속 나열할 것 같아 제현은 중간에 끼어들어 슬쩍 말을 끊어 내었다. 그에 하나린이 맞다며 맞장구를 쳤다. 그리고 냉큼 맥을 제현의 앞으로 내밀며 말했다.

"아이야, 부탁해."

"고오오옹."

맥은 제 힘을 이런 것에 쓰는 것이 불만스러운지 불평과도 같은 울음을 터뜨렸지만 결국 하나린의 부탁을 들어주었다. 짧은 팔을 뻗어 제현의 이마를 두어 번 톡톡 두드리는 맥. 그걸로 끝이었다.

"제현, 오늘 밤 힘내."

정말로 그게 끝인지 하나린은 맥을 다시 제 품에 끌어안으며 그렇게 말했다. 제현은 별다른 느낌도 없는 제 이마를 쓰다듬으며 기묘한 표정을 지었다. 고작 악몽 같은 거로 괜찮은 걸까? 그런 것으로 제 악행들에 대해 넘어가겠다는 것은.

최악이라 생각되는 악몽은 종종 꾼다. 과거 힘이 없었을 때 요물들이 달려드는 꿈이라든지 제가 죽인 사람들이 증오의 말을 토해 내는 꿈이라든지. 너무나 익숙해져서 그리 무섭지 않을 정도. 그저 일어나면 불쾌감만이 감돌 뿐.

"과거의 꿈이 무한 반복이라도 되려나? 그 수준이라면 기분 나쁘긴 할지도."

제현은 쿡쿡 자조적인 웃음을 지었다.

눈 위로 톡톡 두드리는 햇빛에 잠에서 깨어나는 듯 제현의 눈꺼풀이 파르르 떨렸다. 그리고 서서히 그의 눈이 떠졌다. 반쯤 몽롱한 기분으로 익숙한 천장을 올려다보았다. 꿈을…… 꾸긴 꾸었나? 머리가 묵직한 것이 상당히 불쾌하였다.

그때 제현의 흐릿한 시야에 밝은 갈색 머리카락이 잡힌다. 그와 함께 그의 표정이 야차처럼 험악하게 구겨졌다. 언제 제 이불 아래로 기어들어 온 건지.

"뱀 새끼가 간덩이가 부었나 보군. 아침부터 내 방에 찾아온 걸 보면."

"어머, 오늘은 깨어나자마자 잔인한 말씀을 던지시는군요. 전 그런 당신에게 반한 것이지만요."

간드러지는 목소리로 답하는 여울. 밝은 갈색 눈이 음험한 호의를 품고 사르르 빛이 났다. 오늘따라 왼쪽 눈 밑에 있는 점이 색기를 더한다. 제현의 바로 옆에서 이불 하나로 몸을 가린 여울은 도톰한 제 입술을 톡톡 두드리며 요염하게 웃음을 지었다. 마치 유혹이라도 하는 태도에 제현의 눈이 살기를 띠며 싸늘하게 빛났다.

"꺼져."

"싫사옵니다. 얼마 만에 함께 보낸 밤이온데 좀 더 함께 있고 싶습니다."

"드디어 네가 미친 게로구나."

그는 늘 이불 속에 넣어 두는 검을 찾아 더듬었으나 아무것도 잡히지 않았다. 분명 저 뱀 새끼가 따로 치워 놓았으리라. 제현은 이를 으드득으득 갈며 몸을 일으켰다. 이불이 스르륵 가슴 아래로 흘러내림과 함께 아무것도 걸치지 않은 그의 상체가 드러났다. 그에 제현이 흠칫하며 몸을 굳혔다.

이건 또 언제? 의문이 치솟아 오름과 동시에 답이 떨어져 내렸다. 이런 짓을 할 만한 이가 누구뿐이겠는가? 눈앞에 있는 음탕한 계집이 범인임에 틀림없었다.

"날 이렇게 만들어 놓다니 도대체 무슨 속셈이지?"

"으흐응~ 그런 말씀을 하시기 전에 절 이렇게 만드신 것부터 말씀하셔야지요."

여울이 야릇한 콧소리를 내며 몸을 배배 꼬았다. 뭔가…… 평소에 비해 더 유혹적이다? 거기에다 이상하게 서로 하는 말이 맞질 않는다. 제현은 조금 전부터 뭔가 조금씩 엇나가는 대화에 인상을 찌푸렸다. 그 순간 침실 문이 드르륵 열렸다.

제현은 침실에 따로 고함도 없이 들어온 무례한 이에게 분노를 터뜨리려다 움찔하고 멈췄다. 거기엔 여울의 축소판이라고 봐도 좋을 여자아이가 허리에 손을 올린 채 당당히 서 있었다. 그 여아는 여울을 보더니 인상을 찌푸리며 짜증을 내었다.

"엄마, 지금 시간이 몇 신지 알아? 언제까지 이불 속에서 뒹굴 건데?"

"어머 아가, 어젯밤 이이의 사랑을 듬뿍 받아서 말이야. 오늘은 푹 쉬고 싶단다."

언제 새끼까지 깐 거지? 여울이 궁에 있는 어떤 놈을 홀려서 잡아먹었구나 하고 생각한 제현은 깊은 한숨을 내쉬었다. 그런데…… 잠깐 이 뱀 새끼가 방금 뭐라고 한 거지? 제게 사랑을 받았다고 한 건가? 평소의 유혹질과 다른 묘한 어조에 제현의 직감이 불길함을 느끼며 마구 경종을 울리기 시작했다.

때마침 여아의 시선이 제게로 향한다. 제현은 확신했다. 지금 저 꼬마의 입을 막지 않으면 분명 후회할 것이라고. 그는 황급히 자리에서 박차고 일어났다. 무기 같은 것을 챙길 잠시의 시간도 아깝다. 제현은 필사적인 움직임으로 여아의 입을 틀어막기 위해 움직였으나 이미 한 발짝 늦은 뒤였다.

"밤놀이는 제발 적당히 좀 하라고, '아빠'!"

"끄아아아아아아아아아악!"

왕이 잠을 자는 침전. 새벽에 제현의 비명 소리가 크게 울려 퍼졌다. 그에 침전을 지키는 호위무사들이 황급히 침실 안으로 뛰어 들어갔다. 그리고 반쯤 공포심에 묻힌 채 주변을 경계하였다. 무려 그 동공왕이다. 그런데 그가 저리 끔찍한 비명을 지를 정도의 자객이라니 벌써부터 사기가 반쯤 꺾이는 기분이었다.

뒤늦게 들어온 박 내관은 이부자리에 앉아서 거칠게 숨을 들이마셨다 내쉬는 제현에게 다가갔다. 물론 오 보(步) 밖까지다. 희대의 폭군이라 칭해지는 그의 안색이 백지처럼 창백해져 있었다. 거기에다 식은땀으로 범벅이 되기까지. 박 내관은 큰일이 나도 아주 큰일이 났구나 하는 심정으로 질문을 던졌다.

"저, 전하 무슨 일이옵니까?"

"나가라."

그에 제현이 제 가슴을 부여잡은 채로 입을 열었다. 다짜고짜 튀어나온 이해할 수 없는 명령에 박 내관은 되묻는 실수를 저질렀다.

"예?"

"아무것도 아니니까 나가라고! 다 나가!"

결국 터져 나오는 분노에 호위무사와 박 내관은 이유도 모르고 쫓겨 나와야 했다. 한편 침실에 홀로 남겨진 제현은 심호흡을 하며 거칠어진 숨을 골랐다. 그리고 방금 전 꾸었던 꿈을 떠올렸다.

오싹.

그와 함께 전신을 타고 소름이 흘러내린다. 이건 정말…… 상상을 초월할 정도로 끔찍한 악몽이었다. 그 빌어먹을 뱀 새끼와 함께 밤을 보내고 그 사이에 아이까지 생…….

쾅.

제현은 더는 생각이 이어지지 않게 주먹으로 강하게 바닥을 내리쳤다. 그에 마룻바닥이 우지끈하고 부서져 나갔다. 하나린이 이걸 노리고 악몽이란 처벌을 내렸으면 정말 영악한 아이였다. 이건 진짜 실제가 될까 무서운 꿈이다. 만약 방금 그것이 맥에 의한 악몽이 아니고 예지몽이었다면…….

"죽어야지."

필히 제 스스로 제 목을 꺾어 버리리라. 아니 그 전에 반드시 여울을 죽인다.

"전하, 오늘따라 심경이 매우 나빠 보이십니까?"

호랑이도 제 말 하면 온다더니 여울이 여느 날과 다르게 아침부터 제 얼굴을 들이밀었다. 사실 아침부터 발작을 일으키는 제현을 그녀로선 처음 보는 것이라 한번 찔러보러 온 것이지만…… 상황이 아주 나빴다.

　제현은 말없이 여울의 얼굴을 빤히 보았다. 그에 이무기는 그의 열렬한 시선에 부끄럽다는 듯 몸을 배배 꼬며 '으흥~' 하고 콧소리를 내었다. 물론 평소에 하는 연기의 일환이다. 문제는 제현이 환하게 웃어 주었다는 것일까? 그에 여울이 흠칫하고 몸을 굳혔다.

　정상적이지 않은 반응에 그녀가 잠시 고민에 빠진 사이 제현은 이불 안에 있던 검을 꺼내 검집에서 검날을 빼어 들었다.

　그리고 여울은 이유도 모른 채 필사의 각오로 쫓아오는 제현을 피해 하루 종일 도망 다녀야 했다.

2장
집착하지 않는다는 것

"아니 되옵니다, 전하!"

편전 안. 한마음 한뜻으로 소리치는 귀족들의 항명이 울려 퍼졌다. 동공왕은 어좌에 앉아 눈앞에 엎드려 목소리를 높이는 것들을 내려보았다. 그는 의자의 팔걸이를 손가락으로 톡톡 치며 입가를 비틀어 올렸다. 역시 어느 정도 예상했던 대로였다. 하긴 귀족가 규수였던 서아란도 말괄량이라고 안 된다 했던 이들인데 이번엔 심지어 인간도 아니니.

제현은 무미건조한 어조로 입을 열었다.

"아니 된다?"

그리고 그의 물음과 동시에 기다렸다는 듯이 신하들 사이에서 외침이 터져 나왔다.

"예, 어찌하여 인간도 아닌 요물을 왕비의 자리에 올릴 수 있나이까!"

"왕비의 자리는 태양의 옆자리! 여성으로서 그 무엇보다 고귀한 자리입니다!"

"요물이 그 자리에 앉았다간 동공국이 기울어지게 될 것입니다!"

"당장 그녀를 궁 밖으로 내치셔야 합니다!"

"아니, 차라리 당장 그 목을 베어 저잣거리에 효시하여야 합니다!"

동공왕은 입가를 비틀어 올리며 암울한 웃음을 지었다. 역시나 하나린의 존재가 요물이라는 점을 들어 강력한 반발을 한다. 제현은 주먹을 꽉 쥐며 한 귀족을 향해 살기 어린 시선을 날렸다.

방금 마지막에 말한 놈 얼굴 기억했다.

불길한 무언가를 느꼈는지 그 귀족은 깨갱 하며 고개를 푹 숙였다. 동공왕은 나른한 시선으로 좌중을 훑어보았다. 지금 이 자리에서 한 것은 그저 왕비 후보에 대한 건의. 고작 후보 자리임에도 뭔가 불안함을 느끼는지 귀족들의 눈이 바쁘게 이리저리 굴러다녔다. 왕비의 자리에 제 선이 닿지 않은 존재가 앉는다는 것이 못마땅한 것이겠지. 동공왕은 피식 하고 비웃음을 흘렸다.

"그래, 그 아이가 요물이라 왕비 자리에 어울리지 않는다?"

"그러합니다!"

어찌 목소리까지 저리 잘 맞추는지. 늘 반대를 외치며 성질을 잘 건드려 주는 음성이다.

제현은 마치 사냥감을 눈앞에 둔 맹수와 같이 귀족들을 바라보았다. 얼마 전에 난리를 한 번 피웠으니 이참에 한 번 더 뒤집어 주는 것도 나쁘지 않을 것 같다. 예를 들어 여기 있는 놈들의 성대를 모두 뽑아 버린다든지. 이번 건 죄 없는 이들을 상대로 하는 것이 아니라 다들 뒤가 구린 놈들을 상대로 하는 것이니 따로 죄책감을 가질 필요도 없을 것이다.

이건 악행이라기보단 청소라는 의미에 더 부합하니. 제현의 눈이 붉게 번뜩임과 동시에 은연중 살기가 퍼져 나가자 귀족들이 움찔하고 몸을 떤다. 허나 그것은 빠르게 갈무리되어 사라졌다. 제현은 속으로 혀를 찼다.

'쯧, 피 냄새를 풍기면 하나린이 싫어하겠지.'

어차피 저런 귀족들을 상대로 머리싸움 하는 것은 어렵지 않은 일이다. 이미 적당한 구실을 만들어 놓기도 했다. 다만 에돌아가는 것이 좀 귀찮을 뿐. 제현은 깊은 한숨을 내쉬며 입을 열었다.

"그대들 말의 요지는 왕비가 인간이나 신선이라야 받아들일 수 있다는 것인가?"

"그러하옵니다. 허나! 인간이나 신선들 중에서도 급이 있는 법! 인간이라면 응당 고귀한 핏줄과 그에 맞는 성품이 있어야 하며 신선이라면 격이 높은 일족이어야 할 것입니다!"

귀족들은 당당히 제 주장을 펼쳤다. 신선의 존재면 응한다 말하면서 슬그머니 제 여식들도 그 범위에 집어넣는다. 심지어 평소엔 가만히 방임하는 태도로 있으며 뒤에서 수작만 부리던 백세악마저 악을 쓰듯 그들 사이에 합류한다. 서아란까지는 계획선이었으나 영스러운 존재는 상정 외였기 때문인지 제법 당황한 듯 보였다. 다급한 마음이 얼굴에 그대로 드러났다.

허나 뛰는 그들 위에 나는 제현이 있었다. 그는 일부러 당황스럽다는 듯 표정을 굳히며 딱딱한 말투로 말을 이었다.

"고귀한 핏줄이라면 귀족이겠고 격이 높은 신선이라면…… 이무기 일족이나 해태, 달도깨비 혹은 구미호 일족을 말하는 것인가?"

인간들은 영스러운 존재를 신선이냐 요괴냐로 구분하지만 실상 그 의미는 많이 애매모호하다. 솔직히 말해 영스러운 존재에게 있어선 신선과 요괴는 제 성향의 방향을 말한다. 덕(德)과 선(善)과 생(生)의 업(業)을 많이 쌓는가, 아니면 마(魔)와 악(惡)과 살생(殺生)의 업을 많이 쌓는가? 그렇기에 같은 종족이라 하더라도 신선이 될 수도 있고 요괴가 될 수도 있다.

그리고 인간들이 정의 내린 격의 높음이란 것도 실상은 옳은 것이라 말하기 어렵다. 호랑이가 강아지보다 더 무서운 맹수라고 해서 태어나길 더 고귀하게 태어난 것은 아니지 않는가? 물론 영스러운 존재에게도 격의 차이란 게 있긴 하다. 하지만 그것은 종족 차이에 의한 격이 아니라 업을 쌓아 제 태를 벗어나서 더 높은 존재로 올라감으로 정의가 내려지는 격. 인간이 말하는 것과는 그 근본부터가 틀렸다.

즉 인간들이 제멋대로 영스러운 존재들에게 격을 매겨 자신의 시선에 맞게 재단하고 있는 것이었다. 실제로 영스러운 존재가 그 사실을 곁에서 들었다면 격노하여 길길이 날뛸 것이 틀림없었다.

"예! 그러하옵나이다!"

허나 그건 그것. 지금은 그 인간들의, 아니 더 정확히는 귀족들의 시선을 이용해야 할 때였다. 제현은 제 짐작대로 답변하는 그들을 보며 조소했다. 실제로 그런 신선이 나타나면 가짜라고 몰아갈 군상들이 이 상황을 벗어나고자 입술에 침도 바르지 않고 거짓을 말한다. 뭐 지금으로선 그들이 제 무덤을 판 격이다만.

"그래, 그렇다면 확증만 하면 되는 것이로군."

순간 일변하는 동공왕의 분위기와 함께 뱉어진 말에 귀족들이 술렁거리기 시작했다. 제현은 살며시 고개를 돌려 준비하고 서 있던 성수청의 수장을 불렀다.

"스승님. 어제 확인했던 것을 증언해 주시기 바랍니다."

그리고 휘장 뒤에 몸을 숨기고 있던 청림이 떡갈나무 지팡이를 짚으며 앞으로 나섰다. 노인은 길게 늘어진 제 하얀 수염을 쓸어내리며 허허허 웃음을 지었다. 그 노인의 존재를 확인한 귀족들의 인상이 확 일그러졌다. 왕에게 받는 신임도 신임이지만 그 속에 능구렁이 백 마리는 키울 듯한 심계가 더 두려운 인물이었다. 늘 중립을 지키고 있기에 다행이지만 직접 움직이기 시작한다면 이야기가 확 달라진다.

귀족들 사이에서 확연히 드러나는 혼란에 제현은 만족스럽다는 시선을 보내며 청림에게 진실의 선서를 명했다.

"성수청의 도도사 청림이여, 여기서 진실만을 말할 것을 맹세하는가?"

"예, 제 걸어온 길과 제가 하늘로부터 부여받은 운명을 걸고 진실만을 말하겠나이다."

청림은 선언과 함께 지팡이를 바닥에 쾅 찍으며 부복하였다. 그와 함께 지팡이로부터 얇은 사슬이 흘러나와 노인의 몸을 속박하였다. 그것은 자기금제주문. 일종의 저주이며 자신이 맹세한 것을 지키지 않는다면 스스로에게 그만한 징벌이 떨어져 내리게 된다. 즉 청림이 스스로 주문을 건 순간 그의 입에서 나오는 모든 것은 진실일 수밖에 없었다.

이 정도로 강하게 나오는 순간 귀족들은 깨달을 수 있었다. 뭔가 일이 틀어지기 시작했다는 것을.

"그래, 그대가 직접 풍옥전의 영스러운 존재를 진단했던 결과를 이 자리에서 말하라."

제현의 명과 함께 청림이 방긋 웃음을 지으며 입을 떼었다.

"분명 신선이셨습니다. 그것도 구미호 일족으로서 상당히 높은 격을 지니신 분입니다. 비록 고대 고선제국의 초대 황후라 일컬어지는 청룡에 비하진 못할 것이라 사료되나 그분이 왕실의 후사를 낳으신다면 이는 동공국의 대홍복이라 칭할 수 있을 것입니다."

당했다. 좌중은 딱딱하게 얼굴을 굳혔다. 처음부터 파여져 있던 함정이었다. 여기서 그 요물을 왕비 후보로 하는 것이 어떠하겠냐고 물은 것은 자신들을 그 덫으로 끌어들이기 위한 몰이. 왕이 과거 그 존재를 요물이라고 칭했기에 그것이 신선일 것이라는 생각조차 하지 못했다. 아니 애초에 격이 높은 신선이란 것이 왜 왕궁 같은 곳에 들어온단 말인가!

반면 청림은 그들의 고민이나 왕실의 이해득실에 대해선 티끌만큼도 생각지 않고 있었다. 오직 제가 만난 소녀에 대한 경탄만이 가득할 뿐.

제가 직접 하나린을 마주하고 그녀의 진면목을 확인하였음에도 꿈을 꾸는 기분이었다. 작은 소녀의 몸이 품고 있던 그 어마어마한 양의 선기. 그 순도조차 상당히 농밀하였고 맑기는 지금껏 살아오면서 보았던 어떤 기운보다 맑았다. 마치 고요한 태산을 보듯, 아니 수평선으로 뻗어져 끝이 보이지 않는 청해를 보듯, 아니아니 그보다 더 높은 창공을 보듯. 그래, 세상에 넓게 퍼져 있는 자연을 마주한 느낌이었다.

　무엇보다 대단한 것은 바로 그 기운을 담고 있는 그릇. 불순물 하나 포함되지 않은 깨끗한 육체. 얼마나 업을 쌓아 온다면 그런 몸이 될 수 있는 것일까? 꼭 나기를 하늘의 선택을 받고 태어난 것 같았다.

　청림은 경외감이 어린 얼굴로 풍옥전이 있는 방향을 바라보았다. 그런 이가 제 아들과 같은 이의 곁에 있어 준다는 것이 감사할 정도. 그녀라면 분명 비틀린 채 고정되어진 제현도 올바르게 잡아 주고 걸어 나갈 수 있게 이끌어 줄 것이다. 그런 의미에서 청림은 부디 하나린, 그녀가 제현의 곁에 계속해서 남아 주길 기도했다.

　한편 제현은 제 뜻대로 풀리지 않아 안면이 일그러지는 관리들을 보며 이 순간을 즐기고 있었다.

　"그럼 그녀의 자격은 충분히 갖추어진 것 같군."

　"그건……."

　"아니면 지금 자신이 한 말이 어리석었다 하며 바꿀 생각인가? 남아일언중천금(男兒一言重千金)이라 하였다. 그리고 그들의 말에 따르면 여기 있는 자들은 모두 고귀한 핏줄을 이었을 터. 설마 그런 이들이 가볍게 입을 놀리진 않았겠지. 안 그런가?"

　머뭇거리며 내뱉어진 반박의 웅얼거림을 비꼼으로 틀어막아 버린 동공왕은 어좌에서 몸을 일으켰다.

　"뭐 정 의심스럽다면 자체적으로 조사해 보도록. 여기저기 심어 놓은 간자들이 있을 것 아닌가? 그래도 믿지 못한다면 그대들의 눈과 귀는 제 기능을 못 하는 것이니 빨리 관직을 내려놓고 집에서 요양하길 바라네."

그리고 비웃음과 함께 그 자리를 떠났다.

"이럴 수는 없습니다!"

왕의 선언 이후 파벌의 장들이 따로 회의실에 모였다.

"전하께서 어찌 그리하실 수 있단 말입니까!"

"이건 왕실의 안녕을 생각하면 말도 안 되는 일입니다! 서아란에 이어 이번엔 출신도 모르는 요물을!"

귀족들은 삼삼오오 모여 동공왕이 하려는 일에 대해 험담을 나누었다. 분명 방금 전 하나린이 격이 높은 신선이라 밝혔는데도 그들은 그녀를 요물이라 칭하며 대화를 이어 갔다.

"허허…… 이러단 왕실 기강이 무너지겠습니다."

"왕실 기강뿐일까요? 그 요물 때문에 동공국이 기울게 생겼습니다!"

"요물이 왕비라니! 암 가당치 않은 말이지요!"

결국은 제가 보고 싶은 것만을 보며 헛소리를 지껄이고 있었다. 그들도 저들이 하는 말이 거짓이라는 것을 안다. 다만 그 사실을 믿고 싶지 않을 뿐. 실제 문제는 하나린이 요물이냐 신선이냐가 아닌 제 여식이나 파벌의 규수를 왕비의 자리에 앉힐 수 있느냐 없느냐이기 때문에. 하지만 자신들이 이미 해 놓은 말이 있기 때문에 그 영스러운 존재는 요물이어야만 했다.

귀족들은 불편한 시선을 나누다가 결국 백세악에게 슬쩍 질문을 던졌다.

"대감께서는 어찌 생각하십니까?"

평소의 그였으면 그들을 어리석다 하며 비웃었으리라. 허나 이미 그가 짜 놓았던 판이 완전히 뒤집어졌다. 과거 서아란이 있을 때에는 마음 편하게 있을 수 있었다. 적어도 그녀에겐 왕비가 되고자 하는 의지와 그 자질이 없었기 때문에. 거기에다 매번 동공왕을 피해 도주를 시도하지 않았던가?

허나 이번의 경우는 아니었다. 하나린이란 것은 동공왕에게 호의를 가지고 있으며 과거 제 딸인 백사린이 주최한 연회에서 주변 규수들을 압도하는 모습까지 보였다. 거기에다 격이 높은 신선이기까지. 충분히 왕비 자리에 올라갈 수 있는 존재인 것이다. 그렇기에 백세악은 초조할 수밖에 없었다.

이대로라면 필시 귀족들의 입지는 좁아지기만 할 터. 권력을 손에 쥐어 보지도 못한 채 평생을 동공왕의 눈치만 보며 살아가야 하리라. 그런 비참한 삶은 절대 사절이었다. 백가(家)의 집안에서 태어났다면 적어도 동공국에서 유일무이한 힘을 가지고 가장 높은 곳에 서야 한다. 자신은 그럴 자격을 가지고 태어났으니까. 비록 전대(前代)이긴 하지만 이미 한 번은 왕 위에 서 있던 적도 있지 않았던가?

톡톡톡.

백세악은 불안한 마음을 내리누르며 탁자를 손가락으로 두드렸다. 허나 바다에서 풍랑을 만난 배처럼 흔들리는 감정이 쉽게 진정되지 않았다. 과거에는 다소 시간이 걸리더라도 원하는 것이 제 손아귀로 굴러떨어질 것이란 확신이 있었다. 그랬기에 동공왕이 아무리 서아란을 총애한다고 해도 덤덤하게 받아넘길 수 있었던 것이다. 하지만 이번엔 경우가 달랐다.

"일단…… 동공왕 전하께서 그 요물에게 가지는 마음의 깊이에 대해 알아봐야겠습니다."

조금은 성급할 수도 있는 판단. 관건은 동공왕이 왕비 자리를 귀족에게 주지 않기 위해 그 요물을 이용하는 것이냐 진짜 총애를 하고 있는 것이냐. 잘못하다간 궁에 한차례 피바람이 불지도 모른다. 하지만 이대로는 아무것도 하지 못할 터. 지금 이어지고 있는 판에 변화를 주어야 했다.

"전하께서 그 요물이 하는 말이 무엇이든 다 들어주는 것은 중요하지 않습니다. 일종의 연기일 수도 있으니까요. 적어도 위험한 병에 걸려 아프다거나 크게 다친다거나 죽는다거나 해 봐야 진심이 나오실 테니…… 이거 전하의 마음을 확인하기가 정말 쉽지 않습니다그려."

다만 결코 자신은 전면에 나서지 않는다. 그저 슬그머니 말을 흘리기만 할 뿐. 그럼 저 중에서 마음 급한 이가 먼저 움직일 것이다. 백세악은 그 말을 마지막으로 섬뜩한 웃음을 지으며 회의실 밖으로 나갔다.

그와 함께 귀족들은 서로를 보며 음흉한 웃음을 지었다. 그리고 허공을 보며 한 귀족이 입을 열었다.

"역시 암정국이로군. 미리 의뢰를 넣어 놓길 잘했어. 역시 그분이 암묵적으로 허락을 내리셨네. 이리 흐름을 잘 파악할 줄이야, '무영'."

그리고 한 신형이 천장에서 떨어져 내렸다. 흑색 의복을 입고 검녹색 머리카락에 얼굴을 붕대로 칭칭 감은 사내가 찢어질 듯 입가를 올리며 웃음을 지었다. 붕대 사이로 붉게 빛나는 눈이 여기 모인 이들을 서서히 훑었다. 그리고 광대처럼 과장스러운 몸짓으로 고개 숙여 인사하며 말했다.

"아무렴요. 왕궁의 정보기관보다 더 뛰어나다 자신합니다."

무영은 낄낄 웃으며 다음 말을 이었다.

"그래서…… 추가 의뢰를 넣으시겠습니까?"

타오르는 듯한 붉은 눈임에도 오싹하리만큼 차가운 냉기를 품고 있다. 귀족들은 마른침을 꼴깍 삼켰으나 당연하다는 듯 고개를 끄덕여 보였다. 그에 무영은 품속에서 계약서를 꺼냈다. 그리고 탁자 위에 내려치듯 탕 하고 올려놓았다.

"그럼 여기 계약서입니다. 이래 보여도 금제가 걸린 계약서지요. 그러니 자신의 이름으로 서명해 주시고 핏물로 지장을 찍어 주시면 되겠습니다."

그리 말하며 자신의 허리에 매인 단검을 뽑아 계약서 옆에 탁 내리꽂는다. 그는 혀로 입술을 슬쩍 핥으며 오싹한 미소를 입가에 걸었다.

"우리 계산은 확실히 해야 되지 않겠습니까? 의뢰해 놓고 뭔가 수틀리면 입만 싹 닦고 넘어갈 수 있으니까요."

"그래도 금제라니 그건……."

"아니죠! 이 정도는 되어야죠. 무려 암정국의 '수장'과 직접 맺는 계약인데."

한 귀족의 반박을 막아 내며 무영은 검지를 좌우로 흔들어 보였다. 자신이 제의한 바를 받아들이지 않으면 더 이상의 의뢰는 받지 않는다는 의미를 담아서. 그에 귀족들은 탐탁지 않은 표정으로 제 이름을 서명하고 단검으로 손가락에 상처를 내어 피로 지장을 찍었다.

무영은 의미를 알 수 없는 즐거움을 눈에 담은 채 그 모습을 바라보고 있었다.

"하아—"

풍옥전의 대문 앞에 선 경비병 한이 깊은 한숨을 쉬었다. 그에 그의 옆에 있던 두노도 함께 한숨을 내쉰다. 일단 이렇게 경비를 서게 되면 최소 한 시진 가까이는 서 있어야 된다. 그거야 경비병인 이상 당연한 일이다만 문제는 그 시간대랄까? 자신들이 경비를 서는 시간이 바로 동공왕이 방문하는 시간대와 겹친다는 것. 그의 얼굴을 마주해야 한다는 것을 생각하는 것만으로도 어지럼증이 덮쳐 오는 기분이었다.

"이것 좀 먹고 일하세요."

청이가 슬쩍 고개를 내밀어 누가 없나 좌우를 살피더니 만두가 담긴 접시를 내밀었다. 그에 한과 두노가 고맙다며 방긋 웃음을 지으며 받아 들었다.

"하하 이렇게 신경 써 주시지 않아도 되는데."

"신경 안 쓰긴 뭘 안 써 줘요. 어차피 동거동락(同居同樂)하는 사이에. 누가 오기 전에 빨리 하나씩 집어 먹어요."

풍옥전에서 지내는 궁인들은 대체적으로 사이가 좋았다. 이곳에 배치된다는 것 자체가 이미 죽음을 전제로 하는 것이기에 다들 자포자기에 가까운 심정이 된다. 뒷배가 무슨 소용이고 전에 있던 직위가 무슨 상관인가? 동공왕이 수틀려서 날뛰면 다 같이 죽는 입장에.

풍옥전 배정이란 뜻은 자신의 윗줄에 있는 이에게 버림을 받은 것과 같은 의미였다. 그렇기에 여기에 있는 이들은 상처 입은 짐승들이 서로의 상처를 핥아 주듯 동병상련의 마음으로 지내는 것이었다. 그랬기에 병사들이 궁녀들의 일을 도와주거나 궁녀가 병사들을 챙겨 주거나 하는 일들도 제법 잦았다.

물론 중간중간에 성격이 더러운 것들이나 간자들이 섞여 들어오기도 하지만 전체적으로 보면 극히 일부였다.

한은 만두를 입에 집어넣고 우물거리며 청이에게 말했다.

"하하하. 고맙습니다, 궁녀 아가씨."

"궁녀는 무슨요. 그냥 죄인이지요. 죽어야만 여기서 나갈 수 있는."

돌아온 것은 쓰리기만 한 답변. 순식간에 음울해지는 기분에 두노 역시 슬프게 입을 열었다.

"피차 마찬가지지요. 저희도 나가고 싶긴 한데 여기로 오겠다는 사람이 없으니."

병사들도 종종 여러 이유로 인사이동을 한다. 당연히 병사들도 편하고 봉급이 좋은 곳으로 가고 싶어 한다. 그런 것으로 따지면 여기가 으뜸이긴 하지만 그에 대한 반작용으로 저승 직행표가 끊기는 게 문제였다. 그러니 풍옥전은 병사들에게 있어서도 기피 영순위의 인사이동 자리. 병사들 거의 대부분이 이곳으로 올 바엔 차라리 제일 힘들다는 궐문 경비병이나 야간 순찰조로 들어가겠다며 지원을 해 대는 바람에 이곳에 한번 들어앉으면 다시 빠져나가기가 하늘의 별 따기이자 낙타가 바늘구멍으로 들어가는 수준으로 어려웠다. 이건 무슨 개미지옥 같은 느낌이다.

"어쩌다 내 인생이 이 꼬라지가 됐는지."

"시대를 잘못 타고 태어난 것이지요."

"전생에 뭔 죄를 지어서……."

그들은 얼굴을 마주하며 답답하다는 듯 한숨을 푹푹 내쉬었다. 풍옥전에 들어온 후부터 생긴 일종의 나쁜 버릇이었다. 청이는 어느새 빈 접시를 챙기며 미리 준비해 온 물 잔을 병사들에게 내밀며 말했다.

"어쩌겠어요. 이미 태어난 폭군을 탓해야죠."

"그래, 새로 온 아가씨가 잘해 줘야 할 텐데 말이야."

"소리 없이 사라지면 이번 목 뎅강은 우리 차례니까요."

"그거 참 미안하군."

그들 사이로 소름 끼치게 낮은 음성이 끼어들었다. 그에 그들은 웃으며 그 목소리의 주인을 향해 손사래 치며 말을 이었다.

"아니요. 미안할 것까……."

"뭐 어차피 같이 죽고 사는 식구끼……."

"폭군이 날뛰지 않길 바라……."

허나 그 말은 끝까지 나오지 못하고 목에서 턱 막혀 버린다. 그들은 반쯤 넋이 나간 채로 어느새 기척도 없이 제 앞에 서 있는 동공왕을 바라보았다. 등 뒤로 달고 다녀야 할 궁인들은 어딘가에 버려둔 채로 본래 방문 시각보다 이각이나 일찍 이곳에 나타났다. 그리고 섬뜩한 웃음을 입에 건 채로 그들을 바라보고 있었다.

그들은 감히 인사할 생각도 하지 못한 채 쩌억 굳어 버렸다. 방금까지 제 신세를 한탄하며 무려 왕의 험담을 하고 있었다. 그런데 그분이 지금 눈앞에 있네? 이건 따로 고려할 것도 없이 현장 검거이고 즉석 사형감이다.

아아 제길, 지금까지 정말 멋진 세상이었다. 눈가에 눈물이 핑 돌며 시야가 아득해졌다. 그들은 벌써부터 제 목이 댕강 잘려 효시되어 있는 모습이 예지처럼 보이는 듯했다.

"제현!"

그때 풍옥전으로부터 하얀 소녀가 튀어나와 제현의 목을 덥석 끌어 안았다. 복슬복슬한 꼬리들이 제각각 다른 움직임을 보인 채 흔들리며 반가움을 표시하고 있었다. 그와 함께 제현의 입가에 기분 좋은 웃음이 걸렸다.

"제현, 제현. 오늘 일찍 왔다!"

"그래, 귀찮은 일을 좀 빨리 끝내서 말이지."

더 정확히는 귀족들을 가지고 놀다가 끝에 통보만 던지고 곧장 여기로 왔다. 그는 하나린의 등 뒤로 팔을 휘어 감고 무릎 아래로 손을 넣어 공주님 안기로 들고서 안으로 걸음을 옮겼다. 청이와 경비병들은 멍하니 지금의 상황을 지켜보았다. 이대로 그냥 넘어가는 건가?

"아아."

그 순간 동공왕이 발걸음을 멈추고 살며시 고개를 돌려 씨익 웃어 보였다. 오싹한 느낌이 그들의 등줄기를 타고 달린다. 마치 계절이 늦여름에서 한겨울로 반전된 느낌. 제현은 얼어 있는 그들을 보며 부드러운 어조를 유지한 채로 말했다.

"네놈들은 앞으로 입을 조심하는 게 좋겠군."

피를 보지 않으려면 말이야. 허나 그 숨어 있는 내용은 결코 부드럽지 못했다. 날카로운 살기가 그들의 피부를 콕콕 쑤셨다. 하지만 그것도 하나린이 빨리 가자는 듯 재촉하자 씻은 듯이 사라졌다. 그들은 제현과 하나린이 멀어지는 광경을 보며 믿을 수 없다는 듯 자신의 목을 쓰다듬었다.

"나 목 붙어 있어요?"

"네, 제 목은요?"

"잘 붙어 있어요."

서로 쌍방 간의 확인을 거친 이후 그제야 안도의 한숨을 내쉴 수 있었다. 동공왕이 분명 '앞으로'라는 말을 언급하고 갔다. 그렇다면 지금 것은 넘어가 준다는 의미일 터. 청이는 다리에 힘이 풀렸는지 그대로 제자리에 풀썩 쓰러졌다.

"하, 하하 살았다."

근래 들어 왕이 많이 유순해졌다고는 하지만 이 정도일 줄이야. 아니, 그것뿐만 아니라 때맞추어 튀어나온 하나린의 덕도 매우 컸으리라. 청이는 헛웃음을 흘리며 아직도 덜덜 떨고 있는 경비병들을 올려다보았다. 한은 이를 딱딱 부딪치면서도 말을 이어 갔다.

"이, 이거 푸, 풍옥전의 주, 주인이 누, 누구냐에 따라서 구, 궁의 부, 부, 분위기가 바뀌는군요."

"바, 바뀌는 저, 정도가 아니라 새, 생존율이 확 오, 올라가네요. 보, 본래라면 지, 지금쯤 저, 저승의 뱃사공과 이야기하고 이, 있었을 텐데요."

거기에서 맞받아치는 두노. 그리고 그들은 무언가를 깨달았다는 듯 서로를 마주 보았다. 풍옥전에 있는 하나린 덕에 생존율이 올라간다. 그것도 어마어마하게! 전에 서아란이란 존재가 무턱대고 도주만 하고 그 후폭풍이 몰아치는 것만 봐서 모르고 있었다. 동공왕의 품속에 있는 새의 기분이나 그 호감도에 따라서 반대로 풍옥전은 절대 안전지대가 될 수도 있다는 사실을!

그리고 그 사실을 깨닫자 그들의 눈이 광기로 번뜩였다. 하나린을 절대 풍옥전 밖으로 내보내면 안 된다. 거기에다 이 궁이 질리지 않도록 해야 되며 그녀의 안전이 반드시 유지되어야 한다. 필사적으로 그 소녀의 발목을 붙잡고 놓아주지 않으리라. 그래야 자신이 산다!

그들의 눈에 생존을 위한 불꽃이 피어오르기 시작했다.

가옥에 도착한 백세악은 백사린을 사랑방으로 호출하였다. 얼마 후 그의 딸이 고아한 자태로 들어와 그의 앞에 공손히 무릎 꿇고 앉았다. 그리고 이어지는 침묵. 백세악은 마땅치 않다는 표정으로 제 딸을 노려보고 있고 백사린은 입가에 은은한 미소를 단 채로 살짝 고개를 숙이고 있었다. 그 미묘한 정적 속에 날카로운 기싸움이 오고 갔다.

무겁고 딱딱하게 굳은 공기. 그 분위기를 먼저 깬 것은 백세악이었다.

"도대체 무슨 생각을 하고 있는 게냐?"

그에 백사린은 아무것도 모른다는 듯 살짝 고개를 갸웃하며 조심스러운 어조로 되물었다.

"무슨 말씀이신지?"

"허— 괜히 빙빙 돌려서 이야기하지 말자꾸나. 너도나도 그런 것을 신경 쓰기엔 서로를 너무나 잘 알지 않더냐. 왜 그 요물의 선생을 자처한 것이냐? 그것 때문에 요즘 귀족들 사이에 말이 많다."

백세악은 에둘러 말하지 않고 곧장 본론으로 들어갔다. 장난과 같은 간 보기는 허용하지 않겠다는 듯 그의 눈은 금속처럼 차가운 빛을 띠었다. 그에 백사린의 얼굴에 있던 미소가 완전히 벗겨져 나가며 인형과 같은 얼굴이 드러났다. 청순한 얼굴임에도 무표정으로 있는 그녀의 모습은 왠지 모르게 먹잇감을 노리는 독사와 같은 분위기를 풍겼다.

도저히 부녀 관계라고는 생각되지 않을 매서운 느낌. 서로의 틈을 보고 물고 뜯으려는 맹수와 같은 살벌한 분위기. 이번에 먼저 입을 연 것은 백사린이었다.

"전 온전한 동공왕의 왕비를 바랍니다."

백세악의 눈썹 끝이 빠르게 꿈틀했다. 온전한 왕비를 바란다? 그런데 왜 그 요물을 직접 가르치려 드는 것인지. 혹시 곁에서 그것의 상황을 직접 염탐하며 술수를 꾸밀 계획인가? 그러기엔 너무 위험부담이 컸다. 언제 동공왕에 의해 제거가 될지 모르니까.

인상을 찌푸린 채 고민에 빠진 그를 보며 그녀의 입술이 호선을 그렸다.

"그리고 그 대상은 제가 아니지요."

그리고 이어지는 추가타. 백세악이 경악으로 두 눈을 부릅떴다. 지금 저것이 무어라고 말하고 있는 것인가?

"네가…… 왕비 자리를 스스로 포기하겠다는 게냐?"

어릴 적부터 보아 왔기에 그 누구보다 자신의 여식에 대해 잘 알고 있었다. 분명 그녀의 딸은 왕비란 자리에 대해 엄청난 야망을 품고 있었을 터. 거기에다 동공왕에 대한 연심과 함께 독점욕이라고 봐도 좋을 정도로 왕비에 대한 집착을 보여 왔다. 그 목적으로 이제껏 키워왔고 그렇게 이끌어 왔다. 제 딸에게 있어선 왕비가 된다는 것은 확정된 미래이자 하나의 세계일 터.

그런데 그것이 지금 이 자리에서 완전히 뒤집혔다. 백세악은 백사린을 오직 왕비로서 양육하여 왔다. 그리고 이 아이의 그릇이 생각보다 크다는 걸 깨달았다. 자신의 손에 놀아날 위인이 아니다. 그야말로 봉황의 상. 그렇기에 주변인을 선동하고 선생들마저 바꾸어 가며 그녀가 가진 생각을 억압해 왔다. 아무리 크게 자라나도 자신의 손안에서 놀아날 수 있도록. 절대 왕비가 되는 것 이외의 길을 보지 못하도록. 그 길만이 그녀의 세계라는 듯.

허나 백사린은 그 세계를 깨부수고 날아올랐다. 왕의 집착이 서아란에게서 하나린에게로 옮겨진 것만큼 그의 계획에서 크게 벗어나는 일. 백세악의 볼이 경악으로 부들부들 떨렸다.

"그래서…… 그 요물을 왕비로 만들겠다는 게냐!"

"더 정확히는 요물이 아니라 신선이지요. 그것도 격이 상당히 높다고 성수청 도도사께서 말씀하셨습니다. 비록 고선제국의 초대 황후이신 청룡에 비할 바는 아니지만 왕실의 강녕을 생각한다면 정말로 경축할 일이지요."

"네 이녀어어어어언!"

백사린의 말이 끝나기 무섭게 그는 탁자를 탕 치며 노호성을 질렀다. 이럴 수는 없다. 자신이 얼마나 노력하고 은밀히 계획하여 온 일들이었던가? 그것의 기둥부터 금이 가더니 이젠 주춧돌까지 박살 나려고 한다. 백세악은 분노를 터뜨리며 제 딸을 노려보았다.

"네가 정녕 뿌리를 두고 있는 곳이 어디냐? 바로 귀족가다! 그리고 백가(家)는 그 귀족들을 이끄는 수장이야! 지금 네가 하려는 일은 네 근본을 부정하는 일이다! 그리하면 너마저도 무사할 듯싶으냐! 지금껏 네 편을 들어 주던 자들이 모두 적으로 돌아서게 될 것이다! 그리고 네 쓸모를 다하는 순간 동공왕으로부터 버림을 받게 될 것이야!"

"그게 무슨 상관입니까? 전 제가 원하는 바가 이루어진다면 조용히 사라질 각오도 되어 있습니다."

백사린은 별것 아니란 투로 그리 답하였다.

물론 하나린의 성격을 보아선 그리될 일은 없겠지만. 거기에다 동공왕은 그녀를 하나린의 방패로 삼을 것이다. 그 순수한 구미호 대신 더러운 뒷일을 처리해 주는 그런 역할을 말이다. 그런 대우에 저도 딱히 불만은 없고.

그녀가 원하는 것은 이 시대의 가장 온전한 왕비. 피에 미친 동공왕의 고삐를 잡고 선한 조언을 할 줄 알며 올바르게 이끌어 갈 수 있는 그런 여인. 주변이 적뿐인 왕의 안식처가 되어 줄 수 있는 쉼터. 그리고 백성을 어여삐 여길 줄 아는 성녀.

그런 이를 만들기 위하여 그녀에게 길을 가르쳐 주며 그녀의 방해물을 치울 수 있다면 그것만으로도 자신은 만족할 수 있었다. 과거에는 어땠을지 모르지만 그것이 지금의 백사린이 가진 꿈이었다.

뜨거운 열망이 담긴 그녀의 눈동자를 보며 백세악은 침음을 흘렸다. 그리고 속으로 한탄했다. 저의 목줄을 조를 무시무시한 괴물을 길렀구나. 어찌 자신의 씨에서 저런 아이가 나올 수 있는 것인지. 백세악은 두 눈을 질끈 감았다. 이때까지 쌓아 놓았던 공든 탑이 우르르 무너져 내렸다. 모든 것은 원점. 또다시 빈손으로 시작해야 했다.

백세악은 개안(開眼)하며 눈앞에 있는 제 딸을, 아니 자신의 '적'을 바라보았다.

"기어코 네가 나와 척을 지는구나."

조금 전의 당황이 완전히 사라지고 이젠 적의만이 흘러넘쳤다. 그는 흥분을 가라앉히고 백사린에 대한 평가를 바꾸었다. 조심하게 다루어야 할 '도구'에서 언제 자신의 목을 물어뜯을지 모르는 위험천만한 '대적'으로.

"이만 가 보거라."

이어지는 백세악의 축객령. 백사린은 마지막으로 아버지께 예의 담아 절을 하고 사랑방을 빠져나왔다. 그녀는 마당으로 내려와 몇 걸음을 내디뎠다. 허나 갑작스럽게 멈춰 서서 뒤돌아보았다. 표정이란 색이 완전히 사라져 있던 그녀의 얼굴에 걱정이란 감정이 덧입혀진다.

"하아— 이제부터 힘들게 되었구나."

백사린은 피곤하다는 듯 두 눈을 꼬옥 감았다. 백세악. 그녀의 아버지이자 귀족들의 수장. 지금이야 모든 계획이 파투 났기에 이빨 빠진 호랑이와 같다고 하나 그렇다고 맹수가 아닌 것은 아니었다. 오히려 벼랑 끝에 몰렸기에 무슨 짓을 벌일지 모른다.

이제부터 저를 지지해 주던 모든 것이 방해물로 돌아설 것을 생각하니 벌써부터 머리가 욱신거려 왔다. 더군다나 이젠 아무런 뒷배조차 없이 홀로 싸워 나간다 각오해야 될 것이다.

"이렇게 생각하니 백가의 힘이 크긴 컸다는 생각이 드네."

백사린은 막막하다는 듯 고개를 들어 푸른 하늘을 바라보았다. 그것을 보자 제가 잘 알고 있는 누군가의 눈동자가 떠오른다.

"아니…… 이제부터 그 여우 아가씨가 내 뒷배인가?"

순수한 푸른 눈을 떠올리며 장난 같은 웃음을 작게 터뜨렸다. 그리고 철갑처럼 단단한 각오로 자신을 무장시켰다. 귀족들의 술수나 암수는 동공왕이 어찌 막을 것이다. 그녀가 담당해야 할 것은 궁 안의 여론과 자존심 높은 귀족가의 규수들.

"자, 이제 시작하자."

백사린은 여려 보이지만 고고한 걸음걸이로 제 목표를 향해 나아가기 시작했다.

"아가씨 이것도 드셔 보세요. 이것은 동공국의 하자현(縣)에서 만드는 방식으로 요리한 꿀떡인데 솔잎과 함께 쪄서 씹을 때마다 솔향이 입 안에 맴돌아요."

"아가씨 이것도요. 잣 이외에 호두, 해바라기 씨 같은 다양한 종류의 견과류가 들어간 꿀떡이에요. 식감이 매우 뛰어난 음식이랍니다."

"이것도 있어요! 이건 단호박을 섞어서 만든 건데 다른 꿀떡에 비해 아주 달달하고 중독성이 있는 간식이여요."

축제다. 그것도 꿀떡 축제. 하나린은 눈앞에 펼쳐진 신세계의 향연에 눈에서 반짝반짝 빛이 났다. 여기도 꿀떡 저기도 꿀떡이다. 하나린은 여러 종류의 꿀떡을 하나하나 음미하며 천상을 거니는 듯한 기분을 느꼈다. 절로 콧노래가 흥얼거리며 나왔다.

궁녀들은 볼이 터질 듯 꿀떡을 밀어 넣으며 행복해하는 하나린을 보고 서로 눈길을 주고받았다. 지금 눈앞에 있는 주인의 기분에 따라 풍옥전의 안전이 오고 간다는 것을 깨달은 이후 필사적으로 하나린에 대한 것을 관찰하고 조사하였다. 그리고 내린 판단의 결과…… 꿀떡만 있으면 만사 해결이었다.

지금 여기에 있는 것들은 궁녀들이 수라간에 배정된 이들을 들들 볶아서 받아 온 꿀떡들이었다. 그것이 지금의 상황. 하나린은 쉴 새 없이 꿀떡을 입에 넣고 오물거리며 기분이 좋은 듯 아홉 개의 꼬리를 살랑살랑 흔들었다.

"이 정도면 충분할까?"

"당분간은."

"하지만 식사 시간은 한계가 있고."

궁녀들은 서로 머리를 모은 채 다음 일을 어찌할 것인가 고민했다. 상대가 아무리 꿀떡을 좋아한다고 해도 하루 종일 그것만 먹일 수 없는 노릇이 아닌가. 영스러운 존재라 할지라도 배 크기엔 한계가 있을 터. 잠깐 기분을 풀어 주는 데는 쓸모가 있을지 몰라도 남은 시간이 걱정이었다.

풍옥전이라는 한정된 좁은 공간에 있는 이상 쉽게 지루함을 느낄 것이고 그것은 곧 기분 저조로 이어진다. 밖에서 자유롭게 지내던 영스러운 존재가 과연 그걸 버텨 낼 수 있을까? 그 감정이 더 나아갈 경우 답답함을 느껴 이곳에서 탈주할지도 모른다. 그 마지막 관문까지 다다르게 된다면 그야말로 지옥. 풍옥전 전 인원 몰살이라는 끔찍한 결말이 나오게 된다.

고로 무슨 일이 있어도 저 영스러운 존재가 이곳에 있길 바라도록 만들어야 된다. 그러니까…….

"청이야, 다른 계획은?"

"그러니까 나도 꿀떡 이외엔 모른다고!"

"무려 두 달이나 동고동락했잖아. 그러니 어느 정도 쌓인 요령이란 게 있을 거 아니야? 그걸 좀 풀어 봐."

"그런 게 있었으면 내가 신경성 위장염에 시달렸겠냐!"

궁녀들이 청이에게 험악하게 구긴 얼굴을 들이밀며 당장 괜찮은 해답을 내놓을 것을 종용했다. 그러나 청이에게도 별수가 없는 것은 마찬가지. 두 달간 하나린이 엉뚱한 곳으로 튀지 않게 말리는 것만 해도 매우 버거웠다. 고작 더 안다고 해 봤자 재밌는 이야기를 좋아하고 새롭거나 신기한 물건에 흥미를 가진다는 것 정도?

저 멀리 선 병사들도 불안한 눈빛을 보내 왔다. 그들도 나름 몇 가지 의견을 내놓았지만 모조리 기각이 된 터. 결국 그들이 할 일은 구미호가 풍옥전 밖으로 나가려 할 때 목숨을 걸고 저지하는 것이 다였다.

"지금 뭐 하는 짓입니까?"

그때 뾰족하게 느껴지는 목소리가 들려왔다. 그 목소리의 주인은 바로 백사린. 어느새 교육 시간이 되었던 것일까? 궁녀들은 백사린을 향해 경계의 눈빛을 보내며 혀를 찼다. 지금 풍옥전의 궁인들에게 있어선 최고의 적은 바로 그녀였다.

활동적인 성향을 지닌 사람들이 가장 지루해하는 것은 무엇인가? 바로 공부다! 하기 싫어도 해야 되기 때문에, 어쩔 수 없기 때문에 이를 악물고 하는 바로 그것. 물론 공부를 좋아하는 별종들이 존재하긴 하지만 대체적으론 머리가 아픈 중노동인 것이다.

그리고 이 사실을 증명하듯 하나린이 그 좋아하는 꿀떡을 흡입하는 걸 멈추고 궁둥이를 들썩였다.

"나, 나 측간. 아주 급하다."

"예, 빨리 다녀오시지요. 아시고 계실 겁니다. 늦으시면 늦으시는 만큼 수업 시간이 늘어나니까요."

"……아니 나 괜찮아진 것 같다."

척 봐도 도망가려는 모습에 백사린은 방긋 웃으며 대답했다. 결국 기운이 없어진 모습으로 다시 자리에 앉는 구미호였다. 이미 겪은 바가 있으니 포기가 더 빠른 터였다.

수업 첫날, 백사린은 하나린의 실력을 알아본다고 이런저런 시험을 쳤었다. 이어지던 시험이 반 정도 남았을까? 결국 지루함을 참지 못한 구미호는 자그마한 핑계를 대고서 그대로 도주해 버렸다. 궁녀들이 발 벗고 나서서 찾아다녔으나 얼마나 꼭꼭 숨었는지 머리카락 하나 발견할 수 없었다. 그렇게 시간이 지나고 저녁쯤이 되자 하나린은 되었다 생각한 것인지 다시 얼굴을 들이밀었다.

문제는 그때까지 백사린이 기다리고 있었다는 것일까? 찻잔에 담긴 찻물을 우아하게 마시던 그녀는 안색이 파랗게 질린 하얀 소녀를 향해 방긋 웃으며 남은 시험지를 내밀었다. 결국 하나린은 잠자는 시간까지 줄여 가며 시험을 다 쳐야만 했다.

그날 이후 하나린은 몇 번의 다양한 시도를 해 보았으나 정해진 수업 시간은 반드시 채우고 나서야 공부가 끝난다는 것을 깨달을 수 있었다. 어떤 의미론 하나린의 천적이라 할 수 있는 그녀였다.

"죄송하지만 이것들을 좀 치워 주실 수 있겠습니까?"

백사린은 궁녀들을 향해 부드러운 어투로 말했다. 허나 그 말이 차갑게 느껴지는 것은 왜일까? 그에 궁녀들은 속으로 불평을 늘어놓으며 마루 위에 있는 접시들을 치우고 책상과 문방사우를 가져다 놓았다.

"아기씨, 너무 풀어진 모습은 좋지 않습니다. 높은 자리에 계시면 그만한 품위가 있어야 하는 법입니다. 아랫것들에게 편히 대하는 것은 말리지 않겠습니다. 그것은 아기씨만의 장점이니까요. 하지만 어느 정도 선을 두시는 게 좋을 듯합니다."

백사린은 자리에 앉자마자 곧바로 잔소리를 풀어내었다. 그에 살짝 움츠러드는 하나린. 그와 함께 궁녀들의 표정이 와작 일그러졌다. 아니 안 그래도 기분을 풀어 주어야 할 것인데 저런 식으로 몰아붙이다니!

귀족파 수장의 딸이 하나린의 스승인 것부터 마음에 들지 않던 그녀들이었다. 도대체 무슨 수작을 부리려는 것인지. 거기에다 칭호부터가 아기씨다. 시집갈 나이의 처녀 또는 갓 시집온 색시를 대접하여 부르는 말이기도 하지만 여자아이를 칭하는 말이기도 하다. 꼭 어리다는 점을 강조하는 기묘한 느낌이지 않은가?

때마침 백사린이 가지고 온 보따리를 풀어 서책을 책상 위에 올려놓았다. 그리고 궁녀들은 먹잇감을 찾는 야수처럼 그것을 노려보았다. 쓸데없는 걸 가르치려는 거면 필히 윗선에 건의를 넣어서 쫓아 버리리라 다짐하며. 그녀들은 빠르게 서책의 제목을 훑어 내렸다.

『왕실여인예법 ─ 봉황』

"……."

"……."

"……!"

왕실여인예법. 내명부 여인들의 예절을 가르치기 위해 만들어진 서책들이었다. 그중 가장 귀중하게 취급되는 것이 바로 '봉황편'. 그 이유는 바로 왕비에게 필요한 예법들이 수록되어 있기 때문이었다.

그와 함께 궁녀들의 머리가 빠르게 굴러가기 시작했다. 하나린의 큰 특징은 꿀떡을 좋아한다는 것 외에도 책임감이 크다는 것. 자신이 한번 맡은 일은 목숨을 잃을 위기가 찾아와도 끝까지 행한다는 사실. 일례로 서아란 대신에 두 달 동안 궁에 있었던 것이 바로 그것이다.

그런 그녀가 왕비가 되고 거기에다 왕의 후사까지 낳는다면? 평생 동안 궁 밖으로 벗어나지 못하리라. 그러면 그들의 목숨줄은 안전이 확실하게 보장된다.

궁녀들이 무섭게 눈을 번뜩였다. 그리고 서로를 바라보며 기묘한
웃음을 주고받았다.

바야흐로 여우몰이 시기였다.

"확실히 배우시는 게 빠르군요."

백사린은 질린다는 표정으로 책상에 늘어져 있는 하나린을 바라보
았다. 말로는 힘들다, 어렵다고 하는데 지식을 흡수하는 속도는 타의
추종을 불허한다. 거기에다 예법의 경우엔 한 번 예를 들어 보여 주면
거의 완벽히 재현해 내기까지. 자신도 천재라는 소리를 들었지만 이
건 천외천(天外天)이라고나 할까?

수업 시간이 남았는데도 벌써 오늘의 목표치까지 모두 다 진행되었
다. 결국 백사린은 궁녀들에게 차를 부탁하며 하나린과 대화를 나누
어 보자고 생각하였다.

"오늘 배우신 대로 평소에도 하신다면 참 좋을 텐데요."

백사린은 풍옥전에서 팔랑팔랑 뛰어다니던 하얀 소녀를 떠올리며
안타깝다는 어조로 말하였다. 수업하러 온 첫날에 구미호가 그리 행
동하는 걸 보았을 때는 제 눈을 의심할 수밖에 없었다. 백사린에게 있
어 기억되는 하나린이란 그날 연회에서 보인 왕비의 위엄이 깃든 모
습뿐이니. 물론 소문으로 전해 들은 이야기들이 있기는 했지만 소문
의 악질적인 변질이 아니었을까 하고 생각을 했었다.

결국 드는 것은 의문뿐이라 당사자에게 물어볼 수밖에 없었다. 그
때 돌아온 대답은 연회 때 모습이 '연기'였다는 것이다. 가장 이상적
인 모습을 상상하고 그에 필요한 말들을 골라서 만들어 낸 가면. 그날
을 언급하는 하나린은 왠지 모르게 조금 슬퍼 보였다.

"굳이 그래야 돼?"

그때 모습과 겹치며 하나린이 되물어 왔다. 순수한 푸른 눈이 다소 차가운 분홍빛 눈을 응시한다. 백사린은 말없이 하얀 소녀를 빤히 바라보았다. 맑고 깨끗하다. 늘 이 구미호를 볼 때마다 느끼는 감정. 그 것이 바로 이 아이의 본질일 터.

백사린은 방긋 웃음을 지어 보였다.

"그러신다면 좋겠지만 굳이 가면을 쓰시고 꾸미실 필요는 없습니다."

지금 이 모습이 하나린이 가진 가장 큰 매력일 것이다. 주변 인물들에게 보내는 순백의 호의, 그것에 이끌리는 사람들. 까마귀가 다른 새의 깃털들로 우스꽝스럽게 장식하는 것같이 쓸데없는 연기를 할 필요는 없다고 생각된다. 그 연기는 도리어 마주하는 사람에게 괴리감만을 심어 줄 것이다. 거기에다 스스로도 자신에게 맞지 않는 옷을 입은 듯 고통스러울 것이고. 즉 그녀의 장점을 가려 버리게 될 터였다.

백사린은 궁녀들이 내온 차를 소리 없이 마시며 말을 이었다.

"다만 공과 사만은 정확히 구분해 주시기 바랍니다."

"알았다. 나 밖에선 조심한다."

역시 핵심을 빠르게 잡아낸다. 백사린은 예절에 대한 이야기는 여기까지 하기로 하고 다른 화제로 넘어갔다.

"이제 여름도 막바지에 다다랐군요. 곧 가을이 오겠습니다. 조금만 지나면 산도 들도 붉고 노랗게 물들겠군요."

"아, 가을! 역경에 대비하고 다음 생명을 준비하는 시기다."

"재밌는 표현입니다."

백사린과 하나린은 대체적으로 대화가 잘 통하는 편이었다. 아니, 더 정확히 말하자면 백사린이 인간과 다른 하나린의 관점에 흥미를 보인다고나 할까? 매번 특이한 표현법에 재밌다는 듯 웃음을 지어 보였다.

평소에 마주하는 귀족가의 여식들이 말하던 주제는 새로운 노리개나 장신구, 화장법 같은 것들. 거기에다 추가적으로 남에 대한 은밀한 험담이 대부분이었다. 때때론 없는 소문까지 만들어 내고 약하거나 틈을 보인 이들을 잡아먹기 위해 쉴 새 없이 눈을 번뜩였다. 함께 있는 것만으로 구역질 나는 기분.

허나 위치나 권력이라는 것을 위해선 주기적으로 그녀들과 만남을 가져 주어야 했고 그 협소한 공동사회가 어찌 돌아가는지 완전히 파악하여 조정해야만 했다.

하지만 하나린과의 대화는 늘 새로웠다. 엉뚱하기도 하지만 때때론 어울리지 않게 현자와 같은 답변이 돌아오기도 했다. 그렇기에 늘 포장된 선물을 하나씩 풀어 보는 기분이라 할까? 백사린은 빙긋 웃음을 지으며 말했다.

"이제 곧 한양에서 축제를 벌이겠군요."

"축제?"

축제란 단어에 하나린이 강한 호기심을 보이며 눈을 반짝였다. 그에 백사린은 찻물로 입 안을 적시며 설명을 이었다.

"늦여름 즈음에 칠 일 동안 여는 축제입니다. 올해의 농사가 잘 마무리되길 비는 제사 이후 벌이는 축제이지요. 한양에 따로 농경지가 있는 것은 아니지만 지방의 농사가 풍년이냐 흉년이냐에 따라 시장의 미가(米價)가 결정되니 그 제사를 제법 중히 여깁니다. 제사가 실로 풍년 여부에 영향을 미치지는 않지만 백성들은 그런 것을 함으로써 마음의 안정을 얻지요. 일종의 민심을 다스리는 방법 중 하나입니다."

그녀의 설명이 이어질수록 하얀 소녀의 눈이 초롱초롱 빛이 났다. 그런 구미호가 귀여운 것일까? 백사린은 '쿡' 하고 짧게 웃어 보이며 자세한 이야기를 풀어 갔다.

"여느 축제와 대체적으로 비슷합니다만 먹거리로 쌀로 만들어진 유과나 한과들이 주로 팔리는 편입니다. 그리고 비와 관련된 신수에 대한 이야기라든가 비를 내리게 하기 위해 모험을 떠나는 설화 등을 주제로 연극을 하지요. 목공들이 실력을 살려 만든 조각품들도 여기저기 장식이 되어 있고 화백들의 작품이 여관이나 주막, 혹은 길거리를 꾸밉니다. 특히 야시장을 벌일 때 볼거리가 더 많아집니다."

이미 하나린은 반쯤 환상의 영역에 들어가 머릿속으로 축제의 풍경을 그리고 있었다. 벌써부터 그곳에 가서 뛰놀고 있는 듯 몽롱한 눈이 되어 허공을 바라보고 있다. 어두운 밤, 등불로 밝혀진 거리 양옆으로 장사치들이 나열한 수많은 먹거리, 건물 주변으로 장식된 조각상과 족자들, 앞으로 난 거리를 따라가다 보면 나오는 광장엔 광대들이 묘기를 부리고 있다.

"무슨 이야기를 하기에 그리 즐거운 표정인 거지? 내가 온 것도 몰라보고 말이야."

그때 하얀 소녀의 귓가로 소름 끼치게 낮은 목소리가 들려왔다. 그에 그녀가 화들짝 놀라며 환상에서 깨어났다. 주변을 살펴 보니 궁녀들과 백사린이 자리에서 일어서서 모두 고개를 숙이고 있었다. 어느새 그녀에게 다가와 등 뒤에서 반쯤 끌어안는 듯한 자세로 있는 제현. 두어 번 눈을 깜빡인 하나린은 환하게 웃으며 입을 열었다.

"나 사린에게 여름 축제 이야기를 듣고 있었다!"

제현에게 있어선 금시초문인 이야기. 하긴 그에게 있어선 축제란 것은 먼 나라 이야기일 뿐이었다. 그가 그런 것을 즐기는 사람도 아니고 축제에 가서 놀 수 있을 만큼 시간이 넉넉한 사람도 아니었다.

"축제? 곧 있으면 열리는 축제가 있나?"

"예, 이틀 뒤에 있을 용신제 이후 한양에서 칠 일간 축제를 벌입니다."

제현의 물음에 백사린이 곱게 미소를 띤 채로 답하였다. 허나 이에 대한 그의 반응은 심드렁하기만 했다. 어차피 자신과 상관없는 세계의 이야기니까. 제현은 그렇게 생각했다.

"제현, 제현! 나 거기 가 보고 싶다."

하나린이 입을 열기 전에는.

그의 표정이 순식간에 와그작 구겨졌다. 절대 안 된다는 말이 목 바로 아래까지 치솟아 올랐으나 간신히 참아 내었다. 허나 험악하게 변한 기세는 전혀 누그러지지 않는다. 그런 제현의 기분을 알아챘는지 하나린은 그의 눈치를 보며 조심스럽게 말을 흘렸다.

"저기…… 안 돼?"

마음 같아서는 이곳에 가두어 놓고 밖으로 한 걸음조차 나가지 못하게 하고 싶었다. 이미 제가 꼭 붙잡고 싶었던 이를 한 번 놓친 그였다. 그랬기에 더더욱 조바심이 생긴다. 제 곁에 없으면 저도 모르게 불안해지는 것이었다. 혹여 잠시 한눈판 사이 사라지지 않을까 하고. 마음 같아선 주변에 수많은 감시인들을 두고 허튼짓을 하지 못하게끔 가둬 두고 싶었다.

하지만 한 번 그리했다가 파탄이 난 적이 있지 않던가? 욕심내지 않았다면 손안에 두진 못해도 곁에서 그 온기를 느낄 수도 있었다. 구속하고 집착한 그 끝에 돌아온 것은 미약하게나마 느낄 수 있었던 온기마저의 상실. 절대적인 거부와 혐오. 적어도…… 적어도…… 그러한 반복만은 막아야 하지 않겠는가.

"가라."

결국 제현은 허락하고 말았다. 이미 그는 눈앞에 있는 하얀 소녀에게 악행을 저질렀다. 함께 있어 주는 것만으로 감사해도 모자랄 판에 적어도 더 밉보일 만한 짓은 하지 않아야 했다. 하나린, 그녀라면 분명 돌아와 줄 것이다. 혼자서 바보같이 불안해하는 제 마음만 잘 동여잡고 있는다면 큰 탈은 일어나지 않을 터.

그때였다. 하나린이 그의 손을 꽉 잡으며 기쁘게 웃어 보였다.

"제현도 같이 가자!"

생각지도 못했던 말에 제현의 말문이 턱 막혔다. 하얀 소녀는 헤헤 웃으며 그의 품속에 쏙 들어와 등을 기대며 즐겁게 말을 이어 갔다.

"재미는 나누면 두 배라고 했다."

"아니, 나는……."

"같이 가자. 응?"

당혹스러워하며 거부의 말을 내뱉으려던 제현의 말을 끊으며 하나린이 떼를 쓴다. 그에 동공왕은 어색하게 웃을 수밖에 없었다. 딱히 축제 같은 것을 좋아하지 않는다. 아니 더 정확히 말해서 논다는 행위를 모른다고 해야 할까?

잠행을 나갔을 때 사람들이 웃고 떠들며 즐기는 것을 보면서 그들이 왜 그러는지 이해 못 할 정도로 그 수준이 심각하였다. 오히려 같은 인간임에도 그들과 동떨어져 있는 기분에 외로움이란 감정을 느꼈으니. 그러니 이런 하나린의 제안이 곤혹스러울 수밖에 없었다.

제현은 고개를 내려 절 올려다보는 푸른 눈을 바라보며 어색한 웃음을 지었다. 기대에 차 반짝반짝 빛이 난다. 이걸 거부할 수도 없는 노릇이고.

"그래, 알았다."

그는 종내 승낙을 하였다. 그에 하나린이 환하게 웃으며 그의 가슴에 얼굴을 비볐다. 제현은 '하아—' 하며 곤란하다는 듯 한숨을 내쉬었다. 허나 썩 나쁘지 않은 기분이었다. 함께 간다면 홀로 불안해하며 기다릴 필요도 없고 그녀가 즐거워하는 모습도 곁에서 볼 수 있을 것이다. 문제가 있다면 시간을 내기 위해 최대한 빠르게 일 처리를 끝내야 된다는 것일까?

홀로 보내지 않고 함께 나간다라. 나름 새로운 경험이다.

제현은 어쩌면 이번 축제가 즐거울지 모르겠다고 생각하였다.

어두운 밤. 풍옥전 대문. 경기병 한과 두노가 하품을 하면서 대화를 주고받고 있었다.

"있잖아."

"응."

"감히 풍옥전에 들 도둑이나 암살자가 있을까?"

"미쳤냐? 지 목숨이 언제 날아갈지 알고……라고 말하고 싶지만 실제로 그런 것들이 있으니까."

그들에게 있어선 별 시답잖은 이야기였다. 과거 풍옥전에 서아란이 있던 시절, 언제나 귀족들의 극심한 반대가 있었으나 암살자의 침입이나 독살 시도는 생각보다 적은 편이었다. 물론 본래부터 그리 적은 것은 아니었다. 절반 이상이 사전에 차단되고 그 감시를 피해 풍옥전 안으로 들어간 것이 총 서너 번 정도라는 말이다.

당연한 이야기지만 뒤에서 사주한 이들은 왕에게 철저하게 짓밟혀 매장당했다.

"그렇게 당하면서도 수작을 부리는 귀족들이 있으니 말이지."

"정말 볼 때마다 존경스럽단 말이야. 그렇게 많은 본보기가 있어도 계속해서 시도하려는 이들이 있다는 게."

한과 두노는 이해할 수 없다는 태도로 이야기를 하였다. 아니 그 왕비 후보자가 사라진다고 해서 뭔가 자신들에게 큰 이익이 떨어지거나 하진 않을 텐데 왜 그렇게까지 하는 것인지.

"윗사람들의 사정이 있겠지. 우리가 고민해 봐야 뭐가 나오겠나?"

"하긴 우린 안에 계신 분만 잘 지키기만 하면 되지."

부스럭.

그때 풍옥전 대문 정면으로 조성된 풀숲에서 작게 무언가 움직이는 소리가 났다. 그것을 놓치지 않은 한과 두노가 무섭게 눈을 번뜩이며 빠르게 자세를 잡았다. 창날을 소리가 난 쪽으로 향하며 당장이라도 뛰어 나갈 수 있게 몸을 낮추었다.

"거기 누구냐?"

한이 위협적인 음성으로 물었다. 조금은 먼 거리에 있는 수풀. 그 안으로 보이는 것은 검기만 한 어둠이었다. 한동안의 정적. 허나 곧이어 어둠 속에서 붉은 안광이 번뜩였다. 마치 야수와 같은 느낌에 한은 마른침을 꼴깍 삼키며 두노에게 손짓을 하였다. 위기가 닥치면 곧바로 경계종을 울릴 수 있도록.

"소속을 밝혀라."

"글쎄 소속이 없어서 말이야."

중성적인 목소리. 한의 두 번째 말에 의문의 인물이 수풀을 헤치며 어둠 속에서 걸어 나왔다. 흑색 의복을 입고 검녹색 머리카락을 가진 사람. 아직 거리가 좀 되어 성별까진 확인할 수 없었다. 작정하고 숨어든 건지 얼굴을 검은 붕대로 칭칭 감은 정체불명의 인물이 찢어질 듯 입가를 올리며 웃음 짓고 있었다.

"흐음─ 굳이 정체를 밝히자면 당신들이 아까부터 말하고 있던 귀족 나부랭이의 지시를 받은 암살자라 해 두지."

붕대 사이로 붉게 빛나는 눈이 그들을 서서히 훑었다. 그것만으로 한과 두노는 전신에 소름이 돋는다. 그들로서는 결코 상대할 수 없다.

"두노, 종 쳐! 침입자다!"

땡땡땡땡땡.

한의 외침에 두노는 곧장 대문 위쪽에 달린 줄을 잡아 흔들며 종을 울렸다. 적막한 밤공기를 찢으며 날카로운 소리가 울려 퍼진다.

"아아 대응이 너무 빠른 거 아니야?"

그와 동시에 쇄도해 오는 암살자. 한이 다급하게 창을 내지르지만 간단히 옆으로 피해 내며 코앞까지 접근한다. 그리고 단도로 빠르게 한의 허벅지를 베었다. 화끈한 통증과 함께 핏물이 튀어 오른다. 그럼에도 한은 이를 악물고 다음 행동을 이어 갔다.

이미 적은 가까이 접근했다. 창은 더 이상 쓸모가 없으니 버린다. 그리고 주먹을 휘두른다.

쐐애액.

매섭게 바람을 가르는 소리가 들렸다. 그냥 병사라고 하지만 무려 궁을 지키는 경비병이다. 지방의 잡졸들과 비교할 수 없는 나름 일류에 속하는 이. 최소 혼자서 장정 서넛은 상대할 능력이 되어야만 궁에서 일할 권한이 주어진다. 주먹으로는 돌덩이 하나 정도는 부술 수 있다. 그게 사람을 향한다면? 분명 경상 정도로 끝나지 않으리라.

탓.

허나 암살자는 사뿐히 그 주먹을 쳐서 궤도를 비틀었다. 거기서 그치지 않고 팔을 휘감으며 몸을 반전시켜 제 등을 한의 배에 밀착시켰다. 그리고 이어진 업어치기. 한의 시야가 일그러지는 것과 동시에 그는 순간 등이 박살 날 것 같은 고통에 휩싸였다. 순간적인 충격에 숨마저 쉬어지지 않는다.

"한!"

두노가 소리치며 암살자를 향해 황급히 창을 휘둘렀다. 허나 암살자는 이번에도 가볍게 그것을 피해 내고 접근해 팔, 어깨, 허벅지를 베어 냈다. 당연한 수순으로 두노는 들고 있던 창을 떨어뜨렸다. 하지만 그건 다음 공격을 위한 것이 아니라 양팔에 힘이 들어가지 않았기 때문.

"힘줄을 잘랐으니 이젠 팔 병신이네?"

암살자는 그리 조롱하며 두노의 배를 돌려 찼다. 그 힘이 얼마나 강하던지 두노의 몸이 붕 떠서 벽에 처박힌다. 두노는 배를 움켜잡고 꺽꺽댔다.

"일차 관문은 통과."

암살자는 마치 광대와 같이 과장되게 두 팔을 벌리며 웃었다. 그리고 그대로 두어 걸음 걷더니 대문에 강하게 발차기를 날렸다. 그것만으로 빗장이 박살 나며 대문이 활짝 열렸다. 암살자가 여유로운 걸음걸이로 안으로 들어가려는 순간이었다.

쐐애애액.

바람을 가르는 소리에 암살자는 황급히 고개를 숙였다. 그리고 창이 방금 그가 서 있던 자리를 정확히 지나서 날아갔다.

"아직이다! 이 잡것아!"

암살자는 외침과 함께 덮쳐 오는 그림자를 향해 재빠르게 몸을 반전시켰다. 그리고 급한 대로 시야에 들어오는 상대의 허벅지에 단검을 꽂았다. 이후 암살자는 절 공격한 상대의 정체를 알아챌 수 있었다.

"끄억!"

분명 무력화시켰다고 생각한 경비병 한이었다. 그는 아직까지 호흡곤란으로 헐떡거리면서도 억척같이 주먹을 뻗었다. 암살자는 인상을 팍 쓰며 날아오는 주먹을 피한 뒤 상대의 명치와 턱을 차례로 올려 쳤다.

순간 한은 눈이 풀렸으나 끈질기게 반대쪽 손을 뻗어 암살자의 멱살을 잡아챘다.

"두노!"

이어지는 그의 외침. 암살자는 분명 그것이 속임수일 거라고 생각했다. 다른 경비병은 두 팔의 힘줄을 끊어 놔서 제대로 된 공격을 하지도 못할 터였다. 하지만 그런 암살자의 생각을 부정하듯 그의 허벅지에서 화끈한 고통이 느껴졌다.

황급히 고개를 내리자 무릎걸음으로 다가와 제 허벅지를 물어뜯고 있는 경비병이 보인다.

"이런 미친!"

암살자는 한의 팔을 잡아 꺾어 던지고 다리를 놀려 두노에게서 벗어난 뒤 그의 턱을 올려 찼다. 또다시 나동그라지는 경비병들. 허나 암살자는 더 이상 안으로 들어갈 생각을 하지 못한 채 뒤로 물러섰다. 그리고 다시 꾸역꾸역 일어나는 그들을 보며 질린다는 듯 시선을 던졌다.

한은 입에 고인 피를 뱉으며 뻐근한 목을 돌려 우드득 꺾었다. 그러고는 악에 받친 시선으로 암살자를 노려보며 중얼거렸다.

"빌어먹을! 좀 살려고 하니까 씹어 먹을 귀족들이 방해해 대네."

"죽으라고 풍옥전으로 내치질 않나, 아기씨 덕분에 목숨줄이 늘어날 것 같으니까 암살자를 보내질 않나."

그에 두노가 받아치며 말을 이었다. 한과 두노는 암살자와 그를 보낸 귀족을 향해 분노를 드러냈다. 그들은 불타는 듯한 눈빛으로 암살자를 직시했다

"우리의 명줄을 담당하는 아기씨란 말이다. 그런데 감히 그분을 건드리려 들어?"

"절대 그러진 못하지. 우리의 명줄을 늘려 줄 훌륭하신 분인데. 무슨 일이 있더라도 우리가 막고 말 테다!"

흡사 반쯤 광기에 잠식된 모습으로 그 둘은 말을 주거니 받거니 했다. 그리고 눈앞의 적을 향해 으르렁거리며 소리쳤다.

"그러니…… 우린 우리의 목숨과 바꿔서라도 우리의 명줄을 지킨다!"

어, 어이…… 너희 뭔가 본말이 전도되었어…….

암살자 무영은 어이없다는 듯 그들을 쳐다보았다.

"정말 징하더군. 무슨 반 죽여 놔도 일어나는 놈을 패고 또 패고 힘

줄을 잘라도 꾸역꾸역 달라붙었어. 그걸 뚫으니까 잠에서 깨어난 병사들이 이를 악물고 덤비고 또 그걸 다 패대기치니까 이젠 궁녀들이 우르르 나와서 그 아가씨가 있는 방문 앞을 막아서며 고기방패가 되더라고. 발목을 잡는 것이 한두 가지가 아니야. 결국 너무 시간이 늦어서 경계종 소리를 듣고 몰려오는 궁호군(宮護軍: 특별한 소속 없이 궁을 순찰하고 경비를 서는 일반적인 군인들) 때문에 부랴부랴 도망쳐야 됐지."

무영은 어깨를 으쓱하며 피식 웃음을 터뜨렸다.

"내 평생 이 짓을 해 먹으면서 그렇게 주인께 충성심 높은 것들은 처음 보더군. 아니, 어쩌면 암살자를 막아 내지 못한 뒤에 있을 악마의 분노가 더 무서워서 그런 것일까?"

마치 광대처럼 낄낄거리며 무영은 제 눈앞에 있는 제현을 바라보았다. 조롱 섞인 그의 말에도 무덤덤한 표정으로 서 있던 동공왕은 귀찮다는 듯 말없이 손을 내밀었다. 그에 무영은 싱겁다는 듯 혀를 차며 품속에 있던 두루마리를 꺼내 휙 던졌다.

"재미없는 인물 같으니라고."

상대의 불평을 무시하며 제현은 받아 든 두루마리를 펼쳐 보았다. 그러자 그 안에 숨겨진 것의 정체가 드러났다. 하나린을 암살하기 위해 의뢰한 내용이 적혀 있는 계약서. 제현은 그곳에 적힌 이름들을 훑어 내리며 섬뜩한 웃음을 입가에 걸었다.

"요물 하나 잡는 데 많이도 참여했군."

제현은 '요물 하나린'이란 부분에 시선을 고정하며 비꼬듯 말했다. 귀족들이란 늘 그렇듯 스스로 눈을 가리는 일 하나는 정말 잘하는 위인들이었다. 정말 제가 그녀를 어떻게 생각하는 건지 모르는 것일까, 아니면 알고서도 인정하고 싶지 않은 것일까? 아마도 답은 후자이리라.

"수고했다."

"헤에— 딱히? 그런데 생각보다 매정한 왕님이네. 내게 수고를 치하하기 전에 풍옥전의 궁인들이 얼마나 다쳤는가 걱정되지는 않나 봐?"

무영의 비꼬는 듯한 말에 제현은 검은 눈을 들어 그를 바라보았다. 그에게서 불쾌함을 머금은 은은한 살기가 흘러나온다. 허나 그는 고저 없는 목소리로 답하였다.

"많이 다쳤겠지. 몇몇은 반병신이 되었을 거다. 하지만 그 정도로 해 주지 않으면 곤란해. 그래야 귀족 놈들이 의심하지 않을 터. 그래야 네놈과의 의뢰선도 계속 이어져 있을 것이고."

그에 무영의 얼굴이 확 구겨졌다. 안면이 붕대에 가려져 있음에도 티가 날 정도. 허나 그는 가면을 바꿔 쓰듯 이내 입가를 끌어 올리며 웃음을 지었다.

"아아…… 그러네. 그렇게까지 실감 나는 연기가 필요했으면 그 작은 아가씨에게도 칼을 박아 줄 걸 그랬나?"

무영의 말이 끝남과 동시에 기존의 것을 뛰어넘는 살의가 터져 나왔다. 무영은 작정하고 도망치려 했으나 어느새 덥석 목이 잡혀 허공에 대롱대롱 매달렸다. 제현은 고요하지만 오싹하기 그지없는 눈길로 그를 바라보았다.

"장난은 적당히 거는 게 좋을 거다."

"큭큭큭. 이게 장난 같으냐, 빌어먹을 폭군 개자식아? 바로 네 아랫것들이 다쳤다고. 그런데 반응이 고작 그거냐? 제발 날 실망시키지 마라. 내가 널 도와주는 이유는 네 힘이 무섭기 때문이 아니라 내 예상과는 다른 네놈의 인간적인 모습 때문이니까. 그 이유를 잊지 말라고."

보통 인간이라면 당장에라도 실신할 제현의 살기 속에서도 무영은 웃음을 지으며 말을 끝맺었다.

"수틀리는 순간 암정국은 네놈의 적이 될 것이야."

"그러든지."

제현은 짧게 답하며 그의 목을 놓았다. 바닥에 사뿐히 착지한 무영은 콜록거리며 몇 번 기침하더니 뻐근한 목을 돌려 풀어 주었다. 그사이 제현의 음성이 들려왔다.

"전대 수장이고 현대 수장이고 할 것 없이 다 건방지기 그지없군."

"이건 네가 나에게 준 권리다?"

"선은 넘지 말라고 했을 텐데?"

"아슬아슬하게 안 넘고 있잖아."

절대로 지지 않는 무영의 대답에 동공왕의 얼굴에 살짝 짜증이 서렸다가 가라앉았다. 맘 같아선 다 때려 부수고 싶다는 얼굴. 그러나 그 분노를 참아 내고서 집무실 문을 열었다.

"어딜 가시나?"

"이제 풍옥전으로 가 봐야지. 슬슬 고개를 들이밀 때가 됐으니."

제현은 무영의 물음에 짧게 대답하며 그대로 사라졌다. 눈으로 잡을 수 없는 빠른 움직임에 무영은 혀를 차며 중얼거렸다.

"드럽게 빠르네."

전대 수장만큼은 아니더라도 제법 무술 수준이 높다고 자부하는 무영의 자존심에 심각한 타격을 주는 실력이었다. 제현과 대면한 첫날에도 손가락 하나 까딱해 보지 못한 채 그대로 땅에 틀어박혔으니…… 그 격차를 뼈저리게 실감했다.

솔직히 말해 전대 수장을 박살 내고 암정국의 정보 능력까지 탐하는 그를 죽이려 했다. 그런데 도리어 이쪽에서 철저하게 박살이 났다. 전대 수장이 왜 그렇게 당했는지 절로 수긍이 갈 정도의 능력자. 가차 없는 손길에 참으로 그 자리에서 죽는 줄 알았다.

"그래도 살려는 주었지."

오히려 유감스럽다는 말까지 들었다. 이유는 전대 수장을 반 죽게 만들고 재기 불능으로 만들어 버렸다는 것. 뭐 표정은 말과 달랐지만 말이라도 그렇게 뱉은 것이 어딘가? 생각했던 것과 다른 폭군의 모습에 정말 정신적으로 큰 충격을 받았었다. 암정국에 있는 정보로 보면 동공왕은 침입자를 발견하면 무조건 사지부터 절단하고 시작한다고 했었는데. 거기에다 안하무인에 세상은 자기를 중심으로 돌아간다고 생각하는 악마라 평가가 내려져 있었다.

암정국에 있는 정보가 틀릴 리가 없었다. 그것은 암정국의 일원이자 후계자였고 전대 수장 은명에 의해 추대되어 현 수장이 된 그의 확신이었다. 그렇다면 동공왕의 변화가 요 며칠 사이에 이뤄졌다는 의미. 그리고 그 변화를 이끄는 이로 주목되는 자는 바로 풍옥전에 있는 구미호였다.

미친 폭군의 나름 인간적인 모습으로의 변모. 그것에 흥미가 일었다. 앞으로는 어떻게 변해 갈지 궁금증이 생겼다. 그리고 그의 곁에 있는 구미호의 행보에 대한 관심 역시 커져 갔다. 그랬기에 이어서 나온 동공왕의 의뢰를 받아들였다. 그 대가로 궁에서 부는 새로운 바람을 가장 가까이서, 가장 빠르게, 그 깊은 비밀까지 확인할 수 있으리라.

그것은 모두 다 새로운 정보로서 암정국에 축적될 것이다. 물론 그것은 동공왕의 변화를 전제로 한 것. 그가 과거 그대로의 모습이라면 궁 안의 정보 흐름도 변화가 없으리라. 그러니 곁에서 동공왕의 상태를 끊임없이 확인해야만 했다.

무영은 아직까지 아픈 제 목을 쓰다듬으며 지금도 잘 붙어 있는지 확인했다.

"확실히 달라지긴 달라졌어. 그렇게 자극을 줬는데도 인내하는 걸 보면."

그는 재밌다는 듯이 중얼거렸다.

"히잉— 바보같이 왜 그렇게까지 해!"

하나린이 울먹거리며 하는 말에 풍옥전 소속 경비병들은 어색한 표정을 지었다. 어떤 이는 힘줄이 잘려 나가고 어떤 이는 뼈가 부러졌으며 어떤 이는 아예 팔다리가 떨어져 나갔다. 정체조차 파악할 수 없던 암살자라 했던가? 참으로 매서운 솜씨가 아닐 수 없었다.

그들은 암살자가 저들이 모시는 아기씨의 목숨을 노린다는 걸 깨닫는 것과 동시에 반쯤 정신이 나가 버렸었다. 무슨 일이 있어도 필히 지켜야만 한다는 생각에 날뛰다가 정신을 차려 보니 병신 신세. 더 이상 궁에서 일하지 못할 수준으로 몸이 망가져 버렸다. 그래서 절망에 잠겨 혼이 나가 있었는데 때마침 구미호가 등장한 것이었다. 당장이라도 울음을 터트릴 것 같은 얼굴로 말이다.

"그래도 아기씨께서 치료해 주시지 않았습니까?"

두노는 멀쩡히 움직이는 두 손을 들어 보이며 하하 웃음을 지었다. 그는 아직도 제 주변을 떠도는 반딧불이와 같은 은색 빛무리를 보며 경의에 찬 표정을 지었다. 조금 전 구미호가 손을 천천히 들어 올리자 땅으로부터 수많은 빛무리가 떠올랐다. 그리고 그 하나하나가 몸에 스며들더니 상처도 아물고 고통도 사라졌다.

물론 이런 거로 팔다리가 절단된 이들까지는 치료되지 못했다. 그 정도로 심각한 경우엔 하나린이 직접 떨어진 인체 일부를 잡아 그 절단면에 가져다 댔다. 이후 빛무리들이 소용돌이치며 모여들더니 이내 강렬한 광채를 뿜어냈다. 그리고 잘려진 부분이 이어지며 서서히 피부까지 아물어 가더니 상해를 입기 전과 같은 모습으로 돌아왔다.

그것은 이적. 인간의 영역을 벗어난 대신비. 풍옥전의 궁인들과 뒤늦게 나타난 궁호군들은 그 모습을 넋을 놓고 바라보았다.

풍옥전을 가득 채운 은색의 빛무리. 그것들은 하얀 소녀가 걸음을 옮길 때마다 그 발길을 따라 땅으로부터 허공으로 스미어 올랐다. 어두운 밤 풍경에서 은은하게 그 존재를 드러내는 백발과 아홉 개의 하얀 꼬리. 그리고 순수하게 빛나는 푸른 눈동자. 그 안으로 별빛이 부서져 내리며 아름다운 광채를 띠었다.

다친 이들을 하나하나 걱정스럽게 살피며 가슴 아파하는 하나린의 모습. 어린아이 같으면서도 묘하게 모성이 느껴지는 자태.

"신선(神仙)이다."

그러던 중 한 사람이 조용하지만 명확한 음성으로 중얼거렸다. 그리고 그의 곁에 있던 이가 고개를 절레절레 저으며 크게 소리쳤다.

"아니 신선이 아니라 선녀(仙女)다!"

"선녀다! 이 땅에 대선녀께서 강림하셨다!"

"우리 동공국을 구원해 주실 분이다!"

"우와아아아!"

순식간에 거대한 아우성이 풍옥전 안을 휩쓸었다. 그에 깜짝 놀란 하나린이 어리둥절한 표정을 지었으나 이미 일어난 흥분의 물결은 일파만파로 퍼져 나갔다.

"예상하긴 했지만 이건 상상을 뛰어넘는군."

제현은 풍옥전 대문에 몸을 기댄 채로 그 감격의 도가니를 바라만 보았다. 다음 날이면 이 신비로운 기적이 발 없는 소문을 타고 궁 밖으로, 한양 밖으로, 그리고 동공국 곳곳으로 퍼져 나가겠지. 이것으로 백성들과 궁인들의 여론은 하나린을 향해 크게 기울 것이다. 귀족들이 마냥 반대만 하기 힘들 정도로. 그럼에도 억지를 쓰며 하나린을 모욕하고 매도하면 민심(民心)의 철퇴를 맞게 되리라.

부가적으로 풍옥전 궁인들의 충성심 또한 상상을 초월할 만큼 높아졌을 터. 앞으로 필히 목숨을 걸고서라도 그녀를 옹호하고 보호하겠지.

그는 쓰게 웃으며 궁호군들 중 몇몇과 눈을 맞추었다. 하나린을 위한 여론을 만들기 위해 바람잡이 역할로 끼어 넣은 이들이었다. 그들은 남몰래 왕을 향해 살짝 묵례하며 예를 표했다.

제현이 무영에게 요구한 것은 크게 두 가지. 첫째는 귀족들에게 접선하여 위험 인자들을 확인하는 것. 그리고 그것보다 더 중요한 두 번째는 거짓 암살 시도 때 풍옥전의 궁인들에게 심하게 상처를 주되 목숨엔 위협이 가지 않을 정도로 할 것. 그리하면 하나린이 어찌어찌 그들을 치료해 낼 수 있을 것이라 생각하며 청한 것이었다.

일석이조(一石二鳥). 이로써 생각보다 많은 적들을 색출해 낼 수 있었고 하나린의 지지 기반을 마련할 수 있었다.

제현은 밤임에도 환한 빛에 휩싸인 하나린을 보며 빙긋 웃음을 지었다.

동공국의 편전.

그 안의 관리들은 어젯밤 풍옥전에 있었던 신선 암살 시도 건으로 인해 소란스럽게 떠들고 있었다. 정체불명의 암살자가 침입했다. 그리고 풍옥전 궁인들은 제 몸을 아끼지 않고 그자를 막아 냈다.

그것에서 그쳤으면 귀족들도 그저 그러려니 하고 넘어갈 수 있었으리라. 문제는 그 이후에 일어난 일. 풍옥전을 차지하고 있던 소녀가 신비한 이적을 일으켜 상처 입은 자들을 모두 회복시켰다는 것이다. 그중엔 팔다리가 잘려 평생을 장애를 떠안고 살아야 할 사람도 있었다. 그로 인해 치료 과정을 목격한 이들로부터 신적 존재에 가까운 취급을 받게 되었다. 거기에다 어찌 소문이 흘러 나간 것인지 한양 백성들마저 이른 아침부터 그 이적에 대해 떠들고 다녔다.

"어허…… 어찌 요괴를 선녀 취급을 할 수 있단 말입니까!"

"동공국을 구하기 위해 내려온 하늘의 보배라니요! 당치도 않습니다!"

"허허 하지만 어리석은 백성들은 벌써부터 홀리고 있으니……."

"동공국의 미래가 암울합니다. 이래서야 원."

"고작 아랫것들 몇몇을 치료해 준 것 가지고. 영스러운 존재라면 당연히 그 정도 일은 할 수 있는 것을!"

영스러운 존재라고 해서 누구나 그만한 이적을 일으키는 것이 가능한 게 아니었다. 제법 높은 수준의, 최소 중간 이상 격을 가진 자여야만 만들어 낼 수 있는 신비. 그것도 신선 계열에 선 존재 정도는 되어야 가능한 일이었다. 물론 요괴 쪽에서도 회복과 재생의 능력을 가진 것들도 있지만 자연과 감응하여 그 힘을 끌어다 생력을 불어 넣는 것은 오직 신선 쪽에서만 가능한 일이었다.

"하지만 그 능력을 보면 신선에다가 보통이 아닌 듯합니다."

성수청 쪽에 연이 있어 그 사실을 아는 귀족이 조심스럽게 말을 던졌다. 그저 외면하고 억지를 부리는 것만이 능사가 아님을 은근슬쩍 언급했으나 그런 그에겐 다른 이들의 질타만이 떨어져 내렸다.

"허허 영감은 도대체 어느 편인 것이오!"

"요물을 보고 신선일 것이라니! 그대 눈이 삔 것이 아니오!"

"그래서 백성들이 저리 소문에 휘둘리는 것이 옳다고 생각한다는 거요!"

그에 좀 전에 발언하였던 귀족은 얼굴을 붉히며 소리쳤다.

"그, 그런 뜻이 아니잖소!"

또다시 뜨거워지는 편전의 분위기. 왕실파의 귀족들만이 가끔씩 불쾌하다는 듯 인상을 찌푸릴 뿐 다른 이들은 목에 핏대를 세우며 바락바락 언성을 높였다.

"동공국의 태양께서 납십니다."

그 소란을 뚫고 동공왕이 도착했음을 고하는 소리가 들렸다. 이후 편전의 문이 열리자 제현이 느긋한 걸음걸이로 걸어와 어좌에 앉았다. 그리고 보는 이로 하여금 비릿해 보일 수 있는 웃음을 지어 보였다.

"아침부터 이리 소란스러운 것을 보니 뭔가 큰일이라도 있은 듯합니다?"

이미 모든 것을 알고 있음에도 복장을 긁듯이 던지는 질문. 어제 있었던 사건과 그 여파에 대한 보고를 다 받았을 것이 틀림없음에도 시치미를 뚝 떼며 물음을 던진다. 그런 제현의 모습에 속이 뒤집히는 귀족들이었다. 분명 여론이 풍옥전의 신선에게 기우는 것에 기뻐하고 있으리라.

제현은 입가에 웃음을 건 채로 제 아래에 앉아 있는 귀족들을 훑어보았다. 그리고 반항적인 기미가 섞여 있는 백세악의 시선과 마주했다. 아아, 분명 앞으로 나서지 않은 채 뒤에서 꼭두각시놀이를 하였다지. 미묘한 말로써 물증을 남기지 아니하고 은근슬쩍 주변 인물들을 부추기고 선동하여 이런 일이 터지게 만들었다. 물론 그 모든 게 동공왕의 손안이었지만.

제현은 이번 일을 이대로 끝낼 생각이 없었다. 물론 마음 같아선 무영에게 받은 계약서에 서명한 놈들을 모조리 쳐 죽이고 싶었다. 그들의 음모를 천하에 공개해서 죽여 달라고 애원할 때까지 고문을 가하여 제가 한 일을 뼈에 사무치도록 후회하게 만든 뒤에 명줄을 끊어 버린다. 아주 달콤한 복수이자 살육이 아닐 수 없었다.

허나…… 그런 것은 하나린이 싫어할 터. 뒤에서 몰래 학살을 벌여도 되지만 관여된 놈들이 너무 많다. 제현은 편전 안에 내려앉은 침묵을 즐기며 입을 열었다.

"뭐 딱히 하실 말씀들이 없는 듯하니 제 용건으로 넘어가도록 하겠소."

제현은 슬며시 소매에 손을 넣어 하나린 암살 계약서를 꺼내었다.

그리고 당당히 펼쳐서 뒷면에 그려진 문양을 보여 주었다. 그것은 바로 암정국을 의미하는 문양. 그에 몇몇의 귀족들이 숨을 크게 들이켰다. 그들을 향해 동공왕은 섬뜩한 웃음을 지으며 말했다.

"과거 죄인 서아란의 탈주에 '암정국'이 관여되어 있다는 걸 그대들은 알 것이오. 그래서 오랜 수사 끝에 찾은 거점 하나를 박살 내었지. 그런데 아주 재밌는 문서가 나오더이다."

이제 시체처럼 안색이 바랜 그들을 보며 제현은 즐겁다는 듯 킥킥거렸다. 그리고 순식간에 분위기를 일변시키며 표정을 단단히 굳혔다.

"뭐 그냥 재밌는 구경거리가 많더군. 읽는 내내 흥겨움을 감출 수가 없었지. 내가 딱히 말 안 해도 제 주제를 잘 파악해야 할 자들이 많을 거야."

바짝 얼어 있는 면면들을 보며 제현은 북풍한설과 같은 눈길을 보냈다. 죽이진 않는다. 다만 약점을 쥐고 흔들 뿐. 그래, 이제부터 그들은 동공왕의 장기 말이자 인형이다. 백세악이 꼭두각시놀이를 좋아하는 듯하니 이쪽도 똑같이 꼭두각시놀이를 해 주어야겠지. 제현의 입가에 섬뜩한 미소가 맺혔다.

이렇게 된 바엔 살아도 산 것이 아니게 만들어 버리리라.

"뭐, 나름 저런 것도 나쁘진 않은데……."

여울은 지루하다는 티를 내며 지붕에 앉아 편전 안을 바라보았다. 이무기는 생각 외로 제 성질을 잘 참아 내는 제현을 보며 혀를 찼다. 예전 같았으면 벌써 폭발해도 폭발했으리라. 그럼 참으로 달콤한 붉은 피가 흩뿌려졌을 텐데.

"아아 벌써부터 그립군."

뒤에서 인형 놀이를 하는 것도 나쁘진 않지만 살육의 쾌락에 비하면 정말 아무것도 아니었다. 흥미가 당기기는 하는데 뭐랄까 자극적인 게 부족하달까? 과거 발광하며 날뛰는 제현을 이렇게 그리워하게 될 줄이야.

이무기는 그때를 회상하는 듯 잠시 눈을 감았다. 그리고 다시 뜬 후 드러난 눈동자는 노랗게 빛나는 뱀의 눈. 그 방향은 풍옥전을 향하고 있었다. 선화(仙花)의 정이 박살 났는데도 제현이 저렇게 스스로를 잘 통제하는 이유가 그곳에 있었다.

하나린, 그녀가 서아란으로 둔갑하고 있을 때는 그 여우에게서 흘러나오는 선기도 모조리 차단되어 있었다. 그러기에 동공왕에게 미치는 영향은 무(無). 허나 둔갑을 푼 이후부터는 안에 가두어 놓았던 기운을 저리 흩뿌리고 다니니 제현의 살의와 광기를 가라앉히는 효과를 두둑하게 보고 있는 것이었다. 그것은 선화의 정 따위와 비교되지 못할 만큼의 안정 효과를 보여 주었다.

"거기다 제현을 심적으로도 다독여 주고 있으니."

꼭 제현이라는 날카로운 칼날을 수납하는 완벽한 검집과 같지 아니한가? 여울은 쓰게 웃으면서도 뭔가 재밌는 일을 벌일 수 없을까 고민하였다. 그리고 제현을 향해 강한 적의를 드러내는 백세악을 보며 뜻 모를 웃음을 지었다.

지독하게 요염하며 숨 막힐 정도로 어두운…… 그런 웃음을 말이다.

이미 해가 넘어가 어둠이 내려앉기 시작한 시간.

"으흐흐흐흥~"

하나린은 콧노래를 부르며 제가 입은 옷을 훑어 내렸다. 평소의 고급스러운 의복이 아닌 평민들이나 입을 만한 그런 평상복. 하얀 머리를 대충 묶어 내린 채 궁의 뒷문이라 할 수 있는 장소에 서 있었다. 그리고 그녀 곁으로 청이와 백사린이 서 있었다.

풍년을 바라는 제사, 용신제가 끝나고 칠 일째에 동공왕으로부터 밤 외출을 하자고 연락이 왔다. 청이는 하나린의 몸 치수에 맞는 평민복을 구해 와 그녀에게 입혔다. 최대한 다른 사람들 눈에 띄지 않도록 화려하지 않은 것으로. 그래도…… 그 노력이 소용이 없다.

아홉 개의 꼬리는 치마 안으로 넣어 숨긴다고 하지만 티 하나 없는 백발이 너무 튀었다. 거기에다 설상가상으로 요즘 동공궁에 사는 선녀의 용모 또한 백성들 사이 소문으로 퍼져 있기 때문에 더더욱 신경에 거슬린다고 할까? 아마 이대로 나간다면 축제에 온 사람들이 의심의 눈초리로 바라볼 것이다. 그리고 몇몇은 직접 나서서 그녀의 정체를 확인하려 들겠지. 그럼 밤 외출은 그대로 끝. 궁으로 복귀다.

결국 남은 것은 한 가지 방법뿐.

"아기씨."

"응?"

청이의 부름에 하나린이 의아하다는 듯 돌아보자 그녀는 조심스럽게 말을 이어 갔다.

"둔갑 좀 해 주셔야겠습니다. 이대로 나가면 정체가 훤히 드러날 것이라."

"꼭 해야 돼?"

하얀 소녀는 기분 나쁘다는 듯 입을 삐죽이며 말했다. 그에 청이는 곤란하다는 듯 어색히 웃으며 말을 이었다.

"그게…… 외모가 너무 튑니다. 애써 분장했음에도 나가자마자 정체가 들킬 만큼요."

그 말이 끝남과 동시에 하나린의 표정이 시무룩하게 처졌다. 그리고 청이의 눈치를 보며 들으라는 듯 조금 큰 소리로 중얼거렸다.

"오늘뿐인데……."

"예, 그러니까 오늘만 참으십시오."

"제현이랑 본모습으로 돌아다니고 싶은데……."

"그랬다간 밤 외출과 동시에 복귀입니다."

"히잉— 진짜진짜 안 돼?"

"안 됩니다."

하얀 소녀가 칭얼거리는 소리를 내어도 청이는 단호박이었다. 철저하게 빠져나갈 구멍을 막아 버린다. 솔직하게 말해 청이도 오늘의 외출을 공치고 싶지 않았다. 평생을 풍옥전에서 살아야 되는데 오늘같이 몇 없는 나들이 기회를 놓치고 싶을 리가. 청이가 눈을 부릅뜨며 재촉하자 하나린은 볼을 크게 부풀리며 틱틱거렸다.

"아기씨, 굳이 용모를 크게 바꾸실 필요는 없지 않습니까? 꼬리를 감추고 머리카락 색만 바꾸어도 충분히 변장이 가능합니다."

그때 곁에서 조용히 있던 백사린에게서 구명줄이 내려왔다. 그에 하나린은 활짝 웃으며 제자리에서 한 바퀴 핑그르르 돌았다. 그와 동시에 종종 치마를 들썩거리던 꼬리들이 사라지고 하얀 백발이 흑단같이 고운 검은색으로 변했다. 그것만으로도 동공국을 흔들고 있는 소문의 주인공이 천진난만한 여느 소녀의 모습으로 바뀌었다.

하나린은 푸른 눈을 반짝이며 청이를 올려다보았다. 그 모습이 꼭 주인의 허락을 기다리는 강아지 같달까. 귀여운 모습에 청이가 '풋' 하고 웃고는 나름 만족스러운 변화에 고개를 끄덕이며 승낙의 표시를 보였다.

"내가 늦었나?"

그리고 때마침 검은 도포를 입은 제현이 나타났다. 이에 하나린은 반가움을 표시하며 그대로 달려들어가 폭삭 안긴다. 그는 갑자기 달려든 검은 머리의 소녀로 인해 당황했으나 이내 절 올려다보는 푸른 눈을 발견하고 픽 웃음을 지었다. 그리고 손을 들어 올려 그녀의 머릿결을 흐트러뜨렸다. 그 손길을 피해 고개를 절레절레 흔드는 하나린.

제현은 개구쟁이와 같은 웃음을 짓더니 그대로 구미호의 몸을 반대 방향으로 홱 돌려 질끈 묶어 놓은 머리끈을 풀어 버렸다. 그리고 머리카락을 손으로 빗어 내리더니 끝에서부터 세심하게 돌려 말아 올렸다. 그와 함께 품에서 비녀를 꺼내어 부드럽게 꽂아 넣는다.

"연기를 하려면 역할을 정해야겠지?"

제현은 즐거운 듯 웃으며 말을 이었다.

"그럼 부부 행세를 하면서 하루쯤 놀아 보도록 할까?"

그가 하나린의 머리에 꽂아 놓은 비녀는 참새비녀. 혼인한 평민 여성이 하는 장신구였다. 묘하게 사심이 들어간 듯한 역할 분배였으나 그걸 모르는 하얀 소녀는 '우와' 하고 감탄사를 터뜨릴 뿐이었다.

본인이 자각을 잘하지 못하고 다른 이들도 그녀가 일으키는 사건에 휘말리느라 신경을 쓰지 못하고 있지만 하나린의 외모는 상당히 예쁜 편이었다. 빨빨거리며 돌아다니지 않고 얌전히 있으면 신비한 매력마저 느껴질 정도. 그걸 잘 알고 있는 제현이 아무런 조치도 없이 그냥 외출을 감행할 리가 없었다. 찝쩍거릴 남자를 미리 배제하자는 뜻으로 이미 임자 있는 여인이란 표시를 해 놓은 것.

제현은 살며시 하나린 뒤에 서 있는 나머지 두 여인에게 시선을 던졌다. 그리고 제 뒤에 기척 없이 서 있던 흑영에게 턱짓을 해 보였다. 자신과 하나린은 신경 쓰지 말고 저기 들러붙은 이들을 대충 알아서 잘 수행하라는 의미. 그렇게 준비를 끝낸 그들은 축제가 벌어지고 있는 야시장으로 향하였다.

궁을 벗어나 샛길로 접어든 후 얼마 걸리지 않아 사람들이 떠드는 소리와 밤을 밝히는 등불들이 보였다. 그리고 몇 걸음 더 내딛자 온전히 드러나는 야시장의 모습.

"우와—"

하나린은 놀라움에 입을 벌리며 감탄사를 터뜨렸다. 보통의 밤거리와 달리 낮처럼 환한 거리가 보였다. 처마마다 걸린 수많은 등불 덕분에 돌아다니는 사람들은 따로 등불을 들고 다니지 않아도 될 정도로 밝았다. 거기에다 거리는 평소보다 훨씬 더 많은 사람들이 돌아다니며 복작거렸다.

"벌써부터 놀라서야 쓰겠느냐? 아직 제대로 된 구경은 하지도 않았다."

제현은 하나린의 작은 손을 잡고 앞장서서 이끌어 나갔다. 그에게 있어서 몇 번은 보았던 광경이라 제법 익숙한 장면이었다. 허나 제 곁에 있는 소녀는 그 하나하나가 신기한 모양이었다. 본격적으로 거리 안으로 들어서자 더 다양한 것들이 보이기 시작했다.

거리의 양옆으로는 전시된 석상과 목조 조각품들이 줄지어 있었다. 그 종류는 비를 상징하는 용과 관련된 것들이 주를 이루었다. 건물 벽에도 비와 풍년을 상징하는 신수가 그려진 족자들이 대부분이었다. 또한 장사치들이 외치는 소리가 들려온다.

"맛보세요! 맛보세요! 산적꼬치구이입니다! 계란까지 입혀 노릇노릇한 꼬치구이요!"

"녹두빈대떡입니다. 오늘은 특별히 싸게싸게 팝니다! 자주 오는 기회가 아니에요!"

"전입니다! 종류별로 팔아요! 고추전, 생선전, 애호박전 등등 아주 맛이 죽여줍니다!"

"돼지고기가 듬뿍 들어간 돈저냐! 방금 만들어서 따근따근합니다!"

노점 상인들이 모두 목소리를 높여서 먹거리 장사를 벌이고 있었다. 무려 풍년을 기원하는 축제다 보니 음식들만큼은 푸짐하게 늘어놓고 팔고 있었다. 구경 나온 사람들도 이번만큼은 아끼지 않고 돈을 쓰며 축제를 즐겼다.

"맛있겠다."

당연한 이야기이지만 하나린은 입맛을 다시며 길거리 음식들을 뚫어져라 쳐다보았다. 그리고 좀 전과 달리 오히려 그녀가 먼저 앞장서서 제현을 끌고 여기저기 구경을 다니기 시작했다. 그렇게 바쁘게 쏘다니는 그녀 뒤를 따라 백사린과 청이도 재게 발을 놀렸다.

구경거리는 다양했다. 온갖 종류의 조각상들은 물론이고 입맛을 돋우는 간식들과 거리 한편에 공간을 차지하고 뛰노는 광대들, 그리고 이어지는 탈춤과 악단들의 연주. 또 다른 장소로 이동하면 기녀와 무희들이 옷을 곱게 차려입고 화려한 무용을 선보였다. 제현과 하나린은 손에 간식을 하나씩 든 채로 돌아다니며 야시장의 축제를 즐겼다.

대로를 따라 좀 더 안쪽으로 들어가자 넓은 광장이 나왔다. 그리고 그곳에선 설치된 횃불들을 배경으로 빠른 박자의 사물놀이가 펼쳐지고 있었다. 장구와 꽹과리, 북 등이 한데 어울려 흥겨운 운율이 흘러나온다. 광장에 모인 사람들은 그 소리에 맞춰서 펄쩍펄쩍 뛰면서 춤을 추며 뛰놀았다.

"우리도 놀자!"

그에 하나린이 눈을 반짝이며 제현의 손을 잡아 그 가운데로 이끌었다. 그리고 어색하게 웃는 그를 이끌고 폴짝폴짝 뛰며 주변 사람들과 어우러져 춤을 췄다. 두 팔을 덩실덩실 흔들며 깔깔 웃음을 터뜨린다. 그에 제현은 못 말리겠다는 듯 피식 웃으며 엇비슷하게나마 흉내를 내었다.

제현은 제 앞에서 환히 웃고 있는 소녀를 보며 입가에 미소를 매달았다. 참으로 깨끗하고 밝다. 저와 온전히 반대편에 서 있는 존재. 어두운 곳에 웅크려 있던 저를 이끌고 나와 이런 곳도 있다고 알려 주는 빛. 그렇기에 매혹될 수밖에 없는…….

"이제 좀 한적한 곳으로 가지."

제현은 슬쩍 하나린의 손을 잡아끌며 사람들이 바글바글한 그곳을 벗어났다. 그리고 그는 앞장서서 걸으며 그녀에게서 제 얼굴을 감추고는 조금 지친 표정을 지었다. 말이야 함께 놀았다지 실질적으론 하나린에게 끌려다니며 어울려 준 꼴이었으니까. 사람이 많은 곳을 기피하고 공연 같은 것을 볼 바엔 차라리 책을 읽으며 시간을 보낸다는 생각을 가진 그로선 이렇게 북적거리는 야시장은 꺼려지는 장소였다. 결국 익숙지 않은 것들에 금방 지쳐 버렸다.

'그래도 생각보다 썩 나쁘진 않았지만.'

제현은 아직 더 놀고 싶다는 듯 볼을 부풀린 소녀를 보며 피식 웃음을 지었다. 제 평생 이런 곳에서 유희를 즐기게 될 줄이야. 그는 그녀의 손을 꼭 잡고 야시장을 벗어나 한양 외곽 쪽으로 걸어갔다. 그에 따라 웅성거리는 소리가 점점 멀어지고 야시장과 다른 형태의 축제 안으로 들어서기 시작했다.

낮처럼 밝지는 않지만 돌길을 따라 일정한 간격을 두고 연등이 매달려 은은하게 거리를 밝히고 있었다. 저 멀리서 가야금의 부드러운 선율이 들려왔다. 귀족 자제와 규수들이 부채를 들고 걸어 다닌다. 그리고 아름답게 꾸며진 야경을 구경하며 속삭이듯 대화한다. 조금 더 나아가자 수로 위로 걸쳐진 다리가 보였다.

"저기가 좋겠군."

제현은 다리 위로 걸어가 멈춰 서며 하나린에게 아래를 보라는 눈짓을 해 보였다.

"우와—"

그리고 터져 나오는 그녀의 감탄사. 수로 안에 연두색 빛을 발하는 돌들이 박혀 투명한 물속을 밝히고 있었다. 그에 수로 밑에 새겨진 바닥화의 모습이 드러났다. 그 위로 커다란 금붕어들이 헤엄치며 모였다가 흩어졌다를 반복했다.

"용신제 이후 축제 때에만 특별히 도사들이 주석에 주술을 걸어 이렇게 빛나게 만들지."

제현의 설명에 고개를 끄덕이면서도 하나린은 그 풍경에서 시선을 떼지 못했다. 인간이 만든 아름다운 예술품에 사로잡혀 멍하니 바라만 볼 뿐. 동공왕은 이번 외출에서 다채롭게 변하는 하나린의 표정을 보며 이런 것도 나름 괜찮다는 생각이 들었다. 물론 일을 미리 몰아서 끝내 놔야 되고 노는 동안 또다시 일거리가 쌓여 있긴 할 것이지만 그 정도면 희생할 만한 가치가 충분한 것 같았다.

제현은 하늘을 보며 대충 시간을 가늠해 보았다. 곧 있으면 축제의 끝에 다다르리라. 그리고 마지막 행사를 하겠지. 그는 다리 너머로 멀리 시선을 던졌다. 그 끝에는 다양한 형태의 예쁜 풍등을 팔고 있는 가게가 있었다.

"잠시 다녀오지."

그는 하나린의 어깨를 두어 번 다독이며 그리 말했다. 그리고 뒤따라오는 백사린 일행에게 그녀를 잘 지켜보라 눈짓하고는 풍등 가게로 걸음을 옮겼다. 얼떨결에 홀로 남겨진 구미호. 백사린 일행은 축제를 즐기러 나온 귀족 규수와 그를 모시는 시종, 호위무사로 배역을 정했는지 하나린에게 가까이 오지 않고 일정 거리를 유지한 채로 두런두런 이야기를 나누었다.

그렇게 얼마나 있었을까?

"예쁘군."

하나린의 등 뒤에서 묘하게 기분 나쁜 목소리가 들렸다. 그녀가 뒤돌아서자 푸른색 도포에 화려한 장신구를 걸친 귀족 자제로 보이는 사내가 서 있었다. 그는 갓을 슬쩍 들어 올리며 기분 나쁜 미소를 짓는다. 그러고는 하나린을 위아래로 훑어 내리더니 만족스럽다는 듯 입을 열었다.

"평민 계집인가?"

사내에게 있어선 자고로 평민이란 귀족의 아래에 있는 존재, 마음대로 가지고 놀아도 뒤탈이 없을 그런 장난감이었다. 물론 귀족이 높은 신분이라 하여도 평민에게 함부로 대할 수 있는 것은 아니었다. 백성의 대부분을 평민이 차지하기에 민심을 위해서 어느 정도 선이 정해져 있었다. 즉 해도 될 일과 해선 안 될 일이 법으로 확립되어 있다.

하지만 그런 것을 귀족들이 고이 따를 리가 없었다. 들키지만 않는다면 범죄가 아니니 돈이나 권력으로 적당히 입막음을 하거나 아예 남몰래 죽여 버리는 사례도 종종 있었다. 그리고 지금 하나린의 눈앞에 있는 이 사내, 이도우는 그런 이들 중 가장 최악이라고 칭할 만큼 악랄한 귀족 자제였다.

그는 하나린의 어려 보이는 외모와 머리에 꽂혀 있는 비녀를 보며 비릿한 웃음을 베어 물었다. 이도우는 아주 더러운 취향을 두 가지 가지고 있다. 바로 어린 여아를 좋아한다는 것과 혼인한 여인을 범하는 것을 즐긴다는 것. 그런 그에게 있어 하나린의 존재는 딱 기호에 들어맞는 존재였다.

이도우는 입꼬리를 끌어 올리며 하나린의 어깨에 손을 올렸다.

"혼자서 이러고 다니다니 남편이 참으로 매정하네. 나랑 남은 축제 좀 즐길까?"

찐득할 정도로 악의가 흘러넘친다. 이에 하나린은 기분이 나쁜 듯 살며시 그의 손길을 치워 냈다. 그에 이도우의 입가에 즐거운 웃음이 걸린다. 자고로 여인 쪽이 거부하고 튕겨 주어야 재밌는 놀이가 되는 것이다. 그리고 그것을 억지로 꺾어 낼 때 그 성취감이 두세 배로 늘어나는 법. 제발 하지 말아 달라며 아프다고 비명 지르는 여인들을 억지로 범할 때야말로 쾌락은 더해지지 않는가.

그렇기에 그는 앞으로의 유희를 떠올리며 반대편 손을 그녀에게 뻗었다. 허나 그 손은 하나린에게 닿기도 전에 검은 무복을 입은 이에 의해 저지당했다.

"그만하시지요. 이미 혼인한 여인에게 무슨 추태입니까?"

흑영은 싸늘한 눈길로 이도우를 바라보았다. 자신의 유희를 방해받은 이도우는 인상을 구기며 흑영을 노려보았다.

"너야말로 웃기는 소리 그만하지. 네가 뭔데 참견이야? 갈 길이나 가시지?"

"제가 보기 불편하여 참견하라 하였습니다."

그 사이를 끼어드는 가녀린 음성에 이도우의 고개가 확 돌아갔다. 그리고 그 정체를 확인한 순간 얼굴이 야차처럼 구겨졌다. 허나 억지로 표정 관리를 하며 굽신거리는 듯한 어조로 말을 이었다.

"백가(家)의 독녀께서 여기에 무슨 일이신지……."

"지나가는 길이었습니다만. 무가(武家)의 자제이신 이 도련님의 행태가 보기 좋지 않아 참견하게 되었습니다."

백사린은 싸늘하게 말을 내뱉으며 하나린을 제 뒤로 끌어당겼다. 어찌 만나도 저리 소문이 좋지 않은 놈을 오늘 같은 날에 만나는지. 이도우가 어떤 더러운 성벽(性癖)을 지니고 있는지 아는 그녀로선 보는 것만으로도 기분이 더러워졌다. 그러나 그와 별개로 입가에 부드러운 미소를 띤 채로 상대와 마주했다.

이도우는 살짝 짜증이 서린 듯 입꼬리를 파르르 떨며 입을 열었다.

"무시하고 지나가셔도 될 것 같습니다만. 어차피 같잖은 평민이 아닙니까? 조금 즐겨 보자는 거지요. 남들도 다 하는 것이 아닙니까?"

결국 토해져 나오는 것은 구역질 나는 내용인지라 백사린의 아미가 살짝 꿈틀하였다. 귀족들의 작태를 잘 알고 끔찍이 여기고 있긴 했지만…… 저보다 급이 높은 여인 앞에서도 저딴 소리가 잘 나온단 말인가? 아니, 어쩌면 그녀가 제 아비와 반목하고 있단 소문이 그의 귀에 들어간 것일지도 몰랐다. 그러기에 차마 신분 때문에 강하게 나가진 못해도 은근히 깔보며 감히 저딴 소리를 지껄일 수 있는 것이겠지. 백사린은 살짝 오만함이 섞인 이도우의 눈을 보며 확신을 굳혔다.

그녀의 눈빛이 더 차갑게 얼어붙는다. 언젠가 그 귀족들의 머리 구조를 뜯어고치리라 벼르고 또 벼르고 있었지만 오늘같이 그 다짐을 더더욱 공고히 해 주는 일은 없었다. 참으로 찢어 죽이고 싶게 생긴 기생오라비였다.

"뭐 남편이 있는 아낙네라면 임자의 허락을 받고 즐기는 것은 괜찮겠지요."

거기에다 시기적절하게 이도우는 백사린의 복장을 끼익 긁었다. 그는 품에서 작은 주머니를 꺼내더니 그 안에서 금전 하나를 꺼내며 시시덕거렸다.

웬만하면 조용히 지나가고자 했는데 일을 키우고 싶다고 저리 원하고 있으니…… 그럼 바라는 대로 해 드려야지. 청순한 그녀의 얼굴에 어울리지 않게 섬뜩한 기운이 서렸다.

"청이야."

"예."

"저분이 아기씨의 남편을 보고 싶다는구나. 보통 패기가 아닌데 원하는 대로 해 드려라."

"알겠습니다. 아니, 그럴 필요도 없군요."

백사린의 말에 바삐 움직이려던 청이는 이도우 뒤편을 보며 묘한 미소를 입에 걸었다. 순식간에 분위기가 변하자 뭔가 잘못 돌아가는 걸 느낀 걸까? 이도우는 한차례 움찔하고 몸을 떨었다. 허나 그는 불길한 예감을 단지 기분 탓으로 돌려 버리곤 되레 비릿한 미소를 더 진하게 지으며 말을 지껄였다.

"그럴 필요가 없다니 당장 남편이라는 잡것을 끌고……."

"날 찾나?"

하지만 그 말은 차마 끝까지 토해지지 못한 채 소름 끼치도록 낮은 음성에 의해 끊겼다. 그에 순간 오싹하고 소름이 돋은 이도우였으나 이내 자신이 기백에서 밀렸다는 것에 분노를 느꼈는지 얼굴을 야차처럼 일그러뜨리며 뒤돌아섰다.

"잡것이 어서 바닥에 엎드리지 않고 감히 귀족들 뒤에서 꽥꽥 지껄이는 것이야!"

버럭 소리를 지른 뒤에 그의 눈에 들어온 것은 온통 칠흑으로 뒤덮인 사내. 평민의 의복치고는 제법 고급스러운 의복이었다. 허나 문제는 그 얼굴에 있다고나 할까? 이도우의 안면 혈색이 공포로 인해 급속도로 후퇴하기 시작했다. 이까지 따닥따닥 부딪치며 눈앞의 존재를 우러러보았다.

"미안하군. 그 잡것이 짐이라서."

그리고 제현은 섬뜩한 웃음으로 그에게 보답하였다. 동공왕은 두어 걸음을 더 다가가 바들바들 떨고 있는 이도우를 내려 보며 검붉은 안광을 빛내었다.

"아아 한 네 달 전인가? 애송이 무관들이 재롱 잔치를 벌일 때 본 것 같은데 말이야."

과거 무관들이 제 능력을 입증하기 위한 시합을 벌인 적이 있었다. 그것도 왕이 참관하는 제법 큰 규모의 행사. 이도우는 그곳에서 전도유망한 신입으로서 왕과 검을 마주하는 영광을 누리게 되었다. 물론 일대일 대결이 아니라 왕이 혼자서 무관 다섯을 상대하였다. 하지만 왕은 압도적인 능력을 보이며 모두를 가볍게 제압했었다. 그때 이도우가 느꼈던 경외감과 공포감이란 말로 다 이를 수가 없었다.

그런데…… 그랬던 그분이 왜 제 앞에 있는 것일까? 이도우는 반쯤 혼이 나간 채로 자신을 짓누르는 살의를 마주했다. 제현은 뒷짐을 진 채로 혼비백산하여 말을 잇지 못하는 그를 향해 비웃음을 던지며 입을 열었다.

"그래 멀리서 들어 보니 귀족 나부랭이가 이 소인의 아내를 원한다?"

잔뜩 비꼬는 말에 그제야 정신을 차린 이도우는 그대로 오체투지

(五體投地)를 하며 필사적으로 거부의 말을 내뱉었다.

"저, 저, 저, 전하…… 그, 그, 그게…… 그런 뜻이 아, 아니오라 죄, 죄, 죄, 죄송합니다. 제, 제, 제, 제가 아, 아무것도 모르고 저지른 죄이, 이, 이, 입니다."

허나 이미 미친 폭군에게 제대로 물렸다. 제현은 이미 눈앞의 쓰레기를 철저하게 짓밟아 주기로 결심을 굳힌 상태였다. 어차피 털면 나올 죄는 널리고 널렸다. 귀족들을 작살내려 할 때마다 느낀 것이지만 정말 빌미 하나는 기막히게 잘 제공해 주는 놈들이었다.

"그럼 짐이 아니었으면 그런 짓을 하였을 것이다?"

"예? 그, 그, 그게 어차피 펴, 평민은 제, 제, 제대로 되, 된 혀, 혀, 혈통도 어, 없는…….."

"어허— 국가의 본(本)은 백성이라. 평민들을 존중하라 국법으로 명시되어 있거늘. 거기다 내 분명 귀족 관리들에게 평민들에게서 수탈하는 것을 금(禁)한다 경고까지 했을 터인데. 네놈은 감히 왕명을 거역한다는 것이냐?"

이대로 철저히 몰고 가면 사형을 시키는 것도 가능하다. 당연히 귀족들이 왕왕 짖어 대며 정상참작을 외치겠지만 숨기고 있는 구린 것들을 몇 가지 더 들춰 주면 절로 조용해지리라. 그리고 이놈의 모가지를 치면 된다. 제현의 눈에 섬뜩한 살기가 맺혔다.

"제현?"

아, 물론 하나린은 모르게. 제현은 빠르게 살의를 거두고 그녀에게 부드러운 웃음을 지어 주었다. 그리고 일행들에게 눈짓으로 잠시 하나린을 딴 곳으로 데려가라고 명했다. 그에 백사린이 청아한 목소리로 하나린의 등을 떠밀었다.

"아기씨, 조금 있으면 축제의 마지막 행사가 진행된다고 하더군요. 전하께선 잠시 처리하실 일이 있으니 저희는 먼저 가 있는 것이 좋을 것 같습니다."

"하지만……."

하나린이 미묘한 표정으로 자꾸 뒤돌아보자 이번엔 청이가 별것 아니란 투로 말을 이었다.

"저딴 치한 따위는 신경 쓰지 말고 가시는 게 정신 건강에 이롭습니다."

"치한?"

"예, 치한."

그들의 대화가 이어짐에 따라 바닥에 엎드린 이도우의 표정은 점차 처참하게 일그러졌다. 두 팔까지 부들부들 떨며 제게 떨어지는 치욕을 참아 냈다. 그리고 구원 아닌 구원이 그에게 떨어져 내렸다.

"아! 치한! 나 안다. 미리내가 치한 만나면 반드시 쓰라는 퇴치법을 배웠다! 미리내가 멍청히 당하지 말고 꼭꼭 쓰라고 당부했다. 그러니까 내가 퇴치한다!"

하나린의 입에서 미리내라는 알 수 없는 인물의 이름과 함께 나온 치한 퇴치법이라는 단어. 이도우는 '치한'이라는 지칭에 또다시 이를 뿌득 갈며 분노를 억제했다. 그가 살면서 이렇게까지 모욕을 받은 적이 있던가. 문제는 그것이 여기서 끝이 아니라는 것이었다. 제현이 흥미 어린 궁금증을 담고 물음을 던진 것.

"퇴치법이라. 그게 뭐지?"

다른 이들도 순진하기 그지없는 소녀가 아는 치한 퇴치법에 대해 호기심을 품고 귀를 기울였다. 폭력의 폭 자도 모르는 아이 입에서 무엇이 나올까? 하나린은 방긋 웃으며 미리내가 가르쳐 준 필살의 기술을 입에 담았다.

"'싸대기'라고 했다."

'누군지 모르겠지만 정말 잘 가르쳤네.'

백사린은 잠시 고개를 숙여 생각에 빠졌다. 앞으로 왕비가 될 여인이라면 제게 오는 오욕을 단지 참고만 있으면 안 되는 법. 필요할 땐 직접 움직여서 내가 이렇게 움직일 정도로 분노하고 있다는 것 정도는 드러낼 수 있어야 했다. 그리고 그게 뺨을 올려 치는 정도면 썩 적절한 대응이었다. 자신의 명예를 위한 연습 정도면 괜찮지 않을까?

백사린은 시선을 옮겨 동공왕을 바라보았다. 제현도 그 정도의 대응이라면 괜찮다는 듯 고개를 끄덕여 보였다. 그리고 이도우를 발로 툭툭 차며 일어나라는 눈짓을 해 보였다. 그에 사내는 이를 꽉 물고 천천히 자리에서 일어섰다.

"괜히 반항해서 피하거나 막으면 큰일 날 각오를 하거라. 그리고 표정 관리 좀 하고."

제현이 입을 열어 음산한 음성으로 이도우에게 속삭였다. 물론 말할 때 기를 이용한 가공을 하여 다른 사람들의 귀에, 더 정확히는 하나린의 귀에 들어가지 않도록 해서. 그리고 자신의 소녀를 볼 때에는 가면을 바꿔 쓰듯 부드러운 웃음을 보이며 당부의 말을 건넸다.

"기회는 한 번이다. 한 번만 하고 가는 거야."

제현은 하나린이 늘 당하고만 사는 것을 원하진 않지만 그렇다고 분노에 그 순수한 심성이 망가지는 것 또한 원하지 않았다. 자신이 만만치 않은 존재라는 걸 보여 줄 그런 행위를 제외한 필요 이상의 폭력을 쓰는 것은 바라지 않는다. 그 선 너머로 강제를 가하는 것은 자신만으로 충분할 것이니까.

염려 어린 그의 시선에 하나린은 방긋 웃으며 그 정도면 된다는 듯 고개를 끄덕였다.

"괜찮다. 미리내 말로는 한 번이면 충분하다고 했다."

한편 장난감 취급을 당하고 있는 이도우는 속으로 칼을 갈았다. 고작 평민으로 보이는 어린 계집한테 뺨을 내주어야 한다는 것 자체가 불쾌하기 그지없었다. 그는 동공왕의 잠행에서 아내 행세를 하는 저 계집이 혹시 풍옥전의 요물이 아닌가 하고 잠시 고민했으나 머리색이 다른 것을 보며 그 가설을 지워 버렸다. 그럼 남은 것은 동공왕이 끌고 나온 궁녀 정도인데 그렇다 쳐도 맘에 들지 않는 상황이었다.

비록 궁녀를 왕의 여인이라 취급하긴 하지만 그건 잠정적인 것일 뿐 고작 궁에 널린 수많은 계집들 중 하나이지 않은가? 그런데 어찌 자신이 이런 모욕을 받아야 한단 말인가!

이도우는 반항 심리에 제 뺨을 쳐도 상대가 아프게 만든다는 계책을 세웠다. 무가의 자제로서 가문의 비전을 따라 '기(氣)'라는 것을 이용하는 방법을 배웠다. 거기에다 그는 전도유망하다고 말할 정도로 동배에선 적수를 찾기 힘든 무인이었다. 즉 기라는 것을 이용해 신체를 단단하게 하는 것도 가능한 경지에 이르렀다는 것.

그는 마음속으로 웃음을 터뜨리며 단전에 있는 기운을 끌어올렸다. 그리고 혈도를 따라 기를 돌리며 빠르게 신체를 강화해 나갔다. 이로써 저 여인이 자신을 때린다고 하여도 바위를 맨손으로 때린 것과 같은 아픔을 느낄 것이다.

"원하시는 대로."

이도우는 비웃음을 삼키며 하나린을 향해 말하였다. 그에 구미호는 사내와 두어 걸음 정도 거리까지 다가왔다. 그녀는 눈을 감고는 무언가를 머릿속으로 정리하는 듯하였다.

"일단 다리는 어깨 넓이 정도로 벌리고."

그리고 무언가를 중얼거리며 자세를 취한다. 이도우는 무슨 싸대기를 날리는 데 자세까지 필요하냐는 생각에 어이없다는 표정을 지어 보였다. 허나 다시 눈을 뜬 하나린과 마주하는 순간 머릿속에서 강력한 경고음이 터져 나왔다.

도망쳐!

그것에 반응하기도 전에 그녀의 움직임이 먼저 행해졌다.

쾅.

앞으로 한 걸음 내디디며 진각을 밟는다. 그 힘이 얼마나 무거운지 돌바닥이 움푹 들어갈 정도. 가냘픈 다리에 그 거력이 그대로 전해졌으면 필히 부러졌겠지만 그 힘은 미끄러지듯 타고 올라가며 허리까지 전해졌다. 그리고 딱 그 순간 허리를 돌리며 그것을 회전력으로 전환, 계속해서 타고 올라간 힘은 어깨까지 다다른다. 이후 크게 반원을 그리며 휘둘러지는 팔을 따라 그대로 직진. 최후에 그녀의 손바닥이 이도우의 뺨에 닿는 순간 팔의 원심력에 더해져 그 기력이 폭발한다.

퍼어어어어엉.

살과 살이 부딪쳤다기보단 질긴 가죽과 가죽이 충돌한 것 같은 소리. 허나 문제는 여기서 끝나지 않았다. 가장 중요한 것은 뺨을 때리는 각도. 올려붙이는 것이 아니라 중력까지 이용한 내려치기. 그는 그 충격을 이기지 못하고 튕겨 나가 땅에 틀어박혔다.

쾅.

그리고 울려 퍼지는 진동. 돌바닥에 머리가 반쯤 박힌 채 입에 게거품을 물고 경련하는 이도우를 보며 좌중은 침묵에 휩싸였다.

"이게…… 싸대기라고?"

무슨 싸대기 하나에 수많은 무술의 묘리(妙理)가…… 그 짧은 움직임 안에 숨어 있던 모든 것들을 알아챈 흑영이 어이없다는 듯 중얼거렸다. 그는 제가 저질러 놓고도 그 결과를 예상하지 못했다는 듯 안절부절못하는 하나린을 바라보며 한숨을 푹 내쉬었다.

이런 걸 가르쳤다는 '미리내'라는 존재가 진실로 궁금해지는 순간이었다.

한편 청이는 비참한 몰골로 혼절한 이도우를 내려 보며 침을 꼴깍 삼켰다.

'미, 미친…….'

저런 한 수를 숨겨 두고 있었다니. 청이는 평소에 제가 종종 일으키던 하극상을 떠올리며 몸을 부르르 떨었다. 만약 하나린의 성격이 나빴다면 자신이 저런 꼴이 되었을 거란 소리가 아닌가? 구미호의 성격이 순박하다니 어쩌면 자신은 매우 운이 좋은 것일지도 몰랐다.

"저, 저기 저 사람 괜찮아?"

너무 착한 게 문제이긴 하지만. 청이는 방금 생각을 빠르게 지우며 이도우를 걱정하는 하나린을 향해 짧게 혀를 찼다. 아니 확실히 이번 것은 좀 문제이긴 했다. 앞으로 궁에서 지내면 귀족들과 자주 충돌할 것인데 그것에 대한 모욕을 저런 식으로 풀어냈다간 큰일이었다.

때마침 제현이 단단히 굳은 얼굴로 하나린의 어깨를 잡았다. 그리고 청이는 확신했다. 분명 왕도 무엇이 잘못되었는지 깨달았다고. 그때 그의 입술이 천천히 열렸다.

"앞으로…… 저런 놈들을 만나면 방금 것보다 두 배 정도 더 강하게 쳐라."

아, 맞다…… 저 인간 정상이 아니었지. 청이는 당당히 살인을 명하는 그를 보며 어이없다는 표정을 지었다. 그때 하나린이 불안한 눈빛으로 제현에게 말했다.

"하지만 이 정도도 많이 아파 보이는데? 더 세게 하면 위험하지 않을까?"

"뒤처리는 내가…… 아니 기절하는 정도일 뿐일 거다."

분명 뒤처리는 내가 한다고 말하려 했어! 청이가 경악을 하는 사이 백사린이 미간을 찌푸리며 고개를 절레절레 저었다. 그리고 우아하게 한 걸음 나서며 그건 절대 안 된다는 뜻을 내비쳤다.

"그건 여인으로서 올바르지 않은 대처법입니다. 여무사나 되면 모를까 모름지기 높은 지위에 오르실 거라면 스스로 나서는 것은 옳지 않습니다."

"그러면?"

"주변 수행인에게 제압하라고 하여야겠지요."

제현은 그녀의 말이 영 마음에 차지 않는다는 듯 혀를 찼다. 허나 청이는 안심할 수 있었다. 역시 정상인이 적절하게 제동을 걸어 주는 구나. 비록 귀족파 거두의 외동딸이지만 이럴 땐 정말 나름 믿음직스러운 사람이었다.

청이가 가슴을 쓸어내리며 백사린을 바라보았다. 때마침 그녀의 말이 계속해서 이어졌다.

"이후 어느 조용한 곳에 가둬 놓고 전하께 곧장 보고를 올리도록 해야겠지요."

"그건…… 마음에 드는군."

아니아니 방금 말 취소야. 이 인간들은 상대를 살려 놓는다는 가정이 아예 생략되어 있어. 청이는 의외로 죽이 맞는 그들을 보며 어이없다는 표정을 지었다. 웃고 있지만 눈빛은 살벌한 백사린과 살의를 온전히 드러낸 채로 입꼬리를 비틀어 올린 동공왕. 그들은 싸늘한 눈길로 바닥에 처박혀 있는 이도우를 보고 있었다.

그것에서 뭔가 불안함을 느낀 걸까? 하나린이 고개를 갸웃하며 그들을 불렀다.

"제현? 사린?"

그에 제현이 소녀의 머리를 쓱쓱 쓰다듬으며 별것 아니라는 듯 웃음을 지어 보였다.

"이만 우리는 가자꾸나."

"하지만 저 사람……."

"'저것'은 신경 쓰지 않아도 된다."

그럼에도 하나린이 자꾸 이도우에게 눈길을 주자 제현이 마음에 안 든다는 듯 인상을 썼다. 그리고 가볍게 발을 굴렀다. 그것을 신호로 주변에서 기척을 숨기고 있던 복면인들이 모습을 드러냈다.

"치워."

짧은 명령과 함께 복면인들은 이도우를 둘러메고 순식간에 자취를 감추었다. 그들은 아마 이도우를 궁 깊은 곳 아무도 모를 밀실 안에 처박아 두리라. 제현은 아직도 영 무언가가 찜찜하다는 하나린의 등을 떠밀며 축제의 마지막 행사가 벌어지는 곳을 향하여 걸음을 옮겼다.

광장은 귀족과 평민, 천민에 이르기까지 가리지 않고 모두 모여 발디딜 틈 하나 보이지 않았다. 마치 인간으로 만들어진 수풀 같다고나 할까? 제현은 짜증 섞인 음성으로 말하였다.

"사람들이 많군."

그리고 백사린은 담담하게 답변을 하였다.

"아무래도 오늘이 마지막이니까요. 거기다 참여하지 않으면 축제를 즐긴 의미가 없다고 말할 만큼의 백미라고 알려진 행사임에야."

소원 날리기. 각자 풍등을 가져와 불을 붙여 일제히 하늘로 날리는 축제의 끝마무리. 풍등을 날리는 순간 자신의 기원과 염원을 빈다. 그리고 그것이 하늘에 닿을 수 있기를, 그래서 자신에게 행운이 깃들기를 바란다. 이것이 바로 소원 날리기.

풍등이 자신의 소원에 어울리는 모양일수록 이뤄질 확률이 높다 하여 풍등은 다양한 형태로 만들어져 팔려 나갔다. 사람 수가 바로 소원의 수라고 했던가? 광장에 다양한 모양의 풍등들이 알록달록하게 자신의 모습을 자랑하고 있었다. 그리고 그 풍경의 한가운데 거대한 종이 놓여 있었다. 저 종이 울리는 순간 풍등들은 황홀한 빛을 자랑하며 동시에 하늘로 날아오를 것이다.

조용히 소원 날리기를 기다리고 있는 사람들. 그때 탈을 쓴 이들이 촛불을 들고 나와 그들이 들고 있는 풍등의 심지에 불을 붙여 주었다. 그 모습을 빤히 보던 제현이 천천히 입을 뗐다.

"하나린, 혹시 소원이 있나?"

말이 좋아 소원 날리기지 실은 자기 위로나 마찬가지인 행위였다. 이것을 하면 희망 사항이 이뤄질 것이라 믿는. 물론 그것이 실제로 이뤄지진 않는다. 하지만 일 년만 지나면 또 똑같이 별 쓸모 없는 행동을 반복하겠지.

제현은 과거엔 그런 그들이 바보 같다고 생각했었지만 지금은 그들의 심정을 이해할 수 있을 것 같았다. 자신 또한 간절한 소원을 가지게 되지 않았던가? 그는 불안한 제 심정을 최대한 숨긴 채 태연함을 유지하며 제 곁에 있는 소녀를 내려 보았다. 소원을 가진 자들이 모인 것을 보며 무심코 던진 질문에 스스로 '아차' 했다.

만약 자유롭기를 바란다고 하면 어쩌지? 이곳을 떠나 좀 더 고귀한 자들과 만남을 가지고 싶다고 하면?

한편 하나린은 곤란하다는 듯 어색한 미소를 지을 수밖에 없었다. 소원 날리기는 바로 사람들이 자신의 소원이 하늘에 닿기를 바라는 행사. 그리고 그녀는 하늘에 닿은 소원을 들어주는 존재. 즉 제현의 물음에 답을 하면 자신에게 소원을 빈다는 모순이 되어 버리니까. 결국 그저 웃을 수밖에 없었다.

그녀는 소원을 빌 수 없다. 바라는 것이 없는 존재니까. 그녀는 소원을 빌 수 없었다. 오로지 남을 위해 헌신하는 존재니까. 그녀는 소원을 빌 수 없었다. 소원을 들어주는 자는 그 힘을 개인을 위하여 쓰면 안 되니까. 그녀는 소원을 빌 수 없었다. 애초에…… 소원을 빌 수 없게 그렇게 운명 지어졌으니까.

그런데…… 눈앞에 있는 인간은 그녀에게 소원이 무엇이냐고 묻는다. 이건 정말 훌륭한 모순이었다. 하나린은 멍하니 고개를 들어 하늘을 올려다보았다. 별빛이 부서져 흩어져 내리는 푸른 눈이 씁쓸하게 반짝인다. 소녀의 연분홍색 입술이 천천히 열렸다.

"내 소원은……."

그녀는 소원을 빌 수 없다. 그럼에도 이 순간 정말로 모순적이게 문득 떠오르는 것이 있다.

"나 제현과 같이 있고 싶다."

그건 소원일까, 아니면 그저 그녀 마음속에 꽃피기 시작한 감정의 파편일 뿐일까? 하나린은 자신이 말하고도 이해가 가지 않는지 멍하니 서 있었다. 그때 그녀를 뒤에서 부드럽게 안는 두 팔이 있었다.

"고맙군."

그리고 귓가에 속삭이는 묵직하고 낮은 음성. 하나린은 전신에 오싹하고 소름이 돋는 느낌이었다. 이유는 알 수 없지만 마냥 기분 나쁘지만은 않은 감각이었다. 그녀는 고개를 돌려 기쁜 듯 환히 웃는 제현을 올려다보았다. 그리고 마주 웃음을 지었다. 지금 이 순간만큼은 무엇이 어찌 되었든 상관없을 것 같았다.

그 순간 제현은 풍등 위에 덮여져 있던 검은 천을 치웠다. 그리고 드러나는 것은 연리지(連理枝) 모양의 형상. 뿌리가 다른 두 그루의 나뭇가지가 서로 얽히어 마치 한 나무처럼 자라는 현상. 또는 좋은 부부애를 뜻하는 상징이기도 했다. 하나이지만 두 사람분이라는 것을 드러내듯 불을 붙일 수 있는 심지가 무려 두 개였다. 제현은 하나린에게도 연리지 풍등의 한쪽 끝을 쥐여 주었다.

"나도 언제까지나 너와 함께이고 싶다."

제현은 꾸밈없는 모습으로 미소를 지으며 탈을 쓴 이에게서 촛불을 받아 풍등 심지에 불을 붙였다. 그에 조금은 구깃하였던 연리지의 모양이 팽팽하게 부풀었다.

어느새 광장은 수많은 불꽃으로 가득 차 대낮같이 밝아졌다. 이윽고 이매탈을 쓴 사람이 광장 가운데에서 큰 소리로 외쳤다.

"모두들 준비되셨습니까아!"

그에 광장에 모인 사람들이 큰 소리로 호응했다. 검은 어둠을 뚫고 울리는 소리가 메아리친다. 이매탈의 신호에 따라 그의 뒤에 있던 다른 탈들이 종을 칠 당목(撞木)을 뒤로 끌어당겼다. 그리고 이매탈의 목소리가 다시 울려 퍼졌다.

"자, 이제 모두 준비하시고! 따앙!"

당목이 종을 치며 큰 울림이 광장을 휩쓸었다.

데엥—

그와 동시에 수많은 사람들이 풍등을 놓았다. 제현과 하나린 역시 그들 사이에 섞여 연리지 풍등을 놓았다. 가지각색의 풍등들이 밤하늘을 향해 날아올랐다. 그것은 아름다운 대장관이었다. 하늘의 별마저 가리어 버리는 붉은 불꽃들.

그렇게 수많은 소원들 사이에 제현과 하나린의 소원도 섞여 하늘 높이 날아갔다. 높게높게…… 마치 하늘에 닿을 듯이.

백세악은 고급 주점 이 층의 쪽마루에 앉아 소원 날리기가 이뤄지고 있는 광장을 바라보고 있었다. 딱히 소원 날리기의 미신을 믿고 있는 것은 아니었다. 그는 오히려 군중들의 어리석은 믿음을 비웃는 쪽에 속한다. 저렇게 소원을 빌고 있는 사이 그것을 이루기 위해 계획을 세우는 것이 훨씬 더 자신에게 이로우리라.

다만 소원 날리기를 하여 만들어지는 장관은 어느 정도 마음에 들기에 축제 때마다 이곳에 찾아와 그 풍경을 구경하곤 했다. 오늘도 본디 그래야 할진대…….

"저들은…….."

그는 광장에 있는 동공왕과 왕비 후보를 발견하였다. 이 나라의 지존과 갑작스럽게 나타난 요물. 따로 찾고자 한 것은 아니었다. 그저 눈에 들어왔을 뿐이었다. 나름 변복을 하였으나 백세악의 눈을 피해 가진 못했다.

"으흠—"

고통스러운 신음이 그의 입술 사이로 비집고 나왔다. 오랫동안 계획해 왔던 것들을 모조리 헛것으로 만든 이들이었다. 공든 탑이 허물어진 뒤에 남은 것은 비참할 정도의 괴로움과 악밖에 없었다. 백세악은 이를 꽉 깨물며 그들을 매섭게 노려보았다. 풍등들이 모조리 하늘 높이 사라지자 곧이어 광장은 어둠에 휩싸였다. 그에 따라 그들의 모습도 밤의 장막 속에 가리어졌다.

"미치겠군."

결국 남는 것은 초조함뿐이었다. 백세악은 마른세수를 하며 앞에 놓인 잔에 있는 술을 단숨에 들이켰다. 도수가 꽤 높은 액체는 목을 따라 넘어가며 뜨거움을 과시했다. 그리고 이내 속을 홧홧하게 달구었다.

"이런, 이런. 귀족파의 대두께선 맘이 많이 힘드신가 봅니다?"

그때 끈적끈적하게 늘어지는 여성의 목소리가 그의 귓가에 들려왔다. 주변에 호위무사들을 대기시켜 놓았기에 안심하고 있었던 차에 그 습격과도 같은 말은 그의 심장을 덜컥 내려앉게 만들었다. 그는 재빠르게 눈길을 돌려 주변을 확인했다. 분명 제 옆에 서 있는 호위무사는 바위와 같은 자세를 유지하고 있었다. 그래, 바위처럼 아무런 움직임도 없이 그대로 굳어서.

이 기이한 현상에 백세악은 입 안이 바짝 말라 오는 기분이었다. 그러나 억지로 태연을 가장한 채로 입을 열었다.

"웬 년이냐?"

"글쎄요? 누굴까요?"

눈앞의 어둠 속에서 한 여인이 천천히 걸어 나왔다. 진한 갈색 머리와 치켜 올라간 눈꼬리에 도톰한 입술. 특히 왼쪽 눈 아래에 있는 점이 묘한 색기를 뿜어내고 있었다. 기묘한 분위기를 풍기는 여인. 가슴골을 강조한 서양의 드레스를 닮은 복식을 한 그녀는 퇴폐적인 분위기를 풍기며 웃음을 지었다.

잠시만 정신을 놓으면 그대로 홀려 버릴 것만 같은 요염함에 백세악은 간신히 정신줄을 붙잡았다. 그런 그를 나른한 눈길로 흘기며 여인은 그의 반대편 의자에 착석했다.

"마음고생이 심하신 분을 도우러 온 지나가는 처자라고나 할까요?"

여울은 유혹하듯이 탁자 위를 손가락으로 느릿하게 쓰다듬었다. 허나 그녀에게서 기이한 불길함을 느낀 것일까? 백세악은 식은땀을 흘리며 부러 강하게 나갔다.

"헛소리는 그만하고 빨리 용무나 말하거라!"

그에 이무기는 입을 가리고 깔깔 웃음을 터뜨렸다. 높고 맑게 퍼지는 그 음성 또한 매혹적이기 그지없다. 백세악은 반쯤 흐려지는 정신을 다잡기 위해 제 옆에 있는 젓가락을 들어 제 손등으로 내려찍었다.

'푸욱' 하는 소리와 함께 피부가 찢겨지고 젓가락이 살에 박혀 든다. 그리고 비명이 터져 나올 것만 같은 고통이 정신을 자극했다. 그렇게 간신히 매료에서 벗어난 그는 핏발이 선 눈으로 여울을 노려보았다. 이로써 분명해졌다. 적어도 눈앞의 상대는 인간이 아니다. 그렇기에 경계에 경계를 더했다.

반면 이무기는 흥미롭다는 표정으로 그를 마주 본다.

"제법이네."

그리고 맛있는 먹잇감을 보며 입맛을 다시듯 제 도톰한 입술을 혀로 싸악 핥았다. 그런 그녀에게 홀리지 않게 이를 악문 백세악은 한 자 한 자 짓씹듯이 말을 내뱉었다.

"다시 묻지. 목적이 무엇이더냐?"

"풍옥전에 있는 영스러운 존재 때문에 골치를 썩고 계시다면서요?"

물음에 물음으로 돌아온 답변. 백세악은 미간을 찌푸렸다. 이미 궁의 상황을 다 알고 제게 접근한 모양이다. 허나……

"너 같은 영스러운 존재가 인간들 이권 다툼에 무슨 용무가 있어 온 것인가?"

풍옥전에 들어앉은 구미호도 그렇고 지금 이 앞에 있는 정체불명의 요물도 그렇고 왜 궁 안의 사정에 간섭하는 것인가? 안 그래도 수많은 일들이 흐트러졌다. 여기서 저것까지 더해지면 더더욱 앞이 막막할 터. 그가 악에 치민 눈길로 바라보자 여울은 태연하게 곰방대를 꺼내더니 입에 물었다.

"그건 굳이 알 필요가 있을까요? 중요한 건 제가 당신에게 도움이 될 방책을 일러 줄 수도 있다는 것인데."

그렇게 말을 끝냄과 동시에 '딱' 하고 손가락을 튕겼다. 그에 절로 곰방대에 불이 붙는다. 이무기는 그것을 크게 빨아들인 뒤에 '후—' 하고 연기를 내뱉었다. 느긋하게 백세악을 바라보는 그녀. 빙긋 웃음을 지으며 연인에게 속삭이는 것처럼 말을 이었다.

"원한다면 실마리 정도는 알려 줄 수 있는데 말이죠. 이 동공국의 왕비를 배출해 낼 방도를."

동공국의 왕비를 배출해 낼 방도를. 그 말이 백세악의 머릿속에 파고들어 끊임없이 메아리쳤다. 그건…… 너무나도 달콤한 유혹이 아닌가? 어차피 별다른 수도 없던 차였다. 이대로 무너져 내리는 게 뻔하기만 한 차에 새로운 길이 눈앞에 나타났다. 물론 나락으로 떨어지는 길일 수도 있다. 하지만…… 어차피 이리된 이상 도박해 볼 만한 것이다. 모든 걸 얻거나 모든 걸 잃거나.

백세악의 눈빛이 어둡게 가라앉았다. 초점마저 잃어 가는 눈으로 멍하니 중얼거렸다.

"왕비를 배출해 낼…… 방도……."

"예, 바로 당신의 손으로 말이지요."

여울은 뱀의 혀처럼 독을 품은 말을 그에게 속삭였다. 그 한 마디 한 마디가 그를 좀먹어 가도록. 이무기의 그림자가 인간의 형상을 잃고 거대한 뱀으로 변해 땅에 비치었다. 그리고 백세악의 그림자를 칭칭 감기 시작했다. 여울의 말에 알게 모르게 휘둘리던 백세악은 소름 끼치게 무서운 웃음을 지으며 물었다.

"무엇이지? 그…… 방도라는 것은?"

그에 여울의 갈색 눈이 순간 뱀의 노란 눈으로 변해 번뜩인다. 땅에 드리워진 거대한 뱀의 그림자는 칭칭 감은 백세악의 그림자를 향해 그 입을 크게 벌렸다. 마치 단번에 삼킬 듯이. 뱀의 입 안에서 드러난 날카로운 독니가 땅에 비치었다.

그리고 달콤하게 이어지는 이무기의 말.

"쉽게 생각하시면 됩니다. 서아란에게서 동공왕의 마음을 돌리는 데 성공한 여인과 실패한 여인을 비교해 보세요. '인간' 여자들은 수많은 수를 써 가며 달려들었지만 실수를 했지요. 하지만 '영스러운 존재'는 서아란의 모습으로 동공왕을 가지고 놀았음에도 살아남았을 뿐만 아니라 총애까지 받고 있어요."

물론 이건 거짓. 동공왕의 마음을 움직인 것은 종족의 차이가 아니라 함께 있었던 여인의 마음가짐 차이. 그러나 이무기에 의해 반쯤 의식이 넘어간 백세악에겐 너무나 완벽한 진실로 들렸다. 그는 새로운 것을 깨달았다는 듯 귀까지 입을 찢을 듯이 웃었다.

"영스러운 존재…… 그래, 영스러운 존재를 불러와 이용해야 돼."

그리고 그 순간 뱀의 그림자는 백세악의 목에 제 독니를 박아 넣었다. 그렇게 악의와 어두운 사념들을 불어넣는다. 결국 백세악은 여울에 의해 결정지어진 방향으로만 나가는 '인형'이 되어 버렸다.

"풍등이 필요하겠군요. 나름 축하의 의미로 기념하지요."

여울이 톡톡 탁자를 치자 그림자로부터 검은 천으로 만들어진 풍등이 솟아 나왔다. 태양을 삼키는 개의 형상. 그녀는 심지에 불을 붙인 후 풍등을 난간 밖으로 부드럽게 밀었다. 그리고 그것은 검은 소원을 머금은 채로 하늘로 높이높이 날아올랐다.

"이것은 현 동공국 지도입니다."

아침의 훈육 시간. 백사린은 하나린의 앞에 거대한 지도를 좌악 펼쳐 보였다. 물론 지리가 섬세하게 묘사된 그런 지도는 아니었다. 그것은 크기도 크거니와 군사 자료라 하여 기밀로 취급되는 것. 그녀가 보여 주는 것은 백성들 사이에 흔하게 쓰이는 최소한의 것만 표시된 지도였다. 백사린은 그것을 구미호 앞으로 가까이 밀며 질문을 던졌다.

"이것을 보면 무슨 생각이 듭니까?"

왕비로서의 마음가짐을 확인하고자 하는 의도였다. 백사린은 많은 여인들에게 이렇게 지도를 보여 주며 이와 같은 질문을 던졌었다. 과연 그들은 이 지도에서 무엇을 가장 먼저 볼 것인가? 대부분의 귀족 규수들은 거의 한결같은 대답을 내놓았다.

'넓군요! 우리 동공국이 이렇게 큰 나라였다니 이제야 깨닫습니다. 역시 위대한 나라입니다!'

한숨밖에 나오지 않는 답변이었다. 그래, 나라가 넓다며 감탄하는 것은 여인은 정치에 관여하면 안 된다는 관념 때문에 제대로 된 배움을 얻지 못해 나온 무식이라 치자. 그렇다고 땅 넓이로 나라의 위대함을 평하는 것은 또 무어란 말인가? 정말 머릿속이 텅텅 비었다고 자랑하는 것이 아니고서야. 지식을 갖추지 못했다면 지혜라도 갖추어야 되지 않겠는가?

그들 중 신선한 답을 내놓은 이는 호조판서 이전량의 여식 이혜뿐이었다.

'도시들이 한양에만 집중되어 있군요. 아마 문명이 수도에만 집중되어 있다는 의미겠지요. 지방의 백성들은 여러 혜택을 받지 못하고 열악한 삶을 살아가고 있을 테지요.'

훌륭하다면 훌륭한 답변이었다. 그렇기에 백사린은 그녀라는 인재를 얻지 못한 것에서 크게 안타까워했다. 물론 제가 귀족파의 정점에 서 있다는 점에서부터 왕실파인 이혜와 서로 닿지 못할 평행선인 것은 당연한 일이었지만. 지금이라면 친우가 될 수도 있지 않을까 하는 생각이 들지만 일단 이 순진한 신선을 왕실파에게 인정받게 해야 한다는 전제 조건이 들어가 있었다.

백사린은 쓴웃음을 감추며 하나린의 답변을 기다렸다. 과연 이 영스러운 존재는 이것에서 무엇을 보고 어떤 답변을 내놓을 것인가? 그녀에게서 기대에 찬 눈길을 받던 구미호는 푸른 눈을 빛내며 입을 열었다.

"길이 많다."

아, 맞다. 이 아이는 인간이 아니지. 백사린은 인간이 아닌 이에게 인간의 관점을 가지고 기대를 한 자신의 실수에 짧게 혀를 찼다. 한편 하나린은 호기심이 왕성한 눈빛으로 그녀를 올려다보았다.

"이거 다 같은 길? 음…… 그러니까 다 돌로 만든 길이야?"

"아니요. 지리의 특성이나 지방의 특색에 따라 돌로 만들거나 혹은 나무로 만들거나 합니다. 때로는 마차를 이용할 수 있게만 만든 길도 있고 사람만이 이용할 수 있는 길도 있지요. 이외에 수많은 사람이 오가다 보니 절로 생긴 길도 있습니다."

결국 이어지는 것은 인간의 생활상에 대한 강의였다. 하얀 소녀는 흥미로운 지식에 귀를 기울이며 지도를 빤히 내려다보았다. 마을과 마을을 이어 주는 길, 무역을 위한 길, 숲이나 산을 넘어가기 위한 길 등 각자 용도가 다른 수많은 길이 얽혀 지도 위에 마치 거미줄처럼 퍼져 있었다. 그에 하나린은 감탄사를 터뜨리며 입을 열었다.

"인간은 길을 잘 만드는 종족이구나."

아니 굳이 그런 것만은 아니지만. 백사린은 처음에 세운 자신의 의도가 완전히 빗나간 것에 얕게 한숨을 쉬며 지도를 다시 접었다. 그리고 그것을 아쉽다는 듯 보는 하나린.

그 순간이었다. 하나린은 무언가를 느낀 듯 고개를 홱 돌려 저 멀리 남쪽 하늘을 바라보았다. 그리고 구름 위를 걷는 듯했던 그녀의 기세가 점차 무겁게 일변했다. 푸른 눈 안에 부서지는 별들이 밝은 빛을 띤다.

「소원이 하늘에 닿았다.」

영롱하게 울려 퍼지는 천어. 천우(天雨)의 선녀는 자리에서 일어섰다. 누군가의 마음이 하늘을 감명시켰으니 그녀가 가야만 했다. 그녀가 가진 본연의 힘에 하늘로부터 주어지는 기운이 섞이기 시작했다.

그에 따라 그녀가 바라보는 세상이 어둠으로 물들어 갔다. 그리고 그녀의 백발과 하얀 꼬리가 은은하게 금빛을 띠어 갔다. 거기에다 발을 따라 금빛 파문이 퍼져 나간다.

그렇게 단 한 걸음. 그래, 한 걸음만 내딛는다면 궁 밖을 벗어나 천리의 거리를 뛰어넘을 수 있을 것이었다. 그런 식으로 몇 걸음이면 염원을 가진 자 곁에 도달할 수 있으리라. 허나 그것에 망설임이 끼어들었다.

하나린이 한 약속. 이 나라의 왕인 제현에게 한 맹세.

'그대 곁에 있겠습니다.'

그 흔들림을 깨달은 것일까?

차르륵 차르륵 차르르륵.

심상세계 속에서 수백의 검붉은 사슬이 튀어나와 빠르게 그녀의 몸을 구속해 갔다. 물론 이딴 것으로 그녀를 막을 수 있을 리가 없다. 현재 하늘로부터 주어지기 시작한 힘이라면 가볍게 찢어 버릴 수 있으리라. 허나 하나린은 그러지 않았다. 그저 힘없이 제자리에 주저앉을 뿐.

그녀는 두 눈을 질끈 감았다. 가야 한다. 하지만 가면 안 된다. 모순된 방향성 앞에 하나린은 어느 것도 선택하지 못한 채 무너져 내렸다. 어찌해야 하나, 어찌해야 하나, 나는 어찌해야 하나?

"아기씨! 아기씨!"

누군가 저를 흔들며 부르는 소리에 구미호는 천천히 눈을 떴다. 그에 안색이 어두워진 청이와 평소완 달리 당혹스러움이 겉으로 드러난 백사린이 보였다. 그리고 막 풍옥전에 들어오다 제 모습을 본 듯 새파랗게 질려 달려오는 제현도 보였다.

"하나린!"

익숙한 느낌의 단단한 품이 그녀를 안아 왔다. 겉보기와는 달리 외로움을 잘 타는 그가. 이런 그를 남겨 두고 멀리 가자니 왠지 불안했다. 하지만 그래도 태어나면서 받은 사명을 외면할 수도 없는 터. 하나린은 쓰게 웃으며 제현의 가슴을 밀어내며 그의 품에서 벗어났다.

그녀는 어리둥절한 표정을 짓는 그를 보며 머뭇머뭇 입을 열었다.

"제현 나 가야 할 곳이 생겼다. 조금…… 먼 곳이다."

간단한 한마디의 말이지만 그것은 무거운 무게감을 가지고 흘러나왔다. 처음엔 이해하지 못하겠다는 듯 고개를 살짝 갸웃하던 그는 곧 그 말의 뜻을 알아챘는지 점차 안면이 단단히 굳어 갔다. 이윽고 야차처럼 얼굴을 일그러뜨리며 사나운 맹수가 으르렁거리는 것과 같이 말을 내뱉었다.

"안 된다."

"제현……."

"나와 약속하지 않았던가! 분명 내 곁에 있어 준다 하지 않았더냐!"

"하지만……."

"절대 허락하지 못한다! 절대로!"

하나린의 말을 날카롭게 끊으며 일어선 그는 주먹을 꽉 쥐었다. 그러지 않았다면 그녀의 어깨를 부서져라 쥐어 잡고 뒤흔들 것 같았다. 그랬다간 분명 그녀의 몸에 상처를 입히겠지. 제현은 이를 악물고 화를 짓누르려 노력했다. 하지만 몸에서 터져 나가려는 요력을 붙잡아 두는 것이 고작이었다.

"알았……다."

결국 침울하게 답변을 하는 하나린. 그녀의 기분을 대변해 주듯 평소에 늘 활발하게 흔들리던 꼬리마저 추욱 늘어지고 밝게 빛나던 푸른 눈도 그 빛을 한결 잃어버렸다. 꼭 늪 아래로 침잠해 들어가는 듯한 모습. 그럼에도 제현은 검붉은 안광을 빛내며 일갈하였다.

"풍옥전에서 벗어날 생각은 꿈에도 꾸지 말거라!"

그것을 끝으로 그는 황급히 방향을 돌려 풍옥전 밖으로 벗어났다. 그 자리에 있으면 더한 독설을 퍼부을지 몰랐다. 상대가 제 아집을 수

궁해 주었으면 되었다. 더 이상의 분노를 토해 내는 것은 화풀이에 지나지 않는다. 그는 풍옥전에서부터 멀어지자 속에서 끓어오르는 것을 밖으로 뱉어 냈다.

"아아아아아아아악!"

괴성을 크게 내지른다. 이제 늘 곁에 있어 줄 거라 생각했던 이가 떠나겠다는 말에 이지가 흐려지고 악의가 담긴 생각들이 샘솟았다. 무슨 수를 써서든 묶어 두어야 한다. 하지만 어떻게? 성수청 도사들의 봉인진을 가볍게 탈출했을 정도인데.

"전하!"

그때 들리는 익숙한 여성의 목소리에 제현은 급히 고개를 돌렸다. 거기엔 백사린이 거칠어진 호흡을 가다듬고 있었다. 아마 급히 뒤따라온 모양. 평소의 단정한 모습이 흐트러진 그녀는 상정 외의 상황에 혼란스러워하고 있었다.

제현은 최대한 제 감정을 숨기려 노력하며 입을 열었다.

"무슨 일이지?"

"계획을 변경해야 될 것 같습니다."

그에 백사린은 짙어진 분홍빛 눈으로 말을 이었다.

"애초에 궁의 사람이 아니고 산천에서 자유롭게 지내던 영스러운 존재인 이상 이런 일이 있으리라 생각했지만 예상보다 빠릅니다. 이대로 그녀가 궁 밖으로 탈출한다면 다시 돌아오지 않을 가능성도 있으니, 아니 돌아온다고 해도 몇 년이 걸릴지 알 수 없으니 당장에 수를 써야 될 것입니다."

"그래서?"

"안으십시오. 그리하여 먼저 후궁 첩지를 내리신 후에 왕비에 올릴 방안을 모색하는 것이 나을 것입니다."

황급히 뒤따라왔던 궁인들이 크게 숨을 들이켰다. 여기서 안는다는 말을 포옹으로 착각할 이는 아무도 없었다. 궁의 말로 하자면 하나린에게 승은을 내려야 한다는 의미. 제현이 단단히 굳은 표정으로 가만히 서 있자 백사린은 빠르게 이야기를 풀어 나갔다.

"빠른 시일 내에 아기씨가 아기를 잉태하셔야 합니다. 그러면 그분도 궁을 함부로 떠나시지 못할 터. 물론 그 전엔 그분이 아끼시는 풍옥전 궁인들을 인질로 삼든지 아니면 성수청 도사들에게 명하여 풍옥전에 거대한 결계를 여러 겹 설치하든지 하여 도주할 가능성을 차단해야 합니다. 비록 태어나실 아기님이 왕자인지 공주인지는 알 수 없으나 그것은 크게 신경 쓰시지 않으셔도 될 문제입니다. 아이는 얼마든지 가질 수 있을 터이니. 이후 아기씨께서 왕자를 낳으시면 그때 왕비로 추대해도 될 것입니다."

그야말로 하나린을 잡아 둘 수 있는 정론이었다. 제현은 고개를 들어 하늘을 바라보았다. 백사린의 말대로만 하면 그녀는 영원히 그의 곁에서 떠나지 못하리라. 그가 당장 오늘 밤에라도 안으려고 한다면 그녀는 거부하지 않겠지. 그리고 그들의 의도대로 궁 안에 사로잡혀 묶이리라. 정말로 완벽한 감옥이었다. 하지만…… 그거로 괜찮은 것일까?

제현의 머릿속에 얼마 전의 일들이 스쳐 지나갔다. 그가 그리도 집착했던 여인, 서아란과의 파국. 그의 사랑은 끔찍한 상처만을 남기고 끝이 났다. 서로 행복해지기는커녕 둘 다 불행해지기만 하는 그런 결말.

'놔아! 놓으라고 이 악마야아아아!'

"큭!"

참혹하기만 한 기억의 파편에 그는 제 머리를 부여잡았다. 세상 그 누가 악마라 불러도 상관없었다. 그가 원했던 오직 단 한 사람만 그를 인간으로 보아 준다면. 허나 그가 가한 가혹한 행위로 그 한 사람마저 그에게 악마라 부르지 않았던가? 당시를 떠올리는 것만으로 속이 울렁거리며 구역질이 올라왔다. 지금 하려는 일이 그때의 것과 무엇이

다르단 말인가?

제현은 힘없이 발걸음을 돌렸다. 그리고 방금 자신이 왔던 길을 따라 되돌아가기 시작했다. 그에 영문도 모른 채 궁인들과 백사린은 그의 뒤를 쫓아갔다. 그렇게 그는 풍옥전의 대문을 넘어 마루에 멍하니 앉아 있는 하나린에게로 걸어갔다.

"제현?"

그에 하나린은 기운 없는 모습으로 그를 올려다보았다. 그리 길다고 할 수 없는 시간이었지만 이렇게 가라앉은 그녀는 처음 보는 그였다. 구미호를 한참 내려다보던 제현의 입이 열렸다.

"가라."

"제현?"

하나린이 이해가 안 된다는 듯 고개를 갸웃하며 묻자 제현은 깊은 한숨을 내쉬며 다시 말했다.

"가야 할 곳이 있다 하지 않았나? 가거라."

"그래도 돼?"

의아하다는 그녀의 반응. 제현은 쓰게 웃으며 그녀에게 손을 뻗어 흘러내린 머리카락을 귀 뒤로 넘겨 주었다. 그리고 그대로 하나린의 얼굴을 부드럽게 들어 제 이마를 그녀 이마에 가져다 댔다.

"일이 끝나면…… 돌아올 거지?"

서로의 숨결이 닿는 거리에서 제현의 검은 눈이 하나린의 푸른 눈을 응시했다. 그에 구미호의 눈이 부드럽게 휘어진다.

"응. 나 꼭 돌아온다."

"그래, 그럼 되었다. 다녀오거라."

그 말과 함께 제현은 그녀의 입술에 가볍게 입을 맞추었다. 그리고 뒤로 물러서며 가라는 듯 길을 비켜 주었다. 그런 그를 한동안 올려다보던 하나린은 마루 아래로 톡 뛰어내렸다. 그리고 두어 걸음 걷다가 뒤돌아서서 제현을 바라보았다.

"다녀올게."

짧은 인사말. 그것을 끝으로 하나린은 그 자리에서 사라졌다. 마치 처음부터 없었다는 듯.

"갔군."

제현은 마음 한편이 공허해지는 걸 느끼며 쓰게 중얼거렸다. 한편 하나린이 떠나는 모습을 처음부터 끝까지 지켜본 궁인들은 동공왕의 진노의 화살이 저들에게 떨어질까 두려워했으나 그는 곧 아무런 말도 하지 않고 걸음을 떼었다. 흔들림 없는 묵직한 걸음걸이. 하지만 그들은 왠지 그가 휘청거리며 걷는 것처럼 보였다.

팔 일이 지났다. 그리고 그것은 제현이 제 집무실이 아닌 이곳 풍옥전에서 업무를 본 기간이자 침수에 들었던 시간이기도 했다. 오늘도 그는 여전히 임시로 설치된 집무실에 앉아 업무를 보고 있었다.

그리고 풍옥전 궁인들이 그런 그의 눈치를 보며 덜덜 떨고 있었다. 하나린이 사라진 이후 풍옥전의 분위기는 마치 살얼음판과 같이 변했다. 동공왕은 겉으로 보기엔 조용하고 묵묵하게 지내고 있지만 풍기는 분위기 자체는 실로 음울하기 그지없었다. 그렇기에 제현의 시중을 드는 궁녀들은 그의 한숨 소리나 혀 차는 소리에 심장이 떨어졌다가 튀어 올랐다를 반복하였다.

동공왕이 근래 들어 많이 부드러운 모습을 보여 주고 있었지만 그것은 하나린이라는 존재 덕분이었다. 그 아기씨가 사라진 이상 풍옥전은 지옥의 문이 강림한 것과 다름이 없었다. 언제 무슨 이유로 동공왕이 폭발할지 알 수 없는 상태. 꼭 폭풍 전의 고요함 같은 느낌이었다. 그렇기에 궁인들은 티끌만 한 실수도 하지 않기 위해 전력을 다해 노력했다.

쨍.

물론 실수란 것이 마음대로 막아지는 것이 아니다. 다기가 부딪치며 날카로운 소리를 내자 동공왕은 스윽 눈길을 옮겨 그 소리를 낸 인물을 바라보았다. 시선의 끝엔 새파랗게 질린 궁녀 하나가 바들바들 몸을 떨고 있었다. 그는 아무런 말도 없이 물끄러미 그 궁녀를 주시했다.

한편 궁녀는 눈앞이 깜깜해지는 느낌이었다. 다기를 다룰 때에는 다기끼리 부딪쳐 소리가 나지 않게 하는 것이 예의이자 원칙이었다. 그런데 하필 잔에 찻물을 따를 때 긴장으로 인해 땀이 밴 손에서 주전자가 미끄러진 것. 신경이 예민하게 서 있을 왕에게 그 날카로운 소리는 짜증만을 불러일으켰을 터. 아무리 생각해도 전신이 토막 나는 미래밖에 그려지지 않았다.

지금 당장 사죄를 올려야 하는데 공포로 뻣뻣이 굳은 몸은 움직일 생각을 하지 않았다. 그녀는 머릿속이 반쯤 백지로 변한 상태에서 억지로 입을 열었다.

"죄, 죄, 죄송……."

"되었다. 가 보아라."

그녀의 말을 짧게 끊으며 내려진 왕의 명령. 상정하지 않은 의외의 상황이었다.

"네?"

그랬기에 궁녀는 순간적으로 되묻는 실수를 저질러 버렸다. 처음 실수도 위험한 것이었는데 두 번째 실수까지. 그녀는 숨을 헉 들이켜며 두 눈을 질끈 감았다. 이번에야말로 진정 죽으리라. 하지만 한참이 지나도 아무런 일도 일어나지 않았다. 그녀가 조심스럽게 눈을 뜨자 차분히 가라앉은 모습으로 절 보는 동공왕이 시야에 담겼다.

"가 보라 했을 터인데 뭐 하고 있나? 더 이상의 시중은 필요 없으니 가 보아라."

"네, 넷!"

그리고 이어지는 두 번째 명령. 그에 궁녀는 빠르게 대답하며 쏜살 같이 임시 집무실 밖으로 나갔다. 제 목숨이 붙어 있는 것을 끊임없이 확인하며.

한편 제현은 지레 겁을 집어먹고 긴장하고 있는 궁인들을 보며 쓰게 웃었다. 하긴 과거에 한 일들이 있으니 저럴 만도 하다. 수틀리면 모조리 죽여 버렸으니까. 그에게 나름 이유가 있다고 해도 그건 피해 자들에겐 핑곗거리나 마찬가지일 뿐. 주변 사람들에겐 피에 미쳐 날 뛰는 것으로밖에 보이지 않았으리라.

"음—"

제현은 선혈로 칠갑이 되었던 풍옥전을 떠올림과 동시에 치솟아 오 르는 살의에 짧게 신음을 흘렸다. 오른손으로 심장 부근을 꾹 누르며 부글부글 끓는 요력을 진정시킨다.

빌어먹을. 그리 짧게 읊조린 제현은 몇 번의 심호흡을 한 뒤 뻐근한 목을 좌우로 꺾어 풀어 주었다. 하나린이 곁에 있을 땐 잠잠했던 것이 또다시 발작하기 시작했다. 천살성과 함께 타고난 요화(妖花)의 정은 잠시만 긴장을 풀면 오싹할 정도의 살의를 불러일으켰다. 통제할 수 없을 정도는 아니었지만 피에 대한 유혹이 너무 강하게 끓어올랐다. 지금 당장이라도 신경에 거슬리는 주변 인물들을 찢어발기고 싶을 만 큼.

"살인에 대한 생각은 여기까지."

언제 올지 모르지만 하나린이 돌아올 때를 생각해야 했다. 그녀가 자신을 믿어 주는 만큼 그 기대에 부응하지 않으면 곤란하다. 그는 다 시금 제게 주어진 일거리에 정신을 집중했다. 하나린이 사라지자마자 올라온 수많은 상소문들이 눈앞에 펼쳐져 있었다.

제현은 제게 올려진 상소문들을 보며 '픽' 하고 웃음을 지었다. 서 아란이 사라졌을 때와 비슷하다고나 할까? 궁에서 함부로 자리를 비우는 요물을 왕비 후보로 인정할 수 없다는 것이 대부분의 골자였다. 그리고 이어지는 것은 삼간택을 통하여 왕비를 맞이하라는 것.

그 의미가 너무 노골적이어서 비웃음밖에 나오지 않았다. 왕실파의 인원이 귀족파의 머릿수보다 적은 이상 간택을 행하게 되면 귀족파 규수들이 더 많이 모이게 될 것이다. 그리고 암중의 세력 다툼으로 왕실파의 규수들을 몰아내겠지. 별의별 추접한 짓거리를 다 할 것이 틀림없다. 그것을 들킨다고 해도 크게 상관하지 않을 만큼. 아마 덩치가 있으니 쓸모없다 여기는 인물들에게 더러운 짓을 시키고 최후엔 도마뱀 꼬리 자르듯이 버려 버릴 것이다.

현재 혼기를 놓치지 않은 왕실파 규수들은 어린 여아를 포함한다 해도 대여섯 정도. 그녀들을 모두 여자구실 못 하게, 아니 왕비 자리에 오르지 못하도록 추문에 휩싸이게만 만들어 놓아도 제 목적을 다 하였다 여길 것이다. 그럼 혼인할 수 있는 규수들은 귀족파 쪽만 남을 터. 할 수 없이 그녀들 중 하나를 고를 수밖에 없으리라 생각하겠지.

"하여튼 생각하는 꼴하곤."

그래, 그게 의도대로 된다고 하자. 그런데 제가 그 왕비를 홀대하고 인형처럼 어딘가에 처박아 둘 것이라고는 생각하지 않은 모양이지? 그리고 후궁을 들여 후사를 잇게 할 수도 있는데 말이야.

"하아— 그건 또 그것대로 곤욕이겠군."

제현은 쓰게 웃으며 의자 등받이에 몸을 기대었다. 하나린이 언제 돌아올지 모르는 이상 그것은 그저 가정만이 아니었다. 어쩌면 실로 그리 진행될지도 모를 터.

만약에라도 귀족파 중에서 왕비가 뽑혀 나온다면 원치 않아도 몸을 섞어야만 했다. 생각만으로 거부감이 들며 역겨움이 느껴진다. 절로 드는 혐오감. 허나 후사를 잇기 위해 강제되는 의무. 설령 후궁에게서 왕자를 보겠다고 해도 왕비와는 틈틈이 합궁을 해야 되는 것이 왕실의 법도였다.

"쯧!"

절로 짜증이 치솟는다. 제현은 창 너머로 하늘을 바라보았다. 구름한 점 없이 맑은 날이다. 푸른 하늘. 그리고 그것을 보고 있으면 저도모르게 생각나는 푸른 눈동자. 유일하게 절 인간으로 봐 주는 아주 사랑스러운 소녀. 그의 작은 안식처.

단 한 존재가 제 곁에서 사라졌을 뿐인데 그는 세상의 모든 색채가사라져 버린 것 같은 기분이었다. 그 무엇을 해도 마음이 공허하기만하다. 제현은 가라앉은 목소리로 중얼거렸다.

"도대체 언제 돌아온다는 거냐?"

"누구 기다려?"

"그래, 하나린이라는 아이……."

제현은 갑작스럽게 들려온 질문에 무심코 대답하다가 말을 멈췄다.그리고 제 옆에서 말똥말똥 올려다보는 하얀 소녀를 내려다보았다.그리고 그렇게 한동안의 정적.

"하아—"

제현의 한숨이 지금의 침묵을 먼저 깼다. 그는 제 얼굴을 한 손으로덮으며 반대편 손으로 하나린의 볼살을 잡아 늘였다.

"으갸악!"

"왔으면 왔다고 말해 줬으면 좋겠다만?"

"나 왔다! 나 왔다!"

"엎드려 절 받기로군."

아픔에 팔을 붕붕 휘두르는 그녀를 보며 무심히 대화를 이어 가는제현. 말이야 퉁명스럽게 나갔지만 얼굴을 가린 손 아래로 보이는 그의 입술은 기분 좋은 미소를 머금고 있었다. 정말 약속을 지켜 주었구나. 이렇게 돌아와 줬구나.

그는 하나린의 뺨에서 손을 뗐다. 그리고 반쯤 울상을 짓는 그녀를 들어 제 무릎 위로 안착시킨 뒤에 끌어안았다. 그는 제 진심을 담아서 하얀 소녀의 귓가에 작게 속삭였다.

"늦었다."

그에 쓰라린 제 뺨을 문지르면서도 고개를 갸웃하며 올려다보는 하나린. 그녀는 미간을 살포시 찡그리며 입을 열었다.

"에? 나 최대한 빨리 왔는데?"

"그래도…… 내겐 긴 시간이었다."

듣기에 따라서 굉장히 감미로운 말이었다. 감수성 좋은 소녀가 들었다면 당장 얼굴을 붉힐 그런 내용. 허나 그 상대가 하나린이란 것이 안타까울 뿐. 하얀 소녀는 도저히 이해할 수 없다는 표정을 지었다. 어차피 크게 기대하지 않았던 제현은 그저 쿡쿡 웃으며 소녀의 목에 제 입술을 파묻을 뿐이었다. 그리고 그녀의 체향(體香)을 들이켰다.

숲의 청아한 향기가 폐부에 가득 찬다. 이렇게 가까이서 체온을 느끼고 그 감각을 느끼니 비로소 그녀가 다시 제 곁에 돌아왔구나 하는 실감이 들었다. 제현은 빙긋 웃으며 말을 이어 갔다.

"고맙다."

뜬금없는 말에 하나린은 또다시 이해 불가라는 얼굴이 되었다. 그에 제현은 낮은 목소리로 말을 덧붙였다.

"돌아와 줘서."

"약속했으니까."

당연하다는 듯이 돌아오는 하나린의 대답. 그래, 그러했었다. 그리고 그녀가 약속을 어기지 않는 이라는 것도 안다. 맹세를 통해 이런 식으로 그녀를 묶어 둘 수 있겠지. 하지만 그가 원하는 이유가 아니었다. 결국 사유가 마음에 들지 않는지 제현은 살짝 원망을 담아서 다시 물었다.

"그냥 그것뿐?"

불만이 깃든 그의 모습에 하나린은 배시시 웃으며 손을 뻗어 그의 목을 끌어안았다. 그리고 망설임 없이 또 다른 이유를 입에 담았다.

"음…… 제현이 좋으니까. 여기에 다시 오고 싶었다."

"그건 마음에 드는군."

그의 입가에 나른한 미소가 걸렸다. 하나린. 언제 사라질지 모를 바람과 같은 소녀였다. 하지만 기회가 있음에도 영영 떠나 버리지 않고 다시 돌아와 제 품속에 안겼다.

바람은 억지로 가둔다고 가둬지는 것이 아니라 했던가? 바람을 몰아 사방이 막힌 방에 가둬 두는 순간 바람은 그 흐름을 서서히 멎어 간다. 즉 바람은 더 이상 바람이 아니게 되어 버린다. 바람을 원한다 하더라도 그렇게 묶어 버리면 그것의 본질이 변해 버리는 것이다.

자유로운 바람은 감옥보다 쉼터에 머무르는 법이다. 원하는 것을 얻기 위해선 구속하지 않고 풀어 주어야 한다는 모순. 허나 역설적이게도 그리하여야만 원하는 것을 온전히 곁에 둘 수 있는 법이다. 비록 한발 늦은 깨달음이었지만 이번에는 다행히 잘못을 반복하지 않았다.

제현은 바람을 끌어안고 행복한 웃음을 지었다.

3장

방문자들

"영스러운 존재들은 어떨지 모르지만 사람에겐 계급이란 것이 있습니다. 천민, 평민, 귀족, 왕족 이렇게 크게 네 가지로 나누어지지요. 그리고 그들은 그 위치에 맞게 살아갑니다. 천민은 천한 일을, 왕족은 고귀한 일을 하며 살아가지요. 뭐 일단 이 나라의 가르침은 이러하지만 이건 귀족들의 지론에 따른 이야기입니다. 아기씨는 어찌 생각하십니까?"

백사린은 진지한 표정으로 제 앞에 앉아 있는 하나린을 바라보았다. 평소와 달리 진중한 태도로 고민에 빠진 그녀. 이 작은 소녀를 이렇게 만들기까지 들인 백사린의 노력은 말로 다 할 수 없었다.

교육 시간은 장난이 아니다. 그때만큼은 진중하게. 주어진 공부만 완벽히 끝내면 자유 시간. 이 세 가지 원칙을 철저하게 주입시킨 결과 하나린이 이렇게 얌전히 자리에 앉아 있을 수 있게 되었다. 뭐 한편으론 백사린이 그녀에게 공부를 가르치는 가장 효율적인 방법을 찾아낸 부분도 크긴 컸지만.

단순한 암기식이 아닌 스스로 생각할 수 있게 하는 문답과 실전에 들어갈 경우를 상정하여 이뤄지는 수많은 실습들. 하나린에겐 이런 방식의 교육이 더더욱 빛을 발했다. 그렇다고 암기를 못하는 것이냐 하면 그건 또 아니었다. 긴 문장도 두세 번 읽는 것만으로 암기해 버리고 끝내 버린다. 그저 하나린은 그런 단순 작업을 지루해하며 피하는 것일 뿐.

"사린, 나 이해 가지 않는 게 있다."

그때 하나린이 고개를 갸웃하며 입을 열었다. 그에 백사린이 계속해 보라는 듯 가볍게 고개를 끄덕여 보였다. 하얀 소녀는 미간을 찌푸리며 말을 이어 갔다.

"일에 귀하고 천한 것이 있어?"

역시 인간이 아니니 편견 없이 볼 수 있다는 것인가? 그 점 하나는 정말 마음에 드는 백사린이었다. 그녀는 분홍빛 눈으로 하얀 소녀를 보며 은은한 미소를 지었다.

"맞습니다. 일엔 천하고 귀함이 없지요. 단지 하기 꺼려지는 일과 하고 싶은 일이 있을 뿐입니다. 하는 일에 가치를 매기는 것은 단지 인간 사이의 편견입니다. 문제는 그 고정관념이 이미 만연해 국가의 틀이 되어 버렸다는 것일까요? 그러기에 위에서 다스리는 사람은 그것을 명확히 인지해야 합니다. 천민들이 백정 일을 하지 않으면 고기를 어찌 먹을까요? 그리고 평민들이 농사를 짓지 않으면 이 나라는 기아가 들끓을 것이겠지요."

백사린은 잠시 말을 쉬며 하나린이 제대로 따라오고 있는지 살폈다. 고요하게 가라앉은 푸른 눈을 보니 지금까지 했던 말을 모두 이해한 모양. 백사린은 전에 훈육 시간을 통해 구미호에게 있어 어떤 점이 부족한지 깨달았다. 그녀가 왕비에 대해 아무리 가르친다고 해도 이 소녀는 제대로 된 이해를 할 수 없을 것이다. 그저 인간이 사는 생리는 본래 그렇구나 하고 생각할 뿐. 그 이유는 인간에 대한 배경지식이 부족해 기초가 세워지지 않았기 때문이다.

나라의 국모가 아무리 높은 곳에 위치한다고 해도 결국은 인간이란 틀 안에 있다. 그러니 그에 대한 가르침도 결국 인간 사회를 안다는 것을 기본으로 해야 한다. 그렇기에 백사린은 하나린에게 인간의 삶이란 무엇인가에 대해 먼저 가르치고 그와 연계해서 다스리는 이들, 즉 귀족과 왕에 대해 이해시키는 것이었다.

"이런 사회구조가 언제부터 시작되었는지는 모릅니다. 적어도 고선 제국이 세워지기 전 아득히 먼 옛적부터 이어져 온 사회구조라 짐작할 뿐이지요. 어쩌면 계급의 처음 형태는 역할 분담이었을지도 모릅니다. 노동을 하는 이와 그것을 효율적으로 관리하는 이, 그리고 그런 그들을 보호해 주는 이. 한편 군권이라는 힘으로 시작된 강제 노역 형태로 인한 배분이었을지도 모르지요. 어찌 되었든 백성들이 하는 일이 중요하다는 것은 변하지 않습니다. 그들이 없으면 계급의 성립은 커녕 생존 자체에 문제가 생길 테니까요."

그때 하나린이 또 다른 질문이 생긴 듯 입가가 움찔하고 떨렸다. 어떤 의문을 품게 되었을지 대충 예상이 가는 백사린은 조용한 목소리로 이야기를 이어 갔다.

"하지만 그런 중요한 일을 하는 이들임에도 귀족들은 왜 백성들을 존중해 주지 않느냐…… 이게 골자겠지요. 어떤 사람이든지 제가 늘 곁에서 볼 수 있고 만질 수 있고 누릴 수 있는 것에 대해선 소중함을 느끼지 못합니다. 왜냐하면 쉽게 얻을 수 있기 때문이지요. 즉 흔한 것은 당연하다고 생각하는 것입니다."

"주변에 있는 흔한 것들도 다른 이들 노력을 거쳐 만들어진 거다. 그러니 당연하지 않다. 그렇다면 오히려 흔한 것일수록 중요한 거 아니야? 왜 그걸 모르지?"

하나린은 그런 인간의 사고가 이해되지 않는다는 듯 미간을 찡그렸다. 그에 백사린은 잠시 고민에 빠졌다. 이 부분을 이해시키지 못한다면 그녀는 그저 인간들의 생태라는 것을 지켜보는 관찰자 입장이 될 것이다. 백사린은 책상을 가볍게 두어 번 톡톡 두드렸다. 그리고 생각을 다 정리했는지 천천히 입을 열었다.

"쉽게 설명하자면 모든 생물은 땅을 딛고 살아갑니다. 땅이 없다면 세상은 바닷속에 잠길 것이고 육지 생물들은 모조리 죽을 것입니다. 하지만 그 누구도 자신이 딛고 있는 땅에 감사하는 일이 없지요. 이런 것은 영스러운 존재들 사이에서도 비슷할 것이라 생각합니다만 틀립니까?"

"아…… 대충 알 것 같다."

그제야 하얀 소녀는 수긍했다는 듯 고개를 끄덕였다. 그리고 나름 정확한 결론을 내었다.

"백성은 일종의 국가가 존재하기 위한 지지대 같은 거구나."

"맞습니다. 백성은 국가의 본(本)이지요. 허나 귀족들은 그들의 존재를 너무나 당연한 것으로 여기기 때문에 하찮게 보는 것이지요. 그리고 우월주의에 사로잡혀 남들에게 더욱 떠받들어지길 원하고 남들보다 더욱 부유해지길 원합니다. 그렇게 부귀영화만을 탐하다 보니 주변 것들에 대한 감사가 사라져 존중하지 않게 되고 결국 생각 자체가 썩어 들어갑니다. 동공국의 태반 이상은 그런 귀족들로 이뤄져 있다고 봐도 될 것입니다."

모든 것이 악순환이다. 씁쓸하다는 듯 이어지는 백사린의 말에 하나린은 가만히 그녀를 응시하였다. 왠지 지금은 조용히 있어야만 될 것 같은 기분. 하얀 소녀는 그녀의 이야기에 귀 기울였다. 백사린의 눈은 한탄의 빛에 물들었지만 목소리만은 담담하게 이어졌다.

"그렇기 때문에 그들 위에 서는 왕께서 강한 권력을 가지셔야 합니다. 그리고 그분께서 올바르게 다스릴 수 있도록, 그리고 실수하지 않도록 충언을 올리는 존재들이 필요합니다. 무엇보다도 그분의 정실부인이 되실 분께서 확실한 지지대가 되어 드려야겠지요. 허나 탐욕스러운 귀족들 틈에서 자란 여인이 그 자리에 오르게 된다면 귀족들의 입지가 더욱 강해져 왕실의 기강은 흐트러질 것이요 백성들의 삶은 개선의 여지 없이 비참하게 이어지겠지요."

백사린은 청아한 목소리로 현 동공국의 상황이 왜 이 지경에 이르렀는지 설명을 이어 갔다. 무거울 수 있는 이야기에 하나린은 진중한 자세로 경청했다.

전대 동공왕은 정치에 대한 능력이 떨어졌고 그러다 보니 왕권도 자연스럽게 약해졌다. 왕비와 후궁들의 외가가 정계에서 치열한 이권 싸움을 벌여도 왕이 눈치만 봤을 정도. 왕비의 아들이 왕세자로 정해졌으나 그를 향한 암살 시도가 공공연하게 일어났다. 그리고 편전에서는 후궁 파벌들이 왕세자의 행태를 헐뜯으며 그를 폐하고 후궁의 왕자를 그 자리에 올려야 된다며 목소리를 높였다. 물론 이에 대항해 왕비 파벌 역시 살벌하게 소리를 높였다.

그렇게 서로를 향한 살의와 험담, 암수(暗數) 등이 수없이 오갈 때마다 전대 동공왕의 입지는 점차 좁아져만 갔다. 결국 귀족들의 이권 싸움은 백성들을 수탈하는 것으로 이어졌다. 상대 파벌보다 더 많은 부를, 더 높은 권력을, 더 많은 노예를, 더 강한 사병을, 더 많은 후첩들을 거느리기 위하여 착취는 계속되었다.

가뭄이 들어 곡식이 제대로 수확되지 않음에도 불구하고 백성들에게서 있는 대로 긁어서 가져간다. 세금을 내지 못하면 그들이 소유한 땅을 뺏어 가고 사내는 노비로 마음에 드는 여인은 후첩으로 만들어 버린다. 이런 귀족의 독보를 막아야만 하는 왕은 그들의 눈치만 보기에 급급했다. 이에 백성들의 삶은 점점 피폐해져 갔고 그들의 통곡은 하늘을 찌르게 되었다.

그리고 이어진 파탄. 이권 다툼 끝에 왕비와 후궁의 아이들은 연회 때 생긴 화재에서 단 한 명도 살아남지 않고 모두 죽게 되었다. 이미 환갑을 넘긴 왕에게서 또 다른 후사를 보기는 요원한 일. 거기에다 귀족들이 자신 세력의 왕자를 왕으로 만들기 위해 다른 왕족들을 차례

차례 모살하였기 때문에 후사에 대한 씨가 말라 버린 상태였다. 그리하여 혹시 모를 왕의 핏줄을 조사하던 중 제현의 존재를 발견하게 된 것이었다. 귀족들은 마음에 들지 않더라도 그를 왕으로 옹립할 수밖에 없었다.

동공왕이 될 수 있는 이는 고선제국에 의해 정해져 있었다. 고선제국을 세운 초대 황제인 청룡황제 영류연의 네 친구 중 제아의 핏줄만이 동공국의 태양으로 인정된다. 그것이 과거로부터 이어져 온 불문율.

그리하여 남은 왕실의 핏줄이 제현 하나뿐인 이상 그가 가지는 권력은 점점 커질 수밖에 없었다. 그가 행하는 공포 정치에 제대로 된 반항조차 하지 못한 채 귀족들의 입지는 확연히 좁아지게 되었다.

어쩌면 왕실의 핏줄이 제현 하나만 남았다는 것이 큰 다행일지도 몰랐다. 만약 또 다른 왕실의 후손이 있었다면 궁 안은 동공왕과 제 말을 잘 듣는 왕족을 옹립하려는 귀족과의 권력 다툼으로 늘 피비린내가 그치지 않았을 터였다.

"그럼에도 전대로부터 이어져 온 불합리는 모두 사라지지 않았지요. 은연중에 계속해서 이어지고 있습니다. 아기씨도 알 것입니다. 전에 서아란으로 지낼 때 동공왕 전하께 고하여 해결한 사건을 말입니다."

신기원요가 궁까지 찾아와 한 여인의 억울함을 고했던 사건. 그걸 떠올린 하얀 소녀의 입가가 딱딱하게 굳었다. 그리고 그때 제현이 했던 말 역시 생각이 났다.

'그런 식으로 따지자면 이 나라에서 억울한 죽음은 널리고 널렸다. 어떤 이는 흉년이 들어 죽고 어떤 이는 역적의 자식이라는 것만으로 노비가 되어 살아가다 처참히 죽어 버리지. 탐관오리의 횡포에도 죽고 산적들에 의해서도 여럿이 죽어 나가. 그래, 내가 움직이면 그중 몇 가지는 막을 수 있을지 모르지. 하지만 모든 것을 다 해결하려 드는 건 무리야.'

귀족들은 많다. 왕은 하나다. 그렇기에 제현은 고립되어 있다. 비록 날카로운 이를 세워 귀족들을 위협하고 있지만 그것은 그가 직접 마주하는 이들뿐. 그의 손이 닿지 않는 곳은 너무나 많았다. 그런 이유로 그에겐 함께해 줄 수 있는 이들이 절실히 필요했다. 하지만 누가 피에 미친 폭군이라 칭해지는 그의 곁에서 함께해 줄 것인가?

"그런 이야기를 내게 해 주는 이유가 뭐야?"

하나린은 고요히 가라앉은 눈으로 백사린을 바라보았다. 푸르게 빛나는 눈 안으로 영롱한 별빛이 부서져 내리며 현자와 같은 빛을 띠었다. 구미호는 지금까지 배워 온 것이 그저 궁에서 생활하기 위해 필요한 것, 즉 인간들의 규칙 같은 것이라고만 생각했다. 하지만 그녀가 아무리 둔하다고 해도 이렇게 노골적인 의도를 드러내는데도 눈치채지 못할까?

백사린은 찻잔을 들어 한 모금 마시며 잠시 한 박자를 쉬었다. 이내 짙은 분홍빛 눈을 들어 하나린의 푸른 눈을 바르게 응시했다.

"아기씨는 왜 이 궁에 머무르고 계신가요?"

"제현과 약속했으니까."

당연하다는 듯 돌아오는 대답에 백사린은 가볍게 고개를 저으며 다시 질문을 던졌다.

"그것뿐인가요?"

"……제현이 좋으니까."

이번에 돌아온 대답은 마음에 드는 듯 백사린이 은은한 미소를 지었다. 허나 곧바로 무겁게 표정을 돌변시키며 또 다른 질문을 꺼내었다.

"그렇다면 평생 풍옥전에서 이런 식으로만 살아가실 겁니까?"

하나린은 이번엔 침묵을 지켰다. 가볍게 대답할 성질의 것이 아니었다. 그녀가 실제로 묻고 있는 것은 당신이 제현의 곁에서 어떤 형태로 존재할 것인가에 대한 것. 현상 유지로 시간을 소비할 것이냐, 좀 더 나아갈 것이냐, 가치 있는 일을 해 보지 않을 것이냐? 그렇기에 구미호는 쉽게 입을 떼지 못했다.

그녀가 제현을 좋아하는 것은 사실이다. 곁에 머무르고 싶다는 것도 사실이다. 하지만 그 이상으로 이곳에 관여해도 되는 것인가에 대한 의문. 아니, 이미 알게 모르게 여기저기 간섭을 하였다. 허나 그것은 일종의 변덕과 실수에 의한 것. 마음을 다잡고 직접적으로 바꾸려는 것과 그 성질이 다르다.

하나린, 그녀가 가진 힘은 매우 크다. 순수한 무력에서는 떨어질지 몰라도 그녀가 긴 세월 동안 쌓아 온 지식이나 지혜의 깊이는 측량하기 어렵다. 그녀의 부탁에 움직일 수 있는 존재들도 하나같이 범상치 않은 자들뿐. 작정하고 움직인다면 나라 하나 바꾸는 것은 시간문제일 터.

"왕비가 되십시오."

하나린이 혼란스러워하는 사이 백사린의 제의가 떨어져 내렸다. 아니 그것은 요청이 아닌 강요였다. 자신만의 신념을 담고 그녀에게 강하게 요구하고 있었다.

그러나 과연 하나린, 그녀가 그렇게 인간들의 삶에 함부로 끼어드는 것이 옳은 행위인가? 틀리다. 그것은 잘못된 일이다. 약한 것은 강한 것에 집어삼켜지기 마련이다. 그녀가 움직이게 된다면 이 동공국이란 나라에 자신의 생각과 이념을 억지로 물들이게 될 것이다. 그건 잘못된 일이다. 인간의 나라는 인간의 방식으로 움직이는 것이 옳다.

하나린은 쓰게 웃으며 입을 열었다.

"난……."

"지금 당장 대답해 주시길 바라는 것은 아닙니다. 하지만 분명히 알아 두셔야 되는 것은 아기씨께서 왕비가 되지 않으시면 동공왕 전하께선 다른 여인을 아내로 맞아들이셔야 한다는 사실입니다. 그리고 그 여인은 전하의 곁에 있는 아기씨를 눈엣가시로 여기며 처리하려

하겠지요. 그렇게 된다면 과연 지금의 상황이 언제까지 유지될 수 있을까요?"

백사린은 빠르게 그녀의 말을 끊으며 이야기를 이어 갔다. 말이 좋아 생각해 보라는 것이지 실제론 반쯤 협박이 섞인 내용이었다. 지금 이대론 당신은 동공왕과 함께 있기 힘들 것이라는. 그리고 다른 선택지는 보여 주지 않은 채 왕비라는 외길만을 가리키고 있었다.

"전하께서는 폭군입니다. 그리고 폭군이어야만 하지요. 이렇게 귀족들의 암약이 활발한 세대에는 성군(聖君)과 현왕(賢王)보다 그들을 휘어잡을 폭군(暴君)이자 패왕(霸王)이 필요합니다. 어진 임금은 귀족들의 먹잇감일 뿐이지요. 허나 그렇다고 너무 공포정치로만 기울면 인심을 잃게 됩니다. 즉 인덕 또한 필요합니다. 허나 임금도 단 한 명의 인간. 두 사람의 역할을 할 수가 없습니다. 즉 인덕을 맡아 줄, 왕과 동등한 지위의 또 다른 인물이 필요합니다."

백사린은 마치 집어삼킬 것 같은 시선으로 하얀 소녀를 응시했다. 그녀는 지금 눈앞에 있는 구미호가 참으로 탐이 났다. 과거 제대로 된 봉황의 상을 찾지 못했을 때는 자신만이 왕비가 될 자격이 있다 생각하였다. 하지만 자신이 가진 껍질을 깨고 나서 다시 보게 된 세상에선 이번 세대에 이 구미호만큼 왕비에 어울리는 이를 발견하기 힘들었다.

이미 귀족들을 억누를 공포와 폭력은 부족하지 않다. 자신이 왕비가 된다면 그 힘에 방향성을 더하는 수준일 테지만 이 소녀가 왕비가 된다면 그 위험한 힘이 가지지 못한 따스함을 채워 줄 수 있을 것이다. 약한 자들은 보호받고 그 올곧음에 이끌린 이들이 모여들 것이다.

백사린은 흔들림이 없는 눈으로 입을 열었다.

"그 인덕을 맡을 이가 되어 주십시오."

그렇게 왕실은 균형을 잡을 것이다. 한 손엔 선혈이 흐르는 칼을, 한 손엔 포근하고 부드러운 빛을. 따르라! 적은 무너질 것이고 내게 속한 자는 보호받을 것이다! 이 얼마나 완벽한 미래인가!

"전하의 힘이 되어 주세요. 그리고 이 동공국을 이끌어 주세요."

강렬한 신념이 담긴 그녀의 말이 하나린을 뒤흔들었다. 그것은 결코 무시할 수 없는 소원이나 마찬가지. 그랬기에 하얀 소녀는 말문을 열지 못했다. 평생을 살아오면서 이런 요구는 처음이었다. 많은 사람들이 그녀에게 소원을 빌었으나 그것은 자신의 문제를 해결해 달라는 것뿐. 이렇게 많은 생명을 책임져 달라는 소원은 단 한 번도 없었다.

그들을 책임진다는 것은 하나의 집단에 속한다는 것. 하지만 그녀는 어느 한 곳에 속하여서는 안 될 존재. 모든 생물에게 공평한 시선을 가지고 바라봐야 하는 하늘과 계약을 맺은 이. 이처럼 상반된 상황에 처할 때는 어찌하여야 하나.

결국 남은 것은 침묵. 하나린은 입술을 꾸욱 다문 채 시선을 아래로 떨어뜨렸다. 그런 그녀의 모습을 응시하던 백사린은 쓰게 웃으며 일어섰다.

"오늘은 여기까지 하지요. 수고하셨습니다."

평소라면 탄성을 지르며 즐거워할 하나린이었으나 말없이 두 눈을 꼬옥 감을 뿐이었다. 백사린은 마루 아래로 내려서며 낮은 목소리로 무거운 말을 남겼다.

"혼란스러우신 것은 압니다. 하지만 속히 결정을 내려 주시기 바랍니다. 시간은 길지 않으니까요."

이번에도 하나린은 침묵을 지켰다.

한양 밖으로 이어진 대로를 따라 긴 행렬이 들어오고 있었다. 그들은 매년 늦여름마다 남공국에서 오는 친선 사절단. 남공국에서만 나는 특산품인 열대과실과 코끼리 상아와 같은 물건들을 싣고서 당당하게 동공국의 수도를 향해 걸어오고 있었다. 그리고 그들의 가장 선두에 선 자가 철과 같은 파란 눈으로 저 멀리 보이는 동공궁을 바라보고 있었다.

"현 동공왕은 좀 특이하다 했던가? 이번 유희는 재미있을라나?"

바람이 불어온다. 그에 그의 긴 머리가 흩날렸다. 백발 사이로 마치 호랑이 무늬처럼 보이는 흑발. 꼭 평야를 달리는 백호 형상처럼 보인다. 그의 입가가 흥미를 담은 채 휘어졌다. 하지만 곧이어 부루퉁한 표정이 되어 하늘을 올려다보았다.

"그건 그렇고 하나린, 이것은 어디에 처박혀 있는 건지. 미리내, 이것이 하도 귀 따갑게 물어봐서야 원. 얼마 전에 하늘에 소원이 닿은 자 앞에 나타났다고 하니 잘 있을 것 같긴 한데."

그는 쓰게 웃으며 고개를 절레절레 저었다.

"보나 마나 어디서 호구짓이나 하고 있겠지."

그리 중얼거린 그는 뻔히 예상되는 일들에 한숨을 폭 내쉬며 행렬들을 이끌고 나아갔다.

"필요해. 필요해. 필요해. 필요해."

백세악은 반쯤 넋이 나간 채로 끊임없이 중얼거렸다. 그는 제 입김이 닿아 있는 성수청 도사를 불러 앞에 앉혀 놓고 그렇게 중얼거리고 있었다. 도사는 미치광이와 같은 그의 행동에 공포를 느끼며 덜덜 떨고 있었다.

오늘 백가(家)로부터 성수청에 있는 그에게 은밀히 연락이 왔다. 평소에 많은 돈과 편의를 제공받았기에 함부로 거절할 수 없는 상황. 그랬기에 귀찮지만 야밤을 틈타 몰래 백가의 가옥에 찾아들었다. 그리고 백세악에게서 요구받은 것은 인간으로 둔갑이 가능한 영스러운 존재들의 목록. 도사는 자신이 아는 지식선에서 최대한 많은 이들을 알려 주었지만 그는 마음에 드는 것이 하나도 없는 듯 미간을 찌푸렸다.

오만해 보이는 자태에 도사는 버럭 화를 내려고 했으나 광기에 잠식된 백세악의 눈을 보는 순간 그럴 생각이 싹 사라졌다. 아니 오히려 공포감이 심층으로부터 차오르기 시작했다. 귀족들 중 권력 최고봉에 위치해 있다는 것은 안다. 그가 가진 재물이나 무력도 함부로 볼 것이 아니라는 것도 안다. 하지만 그라는 존재는 그저 평범한 인간일 터.

그런데 도사는 마치 인간 외의 괴물을 보는 것만 같은 기분이었다. 그 내부에서 집착과 광기로 뒤엉켜 만들어 내는 불협화음이 들려오는 듯하다.

"더 강하고 더욱 매혹적이며 더더욱 위험한! 그래, 인간의 정신 따위는 가볍게 가지고 놀 수 있을 정도의 그런 괴물!"

미쳤다. 도사는 백세악이 내뱉는 말을 들으며 경악하였다. 저자가 도대체 무슨 소릴 지껄이고 있는 것인가? 그때 백세악이 눈을 들어 도사를 쳐다보았다. 그리고 도사 역시 그런 그를 바라보았다.

"그대는 그런 아름다운 영스러운 존재를 알고 있나?"

빛이라고는 한 점 보이지 않는 무저갱이 백가의 가주 눈 속에 담겨 있었다. 그저 보는 것만으로도 반쯤 의식이 뺏겨 버릴 것 같은 느낌에 도사를 제 아랫입술을 꾹 깨물며 일렁이는 제 가슴을 진정시켰다.

이건 동공왕 못지않게 미쳐 버린 자가 아닌가? 인간을 가지고 노는 괴물이 아름다운 존재라니! 그건 겉껍데기만 그럴듯하게 뒤집어쓴 추악한 악마일 뿐이다. 결코 신선에 속하지 않는 요물 중에 최고로 위험한 요물. 자칫 잘못하여 그런 것을 소환했다간 뒷감당하지 못할 일이 벌어질 수도 있다.

신선이라면 천방지축이라 해도 곤란한 선에서 그치겠지만 요물이라면 통제되지 않는 순간 파탄이었다. 그러니 절대로 안 된다. 이것은 아무리 썩은 도사라 할지라도 어겨서는 안 되는 금기였다.

그러니 거절해야만 했다. 그가 백세악의 눈치를 보며 조심스럽게 말했다.

"죄, 죄송합니다, 어르신."

"아, 아…… 역시 안 되는 것인가?"

그리고 허탈하게 허공에 흩어지는 백세악의 말. 그에 도사는 속으로 한숨을 쉬며 가슴을 쓸어내릴 수 있었다. 이것으로 이제 이 불편한 자리에서 벗어날 수 있겠다고. 허나 이어지는 대감의 말에 쩍 하고 얼어붙었다.

"벌써 네 명째군."

아니, 이런 미친 요구를 네 번이나 했단 말인가? 도사가 어이없다는 표정을 짓자 백세악은 씨익 웃음을 지어 보였다.

"전의 사람들도 다 위험하다며 거절을 했지. 그 말인즉슨 할 수는 있지만 하고 싶지 않다는 의미겠지. 안 그런가?"

오싹.

무섭다. 인간임에도 마치 귀신이 눈앞에 앉아 웃음 짓는 것만 같은 느낌. 당장 이 자리를 벗어나라며 직감이 끊임없이 경고를 한다. 도사는 바들바들 떨면서 몸을 일으켰다.

"대, 대감…… 저, 전 이만 가 보겠습니다."

그에 백세악이 피식 웃음을 흘렸다.

"아아, 그냥 가면 쓰나."

그와 함께 천장에서 흑색 복면인들이 뛰어내리며 도사의 목 아래로 검을 들이밀었다. 이에 도사는 딱딱하게 경직되었다. 이 자리에서 나온 이야기가 밖으로 새어 나가게 된다면 지금 눈앞에 앉아 있는 대상이 귀족파의 수장이든 얼마나 강한 권력을 거머쥐고 있는 이든 상관없이 그대로 인생은 끝이었다. 그러니 분명 살인멸구(殺人滅口)할 생각일 터. 전에 왔다던 이들은 이미 목숨줄이 끊겨 있을 것이다. 도사는 급히 말을 내뱉었다.

"이, 이 자리에서 한 이야기는 무덤 속에 들어갈 때까지 묻어 두겠습니다. 그러니……."

"아니, 아니야. 내가 원하는 대답은 그 말이 아니야."

"그, 그럼……."

백세악은 자리에서 일어서서 도사 앞으로 다가갔다. 그리고 그의 멱살을 잡아당겨 얼굴을 마주한 채 말을 이었다.

"소환하게. 그 아름다운 존재를!"

야차의 가면을 뒤집어쓴 듯 섬뜩한 얼굴이 되어 백세악은 무시무시한 요구를 청했다. 단지 미쳤다는 생각밖에 나오지 않는 요구. 경우에 따라선 동공국의 수도가 피바다가 될지도 모를 일이다. 도사는 마른 침을 꼴깍 삼키며 필사적으로 고개를 저었다. 이건 자신이 죽는다 해도 절대로 해선 안 될 일이었다. 도대체 무슨 업보를 쌓으려고. 이건 단순히 악행에 가담한다는 수준으로 끝날 악업이 아니었다.

"아쉽군."

요구를 거절하는 그를 보며 백세악은 안타깝다는 듯 입맛을 다셨다. 그런 대감의 모습을 보며 도사는 덜덜 떨면서 두 눈을 질끈 감은 채 턱을 들어 목을 내밀었다. 어차피 죽을 거라면 반항하지 않고 단번에 죽는 것이 더 낫지 않겠는가? 그에 백세악은 쯧쯧 혀를 차며 말했다.

"아아 걱정 말게. 전에 놈들처럼 죽이진 않을 테니. 다만 생각을 바꿀 수 있게 적절한 설득을 할 뿐. 그 과정에서 사지불구가 될 수도 있겠지만 말일세. 크하하하하하하."

백가의 가주가 내뱉는 광소와 함께 도사는 복면인들에게 질질 끌려갔다. 그는 시체처럼 안색이 새파랗게 질린 채 무어라고 말하려 했으나 이미 입까지 단단히 막힌 상태였다. 마구 발버둥을 쳤지만 곧이어 뒷목을 얻어맞아 혼절한 채 방 밖으로 사라졌다.

사랑방에는 오직 백세악만 남아 낄낄거리며 웃고 있었다.

"동공왕, 기다려라. 곧 너의 마음을 사로잡을 요물을 보내 주마. 그렇게 내 꼭두각시로 떨어질 그날을 기다리마. 하하하하하하하!"

과거 귀족의 수장이었던 명석함은 사라진 채 탐욕에 잠식되어 이성이 흐려진 괴물만이 그곳에 남아 있었다. 방 안의 촛불에 비친 그의 그림자는 뱀에게 목이 물린 채 허우적거리고 있었다. 그런 영혼의 비명은 밖으로 빠져나오지 못한 채 육체는 뱀이 불어넣는 탐욕의 독기에 모든 것을 맡기고 있었다.

원하는 것을 얻기 위해선 무슨 짓이든 할 수 있으리라. 제 딸을 파는 것도, 제 영혼을 파는 것도, 한양의 모든 생명을 바치는 것도.

그렇게 더 높은 자리에 오르기 위해, 더 강한 권력을 얻기 위해. 그렇게 평생을 추구해 왔던 욕망의 불길을 키우며.

"접견은 내일인가?"

남공국 사신으로 온 사내는 바닥에 편하게 몸을 누인 채 천장을 올려다보며 중얼거렸다. 오늘 저녁 늦게 도착했기에 왕과의 접견은 다음 날로 미루어졌다. 그리하여 외부에서 온 사신들에게 제공되는 태평관에서 하룻밤을 묵게 되었다.

"흐음— 그런데 참 뭔가 미묘하단 말이지."

사내는 차가운 푸른 눈으로 창밖을 응시했다. 태양이 산 너머로 거의 다 넘어가 노을은 흔적만 남아 있었다. 그는 궁에 들어왔을 때부터 느껴지는 미묘한 기운에 입가를 비틀었다. 아무리 궁이라 하여도 곳곳에 신선이나 요물이 숨어 있는 경우가 제법 되었다. 허나 그런 것을 감안하고서라도 강하게 느껴지는 기운이 세 종류나 되었다.

요기(妖氣)가 둘, 그리고 선기(仙氣)가 하나. 동공국의 왕이 '요화(妖花)의 정'이라 하였으니 하나의 요기는 그것일 테고 다른 하나는 그 향기에 이끌려 들어온 요괴일 거라 생각된다. 그렇다면 생뚱맞게 있는 선기는 무어란 말인가? 어느 한 장소에서 움직이지 않는 걸 보면 대신선이나 되면서 봉인이라도 당한 것일까?

"한번 찾으러 가 볼까?"

만약 인간들에 의해 강제로 묶여 있는 동족이라면 풀어 줘야겠지. 그리고 어리석은 인간들에게 그에 맞는 천벌을 내려 줄 생각이다. 사내의 철과 같은 푸른 눈이 싸늘히 빛이 났다. 마치 사나운 범과 같은 느낌. 그는 몸을 일으켰다. 그리고 방을 벗어나 청아한 선기의 근원을 찾아 천천히 걸음을 옮겼다.

사내가 궁 안을 당당히 활보함에도 돌아다니는 궁녀나 내시들은 그를 보지 못하는 듯하였다. 마치 유령과 같이 기척도 소리도 없이 목적지를 향해 걸어갔다.

"이거…… 뭔가 익숙한데?"

사내는 거대한 선기에 가까워질수록 느껴지는 친숙한 느낌에 고개를 갸웃거렸다. 분명 어디에서 마주한 이의 것이었다. 누군지 알 것 같으면서도 잘 모르겠다. 잡힐 듯 잡히지 않는 애매함.

"뭐 직접 얼굴을 마주하면 알겠지."

사내는 바람에 휘날리는 장발을 대충 잡아 뒤로 넘긴 채 눈앞에 있는 대문을 바라보았다. 그 문 위로 '風獄殿(풍옥전)'이라 쓰여진 간판이 있었다.

"바람을 가두는 감옥이란 의민가? 거참 이름 짓는 감각하고는. 참으로 살벌하게 짓네."

사내는 대문 양옆에서 지키고 있는 경비병들을 보며 '픽' 웃고는 당당히 안으로 들어갔다. 생각 외로 넓은 정원이 펼쳐졌다. 다른 전각에 비해 두 배는 더 커 보이는 내부.

이 정도면 여기 머무는 신선은 봉인이 아니라 애지중지 모셔지고 있는 모양이었다. 그는 괜히 온 건가 싶었지만 기왕 온 김에 확실히 확인하고 돌아가기로 했다. 사내는 정원 사이로 난 길을 따라 건물이 있는 곳까지 가까이 걸어갔다. 그리고 마루에 앉아 있는 하얀 소녀를 발견하고는 기이하게 일그러진 표정을 지었다.

그런 사내의 시선을 느꼈을까? 멍하니 앉아 있던 하나린도 고개를 돌려 사내를 바라보았다. 그리고 놀란 듯 눈을 동그랗게 떴다. 그런 소녀를 보며 사내는 뻬딱하게 자세를 잡은 채 질문을 던졌다.

"여기서 뭐 하냐?"

"한뫼! 오랜만이네. 음…… 한 백 년 만?"

그에 하나린은 반갑다는 듯 손을 흔들며 말했다. 반면 한뫼라 불린 사내는 골치가 아프다는 듯 관자놀이를 꾹꾹 눌렀다. 이런 상황에서도 태연히 인사하는 그녀의 견고한 신경줄에 절로 감탄이 나온다.

"그래, 그 정도 되었지. 쌓아 온 업(業)을 한 번 잃었다고 들었는데 조용히 요양이나 하고 있을 것이지 왜 여기 있냐?"

"약속 때문에?"

"하아— 그놈의 호구짓은 정말…… 이래서 누군가 곁에서 챙겨 줘야 하는데."

멸마(滅魔)의 백호, 한뫼는 보지 않아도 뻔히 알 수 있는 상황에 답답하다는 듯 깊은 한숨을 내쉬었다. 분명 궁 안의 인물 중 하나가 제발 여기에 있어 달라고 무릎 꿇고 빌든가 했을 것이다. 저 아이는 그걸 또 아무런 생각 없이 받아들였을 것이고. 뭐 때가 되면 알아서 여길 떠나겠지만 그 전까지 계속 여기에 눌러앉아 있겠지.

이래서 미리내가 곁에 있어 줘야 하는데. 그는 갈색 여우의 요수를 떠올리며 혀를 찼다. 딱 붙어 다니던 그 아이를 어떻게 떼어 낸 건지. 하나린이 쌓아 온 업(業)을 잃은 후로 행동이 천방지축으로 변해 어디로 튈지 알 수 없어 너무 힘들다며 징징거리던 그녀가 떠올랐다.

"미리내가 너 찾더라. 내가 널 못 만나고 지낸 지가 얼만데 자꾸 나한테 들러붙어 닦달해서 정말 곤욕이었다."

"아, 맞다. 미리내! 잘 지내고 있어?"

이제 막 떠올랐다는 듯 탄성을 터뜨리는 하나린. 그에 한뫼는 어이없다는 듯 쳐다보았다.

"설마 잊고 있었냐? 미리내가 알면 엄청 섭섭해하겠네."

한편 그들이 대화하는 사이 풍옥전 소속의 궁인들은 당혹스럽다는 얼굴로 그들을 바라보고 있었다. 솔직히 저 사내가 먼저 입을 떼기 전에 그가 여기 들어왔다는 사실조차 모르고 있었다. 거기에다 하나린과 편하게 대화를 주고받는 것을 보니 궁 밖에서 서로 알던 사이인 것 같았다. 어쩌다 보니 개입할 순간을 놓쳐 버린 궁인들은 그들을 그저 바라보기만 하였다. 아마도 같은 영스러운 존재가 아닐까 조심스럽게 추측되기에 사내를 함부로 대할 수 없게 된 궁인들이었다.

궁인들은 서로 눈치만 보며 누군가가 나서 주길 기대했다. 그리고 최종적으로 모인 시선의 종착지는 바로 청이. 그녀는 꺼림칙하다는 듯 고개를 저어 보였으나 돌아온 것은 재촉하는 눈짓과 손짓뿐이었다. 결국 깊은 한숨과 함께 청이는 조심스레 걸음을 옮겼다.

"저기 아기씨?"

"응?"

"저분은 누구신가요?"

간단한 물음에 궁인들의 호기심 어린 시선이 몰렸다. 청이는 침을 꼴깍꼴깍 삼키며 하나린의 입이 열리길 기다렸다. 상대가 누구냐에 따라 대응이 달라져야 하니까. 하나린은 그녀의 질문에 조금 고심하는 듯하더니 한 단어를 꺼내었다.

"친우?"

"아, 그렇군요."

청이는 대충 가슴을 쓸어내리며 안도의 한숨을 내쉴 수 있었다. 단지 아기씨와 안면이 있는 영스러운 존재가 방문한 것일 뿐이니 동공왕에게 보고하고 손님으로서 대접하면 될 것이리라. 그 순간 잠시 고민에 빠져 고개를 갸웃하던 하얀 소녀의 입이 다시 열렸다.

"아니, 그것보단 더 가까운가?"

"헙!"

그 말에 풍옥전에 있는 모든 궁인들이 숨을 크게 들이켰다. 남녀 사이에 친우보다 더 가까운 존재라면 단 하나밖에 떠오르지 않는다. 바로 연인.

크, 큰일 났다. 궁인들의 공통된 생각이었다. 이대로라면 동공왕이 영스러운 존재고 나발이고 간에 전쟁부터 일으키려 할지도 모른다. 어떻게 해서든 이것이 왕의 귀에 들어가는 것을 막아야만 했다. 아니 아니 어떻게든 아기씨의 귀에 속살거려서 저 존재랑 멀어지게 만들어야만 했다. 궁인들은 서로 빠르게 눈치를 주고받으면서 앞으로의 작전을 세웠다.

"누구기에 함부로 여기 들어온 거지?"

그 순간 소름 끼치게 오싹한 음성이 들려왔다.

설마…… 제발 아니어라. 궁인들은 그 소리가 들려온 곳을 향해 목각 인형처럼 끼긱끼긱거리며 고개를 돌렸다. 그리고 흑룡포를 입은 동공왕의 신형을 확인할 수 있었다. 설마가 역시. 그들은 속으로 비명을 질렀다. 그때 제현의 입가가 서늘한 호선을 그리며 열린다.

"외부인이 함부로 들어왔는데도 가만히 있는 병사 놈이나 궁녀들이라니. 이래저래 쓸모가 없는 놈들이군."

아, 망했다. 그 생각만이 궁인들의 머릿속에 도배되었다. 이제 저승사자와 얼굴을 마주하고 인사하는 일만 남았구나. 제현의 살의로 인해 풍옥전의 기온이 북풍한설에 휩쓸린 듯 차갑게 떨어졌다.

"제…… 으븝!"

살벌하게 변한 분위기를 파악하지 못한 건지 하나린이 제현에게 뛰어가려는 순간 한뫼가 그녀의 입을 '턱' 하고 가로막는다. 그에 따라 더더욱 농도가 짙어지는 살기. 제현은 스윽 시선을 돌려 한뫼를 쳐다

보며 천천히 입을 열었다.

"그래, 그쪽이 하나린과 친우보다는 가까운 사이?"

언뜻 듣기에는 평온해 보이지만 그 안에 숨어 있는 적의는 진득하기 그지없었다. 그에 한뫼는 한쪽 입꼬리를 말아 올리며 비웃듯이 말했다.

"뭐 틀린 말은 아니다만?"

"호오— 그래?"

"그렇지."

제현과 한뫼에게서 살벌한 기세가 터져 나왔다. 그것은 그저 상대를 위압하는 것에 그치지 않고 서로 충돌하며 허공중에 불똥이 튀어 오르게 했다. 주변에 서 있는 이들이 그 힘에 숨 쉬기 괴로워할 정도. 그때 한뫼가 피식 웃었다.

"그대는…… 그래, 요화의 정이로군. 보아하니 그쪽은 이 나라의 왕인 것 같은데 '우리' 하나린과 무슨 관계?"

명백히 상대를 도발하기 위한 언사. 그리고 그 효과는 매우 훌륭하였다.

퍼엉.

공기가 터지는 소리와 함께 제현은 순식간에 한뫼와 거리를 좁혔다. 그와 함께 갈고리처럼 상대의 심장을 향해 뻗어 나가는 손. 허나 그 공격은 목적지에 다다르지 못하고 한뫼의 손에 의해 저지당했다.

턱.

어마어마한 악력으로 제현의 손목을 움켜잡은 그는 사나운 표정으로 웃어 보였다. 그에 동공왕은 사람 몇 명은 잡아먹을 듯한 표정으로 팔에 힘을 더했다. 언뜻 보면 아무런 변화도 없어 보이는 광경이었지만 그들의 힘겨루기가 이뤄지는 손과 팔은 파르르 떨리며 경련을 일으키고 있었다.

"이게 무슨 짓? 이거이거 '우리' 하나린에게 어울리지 않는 아인 것 같네."

"글쎄? '내' 하나린이 나와 어울리지 않는다면 누구랑 어울릴 수 있을지?"

한뫼가 맹수처럼 으르렁거리며 묻자 제현이 야차처럼 이를 갈며 답한다. 그와 함께 그들은 이제 기세를 뿜는 수준이 아니라 아예 제가 품고 있는 기운을 유형화시키기 시작했다. 검붉은 불꽃너울과 새하얀 백뢰가 터져 나왔다. 그리고 충돌 후 폭발. 터져 나오는 빛.

"제현—언!"

하나린의 비명 같은 외침과 함께 순식간에 주변에 있던 이들의 시야가 점멸되었다. 귀마저 멍멍하게 만드는 굉음 역시 풍옥전 안을 휩쓸었다. 얼마나 지났을까? 허공에 흩날리는 먼지들이 가라앉고 점차 시력이 돌아온다.

"크윽!"

그리고 들려오는 신음. 궁인들은 믿을 수 없는 결과를 눈앞에 목도하였다. 그 괴물 같은 동공왕이 뒤로 밀려 나갔을 뿐만 아니라 심각한 부상까지 입었기 때문. 제현이 입고 있는 흑룡포의 오른팔 부분이 깔끔히 찢겨져 나가 있었고 드러난 팔의 피부가 시뻘겋게 달아올라 있었다. 중간중간 피부가 타올랐는지 핏물이 배어 나오는 곳도 있었다.

제현은 여유로운 표정이 싹 사라진 모습으로 제 오른 어깨를 부여잡고 눈앞의 적을 노려보았다. 인간이 아니다. 인간이라는 범주에서 자신을 뛰어넘을 수 있는 존재는 몇 없을 터. 그리고 그는 그 인물들을 미리 파악해 두고 있었다. 혹시라도 부딪힐 최악의 경우를 상정해서 그 대비를 하기 위해.

"인간도 아닌 괴물이 왜 인간사에 관여하는 거지?"

동공왕은 상처 입은 야수처럼 이를 드러냈다. 마주한 '저것'은 상식을 초월하는 힘을 가진 존재. 궁에 기생충처럼 빌붙어 사는 이무기보다 더 위험한 것이었다. 그것과 비슷한 수준이면 어찌어찌 상대 가능할 테지만 눈앞의 괴물은 그 수준을 가뿐히 뛰어넘었다. 사냥하려면 만반의 준비에 준비를 더해도 장담치 못할 정도. 싸움이 붙는다면 한양이 날아가는 차원으로 끝나지 않을 것이다.

"인간사가 아니라 '우리' 하나린에 관련된 일이다만."

빠직.

하지만 그걸 알고서도 무모하게 덤벼들게 할 도발을 걸어오는 상대였다. 제현은 뿌득뿌득 이를 갈았다. 검붉은 안광을 뿜어내며 철과 같은 푸른 눈의 괴물을 응시했다. 아무리 승률을 점쳐 보아도 현 상황에선 백전백패. 태산을 마주한 느낌이다.

"갑자기 풍옥전까지 쳐들어와서 무슨 수작이지?"

제현은 무력감에 치를 떨며 입을 떼었다. 그에 한뫼의 입술이 호선을 그렸다.

"내가 '우리' 하나린과 뭘 하든 무슨 상관……."

텁.

"응?"

한뫼는 말하는 도중 제 얼굴을 잡아 돌리는 하나린을 보며 의아하다는 표정을 지었다. 그녀의 깨끗한 푸른 눈이 바로 앞에서 그를 올려다보고 있었다. 별이 부서져 내리는 눈동자에 스미어 있는 물기에 그는 저도 모르게 '아' 하고 감탄사를 터뜨렸다.

"걱정하지 마. 저놈에게서 널 구해 줄 테니까."

그리고 이어지는 부드러운 말. 마치 상대를 달래는 듯한 어조로 내뱉어진 내용에 풍옥전 궁인들의 안색이 시체처럼 시꺼멓게 질려 버렸다. 그리고 제현의 얼굴 또한 절망으로 참혹하게 일그러졌다. 그런 그들의 시선을 즐기듯 한뫼는 피식 웃으며 말했다.

"무서웠지?"

그 말에 반응하듯 하나린의 머리가 살며시 뒤로 물러났다. 그리고…….

"제현 괴롭히지 마아아아!!"

빠아아아아아아악!

필살의 일격이 한뵈의 이마에 내리꽂혔다.

"이번에 드릴 선물은…….."

사절단 대표 주용은 동공왕에서 고개를 숙인 채 친선의 의미로 가져온 선물들을 하나둘 늘어놓았다. 허나 썩 좋지 않은 동공왕의 표정에 가슴이 바짝바짝 말라붙었다.

그 동공국의 왕이 얼마나 유명하던지 그가 미친 괴물이더라는 소문이 나라를 건너서까지 들려왔다. 오 년 전엔 무려 귀족가의 절반을 제 손으로 쓸어버렸다고, 그리고 심심하면 제 주변 심복을 잡아 쳐 죽인다고. 소문이 그 정도 수준이라면 실제 성격이 어떨지 대강 예상되었다. 헌데 그런 분이 지금 저리 불쾌하다는 표정을 대놓고 드러내고 있으니.

무슨 이유에선지 기분이 나쁜 것임에 틀림없다. 그 이유가 이쪽 사절단 때문이라면 눈앞이 깜깜해진다. 그래도 설마 다른 나라에서 온 사절단을 죽이지는 않겠지.

주용은 그리 자기 합리화를 하며 억지 미소를 지은 채 다양한 축복 언사와 함께 양국 간의 친선 도모에 대해 말을 이어 갔다. 그에 시큰둥한 표정으로 대충 고개를 끄덕이는 제현이었다. 평소의 그라면 자기 나라 귀족도 아닌 남공국에서 보내온 이니 어느 정도 장단을 맞춰 주며 대화를 나누었을 것이다. 그러나 어제 있었던 일로 그의 기분이 완전히 틀어져 버렸다.

자신의 꽃을 훔쳐 달아날지도 모르는 도둑놈을 데리고 온 녀석들이니 곱게 보일 리가 없었다. 제현은 살며시 고개를 돌려 주용의 옆에 조용히 시립해 있는 한뫼를 바라보았다. 백발 사이로 호랑이 무늬처럼 흑발이 나 있고 금속성을 띠는 푸른 눈을 가진 인간. 아니, 그런 껍데기를 쓰고 유희를 즐기고 있는 영스러운 존재. 현재 '태산'이라는 가명을 쓰고 활동하고 있다던가?

그때 한뫼가 제현의 시선을 느낀 건지 고개를 들어 그를 올려다보았다. 그리고 눈을 마주한 순간 약 올리듯 '히죽' 하고 입가를 끌어 올려 웃어 보였다.

빠직.

순간 이마 위로 힘줄이 돋아난다. 속에서 무언가 뜨거운 것이 치솟아 올랐으나 최대한 꾸욱 눌러 참았다. 억지로 태연함을 유지하며 그에게서 시선을 떼었다. 계속 보고 있다간 열불이 끓어 미칠 것 같았다.

'저것이 하나린의 부모와 같은 존재라 했던가?'

어제 하나린의 박치기로 상황이 종료된 이후 차갑게 식은 머리로 몇 가지 문답을 나누었다. 그리고 들은 한뫼와 하나린의 관계는…….

'그 아이가 태어나는 것을 곁에서 지켜본 존재다만?'

……그러했다. 친우보다 가까운 사이란 말에 혼자 오해하고 열 받아 날뛴 격이었다. 그렇다고 상대가 마음에 든다는 의미는 아니었다. 오히려 복장을 북북 긁어 열 뻗치게 하는 존재였다.

'헤에— 그런 더러운 성질로 우리 하나린 곁에 있겠다고?'

'너? 에이— 자격이 모자라. 고작 동공국의 왕 정도로 어디 우리 하나린을 건드려?'

'훠이— 훠이— 우리 하나린을 졸졸 따라다니는 남정네들이 정말 많아요.'

그런 식으로 곁에서 피식피식 웃으며 갖가지 말로 그의 성질을 건드리고는 하나린 뒤로 슬쩍 몸을 피한다. 그에 구미호가 그를 대신해 응징을 내린다고 투덕거리긴 하는데, 이게 또 매우 친밀한 이들이 서로 장난을 치는 느낌이라 그의 염장을 지르는 것이었다.

결국 어제부터 시작하여 지금까지 기분이 바닥을 기고 있는 제현이었다. 그는 제 얼굴을 손으로 덮으며 깊은 한숨을 내쉬었다. 그에 귀족들이 헛기침을 하고 사절단 사람들은 움찔움찔 몸을 떨었다.

자신 하나 때문에 친선 자리의 분위기가 가라앉다 못해 땅을 파고 들어가자 제현은 쓰게 웃음을 지었다. 하긴 자신은 이 나라의 지존이니 모든 것이 저의 기분에 큰 영향을 받을 수밖에. 그는 흐트러지는 표정을 정리하며 입을 떼었다.

"어제 업무가 많아 피곤해서 그런 거니 크게 신경 쓰지 말도록."

"하하하. 저희가 상황이 안 좋을 때 방문한 것 같습니다."

"아닐세."

이어지는 대화에 점차 어두워진 공기가 밝아지자 몇몇이 안도의 한숨을 내쉬었다. 두어 마디로 분위기를 환기시킨 그는 자꾸만 떠오르는 잡념을 쫓으며 왕의 의무를 충실히 수행하려 했다. 눈에 거슬리는 호랑이만 아니었으면.

제현은 눈썹 끝이 빠르게 꿈틀했다. 어느새 분신으로 바꿔치기 된 한뫼의 신형을 바라보며 이를 악물었다. 이곳에서 빠져나가 또 어딜 싸돌아다니려고 그러는 것인가? 동공왕은 두통이 몰려옴을 느끼며 관자놀이를 검지로 꾹꾹 눌렀다. 그리고 작은 목소리로 중얼거리듯 말했다.

"어디로 간 거냐?"

그것은 다른 곳을 향해 흘러들지 않고 정확히 한뫼의 분신에게 닿았다. 전음. 소리를 먼 거리에 있는 사람에게 온전히 전달하는 고도의 기술. 제현의 물음에 그것은 여유로운 웃음을 걸은 채 말했다. 물론 주변에서 보면 입만 작게 뻥긋거리는 행위였지만 그 말은 정확히 동공왕의 귀에 파고들었다.

"글쎄, 어디로 간 걸까나? 오랜만에 만난 딸 같은 아이에게가 아닐까?"

빠직.

물론 그의 성질을 긁어 내는 것은 덤이었다. 제현은 분노로 손이 파르르 떨렸으나 얼굴만큼은 무표정을 유지했다. 속으론 이를 부득부득 갈며 호랑이 사냥 계획을 짜면서 말이다.

"쿡."

한뫼는 편전 방향을 보며 짧은 웃음을 내뱉었다. 무언가 재밌다는 듯한 모습에 앞에 앉아 있던 하나린이 고개를 갸웃하며 쳐다보았다.

"무슨 일?"

"아아 그런 게 있어. 신경 쓰지 마."

소녀가 미심쩍다는 듯이 바라보지만 그는 아무것도 모르는 양 휘파람을 불었다. 뾰로통하게 입을 삐죽이는 하나린과 개구쟁이와 같은 한뫼. 그리고 그런 그들 주위를 궁녀들이 안절부절못하며 돌아다니고 있었다.

분명 편전에 있어야 할 이가 무슨 방법을 썼는지 조금 전 당당하게 풍옥전에 침입해 들어왔다. 그리고 지금 하나린과 아무렇지 않게 노닥거리고 있는 것이었다. 궁인은 그를 쫓아내야 하는지 내버려 둬야 하는지 고민에 휩싸인 채 흘깃흘깃 눈치만 보았다.

한뫼는 이러지도 저러지도 못하며 곤란스러워하는 그들이 재밌는지 킬킬 웃음을 흘렸다. 그때 하나린이 툴툴거리며 질문을 던졌다.

"근데 왜 찾아온 거야? 일 있다면서?"

"아아 일을 내팽개치고라도 지금 와야만 할 이유가 있거든."

"꼭 지금?"

"그래, 그 폭군이라는 방해꾼이 없는 지금."

그 말을 끝냄과 동시에 한뫼의 분위기가 일변했다. 그와 함께 철과 같은 눈이 등골이 오싹할 만큼 차가운 안광을 띠었다. 조금 전이 구름 위를 둥둥 떠다니는 듯 나사 풀린 한량의 느낌이었다면 현재는 마치 태산과 같은 묵직한 무게감을 자랑하고 있었다. 하나린이 평범한 인간이었다면 그가 내뿜는 기세에 짓눌려 숨조차 쉬지 못했으리라.

그녀는 갑갑하다는 듯 미간을 살짝 찌푸렸으나 이내 담담하게 가라앉은 눈빛으로 그를 응시했다. 저리 정색하고 나온다면 그만한 이유가 있을 터. 그렇다면 그것에 맞추어 진지하게 임해 주는 것이 예의이리라. 그녀는 웅크린 몸을 펴고서 그를 올려다보았다.

「할 이야기가 뭐야?」

그리고 입을 떼며 흘러나온 언어는 천어. 아직은 어색한 인간 언어를 벗어 던지고 자연에 가까운 목소리를 내었다. 별이 부서져 내리는 푸른 눈이 빛남과 동시에 그들을 감싸던 풍경이 사라지며 어둠이 찾아든다. 단지 둘만을 제외하고 아무것도 없는 심상의 세계.

「도대체 무슨 생각으로 여기에 있는 거지?」

그곳에서 백호가 으르렁거리는 것 같은 음성으로 입을 떼었다. 그역시 천어로 말했을 뿐인데 어두운 공간을 가득히 채우듯 그의 음성이 울려 퍼졌다. 마치 그의 본질이 가지는 무게감을 표현하듯.

「그대는 태어나길 하늘과 계약을 맺은 자. 한곳에 머무르지 말지며 온 세상을 떠돌아야 하는 숙명을 가진 존재. 고통에 힘들어하는 자를 연민하여 돕고 올바른 소원을 간절히 비는 자를 위해 그 염원을 이루어 주어야만 하는 이.」

하늘이라 총칭되는 존재, 아니 운명 혹은 의지라 불리는 그것은 세계에 직접적인 간섭을 하지 않는다. 그저 정해진 흐름대로 흘러가는 것을 주시하며 방관할 뿐. 그렇다고 해서 완전히 손을 놓고 있을 수만은 없다.

그렇기에 만든 것이 하늘과 계약을 맺은 자, 혹은 하늘의 대리자라고 불리는 존재. 그들은 태어날 때부터 사명을 부여받아 그것을 위해 살아가게 된다. 그리고 그들이 천운(天運)에 따라 일을 행할 때 하늘은 그들에게 힘을 부여하고 간접적인 지원을 해 준다. 그런 그들의 앞길을 막을 수 있는 존재는 없다고 봐도 무방했다.

바로 그런 이들 중 하나가 바로 천우(天雨)의 선녀라 불리는 하나린이었다. 어디에 종속되어선 안 되며 홀로 고고히 있어야만 할.

「그런 그대가 왜 이곳에 묶여 있는 것인가?」

하나린의 눈과 같은 푸른 눈. 하지만 금속에 가까운 느낌을 주는 한뇌의 눈이 그녀를 응시했다. 그녀가 지닌 숙명을 강조하며 묵직한 기세를 내뿜어 그녀를 억압하고 옥죈다. 그럼에도 하나린은 담담하게 입을 열었다.

「그와 약속했어. 늘 곁에 있어 주겠다고.」

평소의 말괄량이와 같은 모습을 벗어 던지고 차분하게 답한다. 그리고 잠시의 머뭇거림. 결국은 한마디를 더했다.

「……그리고 제현이 좋으니까.」

약간의 수줍음이 섞인 고백. 하지만 그것을 들은 한뇌는 무섭게 얼굴을 굳혔다. 그로선 지금 상황이 쉽게 이해되지 않으리라. 하나린은 하늘의 대리자다. 허나 말이 좋아서 하늘의 대리자지 실제론 하늘이란 의지가 만든 '제 뜻대로 다루기 쉬운 인형'에 더 가까웠다. 하늘의 대리자라고 불리는 그들은 태어날 때부터 평생 동안 가지는 심성과 정신, 능력이 모두 결정된 채로 만들어진다.

어떤 이는 세계의 더러운 오물을 먹어 치우는 청소꾼으로, 어떤 이는 세상의 경계를 지키는 문지기로, 하나린의 경우엔 자기희생을 통해 남의 아픔을 치료해 주는 봉사자로.

그렇기에 하나린의 심성은 세상 모든 것을 공평하게 사랑하는 것을 기초로 한다. 그런 그녀가 어느 한 존재를 특별하게 여긴다고? 그것은 하나린이란 존재의 근본이 흔들리는 것이나 마찬가지였다. 그런데 이런 오류가 생겼다? 절대 믿을 수 없는 일이었다. 굳이 그 이유를 꼽으라면…….

차르르르르륵.

「이게 문제인 건가?」

한뫼는 바닥으로부터 무언가를 잡아당겼다. 검붉은 사슬이 그의 손안에 생겨남과 동시에 그로부터 이어진 곳을 따라 달리며 여태껏 감추고 있던 모습을 드러냈다. 수십이나 되는 사슬들이 하나린의 목을, 팔을, 다리를, 그 작은 몸뚱이를 칭칭 감고 구속하고 있었다.

그것은 하나의 염원(念願). 바람과도 같은 이를 곁에 잡아 두기 위해 이뤄진 바람.

「소원이라는 것 때문에 생긴 인위적인 감정이란 거군.」

한뫼는 차가운 눈빛으로 어리둥절한 표정을 짓고 있는 하나린을 바라보았다. 그는 혀를 차며 북풍한설처럼 서늘한 어조로 말을 이었다.

「쌓아 온 업(業)을 잃더니 머리까지 둔해진 것이더냐? 속박과 제 심정조차 구분하지 못할 만큼?」

「속박?」

「네 눈엔 이게 뭐로 보이는 거지?」

백호는 비웃듯이 검붉은 사슬을 흔들어 보였다. 그에 사슬들이 서로 부딪치며 차랑차랑 소리를 낸다. 하나린은 생각지 않던 질문에 충격을 먹은 듯 눈동자가 불안하게 흔들렸다.

「이건…….」

머뭇거림을 품고서 내뱉어진 말. 하지만 그 이상으로 이어지지는 못했다. 그런 그녀를 보며 백호는 태산과 같은 기세를 뿜으며 말을 이어 갔다.

「네 존재가 어떠함인지 떠올려라. 그리고 스스로에게 의문을 던져 봐라.」

하얀 남자가 철과 같은 눈으로 하얀 소녀를 바라보았다. 네가 가진 현실을 똑바로 직시하라는 눈빛. 거부하고픈 진실에 하얀 소녀는 파르르 떨리는 입술을 벌리며 되물었다.

「네 말뜻은…… 내 마음이 거짓이라는 거야?」

물음과 동시에 백호의 눈이 매섭게 푸른 안광을 내뿜었다. 어둠 속에서 빛나는 두 개의 파란 귀화(鬼火). 그것에 하나린의 기세가 움츠러든다.

「그렇다. 네 몸을 옭아매고 있는 사슬들은 그가 가진 집착과도 같은 '염원(念願)'의 발현. 그렇기에 너는 그에게 휩쓸릴 수밖에 없었던 것이겠지. 넌 소원을 들어주는 자이니.」

하얀 남자는 단호하게 그녀에게 말하였다. 네가 하고 있는 사랑은 거짓이라고. 단지 동공왕이란 자가 바랐기에 생겨날 뿐인 가짜 감정이라고. 그러니 네가 이곳에 있는 것은 결코 옳지 않다고.

마주 앉아 있던 한뫼는 서서히 몸을 일으켰다. 단지 그것뿐인데 땅에서 태산이 솟아나는 것만 같은 압박감을 주었다. 그 기세에 짓눌린 하얀 소녀는 안색이 새하얗게 질렸다.

「네가 가진 힘을 잊지 마라. 그리고 네가 받은 사명을 잊지 마라. 네가 가진 힘으로 인세(人世)에 관여하면 그들의 역사를 바꿀 것이고 그것은 네 사명을 어기는 것이 될 것이다. 이것은 네 본질을 부정하는 최악의 행위일지니.」

백호의 말이 선언하듯 떨어져 내렸다.

"이거 이거, 재미없게 일이 돌아가는데?"

기와지붕 위. 그곳에 걸터앉은 여울이 혀를 차며 쓰게 웃었다. 왜 여기서 갑자기 멸마(滅魔)의 백호가 나타나는 건지. 그래, 유희를 하다 보면 이곳에 흘러들어 올 수도 있다고 쳐. 그런데 왜 잘 있는 여우를 꼬셔 가려는 거냐?

이무기는 곤란하다는 듯 도톰한 입가를 비틀었다. 이대로라면 그녀가 세운 파멸의 연회에서 최고의 주연이 빠지게 생겼다. 없으면 없는 대로 진행하지 못할 것은 없지만 진득한 파탄이 엮이어 극악의 독을 자아내기 위해선 하나린은 반드시 필요한 장기 말이었다.

"적어도 양쪽에서 균형이 맞아야 지지고 볶고 싸우는 맛이 있을 터인데."

무대는 한양 전체. 주연은 '동공왕과 하나린', '백세악과 그가 소환한 요물'로 나눠진 두 개의 파. 그리고 달콤한 선혈과 향기로운 혈향은 덤이다. 여울은 제 입술을 할짝 핥으며 몸을 일으켰다. 훗날을 위해서 저 여우에게 도움을 줘야 할 듯싶었다.

"무슨 말을 속삭여 주어야 할⋯⋯."

섬뜩.

순간 전신을 덮치는 죽음의 예감에 그녀는 황급히 한 발자국 뒤로 물러섰다. 물론 고작 그 정도로 그 위협이 사라지는 것은 아니었다. 살의는 공간 자체를 장악한 채 그녀를 붙잡아 놓고 있었다.

식은땀이 뚝뚝 흘러내린다. 상대가 원한다면 그녀는 순식간에 갈기 갈기 찢겨 죽임당하리라. 여울은 자신에게 살기를 뿌리는 이로 예상되는 자에게 눈길을 돌렸다. 하나린 앞에 앉아 있던 백호가 시퍼렇게 빛나는 눈으로 그녀를 쳐다보고 있었다. 인간의 형상을 하고 있지만 그 위로 흐릿하게 그 실체가 겹쳐 보인다.

거체를 자랑하는 하얀 호랑이. 그리고 그 주위를 감싸며 내리누르고 있는 휘광의 거압. 그 압도적인 신위. 그자가 말하는 바는 분명했다.

'쓸데없는 짓 하지 말고 틀어박혀 있어.'

그리고 한낮 이무기 '따위' 일 뿐인 그녀는 그의 의지를 거스를 수 없다.

까득 까드드득.

힘주어 움직이려 해 보지만 무언가에 얽매인 듯 그때마다 강한 반발력이 돌아왔다. 그녀는 제 몸을 구속하는 어마어마한 억지력에 '허—' 하고 탄식을 내뱉었다.

"이게 멸마의 백호…… 현존하는 영스러운 존재 중 가장 오래 살았다더니…… 이건 하나의 법칙에 가깝잖아."

대신선에 위치한다는 굉음(轟音)의 거붕, 한울의 시선조차 피해 몸을 숨겼던 여울이었다. 허나 이건 정말 규격 외였다. 그녀는 쓰게 입맛을 다셨다.

"이래선 그저 구경할 수밖에 없나?"

한뫼는 오랜 세월을 살아왔다. 다른 잡것들처럼 수십 년이나 수백 년 정도가 아니었다. 남들에게 우러름을 받는 대신선들과 같은 수천 년 수준도 아니었다. 무려 일만 년이 넘어가는 세월. 고대를 넘어, 대신선들이 흔하게 있던 '신대'라고 불리던 때부터 존재해 온 '살아 있는 역사'.

길디긴 시간의 무게 속에서 영스러운 존재란 걸 초월하는 수준을 넘어서 아예 감정마저 마모되어 사라졌다. 백호는 다른 이들에겐 대신선이라 불리지만 그 칭호조차 옳지 못한 경지에 올라섰다. 무엇이든 과함은 모자람보다 못하다 했다. 그는, 아니 '그것'은 생명이라기보단 그저 하나의 현상에 가까워진 괴물이 되었다.

그 부조리에 저항하기 위해서일까? 그것은 자신을 수없이 나누어

각각의 인격을 만들어 내었다. 그리고 마치 가면을 바꿔 쓰듯 인격을 바꾸어 가며 세상을 떠돌며 유희를 즐겼다. 어떤 때는 거지가 되고 어떤 때는 무리를 이끄는 장군이 된다. 또 어떤 때는 훌륭한 재상 혹은 요염한 기녀가 되기도 하며 어떤 때는 잔혹한 살인귀가, 어떤 때는 헌신적인 의원이 되었다. 종종 유희 대상은 인간을 넘어 영스러운 존재가 되기도 하였다.

그것에게 있어서 세상은 그저 장난감의 총집합에 불과했다. 그런 그것이 그녀가 태어나는 장면을 본 것은 우연한 기회였다. 단지 지나가던 길에 어쩌다 발견했을 뿐이었다. 그리고 그것은 깨달을 수 있었다. 눈앞에서 태어나고 있는 것은 하늘의 인형이라고.

하늘과 계약을 맺은 자는 수없이 봐 왔다. 그랬기에 그녀는 그것에게 있어 딱히 더 대단할 것도 없는 평범한 것들 중 하나였다. 굳이 흥미를 일으키는 요소를 꼽자면…… 그래, 새로 보는 부류의 형(形)이라는 점. 여태까지 소원을 대행하여 들어주는 존재는 세계 곳곳에 흩어진 신목이었다. 따로 의지를 가지지 않은 채 주변에 수동적으로 반응만 하는. 그저 소원의 파동에 감응하여 축복을 내리기만 하는 일종의 기계.

헌데 이번에 만들어진 인형은 무려 자의식을 가지고 움직이는 동물이었다. 물론 필요에 따라 제조되어지는 만큼 그 심성이나 능력, 행동 반경 등이 정해져 있을 터였다.

하지만 그 단 하나의 특이점이 '그것'의 관심을 끌었다. 아니, 더 정확히는 변덕을 부려 관심을 가지기로 결심하게 만들었다.

그리하여 빛의 알 속에서 태어난 하얀 소녀는 '그것'을 처음으로 보게 되었다. 그렇게 한쪽의 궁금증 같지도 않은 궁금증으로 인해 시작된 인연. 허나 썩 나쁘지 않은 관계였다. 소녀는 업을 쌓아 올려 금빛으로 물든 여인이 되었고 곧이어 남들에게 칭송받는 선녀가 되어 하늘이 정한 바대로 살아갔다. 하지만 종종 주어진 것을 벗어나 흥미로운 선택을 하는 경우가 있었다. 때론 자신도 예상치 못한 일들을 벌일 때도 있었고.

예를 들어 박치기라든가, 박치기라든가, 박치기라든가.

'픽' 하고 새어 나오려는 웃음을 참으며 백호는 제 눈앞에서 고개를 숙이고 고뇌하는 작은 여우를 바라보았다. 자, 이번엔 무슨 생각으로 어떤 결정을 내릴 것인가? 그때 하나린이 서서히 얼굴을 들었다. 푸르스름한 기운이 머금은 눈이 순수하게 빛난다.

「그래도 상관없어.」

천천히 떼어진 분홍빛 입술 사이로 흘러나온 말에 백호는 놀란 듯 눈을 크게 떴다. 어느 정도 예상은 했어도 크게 기대하지 않았던 답변.

「남에 의해 억지로 가지게 된 감정임에도 인정하겠단 소린가?」

과연 그 결과에 다다르기 위해 어떤 생각을 거쳤던 것일까? 하얀 남자의 물음에 하얀 소녀는 고개를 끄덕였다.

「그 과정이 어찌 되었든 결국 내가 느끼는 감정이야. 지금의 나는 제현을 좋아해. 그래서 그의 곁에 머물고 싶어. 이것이 이 순간 내가 느끼고 있는 진솔한 마음이야. 그것이 제현의 소원 때문에 생긴 것이라고 해도 괜찮아. 그것이 강요된 것이라도 내가 받아들이는 순간 그건 더 이상 강압이 아닌 서로 주고받는 감정이 될 테니까.」

하나린의 말이 이어짐과 동시에 그녀의 몸을 구속한 사슬에서 점차 검은 기운이 사라져 갔다. 마치 오염된 것이 정화되듯, 그리고 더러워진 것이 깨끗이 닦이듯 사슬은 순수한 빨강으로 물들어 갔다.

어느 한쪽이 다른 한쪽에게 하나의 감정을 강제하는 것은 명실상부하게 '악(惡)'이다. 그렇기에 그것은 결코 인연이 될 수 없다. 그저 바닥으로 추락하는 결과만 남는 악연일 뿐. 허나 그것이 뒤집어지는 경이로운 광경이 그의 눈앞에서 벌어지고 있었다. 바꿀 수 없는 현실에 타협하며 포기하는 것이 아니라 그녀가 말하는 모든 언어는 진심이었다. 살아 있는 역사라 할 수 있는 백호조차도 몇 번 보지 못한 희귀한 경우.

그사이 하나린의 음성은 계속해서 이어졌다.

「난 어떻게 살아가야 할지 운명 지어진 채 태어났어. 하늘이란 존재가 제작한 대로 나의 감정, 마음, 생각이 모두 움직이지. 그렇다고 내 삶이 가짜인 걸까? 난 그렇게 생각하지 않아. 비록 타의에 의해 결정된 삶이라고 해도 그 과정을 생생히 겪고 느끼는 주체는 바로 나야. 기쁘면 기쁘고 슬프면 슬프고 아프면 아파.」

하늘을 대리하여 소원을 들어주는 인형. 어쩌면 자유의지가 박탈되었음에도 그 사실을 모른 채 살아가는 불쌍한 존재일 수도 있었다. 그럼에도 그 사실을 괴로워하지 않고 그 삶 자체를 받아들인다. 그렇기에……

「비록 제현의 소원에 의해 생겨났다고 해도 내가 품고 있는 이 마음…… 진짜야.」

어쩌면 가짜일지도 모르는 감정도 받아들인다. 하나린은 티끌 하나 없이 하얀 웃음을 지어 보였다. 그리고 제 감정을 언어에 담아 밖으로 내보냈다.

「그러니까 난 제현을 사랑해.」

그 말과 동시에 하나린을 묶고 있던 붉은 사슬이 그 형태를 잃고 흘러내렸다. 그리고 그녀를 뒤덮은 것은 인연의 실이라 불리는 홍사(紅絲). 그녀를 구속했던 사슬의 배로 많은 붉은 실들이 그녀와 그 감정의 주인을 이었다. 한 존재를 구속해서라도 제 곁에 머무르게 하고 싶다는 안타까운 그의 애착. 그 마음을 받아들이자 그 마음 깊이만큼 강한 인연이 되어 서로의 운명을 맺었다.

「하지만 넌 하늘과 계약을 맺은 자. 어느 한 곳에 속박되기엔 너무 위험한 존재다. 세상에 함부로 관여한다면 균형이 쏠리고 천기가 흐트러지겠지.」

그럼에도 백호는 그런 그녀를 인정할 수 없다는 듯 그 사실을 주지시켰다. 하나린의 푸른 눈이 영롱한 빛을 머금으며 한뢰를 바라보았다. 그의 말은 옳다. 얼마 전 백사린이 그녀에게 왕비가 되어 달라고 청했을 때부터 했던 고민이 바로 그것이었지 않은가? 허나 생각해 보면 아주 간단한 것이었다. 그녀가 가진 힘이 위험한 것이면 그 힘을 쓰지 않으면 되지 않겠는가?

「제현의 곁에 있을 하나린은 '하늘과 계약을 맺은' 하나린이 아니고 '제현을 사랑하는' 하나린이야.」

그녀는 선언하였다. 자신이 사랑하는 임과 함께하기 위해 저 자신을 재단하겠다고.

그 순간 하나린의 전신으로부터 환한 빛이 터져 나왔다. 그녀의 형상이 서서히 변화한다. 그녀가 가진 결심에 반응하여 그녀의 육체가 성장한다. 시간에 비껴 있기에 영스러운 존재의 육체는 나이를 먹지 않는다. 다만 정신의 성숙도에 따라 변화할 뿐. 둔갑을 하지 않는 이상 본체는 정신적인 나이에 영향을 받는다.

「정신의 성숙과 함께 성장하는 것인가?」

과거 한울의 소원을 들어주기 위해 제 업(業)을 바치며 어려진 정신이 비로소 나아가기 시작한 것이다.

「뭐 나쁘진 않군.」

한뢰는 자신이 예상했던 것과 조금은 다른 결과이지만 썩 괜찮다는 듯 웃음을 지었다. 비록 그 애송이 왕에게 넘겨주기엔 많이 아까운 여인이란 사실은 변하지 않았지만.

제현은 방금 들은 어처구니없는 보고에 바삐 걸음을 놀렸다. 그는 박 내관이 쭈뼛쭈뼛하며 꺼낸 이야기를 떠올렸다.

'저, 저기 전하…… 그 아기씨께서 자라나셨다 합니다.'

처음엔 저 말을 이해하지 못했다. 아니, 그 누구라도 이해하지 못했을 것이다. 긴급한 보고라며 꺼낸 것이 바로 저거라니. 제현이 장난하느냐는 표정으로 쳐다보자 박 내관은 안색이 창백해지더니 좀 더 자세하게 설명을 이어 나갔다.

'그 이번에 사절단으로 온 태산이라는 분과 대화 직후 환한 빛에 휩싸이더니 갑작스럽게 성장하셨다고 합니다.'

'성장?'

'외양상 서너 살 정도 나이를 드신 것 같다고…….'

충격적일 수 있는 이야기에 제현은 사절단 일만 부랴부랴 정리해 놓곤 뒤따를 궁인들도 모두 떼어 놓은 채 곧장 풍옥전으로 달려갔다. 혹시 그 한뫼란 놈이 하나린에게 무슨 짓을 한 것이 아닐까? 그것 때문에 그녀의 심정에 변화가 생기는 건? 떠오르는 것은 부정적이기만 한 생각뿐.

제현은 한뫼의 능글거리는 얼굴을 떠올리며 이를 빠득빠득 갈았다. 그렇게 일그러진 분노를 꾹꾹 누르며 드디어 풍옥전 앞에 도착하였다.

"도, 동공국의 태양을 뵙……."

"되었다."

제현은 경비병의 인사를 대충 물리며 풍옥전 안으로 성큼성큼 들어섰다.

그리고 때마침 바람이 불었다. 순간 바닥에 떨어져 있던 나뭇잎과 꽃잎들이 허공으로 흩날리며 그의 시야를 가렸다. 그것들이 서서히 바닥으로 가라앉자 정원 사이의 돌길을 따라 저 멀리 마루에 걸터앉아 있는 한 여인이 보였다.

단아하게 앉아 입을 가리며 부드러이 웃고 있는 새하얀 선녀. 양쪽으로 가늘게 땋아 내린 머리카락으로 등 뒤로 흘러내리는 긴 머릿결을 정돈해 묶어 두었고, 그로 인해 새하얗고 가는 목선이 드러났다. 옷을 입었음에도 우아하게 떨어져 내리는 몸의 굴곡. 거기에다 연두색 저고리와 분홍빛 치마가 어우러져 마치 한 송이 꽃과 같은 느낌을 준다.

제현은 저도 모르게 그녀에게 시선을 빼앗겨 넋을 놓았다. 마치 시간이 멈춘 것 같은 기분. 지금 눈앞에 있는 이는 제게 익숙한 이다. 그러나 모순되게도 너무나도 낯설었다.

"하나린?"

저도 모르게 내뱉은 말. 그에 하얀 여인이 고개를 돌려 푸른 시선으로 그를 바라보았다. 그리고 사르르 눈부신 미소를 짓는다.

"제현."

연분홍빛 입술이 열리며 그 사이로 새어 나온 자신의 이름. 제현은 그 청아한 울림에 홀린 채 멍하니 그녀를 바라보았다. 그녀가 일어난다. 그리고 도도도 달려와 자신을 올려다본다.

"오늘은 빨리 왔네?"

이어지는 물음. 그는 저를 올려다보는 그녀의 얼굴에 시선을 빼앗겼다. 젖살이 빠진 새하얀 얼굴, 눈이 오면 그 위에 소복이 쌓일 것 같은 긴 속눈썹, 그리고 찬연한 푸른 눈. 그저 소녀일 때와 달리 여인으로 꽃피어 난 모습은 너무나도 아름다웠다.

"제현?"

그때 하나린이 고개를 갸웃하며 또다시 그의 이름을 불렀다. 그제야 움찔하고 정신을 차린 제현은 괜히 헛기침을 하며 시선을 피했다.

"흠흠 그냥 일이 좀 일찍 끝났다."

물론 그의 시중을 들던 궁인들이 들었으면 뒷목 잡고 쓰러질 소리였다. 다행히도 동공왕이 그들을 떼어 놓고 왔기에 그런 불상사는 생기지 않았지만.

제현은 강하게 고동치는 가슴에 두 눈을 질끈 감았다. 통제에서 벗어난 신체를 진정시키기 위해 심호흡을 하려고 숨을 크게 들이켰다. 그 순간 코 안으로 스며드는 은은한 향기에 도로 눈을 크게 떴다. 오히려 역효과다. 그는 왠지 모르게 제 얼굴이 홧홧하게 달아오르는 기분이었다.

"제현, 아파? 얼굴이 붉다. 열나는 것 같아."

그 순간 하나린이 그의 얼굴을 끌어당겨 제 이마에 그의 이마를 마주 댔다. 서로 숨이 맞닿을 정도로 가까운 영(0)의 거리. 별이 부서져 내리는 파란 눈이 바로 눈앞에서 빛나고 있다.

경직.

제현은 그대로 돌처럼 굳어 버렸다. 그리고 황급히 하나린의 어깨를 잡고 제게서 떼어 냈다. 그 후에 슬금슬금 뒤로 물러선다. 얼굴은 좀 전과 비교할 수 없을 만큼 새빨갛게 불타올랐다. 이제 심장은 강하게 고동치는 것을 넘어서서 망가질 듯이 질주했다.

"제현? 왜 그래?"

그 상황에 하나린은 더더욱 불을 지폈다. 도망치는 제현에 가까이 접근하며 이마로 손을 뻗었다. 눈앞이 빙그르르 도는 것만 같은 기분. 여태까지 경험해 보지 못했던 현상에 제현은 어찌해야 될지 알 수 없었다.

허나 그것을 걱정할 필요는 없었다.

"꼴값들 한다."

쩌적.

비꼬는 음색이 가득 담긴 익숙한 목소리에 제현은 돌처럼 굳어 버렸다. 뜨겁던 머리가 찬물을 뒤집어쓴 듯 순식간에 식어 버린다. 그래, 그러고 보니 본 목적은 호랑이 한 마리에게 무슨 짓을 벌였는지 따지는 거였지. 제현은 서서히 시선을 돌려 마루에 한량처럼 누워 있는 한뫼를 노려보았다. 그런 제현의 모습을 보며 백호가 입꼬리를 올리며 웃음을 지었다.

"우리 하나린 진짜 예뻐졌지?"

"도대체 하나린에게 무슨 짓을 한 거지?"

제현은 그의 수작에 넘어가지 않겠다는 듯 질문을 무시하고 추궁했다. 허나 돌아온 것은 호탕한 웃음.

"하하하. 그게 무슨 상관이야? 작은 것은 신경 쓰지 마."

"매우 신경 쓰인다만?"

외양 자체가 변한 것이 작은 것이라고? 말하는 상대의 태도가 영 마음에 들지 않는지 제현은 짜증스레 얼굴을 구겼다. 어쩌면 외모뿐만 아니라 다른 것들도 변했을지도 모른다. 그리고 그것은 지금 이 생활을 비틀어 버릴 정도로 위험한 것일지도 모르고. 그는 이를 꽉 깨물며 한뫼를 노려보았다. 그의 심정을 따라 피어오르는 요력. 그에 한뫼도 느긋한 자세로 제 기운을 분출하였다.

파츠즛.

다른 성질의 두 기운이 허공에서 부딪치며 번갯불을 튀긴다. 살벌하기 그지없는 신경전. 백호는 낄낄거리며 말을 이었다.

"넌 저리 변한 '우리' 하나린이 마음에 안 드는 모양이네. 그럼 내가 데려가도 되지?"

울컥.

그에 제현은 속으로 무언가 확 치솟는 기분이었다.

"헛소리는 작작 하지?"

그는 하나린을 제 품 안에 감싸 안으며 으르렁거렸다. 허나 가슴께에 닿는 부드럽고 몰캉한 느낌에 황급히 그녀를 떨어뜨렸다. 그리고 그런 그를 이해하지 못하겠다는 듯 올려다보는 하나린. 평소와 달리 자꾸 밀어내자 불만스럽다는 듯이 볼을 부풀리며 제현의 허리를 덥석 안았다.

제현은 당혹스럽다는 표정을 지었다. 갑작스러운 그녀의 성장 때문일까? 평소엔 무심코 넘어갔던 상황임에도 변화된 것들이 유달리 신경 쓰였다. 천을 사이에 두고도 느껴지는 굴곡진 여체, 전의 청아한 향에 더해진 달콤한 꽃향기, 거기에다 코앞에 보이는 완연한 여인의 얼굴. 과거엔 여인이라 보기에는 조금 어리게 느껴졌던 그녀였지만 현재는 그 누구보다 성숙한 처녀의 자태를 가지고 있었다.

낯설게 다가오는 그 느낌에 뻣뻣하게 굳어 버린 제현. 슬쩍 밀어 보지만 하나린은 갑자기 왜 그러냐는 투로 오히려 더 바짝 붙어 왔다. 힘을 더 주어 밀자 눈가에 눈물까지 맺히려고 하는 그녀. 그는 이러지도 저러지도 못한 채 식은땀을 흘리며 쩔쩔맸다. 결국 두 손을 드는 것은 제현이었다.

제현은 깊은 한숨을 내쉬며 하늘을 올려다보았다. 서아란과 함께했을 때는 이런 접촉쯤은 가볍게 넘겼었는데…… 왜 지금은 그러지 못할까?

"아, 옆구리 시리다."

이번에도 때마침 적절히 끼어드는 한뫼. 그리고 또 눈꼴 시린 모습을 보여 주게 된 제현은 제 얼굴을 손으로 덮으며 한탄의 한숨을 내쉬었다. 전생에 무슨 죄를 지어서 저자와 이리 꼬이는 건지. 그때 한뫼가 엉덩이를 털며 자리에서 일어섰다.

"자, 그럼 장난은 이 정도로 하고."

그리 말하며 마당으로 톡 뛰어내려 터벅터벅 그들을 향해 걸어왔다. 제현은 그의 시야에서 하나린을 숨기려 했지만 그 전에 그녀가 앞으로 튀어 나갔다. 한뫼는 허공을 내저은 손에 황당해하는 그를 보며 피식 웃었다. 그리고 손을 뻗어 하나린의 머리를 턱 덮으며 말했다.

"뭐, 결심했으니까 잘해 보라고."

단지 짧은 격려. 그 외에 따로 붙이는 미사여구는 없었다. 그 말만을 남긴 채 한뫼는 그녀를 지나쳐 대문으로 걸어갔다. 그리고 무언가 떠올랐다는 듯 감탄사를 터뜨렸다.

"아! 맞다! 미리내에게 너 여기 있다고 알렸으니까 얼마 있다가 여기로 들이닥칠 거다."

"응!"

"그럼 진짜 안녕. 다음에 또 만나게 된다면 한뫼가 아니고 남공국의 사신 태산으로서야."

이렇게 이별을 고하며 그는 땅으로 푹 꺼지듯 그 자리에서 사라졌다. 그리하여 조용해진 풍옥전. 주변에 있는 궁인들은 드디어 불안불안했던 상황이 종료된 것에 안도를 하고 있었으나 제현은 여전히 불쾌하다는 표정이었다. 그에 하나린이 고개를 갸웃하며 그의 손을 잡았다.

움찔.

제현은 손에 닿는 시원하면서도 따스한 감촉에 흠칫 몸을 떨었다. 고개를 내리자 가느다랗고 옥같이 하얀 손가락들이 제 단단한 손을 움켜쥐고 있는 것이 보였다. 조금만 힘을 주면 부러질 것처럼 가녀리게 보여 차마 힘주어 잡지 못하였다.

"무슨 안 좋은 일 있어?"

하나린이 그를 올려다보며 질문을 던졌다. 하필 이때 연분홍빛 입술이 강조되어 보이는 것은 또 무어란 말인가? 제현은 뻣뻣하게 웃으며 슬며시 시선을 피해 입을 열었다.

"아니, 별일 없다."

한편 하나린은 그가 또다시 시선을 피하자 제 입술을 지르물었다. 꼭 당장 울음이라도 터뜨릴 것 같은 모양새. 그에 제현의 안색이 빠르게 일변했다. '아차' 했으나 이미 늦어 버린 후였다. 그녀는 울음기가 담긴 목소리로 말했다.

"제현, 혹시 내가 변한 모습이 싫어?"

"아니 절대! 그럴 리가 있겠느냐!"

"근데 왜 자꾸 나 피해? 나, 난 여기 남기로 결심까지 했는데……."

"아니 싫은 것이 아니라 조금 느낌이 낯설어서……."

"……싫어?"

"아니 그게 아니고……."

제현은 태어나서 여태껏 한 번도 해 본 적 없는 여심 달래기를 행하며 등 뒤가 축축하게 젖어 오는 기분이었다. 그녀가 하는 말 중엔 평소에 들었으면 정말 날아갈 것 같은 기분이었을 말도 제법 섞여 있었지만 상황이 상황이다 보니 당혹스럽기 그지없었다.

"그럼 왜 자꾸 피해?"

거기에다 상대가 집요하게 물어 오기까지 하니 그로서는 정말 미치고 펄쩍 뛸 노릇이었다. 이대로 도망가고 싶은 심정. 물기가 그득한 그녀의 푸른 눈에 머뭇머뭇하던 제현은 결국 낯간지러운 소리를 입에 담고야 말았다.

"그게 네가 너무 예뻐져서……."

그 이상의 말은 자존심 때문에 도저히 밖으로 나오질 않는다. 허나 그 정도만으로 하나린을 달래는 데는 충분했다. 그녀는 환히 웃으며 폭삭 그에게 안겼다. 제현은 또다시 가슴께에서 느껴지는 몰캉한 감촉에 움찔하고 몸을 떨었다.

"나는 제현이 진짜진짜 좋아!"

이어지는 것은 가슴이 간질간질해지는 그녀의 고백. 제현은 그 말에 조심스레 답하였다.

"그래, 나도 널 좋아한다."

"얼마만큼?"

"이 세상에서 유일하게."

그 대답에 하나린이 꽃이 피어나듯 아름다운 웃음을 지었다. 그 모습에 또다시 빠르게 뛰기 시작한 그의 심장. 제현은 자꾸만 열이 오르는 얼굴에 괜히 헛기침을 했다. 그리고 살포시 하나린을 떼어 내며 그녀의 머리를 살살 쓰다듬어 주었다. 비단보다 훨씬 부드럽고 매끄러운 감촉이 손 아래로 느껴진다. 꼭 중독될 것 같은 느낌이다.

"난 이만 가 봐야겠군. 아직 남은 일이 있어서."

제현은 그리 핑계를 대며 슬그머니 뒤로 물러섰다. 그리고 기쁘게 손을 흔드는 하나린을 남겨 두고 도망치듯 그 자리에서 벗어났다. 재빠르게 대문 밖으로 벗어난 그는 벽에 등을 기대며 거칠어진 숨을 골랐다. 그는 가슴에 손을 올리고는 조용히 눈을 감았다.

두근두근두근두근두근두근.

마치 전력 질주라도 한 듯 심장이 빠르게 달렸다. 통제를 완전히 벗어났다. 제현은 자신의 몸 내부를 직시하며 하나하나 흐트러진 것들을 추슬러 갔다. 먼저 딱딱하게 굳은 사고를 빠르게 정리한다. 이후 긴장되어 있는 전신 근육을 부드럽게 풀어 준다. 불규칙한 호흡을 가다듬는다. 그리고 심장의 박동을 조절한다.

두근두근 두근 두근 두근 두근…… 두근…… 두근…… 두근…….

일정한 속도로 뛰기 시작한 심장 박동에 제현은 서서히 눈을 떴다. 그리고 쓰게 웃었다.

"이렇게까지 쉽게 무너지다니……."

나도 참 그녀에게 많이 빠져들었구나. 제현은 수많은 미녀를 눈에 담아 왔다. 거기에다 퇴폐적이지만 사내라면 그 누구라도 홀려 버릴 여울 역시 매번 보아 왔다. 그랬기에 외모 따위엔 마음이 요동치지 않을 것이라 생각했는데…… 그는 방금 전까지 마주했던 하나린의 모습을 객관적으로 찬찬히 되짚었다.

아름답긴 아름답지만 극치의 미는 아니다. 그녀보다 더욱 아름다운 여인들을 두엇 더 보아 왔다. 그러니 최고의 미녀라 칭하기엔 조금 부족했다. 허나 모순적이게도 그에게 있어선 지금까지 보아 온 그 누구보다 아름답게 보였다.

"나도 우습군."

말도 안 되는 궤변에 피식 웃음을 터뜨리며 그는 벽에서 몸을 떼었다. 그리고 한 사람의 이름을 불렀다.

"흑영."

"예."

언제 뒤따라온 것일까? 소리 없이 서 있던 신위대장 흑영이 부복하며 답했다. 제현은 싸늘하게 가라앉은 눈빛으로 입을 떼었다.

"하나린의 주변을 감시하여라."

"예? 하지만……."

"불청객이 하나 더 온단다."

제현은 이를 갈며 중얼거리듯 말했다. 이미 고요히 추스른 마음이 흐트러진 후였다.

한편 한뫼는 풍옥전을 벗어나 사절단이 머무르는 태평관으로 향하던 중 '아차' 하며 멈추어 섰다.

"그러고 보니 웬 뱀 새끼가 한 마리 있었지."

그러면서 저 멀리 시선을 던졌다. 금속과 같은 광택을 내는 눈은 저를 방해하는 장애물들을 뛰어넘어 이무기 여울을 시야에 담았다. 그의 눈길을 느낀 것일까? 여울이 흠칫하고 몸을 떨며 그를 향해 마주 시선을 던졌다. 한뫼는 바짝 긴장한 그녀를 바라보다가 '피씩' 하고 짧은 웃음을 터뜨렸다.

"나름 금제도 걸린 것 같은데 놔두지 뭐."

물론 오랜 세월을 살아온 영스러운 존재들은 금제의 빈틈을 찾아 수를 쓰는데 익숙하다. 그 정도는 하나린을 위한 숙제로 남겨 두기로 하고 그는 '태산'이라는 인간으로 되돌아갔다.

두 눈을 잃고 두 발마저 없는 피투성이의 도사가 땅을 더듬더듬 짚으며 주술진을 그리고 있었다. 척 봐도 정상이 아닌 각도로 꺾인 손가락들로 바닥을 문질러 가며 선을 긋고 기괴한 문양을 그려 넣었다. 도사는 옆을 더듬어서 접시에 담긴 짐승의 피에 제 손을 푹 담그더니 그것을 먹물 삼아 또다시 같은 작업을 이어 나갔다.

"아직인가?"

그때 들려오는 중후한 목소리. 그에 반응해 도사는 제가 하던 행위를 멈춘 채 마치 경기라도 일으키듯 덜덜 떨었다. 그리고 다시금 물음이 떨어졌다.

"아직이냐고 묻지 않는가?"

백세악이 계단 아래로 내려오며 험한 고문으로 망가진 도사를 바라보았다. 여기는 백가(家)의 가옥에 있는 비밀 지하방. 눈에 거슬리는 적을 처리하거나 인질을 납치해 가둬 놓는 장소였다. 그리고 필요에 따라 이렇게 고문하는 장소로도 쓰였다.

"서, 서두르겠습니다. 제, 제발 요, 용서를……."

어제부터 극악한 고문을 끊임없이 받았던 도사는 제 주장을 꺾어 버리고 백세악이 원하는 대로 움직이고 있었다. 공포에 잠식당한 도사는 이까지 딱딱 부딪칠 정도로 떨며 두 손을 모아 빌었다. 백세악은 무심한 눈으로 손톱이 모조리 뽑혀 나간 그의 손을 내려 보았다.

"난 아직이냐고 물었을 터인데?"

싸늘하기 그지없는 음성에 '히익' 하며 숨을 들이켠 도사는 급히 말을 이었다.

"예, 곧 끝납니다. 이, 이것만 완성하고 주문만 외우면 됩니다!"

지금 그가 그리고 있는 주술진의 기능은 소환. 그것은 술자가 가지고 있는 악의나 원념을 미끼로 하여 요괴를 불러들이는 역할을 한다. 그러니만큼 불려 오는 요괴의 격이나 힘은 술자가 가진 음습한 집념에 비례한다는 의미였다. 도사가 알고 있는, 그리고 보편적으로 알려진 요괴소환술이었다.

하지만 이런 술법을 쓴 자치고 좋은 끝을 본 이가 없다는 것이 문제. 제 능력보다 과한 욕심을 가진 이들이 오로지 요괴의 힘에만 눈독을 들여 이용했기에 생긴 결말이었다. 허나 이번에 이 술법을 이용하는 이는 무려 동공국의 이인자 백세악. 그것도 이 나라의 왕을 좌지우지하려는 이다. 그렇다면 과연 이번의 경우엔 어찌 될 것인가?

그 결과를 상상하는 것만으로도 두렵기 그지없다. 그로 인해 쌓게 될 악업은 얼마나 클 것인가? 허나 도사는 이어질 고문이 두려워 더 이상 제 고집을 밀고 나갈 수가 없었다. 어제 단 하루 겪은 것만으로도 지옥에 떨어진 것같이 끔찍했던 고문이었다. 그랬기에 도사는 빠르게 주술진을 완성시켜 나갔다.

"다, 다, 다, 다 되었습니다. 이, 이제 제, 제물을 주, 준비하고 주문만 외, 외우면 됩니다."

그는 눈이 보이지 않아 느리게 진척되던 일이 끝나자마자 즉시 고했다. 그에 백세악의 얼굴에 환희가 피어올랐다.

"아아 드디어……."

내 염원이 완성된다! 백세악은 입가가 찢어져라 웃음 지으며 앞으로의 일들을 상상했다. 그 미래에선 동공왕은 요괴에게 빠져 충견처럼 제 명령을 들으며 자신에겐 지금과는 비교할 수도 없는 권력과 부귀가 뒤따르고 있었다. 동공국의 모두가 제 앞에서 고개를 숙이는 것이다! 심지어 그 미친 폭군조차도! 이로써 자신은 만인지상의 자리에 오른다.

백세악의 눈이 광기로 빛났다. 그리고 도사를 재촉하였다.

"빨리 다음 단계로 넘어가거라."

"하, 하지만 제, 제물이……."

그의 명에 도사의 웅얼거림이 돌아왔다. 이 의식에서는 생명력이 가득한 피가 필요하였다. 대개 신생아나 순결한 처녀, 아니면 스스로

업을 쌓아 평범한 인간보다 높은 경지에 이른 이나 영스러운 존재의 생명을 필요로 한다. 신선도 아닌 요괴를 소환하는 것이니 어쩌면 당연한 일이었다.

평범한 사람이라면 이 과정에서 거부감을 느끼고 행하기 꺼려 할 것이다. 영스러운 존재 중 아무리 약한 것이라 해도 찾는 것부터가 문제고 찾는다 하더라도 잡아 죽이는 것 또한 힘들다. 업을 쌓은 인간들 역시 비슷한 이유로 기각. 그래서 대체하는 제물이 신생아나 처녀들이었다. 그런 생명을 제물로 쓸 정도라면 그 인성이 얼마나 타락했는지 쉽게 알 수 있었다.

백세악에게 이 술법에 대해 이야기하자 그는 재밌다는 듯 웃으며 자신이 제물을 준비하겠다고 말했다. 도사는 적어도 신생아 다섯이나 처녀 둘이 필요하다며 다시 한 번 결정을 재고하길 권했지만 대답은 그의 생니 하나를 뽑는 것으로써 되돌아왔다.

그리하여 지금의 상황. 이제 제물만 있으면 의식은 완성된다. 도사는 혹시 지금이라도 백세악이 마음을 바꾸길 바랐지만 돌아온 답변은 그를 절망의 끝으로 밀어 넣었다.

"제물은 이미 준비되어 있다."

그야말로 최악 중에서 최악으로 치닫는다. 도사는 파들파들 떨리는 입술을 떼어 영스러운 존재가 쓰는 언어인 천어를 읊기 시작했다. 무슨 뜻인지는 모른다. 다만 옛적부터 전해져 와 주문으로 굳어 버린 문장을 뱉어 내었다.

"룩 아노라 고움 나르샤 니에 두다……."

주문이 이어질수록 피로 그려진 주술진이 점점 불길한 빛을 강하게 뿜었다. 어둡기만 한 지하실이 탁한 선홍빛으로 물들어 갔다. 그리고 그 빛이 절정에 달한 순간 소환진의 선과 문양을 이루던 피가 요동치며 흔들리기 시작했다.

"대, 대감, 지금 제물을!"

모든 준비가 다 끝났는지 도사가 큰 목소리로 외쳤다. 그리고 그 순간 도사는 제 목에 차가운 무언가가 스쳐 지나가는 것을 느꼈다. 이후 화끈한 통증과 함께 뜨거운 것이 제 가슴을 적시며 아래로 흘러내렸다. 이해할 수 없는 상황에 도사는 멍하니 있다 말을 하기 위해 입을 열었다.

"휘이익 흐으으."

허나 나오는 것은 그저 공기가 새는 소리와 입 안을 채우는 비릿한 액체. 도사는 입을 뻐끔뻐끔하다 그대로 풀썩 쓰러졌다. 그는 더 이상 사고를 이어 나가지 못한 채 깊은 어둠에 잠식되었다.

한편 백세악은 제 앞에 쓰러진 도사의 시신을 보며 섬뜩한 웃음을 지었다.

"따지고 보면 그대 역시 업을 쌓은 인간이지 않더냐? 나름 훌륭한 제물이지."

백세악은 고개를 돌려 제 뒤에 있던 복면인들에게 신호를 보냈다. 그러자 그들은 각자 짊어지고 있는 '제물'들을 소환진 위로 내려놓았다. 입에 재갈이 물린 채 '읍읍' 거리는 처녀가 셋, 고이 잠이 든 신생아가 무려 일곱. 도사가 말한 것에 비해 과하다 못해 넘쳐흐를 정도로 많은 제물이었다.

"아아, 생각보다 쉬운 소환 방법이군. 빈민 소굴에만 가면 소환 '도구'들을 쉽게 구할 수 있으니. 기왕 소환하려면 최대한 많은 제물로 가장 위험한 요괴를 끌어들여야 되지 않겠느냐?"

이도 저도 아닌 요물 따위론 무슨 일을 할 수 있겠는가? 그 무엇보다 강하고 매혹적인 요물을 이용하여 그 미친개를 제 앞에 꿇게 만들리라. 백세악은 킥킥 웃으며 손을 내저었다. 그와 함께 복면인들은 동시에 검을 휘둘러 제물들의 목숨을 끊어 냈다.

여기저기 선혈이 튀며 지하실 안에 비릿한 혈향이 가득 차올랐다. 그리고 피와 생명을 잔뜩 빨아 먹은 소환진이 또 다른 변화를 보이기 시작했다.

쿠와아아아아아아아아.

진으로부터 어둠이 폭발적으로 치솟아 올랐다. 빛마저 먹어 치우는 지독한 어둠. 그것은 곧 여러 형상으로 변해 갔다. 어린 꼬마 아이 형상이 갑자기 튀어나온다. 그 위로 요염한 기녀가 불쑥 고개를 내민다. 옆으로 청순한 처녀가 부끄러운 듯 몸을 비튼다. 이윽고 지친 노파가 나타나 지팡이를 짚은 채 한숨을 쉰다. 그 뒤로 여무사가 검을 뽑을 듯한 자세를 취한다.

"오오오오오오!"

백세악은 두 팔을 벌리며 감탄스럽다는 듯 함성을 질렀다. 수많은 군중들을 만들어 내며 마치 터질 것처럼 부푸는 어둠. 얼마나 대단한 존재가 불려 오기에 이렇게까지 추악하고 위대한 형상을 만들어 내는가!

화아아아아악 슈르르르르륵.

그때 지하실을 가득 채울 듯 세력을 넓힌 어둠이 순식간에 그 크기를 줄이며 중앙으로 빨려 들어갔다. 그리고 단 하나의 형상을 만들어 갔다. 마치 그림자로 만들어진 것과 같은 여인의 형상을.

이로써 동공국을 흔들 기둥이 하나 세워졌다.

흑영은 동공왕의 명을 받아 하나린의 곁에서 대기하고 있었다. 일단 표면적인 이유는 혹시 모를 불상사를 대비하기 위함. 허나 실제로 받은 명은 또 다른 불청객의 방문을 대비하는 것이었다. 동공왕이 오만상을 하기에 이번 방문자도 남공국 사절단의 태산 같은 인물인 줄 알았다. 그런데…….

"미리내다! 미리내야!"

하나린이 작은 여우 주위를 돌며 소리치고 있었다. 흑영은 편두통으로 인해 머리가 지끈거림을 느꼈다. 그는 제 관자놀이를 꾹꾹 누르며 중얼거렸다.

"뭐라 보고해야 되지?"

노을이 지는 저녁쯤 되자 풍옥전 대문으로 웬 여우 한 마리가 걸어들어왔다. 경비병이 딱히 막지 않은 거로 봐선 무언가 술수를 쓴 듯. 옅은 갈색에 배 부위엔 새하얀 털을 가진 여우는 하나린을 보더니 후다닥 달려들어 덥석 안기고는 '캥—' 하고 울음을 터뜨렸다. 그리고 그런 여우를 과하게 반기는 하나린.

분명 미리내라면 얼마 전 한양 축제 때 하나린이 썼던 치한 퇴치법을 그녀에게 가르쳐 준 이라고 알고 있었다. 그런데 그 존재가 저리 작은 여우라니.

흑영은 폴짝폴짝 뛰는 하나린과 그 뒤를 졸졸 따르는 여우를 보며 깊은 한숨을 내쉬었다. 하긴 언제는 정상적이었던 적이 있었나? 그래도 어찌 보면 나쁘지만은 않은 일일 수도 있다.

"그래, 불청객보단 애완동물이 더 낫지."

혹시 웬 남자였어 봐. 풍옥전이 완전 난리가 나고 뒤집어져도 수십 번은 뒤집어졌으리라. 그리고 미리내가 머무르게 하는 것에 대해 하나린과 제현이 다툼을 벌일 수도 있었다. 그거로 그들 사이에 냉전이 벌어진다면…… 상상만 해도 끔찍하구나.

툭.

그때 발밑에서 무언가가 건드리는 느낌이 들었다. 그와 함께 뚝 떨어지는 흑영의 시선. 어느새 그 여우가 다가와 저를 빤히 올려다보고 있었다. 그 여우는 살포시 웃는 것 같은 표정을 짓더니 곧이어 그의 다리 사이를 빙글빙글 돌며 폭신폭신한 털로 살살 비비기 시작했다.

이건 좋다는 표현인가? 이렇게 보니 나름 귀여운 것 같기도 하고. 흑영은 그대로 쭈그려 앉아 여우의 앞다리 사이에 손을 끼어서 들어

올렸다. 그러고는 연갈색 눈동자와 시선을 마주했다. 그에 여우가 '캥' 하고 울더니 혀를 내밀어 그의 얼굴을 살짝 핥았다.

"흑영. 미리내가 너를 마음에 들어 하는 것 같다."

옆에서 구경하던 하나린은 무언가 의미심장한 표정으로 그에게 말했다. 그 덕에 잠시 시선을 돌린 그는 주변에 모여든 궁녀들을 볼 수 있었다. 모두가 '나도 꼭 안아 보고 싶어요'라는 눈빛을 절실히 쏘아 보내고 있다. 흑영은 짧게 웃음을 터뜨리며 입을 열었다.

"일단 새 식구이니만큼 동공왕 전하께 보고를 올리도록 하겠습니다."

"아, 그래."

하나린은 그리 답한 뒤 또다시 '미리내, 미리내' 하며 노래를 시작했다. 흑영은 혹시나 하는 마음에 여우를 샅샅이 살폈다. 일단 겉보기엔 여우일지라도 궁 안 깊숙이 자리한 풍옥전까지 들키지 않고 들어왔으니 영스러운 존재가 분명할 터. 동물 형상인 걸 보니 아마 격이 낮은 존재이지 않을까 예상된다. 풍옥전의 새 식구를 대충 눈으로 훑어내던 흑영이 무심코 입을 열어 말했다.

"흐음— 암컷이군요."

뚜욱.

그 순간 '흭!' 하는 신음 소리와 함께 뚝 끊겨진 하나린의 흥얼거림. 기묘한 적막에 흑영은 의아하다는 듯 고개를 돌려 그녀를 쳐다보았다. 하나린의 안색이 새하얗게 변해 있었다. 무언가 일이 잘못되었다는 듯이. 흑영은 고개를 갸웃하며 물음을 던졌다.

"무슨 일이십니까?"

"어, 음…… 그러니까…… 잘 가."

그리고 곤란하다는 표정으로 이어진 하나린의 동문서답. 이해되지 않는 상황에 흑영은 다시 입을 열었다.

"왜 그러…… 응?"

순간 흑영 위로 그림자가 진다. 그리고 손도 뭔가 허해진 느낌. 그가 시선을 돌리자 여우가 있어야 할 장소에 웬 색동옷을 입은 소녀가 서 있었다. 갑작스레 벌어진 일을 받아들이지 못한 머리가 이해 불가를 외치는 사이 흑영의 검은 눈과 소녀의 연갈색 눈동자가 마주친다.

씨익.

소녀가 오싹한 미소를 지어 보임과 동시에 흑영의 머리를 한 손으로 꽉 움켜쥐었다.

"문디야, 주둥아리 단디 닫으래이."

"도대체 왜 그 요물의 스승 역할을 맡으신 겁니까?"

한양의 동쪽 대나무 숲에 조성된 별의 정원. 귀족가의 여식들이 종종 모여 다과를 나누기도 하고 친목 도모를 위한 놀이도 하는 금남(禁男)의 구역. 여기 모인 이들은 방금 백사린을 향해 따지듯 말한 김가(家)의 규수 김하예를 바라보았다. 백사린은 조용히 찻잔을 입에 댔다. 그에 발끈한 김하예가 계속해서 말을 이었다.

"벌써 며칠째 계속하여 풍옥전에 들락거리는 것을 목격한 이가 있으니 다른 말을 할 생각 따윈 하지 마십시오! 심지어 들리는 소문에는 동공왕 전하께 직접 알현을 요청하며 그 자리에 지원했다고도 하니! 도대체 무슨 생각으로 일을 벌이시는 것입니까?"

백사린은 귀족파 미혼의 규수 중 최고로 높은 지위에 있는 여성. 그렇기에 규수들의 강력한 구심점이 되는 이였다. 그녀가 어떤 대상을 향해 심기가 불편하다는 것을 드러내면 그자는 소리 없이 매장되고 원하는 바를 드러내면 아랫것들이 대신 움직여 그것을 이뤄 낸다. 그런 위치에 있는 백사린이 왕실 쪽으로 붙었다? 그건 보통 심각한 문제가 아니었다.

지금 풍옥전에 있는 하나린이란 존재는 따지자면 왕실파 쪽에 들어가는 존재였다. 왕이 제 여인으로 원한다고 말하는 그 소녀는 결국 귀족파에서 왕비가 배출되지 못하게 막는 역할이라고 봐도 무방했다.

그나마 다행이라고 할 만한 것은 그녀에겐 뒤를 받쳐 주는 세력이 없다는 것일까? 그녀에게 민심이나 궁 안의 여론이 기우는 중이라고는 하지만 단지 그것뿐. 그녀는 심지어 같은 왕실파에게조차 어쩔 수 없으니 인정한다는 수준의 지지만 받을 뿐 적극적인 후원을 받지 못하고 있었다.

그런데 그런 그녀를 백사린이 곁에서 지지해 준다면 이야기가 완전히 달라질 것이다. 백사린은 백가(家)의 규수란 점을 제외하고도 제 스스로 여인들과의 기싸움에서 승리하여 정상에 우뚝 선 자. 여기 모인 수많은 여인의 위대한 우상이었다. 즉 하나린에게 없던 세력이 생기는 것이나 마찬가지였다.

즉 하나린, 그것이 왕비가 될 것이고 위치마저 공고히 된다. 그러면 귀족파로선 이모저모로 많은 손실이 생기게 될 것이었다. 그것은 비록 정치를 잘 모르는 규수들이라도 쉽게 파악할 수 있는 일이었다.

"그 계집을 어찌해서라도 배제해야 될 상황에."

김하예는 그리 말하며 조용히 차를 마시고 있는 백사린을 무섭게 노려보았다. 과거 서아란으로 둔갑한 하나린의 기를 꺾기 위한 연회, 그곳에서 당했던 창피에 아직도 이가 갈리고 있는 판국이었다. 지금도 어찌 복수할 수 있을까 고민하고 있던 차에 백사린이 그것의 스승이 됐다는 소문은 마른하늘에 날벼락인 격이었다.

그렇게 김하예가 강한 적의를 드러내는 사이 많은 여인들이 백사린의 입이 떨어지기를 기다리고 있었다. 여기 모인 규수들 역시 그 점에 대해 의문과 반발심을 품고 있던 차였다.

허나 백사린은 고요하게 차를 마시기만 할 뿐이었다. 분홍빛 머리를 곱게 땋아 내리고 연하게 화장을 한 청순한 얼굴. 고급스러운 하얀 의복 위로는 벚꽃이 수놓여 있었다. 바르게 앉은 자세는 규수들의 표본이라고 봐도 될 정도로 고아함이 넘쳤고 작은 손짓에도 우아함이 깃들었다. 지금껏 유지해 온 자신의 지지 기반이 모두 등 돌릴 수 있는 상황임에도 그녀는 태연하기만 했다.

백사린의 입술이 천천히 열렸다.

"여러분은 하나만 보고 둘은 볼 줄 모르시는군요."

그녀의 입에서 나온 것은 규수들을 향한 비웃음. 충격을 받았다는 듯 순식간에 주위가 속닥거리는 소리로 가득 찼다. 이대로 그녀는 자신들을 배신하는 것일까? 반항기가 가득한 시선이 하나둘씩 늘어나자 백사린은 찻잔을 내려놓고 천천히 고개를 들었다.

"과거 서가(家)의 규수 때를 기억하십니까? 동공왕 전하께서 총애하셨음에도 어리석게 그것을 거절한 여인을 말입니다. 결국 도주하여 밖에서 다른 사내와 혼인하고 아이까지 배었다고 하지요."

갑자기 이어진 생뚱맞은 말에 규수들의 표정이 묘하게 일그러졌다. 그런 분위기 속에서 백사린은 담담하게 이야기를 이어 갔다.

"동공왕 전하께선 그런 상황에 와서까지 그녀를 놓아주시기보단 죽이시는 것을 택했습니다. 이 말의 뜻을 이해하시겠습니까?"

물론 제현은 서아란과 은명을 남몰래 빼내어 보내 주었다. 허나 대외적으론 왕실모독죄로 참형에 처한 것으로 되어 있었다. 실제로 사형수를 이용해 그런 연극을 벌이기도 했고. 지금 중요한 것은 실제가 어떻느냐가 아닌 현 상황을 타개할 수 있는 적당한 거짓이었다.

백사린은 정적에 잠긴 채 저의 이야기에 집중한 군중들을 바라보았다. '픽' 하고 비웃음이 새어 나오려 했지만 꾹 참아 내며 설득을 이어 갔다.

"동공왕 전하께서는 무슨 일이 있어도 마음에 든 여인을 놓지 않으십니다. 제 꽃을 다른 이의 손에 넘어갈 바에야 차라리 그 손으로 여인의 목숨을 거두시는 분이지요. 그리고 그분의 마음을 돌리려면 그분 꽃의 죽음이 전제되어야 합니다. 자, 묻겠습니다. 여기서 누가 그분의 꽃을 꺾으실 용감한 분이 계십니까?"

백사린의 싸늘한 물음. 청순하고 여리게만 보이는 여인답지 않게 강렬한 기세가 주변을 장악했다. 그에 귀족가 규수들은 꿀 먹은 벙어리가 되어 침묵을 지켰다.

'하여튼 생각 없이 짹짹거리는 여인들이란.'

백사린은 속으로 혀를 찼다. 이런 이들이 동공국의 규수들이다. 만약 저와 하나린이 없었다면 이들 중 하나가 동공국의 왕비가 되었을 것이 아닌가? 그리 생각하니 입맛이 매우 썼다. 그저 눈앞에 놓인 이익만을 위해 서로 물고 뜯을 줄만 알지 그 이상의 것은 보지 못한다. 또한 자신들의 위에 서 있는 자의 심성조차 제대로 파악할 줄 모르니.

그러기에 제 마음대로 다루는 것이 쉬운 것이지만.

"역시 없으시군요. 그럼 남은 길은 하나밖에 없지 않습니까? 동공왕 전하의 꽃이 될 수 없으니 꽃의 곁을 맴도는 나비가 될 수밖에요. 전하의 마음을 움직일 사람이 될 수 없다면 그분의 마음을 움직일 수 있는 사람의 친우가 되어야지요."

그녀의 말에 아무도 반박을 꺼내지 못했다. 그래, 이론상으론 틀리지 않은 이야기니까. 실제로 백사린이 과거에 아무것도 몰랐을 때 세웠던 계획이기도 했고. 허나 규수들은 긍정한다는 듯 고개를 끄덕이면서도 뭔가 불만스러운 표정이었다. 하긴 동공왕의 총애 이외에 아무것도 없는, 그것도 인간도 아닌 존재에게 고개를 숙인다는 발상이 마음에 안 든다는 것이겠지. 그래도 일단 귀족 규수들이 전부 적으로 돌아서는 것은 막아 냈다.

톡톡톡.

백사린의 가느다란 검지가 탁자를 두드렸다. 아무래도 하나린을 지지해 줄 직접적인 세력이 필요했다. 아무리 민심을 잡았다고 하더라도 귀족들이 지지해 주지 않는 이상 앞으로 행보에 많은 힘이 들 것이다. 적어도 왕실파만은 하나린을 열렬히 지지해 줄 필요가 있었다. 당연한 이야기지만 고이다 못해 썩어 버린 귀족파 쪽은 필요가 없다. 하나린의 힘이 되어 줄 이들은 새로운 물결이어야만 했다.

"하아—"

백사린의 분홍빛 입술 사이로 쓰린 한숨이 흘러나왔다. 진흙탕과 같은 정치싸움. 썩어 버린 부위가 태반이 넘다 보니 필요한 것을 찾는 것만으로도 골치가 아파 왔다.

누구에게 두들겨 맞는 것을 강냉이가 털렸다는 소리로 종종 쓰기도 한다. 그러나 실질적으로 그 느낌에 대해선 잘 모르는 경우가 많은데…… 흑영은 오늘 강냉이가 털린다는 말은 이런 때 쓰는 거구나 하고 절실히 깨달았다. 왼쪽 뺨에 주먹을 갈김과 동시에 반대쪽으로도 곧장 주먹이 날아와 싸대기를 날렸다.

조금 전 그 소녀, 미리내가 이를 꽉 깨물란 말에 반사적으로 따라하지 않았으면 옥수수가 우수수하고 떨어졌을 것이다. 그렇게 이를 힘껏 물었는데도 이빨들이 허공으로 이탈해 날아가려는 그 경험은 정말……

"우에에엥! 선녀님, 저 이제 시집 못 가요!"

"그래, 그래. 뚝 괜찮아."

헌데 방금 무시무시한 타격을 가한 야성미 넘치던 소녀가 눈물을 뚝뚝 흘리며 하나린에게 안긴 채 내숭을 떨어 대고 있었다. 아직도 양

뺨이 벌겋게 부은 채 욱신거리는 흑영은 억울함을 호소했다.

"아니, 그럼 미리 정체를 밝히든가!"

그에 옅은 갈색 눈의 소녀가 고개를 홱 돌려 노려보더니 날카롭게 받아쳤다.

"뭐래? 변태 자슥이!"

그 말이 날아와 흑영의 가슴에 깊숙이 박히며 상처를 냈다. 평생 검만 바라보며 살아오면서 여자 손 한번 잡아 본 적이 없건만! 단 한 번의 실수로 달게 된 치욕스러운 명칭에 그는 한탄하듯 하늘을 올려다보았다. 오욕도 이런 오욕이 있을 수 없었다.

'아니! 짐승 형상이었잖아! 그러면 훑어보다 보면 자연적으로 알게 되는 거지!'

속에서 치솟는 울분을 어디에도 호소하지 못한 채 그는 제 가슴을 두들길 수밖에 없었다. 흑영은 쓴웃음을 삼키며 읊조렸다.

"요수라…… 요수란 말이지?"

요수. 동물의 모습과 인간의 모습을 둘 다 취하는 영스러운 종족. 흑영은 색동옷을 입은 소녀의 머리를 바라보았다. 인간이라면 없을 여우의 귀가 쫑긋거리며 제 존재를 과시했다. 긴 머리카락에 가려져 보이지 않지만 아마 인간의 귀가 있을 곳엔 아무것도 없겠지. 그리고 다른 여인들에 비해 조금은 짧은 치마 아래론 연갈색의 여우 꼬리 하나가 살랑거리고 있었다.

전체적으로 보면 매우 귀여운 소녀인데 하는 짓은 아주 여우나 다름없었다. 아니 여우가 맞으니 그런 게 당연한가?

"나도 많이 당황했나 보군 자꾸 생각이 딴 데로 새는 걸 보면."

흑영은 머리를 절레절레 흔들며 잡념을 털어 냈다. 백호에 이어 이번에도 골치 아픈 것이 풍옥전에 들어왔다. 문제는 저것은 여길 떠나지 않고 쭈욱 머무를 것 같다는 것일까?

"설마 내가 감시역이 되는 건 아니겠지?"

왠지 모르게 밀려오는 불안감에 흑영은 한차례 몸을 부르르 떨었다. 어느새 어둑어둑해진 주변. 이제 슬슬 전하께 가서 보고해야겠지. 그는 아직도 따끈따끈 열이 오르는 뺨에 한숨을 폭 내쉬었다. 이렇게 부은 얼굴로 밖을 나가자니 자연스레 남들의 시선이 신경 쓰일 수밖에 없었다. 평소엔 차가운 인상으로 유명한데. 그는 쓰게 웃음을 지었다. 그래도 임무가 우선이다.

흑영은 그렇게 속으로 되뇌며 떼어지지 않는 걸음을 옮겼다.

"여기엔 야만스러운 사람들밖에 없어요! 선녀님! 우리 이곳에서 나가요!"

소녀가 내뱉은 그 말만 없었다면. 결국 그는 내디딘 한 걸음이 땅에 닿기도 전에 몸을 돌려 큰 소리로 외쳤다.

"안 돼!"

"안 돼!"

"안 돼!"

그건 그만의 마음이 아니었나 보다. 주변의 궁녀들은 물론이요 멀리서 경비를 서면서 이쪽에 귀 기울이고 있던 병사들도 이구동성으로 크게 외쳤다. 마치 서로 짠 듯이 동시에 울리는 고함에 미리내는 황급히 제 여우 귀를 눌러 막으며 두 눈을 동그랗게 떴다.

방금까지만 해도 조금은 호의적이던 눈길들이 모조리 적의로 돌아섰다. 그와 함께 미리내의 인상도 확 돌변하였다. 짐승이 크르릉거리는 소리를 내며 날카로운 어금니를 드러낸다. 그에 곤란하다는 표정을 짓는 하나린. 그녀가 무어라고 말하려 하는 순간 소름 끼치게 낮은 음성이 긴장된 분위기를 깨뜨렸다.

"무슨 일인가?"

흑룡포를 입고 뒷짐을 진 채로 서 있는 동공왕이 가라앉은 눈빛으로 그들을 응시하고 있었다. 그를 발견한 하나린이 밝게 웃으며 달려가는 순간 미리내가 그녀의 앞을 가로막았다. 몸을 잔뜩 웅크린 채 전보다 더 사나운 기운을 뿜으며 제현을 노려보았다.

"지워지지 않은 피 냄새가 나…… 거기다 짙은 요력까지…… 너 뭐야?"

"그러는 넌…… 그래, 그 불청객이군."

제현은 답답하다는 듯 제 얼굴을 쓸어내리며 깊은 한숨을 내쉬었다. 제 마음에 들지 않을 거라 생각하긴 했지만 저를 향해 살기를 뿜는 어린 계집이라니. 앞으로 있을 일에 머리가 욱신거리는지 관자놀이를 손가락으로 꾹꾹 눌렀다.

"하나린, 이리 와."

제현은 조용히 손을 까딱였다. 그에 미리내는 가볍게 코웃음을 치며 날카로운 기세를 더했다.

"헹! 니가 뭔데 오라 가라……."

"쉬이— 괜찮지. 진정하고. 적이 아니니까."

그러나 미리내가 말을 끝내기도 전에 하나린이 소녀의 머리를 쓰다듬으며 조곤조곤하게 말했다. 그에 반쯤 표정이 흐트러지며 그 손길을 즐기는 여우소녀. 헤헤 웃던 미리내는 이내 '헛' 하며 정신을 차리더니 다시 경계 태세로 돌아갔다. 하지만 하나린에게서 곧바로 질책 아닌 질책이 떨어져 내렸다.

"적이 아니래도."

"하지만…… 저 지독한 요력에…… 거기다 피 냄새가……."

"괜찮아."

"그렇게까지 말씀하신다면야……."

단호한 하얀 여인의 말에 여우소녀가 입을 삐죽이며 경계를 풀었다. 허나 여전히 영 탐탁지 않다는 표정. 미리내는 틱틱거리는 어조로 질문을 던졌다.

"저 사람 정체가 뭐예요?"

그 질문에 하나린은 사르르 웃음을 지었다. 그리고 망설임 없이 바로 대답하였다.

"내가 사랑하는 사람."

"……."

"……."

"……."

"……."

까악까악까악.

정적에 싸인 풍옥전 위로 때마침 까마귀가 울면서 날아갔다.

"에에에에에에에엑!"

그리고 미리내의 비명 소리가 뒤이어 울려 퍼졌다. 아, 추가로 제현은 그대로 쩌적 얼어붙어 버렸다.

늦은 밤. 제현은 마지막 문서를 검토하고서 옆으로 치웠다. 지방에서는 벌써 이 년째 흉년에 접어들어 그로 인해 생기는 수많은 문제에 대해 상소가 올라오고 있었다. 그중 필요하다고 생각되는 걸 추려 내는 것만 해도 제법 많은 시간이 걸렸다. 그는 피곤한 눈을 손으로 덮으며 쓰게 웃었다. 그라고 해도 전국적으로 벌어지는 문제를 단숨에 해결할 방안은 없었다. 그저 임시방편인 조치만 취할 수 있을 뿐.

"막막하군…… 이것만 해도 문제인데……."

제현은 골치 아프다는 표정으로 따로 분류해 놓은 문서를 향해 손을 뻗었다. 그것은 바로 풍옥전 관련 사항만을 모아 놓은 보고서. 하나린에게 하루 동안 무슨 일이 있었는지 세세하게 기록된 것을 확인하며 하루를 마무리하던 그였다. 허나 오늘은 거기에 한 가지가 더 추가되어 있었다. 바로 오늘 풍옥전에 둥지를 튼 사나운 여우 한 마리에 대한 것.

"덕을 쌓는 여우라고 했던가?"

그 소녀가 가진 호칭과는 천양지차인 성격에 처음엔 제 귀를 의심했었다. 저를 영 탐탁지 않게 여기는 듯 눈꼬리를 추켜올리며 크르릉대고 인간에 대한 적의 또한 만만치 않았다. 그런 이가 인간이 되고 싶어 한다던 '덕을 쌓는 여우' 라니 그 누가 믿을 수 있겠는가? 척 봐도 인간을 엄청 싫어하던 것 같던데. 아마 오랜 시간을 들여 관찰해 봐야 될 대상인 것 같았다.

맘 같아선 당장에 쫓아내고 싶지만 하나린의 눈치가 보여서 그럴 수 없었다. 그렇다고 가만히 둘 수도 없는 게 제가 그녀를 만나서 함께 시간을 보내는데 그것이 사사건건 훼방을 놓을 거라고 직감이 열렬히 경고하고 있었다.

"쯧, 왜 이렇게 불청객들이 들러붙는지."

나는 하나린만 있으면 되는데. 그 생각과 함께 주변의 모든 것이 진절머리 나기 시작했다. 저의 심장을 노리고 달려드는 요괴도 저를 보면 공포에 떠는 궁인들도 그리고 저를 짓누를 생각뿐인 귀족까지도. 왕비라는 직위에 눈멀어 자신의 본질 따윈 보지 않고 달라붙는 여인들과 자신이 위치해 있는 왕이란 직위, 왕이란 지위에 저를 묶어 두는 제 혈관 속 핏줄조차도 정말 넌더리가 난다.

이딴 자리는 원하는 놈에게 대충 던져 주고 하나린만 데리고서 영영 떠나는 게 어떨까? 그 아이라면 이런 자신을 이해해 줄 수 있으리라. 그렇게 벗어나면 어깨가 한결 가벼워질지도 모르겠다.

'당신은 백성을 다스리는 왕이잖아. 다스리는 자로선…… 다스림을 받는 자의 아픔이 보이면 도와야 하는 거잖아.'

그때 과거에 그녀가 제게 했던 말이 떠올랐다. 그게 언제였던가? 하여튼 누군가를 도울 수 있는 존재라고…… 그게 인간이라고 했었다. 그리고 오늘 하나린은 그녀를 향해 그가 누구냐고 묻는 그녀의 친인에게 말했다.

'내가 사랑하는 사람.'

그때 사르르 짓던 눈부신 웃음이 망막에 기록된 듯 아직도 눈에 선했다. 그래, 그녀는 한 치의 부끄럼도 없이 그렇게 소개하였다. 오히려 제 자신이 그것에 부끄러워했었지. 나같이 끔찍한 것이 그런 그녀에게 어울릴까 하고, 그렇게 당당히 소개할 만한 존재일까 하며…….

'제현은 나쁘다. 하지만 슬픈 눈을 가졌다. 바뀔 수 있는 사람이다. 그러니까 좋은 사람이다.'

"그래, 바뀌어야지. 그녀에게 어울릴 만한 존재로."

제현은 어두운 사념을 털어 내며 부드러운 웃음을 입가에 걸었다. 주변에 산재해 있는 문제들이 귀찮고 짜증 나긴 하지만 감당하지 못할 정도는 아니었다. 주변을 변화시킬 힘도 가지고 있다. 비록 단번에는 힘들더라도 오랜 시간을 거치면 할 수 있을 것이다.

그녀가 보면 기뻐할 그런 사람이 되자. 제가 과거에 행한 악행으로 희생당한 사람보다 더 많은 사람을 구해 내자. 그렇게 그녀가 좋아할 만한 곳으로 만들어 가자. 그녀가 보고 슬픈 표정을 짓기보다는 밝은 웃음을 지을 수 있게 그렇게…….

톡톡톡.

제현은 책상을 손가락으로 두드리며 살짝 입꼬리를 비틀어 올렸다.

"그 전에 불청객 치울 방안부터 좀 생각하고."

'아프다. 많이 아파.'

새끼 여우는 몸을 웅크린 채 꿈틀거렸다. 쫓아오는 마을 사람들을 피해 도망가길 여러 번. 허나 그들은 새끼 여우를 집요하게 쫓아왔다. 돌팔매질은 기본, 낫과 호미들을 던지고 휘두르며 달려든다. 그들은 사냥꾼들의 지시에 따라 새끼 여우를 철저하게 몰아갔다.

'나는 아무런 잘못도 없는데.'

새끼 여우는 흐릿한 시야로 뒤를 바라보았다. 어두운 숲의 밤을 밝히는 수많은 횃불들. 그 열기가 살갗에 닿을 듯 뜨겁게 느껴졌다. 새끼 여우는 도저히 이해할 수 없었다. 저는 그들을 위해 여러 호의를 베풀었다. 그리고 그들과 함께 즐거이 지냈다. 그런데 왜 '그 사건'의 범인으로 저를 의심하는 것일까? 그리고 왜 다른 증명도 없이 저를 요괴로 단정하는 것일까?

'괴롭다.'

상처 입은 육신도 배신당해 쓰린 마음도. 믿어 달라고 그리 애원했는데. 자꾸 의심하기에 스스로에게 금제까지 걸며 맹세했는데. 인간은 본디 그런 것일까? 인간들은 저와 다르면 무조건 배척해 버리는 그런 존재인 걸까?

'나쁘다. 나빠.'

새끼 여우의 눈에 투명한 눈물이 맺혔다. 믿지 말았어야 했다. 제 동족들이 했던 말을 믿어야 했다. 인간은 상황에 따라 손쉽게 제 입장을 뒤집을 수 있는 이기적인 생물이란 것을…… 새끼 여우의 눈에 제게 처음으로 호의를 받았던, 그리고 제가 도련님이라고 부르며 따랐던 인간이 보였다. 바로 가장 앞장서서 저를 찾고 있는 인간이.

'만약에…… 이곳에서 살아 나갈 수 있다면 무슨 일이 있어도 다신 인간을 믿지 않으리라.'

마음 깊은 곳에 미움이란 씨앗이 심겨져 그 싹을 틔웠다.

그렇게…… 그렇게…… 새끼 여우는…… 자라난 소녀는…….

벌떡.

옅은 갈색 머리의 소녀가 황급히 몸을 일으켰다. 하얀 야장이 땀으로 축축하게 젖어 있었다. 머리에 달린 여우 귀마저 추욱 늘어져 소녀의 나쁜 기분을 드러낸다. 소녀는 거칠어진 숨을 다독이며 손을 들어

머리를 북북 긁었다.

"아따 쓰벌. 기분 나쁜 꿈을 꿔 버렸네."

귀여운 외모와 달리 험하게 튀어나오는 말투. 미리내는 틱틱거리며 일어서 방문을 벌컥 열고 나갔다. 그에 문 옆에 기대어 서 있던 흑의인이 슬쩍 시선을 내려 소녀를 바라보았다. 그리고 나름 정중하게 입을 열었다.

"깼나?"

"오메— 그 눈깔은 장식인갑네?"

빠직.

물론 돌아오는 말이 곱지 않다. 흑영은 반사적으로 튀어 나가려는 주먹을 내리누르며 천장을 올려다보았다. 속에서 깊은 한숨이 절로 올라온다. 어제 느꼈던 불안감은 현실이 되어 그를 찾아왔다. 동공왕이 보고를 받고 한참을 고민하는가 싶더니 그에게 미리내 감시라는 임무를 던져 주었다.

흑영은 쓰게 웃었다. 그래도 일단 상대에게도 주지시킬 것은 주지시켜야 했다. 그러기에 그는 다시 한 번 한숨을 참아 내며 말했다.

"내가 앞으로 널……."

"감시하겠지. 하이고— 그 인간 놈의 의심병. 확 주리를 틀어 버릴 수도 없고."

때릴까? 그의 말이 끝맺기도 전에 미리내가 끊고 들어와 혀를 찬다. 그것도 너희들이 그럼 그렇지라는 투로 성질을 살살 긁어 준다. 흑영은 이를 꽉 깨물며 속에서 부글부글 끓어오르는 것을 참아 내었다. 허나 굳이 말하자면 틀린 말도 아닌 터라 반박을 할 수 없다.

초반부터 뭔가 맞지 않았고 지금도 실시간으로 틀어지고 있는데 앞으로는 어떻게 지내야 되는지 심히 걱정이었다. 흑영은 조금이라도 분위기를 부드럽게 하기 위해 다시 말을 이었다.

"감시도 병행이지만 보호 목적도 있다. 궁에선……."

"왜 내가 어디 가서 콱 뒤질 년으로 보이디? 난 내 몸은 지킬 수준은 되니 신경 끄셔."

아, 진짜! 어떻게 말하든 저리 비틀려서 돌아오니 흑영으로선 실시간으로 인내의 끈이 짧아지고 있었다. 그때 미리내의 여우 귀가 무슨 소리를 들은 듯 쫑긋하고 섰다. 동시에 그들이 있던 곳의 반대쪽 문이 열리며 하나린이 나왔다.

"선녀님~"

그와 함께 미리내는 정반대의 태도로 돌변하여 그녀에게 달려가 덥석 안겼다. 그 신경질적이고 걸걸했던 불량소녀는 어디 갔는지 목소리에서부터 나긋나긋함이 묻어났다. 내숭이 백 단은 사뿐히 넘어설 것으로 보인다. 또 그걸 모르는 건지 하나린은 모성애가 담긴 표정으로 미리내의 머리를 부드럽게 쓰다듬어 주고 있다.

아니, 저게 어딜 봐서 덕을 쌓는 여우란 말인가! 흑영은 뭔가 제가 가지고 있던 환상이 쨍그랑하며 산산조각 나는 느낌에 왠지 모를 억울함이 치밀었다.

"선녀님, 잠은 푹 주무셨어요?"

"응, 너는?"

"저야 뭐 어디서든 잘 자잖아요."

생글거리며 대화하는 여인과 소녀. 흑영은 쓰게 웃을 수밖에 없었다. 그래도 동공왕에게 덤벼들지 않고 얌전히 있는 것이 어디야. 그때 미리내의 입이 다시 열렸다.

"그런데 진짜 여기 계실 거예요? 그 있잖아요. 밖에서 들리는 소문에 의하면 그 사람 미친 폭군이래요. 어쩌면 선녀님은 그 사람에게 뭔가 속고 계신 걸지도 몰라요."

방금 생각은 취소하자. 흑영은 급격히 쓰려 오는 위장에 팍 인상을 썼다. 참자, 참아야 된다. 그의 임무는 감시지 저런 말들에 신경 쓰는 것이 아니다.

"특히 궁 사람들은 순진한 이들의 뒤통수를 잘 후려친대요. 실컷 부려 먹고 빨아먹을 것 다 빨아먹은 뒤에 휙 버려 버릴지도 몰라요!"

아니, 보자 보자 하니까! 이대로 놔두면 진짜 아기씨가 설득당할 것 같아 흑영은 성큼성큼 걸어가 미리내의 뒷덜미를 잡고 들어 올렸다. 그에 아담한 체구의 요수가 공중에 대롱대롱 매달린다.

"이보게. 여우소녀. 작작 좀 하시지?"

"아놔! 놔! 안 놔! 이 홀아비 냄새 풀풀 풍기는 노마!"

"아니, 갑자기 홀아비가 왜 나와! 난 아직 젊다!"

"헹! 웃기네! 척 봐도 니 상판대긴 이립(而立: 30세의 이칭)이다!"

"어딜 봐서!"

"니 얼굴!"

허나 시작했던 마음과 다르게 순식간에 미리내의 흐름에 휩쓸려 엉뚱한 화제로 새었다. 하나린은 그런 그들을 보며 곤란하다는 듯한 웃음을 짓고 있었다. 어찌 보면 꼭 애들이 투닥거리는 것 같아 보인다.

"너 진짜…… 하아─ 말을 말자."

결국 먼저 두 손을 든 것은 흑영이었다. 솔직하게 말해 지금 코앞에 있는 이 소녀는 궁을 방문한 손님과 같다. 그런데 함부로 대해서야 되겠는가?

"고래, 자신이 홀아비란 걸 인정하는구마."

아, 물론 그 손님이 얌전히 있다는 전제하에. 흑영은 반사적으로 날아가려는 주먹을 잡아채며 깊은 한숨을 내뱉었다. 어제부터 평생 동안 내쉴 한숨을 다 몰아쉬는 기분이었다. 흑영은 골치 아프다는 듯 관자놀이를 손가락으로 꾹꾹 누르며 중얼거리듯 말했다.

"너 진짜 인간이 되고 싶어서 덕을 쌓는다던 그 여우가 맞나?"

"맞다, 와?"

"아니 인간이 되고 싶다면서 왜 인간을 그리 적대하는 건데!"

"그 썩을 인간이 잘못됐다는 걸 증명하기 위해 인간이 되고 싶다 와!"

아니, 이게 또 무슨 말이래? 흑영이 어이없다는 듯 쳐다보자 미리내는 제 가슴을 쫙 펴며 당당하게 말을 이어 갔다.

"인간들은 말이다! 정신머리가 어찌 썩어 빠진 것인지 몰라도 상대에 대해 제대로 된 신뢰를 보내지 못한데이. 글코 배신 때려 놓고 나중에 제가 잘못된 걸 알 거나 구석에 몰리삐면 꼭 변명을 한다 아이가. 인간이니까 그런 기다. 어쩔 수 없었다. 이방인이니께 의심할 수 없다지 않나, 그게 인간의 고질병이라지 않나? 참 웃기는 노릇이제? 다들 근성이 썩어 빠짓다 아이가! 그래서 내 직접 인간이 돼서 고것이 잘못됐다고 증명해 줄라 칸다! 그런 말 씨불인 놈 주둥이 콱 틀어막아 뿔끼다!"

마치 무언가 위대한 업적을 행한다는 듯 말하긴 하는데…… 흑영으로선 무슨 소린지 도저히 이해가 가지 않았다. 뭔가 있긴 있는 것 같은데 이야기가 과도하게 생략된 느낌이랄까? 그가 고개를 돌려 하나린을 보자 그녀 역시 곤란하다는 표정을 짓고 있었다. 흑영이 어이없다는 듯 미리내를 보며 한마디를 툭 내뱉었다.

"모든 인간이 그런 변명을 하는 건 아니라 보는데."

"서른두 번."

"서른두 번?"

"고년이랑 내기해서 확인해 본 숫자다. 서른두 번이나 확인했는데 인간 노마들이 다 그딴 식으로 얘기한 것에 대해 어이 생각카노?"

흑영은 꿀 먹은 것처럼 할 말을 잊었다. 아니, 그런 걸 왜 일부러 확인까지 하고 다닌단 말인가? 영스러운 존재들이 본래 그런 것에 파고드는 것이 취미인가? 아니, 그 전에 내기에 응해 준 고년이란 존재는 또 뭐고? 미리내는 떨떠름해 보이는 그의 얼굴을 보고는 급속히 표정이 썩어 들어가기 시작했다.

"와? 안 믿기나? 하여튼 인간 놈들은……."

"어이……."

"됐다 마! 나 좀 나갔다 올끼다!"

흑영이 무어라 말하기도 전에 여우로 변신한 소녀는 순식간에 담 너머로 나가 버렸다. 다다다 내뱉던 미리내의 말에 휩쓸려 멍하니 있던 흑영은 본래 제 임무를 떠올리고는 머리를 부여잡았다. 감시해야 되는데 코앞에서 멍청하게 놓쳐 버리고 말았다.

흑영은 급격히 쓰려 오는 위장에 풍옥전 궁인들이 매번 한탄하는 그 심정을 이해할 수 있을 것 같았다.

"어떻게 쫓아가지."

"금방 돌아온다. 신경 쓰지 마라."

하나린이 위로하듯 말했으나 그는 시작부터 헝클어지는 일들에 짜증이 치밀어 거칠게 머리를 쓸어 넘겼다. 어찌 만나도 저리 상극의 상대를 만날 수 있는 것인지. 근데 그게 덕을 쌓는 여우란다. 그것도 인간이 되고 싶은 이유가 인간이 글러 먹은 존재란 걸 증명하기 위해서고.

"인간에 대해 안 좋은 기억이 있어서 그런 거다. 그러니 그 점을 좀 감안해 줬으면 한다."

그때 하나린이 그의 손을 잡으며 그리 말하였다. 그에 흑영은 쓰게 웃었다. 그거야 인간을 향해 저리 불신감을 드러내는 것만으로 충분히 예측이 가능했다. 하지만 저리 날카롭게 반응해서야.

"상처가 깊은 이일수록 고슴도치처럼 더 날카롭게 가시를 세우는 법이다. 관계를 맺음으로써 생기는 상처가 두려워 아예 관계를 맺을 접근부터 차단한다. 그러니 섣불리 다가가지 말고 천천히 대화를 하는 게 좋다."

짧은 조언. 고개를 끄덕이긴 하지만…… 그게 생각처럼 쉽게 될지 모르겠다. 흑영은 쓰게 웃음을 지었다.

"무슨 일로 그렇게 붙어 있는 걸까?"

오싹.

그때 약하지만 살의가 섞인 음성이 들려왔다. 피부 위로 솜털들이 빠르게 기립한다. 익숙한 그 목소리에 흑영은 순간 찌적 하고 굳었지만 이내 태연히 하나린의 손을 떼어 내고 조용히 자리에 부복하며 제주군께 인사를 올렸다.

"동공국의 태양을……."

"그 여우요괴는 어쩌고 하나린과 붙어 있는 것일까?"

제현은 입꼬리를 비틀어 올린 채 또다시 물음을 던졌다. 아무래도 그냥 넘어갈 생각은 없는 모양이었다. 아침부터 계속 꼬이기만 하는 상황에 흑영은 절로 우황청심환이 생각났다. 지금만 넘어가면 위쪽에 청을 넣어 저도 풍옥전 궁인처럼 내의원 진료를 우선적으로 받을 수 있는 권한을 필히 얻고 말리라. 아, 그 전에 이 상황을 벗어나는 게 먼저겠지.

"저기 미리내가 좀 막 나가서 피곤한 모양이다."

다행히 하나린이 먼저 나서서 그의 변명을 해 주었다. 그럼에도 동공왕의 표정은 여전히 딱딱하게 굳은 채 풀리지 않았다. 그때 하나린이 마루 아래로 폴짝 뛰어내리더니 제현 앞으로 도도도 뛰어왔다. 그 덕에 그의 눈길이 흑영에게서 거두어져 그녀에게로 옮겨 간다.

하나린은 그대로 제현 앞에 멈추어 서더니 방긋 웃으며 그의 얼굴을 빤히 올려다보았다. 꼭 무언가를 바란다는 듯이. 허나 제현은 원하는 바를 알지 못해 어색하게 웃음 지으며 그녀를 마주 내려 볼 뿐이었다.

한참을 그리 있었을까? 하나린의 표정이 뾰로통하게 변하더니 이내 한숨을 폭 내쉬었다. 그리고 폴짝 뛰어서 그의 목에 안긴다. 제현은 제 몸에 닿아 오는 성숙한 여인의 굴곡에 흠칫하고 몸을 떨었으나 곧 익숙한 손길로 그녀를 공주님 안기로 들어 마루 위에 앉혔다. 그리고 손으로 헝클어진 그녀의 머릿결을 빗겨 주며 가지런히 정돈했다.

"보아하니 늦잠 잔 것 같은데. 아직 식사는 하지 않았겠지?"

"응! 제현과 먹으려고 기다리고 있었어!"

그렇게 이어지는 대화. 흑영은 동공왕의 관심이 제게서 멀어진 것에 안도하며 조심스럽게 자리에서 일어섰다. 그리고 그들을 흘깃 바라보며 자리를 피하였다.

이전에는 아기씨가 소녀 같아서 그런지 왠지 제현이 그녀를 보살펴 주는 보모 느낌이었는데 이젠 제법 연인 티가 났다. 아무렇지 않게 그녀를 안고 들고 하던 동공왕도 지금은 뭔가 많이 조심스러워하는 느낌이고. 아마도 아기씨의 몸이 성숙해지다 보니 사내로서 가질 수 있는 욕구가 생겨나는 것일 테지. 그러니 너무 가까이 하기엔 곤란하신 것일 테고.

흑영은 그들을 향해 흐뭇한 웃음을 지었다. 앞으로도 저대로라면 발광하는 동공왕으로 인한 궁 안의 위협은 걱정하지 않아도 될 것 같았다. 그 순간 동공왕이 슬며시 시선을 돌려 흑영을 바라보았다. 아니, 정정한다. 그는 흑영을 노려보고 있었다. 평소처럼 검은 눈이 아니라 지금 거기엔 검붉은 기운이 스며 있었다. 그때 동공왕의 입이 열렸다.

"하나린에게 이상한 생각을 품으면…… 죽여 버린다."

질투도 심해지셨구나. 흑영은 헛웃음을 흘렸다. 동공왕은 아까 하나린이 그의 손을 잡아 주던 것을 잊지 않은 모양이었다. 왠지 두 번째로 걸리면 그냥 넘어가지 않을 듯하다.

"응? 흑영 왜 그래?"

"저 녀석은 무시해도 된다."

그리고 이어지는 그들의 대화에 흑영은 식은땀을 흘렸다. 방금 그 협박을 들은 게 자신뿐인 걸 보면 분명 전음인 모양이었다. 은근히 하나린 앞에선 나쁜 모습을 숨기면서 할 것은 다하는 동공왕이었다.

백사린은 동공왕의 허락을 받고 왕실 서재를 이용하고 있었다. 그녀가 이곳까지 들어와서 살펴보는 것은 바로 귀족 명부. 전대부터 현재까지의 귀족들에 대해 하나하나 자세히 확인하고 있었다. 그녀 옆에 펼쳐 놓은 종이 위로 수많은 가문의 이름이 나열되어 있었다. 훑어보는 와중에도 사라진 가문과 귀족파에 속하거나 밀접한 관련이 있는 가문들 이름 위로는 미리 선을 그어 놓았다.

"쯧, 너도나도 할 것 없이 모두 귀족파 쪽에 붙었구나."

전대 동공왕 때 귀족파가 너무 몸집을 불린 것이 큰 타격이었다. 아마 이들을 모조리 물갈이하려면 필히 전쟁에 필적할 만한 과정을 거쳐야 되리라. 백사린은 상대적으로 규모가 작은 왕실파 귀족들을 보며 혀를 찼다. 이들에겐 심지어 귀족파의 백가(家)같이 앞에서 이끌어 주는 구심점조차 없으니. 정말이지 이런 이들이 아직도 남아 있다는 것 자체가 대단하다고밖에 할 수 없었다. 더욱이 왕실파로서 딱히 앞으로 나서서 움직이는 이 또한 없다. 그들은 정계에서 대부분 방관의 자세를 취하고 있었다.

현재 귀족들 중에는 괜찮은 인물이 없어 한 세대 위까지 거슬러 올라가 찾았으나 마땅히 마음에 차는 이가 없었다. 이런 식이면 하나린의 세력을 불리기가 참으로 요원해진다. 그녀는 얕은 한숨을 쉬며 전대 동공왕 때의 귀족 명부를 탁 하고 덮었다.

"왕실파는 물론이고 이제 치고 올라오는 신흥 세력들까지 한 번에 포섭하려 했건만…… 그들의 구심점이 돼 줄 적당한 인물이 없네."

예상은 했지만 일이 쉽게 풀리지 않았다. 왕의 권력이 강하면 그만큼 왕실파 귀족의 힘도 강해져야 했지만 왕이 그들에게 따로 힘을 실어 주지 않고 있었다. 왕실파라 내세우고 있으나 되레 왕과는 데면데면한 사이. 솔직히 말해 왕이 그들을 내팽개쳐 놓고 쓰질 않으니.

"하아— 정말 이때까지 귀족파를 눌러 온 게 대단한 거였구나."

지금까지 왕이 홀로 귀족파를 가지고 놀았단 사실에 새삼 감탄하게 되었다. 아무리 남은 왕실 핏줄이 혼자였기에 가지는 권력이 컸다고 해도 그리 덩치가 거대했던 귀족파를 누르는 위압감과 능력은 그가 제법 훌륭한 왕이란 사실을 증명해 주었다. 피 보길 좋아하던 성격이 좀 큰 흠이었지만…… 지금 조금씩 고쳐지고 있으니까 무시해도 괜찮을 거다.

백사린은 쓰게 웃으며 귀족 명부를 정리하였다.

"일단 현 왕실파와 협상을 해야 하려나? 그건 동공왕 전하와 상의해 봐야겠지. 그리고 신흥관료들은 그들의 능력을 인정하고 써 주는 형식으로 끌어들여야 하고……."

대충 앞으로 행해야 할 일들을 계획하던 중 그녀의 눈에 전전 대 세대의 귀족 명부가 눈에 들어왔다. 과연 저기에 쓸 만한 인물이 있을까 하는 의심이 들긴 하지만 속는 기분으로 꺼내 들어 살피기 시작했다. 그리고 얼마 후 백사린의 눈이 크게 떠졌다.

"이 사람이다!"

그녀는 현재 왕실파는 물론 신흥관료들까지 끌어들일 수 있는 적당한 인물을 발견하였다. 아슬아슬하게 전전 대와 전대 사이에 걸쳐 있는 왕실파의 수장이었던 인물! 그녀는 눈을 빛내며 그의 호적을 빠르게 살펴보았다. 그리고 그와 관계된 가족 중 그녀가 쉽게 접선할 수 있는 이를 찾아내었다.

"호조판서 이전량의 여식 이혜."

참으로 탐이 나는 인재 중 하나였던 여인. 백사린이 입가를 끌어 올려 미소를 지었다. 조만간 조촐하지만 모든 규수를 초청하는 연회를 열어야 될 것 같았다. 그리고 이후 이혜와 은밀하게 만나 봐야 할 것 같다.

백사린은 책을 덮으며 한결 마음이 놓였다는 듯 한숨을 내쉬었다.

"어쩌면 생각보다 일이 쉽게 풀릴지도 모르겠군."

"이만 물러가고자 합니다."

동공왕은 남공국으로 돌아가기 전에 인사를 올리러 온 사절단을 바라보았다. 빠르게 그들의 면면을 훑는다. 그리고 그가 찾던 인물을 발견하였다. 냉담한 표정으로 태산을 연기하고 있는 한뫼. 제현은 입꼬리를 끌어 올리며 말을 이었다.

"이런…… 좋은 대접을 해 주지도 못했는데 벌써 돌아간다니 아쉽군."

아니, 아쉽기는커녕 덩실덩실 춤까지 추고 싶은 기분이다. 저 빌어먹을 하얀 고양이가 드디어 이곳을 나간다고 하니 앓던 이가 빠진 듯이 시원하다. 하지만 그런 그의 반응을 오해한 사절단 대표 주용은 기쁘게 웃으며 대답했다.

"아닙니다. 모자라지 않습니다. 오히려 넘치는 대접을 받았습니다. 저희를 이리 신경 써 주시니 감읍할 따름입니다."

"아닐세. 그저 남공국과 관계가 여전히 좋다는 점이 기쁠 따름이지."

감동했다는 얼굴로 보는 주용의 표정에 제현은 빙긋 웃음을 지어 주었다. 오늘 같은 날엔 몇 번이고 입에 발린 말을 해 줄 수 있었다. 아주 기쁘게 배웅해 주마. 그리고 남공국에 은밀히 연락을 넣어 저 하얀 고양이 놈이 다시는 이곳으로 오지 못하게 조치하리라.

"아주 좋아 죽네, 좋아 죽어. 내가 가는 게 그리도 좋아?"

그때 한뫼의 목소리가 그의 귓가에 와 닿았다. 공식적인 자리에서 대놓고 저리 불경하게 말할 리 없으니 분명 전음을 이용한 것이리라. 제현은 와락 일그러지려는 표정을 다잡으며 한뫼가 있던 자리로 눈길을 돌렸다. 그에 한량처럼 삐딱하게 자세 잡고 실실 웃고 있는 그가 보였다.

"이후론 보기 힘드니까 마지막 대화를 해 볼까?"

백호는 그 말과 함께 가볍게 발을 굴렀다.

쿠웅.

그와 함께 깊이를 알 수 없는 기운이 사방으로 퍼져 나가더니 그 대로 공간 자체를 잠식한다. 제현은 마치 거대한 자연재해를 마주한 느낌에 순간적으로 막막함을 느꼈다. 그리고 상대에 대한 평가를 수정했다. 사냥하기 위해선 최소 국가 단위로 움직여야 할 대상으로.

제현은 잔뜩 긴장한 채로 혹시 모를 상황에 대비하기 위해 제 몸에 기운을 끌어올렸다. 하나린의 지인인 만큼 아마 자신에게 해를 끼치진 않겠지만 어쩌면 곤욕스러운 장난을 걸어 골탕을 먹일지도 몰랐다.

"헤에— 그리 긴장하지 않아도 되는데."

백호는 뒷머리를 긁적거리며 사절단 사이에서 걸어 나왔다. 그 덕에 제현은 주변에 일어난 변화를 쉽게 알아챌 수 있었다. 그리고 경악하였다.

"시간이…… 멈췄어?"

"너무 놀랄 것 없어. 세상 전체를 다 멈춘 게 아니고 요 주위만 잠깐 멈춰 놓은 거니까. 추가로 이 주변을 지나가는 사람들이 이상하게 생각하지 않게 인지 방해의 술을 추가한 정도?"

백호는 별것 아니란 투로 이야기했으나 제현은 그리 받아들일 수 없었다. 이미 그가 말한 것만으로도 평범이란 규격을 아득히 벗어난다. 이에 그는 다시금 상대의 평가를 수정했다. 국가 단위로 사냥할 대상이되 그 국가가 왕국이 아닌 제국인 수준으로.

"이제 보니 완전히 괴물이군."

제현이 미간을 찌푸리며 눈앞의 한뫼를 노려보았다. 그에 백호는 허허롭게 웃으며 답했다.

"나도 잘 알아."

당당한 그의 답변에 제현의 얼굴이 와그작 구겨졌다. 정말 딱 한 대만 패고 싶었다. 그는 부글부글 끓는 속을 눌렀다. 이렇게 쓸데없는 이야기로 시간을 보낼수록 밖과 이곳의 시간 괴리가 더 심해질 것이다. 이런 현상이 동공궁에서 일어났다는 사실이 밖으로 알려지면 이래저래 위신이 깎일 소문이 퍼질 터라 재빠르게 본론으로 넘어갔다.

"할 말이 뭐냐?"

"딱히 없는데?"

······진짜 제국에 지원 요청을 해 볼까? 백호 한 마리 좀 잡아 보자고. 제현의 분위기가 영 심상치 않게 변하자 한뫼는 헛기침을 두어 번 하며 화제를 돌렸다.

"그건 그렇고 미리내는 잘 도착했나?"

아, 그것도 있었지. 불청객 초대. 제현은 이를 빠득빠득 갈며 백호를 살벌하게 노려보았다.

"뭐, 표정을 보니 잘 도착했나 보군."

한뫼는 대충 예상되는 상황에 고개를 끄덕였다. 아마 인간혐오증이 있는 미리내가 틱틱거리며 쏘아붙였겠지. 하지만 저 성질 급한 동공왕은 하나린 때문에 고것을 가만히 놔둘 수밖에 없었을 테고. 백호는 제게 붙어서 하나린을 찾아내라며 칭얼거리던 것이 떨어져 나가자 이빨 사이에 박혀 있던 가시가 빠져나간 듯 시원하였다. 그리고 그 덤터기를 쓰게 된 제현을 측은하다는 듯이 바라보았다.

그런 백호의 눈길에 뭔가 기분이 더러워지는 제현이었다. 동공왕은 다시 참을 인(忍) 자를 마음에 새기며 입을 열었다.

"본론."

이게 마지막 경고란 듯이 짧게 말을 뱉는다. 그런 그의 태도에 백호는 아쉽다는 입맛을 다셨다. 놀려 먹는 재미가 있는 놈인데 더했다간 여기가 전쟁터가 될 것 같았다. 너무 늦어지면 안 되니까 그도 슬슬 본론에 들어가기로 했다.

백호가 마음을 바꾸는 순간 그의 주변에 자리 잡았던 공기가 순식간에 일변했다. 태산같이 무거우면서도 손을 대지 않아도 베일 것같이 날카롭게. 제현은 그것에 짓눌리지 않도록 마주 요력을 흩뿌렸다.

그때 차갑게 푸른 눈을 빛내던 백호의 입이 열렸다.

"그대는 진정으로 하나린을 사랑하나?"

마치 과거 실패한 사랑에 겁을 먹어 한 걸음 더 나아가지 못하는 제현의 감정을 알고 있다는 듯 그렇게 말한다. 제 감정을 정확하게 꼬집는 그의 말에 제현은 움찔하고 몸을 떨었다. 그사이 백호의 말이 계속해서 이어졌다.

"그녀를 위한다면 어중간한 마음은 접어라. 그리고 더 늦기 전에 그녀를 보내 줘라."

"그건……!"

"그러지 못한다면!"

무언가 항변하려는 제현의 말을 한뫼가 강하게 끊었다. 그의 목소리가 건물 안을 메아리쳤다. 그와 함께 그의 주변에서만 들끓던 기운이 건물 전체를 짓누르기 시작했다.

드드드드드드.

당장에라도 건물이 무너질 것같이 울린다. 제현은 제 아랫입술을 꾹 깨물며 그 압력을 버텼다. 하나린을 보낸다고? 그래, 그녀가 원한다면…… 진심으로 원한다면…… 보내 줄 것이다. 하지만 그게 아닌 이상은 절대로 못 보낸다. 아니, 그 전에 그녀가 떠나길 바라는 마음이 생기는 것을 무슨 수를 써서라도 막을 것이다. 그는 제 의지를 불태우며 저를 강제하려는 백호의 기운에 대항하였다.

한편 한뫼는 꿋꿋하게 자리에서 버티는 제현을 보며 피식 웃음을 지었다. 이것 봐라? 제법 강단이 있지 않은가? 절대로 넘을 수 없는 벽을 마주하면서도 저리 투기를 내뿜다니. 대개 저런 이들은 과거로부터 영웅이라 불리는 존재가 되어 왔다. 한 나라의 왕에 영웅의 자질이라…… 뭐 나름대로 합격이다.

백호는 빠르게 제 기세를 거둬들였다. 그리고 부드럽게 웃음을 지어 보였다.

"그녀를 보낼 수 없다면 그녀를 진정으로 사랑하도록 해라. 그게 그녀를 위하는 일일 테니."

"그건 내가 알아서 할 일이다."

끝까지 약한 모습을 보이지 않는 제현이었다. 그런 고집스러운 모습에 백호는 속으로 낄낄거리며 웃음을 터뜨렸다. 하나린에게 저리 빠져 있으면서. 사랑하는 감정을 이미 가지고 있지만 지레 겁을 먹고 더 나아가지 못한다. 이미 수많은 이들을 지켜봐 오고 그들이 하는 사랑 유형을 보아 온 백호이기에 제현의 상황을 빠르게 파악할 수 있었다.

뭐, 앞으로의 일은 제현에게 달려 있다. 성격도 급한 것 같은데 어지간히 알아서 덮치겠지. 한뫼는 쿡쿡 웃으며 시간 정지를 풀었다.

"동공왕 전하?"

시간이 다시 흘러 멈춰 있던 이들이 움직이기 시작하자 제현은 자연스럽게 상황을 받아넘기며 대화를 이어 나갔다. 그는 본래 있던 자리로 되돌아간 한뫼를 향해 껄끄럽다는 눈길을 보냈다. 그리고 번갯불에 콩 볶아 먹듯이 빠르게 절차를 밟아 사절단을 배웅하였다.

4장

폭풍 전야

"느그들 좀 떨어지면 안 되긋나?"

"네? 왜요?"

"저희들이 뭐 불편하게라도 했나요?"

미리내는 바로 뒤에서 눈을 반짝반짝 빛내고 있는 궁녀들을 보며 슬금슬금 물러섰다. 꼭 당장에라도 덮칠 것 같은 그들의 행태에 미리내는 바짝 긴장을 하며 제 여우 귀를 빳빳이 세웠다. 그리고 무릎을 살짝 굽혀서 당장이라도 뛸 수 있게 준비를 한다. 허나 그런 모습이 또 귀엽다며 꺅꺅거리는 궁녀들이었다.

"서, 선녀님? 저들 좀 말려 주시면 안 될까요?"

침까지 '쓰읍' 하며 닦는 궁녀를 보며 미리내는 불안하다는 듯 하나린을 향해 보호를 요청하였다. 그에 멀뚱히 있던 하나린은 방긋 웃으며 벌떡 일어났다. 그리고 여우소녀에게 다가가 살짝 들어 끌어안았다. 그에 미리내는 안도의 한숨을 쉬고 궁녀들은 아쉽다는 듯 한탄을 터뜨렸다.

하나린이 궁녀들을 보며 싱긋 웃더니 그대로 미리내를 오단의 품으

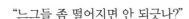

로 넘겼다. 미리내와 궁녀들의 얼굴에 의아하다는 표정이 깃들었다. 하나린은 그대로 손을 흔들며 말했다.

"너무 괴롭히지는 마."

"……?"

"……?"

"……!!"

하얀 여인의 말을 깨닫는 순간 궁녀들과 미리내의 얼굴에 희비가 교차한다. 궁녀들은 '꺄─' 하고 비명을 지르며 여우소녀를 끌어안고 얼굴을 비벼 댔다. 그리고 그대로 옆방으로 데려간다.

"마! 놔라! 콱! 안 놓나? 고마 확 물어뻰다! 놔라─! 놔아─!"

미리내가 마구 발버둥을 치지만 이미 반쯤 눈이 돌아간 궁녀들에겐 아무런 소용도 없었다. 결국 여우소녀는 마지막 구원줄인 하나린을 향해 눈물 어린 부탁을 외쳤다.

"선녀님! 살려 주세요! 네? 앞으로 잘할게요오오오."

힘겹게 손까지 뻗어 보지만 그대로 방 안으로 끌려 들어갔다. 그와 함께 문이 서서히 닫힌다.

끼이이이이익 덜컥.

마무리로 자물쇠가 잠기는 소리까지. 하나린은 그 장면을 보며 생글생글 웃고만 있었다. 그때 그녀 옆에서 한숨을 쉬는 소리가 들렸다.

"이제 좀 조용하겠군."

흑영이 제 이마를 짚으며 기분 좋은 웃음을 지었다. 그런 그를 향해 하나린은 짓궂게 웃으며 물음을 던졌다.

"흑영, 진짜 즐거워 보인다."

"아, 예. 뭐…… 골치 썩이는 저것에게 잠시나마 벗어날 수 있으니까요."

평소에 나쁜 말을 하지 않던 그가 미리내를 향해, 그것도 하나린 앞에서 저것이라고 칭할 정도면 그 짧은 시간 동안 얼마나 시달렸는지 충분히 알 수 있는 대목이었다. 꼭 과거 청이가 둔갑한 하나린을 데리고 있으며 받았던 그 고통을 그대로 겪는 듯한 속 쓰림. 흑영은 지금 마당을 쓸고 있는 청이를 위대하다는 듯 바라보았다. 그는 하루만으로 죽을 것 같은데 그녀는 어떻게 두 달을 버텼는지.

"눈빛이 묘하게 불손하다."

그때 하나린이 입술을 비죽이며 말하자 흑영은 핵심을 찔려 흠칫하고 몸을 떨었다. 그러나 그는 방금의 동요를 숨기며 태연한 표정으로 가장한 채 어깨를 으쓱인다. 그에 그녀는 기운이 없다는 듯 몸을 추욱 늘어뜨리며 말했다.

"흑영."

"예?"

"난 영스러운 존재다."

그것만으로도 무슨 말을 하려는지 대강 예상이 간다. 아마 네가 한 생각을 난 이미 알고 있다…… 뭐 그런 뜻이리라. 흑영은 식은땀을 삐질 흘리며 하나린을 바라보았다. 그때 그녀의 입술이 천천히 열렸다.

"악질."

푸욱.

변태에 이은 또 다른 칭호가 흑영의 가슴에 깊숙이 박혔다. 순간 흐트러지는 그의 표정에 하나린은 쿡쿡 웃으며 말을 이었다.

"농담이다."

말 한마디로 사람을 들었다 놨다 한다. 그건 여우들만의 특징인지. 흑영은 조금은 떨떠름한 기분을 숨기며 말했다.

"……요즘 보이는 모습이 전과 많이 달라지신 것 같습니다."

"이렇게 급격히 성장할 정도니 아마 많이 달라지는 게 정상이 아닐까?"

아니, 그건 또 맞는 말이긴 한데. 흑영은 단숨에 말문이 막혀 버렸다. 한편 하나린은 그런 그를 곰곰이 보다가 마루에 털썩 걸터앉았다. 그리고 잔잔한 목소리로 말을 꺼냈다.

"있잖아, 흑영. 미리내에 대해 어떻게 생각해?"

어쩌면 생뚱맞을 수도 있는 물음. 허나 흑영은 이것이 그녀가 의도한 물음이란 걸 깨달았다. 이 대화를 하기 위해 일부러 미리내를 궁녀에게 맡겨 둘만의 자리를 만들었으리라. 그는 여우소녀의 비명이 새어 나오고 있는 방문을 슬쩍 보며 입을 열었다.

"글쎄요. 생긴 것 같지 않게 상당히 괄괄하고 어디로 튈지 모른다는 것 정도일까요? 거기다 한 가지 더 추가하자면 인간에게 적대적인 모습을 보이며 피해 다닌다고…… 생각합니다. 사정이 있으리라 생각은 되지만 사람들이 많은 궁에 어울리는 존재는 아니라고 봅니다."

그 누가 여우소녀를 본다고 해도 아마 그와 같은 평가를 내리리라. 인간들 사이에 섞여서 툴툴거리고 종종이지만 가끔은 혐오에 가까운 눈빛을 보내기도 한다. 그러할진대 누군들 그 사실을 모르겠는가? 여우소녀와 함께 지내 왔을 하나린에게 그녀에 대한 좋지 않은 평가를 말한 것에 흑영은 조금 마음이 불편하였다. 하지만 공과 사는 확실히 해야 되지 않겠는가? 그때 하나린의 음성이 다시 들려왔다.

"사랑의 반대말이 뭐라고 생각해?"

이번에도 조금은 엉뚱한 물음. 하지만 흑영은 담담히 답하였다.

"무관심……이라고 들었습니다."

어느 현자가 말을 하였다. 사랑의 반대말은 무관심이라고. 미움이란 상대에게 기대하는 것이 있기에 가질 수 있는 것이라고. '사랑 없음'은 즉 '관심 없음'과 동의어다. 그것은 상당히 유명한 말이라 흑영은 한 치의 망설임도 없이 답하였다. 그리고 그것만으로 하나린이 하고자 하는 말을 알아차렸다.

"미리내가 인간을 사랑한다는 말씀이십니까?"

"사랑과 미움은 하나이면서 방향성이 반대인 감정이니까. 그러니까 하나의 감정을 깊게 고찰하고 느낄 수 있으면 그 모든 게 뒤집히는 순간 다른 쪽 감정 역시 깊게 이해할 수 있게 되지. 마치 하늘을 높이 날아오를수록 추락한 뒤에 상처가 더 커지듯."

안타깝다는 그녀의 어조. 흑영은 쓰게 웃었다.

"하지만 지금 그녀는 인간을 미워하지 않습니까?"

"하지만 그만큼 기대를 가지고 있지. 제 감정을 억지로 속일 만큼. 너는 그때 미리내가 말한 것이 진짜 그녀의 목표라고 생각해?"

하나린의 눈과 흑영의 눈이 마주했다. 흑영은 얼마 전 여우소녀가 당당히 내뱉었던 포부 아닌 포부를 떠올렸다.

'그 썩을 인간이 잘못됐다는 걸 증명하기 위해 인간이 되고 싶다 와!'

그리고 이어지던 뭔가 많이 생략된 장황한 이야기.

'인간들은 말이다! 정신머리가 어찌 썩어 빠진 것인지 몰라도 상대에 대해 제대로 된 신뢰를 보내지 못한데이. 글코 배신 때려 놓고 나중에 제가 잘못된 걸 알 거나 구석에 몰리삐면 꼭 변명을 한다 아이가. 인간이니까 그런 기다. 어쩔 수 없었다. 이방인이니께 의심할 수 없다지 않나, 그게 인간의 고질병이라지 않나? 참 웃기는 노릇이제? 다들 근성이 썩어 빠짓다 아이가! 그래서 내 직접 인간이 돼서 고것이 잘못됐다고 증명해 줄라 칸다! 그런 말 씨불인 놈 주둥이 콱 틀어막아 뿔끼다!'

솔직히 평가하자면 어리석기 그지없는 꿈이었다. 진정 인간이 되어 그 사실을 증명한다고 해도 그걸 인정해 주는 이가 누가 있을까? 참으로 부질없는 짓이었다. 영스러운 존재로서의 자신을 모두 잃고 평범한 인간으로서 살아가다 결국엔 늙어 죽겠지. 그런 것에 무슨 의미가 있다는 것일까?

"모르겠군요. 그 의미도 목적도…… 그게 도대체 무슨 의미가 있다는 것인지."

흑영은 쓰게 웃으며 답했다. 그런 그의 웃음을 따라하듯 하나린 역시 쓰게 웃었다.

"당연하지 본심이 숨겨져 있으니까."

"본심?"

하나린은 그리 말하며 미리내와의 첫 만남을 떠올렸다. 하늘에 닿은 소원. 그곳을 찾아가니 작은 아이가 있었다. 그 아이는 흙탕물에 널브러진 채 죽은 눈으로 절 올려다보며 말했었다.

'인간이…… 인간이 될 수 있게 해 주이소. 전 꼭…… 인간이 되어야 되겠습니더.'

마음이 끝까지 마모가 되어서도 하나의 염원을 품고 있었다. 넘을 수 없는 좌절에 꺾이고 꺾여 회의주의에 빠지고 이젠 남은 게 오기밖에 없는 그런. 절대로 인정할 수 없는, 하지만 이젠 자신도 믿지 못하게 된 작은 희망.

"응. 본심. 인간은…… 썩어 빠진 존재가 아니라고 증명하고 싶은 마음. 인간도 누구든지 조건 없이 믿어 줄 수 있고 받아들일 수 있다는 증명. 여태까지 그런 이들을 찾지 못했으니 제가 인간이 되어서라도 해내겠다는 그런……."

아무런 의심 없이 상대를 믿어 준다는 건 인간마다 다를 수 있지 않겠습니까? 흑영은 그 말이 목까지 올라왔으나 뒤이어 떠오르는 것에 차마 입을 열지 못했다.

'서른두 번.'

'서른두 번?'

'고년이랑 내기해서 확인해 본 숫자다. 서른두 번이나 확인했는데 인간 노마들이 다 그딴 식으로 얘기한 것에 대해 어이 생각카노?'

왜 그렇게까지 내기에 집착하여 그 사실을 확인했었어야 했나. 인간을 싫어하기로 결심했다면 그냥 그리하면 될 것을. 왜 굳이 인간의 안 좋은 일면을 계속 바라봐야만 했나? 꼭 제 생각이 틀렸다는 것을 누군가가 증명해 주길, 인간들 사이에 예외가 발견되길 원한 것처럼.

"하지만 말이야. 미리내의 생각에 큰 허점이 있어. 만약에 그 아이가 결국 인간이 된다 해도…… 이후 다른 인간들과 똑같은 결정을 내리게 된다면? 그 아이는 급속히 무너지게 될 거야. 그럼 그 아인 완전히 재기 불능이 되겠지."

하나린은 신을 신으며 일어섰다. 그리고 몇 발짝 앞으로 나아가더니 뒷짐을 진 채로 살짝 고개를 돌려 흑영을 바라보았다.

"내가 해 줄 수 있는 이야기는 여기까지."

그 이상 자세한 것을 알려 주는 것은 개인적인 사정과 비밀을 들춰내는 것이나 다름없었다. 나머지를 알고 싶으면 미리내에게 직접 들어야 되리라. 하지만 하나린이 말한 정도도 깊진 않더라도 어느 정도 개인사를 알려 준 것이나 다름없었다.

그걸 왜 제게 말해 준 것일까? 고작 만난 지 얼마 안 된 자신에게. 흑영은 미묘한 표정으로 하나린을 바라보았다.

"왜 이렇게까지 말씀해 주신 겁니까?"

그에 하나린이 짓궂은 말투로 답했다.

"당신, 그 사람을 닮았거든."

"그 사람?"

되물어 오는 그의 말. 하나린은 고개를 돌려 정원 한가운데로 난 길을 향해 천천히 걸음을 옮기며 말했다.

"응. 아마 너라면 미리내의 마음을 위로해 줄 수 있지 않을까 하고."

거기에다 한마디를 덧붙였다.

"미리내를 잘 부탁해."

그 말만을 남기고 하나린은 청이와 함께 궁인들을 이끌고 산책하러 나갔다. 한편 홀로 남은 흑영은 곤욕스럽다는 표정을 지었다. 말이야 좋지만 결국은 그 사나운 짐승을 길들여야 된다는 의미가 아닌가? 결코 쉽지 않은 주문에, 그리고 미리내를 곁에서 감시하려면 어떻게 해서라도 행해야 하는 일에 깊은 한숨을 내쉬었다.

백사린은 눈앞에서 마주한 하나린을 바라보았다. 막 산책을 나온 듯한 모습. 그녀 뒤로 제법 많은 궁인들이 뒤따르고 있었다. 요즘 들어 일이 너무 바빠 그녀를 만나러 가질 못했었다. 그녀가 하나린에게 왕비가 되어 달라 아뢴 이후로 첫 만남. 그사이 소문으로 선녀님의 용태가 변하셨다란 것을 듣긴 들었는데…… 변한 것은 겉모습만이 아닌 것 같았다. 풍기는 분위기가 뭔가 범접하기 힘든…… 그런 느낌을 준다.

"동공국의 달그림자께 인사를 올립니다."

백사린은 하나린을 향해 고개를 숙이며 인사하였다. 동공국의 왕은 '태양'이라 칭하며 동공국의 왕비는 '달'이라 칭한다. 그리고 그 칭호가 한 세대 아래로 내려오면, 즉 왕세자와 왕세자비로 내려오면 그 앞에 '작은'이라는 호칭이 추가적으로 붙었다. 그럼 왕비 후보는? 바로 '달그림자'라고 부른다.

평소와 달리 아기씨라 부르지 않고 굳이 달그림자라 칭한 이유는 하나린에게 제 신념을 표현하기 위해서였다. 자신은 당신을 왕비로 만들고자 하는 생각이 변함없다고. 그리고 당신도 그 사실을 잊지 말아 달라고. 즉 일종의 압박을 가하는 것.

에둘러서 말한 것이긴 하지만 현명한 그녀라면 분명 알아들었으리라. 과연 그녀는 어떤 표정을 짓고 있을까? 그때처럼 곤란하다는 표정을 짓고 있을까, 아니면 안타까워하는 표정을 짓고 있을까, 그것도 아니면 슬픈 얼굴을 하고 있을까?

백사린은 자유롭던 그녀를 제 욕심으로 궁에 가둬 두려는 것에 죄책감이 들어 쉽게 고개를 들지 못했다. 그래도…… 그녀 하나를 희생하여 동공국을 살릴 수 있다면 그건 나쁘지 않은 교환 조건이 아닌가? 물론 그녀 입장에선 옳다고 할 수 없는 일이긴 하지만…… 아니, 객관적으로 따지자면 악행이라고 볼 수 있지만 자신이 악녀가 되어 썩어 버린 동공국을 일으킬 수만 있다면 몇 번이고 악녀가 되어 주리라. 혈연의 정을 끊고 제게 기대를 품고 있던 이들을 배신하며 하나린같이 순수한 이를 이용한다고 해도 제 신념을 지키리라.

그렇게 결심하였다고 해도 씁쓸한 마음만은 어쩔 수 없는 일이라 백사린은 침묵을 지켰다. 그때 하나린이 그녀를 향해 걸어왔다. 그리고 그녀의 두 손을 꼬옥 잡았다.

"요즘 자주 보지 못해 너무 섭섭합니다."

말 내용과 어투부터 확연히 달라졌다. 이것 또한 백사린, 그녀의 작품이었다. 백사린은 쓴웃음을 숨기며 말을 이었다.

"여러 일들이 있어 뵙지 못했습니다."

"너무 무리하지는 마세요. 궁에 대해 잘 모르는 제 곁에 힘이 되어 주신 분이 아닙니까?"

하나린의 말이 또다시 백사린의 가슴을 찔렀다. 그래, 그녀가 직접 궁이란 곳이 어떤 곳인지 가르쳤다. 하지만 그것은 다 그녀를 이용하기 위한 하나의 방편. 그것이 양심을 아프게 찔렀다. 그 순간 하나린이 그녀를 부드럽게 안았다. 그리고 귓가에 작게 속삭였다.

"그리고 앞으로도 많이 도와줘야지. 나 모르는 게 많으니까."

움찔.

백사린은 생각지도 못한 말에 몸을 떨었다. 그에 하나린이 거리를 벌리며 방긋 웃음을 지었다.

"나도 욕심내 보기로 했어. 그 왕비라는 자리. 난 제현을 사랑하니까. 그러니까 끝까지 책임져 줄 거지?"

밝은 그녀의 웃음을 백사린은 멍하니 바라보았다. 끝까지 왕비 자리를 원하지 않을 것이라 생각했다. 억지로 씌운 굴레이기에 어쩔 수 없이 따라오리라 예상하였다. 솔직히 말해 궁이란 곳은 그녀에게 결코 어울리는 곳은 아닐 터.

"물론……입니다."

백사린은 그리 답했다. 그리고 제 말에 따라와 주겠다는 하나린의 말에 무겁던 마음의 짐을 놓을 수 있었다.

흑영은 바닥에 앉아 있는 미리내를 빤히 바라보았다.

개나리가 수놓인 노란 저고리, 그 아래로 연두색 치마, 거기에다 병아리가 수놓인 주홍빛 조끼까지 걸치고 있다. 긴 갈색 머리는 양 갈래로 땋여 하늘색 댕기로 예쁘게 매듭지어져 있었다. 추가로 두 여우 귀 사이에 커다란 동백꽃 모양의 족두리가 씌워져 있다.

궁녀들의 인형놀이에 얼마나 시달렸는지 평시에 쫑긋 서 있던 귀도 추욱 늘어져 있었다.

"……."

"……."

"……."

"……풉 크크크크크."

흑영은 방에서 아주 귀엽게 포장되어 나와 뚱하게 있는 미리내를 보며 웃음을 터뜨렸다. 그와 동시에 여우소녀의 얼굴이 와작 구겨졌다.

"뭘 꼬나보노, 변태 자슥아."

이번엔 흑영의 얼굴이 와작 구겨졌다.

"아니, 갑자기 그 말이 왜 나와!"

"니가 꼬나보는 게 꼭 소아성ㅇ…… 읍읍!!"

흑영은 또 다른 이상한 칭호가 나오려고 하는 소녀의 입을 다급히 틀어막았다. 이미 변태란 말만으로도 충분히 정신적 충격을 받았다. 거기서 더 심한 명칭을 듣는 것은 거절이다. 이리하여 하나린에게 무슨 말을 들었든 상관없이 또다시 옥신각신하며 으르렁거리는 수순을 타는 흑영이었다.

이건 무슨 견원지간(犬猿之間) 저리 가라 할 정도니. 흑영은 한숨을 푹푹 내쉬며 중얼거렸다.

"허허…… 궁녀랑은 나름 잘 지내면서 왜 내겐……."

"가슴에 손을 올리고 자~알 생각해 보그래이. 특히 첫 만남 때 말이제."

"아, 좀! 그건 실수였다고 몇 번을 말해!"

억울하다는 흑영의 외침에도 미리내는 눈가를 좁힌 채 슬금슬금 거리를 벌렸다. 그는 참으로 속 터진다는 게 바로 이런 거구나 하는 것을 절실히 깨닫는 중이었다. 흑영이 속에서 끓어오르는 열불을 가라앉히는 사이 뚱하게 있던 미리내의 작은 입이 열렸다.

"니 상판대기가 내가 아는 놈이랑 완전 판박이데이."

그나마 내화의 여지가 생기는 것일까? 흑영은 조금이나마 관계가 개선될 여지가 보이자 빠르게 말을 이어 갔다.

"누구?"

"인간들 중 처음으로 내 등판때기에 칼 꽂은 놈."

아…… 개선(改善)될 것이 아니고 개악(改惡)될 여지였구나. 흑영의 얼굴이 와그작 일그러졌다. 이거 시비지? 싸우잔 거지? 하지만 미리내는 어딘가를 더듬는 것 같은 눈길로 허공을 바라보고 있었다. 흑영은 그에 이게 또 무슨 사정이 있구나 하고 치솟은 울분을 가라앉혔다.

한편 미리내는 흑영의 얼굴을 보며 과거 인간과의 첫 인연을 떠올리고 있었다.

'살려 주세요! 거기 누구 없어요!'

어두운 밤, 산에서 발을 헛디뎌 절벽 아래로 굴러떨어져 다리가 부러진 인간. 그 구조 요청을 들은 그녀가 그를 구해 주었고 그것을 인연으로 그가 사는 산골 마을의 사람들과도 친해졌다. 그리고 그녀는 그때 구해 줬던 인간을 도련님이라 부르며 매우 잘 따랐다. 지금 생각해 봐도 썩 나쁘지 않았던 추억이라고 생각한다. 아니 오히려 소중한 기억으로 남아 있었다.

미리내는 흑영의 얼굴에서 과거의 잔재를 더듬었다. 그러고 보니 방금 그가 궁녀들과는 잘 지낸다고 하였던가? 그래, 저는 언제나 인간과 잘 지냈다. 문제는 그 관계의 끝을 파투 내는 이가 항상 인간이라는 점이지. 그녀는 쓰게 웃음을 지으며 고개를 뚝 떨어뜨렸다.

그때 미리내의 머리 위에 있던 족두리가 확 하고 들렸다. 그와 함께 갑자기 찾아오는 허전함에 여우 귀가 쫑긋하며 섰다. 여우소녀가 의아하다는 듯 슬쩍 고개를 들려는 순간 머리 위로 따뜻한 감촉이 내려앉는다. 그리고 귀 사이를 부드럽게 쓰다듬었다.

"무슨 짓이고?"

"그냥 이래 줘야 될 것 같아서."

흑영은 기운 없어 보이는 미리내의 머리를 쓱쓱 쓸어 주며 말을 이었다.

"과거 무슨 일이 있었는지 정확하게는 모르겠는데…… 널 배신한 놈과 날 겹쳐 보진 않았으면 좋겠군. 나와 상관없는 것 때문에 만남부터 꼬이는 건 사절이니까."

제법 단호한 어투. 허나 이런 위로는 처음인지 그녀의 머리를 쓰다듬는 손이 이모저모로 어색해 보이는 그였다. 말과 행동이 안 어울려도 이리 안 어울릴 수 있는지. 미리내는 피식 웃으며 입을 열었다.

"헤에— 그러니께 닌 내게 절대적인 믿음을 줄 수 있다 이기가?"

영스러운 존재들은 대개 상대에 대한 믿음이 확고한 편이었다. 그들 사이의 언약이나 약조엔 힘이 있었다. 즉 자신이 맹세한 것을 어길 시엔 그만한 제약이나 업보가 돌아왔다. 그러기에 그들은 인연을 맺게 된다면 서로에 대한 신뢰가 기본이 된다. 물론 영스러운 존재라고 무조건 다 그런 것은 아니었다. 요괴 측에선, 그리고 종종 신선 측에서도 배신을 하는 경우가 있다. 하지만 그래도 입으로 뱉은 말에 대해서는 어기지 않는 편이었다.

하지만 인간은 달랐다. 같은 지적인 생명체이면서도 인간에겐 언령에 대한 제약이 없었다. 그러기에 쉽게 말을 하고 쉽게 그것을 내버린다. 약속은 어기기 위해 있는 것이고 비밀은 지켜지지 않기에 있는 것이라며. 그러다 보니 믿음도 쉽게 추락하여 진흙탕에 더럽혀진다.

과연 인간 사이에 진실로 서로를 신뢰하는 이가 몇이나 될까? 자신의 생명을 맡길 수 있을 정도로 믿을 수 있는 이들이 있기는 할까? 아무리 극한의 상황에 놓인다 해도 서로를 의심하지 않을 수 있을까?

미리내는 고개를 절레절레 저으며 흑영의 대답을 기다렸다. 그는 그런 여우소녀를 보며 당연한 사실을 말하듯이 이야기했다.

"난 절대로 널 믿지 못하지."

미리내는 아쓰게 웃었다. 예상한 답변이었다. 아니, 난 널 절대적으로 믿을 수 있다고 대답해도 그걸 신용할 수 없었다. 겉만 번지르르한 거짓일 게 분명하니까. 오히려 눈앞에 있는 인간은 진실되게 말했다는 점에서 높게 평가할 만했다.

그때 흑영이 미리내의 머리에서 손을 떼고 그녀의 옆에 털썩 주저앉았다. 그리고 무심한 듯 말을 이었다.

"인간 사이에서 '절대적인 신뢰' 란 말은 없어. 적어도 난 그렇게 생각한다."

흑영과 믿음이란 말은 서로 동떨어진 존재였다. 궁에서 지내다 보니 수많은 인간 군상을 보게 되었다. 그리고 정치판은 늘 그렇듯 서로 먹고 먹히는 싸움이었다. 앞에서는 온화하게 웃으며 대화를 해도 뒤로는 칼을 갈고 있을 수 있고 오늘의 친구가 내일의 적이 될 수도 있었다. 그러니 궁에서 살아남으려면 상대를 무조건 의심부터 하고 봐야 했다.

동맹을 맺은 이도 의심을 해야 했고 사랑을 속삭이며 다가오는 여인도 궁에 들어오기 전에 친우였던 이마저도 의심해 봐야 했다. 궁에선 믿을 이가 아무도 없었다. 심지어 자신마저 제 친우였던 은명과 서아란을 배신하지 않았던가? 그게 비록 제 주군의 명이었다고 해도.

이리하여 흑영은 다른 이에게 완전무결한 믿음을 줄 수도 없고 받을 수도 없었다. 그렇기에 그는 절대적인 신뢰라는 의미를 다르게 이해하고 있었다. 그는 제가 생각하는 절대적 신뢰에 대해 입을 열었다.

"인간이 누군가를 절대적으로 믿는다는 것은 딱 두 가지야. 첫째, 상대가 절 속이는 것도 받아들이겠다는 것. 둘째, 거짓을 행하는 이에게 대항할 수 없어 속여도 어쩔 수 없이 받아들이겠는 것."

인간이란 종엔 하도 각양각색의 사람들이 많기에 정말 목숨까지 맡길 수 있는 신뢰가 형성되는 경우도 있을 수 있다. 굳이 찾으려면 어디에선가는 찾을 수 있으리라. 하지만 인간 사이의 보편적인 믿음은 제가 이야기한 것과 크게 다르지 않으리라 생각한다. 흑영은 그리 말하며 옆에 앉아 있는 여우소녀를 내려 보았다. 그리고 미리내도 제 옆에 앉아 있는 검은 무사를 올려 보았다.

한동안의 대치. 미리내는 '픽' 하고 짧은 웃음을 내뱉었다.

"니도 참말로 회의주의에 빠져 있고만."

나처럼 말이제. 생략되어 있는 그 말을 흑영은 알아챘다. 이미 알고 있었지만 제 고집을 밀고 나가고 있단 말인가? 그는 작게 헛웃음을 흘렸다. 그리고 조금 전 말하면서 일부러 하지 않은 절대적 신뢰를 줄 수 있는 세 번째 경우를 떠올렸다.

상대가 진짜 바보 멍청이라서 속이는 것 자체를 할 줄 모를 때. 아닌 것을 알면서도 손에서 놓지 못하는 아이라…… 이런 바보라면 믿을 수 있지 않을까?

그때였다. 미리내가 갑자기 자리에서 일어서 저 멀리 시선을 던졌다. 마치 생각지도 못한 것을 알아챈 것 같은 표정. 이내 미리내의 얼굴이 사납게 구겨졌다.

"혜련 아씨."

그리고 튀어나온 이름. 흑영은 그녀의 갑작스러운 행동에 의아하다는 표정을 지어 보였다. 한편 미리내는 제 왼쪽 어깨를 부여잡으며 이를 갈았다. 그곳에 있는 계약의 인(印)이 뜨겁게 달궈지고 있다.

이곳에 그녀가 왔다. 저와 몇 번의 내기를 행한 이가. 미리내는 분노로 혼탁해진 머리에 그녀의 모습을 떠올렸다.

도련님 옆에 서 있던 가녀린 여인. 도련님과 혼인을 올린 새아기씨. 그리고…… 그 산골 마을에서의 인연을 파탄 낸 진정한 원흉. 그녀가 빨간 입술을 끌어 올려 웃음 지으며 말했었다.

'우리 내기하지 않으련? 뭐 결과는 뻔하겠지만.'

"두고 보이소. 확실히 증명해 보일 테니께."

미리내는 이를 꽉 물고 이곳 어딘가에 있을 그녀 향해 적의를 불태웠다.

"흐~응. 저긴가요? 제가 홀릴 남자가 있는 곳이?"

"그렇지."

백세악은 지붕 위에 서 있는 검은 여인을 올려 보며 말했다. 그에 검은 여인은 재밌다는 듯 방긋 웃음을 지으며 말했다.

"그럴 만한 가치가 있는 남자인가요?"

그와 동시에 백세악의 얼굴이 찌푸려지는 것은 당연지사. 인간답지 않은 무력을 가지고 있는 왕이었다. 거기에다 일단 한번 원하는 게 생기면 끝까지 밀고 나가는 강단과 그럴 만한 정치적 능력 역시 가지고 있었다. 볼수록 괴물이라는 생각밖에 들지 않는 인물. 추가로 왕실의 유일한 핏줄이다.

무려 그런 이를 향해 가치를 운운하고 있으니. 심지어 저조차도 함부로 하지 못하는 자이지 않은가?

백세악은 험악한 표정으로 입을 떼었다.

"그딴 소리는 동공왕을 네 손바닥에 쥐고 나서 이야기해도 늦지 않는다."

"어머, 많이 화가 나신 모양이네요. 소녀, '아버지'께 제 잘못을 사죄드려요."

오늘부로 백가(家)에 양녀로 입적된 검은 여인이 입가를 다소곳이 가리며 낮게 웃음소리를 흘렸다. 그게 또 심기를 거스르는 터라 백세악의 미간이 찌푸려졌다. 뭐 능력만 있다면 상관없다. 그는 지하방에서 나오자마자 집안 모든 사람을 홀려 버린 일을 떠올리며 분노를 가라앉혔다.

"쯧, 먼저 들어가도록 하지."

"예, 아버지."

백세악이 사랑방으로 들어가자 검은 여인 역시 집 안으로 들어가려는 듯 몸을 돌렸다. 허나 무언가를 느낀 듯 고개를 획 돌려 다시금 궁을 바라보았다.

"어머나? 저기에 그 아이가 있는 모양이네."

반갑다는 듯 방긋 웃음을 지었다. 검은 여인은 제법 제 마음에 들었던 새끼 여우를 떠올리며 기뻐했다. 차가운 현실에 무모하게 부딪치던 고집쟁이 새끼 여우. 그리 배신당했으면서도 인간에게 기대와 희망을 품는 최고의 바보. 왜 그렇게까지 인간에 대한 마음을 놓지 못하는지.

"이번에도 재밌게 놀자, 미리내."

검은 여인은 검게 웃음을 지었다.

연회장에 들어서던 백사린은 흠칫하고 제자리에서 멈추어 섰다. 규수들로 북적여야 할 그곳이 휑했다. 정확히는 평소에 오던 이들의 반절만이 자리를 지키고 있었다. 비록 그녀가 아비에게서 등을 돌렸다는 소문이 파다했을 때도, 하나린의 스승이 되었을 때도 이렇진 않았다. 그때부터 제가 일궈 놓았던 세력이 흩어지려는 감이 있었지만 이건 너무 갑작스러웠다.

아마 그녀도 모르는 새에 규수들 사이에서 어떤 규합점이 생겼을 터. 하지만 그게 누구인지 도저히 예상이 가질 않았다. 몇몇 떠오르는 이들이 있기는 하지만 그녀에게서 이렇게 많은 이들을 뺏어 갈 이는 단 한 명도 없었다.

백사린은 저의 눈치를 보는 규수들을 보며 아무렇지 않다는 듯 웃음을 지어 주고는 상석으로 가 앉았다. 이미 예상한 것처럼 한 치의 동요도 보여 주지 않는다. 그리고 부러 의미심장한 미소를 입가에 건 채로 입을 열었다.

"다들 늦는군요. 무슨 일이라도 있는 걸까요?"

마치 너희들이 무엇을 꾸미고 있는지 다 알고 있다는 듯이. 허나 이 것은 허장성세(虛張聲勢). 백사린은 속으로 쓰게 웃음을 흘렸다. 세력을 갈아탄 이후로 제 팔다리가 잘려 나간 것이 매우 큰 타격이었다. 더 이상 그녀의 주 무기였던 정보를 빠르게 습득할 수가 없으니.

그때 한 어린 규수가 조심스럽게 입을 열었다.

"저기…… 괜찮으신가요?"

확실히 무슨 일이 있긴 있는 모양이다. 백사린이 말없이 그녀를 주시하자 주변 규수들이 그 어린 규수를 향해 타박이 담긴 눈길을 보냈다. 그에 그대로 움츠러드는 소녀였다. 그런 일련의 과정을 지켜보던 백사린은 빙긋 웃음을 지으며 말했다.

"괜찮지 않을 건 또 무엇인가요?"

여기 있는 모든 이들이 그녀에게 일어난 어떠한 일을 이미 알고 있었다. 그것을 저만 모르고 있다는 것은 너무나 생소한 경험. 백사린은 속으로 혀를 찼다. 요즘 이런저런 일로 바쁘다 보니 정보 수집에 조금 나태한 감이 있었다. 그녀는 이 자리에서 돌아가자마자 제게 무슨 일이 벌어졌는지 확인해 보기로 결심했다.

하지만…… 그럴 필요도 없이 그 폭풍이 먼저 밀어닥쳤다. 한 무리의 여인들이 웅성거리는 소리가 밖으로부터 들려왔다. 그리고 연회장으로 들어오는 규수들. 가장 맨 앞에 서 있는 이가 그녀들의 새로운 구심점인 듯 보인다.

무덤덤하게 그 존재를 향해 시선을 돌린 백사린은 순간 제 눈을 의심할 수밖에 없었다.

"서아란?"

놀람에 작게 튀어나온 목소리. 허나 그녀는 곧 제 생각을 부정했다. 서아란, 그것이 여기에 있을 리가 없지 않은가? 거기에다 자세히 보면 그녀와 다른 점이 여기저기에 보인다. 하지만 그 여인은 백사린이 서아란과 순간 혼동할 정도로 그녀와 매우 흡사한 외모와 분위기를 가지고 있었다.

백사린은 빠르게 머릿속에 있는 각 가문의 규수들의 얼굴을 하나씩 떠올려 보았다. 그러나 그중 지금 새로운 구심점으로 나타난 여인과 일치하는 얼굴은 하나도 없었다. 즉 백사린이 한양에서 단 한 번도 본 적 없는 인물. 그녀는 최대한 동요를 감추며 그 여인을 바라보았다. 도대체 어디서 나타난 규수인 걸까?

때마침 그 규수가 백사린을 향해 시선을 돌렸다. 그리고 눈을 동그랗게 뜨더니 이내 배시시 웃으며 고개를 숙이며 인사했다.

"반갑습니다. 처음 뵙네요. 전 이틀 전에 백가(家)에 양녀로 들어온 백아란이라고 합니다."

쿵.

순간 백사린은 눈앞이 깜깜해졌다. 망치로 머리를 맞은 기분. 전혀 예상치 못했던 일에 한순간 숨이 턱 막혔다. 그제야 제가 이끌던 여인들이 반 토막 난 이유가 설명되었다. 자신의 아버지가 절 버리고 다른 여인을 왕비로 추대하겠다고 선포한 것이나 다름없으니. 정말 제대로 뒤통수를 맞았다. 그리고 제 아비의 어리석은 아집에 절로 이가 갈렸다.

과거 동공왕이 서아란을 총애했으니 그와 비슷한 여인을 옆에 데려다 놓을 생각인 거다. 이름까지 '아란'이라고 지어서. 그렇다고 그분의 마음이 움직일 것이라 기대하는 것인가? 끝끝내 권력에 대한 집착을 놓지 못하고 궁을 두 개의 파로 갈라 버리다니.

현재 백사린은 백가의 가옥에서 나와 동공왕에게 따로 허가를 받아 궁 한구석에 있는 작은 전각에서 지내고 있었다. 그런 터라 막상 백가의 집안에서 일어나는 일에 대해선 전혀 모르고 있었다.

백사린은 절 바라보는 백아란을 마주 응시했다. 아무것도 모른다는 듯 순진한 얼굴. 어찌 보면 제 아비에게 이용당하는 꼭두각시 인형일 수도 있었다. 하지만…… 그럴 리가. 약속보다 늦은 시간대에 저리 규수들을 끌어모아서 나타났는데.

저건 분명 일종의 시위였다. 당신은 이제 지는 해라고. 점점 더 많은 것을 잃어 갈 것이라고. 그리 기싸움을 걸어오는 것이다.

그래, 그렇다면 받아 주어야지. 백사린은 태연한 가면을 쓴 채 입을 열었다.

"아아, 그래. 소식 편으로 들었다. 아버지께서 꼭 마음에 드는 아이가 있어 우리 가문에 입적시키신다고. 나름 기대를 많이 하였다. 근데 이리 보니 누군가와 많이 닮은 것 같구나."

그녀의 말이 끝나자 여러 규수들이 움찔하고 몸을 떨었다. 그녀들도 잘 알 것이다. 지금 백아란이란 여인이 과거 자신들이 모욕하고 험담하던 서아란과 너무나 닮아 있다는 것을. 순간 그녀들의 얼굴에 껄끄럽다는 표정이 천천히 자리 잡기 시작했다. 여기까지는 의도한 대로.

하지만 일변하는 분위기 속에서도 백아란은 여전히 생글거리는 웃음을 지우지 않았다. 오히려 바짝 다가오며 친근하게 이야기를 이어 갔다.

"헤헤, 그런 소리는 처음 듣네요. 그건 그렇고 언니라고 부르면 될까요? 저보다 나이가 한 살 더 많다고 들었습니다. 이왕 가족이 된 거 사이좋게 지내고 싶습니다."

만만치 않은 상대다. 그녀는 주변의 분위기에 휩쓸리지 않고 제 흐름을 유지하고 있었다. 백사린은 상대의 위험 등급을 좀 더 상향 조정하며 말을 이었다.

"원하는 대로."

"예, 언니."

백사린이 은은한 미소를 베어 문 채 답하자 백아란은 냉큼 바로 그 호칭을 입에 담았다. 백사린의 분홍빛 눈이 백아란의 검은 눈을 응시한다. 그리고 백아란의 검은 눈이 백사린의 분홍빛 눈을 응시한다. 겉으로 보기엔 그저 정다운 인사지만 그 안에는 상대를 파악하기 위한 계산이 빠르게 이루어지고 있었다.

"이만 앉고 연회를 시작하도록 하지."

백사린이 운을 떼었다. 상대가 움직이기 전에 자신이 한 발짝 먼저 주도권을 잡아 온다. 그리고 백아란은 물론 그녀를 뒤따라온 규수들이 각자 자리에 위치하였다. 백사린은 속으로 한숨을 쉬며 연회장 왼편 중앙쯤에 있는 이혜를 향해 시선을 던졌다.

아무래도 자신의 계획을 서둘러야 될 것 같았다.

"흐음— 피곤하군."

저녁과 밤 사이에 걸친 애매한 시간대. 제현은 피로한 눈을 손으로 덮으며 한숨을 내쉬었다. 근래 들어 올라오는 문서들은 그 수가 줄어들기는커녕 점차 늘어나고만 있었다. 그러다 보니 하루하루 조금씩 무리를 하고 있다. 그것도 비슷한 내용 일색이라 왠지 무의미한 노동의 반복처럼 느껴졌다.

자꾸만 뿌옇게 흐려지는 정신을 다잡으며 제현은 제 자리에서 벌떡 일어섰다. 잠시 산책을 하며 시원한 공기라도 마셔야 될 것 같았다. 그는 집무실을 벗어나 백련각 쪽으로 천천히 걸음을 옮겼다. 궁에서 가장 깊은 곳에 자리한 곳이자 가장 화려하게 꾸며진 정원. 그 안으로 들어서니 꽃향기가 가장 먼저 그를 반겼다.

"하나린은 산책을 오지 않은 건가?"

하긴 이제 슬슬 하루를 정리하고 잠이 들 준비를 할 시간대였다. 아쉽다는 듯이 말을 내뱉었으나 생각해 보면 어처구니없는 기대나 마찬가지였기에 그는 가볍게 헛웃음을 흘렸다. 그럼 이대로 풍옥전으로 가서 그녀를 만나고 올까 하는 생각이 들었으나 이내 부정하듯 고개를 절레절레 저었다.

근래에 갑작스레 성장을 한 하나린은 제현에게 있어 마치 마약과 같았다. 한번 보면 그대로 시선을 뺏긴 채 넋을 놓게 된다. 봐도봐도 질리지 않는다. 그녀와 마주하는 순간 평정심은 간단히 흐트러지며 심장은 주인의 통제를 벗어나 빠르게 뛰기 시작한다. 살갗이라도 닿게 되면 그 증상은 더더욱 심해졌다. 꼭 죽을 것 같은 기분에 화들짝 놀라는 한편 그 이상의 것으로 넘어가고 싶기도 했다.

왕이니 원한다면 취하면 된다. 하지만 그 누구보다 소중히 여겨주고 싶기에 그리할 수 없었다. 결국 이러지도 저러지도 못한 채 참으로 곤란해지는 것이다. 그런 상황을 피하게 되면 안도가 됐지만 아쉬움도 강하게 밀려와 마음을 혼란스럽게 만들었다. 꼭 중독이라도 된 것 같은 기분이다. 그래도 그것이 또 마냥 싫지만은 않으니……

"미치겠군."

혼란스럽다. 그것이 불쾌해야만 하는데 가슴속 어딘가가 간질간질하며 웃음을 자아내게 만든다.

"이런 것도 변화이겠지?"

"변화인가요?"

그때 그의 물음에 답하는 여인의 목소리가 들렸다. 기척조차 느끼지 못했던 터라 제현은 황급히 시선을 돌려 그 음성의 주인을 바라보았다. 그리고 순간 제 눈을 의심하였다.

"서아란?"

차가운 바람이 분다. 균형 잡힌 몸매와 우아하게 뻗은 목선, 흑단 같은 머리와 흑요석 같은 눈동자, 제법 고집 있어 보이는 눈매와 꽉 다문 앵두 빛 입술까지. 작은 바구니를 손에 든 채 순진한 눈빛으로 그를 바라보고 있었다. 분명 겉모습은 열여섯의 서아란 형상인데 그녀의 눈은 꼭 처음 만난 그날과 같은 눈빛이다.

"예? 전 백아란인데요?"

여인이 어리둥절하다는 듯 고개를 갸웃하며 말하는 순간 와장창하며 환상이 깨어져 나갔다. 그에 제현은 '으음—' 하며 신음을 흘렸다. 그의 첫사랑과 판박이처럼 닮은 여인. 그것도 제게 악의를 표하지 않는 모습에 순간 제현의 평상심이 흐트러졌다.

"그대는…… 왜 여기에?"

"아, 전 그러니까 저기 아버님께 야참을 드리려고 왔는데요. 오늘 궁에서 밤늦게까지 일을 하신다고 해서…… 헤헤 그런데 길을 잃어버렸지 뭐예요."

무심코 뱉어진 그의 물음에 백아란이 바구니를 들어 보이며 어색하게 웃었다. 마치 서아란과 처음 만난 날과 같았다. 열 살의 서아란과 만난 그날도 그녀는 길을 잃어 궁 깊은 곳까지 들어왔었다. 그리고 순진하게 웃어 보였지. 눈앞에 있는 이가 누군지도 모르고.

제현은 제 검은 머리를 쓸어 넘기며 깊은 한숨을 내쉬었다. 자꾸만 찾아드는 과거의 추억에 가슴이 먹먹해지는 기분.

"그대 아비가 누구인진 모르겠으나 궁녀를 붙잡고 물어봤으면 됐을 텐데?"

"아……."

마치 몰랐다는 듯이 감탄사를 터뜨리는 그녀. 뭔가 조금은 둔해 보이는 모습이 상대에게서 긴장감을 뺏는다. 모든 것이 뒤섞여 제현은 평소와는 달리 나름 상냥하게 길 찾는 방법을 알려 주었다.

"저쪽으로 나가 아무 궁녀나 붙들고 물어보아라."

그리고 쓰게 웃으며 몸을 돌려 되돌아가려 하였다.

"저기…… 괜찮으세요?"

허나 걱정스럽다는 백아란의 목소리가 그의 발길을 붙잡았다. 제현은 살며시 고개만 돌린 채로 물음을 던졌다.

"왜, 아파 보이는가?"

무시할 수도 있었다. 이건 그저 변덕에 의한 질문. 하지만 되돌아온 답변은 그의 마음을 다시 한 번 흔들었다.

"아니요. 그렇다기보단 슬퍼 보여서요."

'세상에 그렇게 슬퍼 보이는 악마가 어디 있어요?'

과거 서아란의 음성과 겹쳐 들린다. 아련하게 피어오르는 아픔. 그에 제현은 두 눈을 꼭 감으며 하늘을 향해 고개를 들었다. 그래, 그랬던 적이 있었다. 비록 파탄을 맞이했지만 그랬던 때도 있었다. 그때의 상처가 아직 다 아물지 않았던 것일까? 가슴 한구석에서 날카로운 못 같은 것이 쿡쿡 찌른다.

그래, 그런 때가 있었다. 한 여인에게 온전히 정신이 팔려 미쳐 돌아가던 때가. 이제 흔적만이 남아 있는 추억을 홀로 끌어안고 나아가야겠지. 때때로 저도 모르게 젖게 되는 과거의 추억.

그래, '그런' 때가 있었다. 그래, 그 '랬' 다.

제현은 피식 웃으며 축 처진 어깨를 폈다. 잠시 뒤돌아서서 쓰게 웃을 수도 있겠지만 이젠 제게도 나아갈 미래가 있지 않은가? 과거에 얽매여 이뤄지지 않을 소망에 익사해 버리는 짓은 어리석다는 걸 잘 안다. 그걸 가르쳐 준 푸른 눈의 여인이 지금 제 곁에 있지 않은가. 사랑스럽기 그지없는. 그리고 제가 사랑하는…….

"뭐 가끔은 그리될 때가 있지. 하지만 늘 그런 건 아니다."

그는 잔잔히 말을 이으며 옛 기억의 책장을 접었다. 그리고 유한 눈매를 날카롭게 다듬으며 뒤이어 질문을 던진다.

"궁에 오랫동안 남아 일한다라. 그래, 요즘엔 좀 일이 많긴 하지. 그건 그렇고 궁에 이렇게 깊숙이 들어와 아비를 찾을 정도면 그대 아비는 고관직인 것 같군."

가벼운 도발과 함께 정확한 정체를 밝히라는 의도. 순식간에 일변하는 그의 태도에 백아란은 동그랗게 두 눈을 떴다. 그게 꼭 순진한 토끼처럼 보였으나 제현은 여전히 낮게 가라앉은 눈으로 그녀를 응시했다. 조금 전, 과거의 잔흔에 흔들렸던 이로 보이지 않는다. 백아란은 그런 그를 잔잔히 바라보다 자세를 가다듬고 입을 열었다.

"아, 그러고 보니 정식으로 제 소개를 하지 않았군요. 전 백가(家)의 둘째 여식 백아란이라고 합니다. 얼마 전 양녀로 입적되었지요."

그리고 생긋 웃음을 지어 보였다.

"아아, 그렇군."

제현은 알겠다는 듯 감탄사를 터뜨렸다. 성을 제외하면 서아란과 똑같은 이름과 비슷해 보이는 성격. 그리고 그녀와의 첫 만남 때와 유사한 행동 패턴. 백가의 가주가 나름 비장의 수랍시고 준비한 모양이었다. 그래, 어쩌면…… 하나린이 제 곁에 없었다면 알면서도 넘어가 주었을지도 모르겠다.

제현은 상대의 행동 하나하나를 살피며 평가를 내렸다. 나름의 교육을 받은 것일까? 제법 규수의 태가 난다. 그리고 머리도 썩 나쁘진 않을 것 같다.

분명 오늘의 이 우연을 가장한 만남도 여러 가지 수가 사용되었을 터. 그러면서 저리 태연한 연기라니. 어쩌면 아무것도 모른 채 백세악이 등 떠밀어서 들어왔을지도 모르지만. 전자라면 제법 영악하고 후자라면 딱히 경계할 필요도 없겠지. 허나 제현의 감은 지금 눈앞에 있는 여인이 보통이 아니라고 경고했다.

"그대…… 기억해 두도록 하지."

그랬기에 제현은 짧은 경고의 말을 남기고서 그 자리를 떠났다. 백아란에 대한 뒷조사를 계획하며.

한편 홀로 백련각에 남은 백아란은 반쯤 몽롱함에 잠긴 채로 그가 사라진 자리를 바라보았다. 한참을 그리 있었을까? 그녀는 한쪽 발을 들어 발끝으로 가볍게 땅을 찼다. 그와 함께 백련각 위에 겹쳐진 무언가가 한 꺼풀 벗겨졌다.

"흐음— 대단하네요. 경중정원(鏡中庭園)의 속에 있었음에도 제 마음을 유지할 줄이야."

경중정원(鏡中庭園). 과거의 파편을 강제로 불러일으키는 술법. 살아 있는 존재라면 누구든지 아련한 과거 한 자락씩은 가지고 있다. 이 것을 거울처럼 비춰 내어 그날의 마음까지 끄집어낸다. 마치 술에 취하듯 제 감정에 취해 버리는 것이다.

"이거, 일이 재미없게 돌아가네요."

백아란은 제 입술을 톡톡 치며 안타깝다는 듯 중얼거렸다.

고즈넉한 저녁. 늦여름이기에 아직은 텁텁한 바람이 불어와 한양의 거리를 지나갔다. 자유롭게 쏘다니던 바람이 발길이 멈춘 곳은 어느 아담한 찻집. 종종 귀족 규수들이 들어와 담소를 나누거나 할 때 이용하는 곳이었다. 찻집의 여러 방 중 하나에 두 명의 여인이 서로 마주하고 있었다.

허나 그녀들은 함께 있다는 사실만으로 이질적이라 할 수 있을 만큼 어울리지 않는 조합이었다. 우선 겉보기부터가 그랬다. 한쪽은 분홍빛 머리에 백합 같은 하얀 의복, 다른 한쪽은 흑청색 머리에 바다같이 푸른 의복. 거기서 더 깊이 파고들면 그들은 더더욱 이상한 조합이 된다. 한 명은 귀족파 수장의 독녀, 아니 독녀였던 백사린. 다른 한 명은 왕실파 중 가장 청명하다고 알려진 호조판서 이전량의 여식, 이혜. 어찌 보면 서로 극과 극에 위치한다고 할 수 있는 이들 이었다.

그들 사이는 침묵으로 가득했다. 그저 조용히 다과를 즐기기만 할 뿐 그 이상의 대화는 이어지지 않았다. 얼마나 그리 있었을까? 이혜가 시선을 낮게 깐 채로 질문을 던졌다.

"저와 독대를 청하신 이유가 무엇인가요?"

근래 들어 백사린의 행보는 쉽게 이해되지 않는 면이 가득했다. 하나린이 왕비 후보가 된 이후 그녀의 스승이 되었다. 그리고 얼마 안 가 백가(家)의 가주와 대립각을 세웠다는 소문이 돌더니 몇몇의 귀족파 규수들을 설득하여 하나린을 지지하도록 끌어들였다. 며칠 전에 규수들을 모아 놓고 나름의 이유를 설명했기에 백가의 가주와 모두 이야기가 끝난 상황일 거라 생각했더니 또 얼마 안 되어 백가의 가주가 새로운 양녀를 들여 백사린을 버렸음을 은연중에 암시했다.

과거 차기 왕비로 가장 많이 거론되던 여인. 귀족파들의 중심점. 그런데 언제부턴가 그녀의 모든 것이 뒤틀리기 시작했다. 그리고 그녀 곁에 붙어 있던 세력들이 하나둘씩 떨어져 나갔다. 귀족파에서 버림받았기에 그렇게 움직였다 생각하면 쉽겠지만 상황증거상 백사린이 먼저 귀족파를 적대하기 시작했다고 봐야 했다.

하지만 왜? 가만히만 있어도 수많은 것들이 절로 보장되었을 것이다. 어쩌면 여성으로서 가장 높은 지위에 오를 수도 있었다. 그런데 그것들을 스스로 포기할 만큼 중요한 것이 있단 말인가?

이혜는 긴장되어 떨리는 손을 숨기며 백사린을 응시했다. 이미 많은 것을 잃어버렸다고 하나 우습게 볼 수 없는 여인이었다. 배경도 큰 영향을 주었음을 무시할 수 없으나 실은 백사린, 그녀 자체만으로도 충분히 위협적인 존재였다. 조금만 방심하면 그 틈을 날카롭게 물어뜯을 것이다.

"전……."

그때 백사린의 입술이 열렸다. 이혜는 호흡을 가다듬으며 다음 말을 기다렸다.

"당신께 도움을 청하기 위해 만나 뵙자 하였습니다."

어느 정도 예상 범위 내에 있던 말이라 놀라지 않을 수 있었다. 이혜는 백사린의 의도를 알아내기 위해 빠르게 계산을 해 나갔다. 아무리 귀족파에서 버림을 받았다 해도 그녀의 입지가 완전히 사라진 것은 아니었다. 그렇다면 귀족파의 일부 세력에 왕실파의 세력을 끌어

모아 제3의 세력을 만들어 낼 생각인 걸까?

잠시 뜸을 들인 이혜는 조심스럽게 입을 열었다.

"그것이…… 무엇입니까?"

이혜는 시선을 들어 백사린의 분홍빛 눈을 응시했다. 왕실파 규수들은 그 수가 매우 적은 편. 그중에서 이혜의 발언권은 상당히 컸다. 어찌 보면 그녀가 왕실파 규수의 우두머리라고 봐도 무방했다. 그렇기에 이혜는 백사린의 기세에 밀릴 수 없었다. 마주 상대하기 두려운 이지만 이를 악물고 허리를 곧게 폈다.

그런 그녀를 빤히 바라보던 백사린은 이윽고 마음에 든다는 듯 웃음을 지으며 입을 열었다.

"그대의 종조(從祖), 독고강 님과 만날 수 있는 다리가 되어 주셨으면 합니다."

역시 왕실파 세력을 끌어들일 모양이었다. 이혜는 고운 제 입술을 지르물었다.

독고강은 선대 동공왕이 집정할 때 왕실파의 수장이었다. 허나 저들을 이끌 왕이 귀족들의 기세에 눌려 제대로 된 정치를 하지 못한 채 숨기만 하자 하늘을 우러러 한탄하며 제 모든 걸 버리고 지방으로 내려갔다. 그리고 새로운 인재들을 키우며 조용히 생활하고 있었다. 허나 그가 왕실파에서 가지는 영향이 아예 없는 것은 아니었다. 아니 오히려 매우 컸다. 무려 모두가 존경하는 스승의 위치에 서 있는 유일무이한 자이니.

그런 독고강을 제 세력으로 끌어들인다는 것은 왕실파와 젊은 물결을 제 편으로 삼는다는 의미와 일맥상통했다. 그리고 백사린쯤 되는 인물이라면 그것만으로 궁 안의 판세를 뒤집기는 힘들더라도 충분히 뒤흔들어 놓을 수는 있을 터.

그건 너무 위험하다. 그렇기에 이혜는 거절하려고 입을 열었다.

"죄송……."

"풍옥전의 아기씨와 만날 수 있도록 말입니다."

그러나 뒤이어 나온 백사린의 말이 이혜의 말문을 막았다. 풍옥전의 아기씨라면 분명 하나린이라는 신선을 칭하는 것일 테다. 귀족파쪽은 그저 요물이라고 취급하고 있지만 왕실파 쪽은 그런대로 신선이라는 사실을 인정하고 있는 추세. 그런데 왕비 후보로 강하게 거론되던 백사린이 그녀를 돕는다? 뭔가 이상하였다.

설마 얼마 전에 그녀가 별의 정원에서 규수들에게 말했던 것처럼 하나린을 뒤에서 조정하려는 것인가 하면 그건 또 아니었다. 그런 짓을 했다간 현 동공왕에게 곱게 죽진 못할 테니까.

이혜는 더욱 뒤엉키는 머릿속에 얕은 한숨을 내쉬었다. 그녀로선 도저히 백사린의 목적을 이해할 수 없다. 혼란, 혼란, 그리고 또 혼란.

"도대체 당신은 무슨 생각을 하는 것입니까?"

무심코 물음을 던진 이혜는 흠칫하고 몸을 떨었다. 그에 백사린은 곱게 미소를 입에 걸었다. 그리고 친절하게 그 질문에 답변했다.

"저는 동공국을 위한 완벽한 왕비를 세우는 것이 목표입니다."

백아란은 발걸음 소리도 내지 않고 다소곳이 앞으로 걸어갔다. 그러다 삼시 멈주어 서서 뒤돌아보았다. 옅은 구름에 가리어졌지만 여전히 밝은 보름달을 배경으로 그녀는 재밌다는 듯 웃음을 지었다.

무언가에 미쳐 있는 인간은 어딘가 부족한 부분이 있기 마련이다. 그리고 그 부분을 건드려 주기만 하면 생각보다 쉽게 넘어오게 된다. 허나 조금 전 동공왕은 백아란의 유혹을 가볍게 뿌리쳤다. 들리던 소문으론 제정신이 아니라고 하던데 막상 마주한 자는 그 누구보다 올곧은 정신을 가진 인간이었다.

소문이 잘못된 것일까, 아니면 그 짧은 기간 동안 그의 부족한 부분을 채워 준 존재가 있었던 것일까?

뭐, 그건 상관이 없다. 더 중요한 것은 지금 동공국의 상황. 선대에서부터 타락한 귀족들에 의해 반쯤 썩어 있는 나라. 그리고 그런 귀족들을 짓누르고 제압할 수 있는 강한 힘을 소유한 현왕. 거기에다 그 왕을 지배하려고 절 소환한 비틀린 인간까지. 그 외에도 제 아비와 반목하면서까지 나라를 고치려 하는 인간 계집도 있다.

일이 참 재미있게 돌아가고 있었다. 현재 동공국은 잘못된 무언가를 고쳐 가기 위해 막 움트고 있는 개혁의 시작점에 위치하고 있었다. 기존의 질서와 새로운 물결이 충돌하고 있다. 무언가 일을 벌이기에 참으로 좋은 시점이 아닌가?

고운 얼굴에 순간 깊이를 알 수 없는 어둠이 깃들었다.

타박타박타박.

그때 백아란의 앞에서 작은 발걸음 소리가 들렸다. 그 발걸음이 향하는 방향은 바로 그녀가 있는 이곳. 어둠 속에 있던 그것은 곧 달빛 아래로 제 몸을 드러냈다. 색동옷을 입은 소녀, 그것도 인간이 아님을 드러내는 여우 귀와 꼬리를 가진 이가 백아란을 보며 방긋 웃음을 짓는다.

"혜련 아가씨, '진짜'로 만나는 것은 오랜만이네요?"

친근한 어조로 이어지는 인사. 백아란은 익숙한 이가 제 과거의 '이름들' 중 하나를 언급하자 반갑다는 듯 마주 웃음을 지었다.

"어머, 이게 누구니? 우리 귀여운 새끼 여우가 아니니? 참 오랜만에 보네? 지금까지 잘 지냈니?"

생각지 못한 곳에서 만나게 되어 정말 기쁘다는 모습. 미리내의 표정에 쩌적 금이 갔다. 그리고 그 사이로 새어 나온 것은 끝없이 터져 나오는 분노. 소녀는 이를 빠득 갈며 눈초리를 추켜올렸다. 그리고 곧바로 격식을 치워 버리며 사납게 말을 내뱉었다.

"그려. 하이구— 너무 반가워서 그 면상을 콱 깨물어 버리고 싶데

이. 이번엔 무신 짓을 벌일라꼬 궁까지 쳐들어왔노?"

"날 필요로 해 주는 사람이 있어서 말이야. 그건 그렇고 그 말투도 오랜만에 들으니 정말 기쁘네. 너무 반갑다야."

그러나 백아란은 여전히 친근한 태도를 취했다. 점차 야차처럼 일그러지는 미리내의 표정. 소녀는 주먹을 꽉 쥔 채로 그녀를 노려보았다. 당장 튀어 나가고 싶은 것을 간신히 억누르며 짙어지는 살의를 삭였다. 아쉽게도 소녀는 누군가를 해하는 것에는 소질이 없었다. 임시 방편으로 무술을 배웠으나 고작 그런 거로 제 앞에 있는 괴물에게 손가락 하나 댈 수 없으리라.

자신의 처지를 잘 알기에 소녀는 억울해도 분노를 가다듬을 수밖에 없었다. 최대한 일렁이는 제 마음을 진정시키며 정중한 어투로 입을 떼었다.

"혜련 아씨, 와 그랬소? 아무리 요괴라도 그렇제 함께한 세월이 있는데 와 그렇게까지 해야 했소?"

미리내에겐 아직도 그날 일이 선했다. 마을 사람들의 추격을 간신히 피하고 몸을 숨겨 다친 몸을 회복한 뒤 다시 그곳을 찾았을 때 보았던 것이…… 피, 피, 피. 도시처럼 깨끗하지 않아도 나름 청량했던 곳이 피투성이가 되어 있었다. 생의 온기 따윈 사라지고 텁텁한 공기만이 차지한, 시신들만이 가득했던 그곳. 그리고 마을 입구에 앉아서 기분 좋다는 듯 흥얼거리고 있던 여인.

혜련이라는 이름을 가진, 도련님의 병약했던 아내. 그 누가 알았으랴? 그녀가 마을에 파란을 몰고 온 요괴였다는 것을. 영스러운 존재였던 미리내마저도 눈치채지 못하지 않았던가? 그랬기에 몸 여기저기 피를 묻히고 웃고 있던 그녀를 보며 큰 충격을 먹었었다.

'서방님은 아직 살아 있단다. 뭐 나름 혼인 생활을 함께한 예의로 먹진 않았어.'

핏덩이를 씹어 먹었다는 태를 내듯 핏자국이 가득한 입으로 생긋 웃음 지으며 그리 말했었다. 그리고 아직 허기가 채워지지 않았다는 듯 손가락에 묻은 피를 혀로 핥으며 입맛을 다셨다. 알고 있던 모든 게 뒤집어지는 기분. 미리내는 넋을 놓은 채 그녀가 가리키는 방향으로 걸어갔다. 그리고 발견한 것은 가늘게 숨결이 이어지고 있던…….

미리내는 왈칵하고 올라오려는 울음을 참아 내며 고개를 도리도리 저었다. 그렇게 아픈 기억을 털어 내며 눈앞의 여인을 노려보았다. 얼굴은 다르지만 그날과 같이 생긋 웃음을 짓는.

그때 백아란이 천천히 입을 떼었다.

"처음부터 그들은 내 먹이였는걸."

난 요괴잖아. 백아란의 말에 미리내 안에 있던 마지막 보루마저 무너져 내렸다. 그래도…… 아무리 그래도…… 끝이 아무리 그렇게 끝났다고 해도 나름 추억이란 것을 공유했을 거라 생각했다. 소녀는 마을 사람들이 자신을 배신해서, 그 때문에 인간들을 믿을 수 없게 되었다고 해도 그 당시 함께 울고 웃었던 것까지 거짓은 아니라고…… 그리 믿었다.

추억 속에 병약했던 혜련 아씨가 힘든 몸을 이끌고 나와 마을 사람들을 위해 새참을 나눠 주고, 아이들과 함께 놀아 주고, 행복하게 웃어 주던 풍경이 유리 깨지듯 박살 났다. 당장이라도 터져 나올 것만 같은 울음. 미리내는 제 아랫입술을 꽉 깨물며 참아 냈다.

알고는 있었다. 단지 이번 물음은 확인 작업이었을 뿐. 그래도 너무 가슴이 아팠다.

"내는……."

간신히 뱉어 낸 말. 그것이 하나의 계기가 되어 소녀의 가슴에 불을 질렀다. 과거 모든 것이 제 악업을 쌓기 위한 계획이자 연극이었다고 말하는 여인을 향해 두 눈을 부릅뜨고서 노려보았다. 오직 어둠으로 똘똘 뭉친 괴물을 향해 선전포고를 하였다.

"이제부터 니를 '적'이라고 생각할끼다."

과거 그리움 속에 잠겨 있던 혜련이라는 여린 여인을 지워 낸다. 그리고 흔들리는 마음을 힘껏 다잡았다.

"니가 궁에서 무신 짓을 할랑가 모르겠는디. 내 기필코 그 목적을 이루지 못하게 할끼다. 알갔나, '타락(墮落)의 여우'."

그 말만을 남겨 놓고 미리내는 뒤돌아서서 걸어갔다. 얼굴을 마주하기도 싫다는 듯 진저리 치며 뒤도 돌아보지 않고 사라졌다. 그런 소녀를 보며 백아란이 온화한 웃음을 지었다. 그리고 정말 감탄했다는 듯 말했다.

"어머나 안 본 사이에 정말 많이 자랐네?"

하지만 그런 모습 뒤에 깊이를 알 수 없는 어둠이 일렁거렸다. 달빛에 비치는 그녀의 그림자엔 아홉 개의 꼬리가 악의를 품고 꿈틀거렸다.

"하지만 말이야. 아직 배움이 부족해. 인간들에게 그리 데고도 인간들 사이에 있다니."

그럼 또다시 가르쳐 줘야지. 인간들에게 외면당하고 매도당하는 아픔을. 뒤이어 작게 읊조린 백아란은 쿡쿡 웃으며 슬쩍 뒤로 눈길을 주었다.

"오늘따라 날 찾는 손님이 많네?"

"찾을 수밖에 없었다는 게 옳지 않을까?"

언제부터 있었을까? 자주색 의복을 입은 요염한 여인이 장죽을 입에서 떼며 '후우—' 하고 연기를 뿜어냈다. 여울은 입꼬리를 끌어 올려 웃음 지으며 말을 이었다.

"으음— 그러니까 이번 이름이?"

"백아란."

"아, 백아란. 이거 생각 외의 인물이라 너무 놀랐다고나 할까?"

타락의 여우. 그리고 다르게 칭해지는 바로는 '이름 없는 자'. 그녀도 태어났을 때부터 이름이 없던 것은 아니었다. 다만 어느 순간에 제가 가진 이름을 버려 버렸다. 영스러운 존재는 제게 주어진 이름을 가지고 있다. 그것은 어찌 보면 자신이 가진 생과 운명을 모두 끌어모은 것이라서 족쇄처럼 평생을 달고 다녀야 할 것이었다. 심지어 영스러운 존재의 규격을 벗어났다는 멸마(滅魔)의 백호마저 제 이름을 가지고 있지 않은가?

그랬기에 지금 눈앞에 있는 존재는 확실히 특이하다고 할 수 있는 이였다. 어떤 방법으로 그게 가능했을지 여울로선 상상조차 가지 않았다. 적어도 이 세상의 방법은 아니지 않을까 싶다. 예를 들어 저기 세상의 벽 너머에 있는 세계의 법칙이라거나.

단지 이무기가 아는 것은 지금 눈앞에 있는 매구는 '불사(不死)'에 가장 근접한 괴물이라는 것이었다. 그녀라도 껄끄러울 수밖에 없는 천외천(天外天)의 요괴.

"백세악에게 요괴를 소환하라 유혹했지만 당신이 나올 줄은 꿈에도 몰랐는데 말이야."

이 존재와 몇 번 마주한 적은 있었다. 허나 이 존재가 두 번째로 본 그 '타락의 여우'인지 아니면 처음 만난 다른 '타락의 여우'인지, 백 년 만에 보는 건지 아니면 삼백 년 만에 보는 건지 알 수 없었다. 쉽게 가늠할 수가 없다. 앞으로 일어날 일들이 통제 불가능한 범위라 여울은 곤란하다는 표정을 지었다. 그에 백아란은 깜짝 놀랐다는 얼굴로 감탄을 터뜨렸다.

"어머? 제가 당신의 놀이판에 끼어든 것일까요?"

진실되어 보이는 모습이라 모르는 이가 봤다면 그 겉모습에 그대로 속아 넘어갔으리라. 허나 여울은 혀를 차며 장죽을 다시 입에 물었다. 그리고 깊게 연기를 빨아들였다. 이거 생각보다 일이 커지게 생겼다. 그래서 후회하는 걸까?

"쿡쿡쿡."

여울은 제 도톰한 입술을 혀로 핥으며 매혹적인 웃음을 지었다. 일이 커졌다. 통제할 수 없다. 도저히 예상되지 않는 미래다. 그러니까…… 더 재밌어졌다. 그녀는 팔짱을 껴 제 풍만한 가슴을 강조하는 자세를 취하며 물었다.

"앞으로 더 재밌겠지?"

"어머나― 절 그냥 놔두실 생각인가 봐요?"

"일을 꾸미는 건 나보다 당신이 더 잘하니까."

여울은 제 긴 갈색 머리를 쓸어 넘기며 그리 답했다. 그녀의 왼쪽 눈 밑에 있는 점이 요사스러운 기운을 발한다. 이무기는 노란 눈을 빛내며 또다시 물음을 던졌다.

"기대해도 되지?"

당신이 벌일 인간들의 타락상을. 그리고 이 궁을 무대로 한 거대한 꼭두각시놀음을. 그리고…… 그리고…… 화려한 피의 축제를!

"이렇게까지 응원해 주시니 저도 열심히 해 봐야지요."

순진한 웃음으로 답하며 백아란은 손가락으로 제 입술을 톡톡 두드렸다. 이미 상황부터가 뭔가 일을 벌이기 좋게 만들어져 있었다. 관심이 가는 재밌는 아이들도 보이고. 이렇게 맛있는 밥상이 차려져 있는데 맛보지 않을 수야 없지 않겠는가? 타락의 여우는 생긋 웃으며 제 기쁨을 드러냈다. 무엇보다 껄끄러운 방해자도 스스로 물러서서 구경하겠다고 하니 앞으로의 일들은 쉽게 풀려 나갈 것 같았다.

조금만 건드려 주면 단번에 많은 악업(惡業)을 쌓을 수 있으리라. 그러면 제 힘은 더욱더 높은 곳에 닿을 수 있겠지.

달빛 아래 비친 그녀들의 그림자가 일렁인다. 하나는 여우 형상을 닮은 괴수, 하나는 똬리를 튼 거대한 뱀. 복을 뜻하는 보름달 아래 불행의 금수들이 은밀한 미소를 주고받으며 동공궁을 어둡게 물들이고 있었다.

"쯧, 한 번 흔들렸다고 이리……."

제현은 아직도 진정되지 않는 가슴에 쓰게 웃었다. 도저히 일이 눈에 들어오지 않아 길게 한숨을 내쉬었다. 그리하여 기울이게 된 술잔. 집무실 안에 향긋한 주향(酒香)이 번져 갔다. 제현은 술잔에 맑은 보랏빛 액체를 따랐다. 서공국 쪽에서 들여온 유명한 포도과실주. 그것도 제법 독한 종류였다.

"백아란이라고 했던가?"

서아란과 판박이라고 해도 좋을 그런 여인. 마음속으론 완전히 비워 냈다고 생각했는데 그게 아닌 모양이었다. 마음속 동요가 육체에까지 영향을 미친다.

"하나린을 만나지 않았다면 제대로 당했겠군."

과거의 향취에 취하고 감정에 취하고 술에 취한다. 모든 게 마구 헝클어져 혼란스럽기만 하다. 이럴 때일수록 정말 하나린을 눈에 담고 싶었다. 부끄러운 것은 둘째로 치고 매달리고 어리광을 부리고 싶은 기분이다.

"그럼 만나러 가면 되지."

그는 바보처럼 중얼거리며 의자에서 일어섰다. 취기가 그를 잠식하는 듯 한차례 휘청거렸으나 이내 똑바른 걸음으로 방을 나섰다. 밖으로 나서자 밤임에도 늦여름이라 그런지 더운 공기가 그를 반겼다.

하늘에 보름달이 구름 사이로 빼꼼 고개를 내민다. 마치 부끄러움을 타는 것 같은 모양새라 생각하며 그는 피식 웃음을 터뜨렸다. 술에 취하니 별의별 생각이 다 든다. 제현은 검푸른 하늘을 보며 하나린이 슬퍼할 때의 눈동자 색을 떠올렸다. 평소엔 밝게 빛나던 눈이 우울할 땐 짙게 가라앉았었다. 또 그렇게 생각을 잇다 보니 더더욱 하나린과 함께 있고 싶다.

이 시간에 그녀는 깨어 있을까? 제현은 천천히 풍옥전을 향해 한 걸음씩 발을 내디뎠다. 평소라면 빠르게 달려갈 터인데. 지금은 그녀를 만나러 가는 동안 느끼는 두근거림조차 묘하게 기분이 좋았다. 그리고 결국 마주하는 풍옥전의 대문.

"동공국의 태양을 뵙습니다."

경비병들이 제현을 향해 인사를 했다. 그는 대충 고개를 주억이곤 안으로 들어섰다. 그리고 그는 마루 끝에 걸터앉아 하늘을 올려다보는 하나린을 눈에 담을 수 있었다. 이제 막 잠자리에 들어가려는 듯 야장 차림이었다. 제현이 인기척을 내자 하나린이 푸른 시선을 돌려 그를 바라보았다. 그리고 놀란 듯 두 눈을 동그랗게 떴다.

저런 모습을 보면 또 성장 전의 면모가 보이는 것 같기도 하고. 하지만 그것이 마냥 어려 보이지만은 않으니⋯⋯.

제현은 빠르게 뛰는 심장에도 생각보다 온전한 모습으로 서 있을 수 있었다. 이것은 취기의 영향인가, 아니면 혼잡한 마음의 영향인가? 그는 부드러운 웃음을 베어 물고 그녀를 향해 천천히 다가갔다.

"제현?"

하나린은 의아하다는 듯 그의 이름을 불렀다. 그에 웃음으로 답한 제현은 하나린의 앞에서 멈춰 섰다.

"내가 지금 보고 있는 것이 하늘에서 내려온 선녀인가?"

그가 흐려진 눈빛으로 하나린의 얼굴을 더듬었다. 이리 보면 참으로 순수하기 그지없는데 종종 요망한 짓을 서슴지 않고 하지 않았던가? 그때마다 얼마나 당황했는지⋯⋯.

"제현, 술 마셨어?"

"쉬이—"

하나린이 코에 잡히는 향긋한 포도 향에 의문을 담아 묻자 제현이 낮게 웃음을 깔며 그녀의 입술에 검지를 가져다 댔다. 하얀 여인이 얼떨떨하다는 눈초리로 올려다보자 제현은 몽롱하게 다시 한 번 웃음을 터뜨렸다. 그리고 이내 그녀의 입술을 엄지로 살살 쓸었다.

촉촉하다. 그리고 부드럽다. 서아란으로 둔갑했을 때 몇 번이고 입을 맞췄지만 그때와 지금의 감촉은 왠지 다를 것 같았다. 그의 눈에 번개처럼 빠르게 욕망의 기운이 스쳐 지나갔다. 제어하고자 하는 이성이 마비되었기 때문일까? 생각은 짧았고 행동은 빨랐다.

그대로 제 입술을 내려 그녀의 입 위로 덮친다. 처음엔 조심스럽게…… 겁먹지 않도록…… 천천히 느리게 그녀의 입술을 더듬었다. 그리고 이내 아랫입술을 가볍게 빨아들인다. 거기서 멈추지 않고 윗입술 역시 교대로 입에 머금었다.

달다. 입맞춤이 처음은 아닐진대 심장이 망가질 듯이 두방망이질 쳤다. 입술에서 이렇게 달콤한 맛이 느껴지다니. 청아한 향 역시 그의 입 안으로 그대로 넘어왔다. 꼭 중독될 것 같은 그런 느낌이다.

제현은 서서히 입술을 떼었다. 그러자 당황한 듯 눈동자가 빠르게 흔들리는 하나린이 보인다. 그에 제현은 '피식' 하고 웃음을 터뜨렸다. 전에는 이것보다 더한 접문(接吻)에도 시큰둥한 반응을 보였는데…… 몸이 성장함에 따라 입맞춤의 은밀한 의미까지 제대로 이해한 모양이다.

제현은 약간은 짓궂게 웃으며 제 입술을 혀로 느릿하게 핥았다. 그것에서 느껴지는 야릇함 때문인지 하나린은 발갛게 얼굴을 붉힌다. 그 모습이 귀엽기도 하고 묘하게 유혹적이기도 하여 그의 욕망이 꿈틀하고 고개를 들었다.

'여기서 더 나아가고 싶다.'

제현은 손을 뻗어 하나린의 어깨를 가볍게 밀어 마룻바닥 위에 눕혔다. 그리고 덮치는 듯한 자세로 그 위로 몸을 기울였다. 이미 풍옥전의 궁인들은 자리를 피하거나 등을 돌려 그들을 외면한 상태.

"제현……."

하나린은 연분홍빛 입술을 열어 그의 이름을 다시 불렀다. 뺨마저

분홍빛으로 달아오른 것이 참으로 달게 보였다.

"그래, 나 여기 있어."

제현은 은밀한 감정을 담아 그녀에게 답했다. 부끄러움으로 인해 시선조차 마주하지 못하는 그녀가 너무나 사랑스러워 보인다. 제현은 손을 뻗어 그녀의 목을 덮은 옷깃을 잡았다. 그리고 부드럽게 옆으로 미끄러뜨렸다. 앞섶이 조금 벌어지고 그녀의 하얗고 동그란 어깨가 드러난다. 그리고 제현의 매혹적으로 휘어진 입술이 서서히 아래로 내려왔다.

한밤중. 백아란은 사랑방에서 백세악과 마주 앉아 있었다. 방 안엔 무거운 정적만이 자리한 채 그 무게감을 늘리고 있었다. 아무런 말도 없이 방긋방긋 웃기만 하는 백아란을 바라보며 백세악은 속이 타는지 결국 먼저 입을 열었다.

"동공왕을 홀리는데 성공했나?"

"힘들겠는데요."

그리고 이어져서 나오는 즉답. 백세악의 표정이 악귀처럼 일그러졌다. 그는 노호성을 토해 내며 탁자를 '쾅' 하고 내리쳤다.

"무슨 헛소리냐! 그렇게 자신만만하게 행동하더니 고작 이딴 소리나 지껄이려 하였더냐? 이래 가지고서야 네년이 다른 잡것들과 다른 점이 무엇이더냐!"

그의 입에서 막 나오는 말에 백아란의 아미가 살짝 찌푸려졌다. 그것만으로도 방 안의 기온이 확 떨어진 것처럼 서늘해지기 시작했다. 이것이 착각이 아니란 듯 백세악이 숨을 쉴 때마다 입김이 새어 나왔다. 거기에다 방구석에 서서히 서리가 끼기까지.

하지만 백세악의 기세는 수그러들 줄 몰랐다. 오히려 살벌한 눈길로 그녀에 대한 적의를 불태웠다. 한참을 그렇게 서로를 노려보았을 까? 백아란의 입술이 먼저 열렸다.

"문제는 내 쪽이 아니라고요. 왜 그자에 대한 정보를 제대로 알려 주지 않았죠?"

"그건 또 무슨 헛소리냐?"

백아란의 추궁에 백세악은 미간을 구기며 도대체 무슨 소린지 모르 겠다는 태도를 보였다. 그제야 그녀는 굳은 표정을 풀고서 키득키득 웃음을 지었다.

"무능한 것은 이쪽이 아니라 그쪽 같군요."

"무어라!"

"아, 귀 아프니까 좀 조용히 말씀해 주세요."

백아란의 신형이 순간 검게 물들자 백세악은 입을 일자로 꾹 다물 었다. 제 마음대로 일이 풀리지 않아 속에서 분노가 부글부글 끓지 만 그만한 사정이 있는 듯하니 일단 들어는 봐야 했다. 백아란은 소 리를 바락바락 지르던 이가 조용해지자 입술을 끌어 올리며 말을 이 었다.

"동공왕은 '장수'입니다. 태어나길 별의 기운이나 산맥의 기운을 타고난 인간이지요. 이런 종류의 이들은 평범한 인간을 아득히 넘어 섭니다. 인간이면서 영스러운 존재의 위치에 있는 괴물이라고나 할까 요? 그런데 문제는 그 동공왕이 장수 중에서도 평범한 장수가 아니라 는 점입니다. 하나의 기운만 타고나도 대단한 터인데 그자는 별과 산 맥 두 가지 기운을 모두 다 타고난 모양이더군요. 그것도 모두 요사스 러운 쪽으로 말입니다."

백아란이 거기서 잠시 말을 멈추고는 무언가 아는 게 있느냐는 듯 백세악을 넌지시 바라보았다. 그에 백세악은 중요하지 않다고 생각했 기에 제 기억 한구석에 묻어 두었던 하나의 소문을 들춰냈다. 동공왕 의 거친 성정 때문에 흘러나왔던 추측성 짙은 소문. 그런데 그것이 마냥 사실무근인 이야기는 아닌 듯싶었다.

"천살성이 뜨는 날 요계산림(妖界山林)에서 태어났다던가?"

그의 중얼거림에 백아란이 곤란하다는 어조로 입을 열었다.

"어머나? 그러니 요화(妖花)의 정을 품을 수밖에. 그 정도라면 제 매혹에 제법 강한 저항력을 가질걸요?"

백아란은 경중정원(鏡中庭園)이라는 술법에 매혹까지 걸었음에도 넘어오지 않던 제현을 떠올리며 속으로 혀를 찼다. 어쩐지 멀쩡해 보이더라만 다 그만한 이유가 있었다. 그렇다면 왕을 유혹한다는 선택 지는 이미 사라진 것이라고 봐도 무방. 그걸 알아챈 것인지 백세악의 얼굴이 무섭게 일그러졌다.

"웃기는 소리! 풍옥전에 있는 요물은 동공왕을 홀리는 것에 성공했 는데 무슨 헛소리냐! 그저 네년이 무능력한 것이겠지!"

"홀리는 데…… 성공하였다?"

백아란이 믿을 수 없는 사실을 들은 듯 눈을 크게 떴다. 사내를 매 혹시키는데 저와 비슷한 능력을 보이거나 저보다 뛰어난 이들은 손에 꼽을 정도로 적었다. 그중 하나가 지금 동공궁에 둥지를 튼 이무기 여 울. 그런 그녀가 풍옥전 여인에 대해 따로 언질을 주지 않았었다. 그 렇다면 자신이 알고 있는 요괴가 아니란 의미일 터.

하지만 경악한 지 얼마 안 되어 이내 풍옥전의 요물에 대해 궁금증 이 치밀었다. 자신을 뛰어넘을 정도의 능력을 보유한 계집을 직접 만 나 보고 싶었다. 허나 그와는 별개로 미묘하게 호승심이 든다. 어떻게 해서든 꺾어서 진흙탕에 처박아 버리고 싶은.

"일이 재미있게 흘러가는군요. 뭐 그렇다면 전장의 흐름을 한번 바 꾸어 볼까요?"

"흐름을 바꾼다?"

백세악은 눈을 게슴츠레 뜨며 되물었다. 마음 같아선 다시 소환을 하여 더 뛰어난 요물을 끌어들이고 싶지만 지금 눈앞에 있는 요괴 정도의 급을 가진 다른 요괴가 불려 나올 수 있을지 의문이었다. 거기에다 저에게 협조적으로 나올지조차 미지수. 어쩔 수 없이 마음에 차지 않아도 함께 나아갈 수밖에 없다.

"어떻게 말인가?"

그는 씹어 내뱉듯이 질문 던졌다. 그에 백아란은 입꼬리를 비틀며 대답했다.

"인간들이 잘하는 것을 해야지요. 상대를 뛰어넘을 수 없을 때 무조건 저지르는 짓 말이죠. 상대를 깎아내리고 더럽히고 망가뜨리는."

검은 여인이 검은 웃음을 지었다. 그와 함께 백세악의 얼굴에도 스산한 미소가 스미어 들었다. 정말 마음에 든다는 듯이. 제 탐욕을 위해 무슨 짓이든 할 수 있는 이이기에 그런 제의가 더더욱 반가운 것이리라.

검은 여인이 쿡쿡 웃으며 말을 이었다.

"그럼 버릴 패로 쓸 인간들을 알아봐야겠지요?"

제현은 눈을 떴다. 그리고 보이는 천장은 익숙한 것이 아니었다. 그렇다면 여기는 자신의 침소가 아니란 의미. 그는 자리에서 몸을 일으키고는 제 몸을 내려다보았다. 바닥에는 요가 깔려 있고 제 몸 위엔 이불이 덮여 있었다. 추가로 야장의 차림.

당연한 것 같은데 뭔가 낯설음이 느껴진다.

"무슨 일이 있었더라?"

어젯밤 일이 손에 잡히지 않아 서공국에서 들어온 포도과실주를 마셨다. 그리고 하나린을 보기 위해 풍옥전까지 왔었다. 그 이후엔……

"크윽!"

제현은 뒤통수에서 느껴지는 통증에 살짝 인상을 찌푸렸다. 분명 무슨 일이 있었던 것 같은데 아무런 기억이 나질 않는다. 이런 찜찜한 느낌이라니. 반드시 기억해야 될 무언가를 잊은 기분이었다.

드르르륵.

"어? 제현 일어났네?"

그때 문이 열리며 하나린이 빼꼼 고개를 내밀었다. 일찍 일어난 것인지 이미 모든 의복을 정갈히 갖춰 입은 채였다. 왠지 모르겠지만 입 안에서 달콤한 맛이 느껴지는 듯하다. 그리고 저도 모르게 하나린의 연분홍빛 입술에 시선을 뺏겼다.

"제현?"

그녀가 다시 부르자 제현은 그제야 화들짝 놀라며 정신을 차렸다. 그는 괜히 헛기침을 하며 자리에서 일어섰다. 허나 막상 그러고 나서도 뭔가 어색하기만 하다. 제현은 겸연쩍게 인사를 건넸다.

"좋은 아침이군."

"응, 좋은 아침."

그리고 침묵. 또다시 둘 다 입을 다물자 묘한 분위기에 잠긴다. 얼마나 그리 있었을까? 하나린은 쿡쿡거리며 웃더니 장난스럽게 질문을 던졌다.

"아침 먹을래?"

"그러도록 하지."

그가 고개를 끄덕임과 함께 궁녀들이 들어와 그의 시중을 들기 시작했다. 곱게 개어진 흑룡포를 들고 와 그가 의복을 입는 것을 도왔다. 그리고 그가 방 밖으로 나서자 이불을 개며 방 안을 정리하기 시작했다.

방 밖 마루에는 이미 김이 모락모락 나는 따뜻한 아침 식사가 차려져 있었다. 넓은 탁자에 겸상할 수 있게 차려진 음식들. 물론 법도상 왕과 겸상을 할 수 있는 이는 없다. 왕의 명으로 처음 이렇게 상을 차렸을 때 풍옥전 궁녀들은 바들바들 떨며 숨이 넘어가려 했다. 허나 이젠 그냥 그러려니 하며 따로 말이 없어도 이렇게 상을 내왔다.

제현은 말없이 착석하며 상 너머에 앉아 있는 하나린을 흘긋 바라보았다. 어제 분명 무슨 일이 있었던 것 같은데 기억나는 것이 없다. 제현이 저를 보는 것을 알아챈 것인지 하나린이 고개를 들며 눈길을 마주했다. 그리고 사르르 웃음을 지어 보인다.

쿵.

순간 심장이 바닥으로 뚝 떨어지는 느낌이었다. 이건 정말 중증이군. 제현은 또 주인의 말을 따르지 않는 심장에 허탈한 웃음을 흘렸다. 그는 슬며시 시선을 피하며 먼저 수저를 들었다. 이후 이어지는 정적 속에서의 식사. 제현은 티 나지 않게 하나린에게 흘깃흘깃 눈길을 주었다. 그러던 중 그녀 뒤쪽에 기대어 있는 절굿공이가 눈에 띄었다.

이런 곳에 생뚱맞게 있는 절굿공이라니. 제현의 눈이 게슴츠레해진다. 저걸 보고 있으니 뭔가 기억이 날 것 같기도 한데…….

그런 제현의 변화를 눈치챈 것일까? 하나린이 슬그머니 몸을 움직여 그의 시선을 가로막았다. 그리고 활짝 웃으며 그에게 말을 걸었다.

"제현, 어제 술을 잔뜩 마신 것 같았는데 무슨 일 있었어?"

최대한 자연스러운 어조로 화제를 돌려 버린다. 그런 그녀의 시도가 성공했는지 제현은 절굿공이에서 시선을 떼고 어제 있었던 백아란과의 만남을 떠올렸다. 그가 처음으로 마음을 주었던 여인과 꼭 닮았던 그녀. 거기에다 서아란이 첫 만남에서 해 주었던 위로와 비슷한 말로 그의 추억의 책장을 건드린 백가(家)의 양녀.

하나린에게 말하기가 내키지 않는 주제였다. 서아란을 떠오르게 하는 여인과 만나 마음이 흐트러졌다고 말하는 게 어찌 그리 쉬울까? 하나린이라면 그러한 것 역시 마음 넓게 받아 주겠지만 제현 스스로가 인정하기 싫었다. 그렇다고 말을 안 하자니 무언가를 감추는 것 같아

껄끄럽다.

"그냥 옛날 일이 생각나서."

결국 하는 말은 미묘하기 그지없는 말. 그렇게만 말하고 제현이 입을 꾹 다물었다. 그 이상 말하려니 왠지 하나린에게 죄를 짓는 것 같다고 할까?

그때 하나린이 자리에서 엉덩이를 들었다. 그리고 탁자 위로 몸을 기울이더니 손을 뻗어 그의 옷깃을 잡아당겼다. 갑작스러운 그녀의 행동에 얼떨결에 따라 움직이는 제현. 그는 숨결이 닿을 듯 가까워지는 그녀의 얼굴에 당황했다.

그리고 이후 벌어지는 일에 사고가 정지한다.

제 입술 위로 작은 입술이 포개진다. 부드럽고 촉촉하고 달콤하다. 청아한 향과 함께 과실 향 역시 넘어오는 기분이다. 자그마한 입술이 그의 아랫입술을 가볍게 빨고 이내 윗입술도 핥고는 물러섰다. 제현은 마치 꿈이라도 꾸는 몽롱한 기분으로 멍하니 그녀를 바라보았다. 그 순간 하나린이 사르르 웃으며 입을 열었다.

"나와 있을 때 다른 여자 생각하면 싫어."

"아……."

제현은 그녀의 말에 바보스럽게 고개를 끄덕였다. 입맞춤 한 번에 머릿속에 있는 모든 게 날아가 버리고 텅 빈다. 꼭 홀리거나 무슨 주술에 걸린 게 아닐까 하는 생각이 들 정도. 보이는 것은 단지 하나린의 연분홍빛 입술뿐이었다. 부드럽게 그린 입술의 호선이 색기 있어 보이는 것은 그만의 착각일까? 괜히 목이 바짝바짝 말라 왔다.

이윽고 그녀가 살며시 멀어지려고 하는 순간이었다. 제현은 저도 모르게 손을 뻗어 하나린의 허리를 끌어안고 제 아래로 쓰러뜨려 눕혔다. 그리고 그대로 그녀의 입술을 자신의 입술로 덮쳤다. 그러자 제현의 입 안으로 또다시 달콤한 과실 향이 넘어왔다. 달다. 정말 달았다. 그는 주변의 모든 것을 잊고 그것 하나에 정신없이 몰두했다.

한편 하나린은 순간 당황하였다. 어, 이게 아닌데 하고 생각하였으나 이미 제현에게 휩쓸려 버린 뒤. 이대로 그를 밀어낼 수도 없는 노릇이었다. 언제까지라도 지속될 것 같은 입맞춤은 제현이 갑자기 떨어져 나감으로 뚝 끊겼다.

거칠게 숨을 내쉬던 그였으나 눈은 아직 반쯤 몽롱함에 취해 있었다. 감정이 불안정해 보이긴 하지만 더 이상 하면 선을 넘을지도 모른다고 본능적으로 느낀 모양. 하지만 그 한 줌의 이성도 상당히 아슬아슬해 보였다. 잠깐 한숨을 돌리는 그 시간. 그것을 기회로 여긴 하나린이 빠르게 말을 내뱉었다.

"제현, 요즘에 일이 많다고 하지 않았어?"

"그……랬지."

"그럼 빨리 일해야 될 텐데?"

"그래, 그래야겠지."

제현은 잘 돌아가지 않는 머리로 어제 일을 다 마무리하지 않았다는 것을 떠올렸다. 그에 휘청거리며 자리에서 일어섰다. 식사도 채 끝내지 않았으나 그런 것에 신경을 쓸 여유가 없는 듯 보였다. 그대로 꿈꾸는 듯한 모습으로 풍옥전 밖으로 나섰다.

하나린은 제 감각을 확장하여 제현이 풍옥전으로부터 멀어졌다는 것을 확인하자 웃음을 지우며 한숨을 포옥 내쉬었다. 그와 동시에 몇몇의 궁녀들은 다리에 힘이 풀린 듯 풀썩 주저앉는다.

"위험했다."

그녀는 안도하며 제 뒤에 있는 절굿공이를 바라보았다. 너무 당황해서 저걸 치우는 걸 깜빡하고 있었다. 하나린은 어제 있던 일을 떠올리며 표정을 흐렸다.

제현이 손을 뻗어 그녀의 목을 덮은 옷깃을 잡아 옆으로 미끄러뜨린 뒤 입술을 서서히 내렸다. 그리고 그때…….

'필살! 변태 퇴치! 절굿공이 대갈 빠개기!!!'

빠아아악!

갑자기 튀어나온 미리내가 어디선가 구해 온 절굿공이로 제현의 뒤통수를 맛깔나게 갈겼다.

그에 한차례 휘청하는 제현. 순간 정적이 풍옥전 안을 감쌌다. 오로지 경악만이 가득 찬 공간. 하나린을 덮치는 듯한 자세를 유지하던 제현은 이내 그녀의 품으로 풀썩 쓰러졌다. 그대로 혼절한 듯싶다.

다행이라면 다행일 수도 있는 상황. 기절하지 않았다면 무슨 폭탄이 터졌을지 알 수 없다. 풍옥전은 씩씩거리는 미리내를 제외하고 침묵에 휩싸여 있었다. 가까이 있던 궁녀들의 안색은 시체처럼 검게 물들었으며 풍옥전에서 보초를 서고 있던 경비병들은 지금 꿈을 꾸고 있는 거라며 현실도피를 택했다.

결국 제정신을 유지하고 있던 것은 하나린 하나뿐. 아무리 그래도 인간 세계의 왕이다. 그런 이에게 기습을 가했으니 그 뒷감당이 보통이 아닐 터. 하나린이 급하게 수습을 하기 시작했다. 궁녀들을 시켜 제현의 의복을 갈아입히고 이부자리를 정리해 뒀다. 그리고 어제는 아무 일도 없었던 거라며 궁녀들에게 몇 번을 주지시켰다. 그러니 아침에 괜한 기색을 보이지 말고 태연하게 행동하라며.

이후 미리내를 대피시켰다. 영 표정이 좋지 않았으나 일단 이번 일은 최대한 조용히 넘어가는 게 좋았다. 제현은 저 때문에라도 미리내에게 따로 해를 끼치진 않겠지만 감정의 골은 깊어질 터.

'어디서 감히 선녀님께!!'

하나린은 아르릉거리는 미리내를 떠올리며 쓰게 웃음을 지었다. 제현을 보기만 하면 저렇게 날을 세우니. 그녀는 어중간하게 끝나 버린 어제 일을 떠올리며 한숨을 쉬었다. 그래도…….

"조금은 기대했는데."

그녀는 제 입술을 살짝 만지작거리며 아쉽다는 듯 중얼거렸다.

백세악은 제 앞을 가로막고 있는 두 경비병을 보며 눈에서 불똥이 튀었다. 감히 제 앞을 가로막고도 저리 당당한 모습이라니! 왕을 뒷배로 두었다 하여 위아래조차 잊었단 말인가!

"당장 비키라 하지 않았더냐!"

"절대로 안으로 들일 수 없습니다. 아기씨를 만나고 싶다면 동공왕 전하의 윤허를 받고 오십시오."

한과 두노는 눈을 부릅뜨고 막무가내로 밀고 들어오려는 백세악의 앞을 막았다. 상대가 귀족파 수장쯤 되었으니 가만히 있는 것이지 세력도 없는 나부랭이였으면 벌써 곤죽을 만들어 놓았을 터. 한은 이를 빠득빠득 갈며 자신들의 평화를 헤치려는 노친네를 노려보았다. 아기씨에게 어떤 막말을 하려고!

"허허…… 요물이 겁이 많아 풍옥전에 틀어박혀 꼼짝도 안 하는구나. 왕의 뒤에 숨어서 아양 떠는 것 외에 할 줄 아는 게 없으니 당연한 것이겠지. 그런 간담으로 이 나라의 왕비가 되겠다니. 땅이 울고 하늘이 한탄할 일이로구나!"

백세악은 혀를 차며 하나린을 향해 독설을 내뱉었다. 썩어도 준치라고 했다. 아무리 광기에 휩쓸렸다고 해도 여태까지 쌓아 온 경험이 있을 터. 그는 경비병에게서 하나린에게로 화살을 돌렸다. 그 요물도 영스러운 존재니 이곳의 소란을 이미 알고 있으리라. 백세악은 그렇게 상대를 도발하였다.

"동공국의 온 백성이 요물을 선녀님이라 부르고 있다고 하지? 진정한 정체를 알고 나면 가슴을 치며 얼마나 원통해할꼬! 고작 하는 것이라곤 왕을 유혹하며 천박하게 다리를 벌리는 것뿐일 테니!"

그 말은 점점 도를 넘어가고 있었다. 한과 두노의 눈에 분노의 불꽃이 타올랐다. 아무것도 모르는 더러운 간신배가 소중한 아기씨의 얼굴에 먹칠을 하고 있으니. 당장에 들고 있는 창으로 백세악의 배를 푹하고 찌르고 싶었다. 백세악도 그런 그들의 낌새를 느낀 걸까? 입가에 비열한 웃음을 걸었다.

여기서 저들이 제 분을 이기지 못해 절 공격하는 것만으로도 충분한 이득을 얻을 수 있으리라. 차마 절 죽이진 못할 것이나 폭행 정도는 가하겠지. 전에 어떤 귀족 자제가 풍옥전에 억지로 들어가려다 경비병들에게 집단 구타를 당한 적이 있었다. 그때는 왕이 어찌 수습하여 조용히 넘어갔지만 저 같은 거물이면 쉽게 넘어가기 힘들 것이다.

그때 이번 일을 가지고 걸고넘어지면 된다. 풍옥전에 있는 여인이 귀족의 수장 격인 그를 괄시하고 무시하였다고. 정중히 접견을 청했음에도 문전박대하다 못해 병사들을 시켜 폭행까지 가했다 소문을 낼 것이다. 거기에다 폭행당한 흔적까지 드러내 놓고 한양 거리를 돌아다니면 금상첨화. 그러면 백성들 사이에 퍼진 그녀의 선한 인상이 순식간에 바닥으로 추락할 것이다.

세상을 살다 보면 오르기 힘든 나무를 종종 마주하게 된다. 대부분의 사람들은 여기서 좌절을 겪는다. 하지만 백세악은 그런 나무를 만나면 그 나무의 밑동을 베어 쓰러뜨렸다. 오르기 힘들면 그것을 쓰러뜨려 제 밑에 누이면 된다. 그리고 토막토막 잘라 내어 재기 불능으로 만들면 되었다. 그것이 백세악의 삶의 방식.

"더러운 창녀 같으니······."

그렇기에 백세악은 하나린의 명성에 당당히 침을 뱉었다. 그와 함께 한과 두노의 면상이 확 구겨진다. 그들로선 저들이 모시는 주인의 얼굴을 더럽히는 그를 용서할 수 없으리라. 그랬기에 더 이상 참지 않고 주먹을 치켜들었다. 그리고 백세악은 승리의 미소를 지으며 조용히 눈을 감았다.

이제 곧 둔탁한 통증이 찾아오리라. 이후 풍옥전 요물의 추락이 시작된다.

하지만 계속 기다려도 기대했던 충격은 찾아오지 않았다. 백세악은 아직도 제 도발이 부족했나 생각하며 슬그머니 눈을 떴다. 그리고 새하얀 선녀를 마주했다. 더러움과는 전혀 관련이 없을 것 같은 아름다운 여인. 그는 순간 넋을 잃고 그녀를 멍하니 응시하였다. 그 순간 선녀가 웃음을 지으며 입을 열었다.

"저를 찾으셨다고 들었습니다."

그 단 한 마디에 그는 환상에서 깨어날 수 있었다. 그리고 지금 눈앞에 있는 여인이 제가 만나고자 했던 동공왕의 꽃이라는 것 역시 깨달을 수 있었다. 이후 일어나는 감정은 추악한 적개심. 어찌 저리 깨끗할 수 있나? 어찌 저리 순수할 수 있나? 궁에 있으면서 어찌 저리 맑을 수 있나?

뒤이어 피어나는 감정은 악의. 순백의 그녀를 더럽히고 싶다는 그런. 진흙탕에 던져 넣고 흙발로 짓밟아 버리고 그 색을 지우고 싶다. 선한 눈이 증오로 물들게 하고 순결해 보이는 몸을 지저분하게 만들고 싶다. 그리하여 영롱한 목소리를 혼탁하게 바꾸어 버리고 싶다. 그래야 제 성질이 풀릴 것 같았다.

백세악은 비릿한 웃음을 걸며 말했다.

"이거 손님 대접이 박하군."

그 말에 경비병들이 움찔하고 앞으로 나서려 했지만 하나린이 손을 들어 그들을 저지하였다. 좀 전의 추잡한 말들을 들은 게 틀림없음에도 흐트러짐이 없는 태도다. 그녀는 얼굴에서 맑은 웃음을 지우지 않은 채로 백세악을 풍옥전 안으로 초대했다.

"손께서 오셨는데 아무런 준비도 없이 맞을 수는 없으니까요. 소식에 없던 방문이라 다과를 준비하는데 다소 시간이 걸렸습니다."

매끄럽게 이어지는 대답. 타박을 부드러운 말로 받되 그 안에 뼈가 있다. 기별 없이 함부로 들이닥친 당신에게 문제가 있다며 그 사실을 은근히 주지시킨다. 하지만 따로 트집을 잡을 틈이 없는 문장을 배열하였다. 그것에서 제 딸의 그림자를 본 백세악은 속으로 신음을 흘렸다. 생각만치 쉬운 상대가 아닐 듯하다.

그는 헛기침을 하며 풍옥전 안으로 들어섰다. 그러자 다른 전각들의 두 배는 될 법한 정원이 드러났다. 그것만으로 동공왕의 총애를 간접적으로 느낄 수 있었다. 백세악은 이를 꽉 깨물었다. 요물 따위가 감히! 그 미친 폭군을 어떤 식으로 흘렸으면 이리할꼬!

하지만 한편으로 아쉬운 마음마저 든다. 그 쓸모없는 검은 계집보다 이 하얀 여인이 제 편에 있었으면 하는. 그렇다면 동공왕을 휘어잡고 제가 만인지상의 자리에 오를 수 있었을 텐데.

"여기로 오시지요."

하나린은 정원 한가운데 마련된 정자로 백세악을 안내하였다. 그곳엔 작은 탁자에 차와 간단한 다과가 준비되어 있었다. 백세악이 기분 나쁘다는 것을 드러내듯 인상이 찌푸리는 걸 보며 하나린은 죄송하다는 듯 말을 잇는다.

"여인들만 있는 곳이라 남성분을 대접하기 위한 것이 없습니다. 적어도 반 시진 전에 연락을 주셨으면 아랫것들에게 따로 일러두었을 것인데…… 죄송하지만 이 정도로 참아 주시기 바랍니다."

그가 트집을 잡기도 전에 돌아오는 말은 또다시 그의 잘못을 은연중에 지적하는 말이었다. 부드러운 인상과 반대로 처음부터 강하게 기세를 잡는다. 백세악은 가슴 한편이 서늘해지는 기분이었다. 이대로라면 분위기를 주도하기 힘을 터. 그는 마른침을 삼키며 제자리에 착석했다. 그리고 맞은편에 앉는 하얀 여인을 노려보았다.

하나린은 우아한 자태로 다기를 다루어 찻물을 우려냈다. 까다로운 백세악의 눈에도 흠이 보이지 않을 수준. 그녀는 각 잔에 찻물을 따르고 나서 그를 향해 시선을 돌렸다.

"무슨 일로 풍옥전에 방문하셨는지요?"

영롱한 목소리로 물어 오는 말에 백세악은 눈가를 좁히며 오히려 그녀에게 되물었다.

"영스러운 존재인 그대는 왜 여기에 있는 것인가?"

하나린의 맑은 눈동자와 백세악의 탁한 눈동자가 서로 마주했다. 한동안 말없는 시선 교환이 이루어졌다. 허나 먼저 시선을 돌린 것은 백세악. 마치 자신의 내면을 바라보는 것만 같은 느낌이 꺼림칙하여 물러섰다. 그리고 기싸움에 밀렸다는 걸 깨달은 그는 이를 갈았다.

"동공왕 전하와 한 약속…… 때문입니다."

그사이 하나린은 시선을 아래로 깔며 답변하였다. 약속이란 말 이후 잇고픈 연모의 정이라는 말은 일부러 속으로 삼켰다. 그런 말을 한다고 해서 이해해 줄 이로 보이지 않는다. 아마 약속이라고 말하는 것조차 거부감을 가지고 들을 것이다. 그런 그녀의 예상이 맞은 것인지 백세악의 안면이 흉신악살(凶神惡煞)처럼 일그러졌다.

"허허허 약속? 무슨 약속인 줄 모르겠으나 그게 왕비의 자리에 올라설 만큼 대단한 것인가? 그런 각오로 그 자리의 무게를 버틸 수 있을지 모르겠군."

그는 하나린을 비웃으며 말을 이어 갔다.

"정치란 것이 무엇인지 알기는 하나? 한 나라가 이루는 근간은? 그대가 걷고자 하는 길은 무엇인가?"

아무런 목적도 없이 그저 약속이란 것에 휩쓸리어 왕비의 자리를 노리는 게 아닌가 하는 물음. 하나린은 푸른 시선을 들어 탐욕의 짐승을 바라보았다. 그리고 천천히 입술을 열었다.

"저는…… 백성들의 어머니가 될 생각입니다."

"허어— 백성들의 어머니?"

"예, 백성들은 국가의 기틀입니다. 국가는 백성이 없다면 존재할 수 없지요. 백성이 일하기에 국가는 살아갈 수 있으며 백성이 일하지 않는다면 국가는 죽게 될 것입니다. 귀족과 왕의 역할은 이런 백성을 지켜 주고 그들 사이에 생기는 분쟁을 막아 주는 것입니다. 백성들에게 떠받듦을 받고 많은 권리를 누리는 만큼 많은 의무를 지고 솔선수범해야 합니다. 위에 서는 자는 그만큼 많은 것을 등에 짊어진 자이지요."

그녀는 담담하게 제가 생각하는 바를 꺼내 놓았다. 그것은 영스러운 존재와 어느 정도 비슷한 점이 있었다. 하늘과 계약을 맺은 자는 남들에 비해 큰 힘을 가진다. 허나 그에 대한 대가로 제게 맞는 책임을 지게 되는 것이다. 마치 하나린, 그녀가 필요할 때마다 하늘로부터 힘을 부여받아 제 한계 이상의 권능을 행하는 대신에 하늘에 소원이 닿은 자들을 책임지고 돌보듯.

"크크크크크큭 크하하하하하하."

그때 백세악이 웃겨 죽겠다는 듯 박장대소를 터뜨렸다. 그 안에 담긴 것은 오직 어리석은 자를 향한 비웃음. 그는 겉모습처럼 순수하기만 한 그녀의 이상을 조소하였다.

"국가는 곧 왕과 귀족이다! 국가가 망하면 백성들은 흩어져 도망을 간다. 거기다 다른 국가의 밑으로 기어들어 가기도 하지. 하지만 한 국가의 이념을 가진 왕과 귀족들이 뭉치면 그 국가는 유지된다! 고선 제국조차도 본디 대전쟁 시대에는 대륙 한구석에 있던 작고 약한 소국이었다. 하지만 초대황제 영류연께서 그 나라의 의지를 이어 만든 것이 바로 지금의 제국이다! 백성 따위는 얼마든지 대체 가능한 버러지에 시나지 않는다. 그들은 대류에 휩쓸리는 하등한 것들이므로 당연히 귀족과 왕족을 떠받들며 평생을 살아야 하는 것이다! 백성들이 병으로 죽든 도적 떼에게 죽든 무슨 상관이더냐? 어차피 널리고 널린 것이 그것들이 아니더냐! 우리가 중심을 잡고 있으면 언제든지 알아서 몰려드는 것들이다."

어두운 광기가 넘실거리는 백세악의 눈빛을 보며 하나린은 암담하다는 듯 두 눈을 감았다. 이미 제가 믿는 것이 신념을 넘어서 법칙까지 되어 버린 상태. 이런 이들은 기적이 일어나지 않는 한 변하지 않는다. 그사이 백세악의 말은 계속해서 이어졌다.

"왕비란 그런 법칙 속에서 우뚝 선 자! 왕비가 하는 일은 내명부를 관리하며 권력의 흐름을 파악하고 그것을 휘어잡는 것이다. 그리고 권력은 바로 귀족들을 지배하고 다루는 것! 귀족들이 백성들을 복종시켜 다스리니 이는 곧 나라 전체를 아우르는 것과 같지. 백성을 위한다니 우습지도 않는 일이다! 아무것도 모르는 채로 중얼거리는 것이 어리석기 그지없구나!"

왕비가 되면 궁 밖으로 나가는 일조차 수많은 절차를 걸쳐야 가능하다. 그러할진대 한양 밖의 백성들까지 눈에 담고 신경 쓸 겨를이 있으랴? 백세악은 궁이란 것에 대해 제대로 알지 못하는 그녀를 조롱하였다.

그의 말을 조용히 듣고 있던 하나린은 천천히 입을 열었다.

"왕비란 권력을 휘어잡기 위한 자리라…… 그렇겠군요. 그럼 그 휘어잡은 권력을 이용하여 백성을 보살피면 될 일이군요."

권력을 잡는다는 것은 백성들 위에 있는 귀족들을 지배한다는 것. 그렇다면 귀족들을 이용하여 백성들을 보호하고 옳게 이끌면 될 터. 그녀의 푸른 눈이 한순간의 흐트러짐 없이 백세악의 우롱을 받아쳤다. 그는 굳건하기만 한 하나린이 마음에 들지 않는지 혀를 크게 차며 냉담히 말했다.

"이것은 쇠귀에 경 읽기로세."

"평행선은 맞닿지 않는다 합니다."

그에 방긋 웃으며 받아치는 하나린이었다. 결국 얼굴을 마주하고서 얻어 낸 것은 결코 서로 양립할 수 없는 존재라는 것뿐이었다. 그리고 백세악에게 있어 하나린이 생각보다 만만치 않은 존재라는 경각심을, 하나린에게 있어선 현 귀족들의 실태를 직접 확인한 경험을 주게 되었다.

"······."

"······."

백사린은 풍옥전 대문 앞에 서 있는 색동옷 입은 소녀를 빤히 내려 보았다. 일단 겉으로 보이는 나이는 열 살 내외. 거기에다 머리엔 여우 귀가 달려 있고 조금은 짧은 치마 아래론 여우 꼬리가 보인다. 허나 속바지를 입고 있어 그리 민망한 차림은 아니었다.

아무 거리낌 없이 풍옥전 안으로 들어가려는 그 아이와 우연치 않게 동선이 겹쳐졌다. 그리고 지금의 이 상태. 백사린은 자그마하고 귀여운 소녀의 얼굴을 이리저리 살폈다. 얼마 전 풍옥전에 여우요괴가 들어앉았다더니 그게 이 아이인 모양이었다. 보아하니 요괴라기보단 신선에 가까워 보인다.

"소문의 변질인가?"

하긴 궁에서 퍼지는 소문이 언젠 올곧게 퍼졌던가? 항상 한차례 비 틀려서 상대의 얼굴을 깎아내리는 형태로 변질되어 퍼져 나간다. 그 건 어떠한 역병보다도 지독하여 치료 불가능한 사악(肆惡)이었다.

"니는 누꼬?"

그때 여우소녀로부터 질문이 날아왔다. 허리에 손까지 척 올린 채 당당히 그녀를 올려다본다. 그 모습이 깜찍하여 절로 입가에 미소가 맺혔다. 백사린은 부드럽게 웃음을 베어 문 채로 입을 열었다.

"전 현재 하나린 님을 모시고 있는 백사린이라고 합니다."

더 정확히는 궁과 인간세계에 대해 가르치고 있는 스승이었지만 그 걸 언급할 필요는 없으리라. 위에서 가르치며 혼잡한 궁의 생활로 이 끄는 악녀보다 곁에서 보좌하며 모르는 것을 알려 주는 충신 정도로 설명하는 것이 덜 거부감이 들 것이다.

그녀의 예상이 어느 정도 맞았는지 여우소녀는 '흐~응' 하는 콧소리와 함께 팔짱을 낄 뿐 더 이상의 적의는 드러내지 않았다. 단지 저를 파악하기 위해 위아래로 훑어보기만 할 뿐이었다. 하지만 제가 영마음에 들지 않는 것은 마찬가지인 모양.

"난 미리내다. 선녀님과 오랜 시간 함께 지낸 가족 같은 이인지라."

사투리를 섞어 가며 자기소개를 하는 소녀였다. 조금은 거칠게 느껴질 수 있는 어투. 그게 어울리지 않으면서도 은근히 절묘하게 어울렸다.

덜컥 끼이이이.

그때 갑자기 대문이 열리며 백세악이 밖으로 나왔다. 그는 백사린을 보았으나 저와 상관없는 남을 보듯 그대로 스쳐 지나갔다. 그에 그녀는 쓴웃음을 지었다. 아무리 적이 되기로 각오했으나 혈육은 혈육이었다. 비록 아무렇지 않은 듯 가면을 쓰고 있지만 이런 상황이 달가울 리가 없었다.

"저 늙은탱이는 또 뭐꼬?"

곁에 있는 이들을 사물 취급하며 지나간 백세악의 뒷모습을 보며 미리내가 미간을 찌푸렸다. 그에 백사린이 차가운 얼굴로 돌아가며 입을 열었다.

"현재 풍옥전 아기씨를 위협하는 가장 큰 적입니다."

그와 함께 여우소녀는 제 손으로 뒤통수를 긁적이며 혀를 찼다.

"역시 선녀님을 빨리 설득해서 이곳을 나가든지 해야지 원. 저리 심상이 더럽혀진 인간들이 쨰고 쨌으니."

절대 안 됩니다. 그 말이 순간 목까지 치고 올라왔으나 간신히 막아냈다. 백사린은 우아한 웃음을 유지하며 손끝을 모아 대문 안을 가리키며 말했다.

"우선 안으로 들어가시는 게 어떻겠습니까?"

"말 안 해도 들어갈라 캤다."

미리내는 조금은 사납게 대꾸하며 먼저 풍옥전 안으로 걸음을 옮겼다. 백사린은 걱정되는 눈길로 대문 안을 바라보았다. 백세악이 왔던 만큼 안의 분위기가 무겁지 않을까? 순진한 아기씨가 잘 대처는 했을까? 꼭 폭풍을 맞은 것과 같은 그런 상황은 아닐까? 별의별 심려 속에서 그녀는 안으로 천천히 걸음을 옮겼다.

그러자 마루에 앉아 미리내를 감싸 안은 채 소녀의 머리를 쓰다듬어 주고 있는 하나린의 모습이 보였다. 겉으로 보기엔 썩 나빠 보이진 않는다. 하지만 마음 또한 그러할지. 그러니만큼 더 빨리 세력을 확보해야 했다. 이번과 같은 일이 다시는 일어나지 못하게 하기 위해.

만약 그녀에게 큰 세력이 있었다면 이번 일을 따지고 들며 상대에게 타격을 가할 수 있었으리라. 그리고 그 사실을 고려한 적은 아예 이런 식으론 움직일 생각도 하지 못했을 것이다.

백사린은 쓰게 웃으며 하나린에게로 다가갔다. 하얀 여인은 그녀를 발견한 듯 환하게 웃음을 지으며 반겼다.

"아, 사린!"

"동공국의 달그림자께 인사를 올립니다."

백사린은 격식을 차려 인사한 후 조심스럽게 입을 떼었다.

"무거운 이야기를 하려는데 잠시 앉아도 되겠습니까?"

"응, 당연하지."

백사린은 신을 벗고 마루 위로 올라와 단정하게 자리에 앉았다. 그런 자세에서 무언가를 느꼈는지 하나린은 칭얼거리는 미리내를 떼어 놓고 가라앉은 눈으로 그녀를 응시했다. 백사린은 몇 번의 깊은 호흡을 거친 뒤에 천천히 말을 이었다.

"잠시 궁을 떠나셔야 될 것 같습니다."

그 한마디가 가지는 무게감에 풍옥전은 침묵에 휩싸였다. 무거운 이야기라더니 생각보다 더 큰일에 관한 이야기인 모양이었다. 하나린은 계속 이야기해 보란 투로 눈짓을 했다.

"아기씨께서 만나 보셔야 될 분이 있습니다. 성함이 독고 강 자(字)

되시는 분으로 옛 왕실파의 수장되시는 분입니다.”

“이유는?”

“저희 쪽엔 직접적인 지지 세력이 없습니다. 현재 선녀라는 명성으로 민심과 궁 안의 여론은 장악했지만 그건 상대가 어떤 수를 쓰느냐에 따라 쉽게 더럽혀질 수 있으니 불안정하지요. 귀족들 중에서도 아기씨를 지지해 줄 이들이 필요합니다. 독고강이란 분의 지지를 얻는다면 왕실파는 물론 신흥관료들의 힘도 얻을 수 있을 것입니다.”

좌중은 침묵에 휩싸였다. 궁녀들은 하나린이 풍옥전을 떠난다는 것 자체에 벌써 겁을 집어먹은 지 오래. 동공왕의 고삐를 잡을 유일한 인물이 사라지는 것이니만큼 벌써부터 공포에 반쯤 삼켜져 있었다. 궁녀들 틈에 섞여 있던 청이는 눈을 또르륵 굴리며 주위 눈치를 보다가 조심스럽게 입을 열었다.

“제가 한 말씀 올려도 되는지요?”

그에 청중들의 시선이 모두 청이에게 집중되었다. 하나린이 고개를 끄덕이며 긍정을 보이자 그녀는 숨을 가다듬으며 말을 이었다.

“과연 이 계획을 동공왕 전하께서 허락해 주실지…….”

그 집착 덩어리인 동공왕이 제 여인이 궁 밖으로 나가는 것을 두 눈 시퍼렇게 뜨고 지켜보고 있을까? 천만의 말씀, 만만의 콩떡! 결코 그럴 리가 없다. 아니, 반드시 그래야만 한다! 그래야 자신들이 산다! 그녀들은 왕께서 절대 그러지 않을 거라며 자신에게 최면을 걸었다. 제 꽃이 사라져 신경이 날카로워진 그분을 곁에서 마주하고 싶지 않았다.

백사린은 잠시 청이를 바라보더니 빙긋 웃음을 지었다.

“이미 동공왕 전하께 허락을 받아 왔답니다.”

“그게 무슨 헛소리!!! 아니 이게 아니라…….”

단번에 안색이 변하며 외치는 청이. 허나 그것은 다른 궁녀들 역시 마찬가지였다. 청이가 그들의 마음을 대변하여 말해 준 것일 뿐. 이쯤 되자 궁녀들의 시선이 모조리 미리내에게 옮겨졌다. 풍옥전에서 아기씨에게 가장 큰 영향을 미칠 수 있는 존재로는 백사린을 빼면 여우소녀밖에 없으리라. 그리고 이 여우소녀는 인간들의 정치에 대해 상당한 거부감을 가지고 있으니.

궁녀들은 그녀에게 기대를 걸며 눈을 반짝반짝 빛냈다. 그런 그녀들의 기대를 알기나 하는 것일까? 잠시 고민을 하던 미리내는 백사린의 제안을 긍정하는 말을 꺼냈다.

"선녀님, 저도 그렇게 생각해요. 위험한 궁에 계속 있으니 잠시 떠나서 방패막이를 얻는 것이 더 괜찮지 않을까요?"

미리내는 얼마 전 마주했던 검은 여인을 떠올리며 한차례 몸서리쳤다. 분명 이번엔 궁을 무대로 음모를 꾸미고 있으리라. 그러면 당연한 수순으로 그녀의 선녀님과 빠르든 늦든 결국 마주하게 될 것이었다. 타락(墮落)의 여우가 악업을 쌓는 것에 가지는 욕망은 상상을 초월하였다. 그녀가 직접적으로 악행을 하는 것보다 흑막으로서 움직이는 것도 더 많은 악업을 쌓기 위해서가 아니던가?

그녀가 직접 악행을 행하면 그 대상의 숫자는 제한될 수밖에 없다. 거기에다 금방 정체가 들키기에 주변에서 그녀를 막기 위한 반작용이 돌아올 터. 하지만 뒤에서 여론을 조정해 집단 간의 관계를 망가뜨리고 서로 증오와 악의를 쌓게 하면 그 범위가 홀로 움직일 때보다 월등히 커진다. 거기에다 자신의 정체가 들킬 확률 역시 현저히 낮아진다. 그로 인해 쌓이는 악업 또한 막대하다. 최후엔 제 손으로 그들을 파탄냄으로서 쌓는 악업까지. 그렇기에 타락의 여우는 요괴 중에서도 독보적일 정도로 방대한 힘을 가지고 있었다.

그런 괴물이 하나린을 보게 된다면 어떤 생각을 할까? 선업을 쌓은 대신선, 그것도 하늘의 뜻을 따라 움직이는 이를 죽이며 쌓이는 악업은 상상도 할 수 없을 터. 그런 맛있는 먹잇감을 손 놓고 구경할 자가 아니다. 무슨 수를 써서라도 기필코 그녀를 죽이려 들 것이다. 그걸 생각하면 하나린은 잠시 궁에서 피해 있는 것이 훨씬 나았다. 아니,

반드시 그래야 했다.

미리내는 확고히 결심하며 못을 '땅' 하고 박았다.

"아니 꼭 가셔야 되겠습니다."

궁녀들은 마지막 보루마저 무너져 내리자 그대로 절망에 빠져 허우적거렸다. 몇몇은 제자리에서 풀썩 쓰러지기까지. 아니, 이대로 포기할 수 없다. 청이는 제게 속삭였다. 아직은 희망이 있어! 그녀는 하나린을 향해 시선을 돌리며 더듬더듬 입을 열었다.

"아, 아기씨…… 가실 겁니까?"

제발 저희 좀 살려 주세요. 그 염원이 담긴 눈으로 그녀를 간절히 바라보았다. 하나린은 곰곰이 생각을 하는 듯하더니 알겠다는 뜻으로 고개를 주억거렸다.

"가야 될 것 같다. 확실히 필요한 과정이라 생각된다."

소리 없는 비명이 궁녀들 사이에서 울려 퍼졌다. 하나린이 없었던 과거의 팔 일을 떠올린 그녀들은 파르르 몸을 떨었다. 아침 일찍부터 풍옥전에 찾아와서 폭풍 전의 고요와 같이 무서운 침묵을 지키던 동공왕. 그것 때문에 얼마나 큰 정신적 고통을 당했던가? 그 끔찍했던 나날이 머릿속에서 자동적으로 그려지며 무한 반복되었다. 그리고 치솟는 분노.

왜 자신들이 이렇게까지 고통을 당해야 하는가! 그 원망은 지금 사태의 원흉인 백사린에게 모여졌다.

한편 백사린은 눈을 희번득이며 자신을 노려보는 궁녀들로 인해 등뒤로 식은땀을 흘렸다. 옛적에 귀족 하나가 풍옥전에 억지로 진입하려다 궁녀들에게 구타당한 것을 눈앞에서 목격했던 적이 있었는데 지금의 궁녀들이 딱 그때의 분위기였다. 이대로 놔두면 두고두고 괴롭힘을 당할 듯싶다.

병을 줬으니 이젠 약을 줘야 할 차례. 추가로 자신에게 날아오는 적의도 좀 없애기로 하고. 백사린은 고운 웃음을 지으며 미끼를 던졌다.

"동공왕 전하께서 제게 아기씨를 수행할 궁녀들을 차출하라고 하셨습니다."

"……."

"……."

"……!!"

순식간에 궁녀들의 분위기가 일변하였다. 바야흐로 곁에 있던 동료가 경쟁자로 돌변한 때였다.

저녁 시간. 제현과 하나린이 함께 식사하고 있었다. 궁 안의 일들이 급격한 물살을 타듯 변해 가고 있다. 촌각을 다투는 만큼 하나린은 내일 아침에 당장 떠나야 했다. 즉 오늘 함께 식사하고 나선 당분간 서로 얼굴을 볼 일이 없다는 이야기였다.

할 말이 많을 것 같았지만 막상 함께 있으니 침묵만이 가득했다. 그 분위기가 갑갑했던 것일까? 하나린이 먼저 수저를 놓으며 입을 열었다.

"의외네? 그렇게 쉽게 허락해 줄 줄은 몰랐는데."

그 말에 제현 역시 수저를 놓으며 하나린을 바라보았다. 평소의 유한 태도와 달리 무언가 섬뜩한 느낌을 풍겼다.

"쉽게 허락한 것으로 보이나?"

그리고 마치 짐승이 으르렁거리는 것만 같은 대답이 돌아왔다. 결국 하나린은 어색하게 웃어 보였다. 꼭 과거 그녀가 서아란으로 둔갑하고 있었을 때의 제현을 보는 것 같았다. 상처 입은 짐승 같은, 혹은 칼날이 마구잡이로 뻗은 기괴한 검과 같은. 그것을 마주하면 결국 안타까워 눈에서 놓지 못하고 손을 뻗게 되는 것이었다.

"그런데 왜 허락했어?"

하나린은 조금은 떨리는 목소리로 물었다. 그 순간 제현은 쓰게 웃었다. 그는 그녀에게서 고개를 돌려 저 먼 곳을 바라보며 입을 열었다.

"돌아올 거라고 믿으니까. 그리고…… 네가 내게 한 약속을 믿으니까."

한층 가라앉은 그의 목소리. 하나린은 마음속 한구석이 간질거리는 기분이었다. 그녀는 치마 아래로 발을 꼼지락거리며 심술부리듯 부러 그의 성질을 자극하는 질문을 던졌다.

"만약 오지 않는다면?"

순식간에 주변의 온도가 뚝 떨어져 내린 듯하다. 제현은 차갑게 굳은 얼굴로 제 얼굴을 쓸어내렸다. 속에서 끓는 무언가를 억지로 참아 내듯 제 아랫입술을 꾹 깨물던 그는 천천히 입을 열었다.

"찾으러 가야지."

"그리고 찾으면?"

하나린은 푸른 눈을 빛내며 재촉했다. 평소의 그녀를 떠올리면 도저히 상상할 수 없는 모습. 어떤 대답이 나올지 알면서도 기어코 듣고 말겠다는 태도. 저를 향해 몸을 기울인 그녀의 모습에 제현은 손을 뻗어 그녀의 뺨을 쓰다듬었다.

"마음 같아선 그대로 잡아와 강제로라도 이곳에 가둬 두고 싶지만…… 그래선 안 되겠지. 그대의 몸이 여기 있다 하여 마음도 여기 있는 것이 아닐 테니."

"그러면?"

"빌어야지. 제발 곁에 있어 달라고, 날 떠나지 말라고, 나와 했던 약속을 지켜 달라고."

제현은 그리 말하며 제 손을 내려 탁자 위에 올려진 하나린의 손을 덮었다. 그리고 그녀의 손목 안쪽을 느릿하게 쓸었다. 처연한 말과 달리 꼭 사냥감을 바라보는 맹수와 같은 눈길과 겹쳐 그 손짓은 마치 은밀한 무언가를 더듬는 듯한 느낌을 주었다. 하나린은 저도 모르게 숨결이 한결 가빠졌다. 그녀는 마른침을 삼키며 다시 물음을 던졌다.

"그래도 돌아가기 싫다고 하면?"

"글쎄, 내가 어찌할 것 같아?"

그에 제현은 잡고 있던 그녀의 손을 제게로 이끌었다. 그리고 그녀의 손바닥을 제 뺨에 대고 강아지처럼 뺨을 비빗거렸다. 갑작스러운 그의 행동에 하나린이 당혹스러워하는 사이 제현과 그녀의 시선이 다시 부딪쳤다. 그리고 제현은…….

꾸욱.

입술로 그녀의 손목에 도장을 찍듯이 눌렀다. 촉촉하면서도 따뜻한 감촉이 느껴졌다. 손목의 맥이 뛰는 부분에 정확히 입 맞춘 그는 설당(雪糖)이라도 녹인 것과 같이 달달한 눈웃음을 쳤다. 유혹이라도 하는 모양새에 하나린의 가슴속 어딘가가 간질거리는 느낌이었다.

"아아 역시 안 되겠다. 놓치고 나서 후회하는 건 내게 맞지 않아."

제현이 그리 말하며 그녀의 손가락 하나하나에 제 손가락을 엇갈려 깍지를 꼈다. 그리고 벌떡 일어나 그녀를 이끌며 앞장서서 걸어갔다. 식사하던 마루를 벗어나 앞에 있는 정원을 지나쳐 풍옥전 밖으로 나갔다. 그리고 점차 발걸음에 속도를 더하더니 이내 빠르게 달려가기 시작했다.

"어디 가?"

히나린이 근 소리로 앞서가는 제현에게 외쳤다. 그에 그는 빙긋 웃음을 지으며 답했다.

"따라와 보면 안다."

언젠가 경험했던 것 같은 그런 느낌. 하나린은 묘한 기시감에 고개를 갸웃하며 그가 이끄는 대로 재게 발을 옮겼다. 그리고 도착한 곳은 높이 솟은 석암. 하나린은 고개를 홱 꺾어서 위를 쳐다보았다. 저 높은 곳에 작은 정자가 보인다.

과거 그녀가 서아란으로 둔갑했을 때 왔던 곳이다. 제현의 생일날,

제현의 손에 이끌려 왔던 장소. 그리고 제 손으로 만들었던 향낭을 선물했던 곳. 그리고…… 그리고…… 제현에게 처음으로 마음의 틈을 내줬던…….

"꽉 잡아라."

그때 제현이 하나린의 귓가에 대고 낮게 속삭였다. 순간 오싹하고 소름이 돋아 오른다. 허나 그것을 제대로 느낄 새도 없이 부유감이 그녀를 덮쳤다. 그가 공주님 안기로 덥석 안아 들더니 자리에서 힘껏 박차 올랐다. 순식간에 주변 풍경이 주욱 아래로 딸려 내려가며 시원한 바람이 그녀의 뺨을 때렸다.

"아?"

그러고 보니 전에도 이리 올라갔었다. 사실 얼마 지나지 않은 일인데 벌써부터 먼 과거인 듯 아련함이 차올랐다. 그녀가 감탄사를 터뜨리자 제현은 쿡쿡 웃으며 제가 끌어안은 손에 힘을 더했다. 시간이 지날수록 점차 속도가 느려지며 부유감이 약해지기 시작한다. 그리고 곧이어 정지.

그 순간 제현은 튀어나온 모퉁이를 밟고 또다시 도약했다. 전과 같이 일변하는 풍경과 상승감.

탁.

그런 과정을 두어 번 더 거친 후에야 발이 단단한 땅을 디디는 소리가 들렸다. 여기는 그녀의 기억 속 그 풍경과 똑같았다. 왜소한 화원과 그 한가운데 있는 작은 정자. 제현은 그녀를 바로 바닥에 내려 주지 않고 작은 정자로 걸어갔다. 그리고 그곳에 조심스럽게 그녀를 앉혔다.

하나린은 자신 앞에 서서 부드럽게 미소를 짓는 제현을 보며 의아하다는 듯 입을 열었다.

"여기엔 왜?"

"풍옥전에 작은 악동이 눈을 시퍼렇게 뜨고 있으니까."

그의 얼굴이 짓궂게 변했다. 그리고 살며시 고개를 숙여 그녀의 귓가에 작게 속삭였다.

"저번처럼 방해받는 것은 사절이라서."

그와 동시에 하나린의 얼굴이 발갛게 물들었다. 아, 잊고 넘어간 줄 알았는데 기억하고 있었구나. 그녀는 쑥스러운 기분에 발을 이리저리 꼼지락거렸다. 그러다가 제현이 왜 여기까지 왔어야 했는지에 생각이 미쳤다. 그에 그녀의 모든 사고가 정지한다.

"저, 저기……."

이번엔 다른 이유로 얼굴이 분홍빛으로 물들었다. 무슨 말을 해야 될 것 같은데 당장 어떤 말을 해야 할지 모르겠다. 그때 제현이 천천히 그녀 앞에서 한쪽 무릎을 꿇었다.

"이제부터 내가 너에게 주술을 걸 거야. 이건 네가 어떤 존재이든지, 그리고 네게 무슨 일이 있든지 벗어날 수 없는 그런 저주야."

그리 말한 그는 하나린의 한쪽 발을 들어 당겼다. 그러자 치마 아래로 여린 발목이, 그 위를 따라 새하얀 종아리가 드러났다. 그걸 한참 들여다보던 제현은 '픽' 하고 새는 웃음을 지었다.

"아직도 속바지를 입지 않는가?"

"아니, 그게…… 꼬리 때문에 불편하니까……."

변명처럼 튀어나온 하나린의 말에 그의 시선이 그녀의 하얀 꼬리로 옮겨졌다. 모두 합쳐 아홉 개의 복슬복슬한 꼬리가 이리저리 흔들렸다. 그의 시선이 십요했기 때문일까? 그녀는 꼬리들을 치마 속으로 깊숙이 숨겼다. 그에 또 제현은 쿡쿡 웃음을 터뜨렸다.

부끄러워하는 그녀의 모습이 귀엽게 느껴진다. 전과 다른 변화된 모습들이, 그중 저를 의식하는 행동이 너무나…… 사랑스럽다. 보고 있는 것만으로 가슴에 무언가가 차오르는 기분. 그러니…… 절대로 놓칠 수 없다.

제현은 진지하게 표정을 굳히곤 고개를 숙이며 천천히 말을 이었다.

"그대의 발엔 나로부터 멀리 벗어날 수 없는 족쇄를."

그의 입술이 하나린의 발목 안쪽에 닿았다. 그리고 여린 살을 강하게 빨아들였다. 그와 함께 그곳에 붉은 꽃잎이 하나 내려앉았다.

"으읍."

조금 아픔이 느껴진 것일까? 그녀의 입술에서 작은 신음이 흘러나왔다. 제현은 그 소리에 순간 움찔하고 몸을 떨었으나 이어지는 행동을 멈추진 않았다. 치마를 밀어내고서 그의 입술이 천천히 그녀의 종아리를 타고 올라갔다. 그리고 무릎 바로 아래쪽에서 멈추어 서며 말을 이었다.

"그대의 다리엔 나로부터 멀리 떨어질수록 아픔이 느껴질 저주를."

이번엔 이를 세워 부드러운 살을 꽉 깨물었다. 하나린은 이번엔 신음을 흘리지 않았다. 다만 치마를 손으로 꽉 쥐어 주름지게 할 뿐.

제현은 입술을 떼어 그녀의 손을 잡아당겼다. 그리고 손목 안쪽에 입술을 가져다 대며 속삭였다.

"그대의 손엔 오직 나만을 갈망하도록 다른 이들의 감촉을 잊는 망각을."

역시 연한 살을 강하게 흡입하였다. 그에 그곳에 뜨거운 화인이 남는다. 그는 소매를 밀어 올리며 그녀의 팔을 더듬으며 올라갔다.

"그대의 팔엔 나를 안기 위해 존재한다는 최면을."

이후 도톰한 팔뚝에 이를 세워 물었다. 그가 입을 떼자 선명한 잇자국이 그곳에 남았다. 제현이 고개를 들어 하나린과 눈을 마주했다. 그녀는 지금의 상황이 당혹스러운 듯 눈동자가 잘게 떨리고 있었다. 전에 그가 무슨 짓을 하든 동요가 없던 그녀가 이렇게 변했다는 사실에 제현의 심장이 강하게 고동쳤다. 자신 때문에 그녀가 저리 흔들린다는 것이 마음을 뿌듯하게 만들었다.

제현은 입가를 매혹적으로 끌어 올린 채 고개를 천천히 아래로 숙였다.

"그대의 목엔 나만의 여인이라는 낙인을."

그 말과 함께 입술을 그녀의 연약한 목에 단단히 묻고서 비볐다. 그리고…….

아득.

깨물었다. 하나린이 움찔하고 몸을 떨자 이내 쓰라림이 느껴지는 그곳을 달래듯 혀로 살살 핥는다. 꼭 짐승의 수컷이 암컷에게 제 것이라고 표시를 하듯.

제현은 서서히 몸을 일으켰다. 그리고 제가 남긴 표식을 보며 만족스러운 미소를 입가에 물었다. 그는 손을 올려 하나린의 뺨을 감쌌다. 그러자 인간과는 다른 기묘한 감촉이 손바닥 아래로 느껴진다. 따뜻한 것 같으면서도 시원한, 그리고 궁에서 만져 본 어떤 비단보다 더 부드러운.

그는 천천히 엄지로 그녀의 연분홍 입술을 꾹 눌렀다. 연약해 보이던 입술이 생각보다 도톰한 느낌을 주었다. 누른 만큼 살짝 반발력을 가지며 반응해 왔다. 꽃잎 같아 조금만 힘주면 짓이겨질 것 같았는데.

제현은 손을 옮겨 그녀의 턱을 살짝 들었다. 그리고 고개를 숙여 그 입술에 제 입술을 겹쳤다. 거칠지 않게, 아주 조심스럽게. 가벼운 접촉임에도 그의 심장은 미친 듯이 질주하기 시작했다. 제 주인은 눈앞에 있는 바로 이 여인이라고 말하듯.

이 이상 너 나아가고 싶었다. 제가 가진 욕망을 모두 드러내며 그녀를 품고 싶었다. 하지만…… 그러지 않는다. 제현은 천천히 고개를 들어 하나린에게서 멀어졌다. 그리고 그녀의 두 손을 잡아 제 가슴이 있는 곳으로 이끌었다.

"이 입맞춤은…… 내 심장을 그대 손에 맡긴다는 의미다. 이제 내 심장은 그대가 들고 있으니 그대가 돌아와야만 내가 살아갈 수 있겠지."

제현은 맹세하듯이 말하였다. 과거라면 제가 사랑하는 이를 억지로 붙잡아 감금해 두었을 것이다. 허나 많은 것이 변한 지금은 그리하지 못한다. 그녀가 진심으로 원한다면 보내 줄 것이다. 하지만 그 전에 그런 마음이 들지 않도록 필사적으로 노력하리라. 조금은 치사하더라도 그녀의 마음에 짐을 지우고 동정 한 자락이라도 청하여 제게 시선을 향하게 하리라.

하나린은 그의 심장이 빠르게 뛰는 것을 느끼며 얼굴을 발갛게 붉혔다. 그저 작은 투정을 부렸을 뿐이었다. 급작스러운 성장 전까지만 하여도 제현은 그의 테두리 밖으로 조금만 벗어나도 필사적으로 붙잡았었다. 허나 근래 들어 자신과 조금씩 거리를 두더니 이번엔 잠시 다녀오는 거지만 멀리 떠나는 길임에도 생각보다 쉽게 허락했다. 그 간극에 심술을 부려 내뱉은 말에 제현은 제가 가진 마음을 온전히 드러내 보였다.

약간 시무룩했던 맘이 언제 그랬냐는 듯 기쁨으로 가득 찼다.

"걱정 마. 나 꼭 돌아올 거야."

"그래, 내가 그대에게 그런 주술을 걸었으니까."

하나린의 말에 제현이 장난스럽게 대꾸해 보였다. 그에 함께 터져 나오는 웃음. 하나린이 사림현으로 떠나기 전날 밤은 그렇게 지나가고 있었다.

5장

정치싸움

"여기 두 개의 서면에 독고가(家)의 가주 직인을 받아 오시면 됩니다."

궐문 앞. 백사린은 하나린에게 두 개의 두루마리를 넘겨주며 당부의 말을 이었다. 그리고 걱정이 담긴 어조로 다시 한 번 질문을 던졌다.

"비를 내리게 하는 것, 정말 가능하시겠습니까?"

이번 일은 하나린의 이능에 달려 있었다. 독고강에게 짧은 시간 내로 지지를 얻어야 하는데 그게 생각만치 쉬울 리가 없었다. 들리는 바에 의하면 책임감이 강한 데다가 굉장히 고지식하고 예를 중히 여기며 흔들림 없이 무게 중심을 잡는 사람이라고 한다. 분명 설득하는 데 오랜 시간이 걸리리라. 하지만 필요한 것은 시간을 들여 그의 마음을 얻는 것이 아니라 그가 지지한다는 문서 한 장이었다.

물론 그의 마음을 얻는 것도 중요하지만 일단 지지 세력을 얻는 게 더 중요하다. 다소 강압적인 면이 있으나 하나린이 그의 이상에 부합하는 인물이라는 것은 훗날 자신의 행보로써 증명하면 된다.

현재 동공국의 남부는 이 년째 흉년이 들었다. 즉, 백성들의 삶이 곤핍해졌다는 의미였다. 추가로 굶어 죽는 백성들도 속출하고 있었다. 현재 독고강은 지방 현감으로 있기에 그 실태를 바로 눈앞에서 목도하고 있었다. 어떻게든 당면한 문제들을 타개하려 하고 있지만 난항을 겪고 있는 모양.

백사린은 그 점을 노릴 생각이었다. 하나린으로 하여금 그 지방에 비를 내리게 해 줄 터이니 대가로 그녀를 지지한다는 서면에 독고가의 인장을 받는 거래를 할 생각이었다.

"응, 걱정 마."

하나린은 불안해하는 백사린의 어깨를 끌어안아 다독이며 말했다. 백사린으로서도 이번 일은 도박이었다. 하나린이 격이 높은 신선이란 성수청 도도사 청림의 증언에 기대어, 그리고 하나린의 할 수 있다는 말을 믿고서 행하는 아주 위험한 도박. 반쯤 강압적인 면이 있는 만큼 실패하면 그것이 지독한 독이 되어 되돌아올 것이었다.

귀족파는 물론 왕실파와 신흥관료들까지 뒤돌아서 버린다. 그러면 하나린이 어떤 존재이든 간에 무조건 끝이었다.

"믿겠습니다. 부디 성공하시길."

백사린도 하나린을 마주 안았다. 그리고 그녀가 무사히 일을 마칠 수 있기를 기원했다.

"헹? 그리 궁상떨 것까지야. 선녀님은 그 정도 일쯤은 간단히 해결하고 올끼다."

그때 그들 아래서 틱틱거리는 사투리가 들려왔다. 그에 하나린은 빙긋 웃으며 손을 내려 미리내의 머리를 쓰다듬었다. 평소라면 그르렁거리며 좋아할 텐데 여전히 입술을 삐죽거리고 있었다. 소녀가 무엇 때문에 그러는지 알고 있는 그녀로선 씁쓸하게 웃음을 지을 수밖에 없었다.

"내가 이런 일에 휘말리는 게 싫어?"

"······예."

솔직하게 말해서 미리내는 선녀님을 데리고 당장 이곳에서 떠나고 싶었다. 이곳엔 무려 타락의 여우가 자리 잡고 있으니. 사람들 사이에 의심과 불신을 만들고 그것을 악의와 적의로 키우며 최후엔 서로를 증오하게 만드는 데 도가 튼 요괴였다. 어떤 영스러운 존재라도 그 관계가 인간 사이에 맺어진 것이라면 그녀에 의해 순식간에 파탄이 나리라.

미리내는 제가 몇 번이고 겪었던 아픔을 하나린 역시 겪을까 두려웠다. 하지만 그녀가 이곳이 있기를 그리 원하니. 미리내가 혐오가 섞인 눈으로 궁을 돌아보자 하나린이 그 소녀의 손을 잡았다.

"같이 가겠니?"

미리내는 궁에 남아 있겠다고 선언한 상태였다. 상당히 뜻밖의 일. 하나린이 잠시 궁을 떠나 있겠단 사실에 살겠다는 듯 한숨을 내쉰 흑영은 미리내의 그 말을 듣고 뒷목을 잡았었다. 하나린으로서도 그런 미리내가 의외라 왜 그런지 의문을 품었다. 하지만 미리내가 궁에 남아 있는 이유에 대한 화제를 슬슬 피했기에 아무도 여우소녀의 속내를 알 수 없었다.

하나린은 안 그래도 인간혐오를 가지고 있는 그녀가 자신이 없는 궁에서 잘 지낼지 걱정이 되었다. 그래서 다시 한 번 동행을 권한 것이다.

"헤헤······ 기다리고 있을게요. 근데 가서 첫째도 인간 조심, 둘째도 인간 조심을 하셔야 돼요!"

미리내다운 충고의 말이었다. 백사린 역시 여우소녀의 말에 고개를 끄덕임으로 긍정을 보였다. 정치란 본래 그런 것이니까. 동족임에도 믿지 못하고, 같은 편임에도 믿을 수 없고, 심지어 가족 간에도 믿음을 주지 말아야 했다.

"저······ 아기씨, 이만 출발해야 합니다."

그때 청이가 하나린의 뒤에서 작게 속삭이듯 말하였다. 엄청난 경쟁률을 뚫고서 풍옥전 아기씨를 수행하는 일곱 명의 궁녀에 들어간 청이는 절로 올라오는 웃음을 참아 내며 준비된 마차를 가리켰다. 그에 하나린은 고개를 끄덕이곤 마차로 걸음을 옮겼다.

"조심히 지내. 일은 꼭 제대로 해결하고 올 테니까."

"네, 아기씨. 아기씨께서도 안전히 다녀오시길 바랍니다."

"선녀님, 잘 다녀오셔요."

하얀 여인의 인사에 백사린과 미리내가 고개 숙여 인사했다. 그리고 이내 하나린을 태운 마차가 출발하여 그들로부터 멀어지기 시작했다.

이 길은 하나린이 왕비가 될 수 있느냐 없느냐의 갈림길. 드디어 주사위는 던져졌다.

제현은 집무실에서 묵묵히 문서들을 처리하고 있었다. 무겁게 내려앉은 침묵만이 가득 찬 그곳. 대전의 궁녀들과 내관들에게도 오늘 풍옥전 아기씨가 궁 밖으로 떠났다는 소식이 전해졌다. 그랬기에 집무실 앞을 오갈 때마다 왕의 심기를 거스르지 않게 최대한 소리를 죽여 걸음을 옮겼다.

그러나 그런 그곳에 불쑥 불청객이 난입하였다.

"헤에— 배웅하지 않는 거야?"

검녹색 머리카락에 얼굴을 붕대로 칭칭 감고 흑색 의복을 입은 사내, 무영이 천장에서 뚝 떨어져 내렸다. 그리고 광대처럼 과장스러운 몸짓을 보이며 찢어질 듯 입가를 올리고 웃음을 지었다. 그에 제현의 미간이 살짝 찌푸려졌다.

"인사라면 어제 끝냈다."

"그래도 떠나는 모습은 눈에 담아야지?"

붕대 사이로 붉게 빛나는 눈이 동공왕의 모습을 바라보았다. 일부러 성질을 콕콕 건드리고 있는데도 나름 담담한 모습이었다. 제현은 슬며시 눈길을 돌려 무영을 보더니 짧게 혀를 차며 입을 열었다.

"떠나는 모습을 보고 있다간 속에서 열불이 끓을 것 같아서 말이지."

도로 잡아다 풍옥전에 넣을지도 모르고. 그는 입가를 비틀며 그 말을 속으로 삼켰다. 그리고 무영을 훑어보며 무언가 생각하는 듯 탁자를 손가락으로 톡톡 쳤다.

"뭐, 대충 쓸 만은 해 보이니까."

이어진 중얼거림에 무영의 직감이 불길함을 감지했다. 그는 재빠르게 몸을 돌렸다. 하지만 자리를 벗어나기 위해 다리에 힘을 주기도 전에 제현의 말이 먼저 나왔다.

"너 하나린을 보호하러 가라."

무영이 목각 인형처럼 끼긱거리는 목을 돌렸다. 그러자 그의 머릿속을 들여다본 듯 재수 없게 비웃음을 흘리고 있는 제현이 보였다.

궁의 인적이 드문 길. 한 궁녀가 제 상전의 명을 받들어 그곳을 지나가고 있었다. 조금은 잰 걸음으로 걷던 그녀는 어느 순간 갑자기 발이 떼어지지 않자 어리둥절한 표정을 지었다.

진흙에라도 빠진 것일까? 제 신발이 더러워질 것이라 생각하니 궁녀는 절로 신경질이 났다. 그 감정을 담아 힘주어 몇 번 발을 당겨 본다. 그럼에도 발이 빠지지 않자 궁녀는 의아하다는 듯 고개를 숙여 제 발을 내려 보았다. 그리고 제 발을 붙잡고 있는 검은 진흙 덩어리를 발견했다.

"에구머니나! 이게 뭐람?"

깜짝 놀라 내지른 비명. 곧이어 궁녀는 그것의 이상한 점을 발견했다. 주변의 땅은 젖지 않았다. 햇볕에 바짝 말라 연한 황토색을 자랑하는 주변과 달리 제 발을 감싼 것만 검은 진흙 덩이였다. 아니 이것이 진짜 진흙일까? 꼭 제 그림자에서 솟아 나온 듯한…….

「맞아, 네 그림자에서 나온 거야.」

마치 그녀의 생각을 읽은 듯 소름 끼치게 날카로운 목소리가 들려왔다. 궁녀가 다급히 고개를 들자 인간 형상을 한 검은 짐승을 볼 수 있었다. 인간처럼 두 다리로 서 있고 검은 의복을 입고 있었다. 허나 머리는 여우와 비슷한 맹수의 머리. 거기에다 치마 아래론 아홉 개의 검은 꼬리가 바닥에 끌리고 있었다.

허나…… 그 모든 게 그림자와 같이 제대로 형상이 잡혀 있지 않았다. 몸의 외곽을 따라 선이 뚜렷하게 잡히지 않은 채 흐릿하게 물결이 치고 인기척조차 느껴지지 않는다. 그건 너무나 비현실적인 광경이었다.

"아…… 누구?"

갑자기 일상에서 비일상의 세계로 떨어졌다. 궁녀에게서 현실이 점점 멀어졌다. 그리고 그 위로 현실과 똑같은 형태를 지닌 이상한 나라가 내려앉았다. 마치 꿈을 꾸는 것 같은 기분. 너무나 비현실적이기에 궁녀는 생각보다 담담히 질문을 던질 수 있었다.

그녀의 물음에 마치 그림자와 같은 맹수가 입가를 끌어 올리며 답했다.

「널 먹을 괴물.」

푸욱.

궁녀는 배에서 느껴지는 화끈한 통증에 천천히 고개를 내렸다. 그곳에는 짐승 같은 손이 반쯤 박혀 내부를 헤집고 있었다. 그에 따르는 고통도 엄청났다. 그럼에도 궁녀는 마치 몸과 육체가 따로 떨어진 듯

315

아무런 아픔도 느낄 수 없었다. 통증이 상상할 수 없이 끔찍한데 모순적으로 전혀 아프지 않았다.

그녀가 얼마쯤 그것을 내려다보고 있었을까? 검은 짐승이 그녀의 배에서 손을 뽑아냈다. 그 손에는 시뻘건 핏덩이가 잡혀 있었다. 그것을 제 입 속으로 집어넣고는 으적으적 씹어 먹는 괴물. 궁녀는 그 모습을 멍하니 바라보다 이내 힘을 잃고 바닥에 쓰러졌다.

온기가 없는 차가운 바닥을 따라 뜨거운 액체가 퍼져 나갔다. 너무나 괴로운데 너무나 무덤덤하다. 자신은 죽는 걸까? 아닌가? 꿈을 꾸고 있는 건가? 궁녀는 그 생각을 긍정하며 중얼거렸다.

"그래…… 꿈……이구나……. 이런 악몽…… 빨리 깨야…… 하……는……ㄷ……."

궁녀는 그대로 눈을 감은 채 영원한 안식을 얻게 되었다. 그리고 어느새 사라진 검은 맹수. 앞으로 궁에서 일어날 기괴한 연쇄살인의 첫 번째 사고 현장이었다.

달그락달그락.

고급스러운 마차가 포장된 길을 따라 안정적인 속도로 달렸다. 벌써 사림현을 향하여 출발한 지 여러 날이 지났다. 그 안에 타고 있는 하나린은 창밖을 바라보며 쓰게 웃음을 지었다. 서아란을 대신하여 궁에 들어가기도 전, 과거에 보았듯 남쪽 지방은 여전히 가뭄으로 인해 여기저기 식물들이 메말라 죽어 가고 있었다. 그리고 이런 기후 속에서 동공국 백성들도 똑같이 메말라 죽어 가고 있겠지.

하나린은 바로 그런 이들을 인질로 독고강을 협박하러 가고 있는 것이었다. 비를 내려 줄 테니 자신을 지지한다 표명하라고.

확실히 이런 시기엔 그 방법이 가장 빨리 세력을 모을 수 있는 방안

일 터였다. 허나 하나린은 그런 방식이 결코 마음에 들지 않았다. 절로 드는 거부감. 하지만 그런 것이 인간들 사이에서 이뤄지는 '정치'란 것일 터였다. 그리고 그 정치란 것을 궁에 막 발을 들인 그녀보다 백사린이 백배 천배는 더 잘 알고 있을 터.

"아기씨 조금만 더 가면 사림현에 도착합니다."

마차 밖에서 수행원이 곧 목적지에 도착함을 알려 왔다. 살며시 고개를 내밀어 보니 저 멀리 평야에 옹기종기 모여 있는 집들이 눈에 담겼다. 이제 곧 저기 현감으로 있는 자와 대면하여 단 하나밖에 없는 선택지를 강요하게 될 것이었다. 그 사실이 아프게만 다가온다.

하나린은 고개를 숙여 곰곰이 고민을 하였다. 굳이 그렇게만 해야 되는 것일까? 물론 모든 것에 정도(正道)라는 것이 있다. 하지만 그 길만이 있는 것은 아니었다. 알지 못하는 것일 뿐 분명 다른 정도도 있을 터. 하나린은 점점 가까워지는 사림현을 보며 천천히 손을 들었다.

그녀는 처음부터 가장 중요한 패를 쓸 생각이었다. 마을 안으로 들어감과 동시에 마을에 비를 내린다. 그리고 빈손으로 독고강이란 자를 설득한다. 그저 내가 이런 심성을 가진 존재라는 것을 보여 주고 그것으로 평가를 받을 것이다. 비록 가능성이 낮은 도박이지만. 겁박하여 반감을 사는 것보단 훨씬 낫지 않겠는가?

만약 설득에 실패하게 된다면 차선책을 써야 될 것이었다. 얼마나 그리 있었을까? 마차는 바짝 마른하늘을 두고 마을 입구를 통과하였다. 꼭 아무런 개입도 없었다는 듯.

하나린은 멍하니 제 손을 내려다보았다. 그리고 아무런 변화도 없는 하늘을 올려다본 그녀는 제 연분홍빛 입술을 짓씹으며 천어로 중얼거렸다.

「예상은 했지만…… 생각보다 빠르네.」

꼭 아프고 괴롭다는 듯한 모습. 슬픔까지 깃든 처연함. 그녀는 제 손에 얼굴을 묻었다.

그녀가 제 사적인 목적을 가지고 움직이자 하늘이 그녀의 능력에 제한을 걸기 시작했다. 처음엔 조금 무리한다면 한 지역에 비를 내리게 하는 정도는 가능했다. 하지만 지금은 그것이 불가능하다. 아마 하늘이 그녀에게 경고를 하는 것일 터. 이런 일은 처음이라 충격이 더 크다.

앞으론 얼마나 더 많은 금제가 생길 것인가? 아마 동공궁을 떠나지 않는 이상 금제는 더 강해지고 더 다양한 부분에서 능력을 쓰지 못하게 할 것이다. 어쩌면 최후엔 평범한 인간처럼 될지도 모른다. 그녀는 마른세수를 하며 중얼거렸다.

"아아, 이번 일은 바로 차선책으로 들어가야겠네."

하나린은 무릎 위로 제 두 손을 깍지 껴 마주 잡으며 눈을 꼬옥 감았다.

달그락 달그락 달각.

허나 마차가 멈춰서는 순간 빠르게 표정을 관리하여 입에 미소를 걸었다. 그와 동시에 마차의 문이 열린다.

"아기씨, 사림현 관아에 도착했습니다. 이만 내리시지요."

수행원이 고개를 숙이며 발받침대를 가져다 댔다. 하나린은 백사린에게 배운 것을 떠올리며 우아한 선을 그리며 몸을 일으켰다. 그리고 다소곳한 모습으로 발받침대를 밟고 그 아래 마른 땅을 밟았다. 이후 근 움직임을 제한하며 작게 고개를 돌려 사림현 앞에 마중 나온 이들을 보았다.

"동공국의 달그림자를 뵙습니다. 사림현에 오신 것을 환영합니다."

그들 중 가장 앞에 나와 있던 이가 고개를 숙여 하나린을 향해 인사를 올렸다. 현감이 갖출 의복을 입고 있는 것을 보니 그가 바로 독고강인 듯하였다. 그리고 보니 왕실파인 호조판서 이전량의 여식 이혜의 종조(從祖)라고 하였던가? 이혜가 자신에 대한 소개 글을 쓴 서신을 보내는 것으로 만남을 주선받은 것이었다.

첫인상이 그 무엇보다 중요할 터. 그것이 앞으로의 대화에 큰 영향을 미칠 것이었다. 그 전에 갖고 있는 선입관이 강하다면 모르겠지만. 하나린은 백사린이 몇 번이고 반복하여 가르쳐 준 귀족 규수들의 인사법을 떠올렸다.

천천히, 그리고 둥근 선을 그리며 움직일 것. 움직임은 조신하게, 그리고 너무 큰 동작은 하지 않되 의도하고자 하는 행동이 뚜렷하게 보일 수 있도록 할 것.

그녀는 가슴 위로 손을 올리고 우아하게 고개 숙여 마주 인사하였다. 아무리 깐깐한 사람이라고 해도 틈을 찾을 수 없는 완벽한 자세였다.

"환영해 주셔서 감사합니다, '대감'."

그가 전대 왕실과 수장이었다는 점, 그리고 많은 신흥관료들을 배출하고 있는 스승이라는 점을 감안하며 최대한 존중한다는 태도를 보인다.

그녀의 말에서 대감이라는 호칭에 흠칫하고 몸을 편 독고강은 고개를 저으며 입을 열었다.

"'대감'이라뇨. 그런 호칭은 과분합니다."

"아닙니다. 수많은 인재를 배출한 훌륭한 스승이시라고 들었습니다. 그러면 그 호칭으로 불릴 자격이 충분하시다고 생각됩니다."

하나린이 방긋 웃으며 대답하자 그는 조용히 시선을 들어 그녀의 모습을 면밀히 살폈다. 회색빛의 눈이 싸늘한 기운을 머금으며 빛이 났다. 꼭 물건의 가치를 품평하듯 냉정히 평가하는 느낌.

반면 하나린 역시 독고강을 살펴보았다. 상당히 나이 들고 깡말라 보이지만 제법 정정해 보였다. 곧은 자세에 매서운 눈빛으로 보아 만만치 않은 성격을 가진 것으로 보인다. 그뿐만 아니라…….

'가진 기운이 맑다.'

백세악이 가지고 있던 탁한 기운과 확연히 대비될 정도였다. 하나린은 그에 대한 생각을 긍정적인 쪽으로 놓았다. 아쉽게도 상대 역시 그런 것은 아닌 모양이지만.

"관아에 머무르시기엔 좀 협소할 것입니다. 그러니 제 가옥의 손님 방에 머무르시는 것을 추천드립니다."

"대감의 호의에 감사드립니다."

"제가 아직 일이 끝나지 않아 직접 안내해 드릴 수 없을 듯하군요. 아랫것을 시켜 가옥으로 안내하게 하겠습니다. 송구합니다만 처리해야 할 일들이 많이 남아 있습니다. 전 이만 들어가 봐도 될는지요?"

"예, 바쁘신 중에 시간을 내 주셔서 감사합니다."

독고강은 하나린의 대답을 들은 후 전처럼 고개를 숙여 인사하고는 관아로 들어갔다. 예의에 위배되지 않는 태도를 보이지만 하나린을 썩 마음에 들어 하는 것 같지는 않았다. 그에 그녀는 남몰래 얕은 한숨을 내쉬었다.

"잘 해결돼야 할 텐데."

궁 안은 갑작스러운 연쇄살인에 크게 뒤집어졌다. 벌써 며칠째 궁 안에서 간이 뽑혀 나간 시신들이 발견되었다. 범인이 누군지는 알 수 없다. 아무리 경계 수준을 올린다고 해도 살인귀는 정말 귀신처럼 사람들을 죽이고 사라졌다. 결국 발견되는 것은 이미 죽어 바닥에 늘어진 시신들뿐이었다.

피해자들도 위협을 당한다면 비명을 지르거나 저항을 할 만도 한데. 허나 안타깝게도 비명 소리를 들은 이도 없었을뿐더러 남겨진 시신에 반항의 흔적도 보이지 않았다. 거기에다 상처 자국은 마치 거대한 맹수가 발톱으로 파헤쳐 놓은 것처럼 보였다. 이 정도쯤 되니 살인귀가 인간이 아니라 영스러운 존재가 아닐까라는 데 초점이 맞추어졌다.

그리고 궁에서 거주한다고 알려진 영스러운 존재는 오직 하나였다.

"미리내."

"와?"

"좀 혼자 싸돌아다니지 않으면 안 될까?"

흑영은 뾰로통하게 올려다보는 여우소녀를 내려 보며 짜증을 담아 말했다. 진즉에 표정 관리는 포기했다. 존중하며 대하려고 몇 번의 노력을 했으나 그때마다 이 자그마한 소녀가 그의 가면을 훌륭하게 박살 내 주었다. 결국 모든 것을 내려놓고 되는대로 감정을 드러내며 말하였다.

그에 미리내의 틱틱거리는 음성이 되돌아왔다.

"내 어딜 가든가 말든가."

"그럼 감시할 수가 없잖아!"

"보호가 목적이라며!"

"보호는 얼어 죽을 보호! 네가 어디 가서 맞고 다닐 위인이냐!"

흑영은 미리내를 따라다니며 당한 것들을 떠올리며 안면을 일그러뜨렸다. 첫 만남에 주먹으로 날린 싸대기부터 시작해서 정강이 까기에 잠시 안심한 사이 복부 강타, 심지어 절굿공이에 뒤통수를 맞아 기절하기까지.

생각하면 할수록 절로 울분이 치솟는다. 평소의 냉철한 인상을 벗어 던진 지는 한참 전. 그는 목에 핏대까지 세우며 바락바락 악을 썼다. 얼마나 그렇게 옥신각신했을까? 간신히 진정을 한 흑영은 심호흡을 한 뒤에 입을 열었다.

"지금 궁에서 일어나는 살인 사건 알지?"

"안다."

"그 범인으로 네가 의심받고 있다는 건?"

흑영의 물음에 미리내는 입을 꾸욱 다물었다. 그리고 허공을 무섭게 노려보았다. 아니, 더 정확히는 과거 어딘가를 더듬는 것 같은 그런 눈빛이었다. 한참을 그렇게 있었을까? 미리내는 이내 기운 빠진 모습으로 고개를 끄덕였다.

"……안다."

평소와 달리 목소리에서조차 힘이 없는 모습. 흑영은 눈앞의 여우 소녀가 인간에게서 서른두 번이나 배신당하고 실망했다는 걸 떠올리며 한숨을 내쉬었다. 그는 머뭇머뭇하다가 손을 뻗어 미리내의 머리, 정확히는 두 귀 사이를 살살 쓰다듬었다.

그에 소녀는 반쯤 몽롱함에 잠긴 눈을 들어 흑영을 올려다본다. 바로 거부하며 성질을 낼 것이란 예상과는 달리 소녀는 쫑긋 솟아 있던 귀를 뒤로 누이며 조용히 그의 손길을 즐겼다. 그리고 눈을 살포시 감더니 작은 목소리로 중얼거리듯 입을 열었다.

"도련님……."

얼마나 그리 있었을까? 잠시 가출해 있던 이성이 돌아온 듯 미리내는 화들짝 놀라더니 그의 손을 탁 치며 물러섰다. 그리고 조금은 사나워 보이는 표정으로 그를 째려보았다.

"니, 그 면상 좀 뜯어고치래이! 손톱으로 쥐어뜯든가! 칼질 몇 번 하든가! 아니면 불이라도 지르든가!"

"……하겠냐!!"

"좀 하그라! 내 아프지 않게 흉터만 남기고 잘 치료해 주께!"

"할 것 같으냐!!"

결국 처음 의도는 어찌 되든 또다시 이런 말다툼의 반복이었다. 흑영은 괜히 선심 썼다고 후회하며 제 가슴을 쿵쿵 쳤다. 절로 뒷목 잡게 되는 일의 되풀이. 그가 씩씩거리는 사이 미리내는 입가를 삐죽이며 불만을 담아 말했다.

"어찌 됐든, 니도 내 결백이 안 믿긴다 그 말 아이가? 그니께 자꾸 감시할라 카제."

이거 혹시 심술? 흑영은 입을 일자로 꾹 다문 채 제 절반 정도밖에 되지 않는 여우소녀를 내려 보았다. 그리고 어이없다는 듯 '허—' 하고 숨을 내뱉었다.

"너 인간에 대해 아직도 잘 모르구나?"

"왜? 니도 그리 말할끼가? 인간이니께 인간이 아닌 내를 믿을 수 없다고?"

확 일그러지는 미리내의 안면에 흑영은 혀를 차며 말을 이었다.

"중요한 건 실제 사실 여부가 아니야. 의심할 빌미를 주느냐 마느냐지. 일단 자그마한 틈을 보이면 인간들은 물어뜯고 봐. 그자가 범인이라 생각하고 제가 사건으로 인해 억눌린 공포와 분노들을 토해 놓지. 그리고 그게 대중으로 점차 확산되면 진실 여부는 이미 안중에도 없어. 이미 제가 가진 감정에 휩쓸려 이성은 그 환상에 맞게 일을 짜 맞추는 역할 정도로 퇴화돼 버려. 그 정도가 되면 인간들은 이미 군중심리에 휩쓸린 후야. 믿음이고 뭐고 할 단계는 훨씬 전에 지나 있지."

미리내는 그의 말에 말문이 턱 막혔다. 흑영은 당황하는 그녀의 이마를 검지로 콕콕 건들며 혀를 찼다.

"그것만으로도 문제지만 궁이란 것은 그런 군중심리를 이용하는 인간들이 있어. 자신의 적을 처리하기 위해 여론을 만들어 상대를 벼랑 끝으로 몰아가지. 풍옥전 아기씨에겐 적이 매우 많다는 게 큰 문제야. 네가 나쁜 여론에 휩싸이게 되면 아기씨의 명성에도 타격이 간단 말이다! 그러니 내가 옆에서 계속 널 감시해야 살인 현장에 네가 부재했단 증명을 할 수 있을 것이 아니야!"

미리내는 멍하니 흑영을 올려 보았다. 그러면 제가 어찌해야 할까? 그녀는 요즘 들어 일어나는 살인 사건들을 미연에 방지하기 위해 여기저기를 돌아다니고 있었다. '타락(墮落)의 여우'의 기운이 느껴지면 곧장 그곳으로 달려가지만 늘 한 발짝씩 늦기만 했다. 하지만 알면서도 아무것도 하지 않을 수는 없지 않은가? 그것이 하는 일을 눈치챈 것은 자신뿐인데.

'우리 내기하지 않으련?'

그날 검은 여인의 목소리가 아직도 귓가를 맴도는 것 같았다. 그 내기란 것은 매우 간단했다. 미리내가 먼저 인간 마을로 들어가 정해진 기간 동안 최대한의 신뢰 관계를 쌓는다. 이후 타락의 여우가 그것을 무너뜨린다. 신뢰 관계가 계속 유지되면 미리내의 승리, 그러지 못하면 검은 여인의 승리. 판돈은 그 마을의 인간들 목숨.

사실상 판돈으로 인간들 목숨을 건 것엔 큰 의미가 있는 것이 아니었다. 타락의 여우가 다음 먹잇감으로 삼은 마을이니 어차피 미리내가 아니었어도 모두 죽었을 목숨이었다. 그래도 미리내는 필사적으로 노력했다. 인간들에게 필요 이상의 호의를 보이기도 하고 어려운 일들을 해결해 주기도 하며 그들 앞에서 스스로 금제를 걸기도 했다.

하지만 타락의 여우는 딱 한 가지 방법만으로 미리내가 그렇게 쌓아 올린 신뢰를 무너뜨렸다. 지금 궁에서 일어나는 것과 같이 인간들의 간을 빼먹는 것. 단지 그것만으로 인간들은 영스러운 존재인 미리내를 의심하고 증오하며 종국엔 죽이려 들었다.

인간들의 관계란 그렇게 간단한 방법만으로도 쉽게 무너지는 것이었다. 그러니 인간은 믿을 것이 못 되었다. 그러니까 곁에서 무슨 말을 하든지 결국 그녀 스스로 해결해야만 했다.

"내 알아서 할끼다."

미리내는 그렇게 흑영을 밀어냈다. 제가 하고 있는 일도 알리지 않은 채.

독고가(家)의 가옥. 그곳에 있는 사랑방. 하나린은 청이를 곁에 대동한 채 독고강과 마주하고 있었다.

독고강은 하나린에게 받은 두 개의 서면들을 읽어 내려갔다. 하나는 백사린이 독고강에게 쓴 서편, 다른 하나는 그가 왕비 후보인 하나 린을 지지하겠다는 것을 표명하는 선언서였다. 바로 왕실과 귀족에게 전해질. 독고강이 기분 나쁘다는 듯 인상을 찌푸렸다.

"그래, 비가 오게 해 줄 터이니 그대를 지지한다는 서면에 가주 직 인을 찍어 달라?"

독고강은 눈을 가늘게 좁히며 제 앞에 앉아 있는 하나린을 노려보 았다. 그에 하나린은 방긋 웃으며 그를 마주한다. 독고강은 마음에 들 지 않는다는 듯 미간을 찌푸렸다.

어디서 갑자기 튀어나와 동공왕의 총애를 받는 철없는 계집. 그것 이 지금 독고강이 가진 그녀에 대한 시선이었다. 무려 성수청 도도사 인 청림이 신선이라 밝혔으니 그것은 사실일 것이다. 궁에서 기적을 일으켰단 소문이 전국에 들끓고 있으니 그것도 아마 사실일 터.

허나…… 그건 영스러운 존재로서의 능력을 보인 것일 뿐. 그녀가 왕비의 자질을 갖추고 있단 의미가 아니었다. 정치에 대해 아무것도 모르는 순진한 여인이 왕비가 된다면 뱀 같은 간신들에게 이리저리 물어뜯기고 이용당하기만 할 뿐. 현 동공왕이 보통이 아니니 지켜보 고만 있진 않겠지만 새장 속에서 보호만 받는 여인이 이 나라에 무슨 쓸모가 있단 말인가?

그러나 독고강은 물어볼 수밖에 없었다.

"가능은 합니까?"

"불가능할 것도 없지요."

그는 이미 정계에서 물러났다. 궁에서 무슨 일이 일어나든 간에 더 이상 자신의 소관이 아니었다. 그가 책임지기로 결심한 것은 제가 다 스리고 있는 사림현의 백성들. 그런데 벌써 이 년째 접어드는 가뭄으 로 인하여 그들이 고통받고 있었다. 눈앞에 있는 여인이 그걸 해결해 줄 수 있다면 숙이고 들어가야겠지.

그녀 뒤에 귀족파 수장의 여식 백사린이 있어 고 계집이 이 여인을 조정해서 세력을 불리려 하는 것, 궁에 관리로 들어간 제 제자들이 휩쓸린다는 것은 부차적인 문제다. 비록 강요와 같은 선택지가 탐탁지 않더라도 말이다.

"그래, 원한다면 찍어 주도록 하지요. 더 이상 쓸모없어진 도장이 필요하다면 말입니다."

독고강은 망설일 것도 없다는 듯 즉시 서랍 안에서 가주 직인(職印)와 인주를 꺼내었다.

"정말 그것으로 되겠습니까?"

허나 그 전에 하나린의 목소리가 그것을 막았다. 그에 독고강이 고개를 들어 그녀를 빤히 바라보았다. 회색빛 눈이 날카롭게 빛나며 의중을 파악하기 위해 그녀의 표정을 살폈다. 하지만 빙그레 미소만 짓고 있는 얼굴에서 따로 드러나는 감정의 파편은 없었다. 그에 독고강은 하나린에 대한 평가를 살짝 수정했다.

순진한 여인에서 나름 쓸 만한 여인으로. 그는 목소리를 가라앉히며 의문을 드러냈다.

"그러면 무언가를 더 요구하란 것입니까?"

"아닙니다."

하나린은 짧게 거부의 의사를 드러낸 뒤에 또 다른 말을 이었다.

"거기 적힌 서면에는 제가 비를 내려 줄 것이라 쓰여 있으나…… 전 비를 내려 주지 않을 생각입니다."

생각지도 못한 말에 독고강의 미간이 와락 구겨졌다. 지금 여기서 백성들의 목숨을 가지고 장난을 치자는 것인가? 정말 그런 것이라면 실망도 보통 실망이 아닐 것이다.

"하고자 하는 말씀이 무엇인지요?"

정말 생각 없이 뱉은 말은 아닐 것이다. 독고강은 일단 그녀가 하는 말을 들어 보기로 했다. 하나린은 무릎 위에 다소곳이 모은 손 중 하나를 들어 제 가슴 위에 올렸다.

"저는…… 이 나라의 어머니가 될 생각입니다. 그리고 어머니로서 백성들을 돌볼 것입니다."

"그리하다면 백성들의 아픔을 외면하지 말아야겠지요."

독고강은 그녀가 비를 내려 주지 않을 것이라 말한 것을 되짚어 주듯이 그리 답하였다. 생명의 무게를 진 확고한 그의 눈길이 하나린에게 닿았다. 그것이 마음에 든 듯 그녀는 환한 웃음을 지어 보였다.

"예, 당연한 말씀이지요. 헌데…… 과연 부모라면 자식을 위해 물고기를 주어야 할까요 물고기를 잡는 법을 가르쳐야 할까요? 무엇이 자식을 위해 더 나은 일일까요?"

"으—음."

그 말을 듣는 순간 독고강은 짧게 신음성을 흘렸다. 그는 하나린의 말을 제대로 이해할 수 있었다. 지금 여기서 비를 내려 준다면 이번 흉년은 어찌 넘길 수 있을 것이다. 하지만 그 다음에 또 흉년이 든다면? 이번과 같은 일의 반복이겠지. 지금 이 여인은 스스로의 힘으로 이 흉년을 극복할 방법을 가르치겠단 의미였다. 그사이 하나린의 말이 계속 이어졌다.

"제가 가진 능력은 백성들 입장에서 보면 절대적인 신격으로 보일 수 있습니다. 그리고 그 힘이 실제로 쓰여 어려운 고비를 넘기게 된다면 백성들은 그 힘에 자꾸 기대려 하겠지요. 즉 똑같은 고비가 닥친다면 그 고비를 넘지 못하고 제가 해결해 주길 기다리기만 할 것입니다. 절대적인 힘, 신성. 이런 것은 그저 상징으로 남아 있어야 합니다. 그 상징이 앞으로 나서는 순간 발전이 멈추게 되지요. 대감께서는 그리 생각하시지 않습니까?"

"그렇……겠지요."

독고강은 쓰게 웃으며 그녀의 말을 긍정했다. 그는 또다시 상대에 대한 평가를 수정하였다. 나름 쓸 만한 여인에서 정신머리 제대로 박힌 인간으로. 허나…… 과연 괜찮은 해결책을 내놓을 수 있을까? 그러지 못한다면 그녀는 이상만 앞선 몽상가일 뿐이었다. 사람이 올바른 생각을 가진다는 것은 좋은 것이다. 하지만 그 올바른 생각을 현실로 이행할 수 없다면 그건 쓸모없거나 오히려 폐가 된다.

힘없는 정의는 정의가 될 수 없듯이. 과거 실제로 탐관오리의 학정에 한 선비가 정의를 논하며 농민들을 모아 봉기를 일으킨 적이 있었다. 그러나 채 일각도 안 돼 제압되었고 봉기가 일어난 마을은 늙은이, 어린아이, 여인 할 것 없이 모조리 다 죽게 되었다.

독고강은 부드러운 웃음을 걸고 있는 하나린을 바라보았다. 이 여인이 해결책을 낸다면 앞으로 흉년이 온다고 해도 어느 정도 대책을 마련할 수 있을 것이다. 하지만 실패한다면 이번 흉년으로 인해 많은 사람들이 죽으리라. 그의 눈이 싸늘히 빛났다.

"해결책은?"

그 답에 따라 네 가치를 결정하겠다는 시선. 하나린은 고개를 돌려 벽에 걸린 사림현과 그 주변의 지형을 담은 지도를 보았다. 그리고 조금은 엉뚱해 보일 수 있는 말을 이었다.

"제가 지도를 볼 때마다 느끼는 것이 있습니다. 그것은 참 길이 많다는 것입니다. 길이 얼기설기 얽힌 것이 마치 거미줄을 보는 것 같았습니다."

하지만 독고강은 그 말만으로 그녀가 하고자 하는 말을 깨달을 수 있었다. 그리고 그것은 독고강 역시 이미 생각해 봤었지만 큰 노동력을 필요로 하기에 포기했던 방법이었다.

"수원으로부터 물길을 만들자는 것입니까? 허나 그것은 대규모의 공사가 될 터! 이곳의 땅은 물이 쉽게 스며드는 땅이라 물길을 만들려면 깊고 넓게 파야 합니다. 그리고 수원과 사림현 중간에 절벽이 있어서 에둘러서 물길을 만들어야 되지요. 사림현에서 그것까지 할 인력의 여유가 없습니다."

그의 일갈에도 불구하고 하나린의 얼굴엔 여전히 웃음기가 가득하였다. 다른 수가 있는 것인가? 독고강은 상대가 영스러운 존재란 것을 떠올리며 일단 입을 꾹 다물었다. 기묘한 능력이라도 추가적으로 쓸 생각일지 모르겠다. 그는 해결책에 대한 목마름에 입 안이 바짝바짝 말라 오는 기분이었다.

독고강이 재촉하는 눈길로 바라보자 하나린은 다시 천천히 입을 뗐다. 이번에도 조금은 에둘러 말하는 내용이었다.

"전 지도를 보며 인간은 정말 길을 잘 만드는 종족이라고 생각했습니다. 그래서 제 선생에게 물어보니 길만 많은 것이 아니라 길을 만드는 재료 또한 다양하게 쓰더군요. 돌로 만든 길, 나무로 만든 길, 흙으로 다져서 만든 길. 거기다 길의 용도 또한 다양했습니다. 마차가 다니기 위한 길, 보행자를 위한 길, 절벽을 넘기 위해 놓은 길…… 아, 이것은 다리라고 부르던가요?"

"그런 방법이!"

하나린이 직접적으로 말하지 않았음에도 불구하고 독고강은 그녀가 말하고자 하는 해결책을 알아챌 수 있었다. 땅에 물이 잘 스며든다면 그 위로 물이 스미지 않는 길을 만들면 된다. 그리고 절벽이 있다면 물이 그 위로 지나갈 수 있는 다리를 만들면 된다!

아직 수도에 대한 개념이 없는 동공국에선 이건 새로운 혁신이라 할 수 있었다. 만약 성공한다면 백성들의 삶이 한층 나아질 수 있는 발명.

"정말 놀랍습니다! 참으로 생각지 못했습니다."

하나린에 대한 독고강의 평가는 새롭게 굳어졌다. 올바른 신념을 가지고 있으면서 그것을 실행할 수 있는 현명한 여인. 그에 따라 그의 말투 역시 공손하게 변하였다. 그녀가 왕비 후보라면 존중받을 자격이 충분했다. 그녀가 말한 대로 한다면 기존의 물길을 만드는 것보다 훨씬 단축된 시간에 공사가 완공될 것이다.

독고강은 가주 직인을 들었다. 이 정도면 흔쾌히 그녀를 지지할 수 있을 듯하다. 그는 망설임 없이 인주를 인감에 묻혔다. 그리고 그대로 서면에 도장을 찍으려 했으나 순간 드는 생각에 멈칫했다.

욕심이 생겼다. 과거 전대 동공왕 때 궁의 실태에 실망감을 느끼고 지방으로 내려왔다. 그런데 지금 상황은? 현 동공왕은 강한 권력으로 망아지처럼 날뛰던 귀족파를 찍어 누르고 있다. 왕비 후보는 매우 현명하며 백성들의 강한 지지를 받고 있다. 여기서 조용히 지내던 왕실파까지 합세한다면, 그리고 제가 키운 제자들이 움직인다면…… 충분히 궁을 변화시킬 수 있다!

그렇기에…… 그 전에 짚고 넘어가야 되는 것이 있었다. 현 동공왕이 왕실의 마지막 핏줄이라는 점. 그리고 그의 안사람이 될 이는 영스러운 존재. 과연…… 후사가 생길 수 있을까? 만약 그리할 수 없다면 후궁을 들이는 것까지 허용할 생각인가? 독고강은 머뭇머뭇 직인을 내려놓고 하나린을 바라보았다. 그녀는 여전히 전과 같은 웃음을 유지하고 있는 채였다.

이런 상황에서 당신이 혼인했을 때 석녀나 마찬가지인 존재가 아니냐고 묻기가 좀 그랬다. 아니, 어떤 상황이었어도 여인에게 있어서 치욕적인 물음이었다. 그래도 확인은 해 봐야 되지 않겠는가? 독고강은 괜히 헛기침을 하며 질문을 던졌다.

"큼큼, 그…… 영스러운 존재 중에선 인간과 그러니까…… 그, 그것이 달라 그, 그것을 할 수 없어 아이가 생길 수 없는 이들이 있다고 합니다. 왕실의 후사를 위해선 가능해야 할 터인데……."

"네?"

하나린이 고개를 갸웃하며 알아듣지 못했다는 듯 되묻자 독고강은 괜히 속이 타들어 갔다.

"저…… 그게 아기씨께선 그런, 그러니까 밤에 그게 가능하실는지……."

아무리 제 쪽이 어른이라 해도 상당히 실례가 되는 데다가 민망하기까지 한 물음이 아닌가? 독고강은 바짝바짝 입이 마르는 기분이라 준비된 찻잔을 들어 한 모금을 머금었다. 그리고 그 순간 하나린은 무언가 이해했다는 듯 탄성을 내질렀다.

"아, 교미를 말씀하시는 거군요."

"푸읍!"

독고강이 마신 차는 목으로 넘어가지 못하고 그대로 역류하였다. 이윽고 사레까지 들어 기침을 하였다. 그에 하나린이 가볍게 손을 뻗자 독고강은 기침을 멈출 수 있었다. 그사이 그녀는 우아한 웃음을 유지한 채로 말을 계속 이었다.

"영스러운 존재 중 전 인간과 교미를 할 수 있는 종족입니다. 따로 발정기가 없고 원하는 때에 교미를 하여 아이를 가질 수 있는 존재이니 걱정하지 마시기 바랍니다."

생각지도 못했던 폭탄에 뒤에서 조용히 있던 청이가 다급히 하나린의 등을 찔러 신호를 주었다. 그녀가 살며시 뒤돌아보자 청이는 더 이상 하지 말라는 신호를 주었다. 그에 그녀가 고개를 살짝 갸웃하며 입을 열었다.

"청이야, 교미는 신성한 행위란다. 한낱 피조물로서 새로운 생명을 품을 수 있는 기적이지. 궁의 서적에서도 여인이 교미를 통해 왕의 후사를 품는 것이 신성한 의무라 적혀 있지 않니?"

아니, 그게 틀린 말은 아닌데…… 나이 지긋한 노인 앞에서 할 말은 아닌가 싶다……가 아니라! 아니, 왜 하필 쓰는 말이 교미니? 청이는 안색이 하얗게, 검게, 붉게 변해 가는 독고강의 얼굴을 보며 필사적으로 고개를 좌우로 저었다. 그러나 하나린은 이해하지 못했다는 듯한 태도로 입을 열었다.

"대감께서 궁금해하시는 것이 내가 동공왕 전하와 교미를 할 수 있는지 없는지이니 그에 대한 정확한 답변을 해야 되는 것이 옳지 않겠니?"

아니 좀! 그놈의 교미, 교미 하지 마시라고요! 결국 참다못한 청이는 입을 열었다.

"그런 말 하시기 부끄럽지 않으십니까? 평소에 동공왕 전하께서 애정 표현을 하실 때 막 얼굴을 붉히시더니!"

"아, 그건 훗날 내가 교미를 하여 그분을 닮은 아기를 낳는다 생각하니 뭐라고 할까, 기대된다고 해야 하나? 그 아기가 얼마나 귀여울까 상상하니 좀 흥분되기도 하고."

그리고 하나린의 얼굴이 발그레 물들었다. 그에 청이의 표정에 순간 어이없음이 그대로 드러났다. 동공왕을 닮은 아기가 귀여울 리가 없잖아! 상상만으로도 충격과 공포다! 아니아니 이게 아니라. 청이는 급속히 쓰려 오는 위장에 제 배를 부여잡았다.

성장을 한 이후엔 큰 사고 없이 잘 지내기에 방심하고 있었다. 이럴줄 알았으면 내의원에 들러 위장약을 잔뜩 받아 오는 건데. 차라리 풍옥전에 있었던 것이 제 정신 건강에 더 좋지 않았을까? 그리 생각하며 청이는 크게 심호흡을 했다. 그리고 하나린이 모르는 중요한 사실을 알려 줬다.

"인간 사이에 성행위, 그러니까 그 교미란 말을 쓰는 것은 창피한 일입니다."

"아……."

직설적으로 말하고 나서야 깨달았다는 듯 하나린이 감탄사를 터뜨렸다. 방 안에 순간 침묵이 감돌았다. 그저 독고강의 수염을 적신 찻물이 똑똑 떨어지는 소리만이 들릴 뿐. 하나린은 당혹스러운 표정을 지었으나 이내 진중히 안색을 바꾸고 다시 입을 열었다.

"그러고 보니 궁에선 교미를 합궁이란 말로 쓰던가요?"

"……."

"……."

"죄송합니다. 아직 인간 말이 익숙하지 않아서요. 인간 사이의 성행위를 합궁이라 하는 것을 잊고 있었습니다. 그러니 말실수한 것을 용서해 주셨으면 합니다."

그게 아니야. 진지한 얼굴로 그런 말하지 마, 이 바보야. 청이는 정말로 울고 싶었다.

궁의 으슥한 길목. 궁녀 지연이 불안한 듯 주위를 살피며 조심조심 걸음을 옮기고 있었다. 근래 궁내의 기괴한 살인 사건 때문에 경비 단계가 두세 배로 강화됐고 궁녀들 역시 두셋씩 무리지어 다녔다. 하지만 이곳은 이상하게도 경비병들이 없었을뿐더러 지연 역시 혼자였다.

그녀는 바들바들 떨리는 몸으로 주위를 살피며 천천히 앞으로 걸어나갔다. 지금 그녀의 심정을 말하자면 정말 무서워 죽을 것만 같았다. 환한 낮임에도 불구하고 어두운 거리, 풀벌레 소리조차 들리지 않는 정적. 당장에라도 끔찍한 형상의 괴물이 튀어나올 것 같았다.

덜컥.

그 순간 무엇인가가 그녀의 발목을 붙잡았다. 지연은 그대로 심장이 멎는 기분이었다. 전신의 털이 쭈뼛하고 서는 느낌. 극심한 공포로 인해 이까지 딱딱딱 부딪친다. 그럼에도 그녀는 천천히 고개를 내려 그 실체를 확인했다.

"히익!"

지연은 신음을 삼켰다. 제 그림자로부터 뻗어 나온 검은 진흙이 마치 손처럼 그녀의 발목을 꽉 붙잡고 있었다. 그녀는 그대로 휘청하며 제자리에 풀썩 쓰러졌다. 그리고 그녀는 제 앞에 서 있는 이형의 존재를 볼 수 있었다.

인간 형상을 한 검은 짐승. 그것을 본 지연의 첫 소감이었다. 피부도 검고 의복도 검고 주변으로 흩날리는 기운들도 검다. 아니, 정정한다. 마치 그런 괴물의 그림자처럼 보였다. 어둠이 뭉쳐져 만들어진 것처럼 고정된 형상이 아니라 전체적으로 아지랑이를 보듯 조금씩 흔들리고 있었다.

현실에 한 발짝 비켜서 존재하는 괴물처럼 기척조차 느껴지지 않았다. 거기에다 그것의 아래로 그림자가 없다는 것이 더더욱 기괴함을 더하여 지연을 졸도 직전까지 몰아넣었다. 그 순간 그것이 웃음을 터뜨렸다.

「깔깔깔깔깔.」

여인의 높은 웃음소리가 주변으로 울려 퍼졌다. 그것 역시 여럿이 겹쳐 들리는 소리. 심지어 메아리쳐 울리기 시작하자 더더욱 섬뜩한 분위기를 만들어 냈다. 그리고 그것은 웃음을 갑자기 뚝 멈추고 지연을 내려 보았다. 이후 흉흉한 손톱이 있는 맹수 같은 손을 그녀에게 뻗었다.

지연은 두 눈을 질끈 감고 소리 높여 비명을 질렀다.

"꺄아아아아아아아아!"

타악.

허나 그 순간 한차례 바람이 휩쓸었다. 그리고 기다렸던 고통은 그녀를 덮치지 않았다. 거기에다 발목을 꽉 잡고 있던 느낌조차 사라졌다. 지연은 파르르 떨리던 눈꺼풀을 조심스럽게 들었다. 그리고 색동옷을 입은 소녀의 등을 볼 수 있었나.

"오메— 이제야 그 얼굴짝을 보게 되는 고만?"

미리내는 사납게 이를 드러내며 눈앞의 기이한 괴물을 향해 말하였다. 그와 함께 그것이 입을 길게 찢으며 또다시 깔깔깔 소리를 내며 웃음을 터뜨렸다. 귀가 아프도록 머릿속을 울리는 고음. 지연은 귀를 막은 채 바들바들 떨었다.

소리는 갑작스럽게 터진 것처럼 갑작스럽게 뚝 멎었다. 그것이 지긋이 여우소녀를 보더니 상냥한 어투로 조곤조곤 말하였다.

「넌 여전히 어리석구나.」

그리고 때맞추어 들려오는 사람들의 발소리. 그것은 슬쩍 뒤돌아보더니 빙그레 웃으며 바닥으로 쑥 꺼지듯 사라졌다.

한편 잔뜩 긴장한 채 '타락의 여우'의 분신을 노려보고 있던 미리내는 이마에 맺힌 식은땀을 닦아 냈다. 막상 그것의 기운을 느끼고 미친 듯이 달려왔지만 마주하여 어떻게 막아 낼지는 생각하지 못하였다. 그녀로선 그 괴물을 이겨 낼 만한 힘이 부족하니. 그런데 다행히 저쪽에서 먼저 물러나 주었다.

미리내는 한숨을 폭 쉬며 뒤돌아서서 지연에게 잡고 일어나라며 손을 뻗었다.

"니 괜안나?"

"저, 저, 저, 저…… 그, 그게…… 죄, 죄송해요."

"죄송할 게 또 뭐꼬."

"죄송해요. 정말 죄송해요."

미리내는 무턱대고 사과하는 궁녀를 보며 어이없다는 표정을 지었다. 그때 그녀들의 뒤로 한 무리의 사람들이 우르르 몰려들었다. 수많은 병사들은 물론 귀족들도 상당수 섞여 있었다. 여우소녀는 뒷북치러 온 그들을 보며 혀를 찼다.

"참 빨리도……."

"살려 주세요!"

그녀가 무어라고 말하기도 전에 방금까지 다리가 풀려 있던 지연이 튀어 나가 그들에게로 달려갔다. 그리고 가장 가까이에 있던 이에게 매달리듯 안기더니 더듬더듬 말을 이어 나갔다.

"저, 저, 저 요물이 절 죽이려 했어요!"

그리고 가리킨 검지. 그 끝은 미리내에게로 향해 있었다. 그에 여우소녀는 순간 할 말을 잃어버렸다. 지금 이게 무슨 상황인건가? 분명 저 궁녀를 구해 준 것은 그녀였다. 그런데 저 궁녀는 그녀를 향해 범인이라고 말한다. 사고가 제대로 돌아가지 않았다. 그사이 몰려왔던 이들이 무섭게 얼굴을 굳히며 날카로운 말들을 토해 냈다.

"허, 혹시나 했는데 역시나!"

"그럼 그렇지. 나 역시 예상하고 있었네!"

"자네도 그리 생각하였나? 지금 궁 안에 있는 요물은 저것 하나뿐이지 않은가!"

"아아 끔찍해라. 저리 어린 계집의 모습으로 천연덕스럽게……."

단 한순간에 그들은 미리내를 매도해 갔다. 여우소녀는 멍하니 그들의 모습을 바라만 보았다. 너무나 낯익은 모습이었다. 과거 서른두 번에 걸쳐 겪은 일들이었으니까. 문제는…… 왜 이곳에서 그 모습을 또다시 보게 된 것일까?

"죽여! 죽여라! 지금 당장 저것의 목숨을 끊어야 된다!!"

'죽여! 죽여어어어! 우리 마을 사람을 해친 요물이야!!'

"놔두면 무슨 짓을 할지 모른다! 목을 쳐라!"

'나쁜 개잡년아아아! 모두 가만히 있지 말고 당장 발기발기 찢어 죽여!'

"붙잡아서 죄를 따질 필요도 없어! 이 자리에서 처리해야 돼!"

'뻔하잖아! 저것 외 다른 것이 있을 리가 없잖아!'

현재의 광경은 바닥으로 가라앉고 점차 그녀 마음 깊숙이 숨겨 놓았던 과거의 장면이 떠올랐다. 현재와 괴기기 뒤섞인다. 남은 긴 오직 혼란뿐. 제가 지금 어디에 서 있는 것일까? 과거 타락의 여우와 내기 했던 그 마을인 걸까, 아니면 궁 안인 걸까?

"현장 검거다! 죽여라! 더 볼 것도 없어!"

'죽여!'

"뭐 하나? 당장 저 요물의 수급(首級)을 베어라!"

'죽여라!'

"우리 동공국을 위하여!"

'죽여! 죽여! 죽여! 죽여! 죽여! 죽여! 죽여! 죽여! 죽여! 죽여! 죽여!
죽여! 죽여! 죽여! 죽여! 죽여! 죽여! 죽여! 죽여! 죽여! 죽여! 죽여!
죽여! 죽여! 죽여! 죽여! 죽여! 죽여! 죽여! 죽여! 죽여! 죽여! 죽여!
죽여! 죽여! 죽여! 죽여! 죽여! 죽여! 죽여! 죽여! 죽여! 죽여! 죽여!
죽여! 죽여! 죽여! 죽여! 죽여! 죽여! 죽여! 죽여! 죽여!'

수많은 욕설들과 살기를 담은 외침들. 분명 들리지 않는데 머릿속
에서 그것들이 메아리친다. 온몸을 잠식해 가는 악몽에 미리내는 멍
하니 제게 다가오는 병사를 보았다. 그리고 그 병사가 검을 들어 올리
고 제게 내리치는 것까지.

채애앵.

그리고 그 순간 날카로운 금속성이 울리며 그녀의 시야가 아득히
어두워졌다. 순간 공간에 내려앉은 고요한 침묵. 미리내는 바보같이
제 앞에 선 인물을 올려다보았다.

"흑……영?"

"쯧, 그렇게 혼자 싸돌아다니지 말라니까."

여우소녀의 부름을 들은 것일까? 흑영은 고개를 슬쩍 돌리고는 귀
찮다는 어조로 말하였다. 그때 무리에서 한 고관(高官: 직위가 높은
관리)이 한 걸음 앞으로 나서며 큰 목소리로 호통쳤다.

"신위대장! 지금 이게 무슨 짓이오! 지금 당신이 무슨 짓거릴 저지
르고 있는지 아시오?"

"예, 잘 알고 있습니다."

"아는데 그딴 짓을 한단 말이오?"

그는 목에 핏대를 세우며 바락바락 악을 썼다. 그에 흑영은 안색을
차갑게 굳힌 채 서늘한 눈길로 그들을 훑었다. 단 한 사람에 의해 여
기 모인 군중의 기세가 제압되어 눌린다. 흑영은 입꼬리를 비틀어 올
리며 입을 열었다.

"억울할지도 모르는 사람, 아니 여기선 신선인가요? 그 신선의 신

변을 보호했습니다만 무슨 문제라도 있습니까?"

그의 말에 고관의 얼굴이 붉으락푸르락하며 목소리를 높였다.

"아니, 억울할지도 모른다니요! 방금 저 궁녀가 증언하였습니다! 저 것이 자신을 해치려 했다고 말입니다! 두말할 것도 없이 현장 검거입니다!"

"옳소! 옳소! 거기다 신선은 무슨 악랄한 요괴일 뿐이지!"

"맞소이다! 그대는 나중에 와서 못 들은 모양이오!"

"그러니 당장 저것의 목을 치시오!"

무리들은 마치 맹수가 제 먹잇감을 보듯 미리내를 노려보았다. 흑영만 아니었으면 당장이라도 그녀에게 돌팔매질하고 침을 뱉고 모욕을 할 것이었다. 그리고 끝내는 목숨줄을 끊어 놓겠지. 과도할 정도로 흥분한 그들을 본 흑영의 눈썹 끝이 꿈틀하였다.

그는 천천히 입술을 열었다.

"혹시 이 중에서 궁녀 외에 이 신선이 궁녀를 해하려는 장면을 직접 본 사람이 있습니까?"

"아니, 궁녀가 증언했으면 그만이지……."

"나는!"

고관이 다시 따지고 들자 흑영이 그의 말을 강하게 끊었다. 그리고 무서운 기세를 내뿜으며 다시 말을 이었다.

"이 신선이 궁녀를 해하려는 장면을 '직접' 본 사람이 있느냐고 물었습니다."

청중은 다시금 정적에 휩싸였다. 물론 이들 중 미리내가 궁녀에게 해를 가하려는 것을 직접 본 사람은 아무도 없었다. 그들은 다만 비명 소리를 듣고 몰려들었고 궁녀 앞에 미리내가 서 있었으며 그 궁녀가 저들에게 달려와 미리내를 범인이라 지목한 것을 들은 게 다였다.

흑영은 만족스러운 결과에 다행이라 생각하며 시선을 궁녀 지연에게 돌렸다. 문제는 바로 저 궁녀일 것이리라.

"그대 이름이 무엇인가?"

"지, 지연이라 하옵니다."

"그럼 묻겠다. 정말 이 신선이 그대를 해하려 했는가?"

"그, 그러하옵니다."

흑영은 대화를 나누며 지연의 모습을 살폈다. 쉼 없이 흐르는 식은 땀과 경련하는 몸. 그리고 흔들리는 눈동자로 저와 함부로 눈도 마주치지 못한다. 방금까지 공포스러운 상황에 놓여 있었으니 그리한 것일지도 모르지만 늘 예외의 상황을 생각하며 움직여야 했다. 흑영은 다음 질문을 이어 갔다.

"어떻게?"

"예?"

"이 신선이 그대에게 어떻게 하였는가?"

"그, 그게……."

순간 말문이 턱 막힌 것처럼 보이는 궁녀는 떠듬떠듬 말을 이었다.

"그, 그게 갑자기 거, 거대한 매, 맹수와 같이…… 막 거, 검은 그림자 형태로…… 자, 잘은 떠오르진……."

"명확하진 않다는 거군."

"예? 예……."

저 말이 사실인지 아닌지는 모르겠지만 덕분에 벗어날 구멍이 생긴 듯하였다. 흑영이 얼음으로 만든 가면을 쓴 것처럼 차가운 표정으로 군중을 향해 고개를 돌렸다.

"확실히 미묘하군요."

"뭐가 말인가! 그대는 왜 명확한 사실을 자꾸 흐리려 드는가!"

"아니요. 명확하게 보이는 미묘한 사실이지요."

한 고관의 외침에 흑영은 병사들 사이에 상당수 있는 다른 고관들을 살폈다. 그것도 다 귀족파에 속하는 것들이었다. 그는 피식 웃으며 천천히 하나씩 설명을 나열해 갔다.

"첫째, 고위 관직에 계신 분들이 여기에 상당히 많군요. 거기다 서로 속하신 조(曹)와 부서가 다르신 분들. 무슨 회의라도 하지 않는 이상 이리 모여 있는 것은 비정상적으로 보이는군요. 꼭 누군가 의도적으로 모은 것처럼 말입니다."

그에 두어 명의 고관들이 움찔하고 몸을 떨었다. 내심 찔리던 것을 감추지 못한 사람인 모양이었다. 간단한 반응에서 흑영의 의심은 확신으로 넘어갔다.

분명 귀족파들이 수를 써서 미리내를 함정에 빠뜨린 것이리라. 그리고 그를 통해 풍옥전의 아기씨에게까지 타격을 줄 생각이었겠지. 그는 속으로 이를 갈며 다른 의심스러운 점으로 넘어갔다.

"둘째, 비명 소리입니다. 지금까지 있던 살인 사건에선 단 한 번도 비명 소리가 밖으로 새어 나온 적이 없었지요. 추가로 늘 누구에게도 들키지 않고 은밀하게 움직이던 이가 비명 소리가 흘러나갔다고 도망치지 못했을까요? 사람들이 달려오기도 전에 유유히 여인을 죽이고 도주할 수 있었을 거라 생각합니다만."

그것에 대해 따로 반박할 말이 없는지 군중들은 침묵에 빠졌다. 아니, 어쩌면 흑영이 나열한 말에서 암시하고 있던 것을 깨달았을 수도 있었다. 누군가 미리내와 하나린에게 타격을 주기 위해 이번 살인 사건을 이용한 것일 거라는.

흑영은 청중을 둘러보며 누가 이번 일의 범인인가 생각하였다. 허나 범인으로 의심되는 이가 한두 명이 아니었다. 아니…… 어쩌면 의심되는 모든 이가 범인일지도 모르지. 그는 혀를 차며 말을 이었다.

"그래도 혹시 모르니 이 신선의 신변을 구속하겠습니다."

그의 말과 함께 뒤에서 우르르 달려온 신위대와 성수청 도사들이 미리내의 신변을 구속하기 시작했다. 양손을 뒤로 하여 포박하고 작은 소녀의 몸 위로 몇 겹의 봉인을 친다. 위험 분자를 대하듯 철저하게.

그 순간까지 멍하게 있던 미리내의 눈동자가 점차 또렷해졌다. 그리고 그 안에서 차오르는 것은 혐오와 경멸.

"하하…… 하하하하하하하!"

여우소녀는 어두운 감정에 휩싸여 광소를 터뜨렸다. 그 안에 담긴 비통함에 그곳에 있던 이들은 눈가를 찡그렸다. 얼마나 그리 웃었을까? 여우소녀는 시작했던 것처럼 갑자기 뚝 웃음을 그치고는 저 멀리 있는 지연을 무섭게 노려보았다.

"역시 인간 따윌 위하는 게 아니었어."

미리내는 지연이 왜 제게 죄송하다고 말했는지 깨달을 수 있었다.

'미안하다. 난 인간이기에…… 그리고 넌 이방인이었기에 그럴 수밖에 없었단다.'

그리고 그녀의 귓가를 스치는 과거의 말. 미리내가 신뢰를 얻기 위해 노력했던 마을 사람들이 최후에 내뱉었던, 늘 똑같았던 그 말. 저주같이 자신을 옭아매었던 바로 그 말.

그렇게 상처 입은 새끼 여우는…… 자라난 소녀는…… 계속해서 인간에게 상처 입어 갔다.

하나린은 바쁘게 돌아다니고 있는 사람들을 멀리서 바라보았다. 나무로 된 수로를 만들기 위해 동원된 목공들과 장정들, 그리고 그들을 위해 곁에서 여러 잡일을 담당하고 있는 아낙네들이 바삐 움직이고 있었다. 거기에다 감독만 해도 될 포졸들조차 두 팔 걷어붙이며 그들을 돕고 있다. 힘쓸 수 있는 모든 이들이 앞장서서 일을 하고 있는 것이었다.

"좋은 마을이구나."

그녀는 입가를 끌어 올리며 그리 말하였다. 그들은 한마음 한뜻이 되어 웃음을 입에 머금고 힘든 일들을 해내었다. 저들을 보는 것만으로 이 마을을 다스리는 이의 심성을 엿볼 수 있었다.

"나도 돕고 싶은데."

"아서요. 아기씨는 가만히 있는 게 돕는 겁니다."

그녀 뒤에 있던 청이는 한숨을 쉬며 말했다. 이곳에 도착하자마자 그녀가 터뜨린 폭탄에 청이의 정신이 가출했다가 널리리 하며 놀다 돌아왔다. 아니, 나이 지긋한 어르신, 그것도 계속 우호적으로 지내야 하며 좋은 모습만 보여야 할 이 앞에서 교미, 교미 하며 노래를 불렀으니. 이후 그 어색한 침묵 속에서 정말 땅속에 들어가지 않았는데도 숨 막혀 죽는 줄 알았다.

또 저들 틈에 들어가서 무슨 소릴 하려고? 아무리 몰라서 한 실수라지만 사고 치기 전에 기본적으로 차단해야 할 필요성을 절실히 느꼈다. 이번에 복귀하면 인간 사이에서 대화할 시 언급해야 될 것과 말아야 할 것을 확실히 가르쳐야겠다고 다짐한 청이였다.

"그래도…… 내가 내놓은 해결책 때문에 저리 고생하는데."

"아기씨의 신분을 생각하셔야죠. 무려 왕비 후보가 아니십니까? 거기다 선녀로 추앙까지 받고 계신데. 아기씨께서 저기 가시면 오히려 방해가 될 것입니다. 아기씨 얼굴을 보는 것으로 감명받을진 몰라도 함께 일하면 불편해 죽으려 할걸요?"

청이의 말에 하나린이 시무룩하여 고개를 숙였다. 이 아기씨는 남을 돕지 못하면 엉덩이에 뿔이 나는 병이라도 걸린 모양이다. 방에서 고이 쉬다가 돌아가면 된다고 하는데도 굳이 이렇게까지 나와 있는 것을 보면 말이다.

"곁에 있는 이가 옳은 말을 하였으니 너무 기죽지는 마소서."

그때 하나린 뒤에서 조금은 카랑카랑한 목소리가 들렸다. 그녀가 뒤돌아보자 독고강이 빙긋 웃으며 서 있는 것이 보였다. 처음 만났을 때의 매서운 눈빛은 이제 자취를 감추어 온화한 기운을 품고 있었다. 그는 천천히 고개를 숙여 인사했다.

"동공국의 달그림자께 인사를 드립니다."

"좋은 아침입니다, 대감."

그에 하나린도 우아한 태도로 마주 인사한다. 그런 그녀를 보며 독고강은 귀여운 손녀를 보듯 가볍게 웃음을 터뜨렸다. 그 교미 사건 이후 몇 번 더 사적으로 대화를 했었다. 그녀는 흠잡을 데 없는 예절과 태도, 제법 훌륭한 지식과 지혜를 품고 있는 것과 달리 의외로 이모저모 어색한 구석을 보였다.

처음엔 많이 당황스러웠지만 그게 다 인간 사회에 대해 잘 모르기에 벌어지는 일이라 웃으며 넘어갈 수 있게 되었다. 나름 진지한 태도로 엉뚱한 말들을 늘어놓는데 그게 꼭 손녀가 어른스러운 척하는 느낌이라 제법 귀엽게 느껴졌다.

허나 반대로 놀랍기도 하였다. 그녀가 인간 사회에 섞여 든 지 고작 세 달하고 반 정도밖에 안 되었다는데 이미 상당한 수준에 올랐다는 점이. 부족한 부분을 조금만 더 채우면 그 누구라도 그녀를 무시할 흠을 잡을 수 없으리라.

독고강은 입가에 웃음을 건 채로 그녀 옆으로 걸음을 옮겼다. 그리고 저 멀리서 열심히 일하고 있는 사람들을 바라보며 입을 열었다.

"사람들은 제 지위에 맞게 할 일이 있고 하지 말아야 할 일이 있습니다. 그것이 제 위신을 지키는 일이지요. 한 가문을 이끄는 이가 하인들처럼 마당을 쓸고 쓰레기를 정리하는 것 따위의 하찮은 일을 할 수 없는 노릇이 아닙니까? 물론 극악의 상황에 몰려서도 위신을 차린답시고 아무것도 하지 않는 것은 바보 같은 어리석음이겠지만요."

그는 슬쩍 고개를 돌려 하나린을 바라보았다. 그녀도 그 사실을 알고 있다는 듯 불만스럽게 볼을 부풀리며 고개를 끄덕여 보였다. 그러다 헛 하며 빠르게 표정을 추스른다. 그것에 독고강은 또다시 흐뭇한 웃음을 지었다. 처음 만났을 때만 해도 종이 하나 들어가지 않을 정도의 완벽함을 자랑하는 그녀였다. 그러나 나름 친해지고 나서 종종 보여 주는 저런 허술한 점이 뭐랄까 묘한 인간미를 느끼게 해 준다고 해야 할까?

함께 따라온 수행원들이 그녀를 따뜻한 눈빛으로 바라보는 이유를 알 것 같았다. 거기에다…….

"옳은 말씀이지만 한 가지 정정하고 싶은 말이 있습니다. 일에는 하찮은 일 같은 건 없다고 생각합니다. 각자의 위치에서 일을 하기에 모든 것이 제대로 돌아가는 것이 아닐까요?"

이런 가치관이 참 마음에 든다. 독고강은 하나린의 말에 수긍한다는 듯 고개를 끄덕여 보였다. 이처럼 따뜻한 마음씨에 미친 폭군이라던 동공왕의 마음도 돌아섰던 게 아닐까? 그는 밀려오는 잡생각을 지우며 온화한 어조로 말을 이었다.

"하찮은 일은 없다라. 틀린 말이 아니지요. 영스러운 존재께서 보시기엔 일의 귀함과 천함은 결국 인간이 정한 틀일 테니까요. 하지만…… 그 틀이 있기에 인간 국가는 돌아가고 있습니다. 그리고 아기씨께서 하실 일은 저들을 직접 도우시는 것이 아니라 그들의 노고를 치하해 주는 일입니다. 그것만으로도 저들은 충분히 힘을 낼 것입니다."

"그것만으로 될까요?"

"예, 무려 이 흉년을 헤쳐 나갈 길을 알려 주신 선녀님이 아니십니까?"

하나린의 의문에 독고강은 당연하다는 듯 고개를 끄덕여 보였다. 그는 슬쩍 팔을 들어 인부들을 향해 뻗으며 입을 열었다.

"가 보시겠습니까? 정말 기뻐할 것입니다."

"예."

하나린은 환하게 웃으며 그의 안내를 받아 공사 현장으로 걸어갔다. 그들이 공사 현장에 들어서자 쉬고 있던 인부들이 황급히 일어서려 하였다. 하나린이 먼저 손을 내저으며 그럴 필요가 없다는 표현을 하였으나 그들은 빠르게 의복을 정갈히 하며 고개를 푹 숙였다. 너무 과도해 보이는 반응에 하나린이 조금 불편하다는 듯 표정이 변하려 하자 독고강이 작은 목소리로 속삭이듯 말하였다.

"환하게 웃어 주십시오. 지금 상황이 불편하시겠지만 그런 기미를 보이면 저들은 오히려 불안해합니다."

그와 함께 하나린은 빠르게 표정을 갈무리하여 환한 웃음을 지어 보였다. 그것이 지금까지 백사린에게 배워 온 핵심 기술 중 하나였다. 그녀의 웃음에 인부들은 황송하다는 듯 몸을 굽신굽신하면서도 밝은 미소를 입가에 걸었다. 옆에서 잡일을 돕고 있던 아낙네들 또한 빠르게 일어서서 그녀를 향해 고개를 숙인다.

"저 때문에 모두들 수고가 많으십니다."

"아, 아니올시라, 아가씨. 아가씨 덕분에 흉년을 해결할 방도를 찾았다고 들었는디. 오히려 저희들이 감사를 올려야 되겠어라."

하나린의 말에 그들 중 대표로 보이는 이가 황급히 팔을 내저으며 답했다. 그들로선 이번 흉년으로 인해 꼼짝없이 보릿고개를 넘겨야 될 판이었다. 하늘만 보며 한탄만 하고 있어야 했는데 이렇게 방도를 찾아 움직일 수 있게 되었다는 것만으로도 매우 기쁜 일이었다.

하나린은 절 선망의 눈길로 바라보는 군중을 보며 묘한 웃음을 입가에 걸었다. 저런 눈길은 익숙하다. 하늘에 닿은 소원을 들어주는 자로서 간절한 이들의 문제를 해결해 주다 보면 마주하게 되는 그런 시선이니. 절대적인 신성을 보는 그런 눈빛. 실제로도 그자들의 상식을 뛰어넘은 능력으로 그 염원들을 이루어 주었다.

하지만 이번 일은 그런 능력이 아니다. 지혜로운 다른 인간이 있었다면 똑같이 했을 수도 있는 일. 고작 그 정도의 일을 했을 뿐이지만 저들은 그녀를 우러러보고 있었다. 그 사실이 하나린에게 뭔가 새롭게 다가왔다.

그녀는 공사 현장 주변을 천천히 살펴보았다. 그리고 몇몇의 상처 입은 사람들이 눈에 띄었다. 아마 조급한 마음에 무리하다 생긴 상처 겠지. 마음 같아선 제 능력을 이용하여 그대로 치료해 주고 싶었으나…… 그러면 안 되었다. 그녀는 조금은 슬프게 웃으며 입을 열었다.

"열심히 일하시는 것은 좋은데 모쪼록 몸은 조심해 주시기 바랍니다. 사람을 살리기 위해 하는 공사인데 그로 인해 사람이 다치고 죽는다면 본말전도(本末顚倒)니까요."

"아아…… 선녀님."

하나린의 말에 모인 이들이 감동하며 눈물을 글썽거린다. 그에 하나린은 이게 그리 감동할 일인가 순간 고민에 빠졌다. 허나 저들의 입장에서 자신은 귀족이나 다를 바가 없다는 걸 떠올렸다. 그리고 귀족들이 평민들에게 얼마나 잔인한지도. 그러니 자신들에게 호의를 베푸는 그녀가 어떻게 보일지도 예상이 간다. 그렇기에 하나린은 쓴웃음을 지을 수밖에 없었다.

"모두 수고하시기 바랍니다."

하나린은 그렇게 공사 현장을 돌아다니며 한 명 한 명에게 수고를 치하하고 축복이 깃들길 바란다는 말을 했다. 조금은 귀찮을 수 있는 일, 하지만 한다면 그렇게 어렵지는 않은 일. 그것만으로 군중들은 일희일비하였다.

농공국을 위해 하늘에서 내려온 선녀라고 알려진 하나린을 두 눈으로 직접 담았다는 것에서, 그리고 저들을 위해 친히 행차하였다는 것에서 그들은 황송해하면서도 기뻐했다. 그들은 이런 것만으로도 큰 힘을 얻는 것이다. 하나린이 친근하게 다가가 이런저런 것들을 묻자 그들은 웃음을 지으며 자신들의 생활에 대해 이야기하였다.

사림현이 얼마나 살기 좋은 곳인지. 인심도 야박하지 않고 정이 넘치며 현감님도 좋으신 분이라며 끊임없이 말하였다. 그러다 보니 다른 곳과 비교하는 말 역시 당연히 나왔다.

"옆 고을 현감께선 욕심이 많아 백성들이 먹고 살기 힘들 만큼 세금을 걷어 간다고 합니다. 그래도 저희들은 어찌어찌 살아남지만 저들은 먹을 게 없어서 굶어 죽는 이들이 많다고 해요. 그래서 몇몇이 관아에 막 따졌는데 그 즉시 처형당했다고…… 그렇게 생각하면 저희들은 정말 축복받은 것이지요."

글 좀 배웠다는 젊은이가 나름 예의를 갖추어 하나린에게 말하였다. 일순 그녀는 표정은 단단히 굳어 버렸다. 허나 빠르게 표정을 바꾸며 넌지시 질문을 던졌다.

"옆 고을이면 아호현이 아닙니까? 그곳 백성들의 삶이 그리 어려운지요?"

간단한 유도신문에 넘어간 그 젊은이는 신나게 제가 아는 바에 대해 털어놓았다. 백성들이 기근에 시달림에도 관아에선 관창(官倉)에 쌓인 쌀들을 풀지 않는다는 것, 오히려 있던 것마저 뺏어 가 결국 사람들은 곡식이 아니라 땅에서 나는 잡초와 나무뿌리를 캐어 먹는다는 것, 관아에 자비를 구하러 가면 포졸들을 시켜 포박한 후 그대로 교살형에 처한다는 것 등등.

정말 지독할 정도의 학정이었다. 하나린은 저도 모르게 찌푸려지려는 미간을 펴느라 애써야 했다. 생각보다 그녀의 표정 관리는 훌륭하여 아무도 그녀의 감정 변화를 눈치채지는 못하였다. 단 한 명 청이만 빼고.

그녀를 거의 세 달 넘게 곁에서 봐 온 이였다. 표정 관리가 완벽하여도 그녀가 품는 분위기나 대화 흐름에 따른 행동 정도는 유추할 수 있었다. 분명 이 유형대로 간다면? 청이의 안면의 혈색이 빠르게 뒤로 후퇴하기 시작했다. 청이는 안 봐도 나오는 미래를 막기 위해 재빨리 입을 열려고 했다.

"아……."

"청이야."

허나 하나린이 먼저 그녀의 이름을 불렀다. 방긋 웃고 있지만 그 안에 묘한 불길함이 넘실거린다. 그것에 압도되어 청이는 말을 잇지 못하였다. 그저 덜덜 떨면서 하나린이 천천히 입을 여는 모습만 볼 뿐.

"아호현으로 가자!"

마침내 청이는 절대 듣고 싶지 않았던 그 말을 듣게 되었다.

"무엇을 망설이십니까?"

"당장 목을 베고 궁 밖에 효시해야 합니다!"

"직접 습격을 받은 피해자가 지목한 범인입니다!"

"증인들도 한둘이 아닙니다!"

"그것도 여론에 휩쓸리는 잡것들이 아니라 병사, 고관 귀족들입니다!"

편전. 제현은 마구 짖어 대는 귀족들을 골치 아프다는 듯 내려 보았다. 정말 경악스러울 정도로 철저히 준비한 판이었다. 궁 안에 아무런 연고가 없는 여우요수를 잡기 위해 아주 단단히 작정하고 덫을 설치해 놓았다. 그리고 그 여우는 옳다구나 하며 그 덫에 고개를 내밀었고.

당시 상황의 이상을 대어 판결을 미루고 있지만…… 솔직히 말해 미리내를 보호해 줄 만한 마땅한 근거가 없었다. 누가 보아도 미리내가 이번 연쇄살인 사건의 범인이었다. 궁 안의 여론조차 점점 안 좋게 돌아가고 있는 판국. 마음 같아선 귀찮은 그것을 그냥 잘라 버리고 다음 수를 준비하고 싶을 정도. 허나 그럴 수 없는 게…….

"흠흠! 고것이 이번 왕비 후보와 과거에 연이 있다고 하더이다!"

"그렇습니다! 고것이 요물인데 풍옥전에 들어앉아 있는 그것 역시 요망한 것이 아니란 보장이 어디 있단 말입니까!"

"아니지요! 의심이 아니라 확정이 아닙니까? 당장 고것을 잡아 죽여야 합니다! 결단코 쉽게 죽이시면 안 됩니다! 최소 거열형을 내려야 되지 않겠습니까?"

……저딴 식으로 하나린까지 처리하려는 귀족들 때문에 그럴 수 없었다. 이번 기싸움에서 밀리면 하나린에게마저 큰 피해가 가게 된다. 아니, 그 전에 그 여우소녀가 당한 것 때문에 슬퍼 울지도 모르겠다.

그건 그렇고…… 마지막에 말한 놈, 얼굴 기억했다. 제현은 주먹을 꽉 쥐며 한 귀족을 향해 살기 어린 시선을 날렸다. 불길한 무언가를 느꼈는지 그 귀족은 깨갱 하며 고개를 푹 숙였다.

제현은 짜증스레 미간을 구기며 한숨을 푹 내쉬었다. 그리고 감시에 응하지 않고 홀로 이리저리 돌아다닌 그 여우요수를 떠올리며 이를 갈았다. 아래에선 귀족들이 맛있는 먹잇감을 눈앞에 둔 맹수처럼 눈을 빛내며 쉴 새 없이 여러 말들을 쏟아 내고 있었다. 아마 이번이 기회다 싶었겠지.

제현은 슬며시 시선을 들어 이번 일의 주동자로 예상되는 이를 바라보았다. 그 눈길을 느낀 것일까? 백세악이 제현을 마주 보더니 이내 씨익 입꼬리를 올려 웃음을 지었다.

허ㅡ 예전엔 나름 표정 관리를 하더니 이젠 숨길 것도 없다는 듯 탐욕스러운 얼굴을 드러낸다.

과거라면 생각조차 할 수 없는 모습이다. 아마 하나린으로 인해 유해진 그의 성격을 믿고 저리 날뛰는 것이겠지. 추가로 하나린이 궁 안에 없는 틈을 노려 완전히 끝장내 놓을 생각인 모양이다. 그는 혀를 차며 의자 팔걸이를 손가락으로 톡톡톡 두드렸다.

진짜 골치 아프게 되었다. 나름 수를 준비해 놓긴 했지만…… 제현은 시끄러운 귀족들을 내려 보며 천천히 입을 열었다.

"내일!"

낮지만 중후하게 울리는 목소리. 그에 귀족들은 떠들어 대던 입을 꾹 다물고 동공왕을 올려 보았다. 그들의 왕은 씁쓸하다는 표정으로 말을 이었다.

"친국(親鞫)을 열도록 한다."

귀족 측에서 크게 일을 벌였던 만큼 왕도 크게 일을 키운다. 어차피 본래 목적이 그러했기에 귀족들은 입가에 비릿한 웃음을 매달았다. 특히 한풀 죽은 왕의 모습에 쾌락을 느끼며 어깨를 편다. 드디어 저 거만하기만 한 왕을 꺾었다는 것에서 기뻐하며 서로 은밀한 눈길을 주고받았다.

제현은 그런 편전 안의 분위기를 서늘한 눈길로 훑으며 먼저 자리에서 일어났다. 이대로 더 여기 있다간 저들 중 몇몇은 피를 볼 것 같았다. 바로 그로 인해. 가슴으로부터 솟아오르는 살의와 분노를 최대한 참으며 편전 밖으로 벗어났다. 그리고 뒤따라 붙는 끈적끈적한 악의 섞인 시선들을 무시하며 대전으로 향했다.

궁녀들과 내시들은 검은 기운을 뿜어내는 제현을 보며 최대한 숨을 죽였다. 바들바들 떠는 그들을 알아챘을까? 제현은 짜증스레 얼굴을 일그러뜨리며 따라올 필요가 없다고 손을 내저었다. 그는 홀로 집무실로 들어서자마자 입을 열었다.

"흑영, 그 불청객은?"

"지하 삼옥에 가두었습니다."

지하 감옥. 역모죄와 같은 중죄인들만 가두는 곳이었다. 지금 이 상황에선 다른 귀족들의 눈치를 봐야 하므로 어쩔 수 없었다. 오히려 과하게 처우를 해야만 말이 쏙 들어가 있겠지. 조금만 허술한 틈을 보이면 풍옥전의 요물 때문에 일부러 편의를 봐주는 것이 아니냐며 소리를 높일 것이다. 그리고 요물에게 홀린 왕이라며 무력시위를 할지도 모르겠다.

물론 진짜 그런 짓을 한다면 가만 놔두지 않을 생각이다만.

제현은 섬뜩한 웃음을 지었다. 그에 앞에 부복하고 있던 흑영은 한 차례 몸을 부르르 떨었다. 순간 하나린을 만나기 전 그의 모습으로 돌아간 느낌이었다. 왠지 언제 몰아칠지 모르는 태풍을 눈앞에 둔 기분.

사실 하나린이 궁에서 떠나 있단 것에서 생기는 불안감, 요화의 정에서 치솟는 살의, 귀족들의 도발에 의한 짜증으로 제현은 슬슬 한계에 다다르고 있었다. 굳이 참으면 못 참을 것도 없지만…… 한 번쯤은 어떤 방식으로라도 폭발시켜 주는 것이 더 좋으리라.

제현은 천천히 걸음을 옮겨 의자에 풀썩 앉았다. 허공을 한참 동안 바라보던 그는 천천히 입을 떼었다.

"흑영."

"예, 말씀하소서."

조금은 무거운 말투에 흑영은 각오를 굳히며 답했다. 보아하니 크게 화나신 것 같았다. 그러니 어쩌면 이번엔 일이 크게 터질지도 모른다. 신위군을 이용하여 귀족파 가문 몇몇의 비리를 캐내고 피를 볼지도 모르지. 그리고 그는 그것을 앞장서서 해내야 되리라.

그때 제현의 말이 이어졌다.

"넌 그 아이에 대해 어떻게 생각하지?"

"예?"

허나 이어진 물음은 전혀 엉뚱한 것. 그가 의아하다는 듯 되묻자 동공왕의 인상이 찌푸려졌다. 하지만 짧게 혀를 차며 좀 더 구체적으로 질문하였다.

"그 미리내라는 요수 말이다. 믿을 만한가? 지금까지 곁에서 봐 왔으니 알 것 아닌가?"

그제야 흑영은 동공왕의 의도를 알 것 같았다. 하나린의 지인이라며 갑자기 궁에 나타난 미리내란 존재가 의심스러웠겠지. 아무리 그가 사랑하는 여인과 아는 사이더라도 그것이 곧 상대를 믿을 수 있는 척도가 되진 않는다. 최악의 상황으론 미리내가 진짜 범인일 경우도 상정해 봐야 한다.

역시 동공왕이랄까? 흑영은 속으로 고개를 끄덕이며 말했다.

"의심되십니까?"

그에 제현은 검붉은 기운이 서린 눈으로 흑영을 내려 보았다. 그리고 피식 웃으며 입을 열었다.

"아니, 하나린을 따르는 계집인데 의심될 리가."

삐끗.

흑영은 순간 바닥을 짚고 있는 팔에서 힘이 빠져나갈 뻔했다. 아니…… 한 나라의 왕이란 사람의 논리가…… 진정 풍옥전 아기씨에게 홀린 것인가? 흑영은 최대한 흐트러진 표정을 숨기며 진지하게 고민을 했다. 그런 그의 마음을 알아챈 것일까? 제현은 짓궂게 웃음을 지으며 말을 이었다.

"난 그만큼 하나린을 믿고 있단 소리다. 그리고 하나린이 그 미리내란 것에 대해 말한 것 역시 믿는다는 의미고. 허나…… 내가 믿는다고 믿는 것이 진실이 되진 않지."

"그것은……."

"돌다리도 두들겨 보고 건너려는 거다."

믿는 것이 진실이 되진 않는다. 궁에서 사는 이라면 그 누구라도 명심해야 될 사실. 그렇기에 제현은 흑영에게 다시 한 번 확인해 보는 것이다. 인간을 신뢰하는 것에 대해 냉정한 잣대를 가지고 있는 그에게. 흑영은 천천히 입을 열었다.

"상대를 믿는다는 것은 상대가 절 속여도 받아들이겠다는 희생이거나 거짓을 행하는 이에게 대항할 수 없어 속여도 어쩔 수 없이 받아들이겠다는 굴욕의 의미입니다."

그 말은 즉, 절대 불신을 뜻하는 말이었다. 흑영은 그 말만을 하고는 미리내의 모습을 떠올렸다. 가장 먼저 떠오르는 것은 늘 제게 틱틱거리며 짜증 내는 모습, 그리고 종종 절 닮았다는 도련님을 떠올리며 기대 오는 모습.

거기에다 인간을 향해 혐오와 경멸을 드러내는 주제에 늘 인간을 향해 손을 뻗는다. 간사하지도 못해 제 감정을 대놓고 드러내는 모습이란…… 정말 바보 같다.

"하지만…… 바보라면 한번 믿어 볼 만하지요."

쓸데없이 우직하여 상대를 속일 줄 모르는 바보. 인간을 믿지 못한다고 하면서도 그걸 포기하지 못하는 멍청이. 거짓말을 할 바에는 입을 닫아 버리고 벽을 쌓는 그런 미련한 아이. 흑영은 입꼬리를 살짝 올리며 말을 이었다.

"일단 입에서 나온 말은 모두 사실일 겁니다."

"그러니 믿을 만하다?"

"예, 믿을 수 있습니다."

흑영은 흔들림 없는 눈으로 답하였다.

"우리가 이겼습니다."

귀족들은 모여서 축배를 들었다. 제현, 그자가 왕의 자리에 오르고 나서 그들이 얼마나 짓눌려 살았던가? 그 치욕의 나날들을 생각하면 정말 치가 떨릴 지경이었다. 오늘의 결과로 본다면 하나린이란 요물의 등장은 그들에게 있어 전화위복(轉禍爲福)이 되었을지도 모른다. 뭔가 수틀리면 칼부림부터 하던 그가 저리 얌전하게 자신들이 외치는 소릴 듣고만 있는 것을 보면.

특히 마지막 동공왕의 그 표정은 정말 잊을 수 없었다. 씁쓸하다는 그 얼굴. 전대 동공왕의 얼굴에서만 보았던 그 표정!

"처음이 힘들 뿐입니다. 그 처음을 성공시키면 그 다음부터는 일사천리가 아니겠습니까?"

"그럼요. 시작이 반이라는 말이 있지요."

"이제부터 그 동공왕을 차츰차츰 무너뜨리면 될 것입니다."

귀족들은 흉악한 웃음을 지으며 이야기를 해 나갔다. 우선 여우요물의 목을 벤 후에 풍옥전에 들어앉은 그 하얀 여인을 찢어 죽인다. 그리고 귀족파 여식을 왕비로 앉힌 다음에 왕의 권력을 차츰 뺏어 오면 될 것이다. 이후 쓸데없이 정도를 지킨답시고 뇌물이 오고 가는 것을 막으며 지방 비리를 단속하는 감찰단을 먹어 치운 후 뻣뻣하기 그지없는 왕실파를 말살시켜 버리면 그들의 세상이 도래하게 될 것이다.

전대 동공왕 때의 그 영광을 다시 손아귀에 틀어쥐는 것이다. 귀족들이 왕 위에 선 세상! 귀족들이 왕을 무릎 꿇린 태평성대! 그 얼마나 멋진 울림인가!

"후후후 그건 그렇고 그 기이한 요물을 부리는 이가 우리 쪽에 있을 줄은 몰랐소."

잔에 담긴 술을 쭉 들이켠 이가 입을 열었다. 그에 그 옆에 있던 고관이 혀를 차며 말을 받아쳤다.

"뭐 어찌 되었든 좋은 일이 아니오?"

"그냥 혹여 그 검은 요물이 대가를 요구할까 그러오."

"대가라면?"

"뭐겠소? 피와 생명이지."

음습하게 오고 가는 대화에 한쪽 구석에 있던 이가 희소하며 말했다.

"뭐, 어떻소. 궁 밖을 벗어나면 넘치는 게 그것들이 아니오. 허허허허!"

"옳지, 옳은 말이야!"

"하하하하하!"

그들의 더러운 담소는 계속해서 이어졌다. 내일 있을 친국(親鞫)을 떠올리며, 그리고 동공왕에게서 얻어 낼 첫 번째 승리를 기념하며. 밤 늦도록 계속해서…….

청이는 안내를 따라 앞서서 걸어가는 하나린을 향해 애원하였다.

"아기씨, 제발 돌아가요. 예?"

"괜찮아. 걱정하지 마."

괜찮기는 무슨! 여기 아호현에 있는 현감의 성질머리가 개차반 저리 가라고 한다던데! 청이는 앞으로 무슨 일이 생길지 상상조차 할 수 없어 눈앞이 깜깜했다. 하나린이 사림현을 떠나기 전에 독고강과 무언가 이야기하는 걸 보긴 했다. 그녀 말로는 일종의 보험이라던데…… 눈에 보이지도 않는 그런 거로 안심될 리가 없었다.

여기는 아호현의 관아. 독고강에게 부탁하여 미리 방문한다고 연락을 한 뒤에 직접 행차하였다. 많은 수행원들을 물리친 후 딱 청이 하나만 데리고.

정말 살아 돌아갈 수는 있을까? 조금만 방심하면 천 길 낭떠러지. 제 발로 사지를 찾아가는 하나린 덕에 청이는 안구가 절로 습해지는 기분이었다. 그래도 미리 연락하고 온 건데 무슨 짓을 저지르진 않겠지? 청이는 사림현 관아와 달리 험악한 분위기의 포졸들을 보며 달달 떨었다.

"여기입니다."

마치 생쥐처럼 생긴 안내자가 염소수염을 쓰다듬으며 거만하게 말하였다. 상대가 왕비 후보란 걸 생각하면 감히 저지를 수 없을 무례. 하지만 하나린은 우아한 웃음을 머금은 채 그가 가리킨 정자로 올라갔다.

"반갑소. 난 아호현의 현감 김자인이라 하네. 이쪽에 앉으시게."

그곳엔 통통한 체구의 젊은 남자가 자리에서 일어나지도 않은 채 그녀를 반겼다. 거기에다 왕비 후보를 향해 감히 제대로 된 존대마저 사용하지 않는다. 궁에서라면 결코 생각할 수 없는 태깔. 청이는 이를 꽉 물며 주어진 자리에 앉는 하나린의 뒤로 가서 섰다.

"무슨 일로 여기까지 오셨소?"

김자인은 제 잔에 술을 따른 뒤 하나린의 잔에도 술을 따랐다. 진한 향을 보아하니 독하기가 보통 독하지 않은 술인 것 같았다. 귀한 여인을 대접하는 예의가 아니다. 청이가 눈에 불을 켰으나 이내 한숨을 참아 내며 제 분을 삭일 수밖에 없었다. 여기는 아호현의 관아이고 여기에 온 이는 뒷배조차 없는 여인 둘. 오히려 함부로 움직였다간 사달이 나기 딱 좋았다.

그러니까 수행원들 좀 많이 데려오자니까. 청이는 무슨 생각을 하는지 알 수 없는 하나린의 뒤통수를 내려 보았다. 수행원도 없이 이렇게 단출하게 왔으니 상대가 깔보고 무시하는 것도 당연한 것이었다. 이래선 초반 기싸움에서 밀린 것이나 다름없다. 아마 앞으로도 조심조심 상대의 기색을 살펴 가며 말해야 되리라.

하나린은 그런 사실을 아는 것인지 모르는 것인지 방긋 웃음을 지으며 입을 열었다.

"여기에 계시는 현감께서 폭정을 저지르신단 소리를 듣고 찾아왔습니다."

야! 임마! 너! 우리 다 죽이려고 작정했냐! 청이는 순간적으로 팍 치솟는 혈압에 뒷목을 부여잡을 뻔했다. 주변에 아무도 없었다면 그녀의 멱살부터 잡고 봤으리라. 안 그래도 호위무사도 없이 적진에 홀로 왔는데 적의 대장의 복장까지 푹푹 찌르고 있었다.

청이는 덜덜 떨면서 김자인의 얼굴을 응시했다. 그녀의 예상대로랄까? 그의 기분이 나빠졌는지 입가가 바들바들 떨리고 있었다. 하지만 그것으로 부족한 것일까? 하나린은 여전히 환한 미소를 유지한 채로 말을 이었다.

"옆 고을인 사림현 백성들의 표정은 참 밝던데 이곳 백성들의 표정은 너무 어둡더군요. 참으로 비교되더이다."

이거…… 비꼬는 거지? 분명 비꼬는 거지? 청이는 공포로 인해 등 뒤로 땀이 축축이 배어 나왔다. 금방이라도 저 현감이 자리에서 박차고 일어나 저것들을 끌어내라며 바락바락 악을 지를 것 같았다.

묘한 침묵. 김자인은 분노로 파르르 떨리는 입술을 열어 말을 내뱉었다.

"그대는 감찰사로 여기 온 게 아닌 걸로 아네만. 요즘에는 왕비 후보가 감찰사 역할까지 하는 건가?"

다행히 그는 크게 화를 터뜨리진 않았으나 잔뜩 비꼬는 어조로 이야기했다. 그리고 적의를 풀풀 날리며 하나린을 무섭게 노려보았다. 하지만 당장이라도 무슨 일을 벌일 것 같은 그자 앞에서도 하나린은 여전히 태연한 모습을 유지했다. 그저 담담히 다음 이야기를 이어 갈 뿐.

"감찰이라. 재밌을 것 같지만 아쉽게도 그런 권한은 부여받지 못했군요. 저는 그저 단 한 가지만 확인하러 왔을 뿐입니다. 사림현과 아호현의 차이가 무엇인가? 사림현에선 백성들이 존중을 받는 것 같은데 여기 백성들은 왜 꼭 가축처럼 취급받는가?"

더 정확히는 가축보다 못한 취급이지만. 하나린은 잔잔하게 가라앉은 푸른 눈으로 상대를 응시하였다. 그리고 답변을 기다린다.

반면 묵묵히 하나린의 말을 듣고 있던 김자인은 사림현이란 단어에서 인상을 팍 찌푸렸다. 거기라면 분명 왕실과 퇴물이 머무르고 있는 고을이 아닌가? 궁이 무서워 도망친 쓰레기 따위와 자신이 비교당한다는 생각에 상당히 불쾌해졌다. 김자인의 입이 천천히 열렸다.

"당연한 것 아니오? 백성들은 가축이니 그런 것이지. 오히려 그 사림현이란 곳이 이상한 곳이네그려."

그는 거만한 눈길로 하나린을 훑어보았다. 하얀 머리를 단정히 묶고 하늘빛 바탕에 백합이 수놓인 의복을 입고 있었다. 얼굴도 곱고 눈, 코, 입이 오밀조밀한 것이 귀여우면서도 묘하게 성숙한 느낌을 주었다. 거기에다 한 점 흐트러짐 없는 단아한 자세까지. 더러움이란 전혀 모를 것 같은 순백의 처녀.

마음 같아선 당장에 깔아뭉개고 옷을 찢어 그 속살을 마음껏 유린하고 싶었다. 그리고 제 성질을 건드리는 저 연분홍빛 입술을 짓이겨 버리고 싶다. 그 상상만으로도 제 아래에 달린 것이 단단히 팽창하는 기분이었다. 왕비 후보든 뭐든 알게 무엇인가? 백성들이 선녀님이라 부르며 떠받들어도 그건 그저 가축들의 울부짖음일 뿐이며 궁에서조차 굳건한 지지 세력이 없지 않은가? 남몰래 감금해 놓고 이미 이곳에 들렀다가 떠났다고 거짓말하면 뭘 어쩌겠는가?

왕의 총애 같은 것도 어차피 시간이 지나면 시들해질 것이 분명하다. 이 여인이 사라진다면 처음엔 열심히 찾겠지만 얼마 안 가 포기하고 말겠지. 그리고 새로운 계집을 곁에 두고 예뻐할 것이다. 그런 것이 본디 사내란 것이 아니겠는가? 김자인은 제가 갈아 치운 여러 명의 계집을 떠올리며 입꼬리를 끌어 올렸다.

하지만 막상 그 생각을 실행하고자 하면 그녀의 푸른 눈을 마주하는 순간 저도 모르게 움찔하고 멈춰 서는 것이었다. 왠지 모르겠지만 절대 선드려서는 안 된다는 느낌이 든다. 그렇기에 속으로 입맛만 다시는 중이었다.

그때 하나린의 연분홍빛 입술이 다시 열렸다.

"백성들을 가축 취급한다라. 백성은 국가의 지지 기반이 아닙니까? 그런데 가축보다는 쓸데없는 벌레처럼 말씀하시는군요."

묘하게 무언가를 자극하는 듯한 말. 하지만 김자인은 별생각 없이 그녀가 말한 것에 고개를 끄덕이며 수긍하였다.

"하─! 지지 기반은 무슨! 모조리 죽이지 않고 가축 취급해 준 것도 감사히 여겨야 할 것이야."

그는 꼬질꼬질한 옷을 입은 삐쩍 마른 평민들을 떠올리며 혐오스럽다는 듯 몸을 한차례 떨었다. 그들은 태어나길 그렇게 태어난 것이다. 자신의 지배 아래에 들어온 것만으로도 감사해야 될 것이 아닌가? 그는 평민들의 더럽고 징그럽게 생긴 모습을 볼 때면 구토라도 하고 싶은 심정이었다.

그 감정에 취해 있었기 때문일까? 제 생각 속에 빠져든 김자인은 하나린이 회심의 미소를 짓는 것을 보지 못하였다.

"현감께선 당신 땅에서 사는 그들이 모조리 사라지게 된다면 뛸 듯이 기뻐하실 것 같군요."

"당연한 것을. 그땐 축배라도 들어야 되지 않겠는가?"

"앞으로 눈에 좋은 것만 담을 수 있단 것에 대한 축하입니까?"

"그대 뭔가 좀 아는군!"

그녀의 말에 김자인은 기쁘게 웃으며 답하였다. 그는 의외로 이 앞에 있는 계집이 저와 통하는 것이 아닐까 하고 생각하였다. 그 순간 하나린은 입꼬리를 올린 채 살며시 그에게로 몸을 기울였다. 그에 따라 그의 시선이 하나린의 유려한 목선에 붙잡혔다. 그걸 따라 아래로 내려가자 아쉽게도 옷깃이 그 이상의 시선을 단단히 막고 있었다. 저 아래로 내려가면 얼마나 더 아름다운 선이 존재하고 있을까? 김자인은 그 몸의 굴곡을 상상하며 저도 모르게 침을 꼴깍 삼켰다.

그런 그의 마음을 알고 있는 것일까? 하나린은 김자인을 향해 속삭이듯 말하였다.

"현감, 제가 당신의 소원을 들어 드리오리까?"

"소원?"

"예, 소원."

하나린의 분홍빛 입술이 우아한 선을 그렸다. 그걸 본 김자인의 표정이 반쯤 풀려 헤벌레 해졌다. 그리고 역시 눈앞에 있는 계집은 신선이 아니라 요물이라 생각했다. 동공왕을 홀려 놓고 또 여기 와서 절 홀리려 한다고. 솔직히 무슨 상관인가 싶다. 어차피 깨끗한 몸은 아닐 테니 한 번쯤 같이 뒹굴어도 표가 나진 않겠지. 지금 아니면 왕비 후보와 언제 몸을 섞어 보겠는가?

깨끗한 척하지만 창녀 같은 계집이라고. 김자인은 그 생각을 하면서도 실실 웃음을 지으며 고개를 끄덕였다. 지금 당장이라도 저것을 덮치고 싶었다. 그때 하나린이 소매에서 무언가를 꺼내 그의 앞에 펼쳤다. 기이한 문자가 적힌 종이. 그녀는 빙그레 웃음을 지으며 말을 이었다.

"그럼 여기에 직인을."

이건 또 뭔가? 김자인은 의아하다는 듯 그것을 내려 보았다. 도사들이 보았다면 천어로 적힌 문자란 걸 깨달았을 것이나 그로선 이게 뭔지 아무것도 알 수 없었다.

"이게 무어냐?"

"당신의 소원을 이루기 위한 절차입니다."

하나린은 아무것도 아니란 듯이 답했다. 그 말에 김자인은 제 허리춤에 매달린 주머니 속에서 직인을 꺼내 망설임 없이 쿵 하고 찍었다. 그와 함께 종이에 은빛의 글귀가 새겨지더니 이후 은빛 사슬이 튀어나와 하나린의 왼쪽 손목에 매였다. 그리고 이내 스르륵 사라진다. 그녀는 그 종이를 고이 접어 다시 소매에 넣으며 말했다.

"이제 당신의 소원은 이루어질 것입니다."

"그래, 언제쯤 찾아가면 되나?"

김자인은 다급하게 질문을 던졌다. 그에 하나린은 순간 의아하다는 듯 고개를 갸웃했으나 이내 이해했다는 듯 고개를 끄덕이며 답했다.

"내일 아침이면 소원은 이루어져 있을 겁니다."

소원이 이루어져 있다니 오늘 밤 직접 찾아오겠단 소리구나! 김자인은 또다시 헤벌쭉 웃었다. 그리고 아랫것을 불러 그녀들이 머무를 방을 안내해 주라고 명했다.

"그럼 일어나 보겠습니다."

"그래, 오늘 밤을 위하여 체력을 비축해 두는 것도 좋겠지."

김자인은 하나린의 몸을 음탕한 눈길로 쓸어 보며 시시덕거렸다. 그리고 청이와 하나린은 그런 그를 남겨 두고 안내인을 따라 제 숙소로 이동하였다. 손님방에 도착하자마자 얼굴이 새하얗게 질린 청이가 하나린의 팔을 붙잡으며 말하였다.

"도, 도, 도, 도대체 무슨 생각이신 겁니까!"

차마 소리를 높이지 못한 채 질책 어린 말을 쏟아 냈다. 그 김자인이란 자의 눈을 보았다. 그건 분명 여인을 탐하는 자의 눈빛. 그렇다면 그 소원 역시 그런 종류의 내용일 터. 거기에다 하나린은 제 스스로에게 주박을 거는 주술을 썼다. 이대로라면 꼼짝없이 그의 소원을 들어주게 생겼다. 하지만 그걸 모르는 걸까? 하나린은 방긋 웃으며 말했다.

"그의 소원을 들어줘야지."

아니, 그게…… 위험한 거잖아!! 청이는 차마 무어라 말은 못 하고 가슴을 탕탕 쳤다. 그리고 하나린은 그런 그녀의 모습을 이해할 수 없다는 듯 바라보기만 하였다.

죄인을 심판하기 위해 마련된 거대한 광장. 친국(親鞫)을 할 때만 이용되는 이곳은 따로 이름 붙여지지 않고 왕의 처형장이라 불렸다. 이번에 궁에서 일어난 연쇄살인의 범인으로 의심되는 미리내는 넓고 둥근 처형대 위에 꿇어 앉혀져 있다. 그리고 그 주변을 귀족들이 둥글게 원을 그리고 앉아 여우소녀를 구경하고 있었다. 곧 있을 흥미로운 구경거리를 생각하며 귀족들은 시시덕거렸다.

왕은 주변 정황이 의심스럽다는 점을 제외하고서 미리내가 범인이 아니란 증거를 발견하지 못하였다. 이번에 있을 친국이야말로 귀족파의 진정한 첫 승리! 그들은 킬킬거리며 비참한 표정을 지을 왕의 표정을 떠올렸다.

"동공국의 태양께서 드십니다!"

그때 한 내관의 외침과 함께 동공왕이 그곳으로 들어섰다. 무거운 걸음으로 들어와 어좌에 자리 잡는다. 단단히 굳은 표정으로 동공왕이 손을 들어 보였다. 그리고 곁에 있던 박 내관이 친국의 시작을 알렸다.

제현은 막막하다는 표정으로 처형대 가운데 있는 여우소녀를 바라보았다. 그녀는 반쯤 넋을 놓고서 멍하니 하늘만을 올려다보고 있었다. 동공왕은 쓰게 웃으며 입을 열었다.

"증인을 데려오라."

그와 함께 증인석에 앉아 있던 지연이 쭈뼛거리며 처형장 위로 걸음을 옮겼다. 그리고 불안하게 눈을 굴리며 망연히 있는 미리내와 귀족들을 번갈아 보았다. 허나 곧 제 아랫입술을 꾹 물며 증인이 서야 할 곳까지 걸어갔다.

"동공국의 태양께 인사를 올립니다. 생과방(生果房: 왕의 수라 및 음료와 과자를 만드는 부서)에 속한 나인 지연이라 하옵니다."

지연은 고개를 숙여 인사하며 자신의 소속을 말하였다. 동공왕은 말없이 그녀의 얼굴을 주시하였다. 꼭 숨겨진 무언가를 찾듯이. 지연은 거대한 맹수가 저를 노려보는 기분이 들어 두 손을 꼬옥 마주 잡은 채 덜덜 떨었다. 얼마나 그리 있었을까? 언제까지고 침묵을 지킬 것 같던 동공왕이 입을 열었다.

"맹세를 하라."

"국법의 신성함과 왕의 명예 앞에서 진실만을 말할 것을 맹세합니다. 거짓을 말한다면 제가 속한 모든 곳에까지 저주가 미칠 것입니다."

친국에 들어서 증인이 왕 앞에서 증언하기 전에 하는 의례적인 선서였다. 그렇게 선언을 함으로써 절대 거짓을 고하지 않겠다는 맹세를 한다. 만약 이곳에서 거짓 증언한 것이 드러났을 시 그자를 비롯한 이촌 내에 속한 이는 모두 능지처참형을 당하며 사촌 내에 속한 가족들은 모두 천민으로 신분이 강등되었다. 그렇기에 이 선언은 그 무엇보다 큰 의미를 가지고 있었다.

그럼에도 그것을 행한 지연을 동공왕이 싸늘히 쳐다보았다. 심증은 확실하지만 물증이 없기에 저딴 소리가 쉽게 나오는 것일 테지. 제현은 천천히 다음으로 넘어갔다.

"네가 본 바를 거짓 없이 고하라."

은근히 살기까지 담아 말하자 지연은 안색이 새하얗게 질린 채 파들파들 떨었다. 명백한 적의에 그녀는 겁을 집어먹었다. 그녀에게 살의를 드러내는 이는 무려 이 나라의 지존이지 않은가?

마음 같아선 그대로 무릎 꿇고 제 잘못을 빌고 싶었다. 하지만 그리한다면 '그들'의 목숨은 장담할 수 없을 터. 지연은 두 눈을 질끈 감은 채 나오지 않는 목소리를 억지로 짜내어 말을 이어 갔다.

"저, 전 유 상궁님의 명으로 수, 수라간으로 가고 있었습니다. 그, 희, 희락궁 뒤편의 길을 홀로 지, 지나가던 중 가, 갑자기 검은 지, 짐승이 튀어나왔습니다. 그, 그래서 곧바로 비명을 질렀습니다. 그 수, 순간 그 검은 짐승이 바, 바로 제게 달려들었습니다. 저, 저는 뒷걸음질 치다 우, 우연히 치맛자락에 걸려 넘어졌습니다. 그, 그 덕에 짐승이 휘, 휘두른 발톱을 피할 수 있었습니다."

"그 직후 목격자들이 우르르 나타났다?"

지연이 더듬으면서 말을 마치자 동공왕이 비꼬듯 말했다. 그에 궁녀는 고개를 한 번 끄덕여 보이곤 입을 열었다.

"예, 예. 바, 발걸음 소리가 드, 들리자 그 검은 짐승의 태가 버, 벗겨지더니 저 여, 여우요괴가 나, 나타났습니다. 그, 그리고 모두가 아

363

시는 대로입니다."

솔직히 말해. 저 말이 거짓이란 것을 증명할 방도가 없었다. 또 다른 증인이 있는 것도 아니니까. 오히려 지연이 묘사한 마지막 상황을 목격자들이 그대로 목격하였으니 그녀의 말에 신빙성이 더 높아진다. 동공왕은 팔걸이를 손가락으로 톡톡 두드리며 지연을 내려 보았다. 그리고 고개를 돌려 좌중을 둘러보았다.

귀족들의 입가에 하나같이 기묘한 웃음이 걸려 있었다. 꼭 동공왕을 비웃듯이. 제현은 두 눈을 꾹 감았다. 분명 아무런 소리도 들리지 않는데 그들의 비웃음이 들려오는 것 같다. 얼마나 그리 있었을까? 제현은 눈을 뜨며 지연에게 다시 물음을 던졌다.

"네 말에 틀린 점이 분명 없느냐?"

경고성이 맺힌 동공왕의 눈에 지연은 한차례 움찔하고 몸을 떨었다. 그녀는 바짝 말라 오는 제 입술을 침으로 적시며 간신히 입을 떼었다.

"그러합니다."

끝이었다. 완전무결한 종료. 이 상황에서 명분조차 없이 미리내에게 유죄판결을 내리지 않는다면 궁내의 여론은 불리하게 돌아갈 것이다. 왕에 대한 불신은 물론 미리내에 대한 적개심과 하나린에 대한 의심까지.

철저하게 준비된 덫에 동공왕은 가벼운 신음을 흘렸다.

실로 위협적인 술책이었다.

정말 제대로 당할 뻔했다.

준비해 둔 '수' 가 없었다면.

제현은 사납게 눈초리를 올리며 입꼬리를 비틀어 올렸다. 영락없는 비소(誹笑)에 귀족들의 표정이 미묘하게 변하였다. 뭔가 일이 잘못되어 간다는 그런 느낌. 하지만 귀족들은 억지로 그 직감을 무시했다. 빠져나갈 길이 없이 만들어진 그런 덫이 아니었던가?

그때 제현이 '쿡' 하고 웃으며 소리쳤다.

"그것을 데려오라!"

처형장을 울리는 쩌렁쩌렁한 소리. 그리고 처형장 안으로 도사와 병사들로 이뤄진 한 무리가 들어섰다. 자그마한 무언가를 꽁꽁 둘러싼 채로. 그리고 구수한 사투리가 귀족들 귀에 들려왔다.

"와따, 쓰벌! 이것들이! 야! 이 새끼들아! 사람을…… 아니 영스러운 존재를 가둬 놨으면 이유라도 씨불여 줘야지! 성수청인가 뭔가에 콕 처박아 두더니 이젠 웬 이상한 데로 질질 끌고 오나!"

귀족들은 처형장 안으로 들어온 존재를 보며 제 눈을 의심할 수밖에 없었다. 몇 번을 눈을 비비고 봐도 그 존재의 모습은 절대 변하지 않았다. 오로지 경악에 경악을 더할 뿐.

한편 이제 막 처형장으로 들어온 미리내는 성질을 부리다 처형대 위에 있는 저와 똑같은 이를 보며 할 말을 잃었다.

"저건 또 뭐꼬?"

어이없다는 어투. 그건 여기 모인 모든 이들이 하고 싶은 말이었다. 그런 그들의 의문을 해소해 주려는 듯 동공왕이 입을 열었다.

"그대들이 했던 의심을 나라고 안 해 보았겠는가?"

처형장이 침묵으로 가득 찼다. 마치 폭풍 전야의 고요함처럼. 그런 분위기가 마음에 드는지 제현은 입가를 비틀어 웃으며 말을 이었다.

"두 번째 살인 사건이 일어난 이후 저것을 곧장 봉인 술식으로 뒤덮어서 성수청 깊은 곳에 처박아 두었다. 그럼에도 계속해서 살인 사건이 벌어지더군. 그리고 여론이 묘하게 저것을 범인이라고 몰아가더란 말이지. 그래서 저것의 대리를 풀어 놓았지. 그러자 얼마 안 있어 딱 이런 일이 일어나더군."

모두가 할 말을 잃고 입을 쩌억 벌렸다. 특히 증인으로 나선 지연의 안색은 시체와 비교해도 손색이 없을 정도였다. 동공왕은 처형장에 앉아 있는 가짜 미리내를 보며 입을 열었다.

"스승님, 수고하셨습니다."

"허허허, 아닙니다."

그리고 작은 소녀의 입에서 노인의 음성이 흘러나왔다. 그와 함께 귀족들이 눈알이 튀어나올 정도로 눈을 부릅떴다. 작은 소녀가 천천히 일어서는 것과 동시에 그 형상이 서서히 바뀌었다. 그리고 종국엔 청림이 그 자리를 대신하여 서 있었다.

말문이 막히는 상황에 귀족들은 턱이 빠질 듯이 입을 쩌억 벌렸다. 그리고 그들은 눈앞이 깜깜해짐을 느꼈다. 상대를 덫에 몰아넣었다고 생각했더니 실은 상대가 더 큰 함정을 준비해 놓고 기다리고 있었다.

제현은 그런 귀족들의 당황을 즐기며 말을 이었다.

"재미있군."

"……."

"검은 짐승이 덮쳤다? 그런데 그 안에 여우소녀가 있었단 말이지?"

"……."

"그대 지연이라 했던가? 말 좀 해 보아라. 내 스승께서 그대를 덮칠 이유가 무엇인지."

"……."

입이 백 개라도 할 말이 있을까? 지연은 조용히 눈물을 뚝뚝 흘렸다. 이제 자신의 목숨은 없는 것과 마찬가지였다. 그리고 '그들'의 목숨도 마찬가지겠지. 그들을 살리기 위해 그리 아등바등하였는데 결국 남겨질 목숨은 하나도 없었다. 그때 또다시 동공왕의 음성이 들렸다.

"지연."

짧은 부름. 그녀는 눈물로 범벅이 된 얼굴을 들어 동공왕을 바라보았다. 그의 입가엔 잔인한 미소가 걸려 있었다.

"그대에게 보여 줄 것이 있다. 들여라."

그리고 이어진 명령. 병사들이 아이들을 들것에 실어 들고 왔다. 아니, 더 정확히는 여기저기 살점이 사라져 있는 어린아이들의 시체를. 멍하니 그것을 바라보던 지연은 그 아이들의 얼굴을 확인하는 순간 표정이 확 일그러졌다. 그녀는 파들파들 떨리는 입술을 열어 간신히 말을 내뱉었다.

"이, 이게……."

"성 밖에 내버려져 들개들에게 뜯어먹히고 있더군."

동공왕이 아무것도 아니란 듯이 대답하였다. 그와 함께 지연의 안색이 순식간에 일변했다. 이까지 딱딱 부딪치면서도 그 아이들의 시체에 시선이 못 박혀 있었다. 허나 곧 그녀의 몸은 분노로 부들부들 떨리기 시작했다. 그녀는 망설임 없이 고개를 돌려 한 귀족의 얼굴 쏘아보며 소리쳤다.

"나리! 이게 무슨 짓입니까! 말한 대로만 하면 이 아이들을 살려 주신다고 하지 않았습니까!"

"커험! 저 계집이 무슨 소릴 지껄이는 게야! 전하! 친국에서조차 거짓을 고한 계집입니다! 저 말을 믿지 마시옵소서!"

이조판서 정해량은 황급히 팔을 내저으며 지연의 말을 반박했다. 그는 동공왕의 분노가 제게 떨어지는 것이 두려운 듯 덜덜 떨면서 그녀에게 호통을 쳤다.

"어디서 미친 계집이 헛소릴 지껄이는 게냐! 썩 닥치질 못할까!"

"닥치라고? 너나 닥쳐엇! 네놈이 내 동생을 인질로 잡고 이런 일을 시켰잖아아아! 요물을 부릴 수 있으니 내 말을 따르라고! 나쁜 놈! 나쁜 새끼! 내 동생 살려 내! 내 동생 살려 내란 말이야아아아아!"

비참함에 젖은 지연의 절규가 울려 퍼졌다. 그녀의 외침에 이 일에 직접적으로 동조한 귀족 여럿이 아연한 표정을 지었다. 이번 일이 끝나면 뒤탈이 없도록 저 궁녀를 처리해 버릴 생각이었다. 그러니 당연히 인질도 지연에게 보인 직후 그대로 죽이고 한양 밖에 버려 버렸다. 그런데 일이 이 지경으로 뒤집힐 줄이야.

암담함에 허둥지둥하는 귀족들의 광경을 느긋이 감상하며 제현은 입을 열었다.

"이제야 제대로 된 친국이 될 것 같군. 그래, 지연. 다시금 묻지 이 일을 일으킨 자들은?"

오싹할 정도로 위협적인 음성. 그에 지연이 독기 서린 얼굴로 비명을 지르듯 흑막의 이름들을 늘어놓았다.

"이조판서 정해량을 비롯한 상선 가영, 도지사 이소승, 참의 지학두가 일을 꾸몄습니다! 아쉽게도 그 외의 인원들은 잘 알지 못합니다!"

"아니! 저년이!"

"어허! 계집이 뭘 안다고!"

그녀의 고발에 이름이 불린 이들이 황급히 소리를 높였으나 한 발짝 늦은 뒤였다. 이미 살을 에는 살기가 처형장을 가득 메웠다. 그리고 피가 흩뿌려졌다.

촤아아악.

방금까지 고함과 비명이 뒤섞인 처형장에 처참한 정적이 내려앉았다. 사라진 제 팔을 찾아 더듬는 정해량과 그 절단면에서 뿜어져 나온 피를 뒤집어쓴 채 바들바들 떨고 있는 귀족들. 동공왕은 어느새 검을 빼어 든 채 그들 앞에 서 있었다.

싸늘하기만 한 제현의 눈길. 그가 곧이어 잔혹한 웃음을 지어 보이자 귀족들은 순간 자신의 등줄기를 따라 칼날이 흘러내리는 것만 같은 기분을 느꼈다. 꼭 풍옥전에 하얀 여인이 들어앉기 전과 같은 분위기가 아닌가?

"하나린 덕분에 내 성격이 많이 유해졌지. 그걸 믿고 내 여인이 없는 틈을 이용해 모든 일들을 처리하려 했던가?"

그의 입에서 흘러나온 말에 정해량의 굳어 있던 머리가 간신히 돌아가기 시작했다. 동공왕은 함부로 이래선 안 된다. 왜냐하면 곁에 있는 그 요물이 이런 걸 싫어할 테니까. 그걸 떠올린 정해량은 경직된 혀를 움직여 말을 만들어 냈다.

"이, 이러시면…… 그, 그분께서……."

"그래, 싫어하겠지."

제현은 그리 답하며 제가 쥐고 있는 칼날을 조심스럽게 쓰다듬었다. 그리고 제 얼굴에 튄 피를 팔로 대충 닦아 냈다. 그에 하얀 피부 위로 새빨간 선혈 자국이 길게 번졌다.

이 얼마 만에 보는 피인가? 속에서부터 더 많은 것을 요구하는 살의가 스멀스멀 올라온다. 오랜만에 느껴 보는 감각을 즐기며 제현이 취한 듯이 말을 이었다.

"그래서 말이야. 나도 그녀가 없는 틈에 빨리 일을 처리할 생각이야. 그녀가 있으면 이런 짓을 할 수 없으니까. 최대한 많은 벌레들을 쳐 죽여야지. 그대들도 그리 생각하지 않는가?"

지연이 제 동생들의 시신을 끌어안고 오열하는 소리를 배경으로 동 공왕이 잔인한 웃음을 베어 물었다. 앞으로 있을 피의 숙청이 너무나 기대된다는 듯.

하루 전. 제현은 조용히 지하 감옥을 찾아들었다. 몇 명이나 되는 병사들과 도사 여럿이 그곳에서 경비를 서고 있었다. 그들은 제현의 등장을 알고 있었다는 듯 그를 보자마자 조용히 자리를 비켰다. 그리하여 그곳에 남은 자는 제현, 그리고 창살 너머 단단히 포박되어 있는 미리내뿐이었다.

밖에서 인기척이 느껴졌기 때문일까? 힘없이 추욱 늘어져 있던 여우소녀가 천천히 고개를 들었다. 완전히 죽어 속이 텅 비어 있는 옅은 갈색 눈이 제현을 응시하였다. 이윽고 미리내는 자조하듯 웃으며 입을 열었다.

"니는 참말로 기분 좋게 됐고마. 덕분에 눈엣가시던 날 치워 버릴 수 있으니 말이제."

인간에 대한 불신과 혐오가 잔뜩 묻어나는 목소리였다. 그에 제현은 인상을 찌푸리며 혀를 찼다.

"딱히 기분이 좋진 않군."

덕분에 매우 곤란하게 되었다. 제현은 짜증을 담아 미리내를 노려보았으나 이내 한숨을 내쉬며 관자놀이를 꾹꾹 누를 수밖에 없었다. 여우소녀는 이미 절망 속에서 허우적거리고 있었다. 회의주의와 냉소주의에 빠진 마른 눈빛. 하나린은 어떻게 저런 것을 제 곁에 두고 있었을까?

그는 쇠창살을 주먹으로 두어 번 두드리며 말을 이었다.

"네가 바보처럼 함정에 빠진 덕분에 하나린에게마저 해가 가게 생겼다. 그 때문에 내가 많이 곤란해졌어."

"……."

작은 소녀는 아무런 반응도 없었다. 아니, 어쩌면 반응할 힘조차 없는 것인지도 모른다. 처음 잡혀 왔을 때부터 극심하게 반항을 했다고 하니. 상처 내지 말고 고이 데리고 있으란 동공왕의 명 때문에 차마 강한 제재를 가하지 못했다. 덕분에 저 소녀에게 물려서 깊은 상처가 생긴 이들이 여럿이었다.

그가 오기 전까지 계속 발버둥 쳤다고 하니 기력이 다 빠진 것은 당연한 것이리라. 제현은 모든 것을 포기한 여우소녀의 모습에 불만스럽다는 태도로 품속에 있던 부적을 꺼내 던졌다. 하얗게 빛이 나는 천어가 새겨진 부적이 나풀거리며 미리내 바로 앞에 떨어졌다.

"……이기 뭐꼬?"

그것을 보며 소녀는 의아하다는 듯 질문을 던졌다. 그에 동공왕은 입가를 삐뚜름하게 올리며 이제부터 해야 되는 '연기'에 대해 설명을 해 주었다.

"과거 하나린에게 부탁해서 만들어 놓은 두 개의 주술부 중 하나다. 그 성능에 대해 말하자면 주술부를 지닌 두 사람의 위치를 바꿔 주는 힘이 있다고 해 두지. 그걸 쓰면 넌 성수청의 깊은 방으로 이동해 있을 거다. 이후 너는 오 일 전부터 그곳에 갇혀 있었다고 증언하면 된다."

사실 이 주술부는 본래 이런 일에 쓸 목적이 아니었다. 훗날 하나린 곁에 붙여 둘 나름 쓸 만한 호위무사에게 하나를 쥐어 주고 나머지 하나는 제가 가지고 있을 생각이었다. 만에 하나 하나린에게 아주 심각한 위협이 닥쳤을 때 그대로 자신과 호위무사의 위치를 바꾸어 제가 그녀를 직접 지키기 위한 용도. 그런데 그 전에 이런 사달이 일어났으니.

청림이 격이 높은 신선이라며 칭찬했던 하나린이었기에 혹시나 하며 부탁했던 부적이었다. 그리고 하나린은 이것을 즉석에서 만들어 줬다. 다만 힘을 많이 쓴 듯 상당히 지쳐 보였다. 이후 제현이 청림에게 그것을 보여 주었을 때 그의 스승은 턱이 빠질 듯이 입을 벌리는 것으로 놀라움을 표현했다. 부적만으로 공간에 관여하는 고급 술식을 만드는 건 인간 사이에선 절대 불가능한 일이라던가. 아끼고 있던 부적을 이런 일에 쓰게 되었다는 것에서 제현은 쓴웃음을 지었다.

한편 미리내는 멍하니 부적을 내려 보다가 입을 열었다.

"그럼 이곳으로 이동해 올 자는?"

"너로 둔갑해 있을 도사지. 더 정확히는 오 일 전부터 네 모습으로 성수청에 구속당해 있던 이다."

제현의 짧은 대답에 미리내는 그가 어떤 계획을 가지고 있는지 대충 이해할 수 있었다. 소녀는 눈을 크게 뜨며 물었다.

"니는 내가 그 짓을 안 했다고 믿나?"

"그래. 더 정확히는 하나린을 믿지. 그러니 하나린이 믿는 너 역시 믿는 거고."

귀찮다는 듯 하는 대꾸에 미리내는 멍하니 입을 벌렸다. 소녀는 무어라 말하려고 입을 열었다가 다시 닫았다. 그러다 다시 입을 열었다가 다시 닫는다. 잠깐의 머뭇거림. 그리고 소녀는 결국 하고자 하는 말을 꺼내 놓았다.

"진짜 선녀님을 믿는 기가? 만약 선녀님이 니가 가진 요화(妖花)의 정을 노리고 순딩이인 척 접근한 기면 어찌할라꼬?"

"원하면 주지 뭐."

미리내가 망설였던 것을 놀리듯 경쾌할 정도의 즉답이 돌아왔다. 생각지 못한 답변에 소녀의 얼굴이 순간 기묘하게 일그러졌다.

"그거 니 심장 아니가? 주면…… 죽는 거 아이가?"

"죽지."

당연하다는 듯 돌아오는 대답에 미리내는 알쏭달쏭하다는 표정을 지어 보였다. 농담인 걸까, 아니면 진담인 걸까? 도대체 저 미친놈의 대갈통엔 무엇이 들어 있는지 이해가 가지 않는다. 설마 저 미친놈이 인간 사이에 '너를 위해서라면 목숨도 바칠 수 있어'라고 말하는 부류인가?

뭔가 기이하게 변해 가는 미리내의 눈빛을 알아챈 것일까? 제현은 짜증스럽게 미간을 찌푸리며 말했다.

"쓸데없는 질문은 그만하고. 빨리 좀 가지?"

미리내는 미묘한 표정을 짓더니 몸을 숙여 부적을 입에 물었다. 그와 동시에 부적이 끝에서부터 빛무리로 흩어지며 여우소녀의 몸을 감싸기 시작했다. 바로 전이의 전조. 그때 제현이 무언가 생각났다는 듯 '아' 하고 감탄사를 터뜨렸다.

"이봐."

짧은 부름에 축 처져 있던 미리내의 여우 귀가 쫑긋하며 섰다. 그걸 보며 그는 마치 잊고 있었던 사실을 떠올렸다는 듯 말했다.

"흑영이 말하길, 너 믿을 만하다더라. 그래서 그 부적을 네게 준 거다."

그걸 듣는 순간 여우소녀가 당황한 표정을 지었다. 믿을 수 없다는 말을 들은 듯이. 그 순간 제현이 짓궂은 웃음을 지었다.

"바보라서 속일 줄도 모를 거라나?"

그 말을 듣자마자 미리내의 안면이 와락 구겨진다. 그리고 무언가를 말하려는 듯 입을 열었지만 그 전에 하얀 빛무리가 그녀를 완전히 뒤덮었다. 얼마 후 서서히 가라앉으며 사라지는 하얗게 빛나는 가루들. 그곳엔 미리내와 판박이지만 전혀 다른 분위기의 소녀가 앉아 있었다.

"오 일 동안 수고 많으셨습니다. 스승님, 마무리까지 부탁드립니다."

"허허허 걱정하지 마소서."

소녀의 입에서 어울리지 않는 노인의 웃음소리가 흘러나왔다. 그 소녀는 성수청에서 오 일 동안 미리내인 척하며 대신 잡혀 있었던 청림이었다.

"……그렇게 된 기다."

풍옥전 마루에 걸터앉은 미리내는 틱틱거리며 흑영에게 그리 말하였다. 여우소녀는 조금 전까지 구속당해 있던 제 손목을 문질렀다. 수갑을 얼마나 모질게 채워 놨던지 아직도 쓰라린 모양. 흑영은 제 말을 최종적인 계기로 하여 이뤄진 작전에 할 말을 잃었다.

그때 미리내는 제 옆에 앉아 있는 흑영을 발로 톡톡 치며 물음을 던졌다.

"그건 그렇고 지연, 고년은 어찌 됐나?"

"이번 사건이 끝나고 참수당할 거다. 그녀가 그걸 바라기도 했고."

"아…… 그래."

미리내는 무언가 찜찜하다는 표정이었지만 알겠다는 듯 고개를 끄덕였다. 영스러운 존재더라도 인간 사이에 섞여 살다 보니 인간 사이의 규칙에 대해선 제법 알고 있었다. 협박을 당했든 무슨 사정이 있든 간에 그 지연이라는 궁녀는 성스러운 친국(親鞫)에서 거짓 증언을 하였다. 결과만을 따지는 궁에선 그것은 당연히 사형당할 만큼 큰 죄였다.

거열형이나 능지처참형, 교수형에 처하지 않고 깔끔하게 죽여 주는 것이 오히려 자비를 베푸는 것이나 마찬가지. 그렇기에 미리내는 쓰게 웃을 수밖에 없었다.

"사건 진행 상황은?"

자신을 목적으로 한 함정. 그 뒤에 있을 검은 여인의 존재를 알기에 소녀는 잔뜩 긴장한 채 흑영의 입만을 바라보았다. 그녀라면 분명 흔적 따윈 남기지 않았을 테다. 그래도 혹시나 하는 기대를 하며 그의 말을 기다렸다.

"아쉽게도 떨거지들은 대거 잡아들였지만 그 뒤에서 조종한 놈은 오리무중이다. 모조리 정신적인 금제에 걸려 있더군. 대개 기억 못 하는 것이 일반적이고 아예 흑막을 모르고 움직인 놈들도 있어. 성수청 도사들이 정신적인 금제를 풀어 보려고 몇 번 시도했지만 그럴 때마다 게거품을 물며 발작을 한다더군."

혹시나가 역시나. 미리내는 어둑어둑해진 하늘을 올려다보며 푹푹 한숨을 내쉬었다. 고작 도사들로는 규격 외의 괴물인 타락(墮落)의 여우가 쓴 술법을 풀지 못하겠지. 보나 마나 가장 중요한 여왕은 잡지도 못하고 그 아래 있는 병졸들만 싹 쓸려 나갈 게 뻔했다. 그리고 새로운 병졸들이 대체되어 또 이번과 같은 일이 일어나겠지. 늘 그렇듯이.

"아니, 늘 그렇듯이는 아닌가?"

그래도…… 자신은 이렇게 멀쩡히 풀려났지 않은가? 그녀가 그리도 믿지 않던 인간들 덕분에. 미리내는 생각에 빠져 있는 흑영의 얼굴을 보며 입가를 삐죽였다. 그는 여우요물 감시란 직무를 맡고 있음에도 이번 사건의 흑막이 누군지에 대해 골똘히 고민하며 중얼거리고 있었다. 미리내는 묘한 표정을 지었다.

처음으로 제 결백을 믿어 준 인간이라. 그렇다면 제가 해 주는 말도 믿어 주지 않을까? 작은 실마리 정도는 주어도 될 것이다. 미리내는 별것 아닌 것을 흘리듯 말을 이었다.

"각 관료들의 직위가 만만치 않은데 말이야. 거기다 몇몇은 가문의 위세가 대단해. 그런 놈들을 이끄는 놈이라면 백가(家)뿐일 텐데. 하지만 백세악은 위험한 요물을 끌어들일 정도로 멍청하지 않고……."

"그 뒤에 숨어 있는 요물이 있다 아이가, 백아란이란 년이데이."

"그래, 백아란이라 고맙……이 아니고!! 뭐시라?"

미리내가 갑작스럽게 툭 던진 범인 이름에 흑영이 고개를 홱 돌렸다. 그리고 여우소녀의 어깨를 꽉 잡으며 얼굴을 들이밀었다. 무시무시할 정도의 박력에 소녀의 여우 귀가 쭈뼛하고 선다. 순간 경직된 그녀를 아는 건지 모르는 건지 흑영은 다급히 추궁하기 시작했다.

"너, 그걸 어찌 알아?"

"고, 고년이랑 안면이 있으니께."

"그걸 왜 지금 말하느냔 말이다!"

"어, 얼굴 좀 치우래이. 너, 너무 가깝데이."

미리내는 숨결이 닿을 듯 점차 가까워지는 흑영의 얼굴에 얼굴이 새빨갛게 물들었다. 슬쩍 고개를 뒤로 젖히며 좀 떨어져 줄 것을 청했으나 그는 그런 것 따위에 신경을 쓰지 않았다.

"지금 그딴 것이 문제냐! 그 요물의 정체는? 아니아니 약점은? 능력은 또 뭐야?"

"어, 어, 얼굴 좀 치우라 안 카나!!"

뻐걱.

결국 참고 있던 미리내가 폭발했다. 그대로 자그마한 주먹을 꼬옥 말아 쥐고 흑영의 턱을 강하게 올려 쳤다. 뼈와 뼈가 부딪치는 소리와 함께 그의 고개가 휙 위로 돌아갔다. 뇌까지 흔들렸는지 앉은 채로 휘청휘청한다. 데엥 하고 울리는 머리에 한동안 바닥을 붙잡고 있던 흑영은 고통이 어느 정도 가라앉자 시선을 돌려 미리내를 무섭게 노려보았다.

그리고 이어지는 눈싸움. 하지만 얼마 안 가 흑영이 먼저 두 손을 들며 항복 표시를 했다.

"그래, 미안하다. 너무 답답하던 차에 갑자기 정답이 나와 너무 흥분했다."

"내 말…… 믿나?"

"뭐, 일단은. 네가 거짓말할 이유가 없으니."

오히려 자신을 그렇게 몰아넣은 그 요물에게 원한을 가졌으면 가졌지. 흑영은 머리를 차갑게 식히고 나서야 미리내가 왜 이제 와서 그 말을 꺼냈는지에 대해 알 것 같았다. 아마 예의 인간에 대한 불신 때문에 함부로 그 사실을 말하지 못했겠지. 그리고 혼자서 꾸역꾸역 해결하려다 그 꼴을 당한 거고.

지연의 증언도 그리하였다. 귀족들이 말하길 검은 괴물이 그녀를 덮치려 하면 여우요물이 나타나 구하려 할 거라 했다고. 그것을 이용한 함정이었노라. 실제로도 그랬지 않은가?

어찌 되었든 지금은 미리내가 그 흑막이 누군지 알고 있는 것이 더 중요했다. 흑영은 진지하게 말을 이었다.

"그래서 그 요물의 정체는?"

그 물음에 미리내는 제 왼쪽 어깨를 쓸어내렸다. 그곳에 검은 여인과 맺은 계약의 인(印)이 있다. 여우소녀는 쓴웃음 지으며 입을 열었다.

"나와 총 서른두 번에 걸쳐 내기를 한 요물. 영스러운 존재 사이에서 '이름 없는 자'로 칭해지는 존재. 인간 사이에서 불리는 이름은 '타락의 여우'."

그녀가 말을 끝내자 흑영은 꿀 먹은 벙어리가 되어 버렸다. 타락의 여우라고 하면 요괴 중에서도 대요괴로 칭해지는 괴물이 아닌가? 자연재해급으로 취급되는 존재다. 실제 힘이 어느 정도인지는 알 수 없으나 그 요물이 어떤 공동체에 섞여 들었다 하면 그 공동체는 완전히 파탄이 나고 종국엔 서로가 서로를 증오하며 살인까지 저지르려 한다고 알고 있었다.

그런 존재가 뒤에서 수작을 부리고 있다는 것인가? 흑영은 욱신거려 오는 두통에 관자놀이를 꾹꾹 눌렀다. 아니, 상관없나? 국법으로 위험한 요괴를 끌어들여 일을 벌이는 사람은 즉결 처형이라고 명시되어 있다. 누가 범인인지도 알았겠다, 그대로 쳐들어가서 죽이면 될 터.

백아란이란 껍데기를 쓰고 백가의 규수인 척하고 있지만…… 타락의 여우라고 해도 공격당하면 살기 위해 제 본모습을 드러낼 것이 분명하니 딱히 관계없다.

그때 미리내가 아니꼬운 표정으로 흑영을 쳐다보며 말했다.

"……혹시 곧장 쳐들어가서 칼로 배때지 쑤시면 진짜배기 면상 내밀끼라 생각하고 있는 건 아니제?"

아니…… 맞는데? 흑영이 무슨 문제라도 있느냐는 듯 쳐다보자 미리내는 한숨을 폭 내쉬었다.

"타락의 여우가 그냥 타락의 여우겠나?"

"그러면?"

"고년은 아마 칼을 휘두르는 대로 그냥 죽으쁠끼라."

"뭐?"

흑영은 순간 그녀가 하는 말이 이해되지 않아 되물었다. 요괴도 하나의 생명인 이상 위협을 당하면 살기 위해 발악을 할 터. 그런데 지금 눈앞에 있는 여우소녀가 그 말을 전적으로 반박했다. 미리내는 그런 그가 이해된다는 듯 고개를 끄덕이며 설명을 더했다.

　"타락의 여우는…… 하나가 아니데이."

　"하나가 아니야?"

　"그래, 고년은 여럿이데이. 그러면서도 하나데이. 참 희한한 존재인 기라. 그러니께 도마뱀이 꼬리 잘라 내듯 백가에 있는 고것이 죽어도 별 상관 없어 할끼다. 오히려 고걸 이용할걸?"

　미리내는 타락의 여우와 여러 번에 걸쳐 내기를 하였다. 하지만 그 내기 대상인 타락의 여우가 모두 달랐다. 분명 미리내와 몇 번이나 내기를 했는지 그녀와 무슨 일을 겪었는지 다 알고 있는데 다 다른 존재였다. 처음엔 분신인가 생각하였지만 몇 번의 확인 후 그들이 모두 본체란 사실을 깨달을 수 있었다. 참으로 기묘한 일이었다.

　신비의 집합체라고 불리는 영스러운 존재인 미리내도 타락의 여우가 가지는 기괴함에 공포를 느꼈을 정도.

　'이번에도 내기할 거니? 몇 번을 해도 마찬가지란다.'

　소름 끼치는 목소리가 귓가를 울리는 기분이었다. 미리내는 몸을 부르르 떨었다. 서른두 번에 걸쳐서 들었던 섬뜩한 그 음성. 그리고 그때마다 미리내는 악에 바쳐 소리쳤다. 절대 포기하지 않을 거야! 다음엔 분명 내가 널 이길 거야! 나는 인간을 믿어! 하지만 남은 것은 상처뿐인 패배뿐.

　'믿어 주지 못해 미안하다. 난 인간이기에…… 그리고 넌 이방인이었기에 그럴 수밖에 없었단다.'

　그때마다 처음에 겪었던 참상…… 그곳에서 제가 처음으로 따랐던 인간이 했던 그 말이 자꾸 귓가에 맴돌았다.

　'인간은 본래 그런 존재란다.'

그리고 그날 그녀의 뒤에서 속삭였던 검은 여인의 목소리가 늘 똑같이 찾아왔다. 그건 몇 번을 반복해도 마찬가지. 그 끝엔 매번 똑같은 소리를 듣게 되었다.

내기에 횟수를 더할수록 점점 제 믿음에 금이 갔다. 정말 인간은 그런 존재인가? 인간들 사이의 신뢰란 그저 언제든지 내버릴 수 있는 가벼운 것인가? 절망 속에서 허우적거리며 점점 회의적이고 냉소적으로 변해 갔다. 그리고 마지막 내기 이후 소녀는 인간을 믿길 포기했다.

익숙해진 피 내음을 맡으며 쏟아지는 빗속에서 소리 없는 울음을 터뜨렸다.

왜 못 하는 거지. 왜 아무도 믿어 주지 않는 걸까……. 그렇다면…… 그렇다면…… 내가…….

딱.

그때 이마에 가벼운 충격이 가해졌다. 그에 미리내는 화들짝 상념에서 깨어났다. 그리고 제게 딱밤을 먹인 흑영을 멍하니 올려 보았다. 그는 웃음을 지으며 말했다.

"정신 좀 차리라고."

흑영은 종종 저리 울 것 같은 표정을 짓는 미리내를 볼 때면 괜히 마음 한구석이 불편해졌다. 인간불신, 인간혐오. 그런 주제에 인간을 완전히 외면하지 못하는 바보. 정신을 차려 보면 저도 모르게 이 작은 소녀를 향해 손을 뻗고 있었다.

미리내는 흑영이 웃는 모습을 빤히 올려다보다가 자리에서 일어섰다. 그리고 폴짝 뛰어서 그의 무릎에 앉았다. 갑작스러운 행동에 그가 당황함에도 신경 쓰지 않는 태도.

"이전처럼 머리 좀 쓰다듬어 주라."

어리광 부리듯이 이어지는 말에 흑영은 어리벙벙한 표정을 지었다. 하지만 곧 '쿡' 하며 짧게 웃으며 손으로 여우소녀의 머리를 살살 쓰다듬었다. 소녀는 이전처럼 쫑긋 솟아 있던 귀를 뒤로 누이며 조용히 그의 손길을 즐겼다. 얼마나 그렇게 있었을까? 미리내는 잔잔한 음성으로 말했다.

"날 믿어 준다고 해서 고맙데이."

짧은 한마디에 묘하게 따뜻한 기운이 서려 있는 것 같았다. 흑영은 빙긋 웃음을 지었다. 그 순간 미리내가 그대로 확 돌아서 흑영과 마주 보듯 앉았다. 예측할 수 없는 행동에 그가 이번엔 또 뭐냐는 듯 보자 여우소녀가 얄궂은 웃음을 지었다. 그리고 손을 뻗어 그의 뺨을 조심스럽게 감쌌다.

뺨 위로 보드라운 감촉이 느껴지자 순간 흑영은 당혹스러운 얼굴이 되었다. 이 아인 또 갑자기 왜 이런대? 그때 미리내가 사르르 눈웃음을 지어 보였다. 묘하게 성숙한 느낌에 흑영은 눈앞에 있는 이가 겉모습은 비록 아이일지라도 실제론 저보다 더 나이가 많다는 사실을 떠올렸다. 그러자 지금의 자세가 괜히 거북해졌다.

"근디……."

천천히 떼어지는 소녀의 자그마한 입술. 그리고 흑영의 얼굴에 가해지는 악력이 확 늘어났다. 그와 함께 미리내 이마에 힘줄이 솟아난다.

"낼 믿을 수 있는 이유가 내가 돌대가리이기 때문이라 했다믄서?"

"아, 자, 잠깐!"

흑영이 당황스럽다는 표정을 지었다. 허나 미리내는 단단히 쥔 주먹을 들었다.

"말 안 해도 알제? 잘 다무니라!"

빠각!

무언가 깨지는 소리가 풍옥전을 울렸다.

아호현의 깊은 새벽. 청이는 관아 쪽을 흘끔흘끔 쳐다보며 눈앞에서 벌어지는 장관을 바라보았다. 아호현의 주민들이 하나같이 이삿짐을 싸고 나와 수레에 담고 있었다. 그 광경을 보며 미소를 짓고 있는 하나린에게 청이는 불안하다는 듯 질문을 던졌다.

"이래도 괜찮은 걸까요?"

"당연히 안 괜찮지."

그런데 이런 짓을 하는 이유가 뭔데!! 청이는 소리 없는 비명을 내질렀다. 그녀는 얼마 전 그러니까 굳이 따지자면 어젯밤이라 할 수 있는 시간대에 있던 일을 떠올렸다. 어둠이 깊어지자 하나린이 조용히 일어나 청이를 깨우고는 남몰래 관아를 나섰다. 그리고 평민들의 집에 찾아가 문을 두드렸다.

그 집의 사람이 불안한 표정으로 고개를 내밀자 하나린 왈.

'이 고을 현감님께서 여기 사시는 분들의 이주를 명하셨습니다. 옆 고을인 사림현으로 가야 합니다. 최소 아침이 오기 전에 떠나야 하니 빠르게 집을 챙겨 주시기 바랍니다.'

그러면서 하나린은 품속에 있는 종이를 꺼내 펼쳐 보였다. 기이한 문자가 종이 위에서 은은히 빛을 발했다. 김자인에게 도장을 받았던 바로 그 계약서였다. 물론 까막눈인 평민이 도사 정도가 되어야 읽을 수 있는 그것을 알아볼 리가 없었다. 다만 현감께서 내린 명령서구나 하고 생각할 뿐.

'다른 사람들에게도 모두 알리시기 바랍니다. 참고로 현감께서 소란스러운 것이 싫으니 최대한 조용히 이곳을 떠나라 하셨습니다.'

그것을 곁에서 듣는 청이는 기가 막힌다는 표정을 지었다. 아니, 언제 그 탐관오리가 그런 말을 했단 말인가? 하여튼 하나린이 벌인 일로 인해 아호현의 평민들은 생각지도 않은 대이주를 준비해야 했다. 거의 마무리 단계로 넘어간 이주 준비를 보며 청이는 불안하다는 듯 다시금 입을 열었다.

"들키지 않을까요?"

"안 들켜. 경비병들도 잘 자고 있잖아."

아니, 더 정확하게는 뒤통수 맞고 기절 중이시지. 하나린이 어디선가 절굿공이를 구해 오더니 이번에 미리내에게 새로 배운 기술이라면서 관아 정문을 지키고 있는 경비병들의 뒤통수를 냅다 갈겼다. 반항도 하기 전에 강제로 꿈나라 이송을 당한 그들은 지금도 관아 정문에 잘 뻗어 있었다.

청이는 뭔가 억울한 느낌을 억누르며 하나린이 들고 있는 계약서를 가리켰다.

"저…… 근데 그 소원을 들어준다는 주박에 걸렸는데 이래도 돼요?"

"소원을 들어주니까 이러는 건데?"

그건 또 뭔 소리여? 그 김자인이라는 남정네의 소원은 분명…… 설마? 청이는 무언가 깨달은 게 있다는 듯 박수를 짝 쳤다.

"그 소원이 설마 평민들이 사라지면 좋겠다는 겁니까?"

"응, 직접 말한 것만 들어줄 수 있거든."

이런 교묘한 사기를! 청이는 의외라는 시선으로 하나린을 바라보았다. 그리고 조금은 씁쓸하다는 표정을 지었다. 벌써부터 미인계를 쓸 줄 알게 되다니. 처음 만났을 때 순진했던 소녀가 사라져 가는 기분이었다. 청이는 쓰게 말하였다.

"성말…… 대단하시네요."

"그래? 난 사린이가 하라고 한 대로 한 것밖에 없는데?"

"……네?"

청이는 의아하다는 듯 되물었다. 여기서 갑자기 백사린의 이름이 왜 나오는 거지? 그때 하나린이 방긋 웃으며 말을 이었다.

"상대가 남자고 좀 덜떨어져 보이면 상대의 이야기에 동조해 주는 척하면서 몸을 상대 쪽으로 살짝 기울이래. 그러면서 자신이 의도하는 바를 이야기에 섞어서 말하면 백이면 백 다 낚일 거라던데? 속으면 멍청한 개자식이니까 한 번만 써먹고 앞으로 상종도 하지 말래."

"네?"

청이는 황당한 얼굴로 하나린을 바라보았다. 아니…… 백사린 이 사람아…… 도대체 훈육 시간에 뭘 가르치고 있는 겁니까? 솔직히 하나린의 미모가 상당히 물올라 있긴 한데…… 그렇다고 그딴 걸 가르치면 안 되지!!

그때 하나린이 이해가 안 된다는 듯 고개를 갸웃하며 말을 이었다.

"실제로도 통하는 것 같은데 도대체 왜 그런 것일까?"

"……모르는 게 약일 때도 있습니다."

청이는 애써 그녀의 말을 무시하며 한숨을 내쉬었다. 그리고 풍옥전에 돌아가면 그 훈육에 대한 것을 곁에서 지켜보며 따로 거를 건 걸러야겠다고 생각했다.

"저…… 아가씨, 준비가 다 되었습니다요."

그때 평민들 중 하나가 하나린에게 이동할 준비가 다 되었다는 것을 알려 왔다. 짐이 한가득 쌓인 수레들과 지게. 그럼에도 더 실을 수 없는 짐은 아낙네들이 머리 위에 이고 있었다. 모두다 고목처럼 마른 몸이라 저것들을 사림현까지 들고 갈 수 있을지 걱정이 될 지경. 하나린은 흐트러지려는 표정을 억지로 유지하며 입을 열었다.

"그럼 출발하도록 하지요."

그녀의 말이 떨어지자 그들은 천천히 걸음을 떼기 시작했다. 한참 그들을 보던 하나린은 조용히 입을 열었다.

"지금도 곁에 계신 걸 알고 있습니다. 나와 주세요."

"이야— 역시 그 동공왕의 꽃이란 건가? 보통이 아닌데?"

청이는 허공을 보며 말하는 그녀를 이상하다는 듯이 보았다. 허나 곧이어 등 뒤에서 들려오는 경박한 목소리에 '히익—' 하며 신음을 내뱉었다. 하나린은 전혀 동요하지 않고 뒤돌아 지금껏 제 곁에 붙어서 따라온 그를 바라보았다.

검은 의복에 얼굴을 검은 천으로 칭칭 감은 남자가 나무 사이에서 걸어 나오고 있었다. 검녹색 머리와 붉은 눈을 가진 기묘한 남자, 무영을 보며 하나린은 담담하게 말하였다.

"습격하지 않는 것을 보아하니 호위가 목적인 듯한데 제현이 보낸 사람입니까?"

"응, 날 엿 먹이려고 여기까지 쫓아 보냈지."

무영이 광대처럼 과장된 태도로 그녀의 말에 답했다. 꼭 상대방을 놀려 먹는 태도였으나 하나린의 표정은 차분하기만 하였다. 아니 어쩌면 조금은 슬픔이 깃든 얼굴. 그녀는 무영을 향해 다시 입을 열었다.

"그럼 절 좀 도와주실 수 있겠습니까?"

"헛! 쓰읍!"

김자인은 눈꺼풀을 두드리는 햇빛에 입가로 흘러내린 침을 닦으며 일어났다. 그리고 황급히 주변을 둘러보았다. 어젯밤 왕비 후보가 자신의 방으로 찾아오길 기다리던 중 저도 모르게 잠이 든 모양이었다.

"아니, 근데 정말 안 온 것인가?"

김자인은 인상을 확 구기며 자리에서 벌떡 일어섰다. 그리고 어제 그 계약서를 떠올리며 고개를 갸웃했다. 그건 분명 주박을 거는 계약서였다. 그가 도장을 찍은 직후 사슬 같은 것이 튀어나와 하얀 여인의 손목을 묶은 것이 바로 그 증거. 그랬다면 그녀는 자신의 소원을 들어주기 위해 자신의 방으로 찾아왔어야 했다. 그리고 질펀한 밤을 보내야 했었다.

그런데…… 그 계집이 안 찾아왔다. 내일 아침쯤이면 소원이 이뤄져 있을 거라 호언장담했던 그 창기 같은 것이.

김자인은 이를 으드득 갈며 일어났다.

"감히 고것이 날 가지고 놀려! 그래 그년이 안 찾아오면 내가 직접 가면 되지!"

그는 조신한 척하는 하얀 여인을 깔아뭉개는 상상을 하며 야비한 웃음을 지었다. 그가 대충 옷을 걸치고 밖으로 나서자 이방이 급히 달려왔다.

"현감! 현가아아암! 큰일 났습니다요오오!!"

아침부터 계집질을 생각하고 있던 김자인에겐 그런 것조차 귀찮게 느껴졌다. 지금은 뭔 일이 있든지 왕비 후보에게 본때를 보여 주는 것이 우선이었다. 허나 이방이 이어서 하는 말에 그 생각은 말끔히 날아가 버렸다.

"밖에 사는 백성들이 몽땅 다 사라졌습니다요오오!"

이게 도대체 뭔 소린가? 어제까지 잘 있던 버러지들이 갑자기 왜 사라진단 말인가? 김자인은 인상을 팍 쓰며 더 자세히 말해 보라며 고갯짓을 했다. 그에 이방은 팔을 크게 휘저으며 빠르게 말을 이었다.

"잘은 모르겠습니다만 밖에 나가 보니 집들이 텅텅 비어 있습니다요! 꼭 급작스럽게 이사를 간 듯이 말입니다요! 그리고 사림현 쪽으로 이동한 흔적들이 남아 있습니다요!"

"아니! 그 새끼들이 왜 그런 짓을 한단 말이냐!"

김자인은 버럭 소리를 질렀다. 자신의 지배하에 벌레처럼 기며 제게 필요한 것들을 바쳐야 하는 천것들이 누구의 권한으로 도망을 간단 말인가! 허나 이방의 말은 아직 끝나지 않았다.

"저, 그게 어제 왔던 왕비 후보와 그 궁녀도 함께 사라졌습니다요."

이 정도가 되면 이런 일을 누가 일으켰는지 안 봐도 뻔하였다. 김자인은 발을 쾅쾅 구르며 악을 질렀다.

"빌어먹을 계집 따위가! 뭐 하느냐! 출진이다! 말을 대령하라!"

그는 포졸들에게 육모곤(짧은 목봉으로 상대를 제압하기 위한 무기)이 아닌 당파(창신이 짧고 투박한 형태의 삼지창)를 챙기도록 지시하였다. 김자인은 흉하게 얼굴을 구기며 관아 밖으로 나섰다.

"하찮은 것들! 이번 기회에 죽을 때까지 섬겨야 될 이가 누구인지 확실히 각인시켜 주마!"

사림현으로 가는 숲길. 평민들은 굶주려 기운 없는 몸을 이끌고 하나린을 따라 걸음을 옮기고 있었다. 그러던 중 한 아이가 제가 살던 고을을 뒤돌아보았다. 그리고 의아하다는 듯 내뱉어진 한마디의 말.

"어? 연기다!"

평민들은 동요하며 황급히 제가 살던 곳을 돌아보았다 그러자 탁한 회색빛의 연기가 뭉게뭉게 피어오르는 모습이 보였다. 그것은 단 하나의 사실만을 이야기했다. 저들이 여태까지 몸을 누이기도 하고 밥을 먹기도 하며 생활해 온 집들이 불타오르고 있다는 의미.

최후에 돌아갈 곳이 사라졌다는 것에 평민들의 안색이 어둡게 변하였다. 이젠 정말 꼼짝없이 사림현에 정착하는 것 외엔 답이 없었다.

"빨리 이동하도록 합시다."

넋이 나간 듯 멍하게 있는 그들을 향해 하나린이 소리쳤다. 그제야 평민들은 기력이 없는 발걸음을 억지로 옮겼다. 태어날 때부터 귀족들의 횡포에 휩쓸려 죽지 못해 사는 삶을 연명해 온 그들이었다. 늘 수동적으로 반응해 온 그들. 그랬기에 이번 일도 어쩔 수 없다는 태도로 받아들였다.

제가 사는 마을이 불태워져도 그저 땅을 치고 한탄만 할 뿐. 위에서 군림하는 이가 두려워 차마 원망을 쏟아 내지도 못한다. 그렇게 길들여진 것이다.

하나린은 절망에 잠식된 그들을 보며 쓰게 웃었다.

"그건 그렇고 좀 더 빨리 움직여야겠는데."

그녀는 생각보다 빠른 관아의 움직임에 마음이 급해졌다. 이대로라면 약속된 장소에 도착하기도 전에 뒤따라온 그들에게 잡힐 것이다. 하나린은 속도를 더 올리길 독촉하였으나 굶주리고 심적으로도 지친 그들의 발걸음은 점점 느려지기만 하였다. 그녀는 불안하다는 듯 계속 뒤돌아보며 쫓아오는 이가 있는지 없는지 확인했다.

그리고 그녀의 불안은 결국 현실이 되었다. 저 멀리서 일어나는 자욱한 연기. 곧이어 무거운 군홧발 소리와 말이 땅을 박차는 소리가 울려 퍼졌다.

"네놈들 주인의 명이다! 당장 멈추어라!"

조금은 탁한 음성이 쩌렁쩌렁하게 울리자 이주민들은 황급히 자리에서 멈추어 섰다. 결국 이렇게 된 건가? 하나린은 사람들 사이를 헤치고 가장 후미로 이동했다. 그리고 달려오는 관군들을 맞이하였다.

그녀를 발견한 것인지 김자인과 포졸들이 급히 멈추어 섰다. 하나린은 김자인을 향해 태연스레 인사를 했다.

"안녕하십니까? 여기까지 무슨 일이신지요?"

"무슨 일? 허! 무슨 일이라 한 게냐? 네년이 감히 내 것들을 빼돌렸지 아니하느냐!"

김자인은 와락 안면을 구기며 소리쳤다. 그에 하나린은 이해가 안 된다는 듯 고개를 갸웃하며 입을 열었다.

"무슨 말씀이신지? 전 현감의 소원에 따라 이런 일을 행한 것입니다만?"

그녀는 그리 말하며 소매 속에 있는 계약서를 꺼내 펼쳐 보였다. 그리고 그가 직인을 찍었을 시 새로 생겨난 문장을 읽어 보였다.

「김자인은 자신이 다스리는 땅에 속한 모든 백성들이 사라지길 원한다.」

그 자리에서 울려 퍼지는 천어. 바람 소리인 듯 혹은 나뭇잎이 서로 비벼지며 나는 소리인 듯. 그렇게 자연을 닮은 목소리가 그들의 귓가에 맴돌았다. 분명 그들이 모르는 언어임에도 그 뜻이 명확히 전달되었다.

한동안 그 기이한 울림에 넋을 놓고 있던 김자인은 이윽고 그 의미를 이해하자 이를 빠드득 갈았다. 소원을 들어준다고 해서 무슨 뜻인가 했더니 절 농락한 것이었던가? 요사한 계집이 제 미모를 이용해 절 가지고 놀았구나!

"네놈들은 당장 아호현으로 돌아가라! 이번 일에 대한 벌을 받을 각오를 단단히 하는 게 좋을 것이다!"

그는 이주민들을 향해 바락바락 고함을 질렀다. 이주민들은 무언가 잘못되었다는 것을 깨달았는지 웅성거리기 시작했다. 그에 하나린이 안색을 굳히며 다시 입을 뗐다.

"현감. 계약서를 통해 이루어진 일입니다. 그것을 함부로 어기겠단 말씀이십니까?"

아무리 그가 착각하여 한 사기 계약이라 하지만 이미 계약서에 직인까지 찍었으니 반드시 이행해야만 했다. 그건 옳든 부당하든 그 이유를 떠나서 당연한 일이다. 만약 그 계약을 취소하고 싶다면 그만한 배상을 하든지 다시 취소 계약을 해야 한다. 그런데 지금 김자인은 그런 과정을 무시하고 제 독단에 따라 행동하는 것이다.

하나린이 계약이란 말을 꺼내 들자 김자인은 그녀를 향해 비웃음을 던지며 입을 열었다.

"계약? 그딴 게 어쨌다는 게냐? 내가 맘에 들지 않는다면 그 계약은 무효인 게지. 아, 왕에게 돌아가서 앵앵거릴 생각인가? 걱정 마라. 넌 오늘 아호현을 떠난 거다. 물론 그 끝은 실종 처리겠지만. 선녀라 불리는 왕비 후보라 해 봤자 고작 힘없는 계집인 것을."

그는 게슴츠레하게 눈을 뜨며 하나린의 몸을 훑고는 두툼한 혀로 제 입술을 핥았다. 그러곤 킥킥거리며 말을 이어 갔다.

"왕도 보여 주지 못한 천상의 맛을 보여 주지. 저기 있는 잡것들의 목 위의 것을 베어 내어 그 머리를 배경 삼아 신나게 놀아 보자꾸나."

더럽고 역겹고 추악하다. 하나린은 피부 위로 와 닿는 음적인 감정들에 살포시 미간을 찌푸렸다. 그녀는 적대적인 모습을 보이며 질문을 던졌다.

"놓아주기로 했던 이들 아닙니까? 저들은 방금 전 방화로 삶의 터전조차 잃었습니다. 그런 이들을 위하진 못할망정 저들의 목숨을 취하시겠단 의미입니까?"

"쯧쯧쯧 목숨 정도로 끝낼 리가! 무슨 수작을 부리더라도 다신 도망칠 생각조차 못하게 그 근성을 뜯어고칠 것이다. 그래, 이번 기회에 세금을 더 올리면 되겠구나. 한 결당 일흔두 정도(보통은 한 결당 서른둘)로 말이야!"

김자인은 새로운 꼬투리를 잡은 것이 즐겁다는 듯 크게 웃음을 터뜨렸다.

한편 하나린 뒤에 있던 이주민들은 그들의 대화를 들으며 당황스럽다는 듯 웅성거렸다. 특히 그들 앞에 있는 하얀 여인의 정체가 '동공국을 구원하기 위해 내려왔다던 선녀님'이란 사실에 특히 놀란 듯싶다. 백성들을 고통에서 벗어나게 해 줄지도 모른다는 희망. 그런 분이 그들을 구하기 위해 이곳까지 찾아왔다. 심지어 지금까지 저들을 괴롭힌 저 탐관오리와 직접 맞서면서까지.

그들에게 있어선 저 탐관오리가 제일 무서운 존재였다. 언제나 그들을 강제하는 것은 그자였다. 때때로 현감들이 무서워한다는 감찰관이 와도 그자가 무언가를 쥐여 준 뒤 관아로 초대하여 연회를 열어 주면 아무런 일도 없었다는 듯 유유히 떠나갔다. 그들에게 있어 김자인이란 존재는 마치 악마와 같은 권력으로 그들의 목숨줄을 쥔 존재.

이번에 돌아간다면 더더욱 가혹하게 벌을 받을 것이 뻔했다. 심지어 그들이 살 집마저 불이 탄 상황이 아닌가! 거기에다 저 탐관오리는 그들의 희망인 선녀님에게마저 해를 끼치려 하고 있었다. 그들은 정말 벼랑 끝에 끝까지 밀렸다. 더 이상 가면 그냥 죽을 뿐이었다.

왜 이렇게까지 그들이 당해야 하는가? 어차피 죽을 거면 이리 죽으나 저리 죽으나 마찬가지가 아닌가?

그런 생각까지 미친 이주민들의 눈빛이 점차 살기를 띠기 시작했다. 그리고 무기로 쓸 수 있는 것들을 하나둘씩 손에 들기 시작했다. 약한 것으론 빗자루부터 호미, 위험한 것으론 쇠스랑, 도리깨까지.

"어디서 감히 계집 따위가…… 어? 너, 너희들 뭐 하는 짓이냐?"

흥겹게 말을 지껄이던 김자인은 하나린 뒤에 선 평민들이 손에 무언가를 들고 흉흉하게 노려보자 움찔하고 몸을 떨었다. 그사이 평민들은 하나둘씩 하나린 앞으로 나서기 시작했다.

"아무리 그래도 그렇지 선녀님께까지 그러면 안 되어라."

"현감님, 이번엔 정말 너무했습니다."

모두들 한마디씩 하며 싸우고자 하는 투지를 드러냈다. 그에 김자인은 굴레를 잡아낭겨 말이 뒤로 물러서게 만들었다. 여태까지 저들이 이리 반항적으로 나온 적이 단 한 번도 없었기에 김자인은 당황스럽기만 하였다.

"네, 네놈들을—! 이게 무슨 짓거리냐! 당장 손에 든 것을 내려놓지 못할까!"

얼굴을 시뻘겋게 물들이며 악을 쓰는 그의 모습에도 평민들의 기세는 수그러들 생각을 하지 않았다. 김자인에게 있어선 평생 동안 저를 우러러봐야 할 잡것들이 반역을 일으킨다는 생각뿐이었다. 분노가 뜨겁게 피어오른다. 이번 기회에 다신 이 짓거릴 못 하도록 짓밟아 놓으리라! 그는 얼굴을 흉하게 일그러뜨리며 큰 소리로 포졸들을 향해 명령을 내렸다.

"당장 저것들을 죽여 버려라!"

그와 함께 포졸들이 소리를 지르며 이주민들을 향해 달려갔다. 그리고 그들도 역시 악에 받쳐 포졸들을 향해 달려들었다. 그리고 난전. 피가 튀어 오르고 비명 소리가 여기저기서 울렸다. 한쪽에선 평민들이 포졸이 내지른 당파에 찔려 비명을 지르고 있었고 다른 한쪽에선 바닥에 나뒹굴고 있는 포졸을 평민들이 농기구로 마구 내리찍고 있었다.

이, 이게 아닌데? 생각보다 팽팽한 싸움에 김자인은 주섬주섬 뒤로 물러나기 시작했다. 그의 머릿속에 있던 생각대로라면 포졸들이 먼저 몇몇을 가볍게 찢어 죽이고 그럼 저 잡것들이 겁을 집어먹어 오체투지하면서 살려 달라 빌어야 했다. 하지만 상황은 점차 악화 일로를 걷고 있었다.

그때 어디서부터 날아온 호미가 그가 타고 있던 말의 머리를 때렸다. 깜짝 놀란 말은 앞발을 크게 올리더니 김자인을 내팽개치고 도망가 버렸다. 한편 땅바닥에 호되게 구른 그는 욱신거리는 허리를 부여잡으며 천천히 일어섰다.

"비, 빌어먹을 새끼들이!"

이를 빠득빠득 갈며 검집으로부터 검을 뽑았다. 때마침 포졸들과 평민들이 뒤섞인 시야 사이로 안색이 파리한 하얀 여인이 보였다. 김자인은 그녀를 보며 신경질적으로 바닥을 찼다. 다 저것 때문이다! 저것이 갑자기 찾아온 다음 날 그만의 왕국이 이리 박살 났지 아니한가!

더 이상 김자인의 머릿속엔 하얀 여인을 범하겠단 생각 따윈 사라진 지 오래였다. 반드시 여기서 죽여 버리겠다는 증오만이 활활 타올랐다. 그는 온몸을 두드리는 듯한 고통을 이를 악물고 참아 내며 그녀를 향해 천천히 걸어갔다.

다행이라면 다행이랄까? 그가 하나린에게 도달하기 전까지 아무도 그를 붙잡는 이가 없었다. 그리고 김자인은 두세 걸음만을 남겨 두고 창백한 안색의 하나린과 마주했다. 그는 비틀린 웃음을 지으며 검을 높이 치켜들었다. 이대로 저년의 목을 베어 버리리라!

김자인은 저를 바라보기만 하는 그녀를 보며 야비한 웃음을 지어 보였다. 그리고 그대로 검을 내리쳤다.

채앵—!

허나 그는 무쇠를 내리친 것 같은 고통과 함께 검을 놓쳤다. 그가 쥔 검이 그의 손을 벗어나 저 멀리 날아가서 나무에 꽂혔다. 그리고 그는 하나린 앞에 선 기이한 차림의 청년을 볼 수 있었다.

"제가 많이 늦었습니까, 아기씨?"

하나린의 은밀한 지시를 처리하고 달려온 무영은 광대처럼 웃으며 그녀에게 인사했다. 그에 하나린은 절레절레 고개를 저어 보였다. 오히려 적당한 시점에 돌아왔다. 그녀는 푸른 눈으로 슬프게 싸움터를 돌아보았다. 그리고 가볍게 발을 구르며 입을 열었다.

"모두 그만."

크게 외치진 않았다. 하지만 그 영롱한 음성은 모두의 귓속에 정확히 파고들었다. 단지 그것뿐이었다면 그들은 싸움을 멈추지 않았을 것이다. 땅으로부터 솟아오르는 은색의 빛무리들. 마치 수백의 반딧불이 같은 그것들은 숲속의 어둠을 배경 삼아 떠올랐다. 그 신비한 광경에 사람들은 하나둘 싸움을 멈추었다.

그러자 그 빛무리들이 상처 입은 자들을 향해 몰려들었다. 그리고 상처 위로 하나둘 눈이 떨어지듯이 내려앉는다. 거기서 멈추지 않고 그 빛 알갱이에 닿은 상처는 서서히 아물어 갔다. 포졸들도 평민들도 넋을 잃고 그 광경을 바라보았다.

마치 지상에 내려온 밤하늘 같았다. 너무나 아름다웠다.

그들은 이 환상적인 풍경을 만들어 낸 여인을 향해 시선을 돌렸다. 별이 부서지는 것만 같은 푸른 눈이 자애롭게 혹은 슬프게 그들을 바라보고 있었다. 인간의 영역을 비껴 난 그런 경외심을 불러일으키는 여인. 그제야 그들은 이 여인이 왜 선녀라 불렸는지 이해할 수 있을 것 같았다.

그사이 갑작스럽게 생겨났던 은색 빛무리들이 천천히 바닥으로 가라앉아 사라져 갔다. 그리하여 남은 것은 흙투성이의 사람들과 어지럽게 바닥에 늘어져 있는 짐들. 그들 모두는 조금 전의 여운에서 벗어나지 못했다. 언제까지고 멍하게 있을 그들을 깨운 것은 돼지가 꽥꽥거리는 것 같은 음성이었다.

"뭘 바보같이 있는 것이야! 당장 저년을 잡아 내 앞에 바치지 못할까!"

김자인은 제 곁에 누워 있는 포졸을 발로 차며 다시 바락바락 소리를 질렀다.

"저 요물이 무슨 수를 쓴 건지 모르겠지만 몸이 멀쩡해졌으면 빨랑빨랑 움직여!"

그의 외침에 포졸들은 쭈뼛쭈뼛하며 자리에서 일어서서 당파를 움켜쥐었다. 하지만 내키지 않는다는 분위기. 방금 소문으로만 들었던 선녀의 이적을 직접 눈앞에서 보았다. 그러니 또다시 창날을 그녀에게 돌리는 것이 내킬 리가 없었다. 반면 평민들은 포졸들이 다시 움직이자 눈을 날카롭게 빛내며 무기라고 부르기 조잡한 것들을 단단히 쥐며 살의를 드러냈다.

"모두 그만하라 했습니다."

그때 또다시 울려 퍼지는 청아한 음성. 하나린은 바로 앞에 있는 김자인을 응시하며 말을 이었다.

"이대로 싸움이 일어난다면 결국엔 아무것도 남지 않고 수많은 인명 피해를 볼 뿐입니다. 그만 저희들을 보내 주시지요."

"계집 따위가 어디서 감히 훈계를 하는 것이냐!!"

"그 계집이 왕비 후보입니다. 당신이 그리 좋아하는 신분으로 따지면 당신보다 윗줄에 있지요."

"크하하하하하하하하!"

하나린이 담담하게 그 사실을 주지시키자 김자인은 별안간 광소를 터뜨렸다. 미친 듯이 소리 내어 웃던 그는 갑자기 뚝 웃음을 그치며 이가 다 드러나도록 입가를 끌어 올린 채 말했다.

"멍청한 계집. 그건 네년이 궁에 있을 때나 그런 거지 여기선 아니란다. 이곳에선 내가 왕이야! 내 위론 아무도 없고! 내가 바로 지존이다! 그래, 네년이 왕비 후보라 했던가! 그럼 넌 내 거다! 내가 왕이니 내게 다리 벌리고 음탕하게 허리를 흔들면 되는 것이야!"

하나린의 눈이 음울하게 가라앉았다. 그리고 김자인을 향해 쓰게 웃어 보였다. 자아도취. 우월주의라고 칭하기조차 우스운 이념이었다. 백세악에 비하면 우습지도 않은 모습. 그저 어린아이가 떼를 쓰는 것과 같았다. 상대할 가치조차 없다. 그녀가 얕게 한숨을 내쉬며 고개를 돌리자 자신을 무시한다는 생각에 울컥한 그가 다시 소리치려고 했다.

"이……."

"방금 그걸 왕실모독죄라고 봐도 되겠나?"

카랑카랑한 노인의 음성과 함께 사림현의 포졸들이 등장하지 않았다면.

김자인은 순간 당황했다. 그는 고개를 좌우로 돌리며 새로 나타난 인물들을 바라보았다. 그리고 길 반대편에서 걸어 나오는 독고강을 확인하며 넋을 놓았다. 노인은 김자인을 향해 사납게 웃으며 말을 이었다.

"아아, 더 정확히는 불순 사상자라 해야겠군. 스스로 왕이라 칭하고 왕의 여인을 제 것이라 주장하니…… 불순 사상 중에도 자신을 지존이라 칭하는 것은 반역으로 분류하여 사형에까지 처할 수 있다는 것은 잘 알고 있겠지?"

"다, 닥쳐라! 궁에서 쫓겨난 퇴물 따위가!"

김자인의 외침에 독고강의 눈썹 끝이 빠르게 꿈틀하였다. 독고강은 차갑게 분노하며 천천히 손을 들어 올렸다가 내렸다.

"저 불순 사상자를 체포하라!"

"막아! 저것들을 막아라!"

독고강의 명령과 김자인의 명령이 동시에 사위를 울렸다. 그에 사림현의 포졸들과 아호현의 포졸들이 서로 대치하며 섰다. 하지만 아호현 포졸들은 이미 기세가 반으로 뚝 꺾여 있는 상태.

조금 전 평민들과의 싸움에서 지친 것도 있었지만 지금 나온 반역이라는 말 또한 사기를 꺾기에는 충분했다. 신체적으로나 명분적으로나 하나같이 그들에게 유리한 점이 없었다. 거기에다…… 상처가 다 나았음에도 미미하게 통증이 남아 몸을 괴롭히고 있었다. 그러니 그들로선 이 상황이 꺼려질 수밖에.

그때 하나린이 사림현의 포졸들 사이로 걸어 나왔다. 그리고 슬프게 웃으며 입을 열었다.

"또다시 싸우실 겁니까?"

너무나 안타깝다는 어조. 저들을 걱정하는 말투에 아호현 포졸들은 남아 있던 작은 투지마저 말끔하게 날아갔다. 그저 서로의 눈치만을 볼 뿐. 하나린은 안쓰럽다는 듯 다시 말을 이었다.

"상처가 회복되었다 하지만 아직 아픔이 잔류하고 있을 것입니다. 그리고…… 지금 하려는 싸움은 부당한 것이지요. 백성을 지키기 위해 있는 군대가 백성들을 향해 창날을 겨누어서야 되겠습니까? 그리고 지금 저자를 지키는 것이 옳다고 생각합니까?"

그녀의 말에 아호현의 포졸들은 대꾸하지 못하고 침묵을 지켰다. 이미 싸우고 싶다는 생각은 남아 있지 않은 모양. 하지만 이대로 포기할 수도 없으리라. 어찌 되었든 그들이 모시고 있는 김자인은 죄인으로 몰렸고 그가 처벌받는다면 그들 역시 똑같이 처벌받게 될 것이기에. 그런 사실을 유추한 하나린이 마지막 쐐기를 박았다.

"비록 지금까지 어쩔 수 없이 저자를 따랐다고 하더라도 지금 저 '죄인'을 체포하는 걸 돕는다면 그에 대해 어느 정도 정상참작이 될 것입니다."

그와 동시에 아호현의 포졸들은 창날을 김자인에게로 돌렸다. 김자인은 안색이 새파랗게 변한 채로 소리쳤다.

"이, 이것들이 무슨 짓이냐!! 네, 네놈들, 지, 지금 주인에게 대드는 것이냐!! 이리 가라면 가고 저리 가라면 가야 할 더러운 개 주제에!"

분위기가 싸늘하게 식었다. 좋지 않게 돌아가는 분위기에 김자인이 또다시 자신이 그들의 주인임을 강조하며 바락바락 소리쳤다. 그러면 그들이 다시 제 말을 들을 것이라 생각하는 듯이. 하지만 아호현의 포졸들이 그대로 달려들어 김자인을 땅에 내팽개치고 포박하기 시작했다.

하나린은 그런 광경을 제 푸른 눈에 아프게 담았다. 그때 독고강이 몸으로 그녀의 시선을 막으며 그 장면을 가렸다. 그리고 조금은 어색한 웃음을 지으며 말했다.

"수고하셨습니다."

"……아닙니다. 하지만 조금 피곤하군요."

"이만 쉬십시오. 나머진 제가 알아서 처리하겠습니다."

독고깅은 몇몇의 포졸들에게 하나린의 안전을 맡기고 생각보다 커져 버린 사건을 수습하기 위해 몸을 움직였다.

수로 개혁! 남부 지방의 가뭄 문제 해결은 물론 앞으로의 가뭄 대비에도 큰 도움이 될 것으로 보임. 농민들의 생활에 큰 이변이 있을 거라 예상. 현재 남부에 새로운 수로 건설 방식이 빠르게 전파 중.

민중 주도 불순 사상자 체포! 스스로 왕이라 칭하며 학정을 하는 탐관오리를 이끌어 내어 현장 검거. 감찰관에 대한 뇌물수수와 과세금, 황구첨정(黃口簽丁: 어린아이를 군적에 등록시켜 군포를 부과하는 것), 백골징포(白骨徵布: 죽은 사람에게까지 군포를 물리는 것) 등 국법에 저촉되는 행위 다수 확인됨.

백사린은 제게 올라온 보고서를 보며 복잡한 표정을 지었다. 뭔가 감탄한 것 같으면서도 어처구니없다는 것 같고, 기뻐하는 것 같으면서도 참담하다는 것 같고, 통쾌한 것 같으면서도 막막하다는 것 같은. 백사린은 제 이마를 짚으며 중얼거렸다.

"도장 받아 오랬더니……."

하나린은 묘한 눈길로 아호현의 민가를 바라보았다. 여기저기 띄엄띄엄 타올랐을 뿐 전체적으로 보면 민가는 상당히 멀쩡한 편에 속했다. 그 사실이 못내 다행스러운지 그녀는 희미한 웃음을 지어 보였다.

"신경 많이 써 주셨군요."

"뭐, 그냥. 우리 아기씨가 울면 인상 쓰고 살기 풀풀 날려 댈 위인한 분 때문이랄까요?"

나무 그림자 속에서 모습을 드러낸 무영이 키득거리며 답했다. 누구를 말하는지 대충 알 것 같았기에 하나린이 조금은 곤란하단 웃음을 지어 보였다. 그사이 무영은 조금은 차갑게 붉은 눈을 빛내며 말을 이었다.

"그건 그렇고 아기씨, 제법 영악하잖아. 관군들이 출발하는 순간 불을 지르라니."

무영은 하나린의 부탁에 따라 고을에 남아 있었다. 그리고 관군들이 아호현을 떠나는 순간 민가에 불을 질러 그녀에게 신호를 주었다. 무영이 나름 몇 가지 수를 써서 민가를 모두 홀랑 태워 먹진 않았지만 좋지 않은 방법임에는 분명했다. 백성들은 관군들이 제 마을에 불을 질렀다고 오해할 것이니. 거기에다 제가 살던 집이 사라졌단 사실에 더더욱 절망할 터.

"쥐도 구석에 몰리면 고양이를 무는 법이니까요."

하나린은 쓰게 웃으며 그리 말했다. 이주민들이 쫓아온 관군들에게 분노를 드러내며 대항한 것엔 어느 정도 하나린의 입김이 작용하였다.

그녀가 이용한 방식은 자연세계에서도 통용되는 일종의 사냥 법칙이었다. 사냥꾼은 사냥감을 몰아갈 때 절대 끝의 끝까지 몰면 안 되었다. 그리하면 사냥감은 어떻게든 살아남기 위해 사냥꾼에게 제 이빨을 드러낼 것이기 때문이었다. 그러니 부러 살길을 터 주며 오로지 도망만을 생각하게 만든 후 지쳤을 때 그 목덜미를 물어야 한다.

하나린은 반대로 이주민들을 도망갈 길이 없는 구석의 구석까지 몰았다. 그들이 사는 집을 없애고 김자인이 분노하여 살의를 품은 채 쫓아오게 만들었다. 그리하여 이주민들은 오직 암담함만이 남은 상태가 되었다. 그 상황에서 그녀는 자신의 정체를 밝혔다. 그렇게 그녀는 자신을 그들이 보호해야 되는 상대라고 '인식'시켰다.

그리하여 일어난 싸움. 그곳에서 그녀는 신비한 이적을 보이며 그들의 싸움을 멈추게 하였고 상대의 싸울 의욕까지 꺾어 버렸다.

"대단하더라고. 난 봤어. 몸의 상처가 사라져도 움직일 때마다 어딘가 불편해하는 그들을. 일부러 고통을 잔류하는 수준으로만 딱 회복시켜서 투지를 완전히 반 토막 냈잖아. 생각보다 아기씨 정말 무섭다니까?"

무영은 제 턱을 쓰다듬으며 그리 중얼거렸다. 순진해 보이는 아가씨가 보통이 넘는다며. 그런 감탄 아닌 감탄을 들은 하나린은 쓰게 웃음을 지을 수밖에 없었다. 그리고 말없이 제 손을 내려다보았다.

본래 마음먹었던 대로라면 그 당시 상처 입었던 모든 사람들을 말끔히 치료할 생각이었다. 비록 비를 내릴 수 없을 수준이라 해도 그 정도의 인원을 치료할 힘은 남아 있다 생각했다. 하지만 그건 그녀의 착각. 이미 상당 수준까지 금제가 진행되어 있었다. 그때 치료의 능력을 쓴 것은 젖 먹던 힘까지 짜내어 간신히 이뤄 낸 결과였다.

"앞으론 얼마나 더……."

하나린은 슬프게 중얼거리며 하늘을 올려다보았다. 하늘에 의해 구미호 일족의 형상으로 태어난 그녀. 그렇기에 그녀에게 있어 하늘이란 자신의 부모와 같은 느낌이었다. 비록 법칙에 가까운 존재라 할지라도. 그런 이가 그녀의 행동을 강하게 구속하고 막는 것이다.

"차라리 내가 평범한 영스러운 존재였다면……."

그렇다면 아무런 구속도 없이 자신의 마음이 가는 대로 움직일 수 있을 텐데. 하늘과 계약을 맺은 자이기에 강한 능력을 가지지만 반대로 수많은 제약이 따른다. 심지어 하늘과 계약을 맺은 자들 중 일부는 자신을 '하늘의 저주를 받은 자'라고 칭할 정도였다.

하나린은 주먹을 꽉 움켜쥐었다. 이제 평범한 인간처럼 되기까지 얼마나 남은 것일까? 하지만…….

"알고 있었어."

그러면서도 택한 길이었다. 그렇게 해서라도 제현의 곁에 남아 있고 싶었다. 본디 가질 수 없는 사랑이란 감정을 우연히 알게 되었고 그 감정에 따라 움직였다. 따라오는 대가를 감수하면서까지. 이제부터는 그의 곁에 있기 위해선 원하지 않아도 이번과 같은 권모술수를 써야 되리라. 최대한 인명의 피해를 줄이려 한다 해도 완벽하진 않을 것이다.

하나린은 뒤돌아보며 무영과 청이를 향해 아프게 웃었다.

"돌아가자."

이만 궁으로 돌아가야 할 때였다.

제현은 묵묵히 궁에서 일어난 연쇄살인 사건 동조자들에 대한 보고서를 읽어 갔다. 동조자들은 제법 높은 지위에 앉아 있는 자들이었다. 오히려 하나의 약속된 단체라고 봐도 무방했다. 귀족파들 중 극과격파에 속한 이들의 모임이니. 손톱과 발톱, 생니까지 모조리 뽑고 피부를 벗겨서 소금을 뿌리며 눈앞에서 배를 갈라 내장을 꺼내기까지 하는 등 끔찍한 고문의 연속에 그들은 결국 도모했던 계획에 대해 줄줄이 토해 놓았다.

하지만 제현이 생각했던 그대로라 딱히 신선한 점이 하나도 없었다. 미리내를 처치하고 그걸 빌미로 삼아 하나린마저 쳐 낸다. 왕이 억지를 부려 처벌을 하지 않으면 그녀들에 대한 여론을 나쁘게 뒤에서 조정한다. 그리고 최악의 경우 저들의 뒤에 있는 요물을 이용하여 미리내와 하나린을 직접 죽일 생각까지 가지고 있었다.

마무리로 요물을 이용해 그를 홀려 꼭두각시로 만든다는 구상까지 하고 있었으니.

"자, 이것들을 어찌 처분할까?"

제현은 책상을 손가락으로 톡톡 두드리며 중얼거렸다. 최대한 인내해 보려고 했다. 하지만 저들이 저리 죽여 달라고 발악하는데 더 이상 참아 줄 필요가 있을까? 이제 명분도 확실하다. 왕권을 무시하며 왕을 세뇌할 생각까지 하는 귀족파들. 거기에다 국법에 저촉되는 수많은 비리들이 뒤에서 오고 가는 더러운 현실. 하나린을 생각하며 그들을 어찌어찌 이끌어 갈 생각이었지만 이번 일로 그 변덕이 깔끔히 날아가 버렸다.

어쩌면 이번이 기회일지도 모른다. 썩은 부분을 싹 도려내자. 비록 많은 관리들이 사라지는 만큼 국가 운영에 어려움이 올지도 모르지만 쓸 만해 보이는 신흥관료들을 등용해 그 자리를 메우면 된다. 처음엔 부족한 점이 많을지라도 시간이 지나면 차차 안정이 되겠지.

제현은 결심을 굳히며 귀족파를 잘라 낼 시 생길 재정적인 문제와 운영적인 구멍을 계산했다. 현 실태가 제현으로 하여금 그런 위험까지 감수하게 할 만큼 심각하다는 의미이기도 했다.

"하나린이 오기 전에 빠르게 정리해야 할 텐데."

그는 쓰게 웃으며 아직도 오리무중인 흑막을 떠올렸다. 이번 동조자들의 머리에 무슨 수를 써 놓은 건지 몰라도 사선을 들락날락할 정도의 고문에도 그들은 자신들 뒤에 있는 자의 이름을 말하지 않았다.

되레 그것에 대한 정보는 엉뚱한 곳에서 들어왔다. 미리내란 여우 소녀. 이미 범인이 누군지 알고 있으면서도 이제야 그 정체를 털어놓는 행위가 참 속을 뒤집어 놓는다. 제현은 한숨을 내쉬며 관자놀이를 검지로 꾹꾹 눌렀다.

"타락(墮落)의 여우라 하였던가?"

그는 흑영의 보고를 떠올리며 중얼거렸다. 한평생 살면서 한 번 보면 많이 봤다고 하는 영스러운 존재를, 그것도 그들 중에 거물급에 들어가는 존재를 도대체 몇이나 만나는지. 그것도 다 사냥하기 곤란할 정도의 수준이라 상당한 짜증을 불러일으켰다.

"뱀 새끼만 해도 문젠데 어디서 하얀 고양이 놈이 튀어나오질 않나 거기다 여우요물까지."

마음 같아선 모두 저 멀리 갖다 버리고 싶다.

"그래도 지금 가장 큰 문제는…… 타락의 여우인가?"

죽여도 죽인 것이 아닌 괴물. 대개 인간 사이에 숨어 있는 요물의 정체를 드러내게 할 때 쓰는 방법은 목숨이 위협당할 정도의 공격을 가하는 것이다. 그들도 목숨이 하나이니만큼 어쩔 수 없이 자기 보호를 목적으로 본모습을 드러낸다. 그런데 이 타락의 여우에겐 이 수가 통하지 않는 것이다.

오히려 죽이게 된다면 인간의 시신으로 남아 그들에게 좋지 않은 여론을 만들어 가리라. 문제는 그걸 죽인다고 해서 진짜 그것이 죽은 게 아니라는 점에 있다. 완전히 몸을 숨긴 채 또다시 음모를 꾸민다면 그야말로 속수무책. 정말 딱 이거다라고 생각되는 수가 나오지 않았다.

"일단 팔다리를 무작정 잘라 내는 걸 우선적으로 해야 되나?"

아마 이번 싸움은 장기전으로 가야 될 듯싶다. 상대가 조정하는 꼭두각시들을 모조리 치움으로써 뒤에서만 움직일 수 없게 만든다. 그리고 죄인들에게 가혹하게 대함으로써 다른 귀족들에게 '적'에게 협력하지 말라는 경고 역시 한다. 그렇게 계속해서 모사하는 일들이 파훼되고 조정할 인간들이 없어진다면 결국 머리가 직접 움직이겠지. 이 싸움의 가장 중요한 점은 흑막이 얼굴을 드러내느냐 드러내지 않느냐는 것.

그리고 그 끝엔…….

"백세악, 네놈을 반드시 죽여 주지."

제현은 그 골치 아픈 요물을 불러들인 귀족파 수장을 향해 살의를 불태웠다.

"아아…… 정말 재밌잖아."

여울은 지붕 위에 앉아 살의를 흩뿌리고 있는 제현을 보며 빙그레 웃음을 지었다. 역시 타락(墮落)의 여우랄까? 살인을 피하기 시작했던 제현이 벌써부터 피를 보게 만들고 있었다. 거기에다 동공왕이 무서워 몸을 사리고 있는 귀족들을 어떻게 꼬드겼는지 몇몇이 처단당한 지금도 대항을 포기하지 않게 만들고 있다.

"나 같았으면 여기까지 몰아오지도 못했을 거야."

그녀는 직접 누군가를 죽이는 것은 잘했지만 이렇게 뒤에서 사람들을 조정하여 일을 크게 터뜨리는 데에는 재능이 없었다. 그녀는 며칠 동안 궁 안에서 퍼지던 피비린내를 떠올리며 입가에 고혹적인 웃음을 걸었다. 마치 달콤한 미주를 마셔 황홀하다는 듯 두 손으로 제 뺨을 감싸며 몸을 바르르 떤다.

아아, 지금도 이러할진대 앞으로는 얼마나 더 많은 피가 궁 안에 흐를까? 이 넓은 궁을 피 향기가 온통 뒤덮는다면 얼마나 기분 좋을까? 수많은 사람들의 팔다리가 떨어져 나뒹굴고 배가 갈라져 내장이 삐져나온다면? 그리고…… 그리고…… 분노한 제현에게서 흘러나오는 진득한 요화(妖花)의 향은 또 얼마나 향긋할까?

상상하는 것만으로도 짜릿한 쾌감이 등줄기를 따라 흘렀다.

"진짜 기대되는걸?"

여울의 뺨이 홍조로 발갛게 물들었다. 조금은 흥분된다는 듯 거칠어진 숨결. 그녀는 추악하고도 아름다운 미소를 지었다.

여울은 뱀처럼 동공이 세로로 수축된 눈으로 제현을 주시했다. 그리고 혀를 내밀어 제 도톰한 입술을 쓸면서 읊조렸다.

"앞으로 더 많이 기대할게요. 그러니 제 바람을 충분히 충족시켜 주길 바라요."

늦여름에서 초가을로 아슬아슬하게 넘어가는 계절. 차가운 밤공기를 실은 바람이 불어와 그녀를 어루만지고 갔다. 그리고 어느새 여울은 본래부터 그곳에 없었다는 듯 사라져 있었다.

6장

안녕, 하늘의 아이야

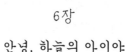

백가(家)의 가옥. 사랑방에 백아란과 백세악이 서로 마주 보고 있었다. 섬뜩할 정도의 무게감이 그들 사이를 휩싼 채 맴돈다.

"이제 어찌할 생각인가?"

그러던 중 먼저 입을 뗀 것은 백세악이었다. 탁한 광기가 몰아치는 눈으로 인간이 아닌 존재를 노려보았다. 그렇게까지 함정을 팠는데 돌아온 것은 살벌한 숙청의 손길이었다. 덫 뒤에 숨겨진 덫이라. 솔직히 말해 처음 백아란이 말한 계략을 들었을 때에, 그리고 동공왕의 표정이 참담히 일그러졌을 때에 이것이야말로 묘수라고 생각했었다. 허나 이런 식으로 뒤통수를 때릴 줄이야.

비록 요물로 하여금 귀족들에게 암시를 걸어 두어 제가 뒷수작을 벌인 걸 토해 놓지 못하게 했지만 불안한 건 불안한 것이었다. 어느 정도 심증을 가지고 있는지 어제 조례 내내 동공왕은 저를 싸늘히 노려보고 있었다.

얼마 전까지만 해도 한껏 들떴던 기분이 서느렇게 가라앉는 느낌. 하지만 지금 코앞에 앉아 있는 요물은 여전히 느긋한 태도로 매끄러운 웃음을 짓고 있었다.

"신경 쓰시지 않아도 된답니다. 아무리 그라도 심증만으로 우리를 건들진 못할 테니까요."

백아란은 잔잔하게 말했다. 미리내가 곁에 있으니 상대도 자신의 정체에 대해 알아챘으리라. 죽어도 죽지 않는 존재란 걸 알고 있으니 명분도 없이 함부로 공격하진 못할 터. 백아란은 가볍게 자리에서 일어서며 입을 열었다.

"그건 그렇고 전 오늘 돌아오신다는 왕비 후보님을 뵙고 싶네요. 먼저 일어나도 괜찮을까요, 아버님?"

순진한 규수처럼 까르르 웃으며 그녀는 대답도 듣지 않은 채 사랑방 밖으로 나섰다. 뒤에서 안면을 구기며 무섭게 이를 갈고 있을 그가 상상되었지만 크게 상관하지 않았다. 어차피 저것도 자신의 장기 말 중 하나였다. 그것도 절 내칠 수 없어 끌어안아야만 하는. 그렇기에 백아란은 그자의 존재를 가볍게 무시하였다.

"어머나? 그리고 보니 이번에 처음으로 그 왕비 후보님을 보는 건가?"

마치 제가 존경하는 분과 만나는 소녀처럼 그녀의 뺨이 발그레 달아올랐다. 들리는 소문으로는 선녀라고 했다. 가장 흔한 소문으론 동공국을 구원하기 위해 내려왔다는 말이 있었다. 그리고 조금씩 바뀌는 풍문으로는 거친 폭군을 순한 양처럼 만들고 병든 자를 순식간에 치료하며 백성들을 위한 지혜를 샘솟듯이 내어놓는다는 이야기가 있다.

실제로 이번 수로 개혁과 탐관오리를 잡는 데 지대한 공헌을 했다지 않은가?

백아란은 저도 매혹시키지 못한 그 동공왕의 마음을 잡은 영스러운 존재의 정체가 궁금했다. 늘 궁 깊숙한 곳에 박혀 몇 겹의 호위를 받고 있기에 보지 못했는데 드디어 그녀를 제 눈에 담을 수 있게 된 것이었다.

그녀는 쓰개치마를 제 위에 두르고 가옥 밖으로 나섰다. 그리고 궐문으로 이어지는 대로(大路)를 향해 천천히 걸음을 옮겼다. 그곳엔 벌써부터 수많은 인파들이 들어선 상태. 백아란이 천천히 그곳을 향해 나아가자 몇몇의 사람들이 스스로 자리를 비켰다. 그들은 자신이 그렇게 비켜섰다는 자체를 인식하지 못하고 있는 듯하였다. 그리하여 가장 앞줄에 선 백아란.

그때 사람들의 함성이 울려 퍼졌다. 그리고 저 멀리서부터 고아한 마차 한 대가 천천히 달려왔다. 하얀 백마가 이끄는 마차가 미끄러지듯 군중들 사이를 지나친다. 아마 저곳에 그 왕비 후보가 타고 있으리라.

"우와아아아아아아—!"

그 순간 사람들의 외침이 한층 더 커졌다. 때마침 마차 창문으로 하얀 여인이 고개를 내밀었기 때문. 흘러내리는 머리카락부터 얼굴, 입고 있는 옷까지 새하얀, 그런 청순한 여인이었다. 그리고 군중 사이에 있던 백아란의 눈이 크게 떠졌다.

"하늘의 대리자……."

생각지도 못한 존재에 그녀가 작게 감탄사를 뱉어 냈다. 마치 벼락에라도 맞은 듯이 한차례 부르르 몸을 떨었다.

"이건…… 이건…… 이건 정말……."

최고의 기회잖아? 백아란의 입가가 마치 짐승처럼 길게 찢어졌나. 미치도록 좋다는 듯 고개를 숙인 채 소리 죽여 웃었다. 사람 수십 명을 죽이는 것보다 하늘의 대리자 한 명을 죽이는 것이 몇 배는 더한 악업(惡業)을 쌓을 수 있으리라.

거기에다 보이는 바에 의하면 저 여인은 분명 천우(天雨)의 선녀일 터. 그녀가 하늘로부터 받은 직책은 소원의 구제. 능력도 그런 쪽으로 치중되어 있어 사냥하기에도 그리 까다롭지 않다. 청소꾼이나 문지기 역할이었으면 그 무력이 보통이 넘었을 터.

이렇게 완벽한 먹잇감이 바로 앞에 있었다니. 이렇게 좋은 기회를 계속 놓치고 있었다니!

"더 놀고 싶지만…… 그랬다간 경계심만 잔뜩 심어 주겠지?"

검은 여인은 심연과 같은 검은 눈을 들어 자신 앞을 스쳐 지나가 멀어지는 마차를 바라보았다. 간 보며 오락을 즐기다간 무언가 눈치챈 그녀가 도망가 버릴지도 모를 일이었다.

"더 이상 미룰 수 없지."

백아란은 최후의 무도회를 이르게 당기기로 결정했다.

"제현!"

하나린은 마차에서 내려서자마자 궐문 앞에 마중 나와 있는 제현에게 달려가 덥석 안겨 들었다. 그에 한차례 움찔하고 몸을 떤 그였으나 이내 익숙하게 그녀의 허리를 끌어당겨 제 품에 가두었다. 그리고 제 입술을 그녀의 정수리에 묻고 가볍게 비볐다.

청아한 향기와 함께 그녀의 온기가 느껴지자 그제야 불안감이 잦아들며 안도감이 밀려들었다. 제 여인이 안전하게 제 곁으로 돌아왔구나 하는 생각과 함께 풀어진 미소가 입가에 걸렸다. 그는 조금 짓궂은 어투로 말했다.

"약속을 잘 지켰구나."

"당연하지! 여기가 내 집인걸."

그에 제현은 그녀를 슬그머니 떼어 냈다. 그리고 그녀의 손목을 잡더니 그 안쪽을 엄지로 살살 쓸었다. 정확히 그녀가 궁을 떠나기 전에 그가 화인을 남긴 자리다.

"내가 건 주술이 잘 들었던 것 같네. 이렇게 고이 돌아온 걸 보면."

그가 붉은 자국을 내놓았던 곳은 일각도 채 되지 않아 그 흔적이 사라졌다. 영스러운 존재의 회복력이 워낙 좋은 결과일까? 하지만 그곳에 닿았던 감촉마저 잊혀지는 것은 아니라서 그녀는 궁을 떠나 있는 동안 종종 그의 입술이 닿았던 자리를 만지작거렸다.

정말 그녀도 모르는 주술이라도 건 걸까? 무언가 간질간질하면서 그의 얼굴이 떠올랐고 정신을 차리면 저도 모르게 기분 좋은 웃음을 흘리고 있었다.

하나린은 배시시 웃으며 발그레 얼굴을 붉혔다. 그녀의 새하얀 뺨 위로 드러난 홍조에 제현은 기분 좋은 웃음을 터뜨렸다. 그는 꼭 잃어버렸던 반쪽과 다시 만난 듯 가슴속에 충족감이 가득 차올랐다. 그렇게 그들은 오랜만에 만나 차오르는 반가움을 즐겼다.

"이만 들어가시는 게 좋을 듯합니다."

그때 백사린이 제현의 뒤에서 넌지시 입궁할 것을 청했다. 가만히 놔뒀다간 언제까지고 그 자리에 있을 것 같아 해후에 적절한 제재를 가할 수밖에 없었다.

"반가움은 궁 안에 들어가셔서 즐겨도 무방할 것입니다."

지금 여기는 궐문 앞이라 해도 따지고 보면 궁 밖이었다. 백성들 앞에서 왕과 왕비 후보의 돈독함을 보여 주는 것은 이 정도만으로 충분했다. 이것만으로도 적당히 백성들의 호응을 얻어 낼 수 있으리라. 허나 과한 것은 늘 모자란 것만 못한 법이다.

백사린의 음성을 듣고서야 그녀가 눈에 들어오는지 하나린이 그녀를 향해 환한 웃음을 지어 보였다.

"사린!"

"동공국의 달그림자께 인사를 올립니다."

백사린은 그런 그녀에게 은은한 미소를 머금은 채 답하였다. 하지만 그 뒤로 묘하게 암울한 분위기가 짙게 깔려 있었다. 웃는데 웃는 게 아니다. 그렇기에 기쁘게 다가가던 하나린이 움찔하고 멈추어 섰다. 그리고 눈동자를 또르륵 굴리며 그녀가 왜 저런 반응을 하는지 생각했다.

"음…… 미안."

"무엇이요?"

"그게…… 하라는 대로 안 해서?"

하나린이 그녀의 눈치를 보며 대답하자 백사린은 얕은 한숨을 내쉬었다.

"후우— 아기씨는 왕비 후보이십니다. 그러니 굳이 제가 말씀 올린 대로 하실 필요가 없지요. 일단 결론만 말하자면…… 정말 잘하셨습니다. 하신 일들을 통해 백성들의 지지 또한 더 높아졌고 독고강 어르신의 마음 또한 얻으신 데에다 아기씨께서 거저 그 자리에 계신다는 것이 아니란 사실 역시 증명하셨으니까요. 하지만 솔직히 말해 너무 위험 부담이 컸습니다. 실패하신다면 그에 대한 반작용이 몇 배로 커져서 되돌아왔을 테니까요. 거기에다 죄인 김자인을 검거하기 위해 하신 행동은 자칫 잘못될 경우 몸에 직접적인 해가 될 수 있는 일이었습니다."

백사린은 우아한 자세로 수많은 말을 쏟아 냈다. 그에 하나린이 부모에게 야단을 맞은 아이처럼 추욱 고개를 푹 숙였다. 그러면서도 푸른 눈으로 힐끔힐끔 저의 얼굴을 살피는 그녀의 모습에 백사린은 굳은 표정을 풀었다. 정말 미워할 수 없는 아가씨라니까.

"그저 다음부터 위험한 길보단 이익이 적더라도 안정적인 길을 걸어 달라는 의미입니다. 그리고…… 정말 수고하셨습니다."

그제야 하나린은 다시 밝아졌다. 그리고 제현이 그런 그녀의 어깨를 감쌌다.

"야단은 그 정도면 충분한 듯싶군. 이만 '집'으로 돌아갈까?"

제현의 말에 하나린은 고개를 끄덕이며 답했다.

"응!"

길다면 길고 짧다면 짧은 여행. 심적으로 지친 그녀는 이젠 집이라고 부를 수 있는 풍옥전과 가족 같은 안락함을 느낄 수 있는 이들을 떠올리며 빙그레 웃음을 지었다.

그들은 백성들의 환호성과 함께 궐문 안으로 걸음을 옮겼다.

"이게 무슨 짓이지?"

백세악은 제 앞에 펼쳐진 만찬을 보며 기분 나쁘다는 듯 미간을 찌푸렸다. 이것을 준비한 백아란은 가장 상석을 향해 다소곳이 손을 내밀며 입을 열었다.

"앞으로 행할 일을 생각하면 배부르게 식사하셔야 될 듯해서요."

수줍은 듯 살짝 고개 숙인 요물을 보며 백세악은 불쾌감을 감춘 채 자신의 자리로 가 엉덩이를 붙였다. 그가 착석하자 백아란은 그의 오른쪽 자리에 조용히 앉았다.

"그래, 일단 무슨 생각인지나 들어 보자."

"아버님은 고작 동공왕의 장인 정도에 만족하실 겁니까?"

백아란은 곧바로 본론으로 넘어갔다. 어차피 그들 사이에서 서로 간을 보는 것은 쓸데없는 짓이다. 백세악은 그녀의 물음에 미간을 구긴 채 되물었다.

"무어라?"

"아버님께서 직접 왕이 되실 생각은 없으신가요?"

동공왕이 될 수 있는 이는 오직 왕실의 핏줄뿐이다. 고선제국을 세운 초대 황제인 청룡황제 영류연의 네 친우 중 제아의 핏줄만이 동공국의 태양으로 인정되며 귀족들은 무슨 일이 있더라도 그 핏줄을 섬겨야만 했다. 권력을 잡기 위해선 허수아비 왕을 세워 놓아도 되고 아니면 왕과 적절한 타협을 하여도 된다. 단, 왕이 될 수 있는 존재는 예외 없이 그 핏줄만 가능했다. 그랬기에 유일한 왕실 핏줄인 현 동공왕이 강한 권력을 가질 수 있었던 것이다.

여태까지는.

백아란은 동요하는 백세악의 마음을 알아챈 듯 더욱 달콤한 말들을 속삭였다.

"왜 당신이 왕이 되면 안 되나요? 고선제국이 명시한 사항 때문인가요? 하지만 때때론 그런 악습을 무너뜨려야 할 때도 있는 거랍니다. 과거부터 지금까지 그래 왔다고 해도 앞으로도 꼭 그리해야 한다는 법칙은 없는 법이니까요."

"미친 소리! 나라를 유지하기 위해서 법칙이란 것이 있는 법이다! 그 틀이 존재해야지만 나라란 것이 계속 존속할 수 있느니라!"

천민은 천민으로서 가장 아래 계층에서 가축처럼 천한 일을 하고 살아가며 평민은 평민으로서 귀족들을 평생 동안 떠받들며 살아간다. 왕과 귀족은 나라의 중심을 잡는다. 왕과 귀족이 양극에 서서 서로 물어뜯고 싸우며 균형을 유지하는 것이다. 비록 권력을 다툼으로 한쪽이 위에 설 수는 있으나 그 영역까지 침범해선 안 되는 법이다.

거기에다 그것은 옛적부터 고선제국에 의해 정해져 있는 흔들리지 않을 법칙. 동공국이 하나의 나라로 불린다고 한다지만 결국 고선제국을 모시는 제후국들 중 하나. 그러니 고선제국이 정한 규칙을 함부로 어길 수 없는 것이다.

허나 백아란은 간드러지는 어조로 그에게 속삭이듯 말하였다.

"인간 사이엔 이런 말이 있던가요? 신뢰는 깨기 위해 있는 것이고 약속은 어기기 위해 있는 것이며 비밀은 지켜지지 않기 때문에 있는 거라고. 그리고…… 억압하는 틀은 부수기 위해 존재하는 것이다."

"무슨! 계속 그딴 헛소릴 지껄일 거면 썩 나가거라!!"

백세악은 탁자를 쾅 내려치며 노호성을 내질렀다. 당장이라도 식탁을 뒤엎을 기세. 살벌해지는 분위기 속에서도 검은 여인은 여전히 순한 웃음을 유지하였다.

"어차피 폭군이라 불리던 왕입니다. 근래 들어 조금 나아졌다고 해도 이번 사건으로 수많은 피를 보았지요. 본질은 변하지 않는 거예요. 그러니 당신이 폭군을 끌어내리고 새로운 왕이 되는 겁니다. 그리고 고선제국에게 상황을 설명하고 충성을 맹세한다면 아무리 제국이라 하더라도 무어라 하겠습니까? 당신의 존재를 인정하고 당신의 핏줄을 새로운 왕가로 선언할 수밖에요."

참으로 듣기 달콤한 말이었다. 그대로 넘어가고 싶을 만큼. 하지만 백세악은 부러 불쾌하다는 어조로 말을 내뱉으며 일어섰다.

"난 그만 듣겠네."

그리고 당장에 그 자리를 벗어나기 위하여 발걸음을 옮겼다. 그러나 이어지는 백아란의 말에 한 걸음도 채 걷기 전에 우뚝 멈추어 설 수밖에 없었다.

"그런데 왜 그리 웃고 계십니까?"

내가…… 웃고 있다고? 백세악은 손을 들어 제 입가를 더듬었다. 그러자 즐겁다는 듯 귓가를 향해 치솟은 입꼬리가 만져졌다. 좀 더 더듬어 올라가자 웃음으로 인해 두툼해진 광댓살이 만져진다. 그 위로 올라가자 웃음으로 눈가가 주름져 있는 것이…… 그 위로 올라가자 또 웃음으로…….

그렇게 백세악은 손으로 제 얼굴을 더듬었다. 그리고 때맞추어 백아란이 제 그림자로부터 왕만이 입을 수 있는 흑룡포를 짜 올렸다. 그 후 일어서서 백세악의 어깨에 걸쳐 주며 그의 귓가에 속삭였다.

"당신이 바로 동공국의 진정한 왕이 되는 겁니다."

방 안에 무거운 침묵이 맴돌았다. 마치 폭풍전야(暴風前夜)처럼 불안한 고요함. 왕이 된다. 그저 왕권에 빌붙는 것이 아닌 그가 직접 한 나라의 왕이 된다. 그 생각이 그의 머릿속을 메아리쳤다.

"흐하……."

그때 백세악의 입술 사이로 흐느낌과 같은 웃음이 흘러나왔다. 꼭 자신의 자태가 우스꽝스럽다는 듯 비관하는 것 같은 그런. 하지만 이내 그 웃음은 광소로 뒤바뀌었다.

"크크크큭 크하하하하하하하."

그녀의 제의가 썩 마음에 든다는 듯. 그녀의 말대로 했을 시 제게 굴러 들어올 권력이 너무 탐스럽다는 듯. 반역에 실패했을 때 돌아올 위험에 대해선 외면하듯 그렇게 한 손으론 눈을 가리고 다른 한 손으론 배를 움켜쥔 채 미친 듯이 웃어 댔다.

"크후후후 그래, 방법은?"

백세악은 탁한 눈빛으로 백아란에게 물음을 던졌다. 이무기의 독으로 정신이 흐려지기 전이었다면 결코 있을 수 없는 모습. 허나 지금 이곳에 있는 이는 영악함은 사라진 채 탐욕에 잠식되어 이성이 흐려진 괴물이었다. 빛에 비친 그의 그림자는 뱀에게 목이 물린 채 축 늘어져 있었다. 영혼은 반항마저 포기하였고 육체는 뱀이 불어넣는 탐욕의 독기에 더 높은 것을, 더 많은 것을 가지려 발악하고 있었다.

그런 그의 상태를 알고 있는 것일까? 백아란의 눈이 음울한 기운을 머금고 뒤흔들렸다. 청순가련해 보이는 그녀의 입술로부터 요사스러운 말들이 흘러나오기 시작했다.

"따로 사병을 모아 키울 시간이 없습니다. 계획을 세우고 지체하면 지체할수록 발각될 위험 또한 커질 터. 거기다 동공왕이라면 분명 귀족들이 사병을 늘리고 훈련시키는 것에 대해 민감하게 반응할 것입니다. 그러니 당장이라도 귀족파들이 가진 사병을 모조리 모아 궁으로 쳐들어가야 합니다. 아주 급작스럽게."

상대가 대비할 새도 없이 일어나는 왕위 쟁탈전. 절대 일어나지 않을 거라고 생각하는 그 일을 일으킴으로써 상대의 허를 찔러 큰 상처를 입힌다. 검은 여인의 입술이 부드럽게 휘어졌다.

지금 눈앞에 있는 이 말라비틀어진 노인은 그녀의 버림패였다. 어차피 반역은 성공하지 못할 것이다. 물론 그것을 통해서도 제법 많은 악업이 쌓일 것이다. 세상에서 가장 많은 죄가 정당화되는 것이 바로 전쟁과 암투다. 수십 단위로 사람들이 죽어 가겠지. 잘하면 세 자리 단위로 넘어갈지도 모른다.

하지만 그것은 아무것도 아니다. 그녀가 진정 원하는 것은 고작 그런 것 따위가 아니다. 그녀가 백세악을 이용하는 목적은 오직 난전을 통해 생기는 혼란을 위한 것. 그 틈을 비집고 들어가 가장 맛난 과실을 뜯어먹을 것이다.

하늘과 계약 맺은 자라고 불리는 존재를.

"아아 살 것 같다!"

청이는 풍옥전에 들어오자마자 감동의 눈물을 흘렸다. 왜 제가 하나린을 굳이 따라가겠다고 그 치열한 경쟁을 했는지. 귀족 어르신 앞에서 터뜨린 폭탄부터 시작해서 위험한 곳에 굳이 제 발로 들어간 것에다가 무려 병사들과 피가 튀기는 살벌한 대치까지. 위가 쓰리는 것으로 시작했지만 마지막에 가선 정말로 혼이 육체를 떠나가는 기분까지 들었다.

한편 그런 청이가 얄밉나는 듯 다른 궁녀들은 눈에 쌍심지를 켰다. 허나 이곳을 떠나 개고생이란 개고생은 다 한 청이의 한탄을 들은 그녀들은 저도 모르게 고개를 끄덕일 수밖에 없었다. 하지만 이곳에 있던 궁녀들 역시 편하기만 했던 것은 아닌 모양. 궁에선 미리내란 여우 소녀 때문에 한바탕 난리가 났었다고 한다.

그렇게 그녀들은 주거니 받거니 하며 저들의 힘듦을 나누었다. 그리 회포를 풀며 저 멀리 있는 사건 요주 인물들의 눈치를 흘깃흘깃 보았다.

"잘 지냈어?"

"네, 저야 잘 지냈죠!"

하나린이 저를 보자마자 제 품으로 달려던 미리내를 안은 채 조심스럽게 질문했다. 그에 미리내는 자신이 겪었던 일들을 털어놓는 대신 시치미를 뚝 떼며 아무 일도 없었다고 답했다. 하지만 고작 그런 것에 넘어갈 하나린이 아니었다.

"궁에 흐릿하지만 피 냄새가 나는데?"

"……."

"거기다 너…… 몸에 구속 술식에 당한 흔적도 남아 있어."

"……선녀님, 그냥 모른 척해 주시면 안 될까요?"

미리내는 입을 삐죽이며 칭얼거렸으나 하나린이 '씁―' 하며 위협적인 소리를 냈다. 아니, 그렇다고 해도 워낙 순해 보이는 얼굴이라 귀여워 보이기만 하다만. 미리내가 자꾸 딴청을 피우자 그녀의 시선이 제 뒤에 있는 제현에게 향했다. 하나린이 빙긋 웃으며 그의 이름을 불렀다.

"제현?"

크, 큰일 났다. 제현은 등 뒤로 한 줄기의 식은땀이 흘러내리는 기분이었다. 마치 무슨 일이 있었는지 대충 알 것 같으니 어서 말하라는 그녀의 태도. 하나린이 돌아오기 전에 최대한 정리한다고 했는데 그대로 딱 들켜 버리고 말았다. 마음 같아선 땅으로 푹 꺼져서라도 사라지고 싶다. 그는 슬금슬금 자리를 피하는 미리내를 노려보았다.

아마 내가 한 짓을 알면 화내겠지? 제현은 깊은 한숨을 참아 냈다. 그때 하나린이 조금은 씁쓸하다는 표정을 지었다. 그리고 새하얀 손을 뻗어 제현의 뺨을 조심스럽게 만졌다.

"알아. 왕인 이상 어쩔 수 없다는 거. 정치적인 문제로 서로 싸우고 그 때문에 피를 보아야 하는 일도 있겠지."

그녀는 슬프다는 어조로 말을 이었다. 이번 여행을 통해 절실하게 깨달은 점이지 않은가? 귀족들 중에선 옳지 않은 이념을 가진 이들도 있고 그로 인해 주변 사람들이 많은 피해를 입기도 한다는 것을.

그런 귀족들의 생각을 바꿀 수 있다면 좋겠지만 그건 성공 여부가 불확실하고 그 기간 또한 알 수 없다. 설득의 기간 동안 주변의 피해가 더 커지는 것이다. 그럴 바엔 어쩔 수 없이 숙청이란 과정이 필요하겠지. 따지고 보면 그녀가 아호현의 현감 김자인에게 행한 것도 숙청의 일부일 수 있었다. 악한 일부를 잘라 냄으로써 더 많은 자들의 안전과 행복을 추구한다.

온전히 옳다고 말할 수는 없지만 최선의 방법 중 하나임이 분명하였다. 그렇기에 하나린은 제현을 타박할 수 없었다.

"걱정 마. 나도 이해하니까."

그녀의 인정에 제현은 안도하며 가슴을 쓸어내릴 수 있었다. 만약 이번 일을 통해 그녀가 제게 안 좋은 감정을 가지면 어쩌나, 그럴 리는 없지만 그래도 혹시 절 미워하면 어쩌나 걱정을 많이 했었다. 그러니 정말 다행이었다.

제현의 굳은 표정이 풀어지자 하나린도 빙긋 웃으며 다시 입을 열었다.

"그래서 미리내에게 있었던 일은?"

위기는 아직 지나가지 않았다.

"갑자기 저희들을 호출한 이유가 무엇일까요?"

"글쎄요. 제가 어찌 아오리까?"

귀족파에 속한 이들이 백가(家)의 가옥 앞 후원에 모여들어 있었다. 갑작스러운 긴급 호출에 부랴부랴 달려오기는 했으나 아무런 전조도 없이 이뤄진 일이라 하나같이 불쾌하다는 표정이었다. 딱히 무슨 큰

일이 일어난 것도 아닐뿐더러 그렇다고 모이기까지 며칠의 기한을 준 것도 아니다. 당장 오라는 명령.

비록 백세악, 그를 현 귀족파의 수장이라 보기는 하지만 그것이 곧 그들을 자유롭게 뒤흔들 권위라는 뜻은 아니다. 허나 그는 모든 귀족파 소속 인원들을 집합시켰다. 물론 사정이 있어 오지 못한 이들도 있으나 그런 이들은 극소수. 그러니 당연히 그들로선 지금 상황이 못마땅할 수밖에 없었다.

"모두들 잘 와 주었소."

그때 백세악의 음성이 후원 안에서 울렸다. 그에 귀족들의 시선이 그에게로 집중되었다. 그리고 경악한다.

"이, 이럴 수가!"

"미…… 미친 게요! 지금 당신 무엇을 입고 있는 게요!"

"도대체 무슨 생각인 겁니까!"

흑룡포를 두른 채 나타나는 백세악은 귀족들로 하여금 숨 쉬는 법을 잊을 만큼 강한 충격을 주었다. 그런 그들을 보며 백세악은 섬뜩한 웃음을 지어 보였다.

"왜 그리 놀라십니까?"

태연한 어조로 이어지는 말.

"우리를 짓누르는 폭군을 폐위시키고자 함을 말하고자 모은 자리이 건만. 여러분도 잘 아시잖습니까? 과거 두어 차례 폭군을 폐위시키고 새로운 왕을 옹립한 적이 있다는 걸. 우리 세대에도 그것이 필요하다 생각합니다만."

당연히 왕권 국가인 만큼 과거에 반역이 전혀 없었던 것은 아니었다. 하지만 그것은 적당한 명분을 가지고 왕실 핏줄을 제 편에 둬 왕으로 옹립하겠다는 거였지 귀족 자신이 왕이 되고자 했던 반역은 아니었다. 하지만 지금 백세악은 그 전례를 깨고 제가 왕이 되겠다는 의사를 암묵적으로 드러내고 있는 것이었다. 그 사실에 여기 모인 이들은 거대한 망치로 머리를 한 대 후려 맞은 듯 정신이 멍했다.

얼마나 그렇게 있었을까? 귀족 하나가 고개를 절레절레 저으며 고함을 쳤다.

"당신 미쳤군! 정말 미쳤어! 정말 개 같은 소리야! 그 미친 왕이 반역을 준비하는 것을 모를 것 같아? 사병을 모으는 것에서부터 눈치를 채고 숙청을 시작할 거야!"

그의 말에 수긍하듯 모인 이들이 고개를 끄덕였다. 이번에 그토록 조심스럽게 준비한 함정도 그리 쉽게 피해 갔는데 그것보다 규모가 훨씬 큰 반역을 어찌 눈치채지 못할까? 본격적으로 시작하기도 전에 발각될 것이 뻔했다.

그때 백세악이 음울한 광기가 번뜩이는 눈으로 말했다.

"그래, 그렇겠지. 그래서 오늘 곧장 끌어모을 수 있는 사병을 모두 모아 궁으로 쳐들어갈 것일세."

귀족들의 입이 떡하니 벌어졌다. 몇 년을 준비하여도 성공할까 말까 한 반역을 단 하루 만에 해치우겠다니 얼마나 어이가 없을까? 처음 나섰던 귀족은 '허허' 하며 헛웃음을 흘리더니 이내 매섭게 백세악을 노려보았다.

"난 이곳에서 빠지겠소. 더 이상 실성한 자의 소릴 들어 줄 수가 없군!"

그는 그대로 봄을 홱 돌려 후원 밖으로 설음을 옮겼다. 그에 다른 이들도 나도 마찬가지라며 하나둘씩 뒤돌아 나가려 했다. 그때 백세악의 음산한 음성이 들렸다.

"이런 이런. 나가도 된다고 허락하지 않았는데?"

그와 함께 그들의 걸음이 덜컥 멈추었다. 그들이 당황하여 고개를 숙이자 제 그림자로부터 솟아 나와 제 발을 잡고 있는 검은 진흙이 보였다. 이내 검은 진흙은 그림자로부터 계속해서 일어나더니 점차 하나의 형태로 변했다.

머리는 여우와 비슷한 맹수의 머리지만 목 아래는 마치 인간과 같은 검은 괴물. 거기에다 치마 아래론 아홉 개의 검은 꼬리가 바닥에 끌리고 있었다. 그것은 바로 구미호 일족이 악업을 쌓아 이르게 되는 괴물인 매구.

그림자 속에서 괴이한 요물이 나오는 것은 여기 모인 모든 이들에게 일어나는 일이었다. 모두 공포에 휩싸여 덜덜 떠는 걸 보며 백세악은 기분 좋게 입꼬리를 올렸다.

"동공국의 새로운 임금의 첫 번째 어명이다. 사병을 이끌고 궐문으로 움직여라."

그와 함께 검은 요물들이 붉은 안광을 번뜩이며 자신 앞에 있는 귀족에게로 빨려 들어갔다. 그리고 후원에 있는 귀족들의 눈이 붉게 흐려진다. 그들은 그대로 백세악을 향해 부복하며 소릴 높였다.

"왕의 명에 충성을!!"

그 외침을 들으며 백세악은 광인처럼 웃음을 지었다.

요물에게 홀린 귀족들의 움직임은 즉각적이었다. 자신의 가옥으로 돌아가 제가 모을 수 있는 모든 사병들을 긁어모은다. 갑작스러운 부름에 저택 경비를 서고 있던 이는 물론 휴가를 즐기고 있던 병사들까지 부랴부랴 돌아왔다. 그런 그들을 기다리고 있는 것은 붉은 두 눈. 귀족이 품고 있는 광기는 그대로 그들이 이끌고 있는 사병들에게까지 전염되었다.

그렇게 수도 곳곳에서부터 중무장한 병사들이 궐문을 향해 모여들기 시작했다. 모두 붉은 광기에 전염된 채로 흉흉한 살기를 뿌리며 무기를 치켜든 채 행군한다. 궐문 앞에 선 경비병들은 갑자기 길 곳곳에서 튀어나와 대로를 통해 걸어오는 귀족 사병들을 보며 표정을 굳혔다.

"이거…… 척 봐도 심상치 않은데?"

"안에 비상사태라고 보고하라."

한 경비병이 문에 달린 작은 창을 열고 안에 대기하고 있는 이에게 위협적인 사태에 대해 빨리 보고할 것을 청했다. 그리고 그 순간 사병들이 괴성을 지르며 달려들기 시작했다. 궐문 경비병들이 당황하여 들고 있던 창을 내질렀지만 그들은 상처 입는 것에 상관하지 않고 무작정 몸을 들이밀었다. 그에 순식간에 경비병들은 바닥에 패대기쳐져 군홧발에 짓밟히고 각종 무기로 난도질당했다.

어디서 그런 힘들이 나는 것일까? 사병들은 괴성을 지르며 단단히 닫힌 궐문에 마구잡이로 제 몸을 부딪쳤다. 문제는 그 무모한 행동으로 인해 궐문이 열릴 듯 흔들린다는 것이었다. 그때 그들 사이에 섞여 들어 마치 여왕처럼 그들을 조종하는 검은 여인이 쿡쿡거리며 웃었다.

"이런, 이런. 벌써부터 체력을 빼면 안 되지요. 당신네들은 훌륭한 미끼 역할을 해 주어야 한답니다."

검은 여인이 앞으로 걸어 나가자 마치 썰물처럼 사병들이 자리를 비켰다. 그녀는 궐문 앞에 도달하자 천천히 손을 문 위로 올렸다. 그리고 장난스럽게 입을 열었다.

"콰~앙!"

쿠아아아아앙.

하지만 그로 인해 이뤄진 결과는 결코 장난 같지 않았다. 그 거대한 문이 마치 거인이 거대한 망치로 내려친 듯 박살 나며 날아갔다. 그에 궐문 뒤에서 문이 열리지 않게 마주 밀고 있던 병사들이 피떡이 되어 내팽개쳐졌다.

검은 여인이 그 광경을 보며 방긋 웃은 뒤 가볍게 두어 번 박수를 쳤다.

"자, 이제 축제랍니다!"

그 말과 함께 사병들은 괴성을 지르며 궁 안으로 흩어져 들어갔다. 그리고 궁 안에 피 내음이 짙게 퍼져 나가기 시작했다.

"아아…… 드디어!"

여울은 제 도톰한 입술을 엄지로 쓸어내리며 빙긋 웃음을 지었다. 바로 제 아래에서 울리는 비명 소리를 즐기며 저 멀리서 여유롭게 움직이고 있는 타락(墮落)의 여우를 바라보았다.

이렇게 거대한 규모로 일어나는 피의 축제라니…… 정말 대단하지 않은가? 여울은 술에 취한 듯한 몽롱한 표정으로 중얼거렸다.

"바로 이거야. 이걸 원했어."

너무 오랜 기간 동안 피에 굶주려 왔다. 비록 자신이 직접 날뛸 수는 없지만 이 광경을 구경하는 것만으로 그 굶주림이 어느 정도 해소되는 기분이었다. 하지만 그것과는 별개로 계속 목이 말라 왔다. 이것보다 더 큰 것을 기대하고 있는 것이리라.

동공이 길게 찢어져 뱀의 눈처럼 변한 여울의 노란 눈이 제현의 움직임을 찾아 뒤좇았다. 분명 이런 대살육의 현장에서라면 그도 자신이 가진 요화(妖花)의 정을 아낌없이 이용할 터. 그리고 피어날 요화의 향.

이무기는 맛있는 먹잇감을 눈앞에 둔 듯 침을 꼴깍 삼켰다.

선혈의 연회는 이제 막 시작됐을 뿐이었다.

"간신히 벗어났군."

제현은 집무실에 오자마자 털썩 의자에 주저앉으며 깊은 한숨을 내쉬었다. 이번 일로 하나린의 웃는 모습도 상당히 무서울 수 있다는 사실을 절실히 깨달았다. 그는 말없이 탁자를 검지로 톡톡 두드리며 고민에 빠졌다.

이제 하나린이 돌아온 이상 귀족들의 모략은 더 은밀해질 것이다. 그러면서도 더더욱 치명적이겠지. 귀족들 뒤에 숨어 있는 요물도 활발히 움직일 것이었다. 그것과 머리싸움 할 것을 생각하니 절로 골치가 아파 왔다. 상당히 끈질기게 물고 늘어질 것 같은데.

"그나마 나은 것은 요즘 들어 그 여우요수가 흑영의 감시하에 잘 붙어 있다는 것 정도일까?"

귀족들이 또다시 미리내를 물고 늘어질 일을 미리 예방할 수 있으니. 제현은 두 눈을 감으며 몸을 등받이에 기대었다. 그때 무언가가 그의 감각을 건드렸다. 그리고 제현은 천천히 눈꺼풀을 올렸다. 그리고 드러난 눈동자의 색은 감기 전의 검은색이 아닌 불길한 검붉은 색.

"피 냄새가 나."

그의 입술 사이로 살의가 섞인 목소리가 흘러나왔다. 제현은 천천히 자리에서 일어섰다. 궁 전체를 진동시킬 만큼 짙은 피 냄새가 난다. 마치 그가 오 년 전 귀족들 반을 숙청했을 때와 같이. 그만큼 많은 피가 궁 안에서 흐르고 있다는 의미.

"전하—! 전하아! 바, 반역입니다! 반란이 일어났습니다!!"

그리고 그의 직감이 옳다는 것을 알려 주듯 박 내관이 밖에서 역천이 일어났음을 알려 왔다.

"재밌군."

솔직히 말해 전혀 예상하지 못했다. 왕실의 핏줄은 저 하나뿐인데 반역을 일으킬 줄은. 궁 안을 제압하고 절 협박하여 꼭두각시 왕으로 만들 생각인 걸까? 아니면 절 죽이고 귀족들 중 하나가 왕이 될 생각인 걸까? 어찌 되었든 제대로 허를 찔렸다. 하지만⋯⋯.

"마음에 들어."

제현은 섬뜩하게 웃어 보였다. 이때까지처럼 시시하게 간만 보는 것보단 훨씬 더 나았다. 차라리 이렇게 대놓고 움직여 줘야지 이쪽에서도 편하게 싹 쓸어버릴 수 있지 않겠는가? 쓸데없이 명분을 챙길 필요가 없어서 편했다.

"풍옥전 쪽은…… 궁의 가장 깊은 곳이니 쉽게 그곳까지 뚫릴 리가 없을 테고."

그뿐만 아니라 흑영이 있을 테니 나름대로 안심이었다. 거기에다 이번 일이 반역인 이상 그들의 목표는 바로 동공왕 저일 터. 제현은 입꼬리를 비틀었다.

"오랜만에 제대로 피를 보게 되겠구나."

그는 조용히 검을 챙겨 들며 집무실 밖으로 벗어났다. 그리고 대전을 벗어나 가장 피 냄새가 진한 곳을 향해 걸음을 옮겼다. 그가 걸을 때마다 그의 몸에서 진득한 요화(妖花)의 향이 피어오르기 시작했다.

반역이 일어났다는 말이 빠르게 궁 안으로 퍼져 나갔다. 궁호군들은 급하게 뛰어가 궁 이곳저곳에서 날뛰는 반란군들과 대적하여 싸웠고 궁녀들은 황급히 제 상전들을 모시고 도망을 쳤다. 그리고 하나의 전령이 풍옥전에 닿았다.

"아기씨! 대피하셔야 합니다! 반란입니다! 반란이 일어났습니다!"

마른하늘에 날벼락과 같은 소식이었다. 풍옥전 궁인들이 당황하여 웅성거리자 흑영이 한 걸음 나서서 전령병에 질문을 던졌다.

"왜 대피하여야 하는가? 여기는 궁의 가장 깊은 곳이다. 그들이 여기까지 닿기란 소원할 터. 그 전에 반란이 제압될 것인데?"

분명 반란이 일어날 기미를 따로 눈치채지 못하였다. 무려 그 암정국이 왕의 뒤에 있음에도 말이다. 그 말인즉슨 이 반란은 오랜 준비 없이 급하게 이루어졌다는 의미. 동공왕이 움직인다면 이런 반란쯤은 순식간에 끝을 보리라. 그리고 궁호군들도 이 벼락치기 같은 허술한 반란에 밀릴 정도로 약하지 않다.

하지만 새하얗게 질린 전령병의 안색은 변할 기미가 안 보였다. 오히려 더더욱 공포에 휩싸인 듯이 달달 떨면서 말을 이었다.

"이, 이 반란군들은 너무 이상합니다. 인간이 아닌 것 같습니다. 기, 기이할 정도의 괴력을 휘두르는 데다가 고통을 못 느끼는 듯 몸에 아무리 큰 상처를 입어도 계속해서 움직입니다! 혼자서 궁호군 여럿을 순식간에 도륙합니다! 거기다…… 마치 목적이 이곳인 듯 이쪽 방향으로 무작정 달려들고 있습니다!"

흑영의 미간이 살짝 찌푸려졌다. 인간 같지 않다라. 거기에다 반란을 일으켰으면서 대전이 아닌 풍옥전으로 달려든다고? 뭔가 상황이 뒤틀린 느낌이다. 그때 누군가가 그의 옷자락을 잡아당겼다. 그가 고개를 내리자 여우소녀가 바들바들 떨면서 그를 올려다보고 있었다.

"빠, 빨리 도망가야 된데이. 고, 고것이 우리 선녀님을 발견한 기라. 분명 우리 선녀님을 죽이려고 이러는 것이데이."

미리내의 말을 듣고서야 흑영은 대강 어떤 상황인지 깨달을 수 있었다. 그 타락(墮落)의 여우가 귀족들과 그 사병들을 홀린 것이 틀림없었다. 요물에게 홀린 존재는 꼭 마약을 한 듯 통증이나 주변 자극에 대한 반응이 느려지고 때때론 상당한 괴력을 발휘하기도 했다.

"미치겠군."

흑영은 곤란하다는 듯 머리를 벅벅 긁었다. 그렇게 홀린 인간들이 하나도 아니고 떼거리로 덤벼든다는 사실에 눈앞이 암담해진다. 자신이라면 두세 명 정도는 어찌어찌 상대할 수 있을지 모른다. 하지만 대부분의 궁호병들은 잠깐의 시간벌이용밖에 되지 않으리라.

그때 그의 뒤편에서 영롱한 목소리가 들려왔다.

"날 내버려 두고 가."

짧고 분명한 말에 그가 고개를 홱 돌리자 하나린은 담담한 모습으로 서 있었다. 그녀는 마치 남의 일을 말하는 것처럼 다시 입을 열었다.

"내가 목적이라면 날 취한 뒤엔 물러가겠지. 그럼 사병들에게 건 정신적 주박도 풀릴 거고."

"그런 말씀 하지 마십시오!"

"맞아요, 선녀님! 그런 말 마셔요!"

흑영이 거부 의사를 밝히며 목소리를 높였다. 그리고 그 옆에 있던 미리내 역시 굳은 표정으로 절대 불가를 외쳤다. 그런 그들을 보며 하나린은 쓰게 웃음을 지었다. 현재 그녀는 아무런 힘도 없는 여인에 불과했다. 아호현에선 아슬아슬하게 사용할 수 있었던 힘이 이제는 완전히 묶여 버렸기에 그녀로선 절 지키려 하는 이들을 도울 수가 없었다. 그것도 상대가 하나의 군단을 홀려 버릴 만큼 엄청난 괴물임에야.

그렇게 그들을 희생시킬 바엔 저 하나로 다른 이들을 살리는 것이 더 낫지 않을까? 하나린이 고집스럽게 다시 입을 열었다.

"모두 도망가."

"아기씨!"

"선녀님!"

흑영과 미리내의 외침 외에는 다른 이들의 대답은 돌아오지 않았다. 그랬기에 하나린은 다시 한 번 도망칠 것을 재촉했다.

"가."

그에 풍옥전의 궁인들이 서로 눈치를 보았다. 그리고 하나둘씩 그대로 제자리에 풀썩 주저앉기 시작했다. 하나린이 이건 또 뭐 하는 건가 하며 보자 궁녀들과 병사들이 한 마디씩 말을 던지기 시작했다.

"아기씨가 안 가시면 저희도 안 가요."

"여기 남아서 아기씨를 지킬 겁니다."

"아랫것이 어찌 상전을 버리고 도망가겠습니까?"

"적어도 상전보다 먼저 죽는 것이 예의가 아니겠습니까?"

하나린은 그들의 말을 들으며 멍하니 넋을 놓을 수밖에 없었다. 도대체 이들이 무슨 생각으로 그런 말을 하는 것일까? 그녀도 성장하여 제대로 된 사고를 할 수 있게 된 이후로 궁인들이 무슨 이유로 저를 붙잡아 두려는지 대충은 이해하고 있었다. 그녀가 없으면 미쳐 버릴 제현에게 가지는 공포감. 언제 죽게 될지도 모른다는 불안.

하지만 이렇게 제 목숨까지 걸 정도는 아닐 터. 아니, 어쩌면 제가 죽고 난 뒤 보복할지 모르는 제현에 대한 두려움일까? 하나린은 이해할 수 없다는 듯 인상을 찌푸렸다.

"왜 그렇게까지 하는 거야?"

무심코 나온 물음. 그에 자리에 앉아 있던 이들이 방긋 웃으며 답했다.

"음…… 아기씨가 좋아서요?"

"예쁜 아기씨를 위해서 죽는 것도 나쁘지 않을 것 같기도 하고요."

"은혜 갚기 정도로 생각해 주세요."

그들은 멋쩍다는 듯 손발을 꼼지락거리며 하나린을 올려 보았다. 그들에게 있어 처음엔 하나린이란 존재는 그들의 명줄과 같았다. 그녀가 풍옥전에 들어앉아 있음으로 인해 미친 폭군의 고삐를 잡을 수 있다는 점에서 그녀는 나름 훌륭한 상전이었다. 뭐 지금도 마찬가지이긴 하다.

하지만 그들은 그것을 제외하고라도 이 순진하고도 귀여운 아기씨에게 저도 모르게 점점 반해 갔다. 마치 가랑비에 옷이 젖듯이. 어린아이처럼 저들 심장에 좋지 않은 사고를 치고 다니고 공부가 싫어 이리저리 도망 다닌다 하여도…… 심통이 나도 꿀떡 하나에 쉽게 풀어져 헤픈 웃음을 짓는 그녀가 정말 좋았다.

그러면서도 때때론 그 누구보다 더 그들을 챙겨 주던 존재이기도 했다. 때때론 자신도 잘 모르는 감정을 어찌 그리 잘 잡아내던지. 기분이 흐린 날일 때면 쭈뼛거리면서도 다가와 무슨 문제가 있는지 묻고 현명한 조언을 던져 주기도 하였다. 가족에게 좋지 않은 일이 있거나 몸이 좋지 않을 때도 그것을 해결해 주려고 노력해 주었다. 여태까지 윗사람이 되면 태도부터 바뀌는 사람들과 달리 신선한 존재였음이라.

다른 자들에게 버림받듯이 쫓겨 온 곳이 바로 이 풍옥전. 동공왕의 손에 언제 죽을지 모르기에 반쯤 희망을 포기해 버렸다. 그런 그들에게 하나린이란 아기씨는 언제나 그들을 맑은 푸른 눈으로 바라봐 주며 까르륵 웃음을 지어 주었다. 어쩌면 그 순수한 눈동자에 반해 버렸을지도 모른다.

그때 궁녀들 사이에서 오단이 천천히 걸어 나왔다. 그리고 하나린과 마주 서며 그녀의 손을 붙잡았다. 오단은 어리둥절해하는 그녀의 손을 조심스럽게 쓰다듬으며 입을 떼었다.

"저희는요. 다른 높으신 분들에게 있어선 필요에 의해 쓰여지다 결국엔 쉽게 버려지는 존재들이에요. 그래서 늘 주변 눈치를 보며 언제제 목숨이 사라질까 두려워하며 살아가야 되죠. 하지만요. 아기씨와 함께 지내면서는 그런 적이 없었던 것 같아요."

물론 동공왕 전하를 뵐 때마다 심장이 내려앉는 것은 빼고요. 오단은 장난스럽게 말을 이으며 방긋 웃었다. 그녀는 하나린을 향해 계속하여 이야기했다.

"저희는 아기씨 같은 분이 왕비님이 되셨으면 좋겠어요. 아기씨가 아니라면 누가 저희 같은 사람들을 신경 써 주시겠어요? 이번 외출만 해도 그래요. 그냥 가서 필요한 것만 받아 오면 되는데 단지 소문을 들었다는 것만으로 아호현 백성들을 구원해 주셨잖아요."

전대 동공왕 시절부터 계층의 차별화가 극심해졌다. 귀족들은 마치

신과 같은 권력으로 평민과 천민들을 벌레처럼 취급하며 부려 먹고 죽였다. 그랬기에 하나린이란 존재는 그들에게 있어서 기적과도 같은 존재였다. 정말 동공국을 구원하기 위해 하늘에서 내려 주신 선녀가 아닐까 생각할 정도로.

"어쩌면 저희들의 이기적인 욕심이에요. 저희들을 위해 주시는 왕비님을 원하는 것이니까요. 그러니까 저희들을 위해 도망쳐 주실래요?"

"……알았어."

하나린이 고개를 끄덕이자 그녀 주변에 앉아 있던 궁인들이 자리에서 벌떡 일어났다. 드디어 도주를 감행할 때였다. 일변한 분위기를 보며 흑영은 안도의 한숨을 내쉴 수 있었다. 극악의 경우 하나린을 강제로 기절시킨 뒤에 둘러메고 이동할 생각까지 하고 있었으니.

가장 큰 문제가 해결됐기에 그는 곧바로 어디로 움직여야 될지 계산을 했다. 아마 대전이나 침전 쪽을 향하여 움직이는 것이 나을 것이다. 왕이 기거하는 곳이니 만큼 궁호군의 경비도 철저할 터. 그나마 이곳에서 가까운 곳은 대전이니 그쪽으로…….

우드득.

그때 뼈가 부러지는 소리가 들렸다. 흑영이 고개를 돌린 곳엔 전령병이 눈이 시뻘겋게 충혈된 병사에게 목이 비틀려 있었다. 사병은 반쯤 흐릿한 붉은 눈으로 하나린의 신형을 좇았다. 그리고 기이하게 입꼬리를 올렸다.

"찾.았.다."

따로 전조도 없다. 그저 무릎을 굽히고 바닥을 강하게 박찬다. 그것만으로 그 먼 거리를 순식간에 좁혔다. 그리고 손가락이 이리저리 꺾인 손을 곧장 하얀 여인에게 뻗었다.

"잡.았……."

스컥.

허나 그 전에 은빛 섬광이 사병의 목을 베어 냈다. 이후 솟아오른 핏물이 하나린의 치마에 튀었다. 바닥을 나뒹구는 시체 한 구. 흑영은 제 검에 묻은 피를 털어 내며 그녀에게 입을 열었다.

"벌써 이곳에 당도한 이들이 생겼습니다. 빨리 도망쳐야 합니다."

"······응."

하나린은 쓰게 웃으며 고개를 끄덕였다.

정상이 아니다. 제현은 미친 듯이 날뛰고 있는 사병들을 본 순간 그 사실을 깨달을 수 있었다. 광기에 미쳐 날뛰는 사병들은 결코 정상적이지 않았다. 무기를 들고 있지만 그걸 사용한다는 느낌이 아니라 무작위로 휘두른다는 느낌이 강했다. 문제는 그 힘이 정상적이지 않다는 점.

인간이 힘을 쓸 수 있는 범위는 어디까지일까? 대답은 아주 간단하다. 신체가 파괴되지 않는 선까지. 그렇게 몸의 안전을 위해서 뇌에서 한계를 걸고 있는 것이다. 하지만 요물들 중 매혹에 매우 뛰어난 자는 제가 홀린 인간의 뇌에 걸린 그 제한까지 해제할 수가 있다. 만약 그렇게 된다면?

그 결과가 지금 제현의 눈앞에서 펼쳐지고 있었다.

콰직.

한 반란군 병사가 휘두른 검에 맞은 궁호군이 그대로 붕 떠서 벽에 처박혔다. 그가 맞은 부분은 검에 베였다기보단 둔기로 맞아 으스러졌다고 봐야 할 정도. 제현은 방금 궁호군을 날린 병사가 그대로 제게 달려들자 귀찮다는 듯 검집 채로 검을 휘저어 내쳤다. 단지 그것만으로 그 병사는 몸이 반 토막이 난 채로 날아갔다.

제현은 검붉은 살기를 뿜어내며 한 존재의 이름을 불렀다.

"타락(墮落)의 여우."

그렇게 많은 사람들을 순식간에 홀릴 존재라면 그 괴물밖에 없으리라. 그는 이를 빠득 갈았다. 전면으로 나와 주길 바라고 있었지만 이렇게 성대하게 터뜨리며 그 존재를 알릴 줄은 꿈에도 몰랐다. 계속 귀족들 뒤에 숨은 채로 권모술수만 써 댈 듯하더니 왜 이렇게 갑자기 행동 유형이 변한 것일까?

과거와 현재. 무엇이 달라졌기에 그 괴물이 이렇게 이변을 보인 걸까? 이렇게 급하게 움직일 만한 것이…….

"하나린!"

그때 제현의 머릿속에 한 가지 가정이 번개처럼 스쳐 지나갔다. 어제까지와 오늘이 다른 것은 단 하나. 하나린의 존재 유무.

"전하! 귀족 사병들이 풍옥전으로 향하고 있습니다!"

그리고 그의 생각을 확신시켜 주듯 백사린이 달려오며 큰 목소리로 소리쳤다. 그에 그는 곧장 몸을 돌려 풍옥전으로 달려가려 했다. 그 순간 무작위로 날뛰던 사병들이 곧바로 그의 앞길을 막아선다. 제현은 그런 그들이 귀찮다는 듯 눈앞에서 바로 치우려고 하였다.

"이런 이런, 동공왕 전하, 많이 곤란하신 모양입니다."

자신을 비꼬는 소리가 들리지 않았다면.

그는 귀에 익은 소리를 좇아 천천히 고개를 돌렸다. 그리고 사병들의 보호를 받으며 서 있는 백세악을 보았다. 또한 그가 입고 있는 옷역시. 제현의 입가가 섬뜩하게 휘어졌다.

"네가 드디어 미친 게로구나."

"미치긴요. 새로운 세대를 열려고 하는 것이지요."

왕만이 입을 수 있는 흑룡포를 걸친 백세악은 그의 말에 느긋한 태도로 답하였다. 오만하기만 한 답변이라 제현의 미간이 찌푸려졌다. 그리고 웃기지도 않은 농담을 들었다는 듯 말하였다.

"유일한 왕실 핏줄에 반하여 반역을 일으킨 것이?"

"성공하면 혁명이고 실패하면 반란이 아니겠습니까?"

제현과 백세악 사이로 사나운 공기가 흘렀다. 백사린은 지금의 상황을 보며 제 아랫입술을 지르물었다. 제 아버지가 저지른 미친 짓에 눈앞이 까마득해지는 기분이었다. 아무리 권력에 대한 탐욕이 심하다 하여도 요물과 손을 잡다니. 그것도 모자라 반역까지 저지르다니! 갑작스러운 반란 소식에 얼마나 놀랐던가? 그리고 귀족 사병들이 궁에 침입한 이후 곧장 풍옥전으로 향해 움직인다는 소식에 얼마나 당황했던가?

"저들을 죽여라!"

백세악의 명령과 함께 사병들이 제현과 백사린을 향해 마구잡이로 달려들었다. 제현은 말없이 검을 들어 올렸다. 이윽고 선혈과 살점들이 허공을 수놓았다.

백사린은 제 눈앞을 가득 채우는 핏빛 향연을 바라보며 풍옥전에 있을 하얀 아기씨를 떠올렸다. 그리고 빌었다. 그녀가 제발 무사하기를.

쩌억.

두 팔이 부서진 병사 하나가 입을 크게 벌리고 물려는 듯 달려들었다. 흑영은 차분하게 상대의 턱을 쳐 올려 무력화시킨 뒤 그대로 그의 목을 잘라 냈다.

"쯧."

흑영은 곤란하다는 듯 혀를 찼다. 무언가에 홀린 병사들은 마치 인간이 아닌 듯했다. 아무리 몸이 박살 나도 움직일 수만 있으면 무작정 하나린에게 달려들고 보았다. 두 다리를 잘라 내면 기어서라도 움직인다. 그래서 두 팔을 잘라 내면 애벌레처럼 꿈지럭거리면서까지 제

431

목표를 노린다. 그들을 막는 방법은 단 하나. 목숨을 끊는 것.

그때 옆에 있던 벽을 뛰어넘으며 두 명의 병사가 뛰어들었다.

짤깍.

흑영이 들고 있던 검집 안으로 검이 들어갔다. 그리고…….

딸깍.

발검. 순식간에 병사 둘의 머리가 하늘을 난다. 벌써 몇 명째인지. 흑영은 욱신거리는 어깨를 돌려 주며 앞서 달려가는 하나린을 쫓아 걸음을 내디뎠다. 그러면서도 궁호군 병사들이 어찌 움직이고 있는지 살펴보는 걸 잊지 않았다.

그래도 초반에 대책 없이 밀렸던 궁호군들이 나름의 대응 방법을 강구하였는지 지금은 양패구상(兩敗俱傷) 정도의 수준에 도달해 있었다. 이대로만 간다면 반란을 진압할 수 있으리라. 허나 문제는…….

"이쪽이 얼마나 버틸지인가?"

옆길에서 튀어나온 또 다른 병사를 베어 내며 흑영이 이를 꽉 물었다. 집요할 정도로 모여드는 사병들에 그는 점점 불안감이 커져 갔다. 이대로라면 힘들지 않을까 하고.

한편 하나린은 숨이 턱까지 찰 정도였다. 하늘이 그녀에게 가한 구속이 드디어 신체까지 미치기 시작했다. 거의 평범한 인간, 그것도 평생 운동 한번 하지 않은 귀족 규수 수준으로 육제 능력이 현저하게 떨어졌다. 그러나 함께 움직이는 이들을 생각하며 그녀는 제 고통을 꾹 눌러 참은 채 억지로 발을 내디뎠다.

"아기씨! 조금만 힘내세요. 저 앞이 대전이어요!"

오단은 먼저 앞장서서 달려가며 하나린을 다독였다. 저 역시 쉼 없이 달린 다리가 부들거렸지만 표정으로 내색하지 않았다. 단지 제 발에 박차를 가할 뿐. 저 멀리 대전의 대문이 보이자 오단의 입가에 흐릿한 미소가 걸렸다. 이 길만 빠져나가면 곧 대전에 도착한다. 그녀는 길을 빠져나가자마자 기쁘게 입을 열었다.

"드디어 도착……."

푸욱.

하지만 차마 말을 다 끝내기 전에 옆구리에 무언가가 박히더니 그 힘에 떠밀려 순간적으로 몸이 붕 떴다. 그리고 눈이 아득해지는 느낌과 함께 바닥에 나뒹굴었다. 처음엔 아무것도 느껴지지 않았다. 하지만 고통은 천천히…… 그리고 뒤늦게 찾아들었다. 폐가 찢어질 듯한 고통. 그에 비명이 차마 입 밖으로 튀어나오지 않았다.

"오다—안!"

하나린은 절규와 같은 외침을 내지르며 오단에게로 달려갔다. 좁은 길. 오단이 먼저 그 밖으로 나서는 순간 그녀를 반긴 것은 길다란 창이었다. 어마어마한 괴력을 품고 날아온 그것은 오단의 옆구리에 깊숙이 박히더니 그녀를 그대로 튕겨 냈다. 마치 낙화처럼 튀어 올라 허공을 수놓는 핏방울들. 시간이 천천히 흐르듯이 그 과정이 하나린의 눈에 모두 담겼다.

뒤늦게 달려온 흑영이 새로 나타난 사병들을 베어 넘겼지만 이미 너무 늦어 버린 후였다.

"아…… 아……."

하나린은 오단을 조심스럽게 끌어안았다. 그리고 창이 박혀 있는 부분을 덜덜 떨리는 손으로 더듬었다. 빨리 창을 뽑고 치료해야 되는데…… 그럴 수가 없다. 그녀가 가진 모든 능력이 봉인되어 있는 이때 그녀가 할 수 있는 일은 아무것도 없었다.

머릿속이 새하얘진다. 어찌해야 하는 걸까? 어찌해야 하는 걸까? 지금 자신은 그저 힘없는 여인일 뿐인데. 하나린은 멍하니 주변을 둘러보았다. 비명과 병기의 부딪침이 난무하는 아수라장. 제 품에 안겨 있는 이 여인을 구할 수 있는 자가 없다.

"오…… 오단."

하나린의 시야가 뿌옇게 흐려졌다. 구할 수 없다. 본디 구할 능력을 가지고 있는데…… 쓸 수가 없다. 그것은 암담한 절망이었다. 그게 못내 억울하면서도 너무 괴로웠다. 그때 그녀의 눈가로 따스한 무언가가 닿았다. 파르르 떨리는 무언가. 그리고 그것은 그녀의 눈에 맺힌 눈물을 닦아 내고 물러났다.

조금은 거칠어 보이는 손이 보인다. 하나린은 시선을 내려 오단을 바라보았다. 조금 초점이 맞지 않는 눈빛. 하지만 오단은 하나린을 똑바로 올려다보고 있었다. 그리고 힘겹게 입을 연다.

'울……지…… 마세……요.'

차마 밖으로 나오지 않는 음성. 그래도 하나린은 그녀가 말하고자 하는 것을 알아들었다. 그래서 부들부들 떨리는 입꼬리를 올려서 억지로나마 웃어 보였다. 눈물이 눈가에 맺혀 있지만 부러 환하게 웃어 보인다. 그것에 오단은 만족스럽다는 듯 마주 웃으며 눈을 감았다.

그대로 툭 떨어지는 손길.

"오단?"

하나린은 조심스럽게 그녀의 이름을 불렀다. 하지만 대답은 돌아오지 않는다.

"오단?"

안나. 죽었다는 거. 창이 꿰뚫었던 곳 자체가 위험한 곳이었다. 폐를 걸쳐 여러 장기가 찢어졌겠지. 수많은 죽음을 보아 왔기에 그녀는…… 하나린은…… 오단이 죽었다는 것을 쉽게 알 수 있었다. 이런 거…… 익숙하다. 그렇다고 아프지 않은 것은 아니다.

죽음이란 건…… 전혀 모르는 타인이어도 가슴 아프다. 그리고 제게 소중한 지인이라면 그 곱절로 아프다. 가슴이 갈기갈기 찢겨져 나가듯 그대로 뜯어내듯…… 그렇게 정말 아프다.

하나린의 입가에 맺힌 억지웃음이 빠르게 흐려졌다. 그리고 뺨을 타고 한 줄기의 눈물이 흘렀다. 그리고 한 줄기의 눈물에 또 다른 눈물이 더해진다. 그리고 그것에 또 다른 눈물이 더해진다. 그리고……
이내 뚝뚝 오단의 뺨으로 눈물이 떨어져 내렸다.

하늘이 흐려진다. 꼭 그녀의 마음을 대변하듯이.

투둑.

영롱한 빛을 머금은 빗방울이 한두 방울씩 떨어져 내렸다.

투두두두두둑 쏴아아아아.

이내 정순한 선기를 머금은 그것들은 장마 때처럼 쏟아져 내리기 시작했다.

그리고…… 하나린은 오열을 토해 냈다.

쏴아아—

눈부시게 빛나는 비가 쏟아지자 오직 살의만이 가득한 전장의 광기가 갑자기 멈추었다. 매구에게 홀려 날뛰던 귀족 사병들도 악에 받쳐 싸우던 궁호군과 공포에 잠식된 채 구석에 숨어 덜덜 떨던 궁녀들도 멍하니 하늘을 올려다보았다.

어딘지 모르게 청아한 향이 퍼지며 궁 안을 진동시키던 혈향을 빠르게 밀어냈다. 그리고 귀족들과 사병들의 정신을 묶어 두었던 삿된 주술까지 벗겨 낸다. 그들은 제정신을 차림과 동시에 황망히 주변을 둘러보다가 제자리에 풀썩 주저앉았다. 신체의 한계를 초월하여 움직인 탓에 전신에서 끔찍한 고통이 느껴졌다. 하지만 그 통증도 얼마 지나지 않아 누군가가 부드럽게 어루만져 주는 듯한 느낌과 함께 서서히 물러나기 시작했다.

그렇게 급작스러웠던 반란은 신비한 기적과 함께 급작스럽게 멈추었다. 본디 반란을 원하지 않던 그들이었다. 제정신을 차린 시점에서 이미 전의를 잃었다. 단지 이 놀라운 광경을 경외롭다는 듯 바라보기만 할 뿐.

"진정 선녀인 것인가?"

백세악은 손을 뻗어 손바닥 위로 떨어지는 비의 감촉을 느꼈다. 차갑지 않다. 되레 은은한 온기까지 감돈다. 경이로운 풍경 속에서 그는 쓰게 웃음을 지었다. 선기를 머금은 천우(天雨)로 인해 이무기가 건 정신적 주박이 벗겨져 나간 지 오래. 냉정한 정신이 되돌아오자 제가 지금까지 얼마나 미친 짓을 저질러 왔는지 깨달을 수 있었다. 그는 시선을 돌려 하늘을 올려다보고 있는 동공왕을 바라보았다.

"저 괴물의 고삐를 채울 존재라. 확실히 동공국의 홍복(洪福)인지도."

매구에게 홀린 사병들을 시켜 저 동공왕을 죽이도록 시켰다. 허나 동공왕은 단 한 번의 검을 휘두름으로 열이 넘어가는 사병의 머리를 터뜨려 버렸다. 그럼에도 포기하지 않고 끊임없이 그를 공격하도록 사병들에게 명하였으나 그들은 그에게 달려드는 족족 즉살당하거나 곤죽이 되어 저 멀리 튕겨져 날아갔다. 인간의 한계를 넘은 그들로도 제현의 발을 붙잡아 두는 것이 고작이었다.

백세악은 빗물로 씻겨져 나감에도 여전히 붉게 물든 땅을 바라보았다. 저 괴물의 손에 도대체 몇 명이나 죽어 나간 걸까? 저자는 정말 인간이긴 한 것일까? 보면 볼수록 무서운 자라는 것을 절실하게 깨닫는다.

하지만 이미 그는 동공왕을 향해 제 송곳니를 드러냈다. 모든 걸 되돌리기에는 이미 늦었다. 그랬기에 백세악은 제 옆에 떨어져 있던 검을 주워 들었다. 어차피 다른 사병들은 전의를 잃었다. 그가 아무리 악을 쓰며 명령을 해도 꼼짝도 하지 않을 터. 그러니까 그가 직접 움직여야 했다.

이 상황에선…… 살아남기 위한 다른 수가 없었다. 어떤 핑계를 대어도 소용없다. 무조건 숙청당할 뿐이다. 남은 길은 이제 동공왕의 목숨을 먼저 끊어 내는 것.

"으아아아아아아!"

그렇기에 백세악은 괴성을 지르며 전력을 다해 제 평생의 목표를 향해 달려갔다. 이길 가능성은 영(0)에 한없이 수렴한다. 그래도 달린다. 검을 치켜든다. 그의 심장을 노린다. 눈앞을 가리는 빗줄기에도 눈을 감지 않고 제 최강의 대적자를 향해 검을 내지른다.

좌아악.

눈앞에서 섬광이 번쩍였다. 그리고 세상이 빙글 돌았다. 바닥을 몇 번이나 뒹굴었을까? '쾅' 하는 충격과 함께 그는 멈추어 설 수 있었다. 그는 제 손에 여전히 검이 쥐어져 있는지 확인했다. 그리고 자리에서 일어서려 했다. 하지만 하체엔 아무런 감각이 없다.

백세악은 시선을 돌려 동공왕을 바라보았다. 비 사이로 빛나는 검붉은 안광. 검은 머리에 흑룡포를 입고 어두워진 풍경 속에 서 있는 그. 그래서인지 백세악은 그가 어둠 속에서 먹이를 노리고 있는 기괴한 짐승으로 보였다.

"크하……"

그리고 백세악은 보았다.

"하하하하하하하!"

그의 앞에 무너져 있는 제 반신을. 그리고 깨달을 수 있었다. 현재 제 몸 중에 남아 있는 부분은 왼쪽 어깨부터 오른쪽 옆구리까지 사선으로 가로지른 위쪽 상체뿐이라는 것을. 입 안으로 핏물이 차오른다. 이미 살기는 그른 몸. 백세악은 들고 있던 검을 내려놓았다.

한순간 그의 눈앞이 아득한 어둠으로 덮였다. 그리고 들려오는 물음.

"그래, 이런 짓까지 저지르고 나니 만족스러운가?"

백세악이 고개를 들자 바로 제 앞까지 와 있는 동공왕이 보였다.

피에 미친 폭군. 인간의 마음을 모르는 광귀. 그 외에 여러 수식어들.
자신은 그런 그를 상대하려고 했다. 왠지 모르게 자꾸 웃음이 나온
다.

"아아…… 만족……스럽지 않……군요. 그…… 왕……좌를 차지
했……다면 만족……스러웠을라……나?"

말이 중간중간 끊기긴 했지만 나름 담담하게 흘러나왔다. 백세악은
무표정한 제현을 쳐다보며 입가를 비틀어 올렸다. 확실히 제가 저지
른 짓은 미친 짓이긴 했다. 하지만…… 후회되진 않는다. 제가 제정신
이었다면 조용히 몸을 숙인 채 통하지도 않을 모략을 꾸미는 것으로
평생을 보냈으리라. 이렇게 왕이 되기 위해 발악을 해 본 것도 제법
나쁘지 않았다. 비록 실패로 끝났지만.

백세악은 아쉽다는 듯 말했다.

"성공……했으면…… 좋……았을 것……을……."

그 말을 끝으로 그의 고개가 툭 떨궈졌다. 안타깝다는 듯 차마 감지
못한 눈에서 생기가 빠져나갔다. 결국 눈동자는 탁하게 바닥만을 응
시할 뿐.

제현은 말없이 그에게서 뒤돌아섰다. 그리고 얌전히 두 손을 모은
채 서 있는 분홍 머리 규수 곁을 지나며 말했다.

"시신 수습은 네게 맡기도록 하지."

"감사합니나, 선하."

백사린은 조신하게 답했다. 제 곁을 스쳐 지나간 제현을 돌아보진
않는다. 그저 반 토막이 난 채 벽에 기대어져 있는 제 아비에게로 다
가갔다. 그리고 제 몸을 숙여 그의 얼굴을 바라보았다. 처참한 모습임
에도 만족스럽다는 듯 웃고 있었다.

순간 울컥하고 눈물이 올라왔다. 하지만 꾹욱 눌러 내며 슬픔을 참
아 냈다. 적이라 정의 내리고 반대편에 서서 싸워 왔다고 해도 그녀의
아버지였다. 그가 있었기에 지금의 그녀가 있을 수 있는 것이다. 서로

가진 신념이 달랐지만 그것만은 분명한 사실이었다.

백사린은 두 손으로 일그러져 있을 제 얼굴을 가렸다.

"바보 같으신 분."

천우(天雨)는 지나가는 비처럼 얼마 지나지 않아 그쳤다. 흐려졌던 하늘도 다시 파란 제 본모습을 드러냈다. 하나린은 싸늘하게 식은 오단을 꼬옥 안은 채로 멍하니 하늘을 바라보고 있었다.

"함께 슬퍼해 주시기는 하는군요."

하나린은 쓰게 웃으며 오단의 뺨을 조심스럽게 쓰다듬었다. 그녀와의 인연은 여기까지. 이제 보내 주어야겠지. 그녀는 오단의 시신을 천천히 바닥에 눕히며 자리에서 일어섰다. 그리고 온전히 일어선 순간 자신의 목에 걸쳐지는 거대한 낫을 발견했다.

스팍.

공기를 가르는 소리가 스산하게 귀를 울렸다.

「아…… 아깝다.」

하나린은 본래 있던 곳에서 열 장 가까이 물러선 곳에서 절 노린 존재를 바라보았다. 검은 여인이 거대한 낫을 어깨에 인 채로 그녀를 바라보고 있었다. 그녀는 방긋 웃으며 살짝 고개를 기울여 보였다.

「기왕이면 단번에 끝내고 싶었는데.」

하나린은 눈앞에 있는 존재가 일반적인 계(界)에서 비껴 있는 이란 걸 알아챘다. 그녀는 다급히 주변을 둘러보았다. 어느새 흑영과 미리내는 저 멀리 날아가 처박혀 있는 상태. 일어서지 못하고 잘게 경련하는 것을 보아하니, 당분간 움직이는 것은 무리로 보인다.

「다른 곳에 신경 쓸 여유가 있어?」

눈 한 번 깜빡했을 뿐인데 검은 여인의 얼굴이 바로 코앞에 있다.

그리고 검은색의 낫이 무거운 무게감을 가지고 하나린을 덮쳤다.

쿠웅.

하지만 낫이 박힌 곳은 단단한 돌로 덮인 바닥이었다. 하나린은 이번에도 열 장 가까이 멀리 물러서 있었다. 그런 그녀를 바라보며 매구는 재밌다는 듯 감탄사를 터뜨렸다.

「호오?」

한편 하나린은 제 손을 내려다보며 슬프게 웃었다. 순수하게 자기보호를 목적으로는 힘을 쓸 수 있다는 것일까? 하나린은 다시 검은 여인에게 시선을 돌렸다. 비록 금제가 풀린다 하더라도 그녀가 가진 무력으론 저 요괴를 이길 수 없었다. 푸르게 빛나는 눈이 상대의 정체를 분석해 나갔다. 그리고 도달한 결론.

「타락(墮落)의…… 여우인가요?」

「어머나? 정답!」

검은 여인이 박수를 짝 치며 축하한다는 듯 답했다. 그 순간 여인의 얼굴에 여우와 비슷한 괴물 거죽이 달라붙었다. 그리고 치마 아래로 아홉 개의 검은 꼬리가 스르륵 흘러나왔다. 그리하여 그곳에 선 자는 온연한 괴물.

그 괴물의 입이 열렸다.

「있잖아.」

하나린은 온봄을 긴장시키며 매구를 바라보았다. 그리고 속삭임은 바로 그녀 뒤에서 들려왔다.

「날 위해 죽어 줘.」

섬뜩!

하나가 아니야? 하나린은 반사적으로 몸을 돌리며 손을 내뻗었다. 그에 주변의 바람이 불어와 방패처럼 그녀의 앞을 가로막는다. 그리고 간발의 차이로 검은 돌풍에 대항할 수 있었다. 문제는 상대의 힘이 급조한 바람의 방패로는 버티기 힘들다는 점일까?

터엉.

공기가 터지는 소리. 하나린은 눈앞이 아득해지는 충격과 함께 튕겨 날아갔다. 그리고 그 끝에는 낫을 든 매구가 기다리고 있었다. 검은 괴물은 깔깔거리며 날아오는 하나린에게로 달려들었다.

「이쪽도 있답니다.」

하나린은 다급히 바닥을 향해 손을 휘둘렀다. 그러자 바닥에서 석암이 치솟아 올라 매구의 앞길을 방해했다. 그것으로 하나린은 한숨을 돌릴 수 있었다. 아니, 그렇게 생각했다. 허나 어느새 뒤따라와 그녀 위로 뛰어오른 또 하나의 매구가 손을 쫙 편 채로 추켜올리더니 그대로 하나린에게 내리쳤다.

「쿵!」

장난스럽게 내뱉어진 말. 그러나 그 결과까지 장난 같지는 않았다. 꼭 거인이 손바닥으로 내려친 듯 바닥에 거대한 손자국이 남았다. 그것에 직격당한 하나린은 땅 깊숙이 틀어박혔다. 눈앞이 새하얗게 변한다. 전신을 두드리는 통증 속에서 하나린은 소리 없는 비명을 질렀다.

하나린으로선 저항이 불가능한 무력. 거기에다 두 마리의 매구가 행하는 연계는 틈이 보이지 않을 정도로 딱딱 맞아떨어졌다. 그러기에 싸우는 법을 모르는 그녀에게 있어서 이 사투는 이미 끝이 정해져 있는 싸움이었다.

죽는다. 이대로는 죽는다.

하나린은 흐릿한 시야 사이로 검은 그림자가 덮쳐 오는 것을 보았다.

「안녕, 영원히.」

스아아아악.

매구가 든 검은 낫이 수평으로 휘둘러졌다. 그리고 바닥에 찍힌 거대한 손바닥 자국 한가운데로 긴 선이 그어졌다. 공기까지 베어 내는 날카로움. 하지만 매구는 눈길을 들어 올리며 안타깝다는 듯 입맛을 다셨다.

「쥐 새끼처럼 잘도 도망가네.」

매구가 보는 시선 끝에 왼쪽 팔을 부여잡고 있는 하얀 여인이 보였다. 그 왼쪽 팔을 따라 새빨간 핏물이 뚝뚝 떨어져 내렸다. 순백과 선혈이라. 기묘하게 어울리는 형상이라 생각하며 매구는 깔깔 웃음을 터뜨렸다.

하나린은 저를 구석으로 몰며 즐겁게 웃는 매구들을 보곤 아랫입술을 꽉 깨물었다. 그녀로선 절대 저들을 이겨 낼 수도 저들에게서 도주할 수도 없었다. 그렇다고 과거 천살성이 뜰 때처럼 그녀가 이용할 수 있는 봉인진이나 결계 같은 것이 있는 것도 아니었다. 그녀는 결국 결심한 듯 영롱한 음성으로 천어를 읊었다.

「땅의 지맥이여 내게…….」

「미안하지만 그건 안 되겠는걸?」

그 순간 매구 하나가 그녀의 말을 끊으며 강하게 발을 굴렀다. 그 순간 검은 괴물을 중심으로 검은 오탁이 땅의 맥을 타고 달렸다. 그렇게 지맥을 오염시키고 그 기운을 단단히 묶는다. 그에 하나린의 표정이 아연하게 변했다.

참담하게 찡그려진 그녀의 얼굴을 보며 매구가 입을 길게 찢으며 비웃었다.

「아아― 천살성이 뜨는 날 웬 거붕이 나타나 달빛을 가렸다던가? 그게 당신 짓이었지, 아마? 무려 하늘의 대리자를 상대하는 일인데 미리 조사를 해 놓았지. 절대 놓칠 수 없는 맛있는 과실인걸.」

긴 혀가 나와 입가를 핥고는 다시 입 안으로 들어간다. 그와 동시에 검은 바람을 다루는 매구가 땅을 박차며 순식간에 거리를 좁히며 달려들었다. 하나린은 급한 대로 바람을 끌어모았다. 그 순간 낫을 든 매구의 신형이 바닥으로 푹 꺼지더니 하나린의 그림자에서 불쑥 튀어나온다.

「아?」

당황하는 하나린을 향해 번개와 같은 속도로 떨어지는 거대한 낫. 매구는 이번에야말로 그녀의 목을 취했다고 생각했다. 하지만 그 낫의 날 끝은 하나린의 하얀 목과 종이 한 장 차이로 멈추어 섰다.

까드드드득.

바람들을 자아내어 만든 사슬이 검은 낫을 칭칭 감아 구속하고 있었다. 하나린이 가진 기운에 영향을 받아 황금빛으로 빛나는 얇은 사슬들은 찬란한 아름다움을 간직하고 있었다. 낫을 휘두른 매구가 잠시 그것에 넋을 놓을 정도로. 문제는 매구가 하나가 아니라는 점일까?

카드드드드드득.

검은 돌풍이 무지막지한 압력을 품고 하나린을 향해 휘몰아쳐 왔다. 낫을 막고 있는 것에 전력을 쏟아붓고 있던 그녀로선 그것마저 막아 낼 힘이 남아 있지 않았다. 날카로운 흑풍(黑風)에 갈가리 찢겨질 미래를 떠올리며 그녀는 두 눈을 질끈 감았다.

그 순간 누군가가 그녀를 낚아채듯 끌어안았다. 따스한 품에 품어짐과 동시에 기이하고 진한 향이 그녀의 코를 스쳤다. 그리고 진득한 기운의 폭발.

터어어어엉.

힘과 힘의 충돌로 거대한 충격파가 원을 그리며 주변을 휩쓸고 지나갔다. 허나 그 속에서도 하나린은 아무런 영향도 받지 않았다. 그저 바람에 머릿결이 휘날리는 것이 다일 뿐. 그 여파가 가라앉았을까? 그녀의 귓가에 소름 끼치도록 낮은 음성이 들렸다.

"미안, 좀…… 아니, 내가 많이 늦었다."

하나린이 조심스럽게 눈을 뜨자 검붉은 안광을 띠고 있는 제현의 얼굴이 보였다.

"으흐흐흐흥~ 이제 좀 구경할 만하려나?"

여울은 격전지로부터 멀리 떨어진 지붕 위에 앉아 콧노래를 불렀다. 그리고 곰방대를 꺼내 불을 붙이고 입에 물었다. 그때 제현이 시선을 돌려 그녀가 있는 곳을 바라본다. 그에 여울은 방긋 웃으며 손을 흔들어 주었다. 당연한 이야기지만 그는 곧바로 고개를 홱 틀어 버린다.

"에? 그래도 내가 알려 줬는데."

여울은 길게 늘어진 갈색 머리를 쓸어 넘기며 아쉽다는 듯 입맛을 다셨다. 그녀가 아끼는 귀여운 여우가 검은 여우에 의해 죽을 위기에 처하자 이무기는 곧장 제현을 찾아 나섰다. 그리고 풍옥전으로 미친 듯이 달려가는 제현에게 대전으로 가라고 알려 주었다. 믿지 못하겠다는 듯 의심스러운 눈길로 보는 그였으나 그녀가 죽을지도 모른다는 말에 바람같이 달려갔다.

그리고 지금의 상황. 아슬아슬하게 제때에 도착한 듯싶었다. 그녀는 지금 상황이 너무나 짜릿하다는 듯 몸을 부르르 떨었다. 그러곤 킥킥거리며 웃음을 터뜨렸다.

"자, 누가누가 이길까요? 알아 맞혀 봅시다."

타락의 여우 '들' 은 제현을 바라보았다.
「아, 방해꾼의 등장인가?」
「귀찮게 됐네.」
「아니야. 어쩌면 좋은 기회일지도.」
「요화(妖花)의 정도 제법 괜찮은 과실이니까.」

두 마리의 매구는 서로 말을 주거니 받거니 하며 시선을 맞추었다. 그리고 동시에 제현을 향해 시선을 돌리며 달려들었다.

"쯧, 무슨 말을 지껄이는 건지."

물론 제현에겐 천어를 알아들을 수 있는 능력은 없다. 다만 그들이 행하는 행동과 기세에서 대충 어찌할 것인지를 잡아낼 뿐이었다. 현 상황에선 적어도 제현에게 사랑한다고 구애하려 달려드는 게 아니란 것쯤은 알 수 있었다. 만약 그러하다면 안 그래도 흉악한 면상을 저리 흉흉하게 일그러뜨리고 달려들 리가 없으니까.

제현은 주변에 다른 사람들이 있는지 먼저 둘러보았다. 지금부터 할 공격은 범위가 크기 때문에 재수 없는 인물들은 말려들어 갈 수 있다. 전방에 다른 생명체가 없다는 것을 확인한 그는 말없이 손을 하늘로 들어 올렸다.

위잉 위잉 위이잉.

공기가 진동하는 소리와 함께 그의 전방으로 공중에 크고 작은 적색 원들이 그려졌다. 그 하나하나가 내포한 기운은 건물 하나는 통째로 소멸시켜 버릴 정도. 매구는 그것이 위에 생기자마자 어마어마한 중압감에 눌려 무릎이 꿇려졌다. 그들의 표정이 단단히 굳는다.

"잘 가라."

제현이 싸늘히 중얼거림과 동시에 적(赤)의 고리로 검은 번개가 떨어져 내렸다. 청각이 인지할 수 있는 소리의 한계를 초월하는 고음에 오히려 아무런 소리도 들리지 않았다. 고리와 땅을 잇는 검은 번개는 마치 거대한 기둥처럼 크기를 키워 갔고 용이 승천하는 것처럼 꿈틀거렸다.

나무로 만들어졌든 돌로 만들어졌든 상관없이 주변 기물들이 순식간에 타오르고 녹아내린다. 그리고 부피를 불리던 그것은 최후에 폭발하였다.

세상이 칠흑으로 가득한 듯 검게 물든다. 빛 한 점 찾아보기 힘들

만큼. 이 가혹할 정도의 폭력 앞에서 누군들 저항할 수 있을까?

하늘 높이 치솟은 먼지들이 서서히 가라앉으며 점차 참상이 드러났다. 직경 일 정(町: 약 108m) 가까이 되는 범위가 완전히 초토화되어 있었다. 깊이 파인 구덩이들이 즐비하고 여기저기서 연기가 피어올랐다. 그 풍경 속에 매구는 존재하지 않았다. 하지만 제현의 표정은 풀어질 줄을 몰랐다.

그때 제현의 그림자가 꿈틀거리며 일렁였다. 그와 동시에 그는 검을 뽑아 제 그림자에 칼날을 박아 넣었다. 그러자 그 일렁거림이 즉시 멎었다.

"미치겠군. 그곳에서도 살아남다니."

「살아남는 게 당연하답니다?」

날카롭게 들리는 음성은 하늘에서 들렸다. 제현이 급히 고개를 들자 그곳에 검은 매구가 떠 있었다. 그것이 비웃듯 입가를 일그러뜨리며 두 팔을 휘저었다.

「그리고 그 정도는 저도 할 수 있답니다?」

대기가 운다. 그리고 제현과 하나린이 있는 곳 위의 하늘이 검은 바람으로 뒤덮이기 시작했다. 상대의 말을 알아들을 수는 없어도 상당히 위험한 짓을 하려는 것을 알아챌 수 있었다. 제현은 검을 검집에 밀어 넣었다. 그리고 천천히 주먹을 쥐었다. 그에 따라 사방으로 검붉은 살기의 불꽃이 튀어 올랐다.

「고이 죽어 주겠니?」

매구의 입으로부터 흘러나온 말. 검은 폭풍은 응축되고 응축되더니 마치 거대한 송곳처럼 변하였다. 철 정도는 가볍게 잘라 낼 절삭력이 모여서 하나의 재앙을 만들어 냈다. 그것은 한 치의 멈춤도 없이 제현을 향해 떨어져 내렸다. 그리고 제현은 거대한 기운 덩어리를 휘감은 손을 그 재앙을 향해 내질렀다.

터어어엉.

기괴하게 일그러진 붉은 파동이 터져 나오며 검은 삭풍을 상쇄하였다. 공기가 터지는 소리가 들리며 지면이 뒤틀린다.

오로지 힘과 힘의 대결.

하지만 제현이 점차 밀려나기 시작했다. 기운이 충돌하며 발산하는 압력을 버티지 못하고 그가 딛고 있는 지지대인 땅에 금이 가며 갈라져 나갔다. 그가 휘청하는 순간 적색 파동을 뚫으며 흑색 송곳이 밀고 들어왔다.

제현은 이를 악물며 다른 한 손에 기운을 모으며 다시 꽉 주먹을 쥐었다. 일격으로 안 된다면 이격으로!

"깨져라아아아아아아아!"

쩌엉!

그는 망설임 없이 제 코앞까지 밀려온 검은 바람에 주먹을 내질렀다. 그것은 마치 분쇄기 속으로 팔을 밀어 넣는 행위. 검붉은 기운 줄기들이 그의 팔을 타고 내달렸다. 그리고 터진다.

키이이이잉.

붉은 파동이 터져 나오며 순간적으로 바람으로 만들어진 흉흉한 송곳의 형체가 흐트러졌다. 하지만 검은 돌풍이 떨어지는 것 자체가 멈추진 않았다. 가장 좋은 방법은 자리를 피하는 것이다. 하지만 하나린을 뒤에 두고 있는 그로선 절대 물러설 수 없었다.

이것으로도 안 된다면 세 번째로! 제현은 요화(妖花)의 정에 축적된 요력을 바닥까지 긁어내며 또다시 주먹을 쥐었다. 그때 그의 등 뒤에 새털 같은 손길이 닿았다. 그리고 이어지는 가느다란 속삭임.

"괜찮아. 더 이상 힘쓸 필요 없어."

하나린의 말이 끝남과 동시에 푸른 선이 거미줄처럼 내달려 주변으로 흩어진 검붉은 기운 파편에 연결되었다. 그리하여 만들어진 기이한 회로. 그로 인해 거대한 송곳의 형체가 그대로 '고정'되었다. 이내 검붉은 파편의 형체가 변하여 기이한 문자가 허공에 새겨진다. 결국 만들어진 것은 기괴한 형태의 주술진. 하지만…… 아름다웠다. 그리고 신비로웠다.

「흩어져라.」

자연을 닮은 음성이 울려 퍼짐과 동시에 흑색 송곳은 그 형체를 잃고 갈가리 찢기듯 주변으로 흩어졌다. 그리하여 찾아든 정적.

하나린은 제 가슴을 부여잡고 거칠게 숨을 내쉬었다. 제현은 바짝 긴장한 채로 적의 신형을 좇았다. 하지만 어느 곳에서도 보이지 않는다. 그 순간 그의 그림자에서 낫을 든 매구가 튀어나왔다.

「이번엔 사전에 차단하지 못했네?」

제현은 급한 대로 하나린을 밀쳐 내며 물러섰다. 그리고 떨어지는 거대한 낫의 옆면을 손바닥으로 내리쳤다. 허나…….

‘무겁…….’

푸욱.

심장으로 향한 그 끝을 제 어깨 쪽으로 틀어 놓는 게 고작이었다. 제현은 상상 이상으로 묵직한 무게감에 그대로 한쪽 무릎을 바닥에 꿇었다.

으드득.

그는 이가 부서져라 깨물며 제 앞에 오만하게 서 있는 매구를 올려 보았다. 그것은 입맛을 다시며 안타깝다는 듯 말했다.

「아쉽다. 죽일 수 있었는데.」

제현은 어깨를 내리누르는 통증을 참아 내며 앞으로의 수를 빠르게 계산했다. 힘과 힘의 충돌에선 밀릴 수밖에 없다. 그가 아무리 요화의 정을 가지고 있다고 해도 결국은 스물두 해를 산 한낱 인간. 그러나 상대는 몇백 년을 살아온 요괴. 거대한 요력을 쓰는 방법에 매우 능하다. 그렇다면…… 전장의 흐름을 바꾼다.

거대한 힘을 쓰는 데 익숙하다면 그런 힘을 쓸 기회를 주지 않으면 된다. 제현은 주변으로 넘쳐흐르는 제 요력을 모조리 몸 안으로 갈무리했다. 그리고 그것을 모두 신체 강화로 돌린다. 제현은 사납게 웃으며 검 손잡이를 잡았다. 이후 여분의 요력을 검에 쏟아부었다.

"죽어라."

검붉은 기운을 잔뜩 머금은 검날이 검집 밖으로 모습을 드러냈다. 거대한 낫을 비껴서 끊어 친다. 그와 함께 검은 낫의 중심점이 흔들리며 튕겨 나간다. 매구가 잠시 당황한 사이 일어서며 한 걸음 전진. 그후 진각을 밟는 것과 동시에 초근접 거리로 접근. 어깨로 들이박으며 분경을 넣는다.

투웅.

큰 소리도 없고 큰 충격파도 없이 그저 뒤로 두어 걸음 물러난 게 다일 뿐인 매구. 그러나 그것은 더 이상 움직이지 못한 채 몸을 파르르 떨다가 주저앉으며 피를 왈칵 토해 냈다. 방금 제현이 한 공격은 파동을 이용하여 외부의 단단함을 무시하고 내부에 충격을 주는 침투경의 일종. 아마 매구의 내부는 반쯤 곤죽이 되어 있을 터였다.

제현은 망설임 없이 상대의 목을 향해 검을 휘둘렀다. 허나 매구는 누군가가 뒤로 끌어당긴 듯 주욱 끌려갔다. 그 끝에 있는 것은 검은 바람을 두른 또 다른 매구. 저 멀리 떨어진 지붕 위에 선 채 입꼬리를 올리고 있는 검은 괴물.

제현은 그대로 바닥을 박차고 그것을 향해 달려갔다. 그리고 다친 어깨에 억지로 힘을 주어 그 아래에 있는 팔을 움직였다. 망가진 듯 파르르 떨리는 손으로도 검 손잡이를 꽉 잡았다.

검병을 두 손으로 꽉 잡은 그는 지붕 위로 뛰어오르며 번개처럼 빠르게 검을 휘둘렀다. 공격을 피해 움직이는 매구를 따라 검을 휘두르며 수십의 궤적을 만들어 냈다. 검붉은 실로 거미줄을 치듯 그렇게 먹이를 몰아가 사냥한다. 공간째로 상대를 압박해 들어가는 것이다. 그 모든 것이 단 일 초도 되지 않아 이루어졌다.

인간이 쌓아 온 무(武)라고 하는 것. 그것은 약한 자가 강한 자를 이기기 위해 만들어진 것. 상대가 어떻게 움직일지 예상하고 그에 맞는 각각의 대응법들을 수립한 뒤 그걸 하나의 체계로 쌓아 올린다. 모든 움직임들을 모아 작은 힘으로 큰 힘을 제압하며 제단하는 기술의 총체. 단순 약육강식 세계에 가깝게 살아가는 영스러운 존재에겐 조금 이질적일 수 있는 것.

제현이 요괴에게 노려지기 시작할 때부터 꾸준히 쌓아 온 힘이었다. 그리고 지금 이 순간 대요괴 범주에 들어가는 타락의 여우를 위협적으로 밀어내기 시작했다.

촤아앗.

최후엔 매구의 팔 하나를 잘라 냈다. 절단면에서 붉은 피가 아니라 검은 진흙이 튀어 오른다. 제현이 마무리를 하려는 순간 또다시 그의 그림자에서 낫을 든 매구가 모습을 드러내며 기습을 가했다. 허나 제현은 침착하게 휘둘러지는 낫의 옆면을 끊어 쳐 중심점을 흐트러뜨린 뒤 상대의 목에 발차기를 날렸다.

뿌드득.

목뼈가 부러지는 소리와 함께 그것의 고개가 확 뒤로 젖혀졌다. 제현은 씹어 내뱉듯 말했다.

"이제 그만 좀 끝내자!"

그와 함께 내질러지는 검.

푸욱.

그리고 살을 관통하는 소리가 울려 퍼졌다. 문제는 그의 검이 상대에게 닿지 않았다는 것일까? 문제는 그의 가슴을 뚫고 나온 짐승 같은 손이라는 것일까? 문제는······.

"세 번째······ 요물이냐?"

매구가 셋이라는 것일까? 갑작스러운 습격. 제현은 순간적으로 귀에서 '삐─' 하며 이명이 울리는 느낌이었다. 하지만 언제까지 그렇게 있을 수는 없는 법. 그는 이가 부러져라 턱에 힘을 주었다.

제현은 급한 대로 제 뒤에 새로 나타난 매구를 검 손잡이 끝으로 올려 친 뒤에 그 자리에서 다섯 걸음 정도 벗어났다. 그러자 구멍 뚫린 가슴으로부터 왈칵 핏물이 터져 나온다. 그는 휘청거리다 그대로 풀썩 무릎 꿇었다.

심장 절반이 날아갔다. 사람이 살아가는데 필수적인 장기가 박살 나고도 얼마나 숨을 쉴 수 있을까?

그는 자꾸 감기려는 눈에 억지로 힘을 주었다. 흰자에 핏줄이 불어져 나오며 빨갛게 충혈된다. 제현은 흐려지는 시야로도 검은빛을 좇았다.

「깔깔깔깔!」

「깔깔깔깔!」

「깔깔깔깔!」

귓가를 어지럽히는 요사스러운 웃음소리들. 제현은 저것들을 빨리 죽여야 된다고 생각했으나 몸은 그의 통제를 점차 벗어났다.

뗑그렁.

그리고 그의 손은 기어코 들고 있던 검을 놓치고 말았다. 무기력하게 무너지고 있는 그를 지켜보던 매구 중 하나가 그의 턱을 잡고 들어올렸다. 무언가가 햇빛을 받아 반짝 빛나는 게 보인다.

「이만 죽어 줘. 덕분에 많이 곤란했어.」

마치 그의 죽음을 축복하듯 그리 말한 매구의 손톱이 크게 원을 그렸다. 그렇게 사신의 입맞춤처럼 날카로운 손톱이 그의 목을 파고들기 직전……

황금색 빛줄기가 그들을 덮쳤다.

제현에게 밀쳐져 바닥에 나뒹군 하나린은 다급히 고개를 들어 제현의 행적을 좇았다. 저 멀리 떨어진 건물의 지붕 위. 셀 수 없이 많은 검붉은 검광들이 번쩍이며 검은 괴물을 몰아넣고 있었다. 다행이라면 다행일 수 있는 광경. 하지만 그녀는 비틀거리며 자리에서 일어섰다.

제현이 선전하고 있는 것처럼 보인다 해도 상대는 무려 영스러운 존재다. 살아온 세월 자체가 다른 만큼 쌓아 온 경험 역시 다르다. 언제 어떻게 전투의 흐름이 반전될지 알 수 없다.

"도와야 해."

타락(墮落)의 여우에 몇 번이나 두들겨 맞았기 때문일까? 전신에서 격통이 타고 흘렀다. 고통엔 익숙하지 않지만 그래도 힘들게 참아 내며 걸음을 옮겼다. 그사이 그들의 싸움은 점점 더 격화되고 있었다. 한 번 눈을 깜빡일 때마다 그들의 위치가 뒤바뀌어 있을 만큼 초고속으로 이뤄지는 싸움. 과연 그녀가 끼어들 틈이 있을까?

지금까지 살아오면서 피가 튀는 전장과 관련된 적은 손에 꼽을 정도로 적었다. 그리고 그 전장에서 직접적으로 무력을 쓴 적은 전무(全無). 위협을 받으면 빠르게 도주했으며 추격자가 있으면 지인의 도움으로 물리쳤다.

상대에게 해를 끼친다는 생각을 하지 못하고 상처를 줄 수 있는 능력조차도 없다. 태어날 때부터 그렇게 만들어졌다.

아니…… 그녀에게도 딱 하나 있다. 후천적으로 얻은 단 하나의 날카로운 송곳니. 그녀가 유일하게 가진 공격 무기. 그것을 가진 이후 여태까지 한 번도 써 보지 않은 것. 하나린은 제 아랫입술을 꾸욱 깨물었다.

그때였다.

촤아앗.

검은 바람을 다루던 매구의 팔이 허공으로 날아오르며 검은 진흙이 튀어 올랐다. 제현이 접전 끝에 상대의 팔을 잘라 낸 것. 그가 마무리를 하려는 순간 그의 그림자에서 낫을 든 매구가 튀어나왔다. 제현은 그 역시도 쉽게 피해 내며 상대의 턱을 차올렸다. 그와 함께 내질러지는 검.

푸욱.

그리고 살을 관통하는 소리. 문제는 그의 검이 상대에게 닿지 않았다는 것. 문제는 그의 가슴을 뚫고 나온 짐승 같은 손. 문제는…… 그의 뒤에 나타난 세 번째 매구.

하나린의 눈이 경악으로 크게 떠졌다. 그 순간 제현이 뒤에 나타난 매구를 뿌리친 후 빠르게 거리를 벌렸다. 그와 함께 제현의 가슴께에서 피가 울컥하고 터져 나온다. 그리고 그대로 풀썩 무릎 꿇으며 주저앉는다.

삐이—

그녀의 귓가로 이명이 울렸다. 이미 이성은 반쯤 날아가 버린 상태. 그녀의 통제를 잃은 몸은 본능적으로 움직였다. 제 가슴 위로 손을 올린다. 그에 맞추어 그녀의 가슴 한가운데서 은색빛이 은은히 비쳐 나오며 황금색의 자루가 나타난다. 그녀가 그것을 잡고 뽑아내자 가늘고도 긴 금색 화살이 모습을 드러냈다.

하나린은 왼손으로 허공을 꽉 움켜쥐었다. 그리고 오른손으로 금색 화살을 시위에 거는 시늉을 하며 천천히 잡아당겼다. 그와 함께 바람이 용트림하듯 휘몰아치고 금색 빛무리가 타닥타닥 튀어 오른다. 하나린은 이를 꽉 깨물며 파르르 떨리는 팔에 최대한 힘을 주었다. 마치 활대의 어마어마한 장력을 이겨 내려는 듯.

끼기기기긱.

바람과 바람이 마찰하며 날카로운 고음을 연주했다. 그리고 화살 주위로 황금색의 기운이 소용돌이치며 크기를 불려 나간다. 푸르게 빛나기 시작한 하나린의 눈 안으로 별빛이 찬연히 부서져 내린다. 그리고 그녀의 망막에 매구가 제현의 목을 향해 제 손톱을 휘두르는 모습이 담겼다.

그때가 아슬아슬하게 그 힘이 최대로 달한 순간.

하나린은 잡고 있던 황금빛 화살을 놓았다.

투우웅.

공기가 밀려나며 울리는 음파. 그것을 버티지 못한 하나린이 뒤로 튕겨졌다. 하지만 곧게 나아간 화살은 정확히 제현을 노리는 매구의 팔을 관통했다. 그렇게 소용돌이치는 황금빛 기운에 남은 두 마리의 매구가 휩쓸렸고 낫을 든 매구는 간신히 몸을 피할 수 있었다.

번쩍.

폭사하는 눈부신 광휘. 그 빛줄기는 그대로 직진해 저 멀리 하늘까지 날아갔다. 어마어마한 기운에 직격당한 매구들은 파르르 몸을 떨었다. 그리고 고개를 돌려 바닥에 나뒹구는 하나린을 내려 보았다.

「이건…… 뭐지?」

「뭘까?」

「무슨 짓을 한 거지?」

매구들은 생각보다 멀쩡한 자신의 몸에 어리둥절한지 고개를 갸웃거렸다. 그리고 저들을 노려보는 푸른 시선을 향해 비웃음을 지었다. 그들 중 하나가 앞으로 나서며 손가락을 들어 하나린을 가리켰다.

「아, 귀찮아. 당신도 이만 죽으라고.」

그렇게 히죽 웃어 보인다. 그렇게 계속…… 아무런 일도 일어나지 않았다. 점차 일그러지는 그것의 얼굴. 매구는 고개를 숙여 제 손을 내려 보았다.

「아니, 왜? 어째서?」

신성(神聖)의 화살. 삿된 기운을 모조리 소멸시켜 버리는 기고(奇古)의 보물. 그것이 방금 하나린이 쏘아 낸 화살이었다. 그 때문에 매구의 몸속에 있는 요기가 모조리 증발해 버린 것. 즉 그 화살에 휩쓸린 두 마리의 매구는 속이 텅 빈 수레와 같았다. 물론 그것에 스친 낫을 든 매구조차 멀쩡하진 않았다. 오른팔에 요력의 영향이 전혀 미치지 않는다.

그렇기에 그들 '타락의 여우'는 당황하였다. 그리고 이내 사납게 이를 드러내며 하나린을 매섭게 쏘아보았다. 저것을 반드시 죽여야 했다. 그래야 이만한 희생을 한 수지가 맞았다. 그들이 살의를 드러내며 튀어 나가려는 그때였다.

파지지직.

하늘에서 백뢰가 떨어졌다. 하나린과 매구 사이로 떨어진 하얀 번개. 하얀 광채로 가득한 그곳에 긴 머리를 휘날리는 사람의 형상이 보였다.

파직 파지직 파직.

곧이어 백뢰는 땅을 타고 주변으로 흘러가며 사라진다. 그리고 그곳에서 드러난 이는 태산과 같은 기운을 가진 사내. 하늘을 향해 치솟은 백발 사이로 마치 호랑이 무늬처럼 보이는 흑발이 휘날린다. 철과 같이 새파란 눈이 지붕 위에 서 있는 매구들에게로 향했다.

「멸마(滅麻)의 백호다!」

「멸마의 백호야!」

「도망쳐!」

단지 마주한 것만으로 혼비백산하는 검은 괴물들. 한 매구가 앞에 있던 제현을 잡아 어마어마한 괴력으로 한뢰에게 집어 던졌다. 그는 무표정한 얼굴로 묵직한 무게감을 품고 날아오는 제현을 한 손으로 받아 냈다. 그리고 귀찮다는 듯 뒤로 휙 던졌다. 그런 백호의 태도와 달리 제현은 두둥실 날아 가볍게 땅에 눕혀진다.

그와 동시에 매구가 있던 자리로 하얀 벼락이 떨어져 내렸다. 그것은 하나로 그치지 않고 두셋씩 숫자를 늘리더니 이윽고 수십 단위로 몰아쳤다. 백호는 별 힘도 들이지 않고 천재지변이라 불릴 수 있는 그 힘을 한군데로 집중시켰다.

파지직 쾅 파직 쾅 쾅 쾅 파지지지직 콰과광.

귀청을 찢을 것만 같은 울림이 쉼 없이 울려 퍼졌다. 삼 초도 채 걸리지 않은 시간. 거대한 자연의 힘에 매구가 있던 자리가 완전히 소실되어 버렸다. 먼지마저 고열에 산화된다. 남은 건 아직도 녹아서 지글지글 끓는 땅바닥. 백호는 서느렇게 안광을 빛내며 혀를 찼다.

"쯧, 도망쳤군."

남공국에서 여느 때와 다르지 않게 태산이란 이름의 관리로서 유희를 즐기고 있던 때였다. 평소와 다른 점을 굳이 꼽자면 특별히 여름휴가를 나왔던 때라는 정도일까? 오늘은 주점에서 하루 종일 술만 퍼마시며 보낼 계획이었다. 하지만 그때에 신성(神聖)의 화살이 발동된 것을 느꼈다. 그것은 세상에 딱 하나밖에 없는 것이었다. 그리고 그것의 주인은 하나린이다.

여태까지 살아오면서 그녀가 그것을 꺼내 드는 것은커녕 그러려는 시늉조차 본 적이 없었다. 그랬기에 그녀에게 큰일이 닥쳤다는 것을 쉽게 깨달을 수 있었다. 그래서 부랴부랴 날아오니 보이는 것은 '타락의 여우'의 세 파편과 반시체가 된 동공왕. 그것만으로도 대충 사태를 파악할 수 있었다.

한뫼는 오른쪽으로 멀리 시선을 던졌다.

"저쪽으로 오십 리 정도인가? 멀리도 갔군. 도주를 위해 미리 통로를 연결해 놓은 건가?"

굳이 쫓아가고자 하면 쫓아갈 수 있다. 하지만 그가 자리를 비운 사이 하나린을 노린 또 다른 매+가 나타날 수 있다는 것이 문제. 백호는 그대로 고개를 들어 입을 벌렸다.

"■■■■■■■■■!!!"

터져 나오는 맹수의 울부짖음. 육체가 아니라 영혼에 고하는 울음소리. 그것은 궁을 넘어, 한양을 넘어, 심지어 동공국 전역으로 퍼져 갔다. 이것은 하나의 선포. 타락의 여우가 천우의 선녀를 상처 입혔다는 사실을 전하였다.

깊은 산속. 나무 그림자에서 세 마리의 매구가 쑥 하고 모습을 드러냈다. 그중 하나는 몸의 반절이 새까맣게 타서 연기가 나고 있었다. 그렇다고 나머지도 멀쩡한 모습은 아니다.

「조금 반응이 늦었나?」

「아냐, 충분히 빨랐어.」

「그 괴물이 더 빨랐던 것일 뿐.」

하나가 제현을 백호에게 던지는 동시에 하나가 제 몸을 방패로 쓰고 아직 요력을 쓸 수 있는 매구가 그림자를 통해 미리 설정해 놓은 좌표로 모두를 이동시켰다. 멸마(滅麻)의 백호를 인지하자마자 동시에 진행된 일임에도 그들은 한뇌의 공격에 성한 몸으론 벗어나지 못했다.

「괴물.」

「괴물.」

「괴물.」

그들은 질린다는 듯 동시에 말을 내뱉었다. 자신 스스로도 제가 괴물이라 생각하고 있는데 상대는 자신보다 더한 괴물이다. 그것은 하나의 현상이자 자연의 일부. 절대 항거할 수 없는 웅대한 흐름이자 거대한 폭력. 그들은 백호가 절 쫓아오지 않았다는 사실에 안도할 수 있었다.

후우웅.

그때 바람을 가르며 묵직한 무언가가 날아왔다. 매구들은 순간적으로 산개하여 그것을 피했다. 그와 함께 곧게 날아온 그것이 그들 바로 뒤에 있던 나무를 가격했다.

빠직 뚜드드드득.

그 힘이 보통을 넘어가는지 다섯 아름(두 팔을 둥글게 모아 만든 둘레 안에 들 만한 분량을 세는 단위)이나 되는 나무가 그대로 꺾여 쓰러졌다. 매구들은 안색이 어둡게 변한 채 막 괴력을 선보인 청년을 바라보았다. 땅에 닿을 듯 길게 댕기를 늘어뜨린 청년이 서서히 숙였던 몸을 일으키며 황금빛 눈을 번뜩였다. 그가 입고 있는 검은 도포의 오른팔 쪽이 바람에 펄럭이며 그 자리가 비어 있음을 드러냈다.

곧이어 땅으로부터 축축한 습기가 스며 나오기 시작한다. 그리고 숲의 그늘 속에서 청년과 같이 황금빛 눈을 빛내는 자들이 하나둘 모습을 드러냈다. 매구는 헛웃음을 흘리며 입을 열었다.

「달도깨비족이 무슨 일로 날 공격한 것이지?」

해명을 제대로 하지 않으면 당장 목숨줄을 끊어 놓겠다는 의지를 드러내며 검은 괴물들이 살기를 뿜어냈다. 아무리 그들이 방금의 전투로 인해 타격을 입었다고 하지만 여기 모인 달도깨비들을 상대 못할 정도는 아니었다.

「그러는 그쪽은 왜 그분을 공격했지?」

그때 처음 매구를 덮친 달도깨비가 적대심을 드러내며 답하였다. 무섭게 이를 갈며 매구들을 노려본다. 그런 그가 가소롭다는 듯 타락의 여우는 깔깔 웃음을 터뜨렸다.

「그년 보고 그분이래!」

「내 먹잇감 말하는가 보네?」

「많이 아쉬웠시 소금만 더 했으면 숙일 수 있었는데!」

그와 함께 달도깨비들의 안면이 불쾌감을 품고 와락 구겨지며 살벌한 적의를 드러냈다. 그에 매구 중 하나가 마주 살기를 뿜으며 말했다.

「죽여 줄게. 덤비려무나?」

화르르르륵.

허나 대답은 다른 방향에서 돌아왔다. 뜨거운 열기를 품은 청색 불꽃이 매구들을 삼켰다. 그 끝을 알 수 없는 청화(靑火)의 파도. 그러나 얼마 지나지 않아 충격파가 터져 나오더니 그 불꽃을 걷어 냈다. 그리고 그곳에서 나름 멀쩡한 모습의 매구들이 모습을 드러냈다. 그들은 방금 자신을 공격한 적을 향해 눈을 부라렸다.

「꽝철이!」

「용도 되지 못한 버러지가!」

「어디서 감히!」

꽝철이. 이무기가 용이 되기 위한 승천을 할 때에 업(業)의 부족이나 다른 방해로 낙천하여 된 요괴. 그 울화가 화염이 되어 겉으로 뿜어져 나오는 존재로 신선이 될 수 없는 괴물로 알려져 있다. 그 격은 대요괴 아래에 간신히 걸쳐 있는 정도로 보인다. 그리고…… 이곳에 있는 꽝철이 '비각'은 낙천하여 목숨이 위험할 때 하나린의 도움으로 그 생을 이은 이였다.

비각은 제 은인에게 위협을 가한 타락의 여우를 향해 송곳니를 드러내 보였다. 그리고 그걸 마주한 매구들이 사나운 기세로 비각을 향해 달려 나갔다. 하지만 매구들은 곧 어둠 속에 갇혀 버린다. 수준 높은 환각술.

「이매망량!」

이매망량(魑魅魍魎). 魑 : 도깨비 리, 魅 : 도깨비 매, 魍 : 도깨비 망, 魎 : 도깨비 량. 이매는 산속의 요괴, 망량은 물속의 요괴를 가리키는 말이다. 즉 온갖 잡것들. 혹은 온갖 도깨비들이라는 의미. 그러나 실질적으로 따지자면 이들은 도깨비가 아닌 자연에서 태어난 정령들이 군체로 모여 만들어진 집단을 의미하는 말. 그리고…… 이곳에 있는 이매망량은 하나린 덕분에 태어날 수 있었던 군체.

그렇게 하나린에게서 큰 은혜를 입은 존재들이 곳곳에서 달려들기 시작했다. 상대가 타락의 여우라 자신의 능력으로 상대할 수 없다는 것을 알면서도 은인의 목숨을 위협한 원수를 향해 모여들어 악착같이 싸움을 걸었다.

웅성웅성.

대전을 중심으로 말로 표현할 수 없는 폭력이 휩쓸었다. 그것을 멀리서 본 궁인들이 하나둘씩 그곳을 향해 모여들었다. 놀라운 듯 소리치며 탄성을 터뜨리는 그들의 목소리를 들으며 하나린은 욱신거리는 몸을 부여잡고 일어났다. 그리고 저 멀리 쓰러져 있는 제현을 바라보았다.

"제현?"

하나린은 멍하니 그에게로 걸어갔다. 바닥을 질척질척하게 적시며 퍼져 가는 피웅덩이. 심장이 있을 곳에 휑하니 구멍이 뚫린 채 울컥울컥 선혈이 솟아오르고 있었다. 그녀는 비틀거리는 무릎을 꿇고서 그의 머리를 끌어안았다.

"아…… 아……."

거짓말. 거짓말이야. 충격적인 광경에 하나린의 입에서 완성되지 못한 말이 뭉개져 나왔다. 현실을 외면하려고 하여도 제 품에서 빠르게 식어 가는 그 온기가 끊임없이 사실이라 속삭이고 있었다.

"치, 치료해야……."

아직 영혼이 육체를 떠나진 않았다. 하나린은 제 기운을 끌어내려 하지만 조금 진까지 사용할 수 있었던 선기가 꽁꽁 묶여 한 치의 움직임도 보이지 않았다. 또다시 금제가 가해진 것이다. 그녀의 입술이 공포로 파르르 떨렸다.

이대로라면 제게 가장 소중한 인연을 잃고 말 거라는 그런 아득함. 죽음이란 것은 그녀에게 있어 당연한 자연의 순리와 같았다. 과거 어떤 생명의 죽음을 보았을 때도 슬퍼하고 안타까워할지라도 가슴이 저미듯 괴롭지는 않았다.

하지만 짧은 인연으로 사랑을 배우고 그의 존재가 자신의 심장과 같이 변했다는 것. 그것은 그녀의 모든 것을 바꾸어 놓았다. 제현을 잃는다는 것만으로 깊이를 알 수 없는 공허함과 내부를 모조리 긁어내는 아픔, 그리고 눈앞이 암담해지는 공포를 느낀다.

하나린은 하늘을 올려다보며 끊임없이 빌었다.

'살려 주세요. 그를 살려 주세요. 제가 잘못했어요. 모든 게 다 제 잘못이에요. 제발 되돌려 주세요. 그의 목숨만 살릴 수 있게 해 주세요. 그럼 다신 이렇게 인세의 흐름에 관여하지 않을게요. 도와주세요. 하늘님, 제발 도와주세요.'

그녀의 뺨을 타고 한 방울의 눈물이 흘러내렸다. 부디 절 불쌍히 여겨 그녀에게 가한 금제를 풀어 주길. 제발 더 이상 늦기 전에…… 제현의 영혼이 이 육체를 떠나기 전에 이 상황을 구제해 주길…… 하나린은 그렇게 기도하고 기도했다.

하지만 돌아오는 대답은 없었다.

"누구라도…… 좋으니 제발…… 하늘에 닿을 소원을……."

하나린은 뿌옇게 흐려진 시야로 주변을 둘러보았다. 어떤 이라도 상관없다. 스스로 고귀하다 칭하는 귀족이든 궁 안에서 늘 마주할 수 있는 궁녀나 병사든. 제발 여기에 싸늘히 식어 가는 이 나라의 왕을 위하여 간절히 기도해 주길.

"제발 빌어 주세요…… 제현을 위하여……."

그녀의 입에서 울음 섞인 말이 희미하게 흘러나왔다. 좀 더 크게 소리쳐야 되는데. 그래야 그녀의 말을 듣고 누군가 소원을 빌어 줄지 모르는데. 하지만 그녀의 입에선 꺽꺽거리는 음성만이 간신히 새어 나올 뿐이었다. 주변을 에워싼 채 웅성거리는 이들은 많으나 그중에서 티끌만 한 소원이라도 품은 자가 없다.

아니, 그녀의 외침을 듣는다 하여 누군들 그를 위하여 기도하여 줄까? 그를 두려워하고 피하는 그들이 과연 그의 소생을 원하기나 할까?

하나린은 제 목을 부여잡았다.

숨이 막힌다. 가슴에 큰 돌이 얹혀진 듯 목이 무언가에 막혀 있는 듯. 제 마음을 채우는 절망감과 슬픔에 그대로 익사해 버릴 것 같았다.

"제발…… 도와주세요……."

이젠 목표마저 잃은 부탁. 누구를 향한 요청인지도 모른다. 그저 누구라도 좋으니 이 악몽에서 구원해 주길…….

"크, 쿨럭."

그때 제현의 입에서 핏물이 튀어나와 그녀의 뺨을 적셨다. 그걸 끝으로 그는 힘없이 추욱 늘어졌다.

싫다. 이런 건 싫다.

"아아아아아아아아아아악!"

하나린의 절규가 폐허 속을 크게 울리었다. 그 순간 그녀는 기적이 일어남을 느꼈다. 이곳에 있던 어떤 이의 소원이 하늘에 닿았다. 그리고 깨달을 수 있었다. 지금 이곳에서 제현이 살아나길 간절히 빌고 있는 이가 딱 하나 있었음을.

하나린은 덜덜 떨리는 손을 뻗어 조심스럽게 제현의 머리카락을 쓸어 넘겼다. 그에 그의 창백한 안색이 드러난다. 아직은 죽지 않았다.

"살 수 있어."

그 사실을 확인한 그녀는 아프게…… 처연하게…… 웃음을 지어 보였다.

"제현, 당신은 살 수 있어."

당신이 나를 염원하여 사랑이란 감정을 알게 해 주었듯 내가 당신을 염원하여 생명을 줄 수 있게 되었어. 하나린은 활짝 웃음을 지었다. 하지만 그녀의 눈가에선 눈물이 후드득 떨어졌다.

"나는 괜찮아. 나는…… 당신이 살았으면 좋겠어."

흐느낌이 섞여 흐트러지는 음성을 억지로 다잡으며 그녀는 말을 이었다.

"미안해. 계속 당신 옆에 있겠다는 약속…… 못 지킬 것 같아."

그녀가 살아온 세월에 비하면 정말 짧은 인연이었다. 그저 스쳐 지나간다고 할 정도로 가벼울 수 있던 인연. 그러나 그가 염원하여 붙잡았고…… 그녀 역시 염원하여 그의 곁에 남았다. 길 잃은 미아처럼 제현은 그녀를 꽉 잡고 놓질 못했고 그녀는 그런 그를 외면하지 못했다.

그녀가 사라진다면 그는 어찌 될까? 누가 그의 곁에서 힘이 되어 주고 위로를 해 줄까?

"그래도…… 그래도…… 살아."

자신도 바보같이 놓지 못했는데 이런 말 할 자격이 있을까? 그래도 당신에게 말한다.

"당신 앞길에 있는 것은 깎아지른 절벽이 아니라 뭐가 있을지 모를 숲길이니까."

하나린의 몸으로부터 은은히 황금빛이 흘러나오기 시작했다. 그녀가 가진 본연의 힘에 하늘로부터 주어지는 기운이 섞이기 시작했다. 그리고 그녀의 백발과 하얀 꼬리가 은은하게 금빛을 띠어 가고 그녀를 중심으로 금빛 파문이 퍼져 나간다.

하나린은 제현의 입술에 가볍게 입 맞추며 속삭였다.

"사랑해."

그리고 하늘과 땅을 잇는 금빛 기둥이 치솟았다.

"쯧, 죽겠군."

한뫼는 심장이 박살 난 제현을 보며 혀를 찼다. 그리고 그를 끌어안은 채 오열하고 있는 하나린에게 시선을 주었다.

"하늘을 거스른 대가인가?"

제현이란 자는 이미 살기 글렀다. 생명에 중요한 주요 장기가 아예 터져 버렸으니. 거기에다 벌써부터 혼과 육의 분리가 이뤄지고 있었다. 혼이 아직은 간신히 육체에 붙어 있는 모양이지만 떨어져 나가는 것은 순간이다.

하나린의 능력이 멀쩡하기만 했다면 그를 살릴 수 있었을 것이다. 육체 수복도 가능하고 혼도 다시 육체에 묶을 수 있을 터. 허나 그녀의 능력엔 이미 상당 수준, 아니 완벽하게 금제가 가해져 있었다. 한뫼, 그도 나름 회복 주술을 쓸 줄 알지만 육과 혼이 분리되는 과정까지 되돌릴 수준은 되지 못한다.

이제 하나린은 제게 가장 소중한 이를 잃게 되겠지.

백호는 철과 같은 눈으로 비련의 연인을 바라보았다. 하늘은 하나의 법칙이다. 세상이란 것을 규제하기 위한. 세상에서 여기저기에 오류가 생기면 그것을 수정하려 한다. 허나 자신이 직접적으로 개입할 수 없어 쓰는 것이 바로 '하늘의 대리자'. 그런 이가 하늘의 목적에 반하는 행동을 한다면 어찌 될까?

곧바로 경고와 천벌로 교정을 하려 할 것이다. 그리고 이것이 바로 그 결과였다.

"뭐…… 어찌 되었든 오래갈 인연이 아니란 건 알고 있었지만 그 시기가 생각보다 빠르네."

그녀가 좀 더 행복한 나날을 만끽했으면 싶었는데. 한뫼는 쓰게 웃었다. 그리고 그들을 외면하며 뒤돌아섰다. 그 순간 그는 기묘한 기운의 와류를 느꼈다.

"응?"

무언가가 하늘에 닿았다. 그것은 기적을 불러일으키는 의지. 제 모든 것을 내놓고 비는 염원.

"설마!"

한뫼는 황급히 고개를 돌려 하나린에게로 손을 뻗었다. 허나 그 전에 그곳으로부터 황금빛 기둥이 하늘을 향해 솟구치더니 거대한 파동을 만들어 냈다. 찬란하고도 웅장한 광경에 백호는 다급히 팔을 들어 올려 제 눈가를 가렸다. 그는 예상치 못했던 결과에 눈을 부릅떴다.

"염원을 들어주는 하늘의 대리자가…… 제 염원을 빈다고?"

그건 하늘로부터 부여받은 능력을 제 사욕을 채우기 위해 쓴다는 것. 자신의 존재 이유를 거스른다는 것. 무엇보다도…… 하늘이 내릴 '수정' 을 받아야 한다는 것…….

백호는 멍하니 황금빛 가운데 눈물을 흘리면서도 환한 웃음을 짓는 하나린을 바라보았다.

「소멸까지…… 각오한 게냐?」

그로서도 처음 보는 광경이었다. 말이 좋아 하늘의 대리자지 실제론 '하늘의 인형' 이나 다름없는 이가 제 스스로의 결정으로 이렇게까지 한다니. 그 사실에 백호는 등줄기를 따라 짜릿한 무언가가 달리는 기분이었다. 정말 오랜만에 꾸며 낸 감정이 아닌 진실된 감정이란 것을 느꼈다.

아름답다. 정말 아름답다. 고작 인형 '따위' 가 제 스스로 선택을 하고 자신의 존재마저 내어놓는다는 사실이.

그렇기에 백호는 경이롭다는 듯 그 장면을 계속해서 바라보았다.

그때였다.

후우우우웅.

무지막지한 폭풍이 몰려왔다. 한양 너머로부터 몰려든 그것은 곧이어 한양 전체를, 그리고 궁을 뒤흔들며 휘몰아쳤다. 그리고 나타난 거대한 새가 태양을 가렸다.

그 새의 정확한 형상은 알아볼 수 없었다. 그걸 파악하기엔 새의 크기가 너무나 컸다 그리고 태양을 등지어 태반이 어둠 속에 잠겨 있기에 명확한 것이 보이지 않았다. 그나마 구분할 수 있었던 것은 푸른빛과 갈색이 섞인 깃털을 가지고 있다는 것 정도일까? 대붕은 따로 날갯짓 없이 날개를 펴고 있는 것만으로 하늘에 부유하고 있었다.

곧 거대한 새로부터 푸른 빛무리와 갈색 빛무리가 흩뿌려지더니 지상을 향해 소용돌이치며 내려앉았다. 그리고 이내 백호의 앞에 도달하더니 응축되고 응축되어 하나의 신형을 만들어 낸다.

푸른색으로 시작하여 끝으로 갈수록 갈색으로 변하는 머리, 황금빛을 띠는 눈, 인간 같지 않은 하얀 피부를 가진 사내. 깃털로 이뤄진 옷을 둘러 입은 그는 바로 굉음(轟音)의 거붕, 한울.

「할아범, 도대체 이게 무슨 일이지?」

그는 황금빛 기둥을 보며 두 눈을 부릅떴다. 그리고 곧장 멱살이라도 잡을 태도로 한뫼에게 질문을 던졌다. 한편 감상을 방해받은 백호는 불쾌하다는 표정으로 한울을 노려보았다.

「보면 알 거 아닌가.」

「보면은 뭐가 보면이야! 지금 저대로라면 하나린이 죽는다고!」

「잘 알고 있으니 닥쳐라, 꼬맹아.」

한뫼가 으르렁거리듯 말하자 한울이 움찔하며 뒤로 물러섰다. 한울이 아무리 대신선의 영역에 들어섰다고 해도 그건 최근의 일. 그리고 대신선이라고 해도 모두 다 같은 대신선이 아니었다. 그럼에도 그는 물러서지 않고 다시 입을 뗐다.

「저걸 막을 방법은?」

그에 푸르게 빛나는 눈이 시선을 돌려 한울을 바라보았다. 대놓고 드러나는 짜증에 한울은 다시금 움찔하고 몸을 떨었다. 백호는 혀를 차며 당연한 사실을 묻느냐는 듯 답했다.

「없다.」

「그럼 저 아이가 죽는 걸 방관하겠다는 거야!」

「너도 방도가 없다는 걸 알고 있을 텐데?」

한울의 외침에 한뫼가 싸늘히 일갈했다. 그에 한울이 입을 일자로 꾹 다문다. 그도 알고 있다. 무려 하늘과 거래를 하는 과정이다. 이 세계의 법칙에 속한 자가 어찌 그 과정에 끼어들 수 있을까? 한울은 참담하게 얼굴을 일그러뜨렸다. 곧 그는 이를 갈며 다른 질문을 던졌다.

「그녀를…… 저 지경까지 몬 자식은?」

그 안에 깊이를 알 수 없는 증오가 일렁거린다. 당장 눈앞에 그이가 있으면 갈가리 찢어 버리겠다는 듯이. 그에 백호의 입가에 비웃음이 걸렸다.

「왜? 죽이게?」

「당연한 말, 하게 하지 마.」

「힘들걸? 무려 타락(墮落)의 여우거든.」

백호의 말에 한울은 뿌득 이를 갈았다. 빌어먹을 매구. 그는 검은 여인을 떠올리며 제 분노를 뜨겁게 불태웠다. 도대체 어찌 된 구조인지 죽여도 또 다른 곳에서 같은 놈이 튀어나오는 괴이한 녀석. 그렇기에 영스러운 존재 사이에서도 불사에 가장 가까운 존재라고 알려져 있었다.

죽여도 죽일 수 없다. 할 수 있는 것은 고작 화풀이일 뿐. 열불이 끓어오른다는 한울의 표정을 보며 한뫼가 다시 입을 열었다.

「뭐 그래도 꼭 죽이고 싶다면 그녀가 가진 '가짜 불사'의 비밀 정도는 말해 줄게.」

「죽일 수…… 있어?」

「가능하지. 다만 천천히 시간을 들여 말려 죽여야 한다는 점이 귀찮지만.」

백호는 한때 궁금증으로 타락의 여우를 몇 마리 잡아 본 적이 있었다. 찢어 죽이기도 해 보고 통째로 삼켜도 보고 천천히 해부도 해 보았다. 그리고 그 과정을 통해 매구가 가진 불사의 비밀을 알아낼 수 있었다.

「666의 마법. 그것이 그녀가 가진 거짓 불사의 비밀이다.」

「마……법? 설마? 그건 세상의 벽 너머의 문물일 텐데? 영스러운 존재는 이 세상을 벗어날 수 없잖아?」

「뭐 운이 좋았던 건지 운이 나빴던 건지 세상의 오류를 통해 그곳으로 넘어갔던 것 같아. 결국 그쪽 세상에 있는 균형자의 수정으로 다시 되돌아왔지만 그사이 마법이란 것을 배웠던 모양이야. 그리고 제게 적용시킨 마법이 바로 그 666의 마법이지. 자신의 본질을 666개로 나누는 마법이랄까. 즉 그녀를 죽이고 싶으면 보이는 족족히 열심히 죽이고 다녀야 된다는 것이지. 그녀의 파편이 모두 없어질 때까지.」

백호는 거붕을 향해 비웃듯이 말하였다.

그때 황금빛의 기둥이 잦아들기 시작했다. 그것은 점차 흐릿하게 변하더니 곧이어 빛무리로 쪼개어져 흩날린다. 이는 하늘과의 거래가 종료되었다는 의미. 그에 따라 한울과 한뫼의 시선도 그곳으로 향했다. 그곳엔 얕게 숨을 내쉬고 있는 제현과 그런 그를 향해 기쁜 듯 웃음을 짓고 있는 하나린이 보였다.

여전히 황금빛의 기운에 감겨 있는 하나린. 그 순간 그녀의 어깨에서 황금빛 나비가 스르륵 튀어나와 날갯짓을 하며 하늘로 올라가기 시작했다. 그녀는 그 나비를 따라 시선을 들었다. 허나 그것은 시작일 뿐이었다. 왼쪽 손목에서, 바람에 흩날리는 머리카락에서, 가슴께에서 또 다른 황금빛 나비가 나타났다. 그에 하나린은 슬프게 웃음을 지었다. 그리고 제 품에 안겨 있는 제현을 향해 속삭였다.

「안녕.」

이내 그녀의 신형을 흐트러뜨리듯 수백수천의 황금빛 나비가 터져 나온다.

「아아―」

한울이 안 된다는 듯 말을 내뱉었으나 이미 늦은 지 오래. 황금빛

나비의 무리는 흔적만이 남은 빛의 기둥을 따라 빙글빙글 돌며 하늘을 향해 날아올라 갔다. 멍하니 그 장면을 지켜보던 한울이 이를 꽉 깨물더니 그대로 뒤돌아섰다. 그런 그를 향해 백호가 질문을 던졌다.

「어디 가나, 꼬맹이?」

「매구 새끼 죽이러.」

그 말과 함께 한울의 신형이 빛무리로 산화되었다. 그리고 하늘 위에 떠 있는 거붕이 한 차례 날갯짓을 했다. 그 단 한 번의 행동으로 어마어마한 태풍이 몰아치며 거체가 사라졌다.

「쯧, 성질머리하곤.」

그 바람에 제 의관이 흐트러지자 한뫼는 짜증스레 말을 내뱉었다. 백호는 제 옷을 몇 번 털더니 눈앞의 상황에 홀려 잠깐 동안 무시하고 있던 요물을 떠올렸다. 궁에 똬리를 틀고 있던 이무기. 그는 여울을 찾기 위해 시선을 돌렸다.

「하여튼…… 요즘 어린 것들은 도망치는 것에는 도가 튼 것 같아.」

방금까지 전투를 열심히 구경하고 있던 이무기가 그 잠깐의 시간 동안 한양 밖까지 도주하였다. 저번에 하나린과 진지하게 대화를 나눌 때 뭔가 수를 쓰려 했던 것으로 보아 아마 이번 일에 어느 정도 관여된 듯한데…… 무엇보다 작금의 상황을 구경하며 낄낄거린 것으로 보아 이번 사건의 최대 수혜자가 그것이 아닌가 싶다.

「뭐 상관은 없나?」

백호의 푸른 눈이 이무기의 운명을 읽어 들였다. 자신의 특기가 아닌 만큼 정확한 예지를 할 수는 없다. 그저 길흉화복(吉凶禍福)을 점치는 수준. 하지만 그것만으로 충분했다. 저것은 이른 미래에 크게 화를 당할 터이니. 상처를 치료하기 위해 꽤 오랫동안 활동하지 못하고 동면해야 되리라. 그랬기에 그는 귀찮은 요괴에게서 신경을 끊었다.

그리고 제현이 누워 있는 곳을 향해 시선을 던지며 입가를 비죽 올렸다.

「그건 그렇고 하늘의 대리자가 소멸되었으니…… 이 지경까지 만든 매구를 잡기 위해 사냥개가 움직이겠군.」

하늘이 만들어 낸 가장 끔찍한 괴물. 따지고 보면 신선이란 범위에 들어가지만 결코 신선이라 느껴지지 않는 기괴한 생물. 하늘이 세상의 오류나 오염 물질로 정의한 모든 것을 먹어 치우는 거대한 포식자. 아무리 백호, 그라도 꺼려지는 최강최악의 이물.

그것은 정체가 알려지기는커녕 존재 자체를 알고 있는 이들도 한 손에 꼽을 정도다. 그것에 대해 듣는다고 해도 너무 허무맹랑하게 느껴져 일종의 전설 정도로만 취급하게 되리라. 굳이 미련한 거붕이 직접 움직이지 않더라도 그 사냥개가 하늘이 정의한 '쓰레기'를 치우기 위해 이미 움직이기 시작했을 것이다. 그 본체가 천이 넘어가든 만이 넘어가든 사냥개의 목표로 지정되었으면 그냥 죽었다고 봐도 무방했다.

「나조차도 그것에게서 살아남을 자신이 없으니.」

두어 번 혀를 찬 그는 방금 전까지 빛의 기둥이 있었던 곳을 향하여 걸음을 내디뎠다.

「도대체 그년이 무엇이라고!」

만신창이가 된 매구는 날카롭게 고함을 내질렀다. 타락(墮落)의 여우는 무려 셋이나 함께 움직였다. 그런데 지금 여기 서 있는 것은 딱 하나. 그것도 만신창이 상태였다. 여기저기 베이고 뜯긴 곳으로부터 검은 오탁이 울컥울컥 쏟아져 나오고 있었다. 그리고 오른팔마저 깔끔히 날아가 버린 상태.

사방에 쓰러진 신선들과 요괴들이 아직도 투지를 잃지 않은 채 이를 갈고 있었다. 몸이 멀쩡하지 않으면서도 억지로 움직이려는 듯 꿈틀꿈틀했다. 악에 받쳐 끝까지 포기하지 않는 모습. 매구는 분노했다. 이렇게까지 싸우려고 하는 저들을 이해할 수 없기에 더더욱 화가 치민다.

왜? 이길 수 없는 싸움이란 걸 알고 있을 텐데? 어찌 저렇게까지 할 수 있는 거지?

「빌어먹을 것들!」

하지만 그게 무슨 상관이랴? 하늘의 대리자 때문에, 그리고 그것을 위해 덤벼든 영스러운 존재들 때문에 둘이나 되는 자신을 잃었다. 그 상실에 대한 보충을 위해선 여기 살아 있는 영스러운 존재들을 모조리 죽여야만 했다. 그래도 많이 부족할 테지만 그게 어딘가?

타락의 여우는 낫을 든 왼팔에 더욱 힘을 주었다. 그리고 걸음을 내디디려 했다.

철퍽.

「?」

허나 발이 떼어지지 않는다. 꼭 끈적거리는 늪에 빠진 듯이. 매구는 어리둥절한 표정을 지으며 고개를 숙였다. 그리고 제 발 밑으로부터 퍼져 나가는 검은 진창을 확인할 수 있었다. 그것은 점차 크기를 키우더니 영스러운 존재들이 있던 장소를 넘어서까지 범위를 넓히며 그 모습을 드러냈다. 그렇게 형성된 어마어마한 크기의 검은 늪.

타락의 여우의 안색이 빠르게 일변했다. 믿을 수 없는 존재를 보았다는 듯. 매구는 영스러운 존재의 규격을 뛰어넘은 멸마(滅麻)의 백호마저 꺼리긴 하였지만 두려워하지는 않았다. 그런 그녀가 지금 공포심을 내보인 것이다.

그때 검은 늪 여기저기서 번뜩하며 눈꺼풀을 들어 올리듯 수없이 많은 눈이 나타났다. 흰자엔 검은 혈관들이 가득하고 눈동자는 피라도 머금은 듯 새빨간 색을 띠었다. 그렇게 각각의 크고 작은 눈들이 도르륵 구르더니 제게 붙잡혀 있는 매구를 향해 그 시뻘건 눈동자를 돌렸다. 그에 매구가 바들바들 떨리는 음성으로 그것의 이름을 내뱉었다.

「시, 식(蝕)의 탐(貪).」

하늘의 사냥꾼. 하늘이 부정한 것이라 지정한 것을 통째로 집어삼키는 포식자. 그 안에 삼켜진 것들의 수는 셀 수가 없고 그 하나하나가 가진 흉악함과 오염도는 상상을 초월해 오탁 덩어리처럼 보이는 심연이 되었다. 무엇보다…… 이것의 사냥감으로 선택되었다면…… 결코 도망칠 수 없다.

신선도 요괴도 아닌 이상한 괴기 덩어리. 악의와 살의가 뒤섞인 끔찍한 것들의 집합. 이걸 신비라고 부를 수 있을까?

「시, 싫…….」

울렁.

매구가 말을 채 끝내기도 전에 그것의 발밑이 물결치듯 일렁이기 시작했다. 순간 발판이 사라진 듯 그대로 **빠져든다**. 늪에 빠져들 듯 계속해서 일정한 속도로. 매구는 그곳에서 벗어나기 위해 발악을 해보지만 소용이 없었다. 박차고 나가려고 다리를 휘저으면 오히려 더 빠르게 빠져들었다.

「사, 살려…….」

어느새 검은 괴물은 얼굴까지 잠겨 들었다. 결국 밖에 나와 흔들리는 것은 두 개의 팔뿐. 하지만 그것마저도 곧 식의 탐 속으로 사라져 버렸다. 매구를 모두 삼킨 그것은 몇 번 눈을 도로록 굴리더니 이내 한 방향을 향해 시선을 돌렸다. 그 끝엔 아마 또 다른 타락의 여우가 있으리라. 그렇게 이 세상에서 타락의 여우란 존재가 완전히 사라질 때까지 그것의 움직임은 멈추지 않을 것이다.

이내 시뻘건 눈들이 하나둘씩 감겨 들었다. 그와 함께 기괴하게 형성되었던 검은 웅덩이는 서서히 땅에 흡수되듯 모습을 감추어 갔다. 그곳에 남은 것은 반쯤 만신창이가 되어 있는 영스러운 존재들과 포로록 움직이는 작은 짐승들 그리고 숲을 이루고 있는 나무들뿐이었다.

종장

　제현은 검은 어둠 속에 잠기어 있었다. 어디를 둘러보아도 깜깜한 어둠. 하지만 두렵다기보단 포근한 느낌이 든다. 언제까지나 그런 기이한 분위기 속에 잠겨 있을 것만 같았다. 하지만 얼마 지나지 않아 주변을 가득 채운 어둠이 일렁거리기 시작했다. 그와 함께 들려오는 속삭임.

　'살 수 있어.'

　살 수 있다니? 이게 무슨 소릴까? 갑자기 드는 의문.

　'세현, 낭신은 살 수 있어.'

　익숙한 음성. 처연한 감정이 흘러넘치는 그 슬픈 음성. 알고 있다. 알고 있는 목소리다. 멍한 정신 속에서 잔잔한 푸른 시선이 번개처럼 떠올랐다.

　'나는 괜찮아. 나는…… 당신이 살았으면 좋겠어.'

　또다시 '살아' 라는 목소리. 그에 제현은 제게 무슨 일이 일어났었는지 떠올릴 수 있었다. 갑작스러운 반란. 궁을 뒤덮는 진한 피 냄새. 빛나는 빗줄기들. 검은 여우요괴. 그리고…… 제 심장을 부수며 튀어

나왔던 짐승의 손.

'미안해. 계속 당신 옆에 있겠다는 약속…… 못 지킬 것 같아.'

하지만 이어지는 말에 그 기억들은 한구석으로 밀려났다. 무슨 말이야? 도대체 왜 약속을 지키지 못하겠단 거야? 어째서? 제현은 당장이라도 소리를 지르고 싶었지만 몸은 손가락 하나 까닥하지 못하였다.

'그래도…… 그래도…… 살아.'

안 돼. 가지마. 제발 날 떠나지 마. 너 덕분에 일어설 결심을 했어. 너 덕분에 날 바꾸어 갈 결심을 했어. 그런데…… 네가 없어지면 어떻게 해? 눈을 떠야 했다. 밖에서 그렇게 말하는 존재의 손을 잡고 제발 그러지 말라고 빌어야 했다.

'당신 앞길에 있는 것은 깎아지른 절벽이 아니라 뭐가 있을지 모를 숲길이니까.'

허나 그 말에 탁하고 기운이 풀려 버렸다. 그랬지. 그녀는 그렇게 말하는 이였다. 그래도…… 그래도…… 붙잡고 싶다. 그 순간 그의 입술에 부드럽고도 촉촉한 감촉이 새털처럼 닿았다가 떨어졌다.

'사랑해.'

그렇게까지 말하는데 내가 어찌 너를 포기할 수 있을까? 그렇게까지 말하는데 내가 어찌 너를 놓을 수 있을까? 날 미워하는 게 아니라면 제발 내 곁에 있어.

제현은 필사적으로 전신에 힘을 주었다. 아주 작은 움직임이라도 좋아. 그러니 일어설 수 있게, 그래서 그녀를 눈에 담고 손을 뻗어 잡을 수 있게…….

까닥.

오른손 검지가 살짝 움직였다. 그것을 기회로 오른손 전체를 움직인다. 그 다음으로 팔목을, 그 다음으론 팔꿈치를, 그 후로 어깨를. 그리고 있는 힘껏 손을 내뻗어 무언가를 잡았다. 그와 함께 꼭 감겨져 있던 눈이 떠졌다.

익숙한 천장이 그를 반겼다. 그 말은 즉 그가 누워 있는 곳이 침전이라는 의미. 호롱불이 어두운 방 안을 은은히 밝히고 있었다. 그동안 의식이라도 잃고 있었던 것일까? 제현은 제 손안에서 느껴지는 온기에 황급히 고개를 돌렸다. 그러자 검은 머릿결을 길게 풀어 내린 여인이 옆에서 엎드려 곤히 자고 있는 것이 보였다. 그가 잡고 있는 것은 그 여인의 손목.

"누구?"

제현은 멍하니 그 여인의 얼굴을 살폈다. 풍성한 머리카락 사이로 보이는 얼굴이 어딘가 눈에 많이 익다. 그는 조심스럽게 손을 뻗어 그녀의 앞머리를 치웠다. 그리고 드러난 얼굴.

"하나린?"

하나린이다. 그런데 왜 검은 머리카락인 걸까? 거기에다 언제나 기분 좋게 흔들리던 꼬리들도 사라져 있었다. 그는 삐걱거리는 몸을 억지로 일으켰다. 그리고 띵하고 울리는 머리를 부여잡았다. 도대체 무슨 일이 있었던 것일까? 그가 마지막으로 기억하는 것은 매구의 기습에 그대로 제 심장이 박살 나는 장면이었다.

제현은 고개를 내려 제 가슴께를 쳐다보았다. 분명 목숨을 잃을 정도로 위험한 치명상이었다. 그는 천천히 제 앞섶을 풀어헤쳤다.

"상처가…… 없어?"

흉터조차 남지 않은 가슴. 거기에다 요화의 정 역시 멀쩡하다. 상처가 있어야 할 곳을 더듬으며 제현은 인상을 찌푸렸다. 뭘까? 지독한 악몽이라도 꾼 것일까?

"아니, 꿈이 아니야."

기척조차 느껴지지 않았다. 방금 그가 깨어났을 때만 해도 없었던 인물이 방 안으로 침입해 들어와 있었다. 제현은 황급히 목소리가 들려온 방향으로 고개를 틀었다. 그리고 시야에 담긴 익숙한 얼굴을 보며 얼굴을 확 구겼다.

"백호."

"안녕, 오랜만이지?"

제현의 부름에 한뫼가 장난스럽게 인사를 건넸다. 그럼에도 제현의 얼굴은 펴질 생각을 하지 않았다. 한뫼는 머쓱하다는 듯 뒷머리를 긁적이며 입을 열었다.

"헤에— 그래도 도움을 준 존재인데 좋게 반겨 주면 안 될까?"

"도……움?"

"그래, 도움! 타락의 여우를 쫓아내 주었잖아!"

순간 어떻게 알고 찾아왔냐는 말이 목까지 치밀었다. 하지만 전에 천살성이 뜨던 날 그가 폭주했을 때 하나린이 거붕을 소환했었다는 것을 떠올리며 말없이 수긍했다. 아마 그녀가 그를 소환해 불러왔겠지. 제현은 조용히 눈을 감고 엉망진창인 마음을 진정시켰다. 그리고 다시 천천히 눈을 떠 백호를 바라보았다.

"내 상처는 누가 치료했지? 아니, 그건 누군지 물어볼 것도 없지. 그래, 하나린이 왜 이런 상태지?"

제현은 검게 변한 하나린의 머리를 쓸어내리며 질문을 던졌다. 그에 백호가 이해하지 못하겠다는 듯 고개를 갸웃했다.

"하나린이라니? 설마 그거?"

그리고 엎드려 있는 하나린의 뺨을 콕 찔렀다. 입꼬리를 기묘하게 올린 채 그녀를 '그거'라고 칭한다. 그와 함께 야차처럼 안면을 일그러뜨리는 제현. 그런 그가 재밌다는 듯 한뫼는 킥킥거리며 말을 이었다.

"넌 설마 토막 난 손가락을 보며 사람이라고 칭하는 거야?"

기묘한 어조와 극단적인 비유에 제현은 불길함을 느꼈다. 까마득한 심연 아래에서 움트고 있는 정체 모를 무언가를 보는 느낌. 제현은 딱딱하게 굳은 표정으로 말했다.

"그, 그게 무슨……."

"어려울 것 없어. 지금 네 앞에 하나린이란 형체를 취하고 있는 것이 바로 그런 것이란 거지. 그녀가 가진 대부분을 잃어버린 존재. 쉽게 말해 하나린의 찌꺼기."

점차 창백해지는 제현의 안색을 보며 백호는 잔혹한 어투로 설명을 이어 갔다.

"하나린이란 구미호의 정체에 대해 깊게 생각해 본 적 있어? 그녀가 태어날 때부터 가지고 있던 의무는 알고 있어? 아마 모르고 있겠지. 일부러 외면한 건지도 모르고. 어쩌면 그녀가 가지고 있는 비밀이 너무나 커서 자신이 감당하지 못할까 모른 척한 것일지도 몰라. 그래서 그녀를 놓아주어야만 할까 봐. 아니야? 그것도 아니면 언젠가 말해 주겠지라는 심정으로 알아볼 노력을 하지 않았다거나."

"그건……."

"하나린은 '하늘과 계약을 맺은 자' 지. 하늘의 필요에 의해 만들고 쓰이는 도구. 그녀는 하늘에 닿은 소원을 들어주는 의무를 가지고 있었어. 그런 그녀가 널 살리기 위해 자신의 소원을 빌고 그 소원을 성취시켰어. 자, 그럼 문제. 하늘은 사리사욕을 위해 자신이 내려 준 능력을 함부로 사용한 도구를 어찌할까?"

제현은 경악으로 두 눈을 부릅떴다. 그리고 흔들리는 시선으로 제 곁에 누워 있는 하나린을 내려 보았다. 그런 그를 비웃듯 한뫼는 키득거리며 말했다.

"간단하지. 소거(消去). 지워서 없애 버리는 거야. 자신이 준 능력과 영혼과 육체를 모조리 거둬 가 버리는 거지."

섬뜩한 침묵이 방 안을 가득 채웠다. 제현은 덜덜 떨리는 손을 뻗어 하나린의 뺨에 대었다. 온기가 느껴진다. 이렇게 가까이 있는데 이렇게 곁에서 숨을 쉬고 있는데 이렇게 생생한 감촉이 느껴지는데…… 그런데…… 그녀가 세상에서 사라졌다고? 제현의 눈가에 마른 물기가 차올랐다.

그때였다. 언제까지라도 감겨 있을 것 같던 하나린의 눈꺼풀이 파르르 떨리더니 서서히 열렸다. 그리고 새파란 눈이 몽롱하게 제현의 모습을 더듬었다. 흐릿하게 눈 안에서 빛나는 별빛들.

그래서 제현은 한 줄기 희망을 품었다. 지금 백호가 한 말이 다 거짓말이 아닐까? 방금까지 헛소릴 지껄인 것이 아닐까?

눈빛이 또렷해지며 그녀가 자리에서 벌떡 일어섰다. 반갑다는 듯 환하게 웃음을 짓는다. 그리고 벌어지는 입술.

"아으으 아아아."

하지만 나오는 말은 명확한 언어로 토해져 나오지 않았다. 그저 제 감정을 토해 내는 외침. 그에 잠깐 희색이 돌았던 제현의 표정이 무너져 내렸다. 하지만 하나린은 눈앞에서 훤히 드러나는 그의 감정을 알아채지 못한 듯 그가 깨어났다는 사실만을 기뻐하며 그의 목을 끌어안았다. 제현은 멍하니 제게 매달린 하나린을 바라보았다.

가슴 한구석이 무너져 내린다. 제현은 참담하다는 얼굴로 백호에게로 눈길을 돌렸다.

"얼마지? 하나린의…… 남아 있는 부분이…… 얼마나 되지?"

파르르 떨리며 나오는 그의 음성. 한뵈는 짓궂게 웃어 보였다. 지금 상황이 너무나 재밌다는 듯. 백호는 불안에 휩싸인 그를 향해 답변을 해 주었다.

"감정 하나."

"감정 하나?"

"그래, 감정 하나. 바로 너를 향한 사랑. 그녀가 가지고 있었던 유일한 자신의 것. 나머지는 모두 하늘이 내려 준 것이지. 그래서 싹 다 거둬 갔어. 그 감정이나마 있었기에 그나마 그 껍데기를 유지할 수 있었던 거지. 정말 위험했다니까. 널 소생시킨 직후엔 육체를 구성한 성분들의 연결이 느슨해져서 당장이라도 흩어질 것 같았지. 존재감이 거의 없었어. 현실에 안착하고 안정되는 것만 해도 엄청 어려웠어."

백호는 저벅저벅 걸어와 바로 제현 앞에까지 제 얼굴을 들이밀었다.

"쉽게 말해 줄까? 지금 하나린은 텅 빈 수레와 같아. 겉껍데기 안에 감정 하나만이 있을 뿐. 나머진 텅텅 비어 있어. 즉 지금 네 앞에 있는 하나린은 네가 아는 그녀가 아니야."

한뫼는 그렇게 선언했다. 네 앞에 있는 하나린은 네가 아는 그녀가 아니야. 그 마지막 말이 머릿속에서 끊임없이 맴돈다. 마치 종이 울리는 것 같은 충격 속에 제현은 허우적거렸다. 그런 그의 반응을 흥미롭다는 태도로 보던 백호가 다시 입을 열었다.

"앞으로 '그걸' 어쩔 거야?"

그래, 어찌해야 할까? 함께했던 추억들을 모조리 잃은 그녀와 어떻게 지내야 할까? 자신을 위해 모든 것을 희생한 그녀를 어찌 대해야 할까? 제현은 가슴이 에이는 듯한 고통을 참아 내며 하나린을 힘껏 끌어안았다. 하나린은 그저 그가 마주 안아 주었다는 것에 기뻐하며 그의 뺨에 제 뺨을 비볐다.

"괜찮아…… 네가 기억 못 해도 내가 기억하고 있으니까. 괜찮아. 네가 모든 것을 잃었다면 내가 다시 채워 줄 거니까. 날 위해 희생한 널 위해서…… 내 평생을 네게 바칠게."

제현은 그렇게 맹세했다. 그 모습에 한뫼는 김이 샜다는 듯 혀를 차며 뒤로 물러섰다. 그리고 아쉽다는 태도로 질문을 던졌다.

"음…… 그렇게 된다면 하나린은 네가 알던 하나린이 아니게 될 텐데?"

그에 제현은 소중하게 하나린의 머리를 쓸어내리며 답했다.

"내가 알던 하나린이 아니라도 상관없어. 그래도 하나린은 하나린일 테니까."

그녀가 동공왕인 자신을 좋아해 준 것이 아닌 '제현'이라는 사람을 품어 주고 좋아해 주었듯. 제현은 절 올려다보는 그녀를 보며 흐릿하

480

게 웃어 보였다.

"그렇지?"

"아으아?"

그의 물음에 그녀는 고개를 갸웃하며 완성되지 못한 말을 내뱉었다. 하지만 제현은 그렇게 반응해 주는 것만으로도 감사하다는 듯 하나린의 머리를 끌어안았다. 백호는 그들을 바라보며 묘한 표정으로 입맛을 다셨다. 그리고 그들 사이를 잇고 있는 수백에 가까운 홍사(紅絲)를 보며 쓰게 웃었다. 그리고 작게 읊조린다.

"역시…… 함께할 수밖에 없는 거겠지?"

한뫼는 황금빛 기둥이 사라지고 하나린이 품고 있던 모든 것이 황금빛 나비 형태로 사라지던 때를 떠올렸다. 백호가 그곳으로 가자 당장에라도 흩어질 듯 형체가 흐릿하게 변한 하나린을 볼 수 있었다. 잔인하게 말해 감정 하나만으로 껍데기가 유지될 리가 없었다. 그녀가 이 세상에서 그 형체를 유지할 수 있었던 건 그녀를 붙잡고 있는 수백의 홍사. 그 덕에 그대로 소실되어 버릴 그녀의 영혼이 현실에 안착될 수 있었고 생을 이어 갈 수 있었다.

하지만 지금 눈앞에 있는 그녀는 하나린의 극히 일부. 과연 지금의 그녀를 하나린이라 부를 수 있을까? 그렇다고 해서 그녀가 하나린이 아니라고도 할 수 있을까? 어쩌면 지금의 그녀가 하나린의 진짜 모습이라 볼 수 있을지도 모른다. 유일한 자신의 것만 남아 있는 상태이니.

그때 밖에서부터 누군가가 달려오는 발걸음 소리가 들렸다. 그리고 전령과 방 앞을 지키고 있는 박 내관의 대화 소리가 들렸다.

"전하께 보고할 것이……."

"하지만 전하께선 아직……."

"그래도 한번 확인을……."

"기다려 보게. 한번 보겠……."

살짝 방문이 열린다. 박 내관은 그 틈으로 방 안을 살폈다. 그리고 깨어 있는 제현과 눈이 딱 마주쳤다. 이후 그대로 얼음. 제현은 한숨을 내쉬며 입을 열었다.

"무슨 일인가?"

"네, 네? 저, 저기 그것이…… 저, 전령이 전하께 보고드릴 일이 있다고 하여……."

"들여라."

그와 함께 문이 완전히 열리며 전령이 두어 걸음 들어왔다. 그리고 황급히 부복하며 인사를 올렸다. 제현이 방금까지 백호가 있던 곳으로 고개를 돌렸으나 그곳엔 아무것도 없었다. 방 안 어디를 봐도 보이지 않는 걸 보아하니 이미 빠져나간 모양. 제현은 다시 시선을 돌려 부복하고 있는 전령을 바라보았다. 전령은 그에게 거의 기대고 있는 것이나 다름없는 하나린에게 흘깃흘깃 시선을 주고 있었다. 제현은 그가 당혹스러워하는 걸 무시하며 곧장 질문을 던졌다.

"무슨 일이냐?"

"그, 그것이 침전 앞에 수많은 영스러운 존재들이 몰려들어 있습니다."

이건 또 무슨 일인가? 제현은 욱신거리는 두통이 몰려오는 기분이었다. 반란과 그것의 흑막으로 나타났던 타락의 여우만 해도 골치가 아팠다. 거기에다 모든 것을 잃어버린 하나린까지 더하면 마음이 심란하기 그지없었다. 그런데 그것에 더해서 일어난 기이한 사건이라니.

영스러운 존재들이 급작스럽게 몰려들었다. 이번엔 또 무슨 일인가? 혹여 하나린 때문인가? 그렇다면 그녀를 위협하려는 것?

"나가 보겠다."

제현은 힘주어 자리에서 일어섰다. 그리고 걸음을 옮겼다. 문제는 하나린이 그의 목에 팔을 두른 채로 종종 따라온다는 것일까? 제현은 그대로 멈춰서며 그녀를 슬쩍 떼어 냈다. 그에 하나린이 고개를 갸웃하며 쳐다본다.

"여기 있어. 금방 갔다 올게."

제현은 하나린의 어깨를 꾹 누르며 여기 있어 줄 것을 당부했다. 그리고 뒤돌아서서 문밖으로 걸어 나갔다. 이윽고 그의 뒷모습을 보던 하나린의 눈에 조금씩 물기가 어리기 시작한다.

"어? 아으?"

그녀는 손을 뻗은 채 그의 뒷모습만 보며 따라갔다. 그리고…….

턱. 철푸덕.

문턱에 걸려 그대로 바닥에 엎어졌다. 그 소리를 듣고 제현이 뒤돌아보았다. 그에 고개를 든 하나린과 눈이 마주친다. 푸른 눈에 한가득 고인 눈물. 일그러진 입매. 그리고 흘러나오는 흐느낌과 같은 소리.

"흐으……."

"자, 잠깐……."

"으아아아아아아앙."

예상했던 대로 하나린은 성대하게 울음을 터뜨렸다. 제현은 황급히 달려와 그녀를 안아 일으켜 세웠다. 그는 식은땀을 흘리며 그녀를 도닥이며 얼렀다. 이런 경험이 없는 그로선 지금 상황이 당혹스러울 뿐이었다. 결국 한참 동안 그렇게 시간을 보내야 했다.

"흑, 흑…… 딸꾹딸꾹."

"그래, 이제 다 운 거야?"

제현은 목이 쉰 채로 딸꾹질하는 하나린을 보며 한숨을 내쉬었다. 그리고 그녀의 눈가에 대롱대롱 달려 있는 눈물방울을 손가락으로 훑어 냈다. 이런 꼴을 보아하니 떼어 놓고 나가기는 그른 것 같다. 결국 제현은 하나린을 제 품에 안아 들고 밖으로 걸어 나갔다.

긴 복도를 지나자 침전 밖의 상황이 눈에 들어왔다. 그리고 제현은 할 말을 잃어버렸다. 어둑어둑한 하늘을 배경으로 어둠이 내려앉은 침전, 그 주변 공간을 한가득 채우고서 가지각색의 빛을 내뿜는 영스러운 존재들. 그들은 담 위에도 지붕 위에도 저마다 자리를 차지하고 앉아 있었다. 그리고 그런 그들을 보며 겁에 질린 채로 경계를 서고 있는 궁호군과 도사들이 보인다.

영스러운 존재들은 제현이 나오자마자 곧장 그에게로 시선을 돌렸다. 아니, 더 정확히는 제현의 품속에 있는 하나린에게로 시선을 돌렸다.

그 시선의 압박이 두려웠던 걸까? 하나린은 꼼지락거리며 더더욱 제현의 품속으로 파고들었다.

"헤에— 너무 두려워하지 말라고. 안 그래도 널 보러 온 아이들인데."

그 순간 갑작스럽게 나타난 한뫼가 하나린에게 얼굴을 들이밀었다. 그에 하나린은 화들짝 놀라며 제현의 품속으로 얼굴을 폭 묻는다. 그런 그녀를 보며 머리를 긁적이는 한뫼.

"내가 무섭게 했나?"

"장난은 그만하지. 그건 그렇고 이것들은 다 뭐야?"

제현은 으르렁거리듯 말하며 제 침전 앞에 모인 영스러운 존재들을 둘러보았다. 백호는 방긋 웃으며 여유롭게 그들 앞으로 걸어갔다. 영스러운 존재들은 그의 움직임을 주시하며 바짝 긴장한다. 마치 자신들의 왕을 보듯이. 백호는 가까이에 있는 삼족오의 턱을 손가락으로 긁어 주며 말을 이었다.

"힘을 잃은 제 은인을 보호하기 위해 모였다……라고 할까? 대충 그런 느낌으로 생각하면 돼. 너는 그냥 받아들이면 되는 거고. 이번 사건을 통해 너의 무력함을 알게 되었잖아. 안 그래?"

제현은 제 아랫입술을 꾹 깨물었다. 백호의 말이 틀린 것이 아니라서 더더욱 가슴 한구석이 답답했다. 제현은 눈은 감았다. 그리고 잠시 후 눈을 뜨며 고개를 끄덕였다.

그의 긍정에 한뫼는 방긋 웃음을 지었다. 지금 자리는 그가 마련한 자리. 하나린의 보호란 것을 목적으로 그녀에게 은혜 입은 영스러운 존재들을 초대하였다. 뭐 그들이 원한 것도 있었지만. 어찌 되었든 간에 그는 하나린이 앞으로 어떻게 살아갈 것인지 그 끝을 보고 싶어졌다. 하늘이 내린 것을 모조리 잃어버린 그녀가 과연 과거와 같은 모습일지 아니면 새롭게 다른 모습으로 변모할 것인지. 그리고 제 과거를 던져 버린 그녀가 행복한 삶을 살 것인지 불행한 삶을 살 것인지도.

한뫼가 박수를 짝짝 쳤다. 그러자 영스러운 존재들 앞에 하얀빛으로 문자가 쓰여지며 계약서가 만들어졌다. 영스러운 존재들은 그곳에 제 기운을 불어 넣으며 자신의 상징을 새겨 넣었다. 그렇게 만들어진 계약서가 포르르 날아와 백호 앞에 모인다. 그리고 계약서들이 겹쳐지며 하나의 인(印)으로 변하였다.

백호는 철처럼 시리게 빛나는 푸른 눈으로 하나린을 바라보았다.

"그대는 이들의 보호 계약을 받아들이겠는가?"

물론 하나린은 그가 하는 말을 이해하지 못했다. 그에 제현이 그녀의 귓가에 대고 '응이라고 말해' 라고 속삭였다. 그녀가 모르겠다는 듯 인상을 찌푸리며 쳐다보자 제현이 다시금 '응' 이라고 속삭였다. 그의 의도를 대충 알아들은 것일까? 하나린이 더듬더듬하며 그의 말을 따라 했다.

"으엉…… 으응? 응."

뜻도 모른 채 수긍의 말을 내뱉은 그녀. 백호는 쿡쿡 웃으며 영롱하게 빛나는 그 인을 하나린의 이마에 가져다 댔다. 이내 그것은 그녀의 이마에 스르륵 흡수되듯 새겨진다. 한뫼는 그 모습을 보며 기분 좋은 웃음을 지었다. 이로써 힘을 잃은 그녀지만 신변의 안전을 보장받을 수 있게 되었다.

새벽하늘을 밝히며 해가 떠오른다. 점점 밝아지는 땅 위로 수많은 영스러운 존재가 제현과 하나린을 바라보고 있었다.

그들의 인연은 어찌 보면 어처구니없이 시작된 인연. 하지만 서로가 서로를 염원하여 결국 이렇게 함께할 수 있게 되었다. 다사다단한 일들 속에서도 결코 서로를 놓지 않았기에 그 모든 것을 극복하고 지금까지 올 수 있었으리라.

　어쩌면 그들에게 있어 지금은 새로운 시작. 또 다른 이야기들이 기다리고 있으리라.

〈'제 무덤 파는 여우' 완결〉

※✤※

제 무덤 파는 여우
외전 모음

※✤※

첫 번째

도전! 여우 길들이기(상)

턱.

"여기에도 없군."

흑영은 쓰게 웃으며 읽고 있던 책을 덮었다. 자신의 본가의 서책들 중에도 없기에 왕실 규장각의 내각(도서관)까지 와서 뒤졌건만 그가 찾던 것은 머리털 하나만큼도 그 흔적을 보이지 않았다.

"최대한 빨리 찾아내야 될 텐데. 그래야 고것을 어찌할 수 있을 텐데."

흑영은 짜증 난다는 듯 인상을 팍 찌푸렸다. 여기서 그가 말하는 '고것'은 바로 그의 골머리를 썩이는 여우소녀 '미리내'였다. 그가 미리내와 만난 날 이후로 지금까지 쭉 행해 온 일이 있었으니, 그건 바로 미리내의 약점 찾기! 몇 날 며칠 시간이 나는 대로 그때그때 요수의 약점을 찾고 있었다.

문제는 영스러운 존재에 대한 수많은 서책들을 이 잡듯이 살펴보아도 그가 원하는 것은 한 치도 보이지 않았다. 본디 영스러운 존재가 인간들에게 널리 알려진 존재가 아니다 보니 그에 대한 정보 역시 매우 부족하였다.

"이래 가지고선 요수의 약점에 대해 찾기란 정말 요원하구만."

얼마 전 백세악의 반역 사건이 있은 이후 오 일째. 그에 대한 수습 때문에 눈코 뜰 새 없이 바쁘게 궁이 돌아가고 있었다. 다행스럽게도 흑영은 미리내의 감시와 하나린의 보호란 명목으로 그 일에서 한 걸음 뒤로 빠져 있었다. 흑영은 그가 아끼는 부하와 둘이서 교대로 그 임무를 행하고 있었기에 다른 이들에 비해 나름 한가한 편이었다.

"그렇다고 여기저기 싸돌아다니는 그 여우를 쫓아다니는 게 쉽다는 건 아니지만."

흑영은 미리내를 떠올리며 이를 빠득빠득 갈았다. 그래서 시간이 날 때마다 이렇게 요수와 관련된 서책을 뒤지고 있었지만 썩 좋은 성과를 올리지 못하고 있었다. 요수에 대해 알아낸 것이라고 해 봤자 짐승과 인간 사이를 오가는 영스러운 존재라는 이야기뿐이었다.

"요수, 요수에 관해 전문적으로 쓴 책이 필요한데……."

"요수에 관한 책이 필요하세요?"

그때 내각의 서책들을 정리하고 있던 한 궁녀가 책장 옆으로 고개를 빼꼼 내밀고 물음을 던졌다. 하긴 몇 날 며칠씩 이곳에 들르면서 서책을 뒤적거리고 있었으니 그런 흑영에게 궁금증이 일었으리라. 그러던 차에 그가 제가 궁금해하던 것을 꺼내 놓았으니.

영스러운 존재, 그것도 요수라면 흑영이 늘 곁에서 감시하는 여우 소녀 미리내란 존재가 아닌가? 남녀 사이의 일은 모르는 일이라더니. 궁녀는 속으로 '어머어머' 하며 탄성을 연발하였다.

"요수에 관련된 책이 있나?"

한편 흑영은 혹시나 하는 마음에 궁녀에게 되물었다. 그러자 궁녀가 자신들 이외에 다른 이가 있는지 빠르게 주변을 둘러보더니 목소리를 확 낮춘 채 조곤조곤 말하였다.

"그런 소설책이 있긴 하지요. 우리 궁녀들 사이에서 돌아다니는 건

데……. 큼큼 그게…… 다만 공적으로 누출되면 큰일 나는 금서라서
요.”

반짝이는 눈빛에 살짝 상기된 얼굴. 궁녀가 몸을 살짝 배배 꼬며 말
하는 것이 무언가 참으로 묘한 느낌을 주었으나 요수와 관련된 서책
이란 말에 정신이 팔린 흑영은 그런 이질감을 눈치채지 못하였다. 사
막에서 목마른 사람이 오아시스를 발견한 격이라 다른 것이 눈에 보
일 리가 없었다.

하지만 눈에 보이는 오아시스가 신기루가 아니란 법은 없었다. 그
리고 흑영은 코앞에 너무 정신이 팔려 커다란 실수를 저지르게 되었
다. 궁녀 사이에만 돌아다니는 책이라는 것에서부터 의심을 했어야
했다. 옛말에 돌다리도 두드려 보고 건너라 했거늘.

“그것을 얻을 수 있겠는가?”

다급해 보이는 흑영의 모습에 무언가 오해를 한 궁녀는 발그레 볼
을 붉혔다.

“헤헤…… 호위무사님도 참! 본래라면 차례를 기다려야 되지만 제
가 특.별.히. 힘을 써서 내일까지 구해다 드릴게요.”

“그래, 정말 고맙다.”

미리내에게 매번 시달리던 흑영은 이번에야말로 기필코 그녀의 약
점을 잡을 수 있으리라 기대하며 환하게 웃었다. 한편 흑영도 의외로
그런 쪽(?)으로 관심이 있구나 하고 생각한 궁녀는 제 뺨을 철썩철썩
때리며 부끄러워하였다. 요수에 관한 책을 찾는 이유라면…… 분명
그 미리내란 분과 관련된 이유겠지? 아무래도 동호회 쪽으로 가서 요
수와 관련된 빨간책의 금서를 요청해야겠다고 생각했다. 그것도 특급
손님이 대상이라는 말을 추가하여서.

궁녀는 도서관을 빠져나가는 흑영의 뒷모습을 보며 야릇한 웃음을
지었다. 그러다 무언가 떠올랐는지 ‘아’ 하고 탄성을 터뜨렸다.

“그러고 보니 요수와 관련된 책은 ‘그것’ 밖에 없는데? 그건…… 남

녀 사이랑은 좀……. 에이 그래도 같은 요수인데 똑같겠지. 거기에다 어차피 같은 사랑인데 딱히 별 차이가 있겠어?"

궁녀는 자기합리화를 하며 고개를 끄덕였다.

'드디어 손에 넣었다!'

흑영은 입가를 끌어 올렸다. 궁녀는 약속한 대로 요수와 관련된 책을 구해 주었다. 아슬아슬하게 교대하는 시간에 맞추어 규장각의 내각에서 궁녀에게서 요청한 책을 받을 수 있었다. 보아하니 아쉽게도 사전 같은 것이 아닌 소설이었지만 그래도 주인공이 무려 요수다 보니 쓸 만한 내용이 그럭저럭 꽤 들어 있을 것이라 생각되었다. 흑영은 미리내를 꼼짝 못 하게 할 미래를 떠올리며 기쁘게 웃음을 지었다.

그 책의 표지가 붉은색 계통이라든가 제목에 애(愛) 자가 들어가 있는 것은 부차적 문제였다. 흑영은 책장을 펼치자마자 쓸데없어 보이는 부분은 건너뛰고 필요한 부분만을 빠르게 찾았다. 그리고 어떤 부분에서 눈을 번뜩이며 빠르게 읽어 내려갔다.

○○은 요수 △△의 여우 귀를 조심스럽게 쓰다듬었다. 그때 △△가 '으흣' 하고 야릇한 비음을 흘리며 몸을 꼬았다. 다리마저 풀린 듯이 그 자리에서 풀썩 주저앉았다.

"오호— 귀가 약점이다, 그건가?"

흑영은 의외라는 듯 중얼거렸다. 아니 그 말이 맞는지도 몰랐다. 동물들은 귀가 예민하여 세게 만지면 많이 아파한다고 했으니.

"니 뭐 읽노?"

때마침 미리내가 쫄레쫄레 다가온다. 아마 평소에 무뚝뚝한 그가 집중해서 책을 읽자 궁금했던 모양. 흑영은 바로 코앞까지 온 여우소녀를 보며 눈을 번뜩였다. 실험해 볼 기회다! 그는 혹시 미리내가 도망갈까 봐 번개처럼 손을 뻗어 여우 귀를 덥석 잡았다.

"……."

"……."

"……."

"……니 뭐 하노?"

어이없다는 듯이 올려 보는 미리내를 보며 흑영은 등 뒤로 식은땀이 흘러내렸다. 혹시 만지작거리지 않아서 그런가 싶어서 슬그머니 오무작거렸다. 말랑말랑한 게 감촉이 정말 좋……이 아니라! 흑영은 썩어 들어가는 표정의 미리내를 보며 황급히 손을 떼었다.

역시 소설은 소설인 걸까? 현실과는 다르다는 것이겠지. 그래도 이대로 포기하기가 아쉬운 듯 흑영은 다시 책을 펼쳤다. 그리고 혹시나 하는 마음으로 다른 약점을 맹렬하게 찾았다.

○○는 도망가려는 △△의 여우 꼬리를 덥석 잡았다. 그와 함께 △△가 몸을 빳빳이 세우며 부르르 떤 뒤 풀썩 쓰러졌다.

이거다! 흑영은 속으로 소리를 질렀다. 동물의 꼬리뼈는 등뼈까지 연결되어 있다고 하지? 그걸 잡아당기면 어찌 될까? 요수의 동물적인 특성을 고려하면 근거 있는 이야기였다. 미리내를 제압하여 꼼짝 못하게 하는 것에 확실히 도움이 될지도 몰랐다. 흑영은 약점 확인과 함께 즉시 미리내의 꼬리를 향해 손을 뻗었다. 그리고 강하게 손으로 움켜쥐었다.

"꺙!"

그와 함께 미리내는 아프다는 듯 펄쩍 뛰었다. 얼마나 아픈지 눈에 눈물방울까지 살짝 맺혔을 정도. 허나 이내 사납게 눈초리를 올리며 날카로운 어금니를 드러내었다. 그리고 흑영의 나쁜 손에 징벌을 내렸다.

콱!

"끼아아아아아아아아아악!"

그날 내의원에 궁 안에서 짐승에게 물렸다는 환자가 들어왔다고 한다.

두 번째

도전! 여우 길들이기 (하)

미리내는 방금 내의원으로 사라진 흑영을 떠올리며 씩씩거렸다. 아니 책을 읽으며 시시덕거리더니 왜 자신의 귀를 만지작거리고 자신의 꼬리까지 움켜쥔단 말인가? 그 부분이 얼마나 예민한 곳인데! 세게 쥐면 엄청 아픈 자리다.

"오면 확 정강이를 둘러 차삐끼다."

여우소녀는 이를 부득부득 갈며 제 꼬리를 당겨 호호 입김을 불었다. 얼마나 호되게 잡았는지 아직까지 아려 온다. 그때 미리내의 눈에 마루 위에 내팽개쳐져 있는 붉은색 표지의 책이 보였다. 좀 전까지 흑영이 눈을 부라리며 보던 책.

"대체 무어길래?"

미리내는 편하게 바닥에 철푸덕 주저앉은 채 그 책으로 손을 뻗었다. 그리고 그것의 제목을 훑어 내렸다.

"신이애사(神異愛史)? 설마 소설이가?"

미리내는 의아하다는 듯 고개를 갸웃하였다. 흑영이 누군가를 잡아 먹기라도 할 듯 전투적으로 읽었던 걸 떠올리면 도저히 이해가 가지 않는 결과물이었다. 여우소녀는 할 일도 없겠다 소일거리로 딱이라 생각하며 책장을 넘겼다.

생각보다 제법 재밌는 소설이었다. 흑영의 표정을 떠올리면 상당히 재미가 없는 것이 아닐까 예상했다만 제법 흥미로운 전개가 계속해서 이어졌다. 이 글을 쓴 작가도 제법 필력이 좋은지 한번 읽기 시작하자 책에서 도저히 손을 뗄 수가 없었다.

소설은 한 귀족 청년이 산에서 조난을 당했다가 여우요수에게 도움을 받아 목숨을 건지는 것으로 시작했다. 그리고 귀족 청년은 요수들만이 사는 마을에 한동안 요양하며 지내게 되었다. 귀족 청년은 서로를 속이고 속이는 인간들과 다른 요수의 순수한 모습에 급격히 그들과 친해지게 되었고 그중 자신을 구해 준 여우요수 청년과는 의형제를 맺을 정도로 지우가 되었다. 그 후 귀족 청년은 모략이 판치는 귀족 사회 틈으로 되돌아가는 것을 망설이게 된다.

그런 상황에서 그 귀족 청년을 찾기 위해 그의 아버지인 성주가 군사를 파견하게 되었다. 병사들은 산을 이 잡듯이 뒤지며 숲을 황폐하게 만들었고 그로 인해 요수들의 마을도 점차 위협을 받게 되었다. 그에 결국 귀족 청년은 안타까운 마음을 뒤로하고 마을을 떠나기로 결심했다. 그리고 귀족 청년이 떠나는 당일, 그를 구해 주었던 여우요수와 마지막 이별의 인사를 하게 되었다.

'우리 다시 만날 수 있는 거지?'

떨리는 음성으로 묻는 요수의 물음. 그에 귀족 청년은 여우요수를 힘껏 끌어안으며 그의 귓가에 애틋하게 속삭였다.

'당연하지.'

"어?"

거기까지 읽은 미리내는 뭔가 미묘 복잡한 이질감을 느꼈다. 왠지 여기서 그만 읽어야 정신 건강에 도움이 될 것 같은 느낌. 하지만 뭔가 찝찝한데 그게 뭔지 알 수가 없었다. 몇 번을 고민해 본 미리내는 그 느낌을 착각이라고 치부하며 다음 이야기를 계속해서 읽어 갔다.

귀족 청년은 산을 뒤지는 병사들 앞에 모습을 드러내었고 제가 본디 살던 곳으로 되돌아갔다. 이후 그의 아버지는 그가 여태껏 어디에 있었는지 캐내었다. 귀족 청년은 잠깐의 머뭇거림 끝에 그 산에서 조난을 당했으며 요수들에게 도움을 받아 살아날 수 있었다고 말하였다. 하지만 그것에서부터 큰 문제가 발생하였으니……. 귀족 청년의 아버지는 영스러운 존재라는 요수들을 사냥하여 중앙 귀족에게 바칠 계획을 짜기에 이르렀다. 그럼으로써 부귀영화를 얻을 탐욕을 품고서. 그리고 얼마 후 기어코 제 계획을 실행해 요수 마을을 엉망진창으로 만들어 버린다.

그 소식을 들은 귀족 청년은 제 어리석음을 한탄하지만 제 동료와 절 따르는 용병들과 함께 성의 감옥에 갇혀 있는 요수들을 구출해 낸다. 그리고 다시 만난 여우요수와 귀족 청년.

'미안하다. 나의 멍청함 때문에 너희에게 큰 해를 끼쳤다.'

귀족 청년은 여우요수 앞에서 무릎을 꿇고서 사죄를 했다. 하지만 여우요수는 애잔하게 웃으며 고개를 내저었다.

'아니야. 그게 어찌 너의 잘못이겠어. 다른 인간들의 탐욕 탓이지.'

여우요수의 용서에 귀족 청년은 자리에서 벌떡 일어나 여우요수를 힘껏 끌어안았다. 그리고 미친 듯이 그의 입술을 탐하였…….

"어?"

미리내는 저도 모르게 쩌적 굳었다. 그럼에도 그녀의 눈은 끊임없이 뒷이야기를 계속해서 읽어 내려가고 있었다.

귀족 청년이 여우요수를 바닥에 누이고…… 옷을 벗기고……. 그 이후엔…… 펼쳐진다. 살색의 향연들이. 눈 안으로 쏟아져 들어오는 글자의 폭력들. 너무나 충격적이기에 그대로 머릿속에 완연히 각인되어 버린다. 반쯤 정신 놓고 읽다 보니 어느새 귀족 청년과 여우요수의 행위는 끝을 향해 달려가고 있었다. 살색의 향연 끝에 등짝…… 등짝을 보…….

"우와아아아아아아악!"

미리내는 비명을 내지르며 전력을 다해 책장을 덮었다. 여우소녀는 단지 그것만으로도 젖 먹던 힘까지 다 내쏟았다는 듯 거칠게 숨을 내쉬었다. 온몸을 휘감는 탈력감과 당장이라도 터질듯 시뻘겋게 달아오른 얼굴. 얼마나 그리 있었을까? 미리내는 제 손에 있던 서책을 황급히 내팽개치고 뒤로 펄쩍 뛰었다.

"이, 이, 이, 이기 뭐꼬?"

그때 마루를 청소하고 있던 한 궁녀가 미리내의 비명을 듣고 바닥에 떨어진 서책을 바라보았다. 그리고 '아' 하며 감탄성을 내뱉었다.

"이건……."

무언가 아는 것 같은 그 궁녀의 태도에 미리내는 파르르 떨리는 손가락으로 '신이애사' 란 책을 가리키며 질문을 던졌다.

"이거 뭐꼬?"

그에 궁녀는 조금은 짓궂은 웃음을 지으며 입을 떼었다.

"저희 궁녀동인회에서 보유하고 있는 서책 중 하나이군요."

"궁……녀동인회? 처음 듣는데?"

미리내가 의아하다는 듯 되묻자 궁녀는 작게 웃으며 설명을 이어 갔다.

"궁녀 사이에 있는 비밀 조직이지요. 아시다시피 궁녀들은 왕의 여인이라 불리며 연애조차 자유롭지 못하지요. 그러다 보니 연애에 대한 욕구가 쌓이고 쌓이는 겁니다. 그것을 해소하기 위해 만들어진 조직이 바로 궁녀동인회지요. 각자의 취향에 맞는 수십 권들의 연애 서책을 보유하고 있고 회원 궁녀들의 신청에 따라 배부하여, 우리 궁녀들은 그 연애에 대한 욕망을 이런 책으로써 대리 만족을 하고 있다는 이야기입니다. 물론 걸리면 끝장이겠지요. 궁내에 궁녀가 연애 서적을 읽는다니! 들키는 순간 치도곤을 당할 것입니다."

물론 세상에 완벽한 비밀은 없는 법이다. 상궁들이나 몇몇 내시들은 궁녀동인회의 존재에 대해 알고 있었다. 그럼에도 그들은 궁녀들의 딱한 사정을 잘 알고 있으므로 그냥 눈감아 주고 있었다. 이 답답한 궁에서 그것도 경쟁자가 수백이 넘어가는 상황에서 오직 왕만을 바라봐야만 하는 꽃들이 바로 궁녀들이 아니던가? 그렇기에 사고만 치지 않는다면 너그러이 넘어가 주는 편이었다.

"도대체 이런 책들을 어디서 주워 오는 기고?"

미리내가 질린다는 듯 궁녀를 바라보며 물었다. 궁녀는 입꼬리를 올리며 조심조심 궁 안에 이런 서책들을 들여오는 비밀스러운 경로를 흘리기 시작했다.

"궁 밖에는 저희 궁녀동인회와 자매단체인 한양부녀회가 존재하고 있지요. 저희 궁녀들의 언니 혹은 친우들이 속해 있다고 할까요? 궁녀들이 잠시 휴가를 나갔을 때 그곳을 들러 얻어 오거나 한답니다. 그리고 '신이애사'란 책은 요즘 뜨고 있는 영스러운 존재를 다루는 환상문학에, 은근히 넓은 층의 애호가가 있는 남남상열지사(男男相悅之詞)가 섞인 소설이지요."

멍하니 궁녀의 설명을 듣고 있던 미리내의 안색이 새파랗게 질리더니 이내 점점 새빨갛게 달아올랐다. 방금까지 이 책을 읽고 있던 이가 흑영인 것을 떠올렸기 때문이다.

남남상열지사라고 했던가? 그래, 그런 소설을 좋아하는 사람이 있을 수도 있다. 자신도 잘 몰랐는데 인간 세상을 돌아다니다 보니까 은근히 그런 사람들이 꽤 많더라. 그래, 비역질(사내끼리 성교하듯이 하는 짓)을 할 수 있다고도 치자. 자신은 나름 취향은 존중해 주는 편이니까. 하지만…… 절대 용서할 수 없는 일이 하나 남았다.

바로 흑영이 이 책을 보다가 자신에게 한 행동들. 남자끼리 그렇고 그런 걸 하는 소설을 보고 자신에게 한 행동들. 도대체 무슨 생각으로 그런 짓을 한 것일까?

공상에서 끝냈다면, 그리고 그것을 제게만 들키지 않는다면 딱히 상관은 없다. 그런데 감히…… 감히…….

뿌드드드득.

미리내에게서 무섭게 이가 갈리는 소리가 났다. 그제야 궁녀는 뭔가 잘못되었다는 걸 눈치챘는지 슬금슬금 뒤로 물러났다. 그리고 아무것도 모른다는 듯이 본디 제가 하던 일을 계속하기 시작했다.

"아이구야. 정말 세게도 물어 놓았네."

가장 안 좋은 때에 풍옥전으로 흑영이 들어섰다. 그리고 그의 목소리를 먼 거리에 있음에도 포착해 낸 미리내의 두 눈에서 안광이 번뜩였다. 따로 말할 것도 없이 다리에 힘을 주어 그를 향해 일직선으로 달려갔다. 마치 포탄이 쏘아진다면 이런 느낌이 아닐까 싶은 정도의 속도다.

"뒤져삐랏!"

미리내는 기합과 함께 달려오던 그 속도 그대로 뛰어올라 제 무게를 실어 발차기를 날렸다.

'필살! 변태퇴치 최종오의 고간차기!'

그 공격은 그대로 흑영의 다리 사이로 미끄러지듯 파고 들어갔다.

퍼억!

이후 울리는 끔찍한 타격음.

여우소녀는 원하는 공격을 이루어 낸 이후에 빠르게 뒤로 빠져나갔다. 그리고 마치 인간쓰레기를 보듯 혐오스러운 눈길로 흑영을 노려보았다.

한편 흑영은 무언가 이해를 할 수 없다는 표정으로 미리내를 바라보았다. 그녀에게 손을 물려서 내의원에 갔다 오니까 살의가 가득 찬 얼굴로 자신의 급소를 때리고 뒤로 빠져나간다. 정리가 되지 않는 인과.

'이게 뭐지?'

허나 미묘한 오해가 꼬리를 물고 물어 일어난 참사임을 어찌 알겠으랴. 하지만 그 의문은 오래가지 못했다.

말로 이루어 말할 수 없는 고통이 서서히……

하지만 그 무엇보다 확실하게…….

그를 찾아왔기 때문이다…….

"왜?"

눈앞이 새하얘지는 아픔 앞에 흑영은 그 한마디만을 내뱉고 그대로 풀썩 쓰러져 거품을 물고 혼절했다. 그는 내의원에서 돌아오자마자 다시 그곳으로 실려 가야만 했다.

후에 흑영은 오랜 설득 끝에 미리내와 오해를 풀었다. 그리고 여우 소녀에게 한 대 더 맞았다. 감히 자신을 이기려 했다고.

세 번째

여우가 여우라 불리는 것에는 이유가 있다

흑영은 깊은 한숨을 내쉬었다. 이번 반란이 끝난 이후로 여러 집안으로부터 열렬한 혼인 권유가 들어오고 있었다. 무려 이번 반란에서 끝까지 왕비 후보를 지켜 낸 공을 세운 인물로서 그의 입지가 어마어마하게 높아졌기 때문이다. 물론 도중에 웬 검은 요물에게 나가떨어졌지만 그것에 대해선 알려지지 않았다. 이런 상황이 싫지 않은 듯 집안에서도 은근히 혼인하라고 압력을 주고 있었다.

하긴 검을 든 이후로 반쯤 검에 미쳐 살았고 피에 미친 폭군이라 불리는 동공왕에게 충성까지 맹세했으니. 당연히 그를 좋다고 따라다닐 귀족 규수가 있을 리 없었다. 그것 때문에 집안에서도 걱정이 많았는데 이번 일로 그 염려가 해결된 것이다.

"하아—"

"무신 일이고? 복 나가게시리 왜 자꾸 한숨 쉬고 난리고?"

흑영이 계속 한숨을 푹푹 쉬자 곁에 있던 미리내가 짜증이 나는지 버럭 소리쳤다. 그에 흑영이 곤란하단 얼굴로 입을 떼었다.

"혼인 때문에."

"혼인 때문에?"

"그래, 혼인. 여기저기서 청혼서가 들어오고 있어. 집에선 그것이 기쁜 모양이고. 잠깐 휴식차 집에 갔더니 아버지께서 청혼서와 함께 규수들의 초상화들을 쫘악 펼쳐 놓고 고르라고 하더라. 빨리 선보고 마음에 드는 여인 골라잡아 혼인하라 그거지."

흑영이 골치 아프다는 듯 늘어놓는 말에 미리내는 침묵을 지켰다. 전혀 생각지도 못한 것을 들은 듯 멍하니 허공에 시선을 두었다. 자신의 세계에 빠져 있는 흑영은 그런 여우소녀의 상태를 눈치채지 못했다. 흑영은 사념을 털어 버리려는 듯 고개를 절레절레 흔들고는 종이 위로 삐뚤삐뚤하게 글을 쓰고 있는 하나린을 바라보았다.

"이러케 하면 돼?"

"네, 잘하셨습니다."

하나린은 완성된 문장을 소화부인에게 보이며 아직은 어색한 어투로 말을 하였다. 반란 이후 백사린은 집안 정리 문제와 더불어 하나린을 위한 세력 확보를 위해 눈코 뜰 새 없이 바쁘게 뛰어다니고 있는 중이었다. 그 덕에 하나린에 대한 훈육은 다시 소화부인에게로 넘어왔다.

이후 다사다난한 과정을 거쳐 하나린은 현재 네다섯 살 정도의 아이가 보일 법한 행동을 하고 있었다. 수많은 이들의 훈육을 맡아 온 소화부인이 직접 말한 것이니 거의 확실하다고 봐도 될 터였다.

"그건 그렇고 상당히 빠르군."

흑영은 놀라울 정도로 빠른 하나린의 지식 습득 속도를 보며 질린다는 듯 말하였다. 그에 미리내는 당연하다는 투로 답하였다.

"선녀님은 똑똑하시니까."

"그 말에 반박을 할 수가 없네."

하나린이 소화부인에게 교육받은 지 단 십오 일. 물론 소화부인이 초단기교육 계획을 짜와서 실행하였다지만…… 놀랍게도 그동안 그녀는 갓난아기와 같은 상태에서 벗어나 네다섯 살 수준의 지능을 가지게 된 것이다. 물론 아직 모자란 부분이 여기저기 보이긴 한다만. 그래도 이대로 작정하고 공부한다면 정말 삼사 개월만 지나도 웬만한 지식인 못지않은 수준이 될 것이다. 물론 이것 역시 소화부인의 소견이었다.

"동공국의 태양께서 드십니다!"

그때 박 내관이 제현이 풍옥전으로 왔다는 것을 알려 왔다. 그 순간 하나린이 들고 있던 붓을 집어 던지며 저 멀리서 걸어오는 제현을 향해 시선을 던졌다. 그리고 그 자리에서 벌떡 일어나 그를 향해 일직선으로 달려갔다.

문제는 그녀가 있던 곳이 마루 위였다는 것일까? 하나린은 마루를 벗어나자마자 허공을 밟으며 그대로 하늘을 날았다. 그리고 추락.

쿵.

큰 소리가 울릴 정도로 맨땅에 머리를 박았다. 그에 제현은 혼비백산하며 달려와 그녀를 일으켰다. 비록 그 격이 떨어졌지만 영스러운 존재는 영스러운 존재인지라 살짝 까진 것 외에는 심각한 상처가 없었다. 제현은 가슴을 쓸어내리며 안도했다. 하지만 그녀가 위험한 행동을 한 것은 변하지 않는지라 미간을 찌푸렸다.

"아니, 갑자기 그렇게 뛰어오면 어떡해! 그러면 넘어져서 다치잖아!"

걱정이 뒤섞인 화를 내며 제현은 그녀를 다그쳤다. 그와 함께 그녀의 푸른 눈에 빠르게 물기가 차올랐다. 울먹울먹하는 눈, 천천히 일그러지는 입매, 점차 발갛게 물드는 얼굴. 그에 제현의 마음속에서 울컥하고 치솟았던 화가 빠르게 밀려나며 그 자리를 당혹스러움이 채우기 시작했다.

"후우으……."

"자, 잠……."

"으에에에에에에엥—!"

아…… 맞다. 아직 아이지. 제현은 반쯤 해탈한 얼굴로 하나린을 안고 토닥였다. 하나린은 방금까지 저를 향해 화낸 이의 허리를 꽉 끌어안으며 대성통곡을 했다. 제현은 제 흑룡포에 눈물, 콧물, 침을 다 묻히는 그녀의 머리를 살살 쓰다듬었다.

"미안. 내가 잘못했어. 화를 낼 필요는 없었는데. 네가 다친다고 생각하니 화가 나서 그랬어."

그제야 하나린이 울음소리를 죽이며 중구난방으로 말을 꺼내기 시작했다.

"흐으읍. 나 땅에 꿍 해쪄…… 그래서 띵하꾸……. 흡 흐윽…… 아픈데 막막 머리가 울리는데…… 히끅."

"응응. 그래, 그래."

"히끅 흐윽……. 눈물이 찔끔찔끔하는떼…… 쩨현은 크왕 해쪄. 크읍 흡……. 짜꾸 무섭게 화내꾸……. 으흐흐읍 큽…… 쩨현 미워 정말 미워…… 으흐읍 나뻐 찐짜찐짜 나뻐……."

"그래, 내가 나뻤어. 그러니까 용서해 줘."

"흐어엉. 쩨현, 쩨현, 쩨혀—연!!"

"그래, 그래."

하나린이 제현의 이름을 부르며 또다시 울부짖기 시작했다. 흑영은 넋을 잃고 그 장면을 바라보았다. 피에 미친 폭군이라 불렸던 이가 저렇게 될 줄 누가 알았으랴? 흑영은 슬쩍 시선을 내려 미리내를 바라보았다.

"웬일로 가만히 있냐?"

"뭐?"

"보통 때라면 당장에 달려들어서 저 둘 사이를 뜯어 놓아야 되지 않냐?"

미리내는 제현이 다시 깨어난 이후로부터 저 둘이 저렇게 붙어 있어도 딱히 제재를 가하거나 하진 않았다. 그전까지만 해도 제현과 하나린이 붙어 있으면 눈에 쌍심지를 켜던 이가 말이다. 왜 그런지 의문이 드는 흑영이었다. 그런 그를 보며 미리내는 쓰게 웃음을 지었다.

"선녀님께서 그렇게 희생하실 정도로 사랑하는 남자라는데 어쩌겠어."

"아, 그래?"

"무엇보다도 좀……. 짠해 보이기도 하고."

"……."

하긴 하나린이 성장하여 뭔가 저 둘의 관계가 변하려는 순간 그녀의 정신이 어린 아기로 변해 버렸으니. 흑영은 저도 모르게 끄덕여지려는 고개를 간신히 참아 냈다. 그때 미리내가 그들을 향해 타박타박 걸어갔다. 그리고 품속에서 작은 주머니를 꺼냈다. 이후 그 안에 있던 꿀떡을 꺼내 하나린의 입 속으로 쏙 넣는다.

"으흑…… 으아아……. 압?"

오물오물오물.

하나린은 울음을 뚝 그친 채 한참 동안 입 안에 있던 꿀떡을 씹었다. 그리고 이내 꼴깍 삼키고는 헤헤 웃으며 또 달라는 듯 미리내에게 손을 내밀었다. 그에 여우소녀는 또다시 그녀 입 속에 꿀떡을 밀어 넣어 주었다.

오물오물오물.

"또 죠. 하나 더~♡"

제현은 고작 꿀떡에 울음을 그친 하나린을 보며 '허허' 하며 허탈한 웃음을 지었다. 꿀떡보다 못한 취급이라니. 제현은 어느새 제 품에서 떨어져 나와 자리 잡고 꿀떡을 먹고 있는 그녀를 바라보았다. 그리고 익숙하게 그녀를 다독이고 있는 미리내를 향해 입을 열었다.

"왠지 익숙해 보이는군."

"처음이 아니니께. 그때보다 지금이 더 심각하긴 하지만."

하나린이 한울을 붕으로 만들어 주고 업을 왕창 잃어버렸을 때를 떠올리며 미리내는 부르르 몸서리를 쳤다. 아무것도 모르고 맞이한 그것은 정말 재앙과도 같았다. 잠깐만 눈 돌리면 어디론가 사라져 사고를 뻥뻥 터뜨리고 또 어디선가 호구 짓을 하고 있었다.

네다섯 달 전쯤에 동공궁에 들어온 것 역시 그랬다. 잠시 눈 돌린 사이에 실종이 돼서 미친 듯이 찾아다녔었다. 결국 백호가 알려 줘서 부랴부랴 왔더니 떡하니 인간 왕비 후보가 돼 있었다. 정말 그때 느낀 경악이란 뒤통수가 얼얼할 정도였다.

"그리고 결국은 인간과 인연이 이어졌지."

미리내는 슬쩍 시선을 돌려 제현을 올려 보았다. 결코 이뤄질 수 없는 하늘의 대리자와 인간 사이의 인연이라니. 묘하게 입맛이 썼다. 여우소녀는 눈길을 돌려 벽에 기대어 서 있는 흑영을 바라보았다.

미리내, 그녀가 처음 관계를 맺었던 인간과 매우 닮은 청년. 도련님이라 부르며 따랐지만 가장 먼저 배신한 그와 다르게 흑영은 저를 믿어 준다고 말하였다. 이제 그도 인간인 만큼 인간과 혼인하고 그 사이에 아이를 만들고 그렇게 살아가겠지.

그 사실을 새삼 깨달으니 가슴 한구석이 묵직하게 눌리는 느낌이었다. 미리내는 기묘한 기분에 고개를 갸웃하였다.

"도대체 왜 이런 것일까?"

여우소녀는 흑영을 보며 다시금 고개를 갸웃했다.

"처음 뵙겠습니다. 저는 홍가(家)의 차녀 홍세화라고 합니다."

"만나서 반갑습니다. 저는 마가(家)의 장남 마흑영이라 합니다."

결국 선 자리에 나왔다. 흑영은 최대한 담담한 얼굴로 맞은편 자리에 앉아 있는 여인을 바라보았다. 화려하게 치장하고 다소곳하게 앉아 얌전한 미소를 짓고 있었다. 그 모습이 썩 마음에 차진 않는다. 동공왕의 명으로 몰래 임무를 수행할 때 종종 보았던 규수들의 본모습 때문이리라.

공식적인 자리에선 저렇게 예쁘게 꾸미고 착한 척해도 조금만 뒤로 벗어나면 그들의 태도는 확 일변한다. 그 간극이 역겹게 느껴지는 것이다. 이렇게 선 자리를 잡고 나온 여인도 결국은 저와 혼인할 경우 굴러올 콩고물에 더 관심이 많을 터. 거기에다 제 가문을 위해 자신에게서 여러 정보를 빼돌릴 수도 있는 노릇.

아무리 좋게 보려고 해도 결국 불신감이 문제였다.

그런 심정과 달리 흑영은 최대한 태연한 얼굴로 이런저런 이야기를 주고받았다. 나름대로 그에 대해 조사하고 온 것일까? 규수와 무인의 대화 주제로 딱히 겹칠 것이 없음에도 그런대로 대화가 잘 이어져 갔다. 그렇게 저녁 식사 시간이 끝나갈 무렵이었다.

"저…… 다음 기회에 또 뵐 수 있을까요?"

그때 홍세화가 조심스럽게 물어 왔다. 흑영은 곁에 구비된 손수건으로 조용히 입 주변을 닦은 뒤 그녀를 바라보았다.

뭐 이 정도라면 썩 나쁘진 않다 싶다. 어차피 모든 귀족 규수들에게 똑같은 불신감을 가질 거라면 적어도 자신에게 맞춰 주는 여인과 혼인하는 게 그나마 낫지 않겠는가? 흑영은 그리 생각하며 고개를 끄덕이려 했다.

"예, 그렇……."

"당신…… 여기서 뭐 하는 거예요?"

갑자기 미리내가 툭 튀어나와 끼어들지만 않았다면. 흑영은 생뚱맞은 상황에 얼떨떨한 얼굴로 여우소녀를 내려다보았다. 그는 살짝 미간을 찌푸리며 그녀에게 지금 뭐 하냐는 눈짓을 보냈다. 그러자 미리내의 여우 귀가 축 하고 늘어졌고 그녀의 갈색 눈망울에 눈물이 차올랐다. 이내 그 눈물은 뺨을 타고 또르륵 흘러내린다. 그리고 이어지는 그녀의 말.

"나쁜 자식."

뭐? 흑영은 순간 어이가 날아가는 기분이었다. 아니, 갑자기 왜 내 선 자리에 와서 저런 말을 지껄인단 말인가? 그사이 미리내는 계속해서 말을 이어 갔다.

"내 시집갈 길을 막아 놓고 당신은 장가를 가려는 거예요?"

네? 뭐라구요? 아니, 갑자기 그 말이 왜 나와?

흑영이 할 말을 잃고 입을 쩌억 벌렸다. 미리내는 고개를 푹 숙인 채 자그마한 손으로 제 눈물을 훔쳐 냈다.

"처, 첫 만남 때부터 내 치부를 보았으면서."

어? 그, 그랬지. 하지만 그건 실순데…….

"마, 막 내 귀랑 꼬리를 만지작거리고…… 아파서 싫다고 하지 말라고 손까지 깨물었는데……."

아니, 그건 네가 하도 말을 안 들어서 약점을 찾다가…….

"거기다 내 머릴 쓰다듬으며 흐뭇하다는 듯 웃고…….."

그건 널 위로해 주려고 그런 거잖아! 갑자기 그 이야기를 이 자리에서 하는 이유가 뭔데?

"그래서 어쩌라고?"

흑영은 짜증을 내며 그렇게 말했다. 그러자 미리내는 충격적인 말을 들었다는 듯 넋을 놓은 표정으로 부르르 떨다가 이내 고개를 푹 숙였다. 그런데……. 입은 왜 웃고 있냐? 흑영은 여우소녀의 갑잖은 연기에 혀를 찼다. 그리고 시선을 돌려 선을 본 여인에게 이만 헤어질 것을 권하려 했다.

그런데…… 왜 그녀의 안색이 새파란 것일까? 그는 그녀만이 그런 얼굴이 아닌란 걸 곧 깨달았다. 음식점 안에 있는 모든 사람들의 얼굴이 딱 두 가지로 나뉘었다. 홍세화처럼 창백하게 질렸거나 아니면 자신을 때려죽일 놈으로 보는 시선이거나.

흑영은 뭐가 잘못되었는지 서서히 상황을 짚어 보았다. 미리내가 한 말과 자신이 한 말을 비교 대조해 보고 제삼자의 입장으로 생각해 보았다. 성인도 되지 못한 작은 소녀가 눈물을 흘리며 나열하는 말들과 어쩌란 식으로 답한 자신. 답은 아주 간단하게 나왔다.

아……. 나 소아성애자가 된 거구나……. 그것도 애 하나를 완전히 가지고 놀다가 버린 인간말종 쓰레기로.

흑영의 머릿속에서 종이 친다. 혼인하는 것이 꺼려졌지 그렇다고 혼삿길이 막히길 원한 것은 아니다. 그런데 지금 이곳에서 자신은 이상한 취미를 가진 변태라고 대놓고 까발려진 거였다. 비록 말도 안 되는 오해이긴 하지만.

흑영은 다급하게 모략을 타파하기 위해 입을 열려고 했다.

"죄, 죄, 죄송합니다. 이만 가 볼게요!"

하지만 홍세화는 경멸 어린 시선을 대놓고 드러내며 쌩하니 사라져 버렸다. 아니, 어쩌다 이런 지경에 처하게 된 것일까? 흑영은 얼굴을 팍 구기며 지금 일의 원흉을 노려보았다.

"야, 인마, 너!"

"히익! 잘못했어요!"

그러자 미리내는 마치 폭력으로부터 제 몸을 보호하려는 아이처럼 머리를 감싸 안고 부들부들 떤다. 여우 귀까지 파르르 떨리자 그 아련함이 더해진다. 그런 미리내의 행동에 주변 여기저기서 헛기침 소리와 비난조의 소리가 날아들었다. 결국 여기 있어 봤자 제게 돌아오는 것은 좋지 않은 소문뿐이어서 흑영은 그대로 미리내의 허리를 안아 옆구리에 끼우고 도주했다.

얼마나 달려갔을까? 흑영은 미리내를 거칠게 내려놓으며 이를 갈 듯 말하였다.

"도대체 무슨 생각이냐!"

"베—"

허나 돌아오는 것은 우스꽝스럽게 혀를 내밀고 도망가는 여우소녀의 뒷모습이었다. 흑영은 제 가슴을 쾅쾅 치며 소리쳤다.

"아니, 저것이 진짜!"

성질을 부려 보지만 이미 미리내는 모습을 감춰 버린 뒤였다. 그날 이후 오늘과 같은 선 자리 방해 공작은 계속해서 이어졌다. 흑영이 규수와 만나는 곳에 나타나서 의심을 살 만한 이야기를 쏟아 낸다든지 상처 입은 눈길로 저 멀리서 바라보고 있다든지 하는 일들 말이다. 결국 흑영의 청혼 관련 이야기들은 그대로 파탄. 안 좋게 퍼지는 소문에 의해 청혼서들도 더 이상 들어오지 않게 되었다.

"……도대체 무슨 속셈이야, 이것아!!"

흑영은 당장이라도 미리내의 멱살을 잡을 듯이 노려보았다. 장난이라고 우습게 여길 수준을 넘었다. 여우소녀는 키득거리며 답하였다.

"글쎄? 넌 그냥 홀아비가 어울려서?"

때릴까? 흑영은 정말 진지하게 고민을 했다. 그런 그를 보며 미리내는 앉은 자리에서 일어서며 뒷짐을 진 채로 그에게 다가갔다. 그리고 그의 면전에 제 얼굴을 들이밀었다.

"어차피 혼인하는 것이 꺼려졌으면서. 거기에다 혼인에 대해 심사숙고해 보고 싶다 카지 않았나? 내가 그 시기를 늦춰 준 것뿐이제. 지금이야 네 평판이 나빠진다캐도 어차피 시간이 지나면 유야무야될 이야기일 뿐 아이가? 정말 니랑 혼인하길 원한다면 그런 악평도 무시하고 다가올 여인이 있지 않겠나? 안 그렇게 생각카나?"

"틀린 말은 아니다만……."

흑영은 뚱한 표정으로 미리내의 얼굴을 마주 보았다. 그런 그의 반응이 재미있는지 미리내는 까르르 웃음을 터뜨리며 물러섰다. 그리고 묘한 어조로 질문을 던졌다.

"근데 넌 어떤 여자랑 혼인하고 싶노?"

"평범한 인간 여자."

귀찮다는 듯 되돌아온 대답에 미리내는 두 눈을 동그랗게 떴다.

"그게 끝?"

"그래, 끝. 부인이 될 사람에게 딱히 바라는 건 없어."

"와…… 진짜 차가운 남자일세."

"남이사."

틱틱거리며 돌아오는 답변. 미리내는 김이 샌다는 듯 발로 땅을 톡톡 찼다. 그리고 작게 중얼거렸다. '결국은 인간이 되어야 하는 건가'라는. 조용히 씁쓸한 미소를 입가에 건 채 멍하니 하늘을 올려다보았다. 어찌 되었건 며칠 동안 열심히 돌아다닌 덕에 유예기간을 벌 수 있었다. 그에게도…… 그리고 자신에게도……. 자신이 가진 미묘한 감정을 확인할 그런…….

미리내는 가라앉은 정적을 즐기다 한마디를 툭 하고 내던졌다.

"나 이제 여길 떠난다."

"그래, 잘 가……가 아니고 뭐라고!"

흑영은 너무나 갑작스러운 선언에 고성을 빽 하고 질렀다. 그에 미리내는 인상을 찌푸리며 제 여우 귀를 두 손으로 눌러 막았다. 그녀는 귀가 띵하고 울리는지 그를 노려보았지만 이내 눈에서 힘을 빼고 말을 이었다.

"다른 아들하곤 인사 끝내 놨다. 선녀님께도 말해 놓은 상태고."

바람이 그들 사이로 불어왔다. 마치 그들 사이를 가로막듯이. 미리내는 빙그레 웃으며 입을 떼었다.

"인사는 니가 마지막이데이."

"……너무 갑작스러운데?"

"왜? 아쉽나?"

"……조금?"

흑영에게서 돌아온 말을 들으며 미리내는 쿡쿡 웃음소리를 터뜨렸다. 그녀는 허리에 척 손을 올리며 당당하게 말했다.

"잠시 해결할 일이 있어서 그렇데이. 곧 돌아오꾸마."

"됐다. 조금 아쉽긴 한데 그렇다고 다시 보고 싶진 않다. 돌아오지 마라."

흑영은 질린다는 표정으로 휘휘 손을 휘저었다. 그에 여우소녀의 이마에 빠직 하고 힘줄이 솟아올랐다. 그리고 거침없이 눈앞에 있는 인간에게 응징을 내렸다. 발을 들어 그대로 정강이를 힘껏 차올린다. 그 조그만 발이 아프랴 싶겠지만…… 엄청 아프다. 흑영은 돌려 차인 정강이를 부여잡고 깽깽이를 뛰었다.

미리내는 '흥' 하고 콧방귀를 뀌며 몸을 돌려 걸어갔다.

"어디 잘 먹고 잘 살아 보니라! 보기 싫다는 면상 반드시 다시 들이 밀어 줄 테니께!"

그리 말한 그녀는 그대로 뛰어올라 여우로 화하였다. 그리고 타박 타박 걸어간다. 그런 그녀의 뒷모습을 보던 흑영은 무심코 말하였다.

"아직도 인간이 되고 싶어?"

그에 연갈색 여우가 고개를 틀어 그를 올려 보았다. 그 모습이 귀엽게 보여 흑영은 픽 하고 웃음을 지은 후 손을 흔들어 보였다.

"다치진 마라."

여우는 그 말에 답하듯 캥 하고 울어 보이더니 그대로 자취를 감추었다. 따로 안녕이라 인사하진 않는다. 하지만 충분히 서로의 마음을 나누었으리라. 흑영은 그리 생각하며 미리내가 사라진 곳을 한참 동안 바라보았다.

좌악.

흑영은 교태전으로 침투하려는 암살자 하나를 베어 냈다. 심문을 해야 하니 죽지 않을 만큼 최소한의 상처로 상태를 무력화시킨다. 그리고 그들을 줄줄이 연행하여 의금부로 넘겼다. 천아왕비(天兒王妃), 즉 하나린의 목숨을 노린 이들이니 동공왕이 손수 심문을 주도할 것이다.

"하아— 빌어먹을 백세악이 정치판을 다 더럽혀 놓았어."

백세악의 반란 시도 이후 귀족파 잔당들의 움직임 또한 방식이 바뀌었다. 전에는 그저 왕을 모략으로 묶으려는 수준이라면 그 이후로는 아예 왕의 목숨을 노리고 움직인다. 물론 그런 이들의 목은 그대로 뎅겅뎅겅 잘렸지만 자신이 왕이 될 수도 있다는 탐욕에 그 시도가 종종 시행되고 있었다.

"그것도 슬슬 정리되고 있지만."

관리들의 물갈이도 슬슬 마무리 단계로 넘어가고 있었다. 지금의 행동은 남은 귀족파의 최후의 발버둥 정도로 보면 됐다. 흑영은 슬쩍 고개를 틀어 교태전을 바라보았다. 그리고 안에 있을 푸른 눈의 왕비님을 떠올린다.

1년. 그날로부터 1년이 지난 후 그녀는 왕비 자리에 올랐다. 빠르게 지식을 습득하며 궁 생활에 적응한 선녀님께선 이 자리에 단단히 뿌리를 내렸다. 그런데…… 왜 엉뚱한 행실은 변하질 않는 건지. 오히려 갓난아이 수준일 때가 더 얌전했다. 똑똑해지고 자유롭게 돌아다닌 이후로는 종종 엄청난 사고를 터뜨려 골치를 아프게 만들었다. 그게 다 좋게 돌아오긴 했지만…….

"왜 뵐 때마다 기억을 잃으시기 전 모습으로 돌아가신 기분이 드는 건지……."

적절하게 그녀를 통제해 줄 인물이 필요한데. 흑영은 그리 읊조리다 흠칫하고 몸을 떨었다. 그런 생각을 할 때마다 따라서 떠오르는 작은 여우소녀의 그림자에.

"아직도 잊지 않았구나……. 그 아이가 떠난 뒤 3년이나 지난 건가?"

흑영은 쓰게 웃으며 고개를 절레절레 흔들었다. 더 생각해 봐야 뭘 어쩌겠는가? 바람처럼 나타나서 바람처럼 사라진 존재인데. 제 임무를 다 마친 흑영은 다음 사람에게 인수인계한 후에 퇴궐하였다. 점차 하늘이 붉게 물든다. 노을을 따라 땅거미가 진다.

그는 길을 따라 천천히 걸음을 움직였다. 본가로는 가지 않는다. 혼인하라며 눈을 부릅뜨던 집안 어른들을 피해 따로 나와 집을 구하였다. 작지도 크지도 않은 적당한 크기의 집. 종을 두엇만 두고 관리하게 만들었다. 주변이 조용하기에 나름 맘에 드는 집이다.

근데…… 왜 그 집 앞에 정체를 알 수 없는 젊은 처자가 쭈그려 앉은 채 고개를 무릎 사이에 묻고 있는 걸까? 흑영은 떨떠름한 얼굴로 연갈색 머리통을 내려다보았다. 단색의 의복을 입은 그 여인을 보며 그는 조심스럽게 입을 열었다.

"왜 여기서 이러고 계십니까?"

귀찮음을 꾹 참은 채 그렇게 질문을 던졌다. 그에 여인이 고개를 들어 흑영을 올려 보았다. 그리고 보이는 연갈색의 눈. 그런데…… 뭔가 얼굴이 낯익다? 그때 그 여인의 입술이 천천히 열렸다.

"흑영이가? 오랜만이네."

조금 성숙해졌지만 목소리마저 귀에 익다. 흑영의 표정이 기묘하게 일그러졌다.

"너…… 설마 미리내?"

"맞데이. 좀…… 많이 달라졌제?"

여인, 미리내는 힘없는 미소를 지어 보였다. 흑영은 넋이 나간 듯 여우소녀였던 이의 얼굴을 살폈다. 뭔가 확 변한 모습. 그에 흑영은 대충 어떻게 되었는지 눈치를 챌 수 있었다.

"너…… 인간이 됐냐?"

"하하하……."

어색하게 웃으며 슬쩍 눈길을 피하는 미리내. 진짜 된 거냐! 흑영은 경악하며 입을 쩍 벌렸다. 그렇게 원하더니 결국 인간이 된 모양이다. 그는 그녀의 고집에 할 말을 잃어버렸다. 근데…… 왜 여기 있는 거지?

그런 의문에 답을 하듯 미리내는 웅얼거리는 듯 말을 이었다.

"저기…… 나 잠시 니 집에 머무르면 안 되긋나?"

"……왜?"

"나…… 그게 갈 데가 없다."

살짝 물기까지 어린 그녀의 얼굴을 보며 흑영은 한숨을 폭 내쉬었다. 그래, 영스러운 존재에서 갑자기 평범한 인간이 되었을 테니. 무작정 제가 원하는 바를 밀고 나가다 보니 막상 인간이 되었을 때를 준비하지 않았던 게 분명하리라. 인간이 된 이상 영스러운 존재 때처럼 살 수 없을 거고……. 집도 없고 먹을 것도 구하지 못해 여기저기 떠돌아다녔으리라.

흑영은 애처로워 보이는 그녀의 모습에 슬쩍 손을 내밀었다. 그에 미리내가 이해하지 못하겠다는 듯 고개를 갸웃했다. 그는 쓰게 웃으며 입을 떼었다.

"뭐 해? 그곳에 계속 궁상맞게 앉아 있을 거야? 들어가자."

그 말을 듣자 미리내가 환한 웃음을 지어 보였다. 하지만 그런 웃음을 받는 흑영의 마음은 불편할 따름이었다. 그렇게 당당했던 아이가, 그렇게 인간을 미워했던 아이가 이런 작은 호의에 저런 반응을 보일 수 있다는 것이.

꼬르륵.

그때 울리는 뱃고동 소리. 미리내는 얼굴을 확 붉히며 웅얼거리듯 말하였다.

"그기…… 어제부터 쭉 굶었데이."

"그래, 저녁 식사도 같이 하자."

흑영은 큭큭 웃으며 그리 말하였다. 안 본 사이에 제법 귀엽게 변했지 않은가? 흑영을 따라 집 안으로 들어선 미리내는 신기한 듯 여기저기를 둘러보았다. 그러곤 의외라는 듯 말했다.

"생각보다 작데이? 혹시 혼자 사는 기가?"

"어."

"정말? 와? 아직 혼인도 안 하고 뭐 했노?"

"그 말 듣기 싫어서 본가에서 나와 따로 살고 있다."

생각보다 그들 사이 대화는 어색하지 않았다. 접객실에서 식사를 하며 약주를 겸해서 술잔을 기울였다. 서로의 안부를 물으며 이것저것 이야기했다. 그들의 화제는 대체로 하나린과 관계되어 이어졌다.

"긍께…… 선녀님께서 얻은 칭호가 천아왕비(天兒王妃)란 기가?"

"그래, 궁에서 입지도 상당하고 백성들의 지지도 높고."

반란이 일어나던 날 한양 전체를 뒤덮으며 내렸던 천우(天雨), 이후 영스러운 존재들이 대거 출현하여 맺은 보호서약. 그것 때문에 하나린은 절대적인 신성성을 얻었다. 결국 상징적인 것으로만 삼고 실제 그 힘을 이용하진 않지만. 그래도 실제로 보여 준 것들이 있기 때문에 백성들 사이에서 그 믿음이 흔들리지 않았다.

미리내는 술병을 들어 흑영의 술잔에 술을 쪼로록 따랐다.

"자, 쭉쭉 마시래이."

그에 흑영은 그대로 술잔에 든 술을 단번에 마셨다. 이야기가 길어지며 마시던 술의 양도 점차 늘어 갔다. 흑영은 조금 몽롱한 느낌으로 술병을 바라보았다. 분명 한 병이었는데 술이 이렇게 많이 나오나 싶다.

"근디 와 아직 혼인 안 했노?"

그때 다시 돌아온 질문에 그는 잠깐 든 이질감을 치워 버렸다. 뭐 어때란 생각으로 그녀의 질문에 답변을 했다.

"글쎄, 딱히 내게 다가오는 여인네가 없어서?"

그리고 어느새 잔에 다시 가득 차 있는 술을 들이켰다. 너무 마신 것일까? 순간 눈앞이 팽그르르 돈다. 천천히 기울어지는 시야.

"에구구 니 너무 마신 거 아이가?"

그리고 그런 그를 미리내가 받쳐 들었다. 그녀는 별것 아니란 듯 그의 팔을 제 어깨에 둘러 부축했다.

"니…… 침실이 어디고?"

"저쪽으로 쭈욱 가면 나오는 문."

"그래? 알았데이."

평범한 인간 여자가 되었으면 제 무게가 무겁게 느껴지지 않을까? 흑영이 잠깐 그리 생각했으나 미리내는 딱히 힘든 티를 내지 않고 그를 이끌었다. 평소 같으면 뭔가 이상하다 생각했을지 모르겠으나 지금은 제법 술이 많이 들어간 상태. 그저 그러려니 하고 넘어갔다.

드르륵.

미리내가 침실 문을 열고 안으로 들어섰다. 그리고 이어지는 질문.

"니 그럼 니한테 다가오는 여인이 있으면 그냥 혼인할까가?"

"누구든 내 아내만 돼 주어도 감사가 아닐까?"

현재 귀족파 잔당들을 쓸어버리는 일을 하면서 또다시 그의 평판이 추락하고 있었다. 피의 대행자니 뭐니 하는 칭호로 불리면서 규수들이 또다시 그를 피해 다니기 시작한 것. 절 무서워하는 여인과 강제로 혼인할 수도 없는 노릇이니. 이러다간 정말 노총각으로 늙게 생겼다.

단지 그렇게 생각했는데도 우스운지 흑영은 킥킥거리며 웃음을 터뜨렸다. 그리고 그런 그를 깔아 놓은 요 위에 눕히는 미리내였다. 그녀는 입꼬리를 올리며 말했다.

"니가 분명 그리 말했데이?"

그게 무슨 뜻일까? 흑영은 침대에 누운 채 멍하니 미리내를 올려다보았다. 머리 위로 쫑긋거리는 여우 귀가 묘하게 눈에 잡힌다. 그는 멍한 눈으로 그걸 보며 중얼거렸다.

"너, 머리에 여우 귀가 있는데?"

"그래?"

미리내는 입가를 끌어 올려 웃으며 답했다. 그때 그녀의 치마 아래서 무언가 움찔거렸다. 흑영은 시선을 내려 그녀의 치마 아래로 살짝 튀어나온 꼬리를 멍하니 바라보았다.

"꼬리도…… 있네?"

"그래."

미리내는 키득거리며 흑영의 배 위에 올라탔다. 술에 취해 둔화된 뇌로는 지금 상황을 이해할 수 없는 흑영이었다. 반쯤 몽롱한 상태인 그를 보며 여우여인은 정말 여우와 같은 웃음을 보였다. 그리고 미리내는 흑영을 덮쳤다.

네 번째

여우 뒤에도 흑막이 있었다

"감사합니다, 미리내 님."

"별거 아이다."

서아란의 인사에 망토를 뒤집어쓴 영스러운 존재가 됐다는 듯 손을 내저었다. 고른 숨소리를 내뱉는 제 딸아이를 보며 안도의 한숨을 내쉰 아란은 머뭇거리다 다시 입을 떼었다.

"저…… 감사의 표시로 무언가를 해 드리고 싶습니다만……."

"필요 없데이. 어차피 덕을 쌓기 위한 수행의 일부일 뿐이니께."

여러 사투리를 묘하게 섞어 쓰는 영스러운 존재. 그녀의 말로는 시골 여기저기 떠돌며 지내면서 인간의 말을 배우다 보니 이렇게 되었다고. 아란은 그녀의 거절에 조금은 곤란한 표정을 지었다. 꼼짝없이 열병에 걸려 죽을 제 아이의 목숨을 살려 주었다. 그런데 아무런 대가도 드리지 않는다는 것이 조금 불편하였다. 그런 아란의 마음을 알아챘는지 영스러운 존재는 말을 이었다.

"여기서 한 이틀쯤 묵어가도 되겠나? 따로 지낼 만한 곳을 찾기가 귀찮아서 그런데이."

"네, 언제나 환영합니다."

아란의 말에 영스러운 존재는 제 머리에 뒤집어쓰고 있던 망토의 쓰개(머리 전체를 덮어 싸는 부드러운 모자)를 벗었다. 그러자 연한 갈색 머리와 함께 여우 귀가 쫑긋하고 튀어나온다. 소녀보다 아이에 가까운 외모에 아란은 잠시 움찔하고 몸을 떨었으나 이내 가까운 손님 방으로 미리내를 안내했다.

"편히 쉬시길 바랍니다."

"그랴."

미리내가 방 안으로 사라지자 아란은 다급히 본래 있던 방으로 달려갔다. 그리고 평온해진 제 딸아이를 다시금 눈으로 확인했다.

아란, 그녀가 은명과 함께 한양을 떠나서 동공국 북쪽 끝에 있는 마을에 정착한 지 근 삼 년. 다행히 배 속에 있는 아이를 큰 탈 없이 낳을 수 있었다.

그들이 정착한 곳은 은명이 따로 준비해 두었던 또 다른 피신지 중 하나. 그랬기에 생각보다 더 윤택한 삶을 살 수 있었다. 아무리 대단해 보아야 산골 평민들 수준이지만. 다행히도 이 년 동안엔 별다른 일들은 일어나지 않았다. 암정국의 수장이었던 은명이 고심에 고심을 더하여 골랐던 피신지답게 치안도 썩 괜찮은 편이었고 자리 잡고 있던 귀족의 인심도 매우 후한 편이었다.

그랬기에 아란과 은명은 편안한 마음으로 웃으며 살아올 수 있었다. 한양에 지냈을 때보단 몸이 편하지 않았지만 그런 것쯤은 아무것도 아니었다. 어차피 둘 다 가만히 있는 것보단 이리저리 돌아다녀야 직성이 풀리는 성격이었으니까.

종종 제현에 대한 악몽을 꾸던 아란은 하늘에서 내려온 선녀님께서 왕비가 되었다는 소문을 듣고 나서야 완전히 과거에서 벗어날 수 있었다.

하나린이라 하였던가? 비록 같은 인간이 아닌 영스러운 존재이지만 제현의 곁에 붙잡혀서 어찌 지내고 있을지 조금은 걱정되었다. 하지만 그렇다고 자신이 다시 그 자리를 대신할 생각은 조금도 없었다. 이기적이라 욕해도 좋았다. 그만큼 제현이 끔찍할 정도로 싫었고 그 자리에 있는 것이 너무나 역겨웠다. 게다가 자신에겐 이미 사랑하는 남편과 아이까지 있었다.

천국과 같은 지금의 삶을 벗어 던지고 다시 그 지옥으로 돌아가고 싶지 않았다. 그럴…… 용기가 나지 않았다. 그렇게…… 희생되고 싶지 않았다. 비록 하나린이란 자가 자신 때문에 그 자리에 올라가게 되었다고 해도.

오히려 그녀가 있으므로 자신이 안전할 수 있다는 것에 안도를 하게 되었다.

"나도 끔찍할 정도로 망가졌구나."

아란은 밖에 나와 마루에 걸터앉았다. 과거 불의를 보면 참지 못하고 달려들었던 그 말괄량이 소녀는 어디 가고 이렇게 겁쟁이 여인만 남아 있는 것일까? 그걸 잘 알고 있음에도 지금의 삶이 행복하게 느껴진다면 자신은 정말 못된 여자인 걸까?

"그 때문에 천벌을 받은 건지도 모르지."

지금으로부터 한 달 전 제가 배 아파 낳은 아이가 심한 열병에 걸렸다. 의원들을 찾아다녀도 모두 맥박을 짚은 뒤에 고개를 절레절레 저을 뿐이었다. 정말 그동안 사는 게 사는 것 같지 않았다. 그 지옥과도 같은 곳에서 빠져나오며 어렵게 얻은 아이였다. 절대로 포기할 수 없는데……. 무슨 일이 있어도 놓을 수 없는데……. 아이의 목숨은 바닥이 없는 늪 아래로 가라앉고 있었다. 그러던 차에 마을에 영스러운 존재가 들른 것이었다.

아란은 자존심이고 뭐고 모두 내던진 채로 영스러운 존재의 발치 아래 무릎을 꿇고서 빌었다. 영스러운 존재들은 어떤 존재냐에 따라 변덕이 죽 끓는 듯하다고 했다. 어떤 짓을 해서라도 그녀의 마음을 붙잡아야 했었다.

다행이라면 다행일까? 여우소녀는 아무런 망설임도 없이 곧장 아란을 따라 그녀의 집으로 향했다. 이윽고 그녀의 아이를 보더니 빠르게 몇 가지 약초의 이름을 불러 주며 당장 가져오라고 명하였다. 그 덕분에 은명이 발바닥에 불이 나도록 뛰어다녀야 했다. 이후 그 약초들을 배합하고 그에 무언가 기운을 밀어 넣으며 즙을 만들어 내고는 그것을 아이에게 조심조심 먹이었다. 그리고 이각 후, 아이의 열이 빠르게 가라앉기 시작했다.

정말로 하늘에 감사할 일이었다.

"호오— 그러니께 니들이 그 흑영이란 놈의 친구들이라 그기가?"

미리내는 눈앞에 앉아 있는 아란과 은명을 보며 입꼬리를 끌어 올리며 말하였다. 그에 그들이 조금은 어색한 표정으로 고개를 주억였다. 하기야 동공궁에서 탈출하게 된 계기로 아란 대신 희생양이 된 하나린, 바로 그녀의 지인이라는데 어찌 마음이 편하겠는가. 거기에다 그런 영스러운 존재가 자신들의 딸아이의 목숨을 살려 준 은인이다. 그들은 차마 미리내와 눈을 마주치지 못하고 시선을 떨어뜨렸다.

미리내는 조가비처럼 입을 꾹 다물고 있는 아란을 보며 눈을 날카롭게 빛냈다. 궁께 저것 때문에 우리 선녀님이 동공궁에 들어갔다는 소리가 아닌가? 맘 같아선 한 대 꽉 쥐어박고 싶지만 그저 한숨만 내쉬며 고개를 돌렸다.

"죄스러워할 필요 없다. 선녀님께서 있고 싶어서 그기 있는 거니께."

하나린이 동공궁에 있기 싫었다면 빠져나오는 것은 금방이었다. 제현이 그녀의 뒤를 밟고 추격을 해 온다고 해도 소용없는 일이다.

한때 하나린을 발견한 요괴사냥꾼의 한 지부에서 눈에 불을 켜고 그녀를 쫓아온 적이 있었다. 인간을 공격도 안 하겠다, 제법 고급스러운 선력을 보유하고 있겠다, 거기에다 예쁜 외모까지. 요괴사냥꾼들의 입맛에 딱 맞는 사냥감이 아닌가? 하지만 그들은 첫 발견 이외에 하나린의 그림자조차 발견하지 못했다. 그럼에도 그녀의 흔적을 쫓아 집요하게 추격을 가해 왔었다. 그러다 결국 하나린에게 은혜를 입은 영스러운 존재들에게 궤멸을 당해 버렸다.

제현이 지닌 바 무력이 아무리 뛰어나다 해도 하나린이 그에게 잡히고 싶지 않았다면 그 끝은 과거의 요괴사냥꾼들과 마찬가지였을 것이다.

"그분께서 그곳에 계시고 싶어 계시는 것이라고요?"

그때 아란이 믿을 수 없다는 듯 되물었다. 아란이 아는 바에 의하면 제현의 성격은…… 말로 이루 다 할 수 없을 정도로 잔혹하다. 그런데 그렇게 순수해 보이는 존재가 그의 곁에서 어찌 버틸 수 있을까? 그에 대한 답은 당연하게 부정적인 것이라 아란은 살짝 미간을 찌푸렸다.

미리내는 심드렁한 태도로 답하였다.

"선녀님께서 어찌어찌 갱생시키가가 잘 지내고 있다."

아란과 은명은 할 말을 잃고 멍하니 입을 벌린 채 여우소녀를 바라보았다. 제현과 마지막 만남을 떠올렸을 때 그가 순하게 변한다는 것 자체가 상상이 잘 되지 않았다. 그들의 반응이 어찌 되었든 미리내의 말은 계속해서 이어졌다.

"단 하나의 사랑만 보고 자신의 모든 것을 내던지는 모습이 맘에 든 모양이라 카드라."

여우소녀의 말에 아란이 불만스럽다는 듯 입을 벌렸으나 이내 조용히 다시 입을 다물었다. 아마 사랑이 아니라 집착과 광기란 소리를 하고 싶은 것이겠지. 그 마음을 대충 알아본 미리내였으나 그냥 못 본 척 넘어갔다. 솔직히 말해 그 광기를 받아 준 자신의 선녀님이 비정상적인 거지, 겁먹고 도망간 아란이 비정상적인 게 아니니까. 오히려 서 아란의 반응이 지극히 정상적인 것이리라.

갑자기 내려앉은 침묵과 불편해진 분위기. 아란은 미리내의 눈치를 보다가 조심스럽게 화제를 돌렸다.

"저…… 그런데 왜 동공궁에 머무르지 않으시고 이렇게 떠돌아다니시는지요."

미리내의 말을 들어보면 그녀는 하나린의 곁을 보좌하는 존재인 듯했다. 그런데 이렇게 따로 떨어져 있다는 게 조금 이상하였다. 아란의 질문에 미리내는 조금 곤란하다는 표정으로 뒷머리를 긁적였다.

"뭐 이제 선녀님은 굳이 내가 없어도 될 테니께. 거기다 흑영에 대해 좀 생각할 것도 있고."

흑영이라는 이름을 언급할 때 미리내의 뺨에 약간의 홍조가 깃든다. 그것은 연애 경력자 아란의 눈을 피해 가지 못했다. 그녀는 슬쩍 고개를 돌려 제 남편을 바라보았다. 그리고 때맞추어 은명의 시선 역시 아란에게 닿았다.

'그거 맞는 것 같지?'

'응, 그거 맞는 것 같아.'

눈으로 빠른 대화가 오고 간다. 그리고 미리내가 흑영에게 미묘한 감정을 가지고 있다는 생각이 확신으로 굳혀졌다. 은명이 조금 곤란하다는 듯 헛기침을 하는 사이 아란의 눈은 흥미를 품고 반짝였다.

"그러고 보니 흑영은 잘 지내고 있나요?"

아란은 그저 제 친우의 이름을 들었으니 묻는다는 듯 의무적인 어투로 물었다. 그에 미리내는 동공궁이 있을 방향을 바라보며 멍하니 답하였다.

"뭐 금마는 잘 지내고 있지 않겠나? 적어도 내가 떠날 때는 팔다리 잘 붙어 있드라."

아련한 듯 혹은 그립다는 듯 그런 분위기. 아란은 속으로 '어머어머'를 연발하며 살짝 입꼬리를 올렸다.

"흑영은 아직 혼인하지 않았나요?"

"안 했데이."

아란의 물음에 거의 반사적으로 툭 튀어나온 미리내의 대답. 여우소녀는 너무 급히 대답한 감이 없잖아 있단 걸 깨달으며 살짝 얼굴을 붉혔다.

"근디 좀 더운 것 같지 않나?"

손부채질을 하며 변명을 하는 미리내. 귀여운 소녀의 모습에 조금 심술이 생긴 아란은 부러 한마디를 더했다.

"그런데 떠나오신 지 이 년째에 접어든다면 그사이 혼인을 하지 않았을까요?"

"그건 아닐 거다. 떠나면서 조금 장난을 쳐 놓아서……."

강한 부정의 말에 아란이 눈을 게슴츠레 뜨자 미리내는 슬쩍 그녀의 시선을 피했다. 괜히 헛기침을 하며 창밖을 바라보는 여우소녀. 그랬기에 미리내는 아란의 입가에 맺힌 짓궂은 미소를 보지 못했다. 은명이 슬쩍 옆구리를 찌르며 그녀를 만류했으나 아란은 기어코 은근슬쩍 운을 떼었다.

"흑영은 의외로 여자한테 숙맥인데……."

움찔.

그 말을 들은 여우귀가 한 차례 쫑긋하고 움직였다. 원하는 반응이 나오자 아란은 일부러 곤란하다는 어조를 넣어 한마디를 더했다.

"여자 쪽에서 막 들이대면 그대로 넘어갈지도……."

그와 동시에 미리내의 고개가 아란을 향해 홱 돌아갔다. 여우소녀는 조금 초조한 어조로 아란에게 말했다.

"그거 좀 자세히 얘기해 봐라."

그 말을 기다렸다는 듯 아란은 속으로 만세를 부르짖으며 조금은 신이 난 어조로 이야기를 이었다. 그 옆에 있던 은명은 작게 한숨을 쉬며 고개를 절레절레 저었다.

"그래도 은인이신데 그런 장난은 좀……."

며칠은 더 묵을 예정이었던 미리내가 급히 이곳을 떠났다. 그 이유가 뭔지 잘 아는 은명은 곤란하다는 어투로 그리 중얼거렸다. 그에 아란은 천만의 말씀이란 듯이 손가락을 좌우로 저어 보였다.

"아니지. 은인의 사랑이 이뤄지게 아주 작은 도움을 준 거지."

동공왕에게서 벗어난 후 시간이 꽤 지나자 과거의 성격이 가끔씩 나오기 시작한 아란을 보며 은명은 볼을 긁적였다. 그는 미리내가 떠난 길을 보며 머뭇거리듯 말하였다.

"흑영이 많이 난감해하지 않을까? 도리어 관계가 안 좋아질지도 모르는데."

"아니, 절대 그럴 일은 없을 거야."

아란이 처음 사랑에 빠진 소녀처럼 눈을 반짝이며 확신에 찬 어조로 말하였다. 그리고 은명의 가슴에 제 머리를 기대며 말을 이었다.

"미리내 님의 말씀을 들어보니 흑영이랑 많이 투닥거리며 지내신 듯한데. 그 정도면 흑영도 정이 들어도 단단히 들었을걸? 거기에다 여자한테 숙맥인 것도 맞으니까……. 아마 미리내 님이 적극적으로 움직이시면 금방 넘어갈 거야. 적어도 진절머리 치며 싫어하지 않을 건 분명해."

"틀린 말은 아닌 것 같지만……."

흑영의 성격을 대충 알고 있는 은명이기에 그녀의 말을 부정하진 못했다. 그래도 뭐랄까……. 그는 조금 찜찜하다는 듯 입을 떼었다.

"흑영에게 조금 미안해지는걸."

"미안할 것 없어. 당해 보라고 한 짓인걸."

아란이 개구쟁이처럼 웃으며 말하자 은명은 '허—' 하며 짧게 웃음을 터뜨렸다. 하여튼 이 아가씨는. 그는 난감하다는 표정으로 말했다.

"복수지?"

"응, 복수지. 미리내 님의 사랑도 돕고 복수도 하고 일석이조의 일이랄까? 조금은 곤란해 보라고 하지. 거기다 미리내 님과 혼인한 뒤에 평판도 좀 무너뜨려 보고."

동공왕으로부터 도망치는 지우를 돕지는 못할망정 그 악마의 편에서 있었던 흑영. 이번 일은 그에 대한 아주 작은 복수일 뿐이다. 아란은 미리내의 적극적인 공세에 일그러질 흑영의 표정을 떠올렸다. 거기에다 어린아이와 같은 외모의 미리내와 혼인한 후 어떤 소문이 퍼질까 생각하며 키득거렸다.

여담으로…… 당연한 이야기지만 아란은 미리내가 흑영과 만난 첫날밤에 곧장 덮치리라는 상상까지는 하지 못했다.

깊은 숲속. 하늘을 가릴 듯 풍성한 나뭇잎들 사이로 한 줄기의 햇빛이 떨어져 미리내의 눈가를 톡톡 두드렸다. 이윽고 미리내의 눈꺼풀이 파르르 떨리다가 번쩍 열렸다. 그에 연한 갈색 눈동자가 드러났다. 잠에 반쯤 잠긴 멍한 눈. 한동안 멍하니 있던 미리내는 고개를 절레절레 저어 정신을 차렸다. 그리고 쭈욱 기지개를 켰다.

"으음— 이대로 열심히 달리면 내일쯤에 한양에 도착하려나?"

미리내는 한양을 떠난 뒤 이 년간의 일을 천천히 떠올렸다. 먼저 자신이 가진 흑영에 대한 감정 정리가 우선이었다. 세상을 떠돌아다니며 몇 번이고 제가 가진 감정을 확인하였다. 그리고 그 미묘한 감정에 대해 대강 정의를 내릴 수 있게 되었다.

아마…… 그를 좋아하는 것 같았다.

제 첫사랑이었던 도련님과 닮은 얼굴이면서도 끝까지 절 배신하지 않았던 게 그 감정에 큰 기여를 하지 않았을까? 그래, 일단 자신의 감정을 알아챘으니 첫 단계는 넘어갔다. 하지만 문제는 그 다음에 발생하였다. 바로 그가 요구했던 이상적인 아내상.

'평범한 '인간' 여자.'

떠나기 전에 은근슬쩍 물은 말에 흑영은 분명 그렇게 대답하였다. 그랬기에 미리내는 조금 다급해진 마음이 되어 허겁지겁 덕(德)을 쌓았으나 인간이 되기엔 한참이나 부족하였다. 그러던 차에 아란과 만나게 되고 이렇게 급히 한양으로 달려가게 된 것이었다.

자신이 어찌 손을 써 보기도 전에 흑영이 이미 다른 여인과 혼인했을지도 모른다는 생각에 심장이 미친 듯이 뛰었다. 마음이 초조해지고 불안감에 자꾸만 손톱을 이로 질겅질겅 씹게 된다. 이렇게 간절하게 움직였던 게 얼마 만일까?

그리고…… 어제 막 떠올린 한 가지 더 중요한 문제. 만약 흑영이 혼인하지 않았다고 해도 과연 그녀를 여인으로 볼 것인가? 미리내는 인간의 시선에선 고작 열한두 살 정도의 나이대로 보인다. 정말 소아성애자가 아닌 이상에야 여우소녀에게 이성 간의 사랑을 느낄 일이 없다는 것이다.

미리내는 조금 쓰게 웃으며 자리에서 일어났다.

휘청.

그와 함께 살짝 중심을 잃으며 넘어질 뻔했다. 그녀가 영스러운 존재라곤 하지만 요 며칠 동안 강행군은 조금 힘들었다. 몸에 제법 무리가 간 것이다. 미리내는 찌뿌둥한 몸을 풀어 주며 제대로 일어섰다. 그런데…… 뭔가 이상했다.

달라진 눈높이. 어제에 비해 웬일인지 주변 사물이 조금 작게 보였다. 미리내는 의아함을 품고 가까이에 고여 있는 웅덩이로 걸어갔다. 그리고 제 모습을 비추어 보았다.

점점 커지는 눈. 크게 벌어지는 입. 미리내는 놀라움을 담은 목소리로 외쳤다.

"오옷! 자라났다!"

얼마나 그렇게 있었을까? 여우소녀는…… 아니, 이젠 여우여인이 된 요수는 무언가 계획을 세운 듯 음흉한 웃음을 입가에 걸었다.

다시 말하지만 내일쯤 흑영이 있는 한양에 도착할 것이었다.

다섯 번째

소녀는 자라난다

"정말 괜찮은 건가?"

"진짜라니까. 왜 말을 해도 믿지 못하실까?"

제현은 싱글벙글 웃고 있는 한뫼를 무섭게 노려보았다. 백호는 가끔씩 이렇게 동공궁에 쳐들어와 그의 복장을 뒤집어엎고 사라지곤 하였다. 여기가 무슨 영스러운 존재들의 놀이터도 아니고. 어찌 평생에 한두 번 봤으면 많이 봤다고 하는 영스러운 존재들이 심심하면 놀러 오는지.

백호의 얼굴에 주먹을 한 방 날리고 싶은 제현이었으나 현재 그가 약자의 위치에 있기에 제 분노를 꾸욱 누르며 다스렸다.

"요즘 하나린의 상태가 뭐랄까 묘하게 불안스럽게 느껴져서 말이다."

하나린은 과거의 기억이 없다는 게 의심스러울 정도로 빠르게 과거의 제 성격을 되찾아 가고 있는 중이었다. 비록 잃어버린 능력이 되돌아오진 않고 검게 변한 머리도 그대로이긴 하지만. 그런 그녀가 요즘 들어 뭔가 이상하였다. 겉으로 보기엔 그대로인데 왠지 모르게 삐걱거리고 있는 느낌이랄까. 그랬기에 제현은 한뫼가 쳐들어오자마자 이렇게 붙잡고 심문을 하고 있는 것이었다.

한뫼는 그럴 리가 없다는 듯 고개를 갸웃했다.

"분명 하나린이란 존재의 대부분이 소실된 했지만 영혼은 육체에 제대로 정착시켜 놨다만? 지금쯤은 완전히 안정되어 따로 이상이 생길 리가 없을 텐데? 그때 네놈처럼 육과 혼의 분리가 일어난 건 아니고 육체의 결합이 느슨해지기만 한 거라서."

"차이가 뭐냐?"

제현이 미간을 구기며 되물었다. 그에 한뫼가 입꼬리를 끌어 올리며 답했다.

"죽은 것과 산 것의 차이."

"뭐?"

"네놈의 경우는 한 번 죽은 거, 하나린의 경우엔 죽을 뻔한 거. 간단한 것 같지만 엄청 큰 차이야. 야, 인마. 너는 정말 하나린을 여왕처럼 모시고 살아야 돼. 다행히 혼이 육체에서 떠나지 않은 덕이긴 하지만 한 번 죽은 놈을 살려 놓을 수 있는 능력자는 이 세계에서 찾아보기 힘들다? 나조차도 그건 하지 못해. 힘의 강함의 차이라기보단 재능 분야의 차이긴 하지만."

하나린이 절 살리려다 죽을 뻔했다는 사실에 제현은 쓰게 혀를 찼다. 거기에다 그 부작용으로 인해 존재의 대부분을 소실한 것까지 떠올리면 절로 심장이 스산해진다. 그는 그녀에게 너무나 큰 은혜를 입었다. 평생 동안 갚아도 부족할 만큼.

절로 꽉 쥐어지는 주먹. 제현이 괴롭다는 듯 얼굴을 일그러뜨리는 사이 백호의 말은 계속 이어졌다.

"하늘이 제 아이를 거둬 가는 방식은 정해져 있거든. 일단 능력을 거둬 가고 다음은 마음과 생각을 뺏어 가고 이후 껍데기와 같은 육체를 가져간 후 최후에 영혼을 받아들이지. 그런데 이런 방식의 두 번째 단계에서 이상이 생겨 버린 거야. 마음과 생각을 뺏어 가야 되는데 하늘이 내려 준 것이 아닌 고유한 다른 불순물이 육체에 남아 버린 거지. 즉 뺏어 갈 수 없는 감정이 하나가 남아 버린 거야."

그것이 바로 제현을 향한 사랑이라는 감정. 하늘이 내려 준 것이 아닌 오직 하나린만의 것. 하늘은 세상에 직접적으로 관여할 수 없다는 법칙이 있다. 하늘이 스스로에게 씌운 제약인지 뭔지는 모르지만 그 때문에 하늘은 자신이 내려 준 것이 아닌 세상의 것인 그 감정 하나를 회수해 갈 수 없었다.

"그러다 보니 다음 단계로 진행되지 못한 거지. 육체를 가져가야 되는데 두 번째 단계가 마무리되지 않아서 가져가지 못한 거야."

물론 다른 이유도 있었다. 그녀를 붙잡고 있는 수백의 홍사. 잔인하게 말해 감정 하나만으로 육체란 껍데기가 유지될 리 없지 않은가? 추가로 무엇보다 중요한 것은 하늘의 의지가…… 매우 약했다. 마치 꼭 하기 싫은 일을 억지로 하듯이. 그 모든 것이 어우러져 기적과도 같은 상황이 생겨났지. 한뫼는 입꼬리를 올리며 키득거렸다.

"하여튼 난 죽은 놈이 아닌 이상에야 살려 놓을 정도의 능력은 되거든? 비록 특기는 아니지만 실수는 하지 않는다 이거지! 그러니까 갑자기 꾀꼬닥 하고 죽을 일은 없어. 그 말인즉슨 하나린에게 문제가 있다면 그건 분명 다른 이유에서일 거라는 거지. 예를 들어…… 심리적인 문제라거나?"

"심리적인 문제라……."

제현은 두 눈을 꼬옥 감았다. 그리고 근래 하나린의 행적을 하나하나 되짚어 갔다. 무엇이 부족했는지, 무엇이 과했는지, 따로 특출하게 행동한 것이 없었는지. 이후 하나의 결론에 도달할 수 있었다.

"그랬군."

"에에—! 생각보다 빨리 눈치채네?"

"아쉽게도 바보는 아니라서."

백호가 아쉽다는 듯 목소리를 높이자 제현은 싸늘하게 그를 노려보았다. 그제야 쳇쳇거리던 한뫼가 조용히 입을 다무는 시늉을 해 보였다.

"전하, 시간이 되었습니다."

그때 밖에서 박 내관의 목소리가 들려왔다. 그러고 보니 벌써 하나린과 만나서 산책을 할 시간이 되었던가? 제현의 반쯤 구겨졌던 얼굴이 절로 활짝 펴졌다. 그리고 그걸 곁에서 지켜보던 한뫼가 '웩!' 하며 토하는 시늉을 했다. 허나 제현은 깔끔히 무시하고 자리에서 일어섰다.

"놀 만큼 놀았으면 그만 돌아가 줬으면 하는군."

제현은 그 말만을 남겨 놓고 집무실 밖으로 나갔다.

궁녀 시애. 그녀는 앞에서 걸어가고 있는 풍옥전의 아기씨를 보며 꼴깍 마른침을 삼켰다. 그리고 제 소매 속에 있는 은장도를 조심스럽게 확인했다. 어젯밤 귀족파로부터 그녀에게 접선이 왔다. 왕비 후보자인 하나린을 죽이면 집안의 직위를 회복시켜 주겠다는 말로 거래를 제안해 왔다. 그녀의 집안은 과거 한양에서 잘나가던 귀족가 중 하나였으나 제현의 폭주로 귀족의 절반이 쓸려 나간 사건 때 몰락한 가문이었다.

시애는 크게 심호흡을 했다. 별것 없다. 그저 제가 수행하는 아기씨의 등 뒤에 몇 차례 칼을 꽂기만 하면 되는 일이었다. 그녀는 발걸음을 재촉하여 하나린과의 거리를 빠르게 좁혔다. 그리고 소매에서 은장도를 뽑아 크게 치켜들었다.

그 순간이었다.

텁.

누군가가 시애의 손목을 움켜잡았다. 시애는 아차 하는 생각으로 돌아보았으나 그녀의 눈에 들어오는 것은 아무것도 없었다. 그저 누군가가 그녀의 손목을 세게 붙잡고 있다는 듯 피부 위로 시뻘겋게 손자국이 남아 있는 것만이 보였다. 시애가 새파랗게 질려 비명을 지르려는 순간 토막 나 둥둥 떠다니는 손이 재빨리 그녀의 입을 꽉 막았다. 그리고 그림자로부터 튀어나온 검은 손이 그녀의 발목을 붙잡는다. 이후 시애는 정체불명인 것들에 끌려 어두운 길 쪽으로 끌려 사라졌다.

'무슨 한낮에 공포물이냐!'

그것을 고스란히 보고 있던 청이의 표정이 떨떠름하게 변했다. 그런 청이의 얼굴을 본 것일까? 하나린은 고개를 갸우뚱하며 홱 뒤돌아보았다. 허나 그녀 몰래 일어난 사고들은 이미 신속하게 정리된 뒤였다. 하나린의 얼굴 위로 의아하다는 의문이 떠오른다.

"청이야, 무슨 일 있었어?"

"……없었습니다."

귀족파들의 반란이 있은 뒤 육 개월. 그간 귀족파들이 무슨 수를 쓴 것인지 종종 신입 풍옥전 소속 궁녀들이 하나린을 향해 암살을 시도할 때가 있었다. 하지만 하나린 곁을 지키고 있던 영스러운 존재들에 의해 그 시도는 족족 사전에 차단되었다.

청이도 처음 그 장면을 목격했을 땐 정말이지 심장이 주인을 버리고 땅을 향해 뛰어내리는 줄 알았다. 생각을 해 봐라. 칼을 들고 달려들던 궁녀가 갑자기 붕 떠서 벽 너머로 사라지기도 하고 어떤 때는 그림자 속으로 쏙 들어가 사라지기도 하는데 누군들 놀라지 않겠는가? 지금은 그런대로 익숙해지긴 했지만.

무엇보다 더 대단한 것은 그런 일련의 과정들을 하나린에게 들킨 적이 없다는 것이다. 그랬기에 청이는 그 장면들을 목격해도 그냥 모르는 척 넘어갔다.

'철두철미한 것들……'

청이는 궁녀 시애가 사라진 어두운 길을 보며 질린다는 표정을 지었다. 참고로 그렇게 실종된 아이들은 하루 뒤 제현의 집무실 앞에서 발견되었다. 공포에 질려 달달 떠는 상태로. 몸 상태는 멀쩡하다는데 도대체 무슨 짓을 해 놓은 건지. 뭐 그 다음 수순이야 당연한 것 아니겠는가? 제현이 '직접' 취조를 하고 그 뒤에 있던 이들을 찾아내 철저하게 밟아 버린다.

이 정도면 과잉 전력(戰力)이 집중되어 있다고 생각될 정도.

"하아— 가시죠."

청이는 한숨을 폭 내쉬며 백련각으로 그녀를 이끌었다. 그리고 도착한 그곳엔 이미 제현이 나무 아래서 기다리고 있었다.

"제현!"

하나린은 그를 확인하는 것과 동시에 달려 나가 폴짝 뛰어 덥석 그의 목을 끌어안았다. 제현은 부딪치듯 날아오는 그녀를 부드럽게 안아 다치지 않게 내려놓았다. 그리고 살짝 흐트러진 그녀의 옷매무새를 정리해 주었다.

"오늘도 예쁘게 꾸미고 나왔군."

"옷만 예뻐?"

"너도 예뻐."

제현의 답변에 하나린은 볼을 달게 붉히며 헤헤 웃음을 흘렸다. 몸은 성인이지만 아직은 소녀 같은 느낌이 강하다. 육 개월 전 몸만 성인이고 정신은 아기였던 때보단 훨씬 낫지만. 제현은 빙긋 웃으며 그녀의 머리를 쓰다듬었다.

"좀 더 빨리 자라라."

"난 이미 어른이다 뭐."

"그래그래."

건성이 섞인 것 같은 그의 대답에 금방 볼이 땡글땡글. 귀엽긴 하지만 그래서 아직 어려 보인다. 뭐 지금 속도라면 금방 어른스러워질 것 같지만. 제현은 가까운 그루터기로 가 그녀와 함께 앉으며 안부를 물었다.

"오늘은 별일 없었어?"

"응, 별일 없었어."

올 때 궁녀의 습격이 있었으나 하나린은 모르는 사실이니 제하자. 제현은 부드러운 웃음을 베어 물고 계속해서 질문을 이어 갔다.

"공부는 잘하고 있고?"

"물론이지!"

"힘든 일은 없는 거지?"

"당근!"

"무리하고 있는 건 아니고?"

"응!"

짧게 오고 가는 대화. 밝은 대답에 제현은 기분 좋게 웃음을 터뜨렸으나 이내 진중한 표정을 지으며 조심스럽게 입을 뗐다.

"그러면 굳이 과거의 너를 연기하려는 건 그만두는 게 어떨까?"

쩌적.

그 한마디에 하나린의 몸이 일순 굳었다. 하지만 이내 아무것도 모르겠다는 듯 고개를 갸웃하며 되물었다.

"무슨 말이야?"

"굳이 말 안 해도 잘 알지 않을까?"

제현이 쓰게 웃으며 말하자 슬그머니 시선을 피하는 하나린. 그는 작은 한숨과 함께 말을 이어 나갔다.

"얼마 전부터 여기저기에 과거의 자신에 대해 물어보는 일이 부쩍 잦아졌고 뭔가 행동들이 부자연스러워졌어."

"부자연……스러웠어?"

하나린은 충격받은 얼굴로 되물었다. 역시라고 할까? 그의 예상이 맞아떨어졌다. 주변에 과거의 자신이 어떠했는가를 묻고 다니더니……. 역시 그들에게 들은 과거의 자신을 따라 행동하고 있는 모양이었다. 자신이 자신을 연기한다. 그러니 무언가 삐걱거리는 느낌이 들 수밖에. 제현은 그녀의 머리를 끌어당겨 제 가슴에 기대게 하였다. 그리고 속삭이듯 물었다.

"뭐가 그렇게 두려운 거야? 말해 봐."

경직되는 몸. 파르르하고 전해져 오는 떨림. 제현은 하나린의 등을 살살 쓸어내리며 그녀가 진정되길 기다렸다. 하나린은 한참을 머뭇거리다 조심스럽게 입술을 뗐다.

"저기…… 있잖아……. 제현이 좋아하는, 그리고 많은 이들이 좋아하는 하나린은 누구야?"

"당연히 너지."

"그게…… 진짜 나일까?"

당연하다는 제현의 대답에 하나린은 자신감이 없는 태도로 되물었다. 그녀는 그의 옷깃을 꽈악 움켜쥐며 그의 품에 얼굴을 묻었다.

"있잖아. 나…… 처음 세상을 인식하고 나서 내 곁을 지켜 주는 수많은 친구들과 친해졌다? 그런데 말이야……. 그들은 늘 말해. 과거에 선녀님께서 절 도와주셨어요. 선녀님은 참으로 마음이 아름다우신 분이에요. 아기씨는 전하께서 가장 사랑하시는 분이에요. 예전에는 이렇게 하셨어요. 저번에는 저렇게 하셨어……. 막상 듣다 보니까 그들이 하는 이야기들은 모두 내가 모르는 나에 대한 말인 거야."

"그래."

"그들은 내가 기억하지 못하는 날 알고 있어. 내가 잃어버린 날 말이야. 그런 이들이 내게 원하는 모습은…… 그런 과거의 내가 아닐까? 사실 제현도 내 과거의 모습을 보고 사랑에 빠진 거잖아. 그러니까 제현도 지금의 나를 통해 과거의 날 원하고 있는 게 아닐까? 자꾸 그런 생각이 드는 거야."

"그래."

"날 보는 것이 아니라 과거의 나를 보는 것 같아서……. 내가 과거의 나랑 다른 존재이면 그들이 날 계속 좋아해 주지 않을 것 같아서……. 그게 너무 무섭고…… 흑, 실……망할 것 같고…… 우흑."

"그래."

말이 이어지면서 섞이는 울음기에 제현은 그녀의 등을 가볍게 다독여 주었다. 그래, 계속 말해 보라고. 그래, 아픈 게 있으면 다 토해 내라고. 그래, 내가 네 곁에 있어 주겠다고. 차마 계속 말을 이어 가지 못하고 훌쩍이기만 하는 그녀의 모습에 제현은 자책하였다. 이렇게 힘들어하고 있었는데 눈치채지 못하고 있었다는 사실이 너무나 미안해서.

"괜찮아."

제현은 그녀를 품에서 떼어 낸 뒤에 눈가에 묻은 눈물을 살살 닦아 주었다. 그리고 작게 미소를 지으며 말했다.

"넌 너이기만 하면 된다. 과거의 모습이든 지금의 모습이든 그건 별 상관 없는 이야기야. 내가 사랑하는 이는, 그리고 네 주변에 있는 이들이 좋아하는 이는 바로 그런 너이니까."

"난……."

"넌 네가 원하는 대로 행동하면 돼. 그게 과거와 같든 과거와 다르든 감당하는 몫은 우리니까. 하지만 장담하지. 네가 어떠한 모습으로 변해도 나는, 그리고 그 녀석들은 결코 널 싫어하지 않을 거야."

확신에 찬 그의 목소리에 그녀가 멍한 표정으로 올려다보았다. 그리고 천천히 웃음을 지어 보였다.

다행히도 위로가 된 모양이네. 없는 말솜씨 있는 말솜씨 모두 끌어 모아서 한 말이 통하자 제현은 속으로 안도의 한숨을 내쉬었다. 과거엔 하나린이 늘 그를 이끌어 주는 느낌이었다. 하지만 이번엔 반대로 그가 하나린을 이끌어 주는 모양새.

'하긴 그녀는 완전히 처음부터 다시 시작하는 것일 테니까.'

아직은 어리구나. 제현은 그 사실을 다시금 깨닫게 되었다. 그는 하나린의 이마에 제 이마를 가져다 대며 작게 속삭였다.

"좀 더 빨리 자라라."

금세 불만으로 입술을 삐죽이는 하나린을 보며 제현은 짓궂게 웃었다.

여섯 번째

홀로 핀 꽃 한 송이의 인연

깊은 밤중. 궐 담을 넘어서 검은 그림자가 조용히 궁 안으로 스며들 었다. 검은 복면을 뒤집어쓴 살수들이 소리를 죽이며 단 하나의 목표를 향해 달려 나갔다. 궁 외곽에 존재하는 재련전. 그리고 그 안에 살고 있는 뱀과 같은 여인. 귀족파의 배신자. 왕비의 뒤에서 움직이는 최악의 모사꾼. 그 이름은 바로 백사린.

그녀로 인해 파탄이 난 귀족파 소속 관리들이 얼마나 많던가? 어디서 정보를 구해 오는 건지 뇌물 수수나 관세 횡령, 기타 등등의 일을 모조리 잡아내는 데다가 그녀를 무너뜨리기 위한 모략을 짜면 어느새 반대로 함정에 걸려 있는 경우가 다반사. 그러기에 백사린이란 이름은 귀족파에서 만든 살명부의 가장 꼭대기에 존재하고 있었다.

복면인들은 조용히 재련전의 마당으로 들어섰다. 재련전이란 전각 중 가장 작은 크기의 건물. 그렇기에 다른 전각들과 달리 방문이 건물 안 복도 내부에 있는 것이 아니라 곧장 외부랑 연결되어 있다. 어찌 보면 암살하기 편한 위치라 할 수 있었다.

현재 집무실에서 은은한 불빛이 흘러나오고 있었다. 살수들 중 대장으로 보이는 이가 한쪽 손을 들어 보이며 손가락을 하나씩 접어 보였다. 그리고 그 손가락이 모두 접혀 주먹이 쥐어진 순간 그들은 망설임 없이 집무실 안으로 날래게 뛰어들었다. 허나 이후 뛰어 들어간 속도보다 빠르게 밖으로 튕겨져 나갔다.

그리고 그들은 무지막지한 폭력에 노출된 듯 몸 어딘가가 부러진 채로 피를 토해 낸다. 그때 문 안으로부터 짙은 갈색 머리의 남자가 걸어 나왔다. 칠 척(2m 10cm)이나 되는 장신. 거기에다 전신에 탄탄한 근육이 꽉 들어차 있었다. 그는 하늘빛의 안광을 번뜩이며 바닥에서 벌레처럼 꿈틀거리는 살수들을 훑어보았다.

"태천대장군!"

살수 중 하나가 경악을 터뜨리며 탄성을 내질렀다. 비록 명예직이긴 하지만 그 이름을 가진 자를 쉽게 무시할 이는 아무도 없으리라. 단순한 무력만으로 삼천에 가까운 궁호군을 홀로 상대할 수 있다고 예상되는 강자. 그 미친 동공왕에게 견줄 정도인 희대의 괴물. 무엇보다도 중요한 것은……

"서방님, 적당히 해 달라고 말씀드렸던 것 같습니다만."

백사린의 부군이라는 것. 태천대장군 덕호는 스산한 눈길을 돌려 그녀를 내려 보았다. 그리고 손을 들어 제 뒷머리를 긁적이며 순박하게 웃었다.

"그게…… 최대한 살살 쳤는데?"

"저게요?"

백사린은 딱 한 대씩만 맞았는데도 일어서지도 못하고 바닥을 설설 기는 살수들을 내려다보며 물었다. 개중 몇몇은 게거품을 물고 혼절해 있다. 그녀는 입가에 순한, 그런데도 묘하게 압력이 느껴지는 웃음을 베어 문 채로 덕호의 얼굴을 올려 보았다. 그에 그는 그녀의 눈길을 살짝 피하며 웅얼거리듯 말했다.

"지, 진짠데?"

"......."

"사, 사실 조금 세게 친 것 같기도 하고⋯⋯."

"하아— 심문하기 위해 최대한 온전하게 잡아야 된다고 몇 번 당부 드렸던 것 같습니다만."

"미, 미안. 그게 널 해치려고 했다고 생각하니까 감정이 실려 서⋯⋯."

사람 여럿은 그 자리에서 피떡으로 만들 것 같은 덩치의 남자가 저 보다 훨씬 작은 여인 앞에서 쩔쩔맸다. 꼭 순박한 대형견의 느낌이다. 생긴 것과 전혀 어울리지 않는 행동거지에 백사린은 가볍게 한숨을 내쉬었다.

그녀가 이 남자와 만난 것은 사 년 전. 일이 생겨 잠깐 지방에 내려 갔을 때 귀족파에서 보낸 자객들에게 습격을 받았다. 시종들을 잃고 도주하다가 결국 절벽에서 떨어져 내렸다. 운이 좋았다면 좋았달까? 마침 그 아래엔 강물이 흐르고 있었다. 그대로 하류로 떠내려가다가 강변으로 밀려 나온 걸 발견한 사람이 바로 덕호, 그였다.

그 사고 덕분에 몸이 상당히 약해졌었다. 결국 그의 수발을 받으며 지내야 했고. 무엇보다 큰 문제였던 건 당시 그녀가 기억을 깔끔하게 잃어버렸다는 것이었다. 무언가 가슴이 답답한데, 돌아가야만 하는 곳이 있는데 그것을 기억해 낼 수가 없어 미칠 것 같았다. 그리고 그 런 그녀를 곁에서 지지해 준 것 역시 덕호. 그렇게 생활하던 중 그가 어느 날 얼굴을 붉히며 청혼을 해 왔다.

무려 일 년에 가까운 시간 동안 기억을 되찾지 못했기 때문일까? 반 쯤 자포자기 상태였던 것 같았다. 어딘가에 안주하고 싶다는 생각 또 한 강하게 들었고. 거기에다 늘 언제나 자신을 배려해 주면서도 연정 을 숨기지 못하는 그에게 마음이 기울었으리라. 그리하여 그녀는 그 의 청혼을 받아들였고 반년간 부부로서 지냈다. 시골에서 평범하게 지내던 삶은 나름 마음에 들었다.

하지만…… 결국 그 생활은 파국에 닿았다. 갑작스러운 도적 떼의 습격. 그리고 휩쓸린 시골 마을. 백사린은 도적 떼에게 반항하다 밀쳐져 바위에 머리를 부딪쳤다. 이후로 혼절. 그녀가 다시 깨어났을 때는 분노한 덕호가 도적 떼를 반죽음으로 만들어 쫓아낸 이후였다. 그리고…… 그녀는 기억이 되돌아와 있었다. 자신이 평생을 바치기로 한 목표를 떠올린 그녀는 더 이상 그곳에 있을 수 없었다. 그래서 모든 사실을 말하고 시골 마을을…… 덕호의 곁을 떠났다.

다시 돌아온 동공궁. 그녀를 반기는 많은 사람들. 드디어 제가 있어야 할 곳으로 돌아왔다는 느낌이 들었지만 가슴 어딘가가 허전하였다. 백사린은 일 년하고도 반년 동안 어디에 있었는지 밝히지 않았다. 자신이 이미 혼인하였다는 사실도 숨겼다. 그녀 자체만 하여도 큰 장기말이기 때문에. 정략결혼을 하여 얻을 정치적인 힘을 생각하며 안식과도 같았던 그때의 기억을 억지로 구석으로 구겨 넣었다. 아무런 일도 없었던 듯 착실히 제가 갈 길을 걸어갔다.

그런데 그가 찾아온 것이다. 마음고생이 심했던지 핼쑥해진 모습으로. 그는 남편으로서가 아니더라도 함께하고 싶다고 말하였다. 무릎까지 꿇고 그리 비는 그를 백사린은 외면하였다. 그리고 끝까지 포기하지 않으려는 그의 앞에서 저의 정략혼을 추진하였다.

당신을 곁에 두어도 자신에겐 이득이 없다며 당장 사라지라 그리 말했다. 고작 시골의 사냥꾼 주제에 무엇을 할 수 있겠느냐고. 이런 정치판 속에서 당신은 오히려 방해물일 뿐이라고. 덕호의 가슴에 거대한 대못을 박은 것이다. 그때 충격받았던 덕호의 얼굴이 아직도 가슴속에 새겨져 잊혀지지 않는다.

'괜찮아요. 저는 괜찮아요.'

당장이라도 울음을 터뜨릴 것 같은 얼굴로서 그는 그렇게 말하였다. 그리고 얼마 후 그는 궁호군의 병사로서 그녀 앞에 나타났다. 뛰어난 무력으로 많은 이들의 시선을 사로잡는 신성(新星)으로서. 그리고 그때 그도 그녀도 모르던 사실을 알게 되었다. 덕호가 장수라는 사실을 말이다. 비록 동공왕과 다르게 선기를 타고난 쪽이지만.

그것까진 의외여도 괜찮았다. 문제는 그 다음에 터졌다.

궁에 나타난 거대한 검은 이무기. 요물 중 대요괴 수준에 들어가는 '쾌락(快樂)의 뱀'의 출현. 그리고 그걸 덕호가 쫓아냈다. 더 정확히 그것의 몸을 반 토막 냈다. 그리고 그것은 살기 위해 도주를 택했다.

그 일은…… 동공궁은 물론 한양까지 쑥대밭이 될지 모를 재앙을 막아 낸 큰 업적. 그 대가로 덕호는 목숨을 잃을 뻔했다. 만신창이가 된 채로 내의원으로 실려 왔던 그는 오 일이나 되는 시간 동안 깨어나지 못했다. 그리고 그동안 그녀는 다른 할 일들을 다 제쳐 놓고서 반쯤 넋을 놓은 채 그의 곁을 지켰다.

그리하여 덕호가 눈을 떴을 때 처음 마주한 얼굴이 바로 그녀. 그는 희미한 웃음을 짓고서 말하였다.

'저…… 있잖아요. 나 진짜 죽는 줄 알았어요. 그러니까 그때 정말정말 무서웠거든요. 그런데 계속 당신의 얼굴만 떠오르는 거예요. 이대로 죽으면 당신 얼굴을 더 이상 보지 못할 건데.'

그냥 주저리주저리 하는 말 같은데 그녀는 가슴이 찢어지는 듯 아팠다.

'이렇게까지 열심히 했는데…… 절 받아 주면 안 될까요? 아직도 부족하면 좀 더 노력해서 당신에게 쓸모 있어질게요. 그러니까 곁에 있게 해 주면 안 돼요?'

그는 그렇게 손가락 하나 까딱하기 힘든 몸으로 펑펑 울면서 애원했다. 제발 곁에만 있게 해 달라고 굳이 남편으로서가 아니어도 된다고. 가까이서 지킬 수 있게만 해 달라고.

그날 백사린은 많은 사람들 앞에서 제가 이미 혼인한 이임을 밝혔다. 그리고 남편이 이무기와 끝까지 싸웠던 덕호란 사실도 밝혔다. 정략혼 진행도 끊어 내고서 그를 가장 가까운 이로 받아들였다.

먼 시일이 지난 후에 동공왕이 저와 같은 장수인 덕호를 이용해 이무기를 죽이려 했단 걸 알아낸 건 여담이다.

"저기…… 저것들 연행해야 되지 않을까?"

덕호가 조심스럽게 말한 덕에 백사린은 사념에서 깨어날 수 있었다. 슬슬 고통이 가라앉는지 꾸물꾸물 자리에서 일어서려고 하는 살수들. 그녀는 그들을 향해 싸늘한 눈길을 던지며 입을 열었다.

"모두 연행하세요."

"모두 끌고 가라!"

그녀의 말을 따라 덕호가 큰 소리로 명을 내리자 잠복해 있던 궁호군들이 나타나 살수를 모두 포박해서 의금부로 압송해 갔다.

검은 이무기를 쫓아낸 지 이 년. 덕호는 동공궁에서 이무기를 몰아낸 공으로 제현에게서 태천대장군이란 칭호를 하사받았다. 거의 명예직에 가까운 칭호이지만 백사린의 부군이라는 입지와 장수로서 가지는 어마어마한 무력 덕분에 도원수(정2품)급의 취급을 받고 있었다. 이후로도 이런저런 일로 공을 쌓아 왕실파의 기둥 중 하나가 되었다.

"이만 교태전으로 갈까요? 그쪽도 정리가 되었는지 확인해 봐야지요."

백사린의 말에 덕호는 고개를 끄덕여 보였다.

귀족파. 정확히는 탐욕에 미친 구(舊)귀족파는 이번을 마지막으로 완전히 정리가 될 터였다. 신(新)귀족파가 생겨났지만 그쪽은 왕권의 폭주 견제를 목적으로 하기에 따로 손댈 필요가 없었다. 반란과 왕족 시해를 꾸미는 쪽만 이번 기회에 확실히 박멸시키면 됐다.

이번에 들어온 보고에 의하면 동공왕이 귀족들과 밤늦게까지 회담을 가지는 시기를 노려서 백사린과 그녀가 비호하는 하나린을 동시에 처리할 예정이었던 모양이었다. 사전에 그 정보를 입수한 그들은 도로 함정을 파고 기다리고 있던 것이고. 교태전 쪽에서 대기하고 있던 이들은 흑영과 신위군들. 이쪽보다는 더 얌전하게 살수들을 확보했을 것이다.

교태전에 들어서자 그들을 맞이하는 건 흑영 단 한 명이었다. 그는 단단히 굳은 표정으로 입을 열었다.

"태천대장군님과 그의 정부인께 보고드립니다. 살수 다섯을 생포 의금부로 압송하였습니다. 임무를 완료하였음을 알려 드립니다."

"그래, 수고했네."

덕호가 웃으며 답하곤 잘했다는 듯 흑영의 어깨를 탁탁 쳤다. 문제는 그가 가진 괴력이랄까? 흑영은 욱신거려 오는 어깨에 억지웃음을 지어 보였다. 그런 그의 기미를 눈치챘는지 덕호는 어색하게 웃음 지었다.

"미안, 아팠나?"

"아닙니다. 이 정도야……. 왕비마마를 뵙고 가시겠습니까?"

흑영의 물음에 덕호의 눈이 또르륵 돌아 백사린을 내려 보았다. 그녀가 고개를 끄덕이자 그는 긍정의 뜻을 보였다.

"깨어 계신가?"

"예, 막 나오셔서 암살자들이 연행되는 것을 보시고 들어가셨습니다."

"그래, 그럼 뵙고 가도록 하지."

그들은 흑영의 안내를 받아 교태전 안으로 들어섰다. 그리고 복도를 따라 하나린이 있을 침소로 이동하였다. 그런데…… 이질적이리만큼 궁녀들이 보이지 않는다. 그것에서 불길함을 느낀 백사린이 흑영을 올려 보았다. 그것을 느낀 건 흑영 역시 마찬가지였는지 단단히 굳은 얼굴로 마주 바라본다.

이윽고 그들은 빠르게 복도를 질주하여 하나린의 침소로 달려갔다. 그리고 장지문을 부술 듯한 기세로 열었다. 그와 함께 다급함을 담아 소리친다.

"마마!"

"마마!"

"마마!"

"……아?"

그런 그들을 맞이한 건 입 안에 꿀떡을 밀어 넣기 직전인 하나린. 어이없다는 듯 쳐다보는 그들의 시선. 그리고 당혹스러운 표정의 하나린. 그렇게 그들 사이의 공기가 굳었다. 그 기묘한 정적을 먼저 깨고 움직인 건 하나린이었다.

하나린은 조용히 입 안에 꿀떡을 넣어 마저 씹어 삼킨 뒤에 손에 쥔 고급스러운 주머니의 입구를 꽉 묶었다. 그리고 이불 아래에 그것을 숨긴 뒤 근엄한 표정으로 물음을 던졌다.

"여긴 무슨 일인가?"

방금의 일을 아무것도 아닌 것으로 만들 모양. 백사린은 골치가 아프다는 듯 제 관자놀이를 꾹꾹 누르며 입을 뗐다.

"마마, 또 궁녀들을 물리고 몰래 야식을 드시고 계셨습니까?"

"그게 중요한 것이 아니지. 그대들이 다급히 들어온 건……."

"궁녀들이 안 보여 마마께 무슨 일이 일어난 줄 알았습니다. 이런 날까지 꼭 그리하셔야 했습니까?"

백사린이 짜게 식은 눈으로 추궁하자 하나린의 푸른 눈이 떼구루루 구르며 그녀의 시선을 피했다. 하지만 이내 빠르게 표정을 관리하며 다시 입을 열었다.

"내 몸은 걱정 말게. 내 곁엔 내 친구들이 있으니 말일세. 위험에 처한다고 해도 그들이 지켜 줄 걸세."

"마마의 몸은 걱정하지 않았습니다. 단지 지금의 상황을 틈타서 가출하셨을까 봐 걱정했지요."

백사린의 말에 하나린의 입이 자물쇠라도 채운 듯 꽉 닫혔다. 차마 부정할 수 없기 때문이리라.

실제로 하나린은 궁이 답답하다는 핑계로 종종 소리 없이 나들이를 나가곤 했다. 그때마다 무섭게 일변하는 동공왕 때문에 궁내 인물들이 가슴을 졸이는 것은 당연지사였다. 사라진다고 해 봤자 한나절도 채 안 되어 돌아오긴 하지만. 그러면서도 왕비가 할 일들을 잘 처리해 나가고 있는 것이 참 신기할 지경이었다.

백사린은 한숨을 내쉬며 계속 말을 이어 갔다.

"그리고…… 밤에 야식을 드시면 건강에 좋지 않습니다. 과거엔 영스러운 존재였다 하더라도 지금은 인간과 다름없는 몸이 아니십니까? 건강관리도 해 주셔야 합니다. 분명 저번에 숨겨 논 꿀떡들을 싹 찾아내었는데 언제 또 몰래 챙겨 놓으신 겁니까?"

잔소리처럼 이어지는 말들. 하나린은 맑게 눈을 빛내며 그녀의 이름을 불렀다.

"사린."

"예."

하나린의 진중한 표정에 백사린은 짙은 분홍빛 눈으로 마주 바라보았다. 그리고 하나린은 아주 중요한 것을 말하듯이 입을 뗐다.

"이번만 봐주면 안 될까?"

"……압수입니다."

"와— 잔인해."

하나린은 방금 전까지의 엄숙한 모습을 집어 던지며 천진난만하게 말했다. 그리고 불만스럽다는 듯 볼을 부풀리더니 이불 안에 숨겼던 주머니를 꺼내 내밀었다. 백사린이 그것을 챙겨 소매에 넣는 순간까지 하나린의 눈동자는 안타깝다는 듯 그것을 좇았다.

이내 하나린은 탁자 위에 몸을 걸치며 혀를 찼다.

"쳇, 제강을 가졌을 땐 마음껏 먹을 수 있었는데."

"그땐 임신하셨을 때니까요. 그 때문인지 세자 저하께서 꿀떡을 많이 좋아하시더이다."

"아이를 다시 가지든가 해야지."

"꿀떡 먹고 싶다고 용종을 품으시는 게 아닙니다."

아이처럼 툴툴거리는 하나린과 그 말들을 태연히 받아넘기는 백사린. 둘 다 참으로 익숙해 보이는 모습이었다. 백사린은 손수 하나린의 이부자리를 정리하고 야식 잔해물과 탁자를 치웠다. 그리고 고개를 숙이며 인사를 올렸다.

"밤이 깊었습니다. 편히 침수 드시기를."

하나린은 입술을 삐죽이다 이내 짓궂은 표정을 지어 보였다.

"그래……. 근데…… 백사린도 이제 슬슬 아일 가질 때가 되지 않았어?"

그와 함께 백사린과 덕호의 얼굴이 확 붉어졌다. 그런 그들을 보며 하나린은 개구쟁이와 같은 모습으로 키득키득 웃었다. 그리고 어서 나가 보라고 축객령을 내렸다. 결국 어색한 분위기에 처한 채 침전 밖으로 내쫓겨 난 그들. 그런 묘한 상황이 불편했던지 흑영은 괜히 헛기침을 하며 먼저 자리를 피할 것을 청했다.

"흠흠— 전 이만 죄인들의 뒤처리 때문에 의금부로 가 보아야 될 듯합니다."

"그래, 가 보게."

덕호의 허락에 꽁지 빠져라 빠르게 걸음을 옮기는 흑영. 그가 떠나면 분위기가 더 나아질 것 같았는데 오히려 더 불편해졌다. 덕호는 조용히 백사린의 눈치를 보며 머뭇머뭇 입을 떼었다.

"저, 저기 마마님의 말씀은 시, 신경 쓰지 않아도……."

"아니요. 맞는 말씀입니다. 구귀족파도 이번 일로 뿌리가 뽑힐 것이니…… 슬슬 아이를 가져도 될 것 같습니다."

담담한 어조로 태연한 얼굴을 유지한 채 말하는 백사린. 하지만 그녀의 귀가 새빨갛게 변해 있었다. 여태 구귀족파에게 약점을 보이지 않으려 아이를 가지는 것을 피해 왔다. 궁에서 사는 이상 위험은 늘 존재하지만 이번 고비만 넘기면 그 수위가 뚝 떨어지리라.

"그, 그래?"

덕호는 얼굴이 화르륵 타오르는 것처럼 새빨갛게 변한 채 더듬더듬 답했다. 자신이 나서지 않으면 끝까지 먼저 움직이지 않는 순박한 남편을 보며 백사린은 조심스럽게 그의 손에 자신의 손을 겹쳤다. 차가운 밤공기에 차갑게 식은 두 손이 서로를 붙잡았다. 그리고 서로 온기를 나누며 따뜻하게 데워진다.

여담으로…… 1년 후 백사린은 예쁜 딸을 품에 안아 볼 수 있었다고 한다.

일곱 번째
행복한 나날들

하나린은 구름 한 점 없는 하늘을 올려다보았다. 그녀가 새롭게 세상을 인지한 지 벌써 팔 년이나 지났다. 처음엔 무엇도 모르고 제현의 뒤만 졸졸 따라다녔다. 이유는 모르겠지만 그땐 제현만이 자신의 세계에 전부였던 것 같다. 그러다 제현과 종종 떨어져 스승님에게 세상에 대해 하나둘씩 배워 갔다. 그렇게 스스로 책임을 질 수 있는 한 명의 성인이 되었고 주변 관계에 대해 인식해 갔다.

그리고 제 곁을 지켜 주는 수많은 친구들과 친해졌다. 절 선녀님이라 부르고 따르며 과거의 은혜를 갚겠다고 하던 이들. 그들은 그녀가 기억하지 못하는 그녀를 알고 있었다. 자신이 잃어버린 자신. 그 거대한 공백이 있음을 깨달았을 때 그녀는 방황할 수밖에 없었다.

과연 자신이 인연 맺은 이들이 보는 이가 과거의 자신일까 아니면 지금의 자신일까? 만약 과거의 자신이라면? 그래서 그때와 지금의 자신이 다르다면 그들은 자신에게 실망하지 않을까? 그런 숨 막힐 것 같은 불안감.

그렇기에 그녀는 다른 이들에게 물어물어 과거의 자신에 대해 알아내고 최대한 그 틀에 맞추어 움직이려 했다. 그런 그녀의 모습을 가장 먼저 눈치채고 다독여 준 건 바로 제현.

'넌 너이기만 하면 된다. 과거의 모습이든 지금의 모습이든 그건 별 상관 없는 이야기야. 내가 사랑하는 이는, 그리고 네 주변에 있는 이들이 좋아하는 이는 바로 그런 너이니까.'

덕분에 그 답답한 속박에서 벗어날 수 있었다. 다른 것에 얽매이지 않고서 자신의 마음이 바라는 대로 움직였고 다른 이들은 그런 그녀를 그녀 자체로서 바라봐 주었다. 그리고 말하기를 당신은 기억을 잃어도…… 능력을 잃어도 어찌 변하질 않느냐고.

그 이후로도 수많은 일이 있었다. 제현과 혼인하여 왕비가 되고, 새로운 생명을 배에 품어 어머니가 되기도 했다. 그리고 백사린이 갑자기 실종되었다 돌아오기도 했고, 배가 부른 미리내가 싱글벙글 웃으며 속았단 표정의 흑영을 끌고 와 곧 혼인할 거라고 알려 오기도 했다. 슬프지만 구귀족파들에게 피의 숙청을 가하는 장면을 보기도 했다.

급변하는 정치판 속에서 하나린은 책임감을 느끼며 더 많은 사람들을 위해 일을 하고 움직였다. 좋은 일만 있던 것은 아니지만 그렇다고 나쁜 일만 있었던 것도 아니다. 가끔 한양 밖을 벗어나 시찰을 나갔을 때마다 귀족들의 학정에 괴로워하던 백성들의 표정이 점차 밝아지는 것을 보는 것은 참으로 기분 좋은 경험이었다.

"시간은 화살과 같다더니…… 당시엔 모르는데 되돌아볼 때면 참으로 빠르게 지나간단 걸 깨닫게 된다니까."

하나린은 교태전 마루에 앉아 콧노래를 부르며 다리를 앞뒤로 흔들었다. 그리고 그런 그녀 뒤에서 지밀상궁이 불만스럽다는 어조로 말했다.

"중전마마, 아랫것들이 보기엔 좋지 않은 장면입니다."

"괜찮아. 아무도 안 봐."

"제가 봅니다."

"청이는 괜찮아."

하나린은 방긋 웃으며 청이를 올려다보았다. 청이는 능글맞게 변한 그녀를 보며 한탄하듯 한숨을 내쉬었다. 그 순진했던 여인은 어디로 사라졌는지…….

하나린이 왕비로 책봉된 이후 풍옥전에서 교태전으로 거처를 옮겼다. 그에 청이 역시 이곳으로 소속이 바뀌게 되었고 차근차근 진급하여 지밀상궁의 자리까지 올랐다.

나이대에 비하면 굉장히 빠른 승진이라 다른 이로부터 질투를 받았을 수도 있었으나…… 청이가 하나린 곁에서 얼마나 많은 고생을 하고 생명의 위협을 받았는지 알기에 주변으로부터 딱히 따돌림을 당하거나 하는 일은 없었다. 오히려 청이가 다른 궁녀에게 찰싹 붙어서 자신과 지위를 바꾸자고 애원했을 정도. 그때마다 궁녀들은 곤란하다는 표정으로, 때론 필사적으로 고개를 저으며 그 청원을 거절했다.

살수들이 안부 인사하러 주기적으로 들이닥치는 곳이 근무지인 데다 동공왕과 매일 얼굴을 마주하는 자리인데 누군들 그 직위를 원하겠는가?

어찌 되었건 청이는 내의원의 단골 고객으로 지내고 있었다. 근래들어 그런대로 요령이 생기기도 했고 정치판도 안정되어 가고 있기도 하여 전처럼 신나게 구를 일들은 나름 줄어들긴 했다만.

"어마마마!"

"어마마마!"

그때 교태전의 대문으로부터 두 아이의 음성이 들려왔다. 그와 함께 하나린의 푸른 눈이 그곳으로 향했다. 그리고 그녀는 행복한 웃음을 지어 보였다.

"세자, 공주!"

하나린은 그대로 마루 아래로 내려가 제게 달려오는 두 아이에게 마주 뛰어갔다. 그리고 팔을 크게 벌려서 그들을 끌어안았다. 이들은 하나린의 직접 낳은 두 아이. 첫째의 이름은 제강으로 현재 여섯 살이며 태어남과 동시에 세자로 세워졌고 둘째는 제련으로 네 살밖에 안 된 귀여운 딸이었다.

하나린은 그들의 뺨에 제 뺨을 비비며 귓가에 작게 속삭였다.

"제강이, 제련이 우리끼리 있을 때는 뭐라고 부르라고 했지요?"

그에 아이들은 부끄럽다는 듯 볼을 발그레 붉혔다. 귀여운 아이들이 그러는 모습은 참으로 사랑스러운 광경이다. 아이들은 제 손을 꼼지락거리며 제 어미의 눈치를 보았다. 그렇게 푸른 눈들이 서로 교차한다. 이내 아이들은 자그마한 입술을 오물거리다 입을 떼었다.

"엄마."

"엄마."

그리고 하나린의 양 뺨에 각각 제 입술을 대고 '쪽' 소리 나게 뽀뽀를 했다. 하나린은 그런 제 아이들이 너무 예뻐 죽겠다는 듯 환한 웃음을 지었다.

"아이들만 보이고 난 안 보이는 건가?"

그때 그들의 위에서 소름 끼치게 낮은 목소리가 들려왔다. 하나린이 고개를 들자 제현이 여유로운 모습으로 그들을 바라보고 있었다. 그녀는 사르르 눈웃음치며 혀를 살짝 내밀었다. 그에 제현의 눈썹 끝이 한차례 꿈틀한다. 딱 삐쳤을 때 반응이다.

하나린은 아이들을 떼어 내고 일어서서 그의 목에 팔을 두른 채 그의 뺨에 입 맞추었다. 그리고 귀에 연분홍빛 입술을 대고 작게 속삭였다.

"일단 아이들이 보니까 여기까지. 속편은 밤에……."

그 말만을 남겨 두고 뒤로 물러서는 하나린. 그런 그녀를 보며 제현은 불만스럽다는 투로 입을 열었다.

"하— 정말 완전 여우가 다 됐군."

말은 그렇지만 입가가 실룩거린다. 그런 그의 심리 상태를 아는 그녀는 입을 가리며 낮게 키득거렸다. 그녀 아래로 치마에 매달린 아이들이 그녀의 관심을 제게 돌리려고 낑낑거렸다. 평화로운 오후의 한때. 가족들이 함께 보내기로 약속한 시간.

"저…… 처리해야 될 급한 일이 올라왔습니다."

그때 잠시 자리를 피했던 청이가 돌아와 곤란하다는 어조로 말하였다. 그에 하나린이 그게 무슨 소리냐는 듯 올려다본다. 지금 가족 간의 시간을 가지기 위해 급하게 일을 몰아서 끝낸 지가 방금. 그런데 또 다른 것이 올라왔다는 것인가?

"그냥 문서 하나입니다. 한 번 읽고 인장만 찍어 주시면 됩니다. 그런데 그게 지금 즉시 해야 되는 것이라……."

"아, 그래? 제현, 그리고 제강, 제련아 나 잠시 다녀올 테니까 기다리고 있어."

하나린은 그 말만을 남겨 두고 교태전 안으로 도도도 뛰어 들어갔다. 그와 동시에 제강과 제련의 얼굴에서 표정이란 것이 가면 벗겨지듯 순식간에 사라진다. 감정 따윈 느껴지지 않는 완벽한 무표정. 하나린이 있고 없고에 따른 그 간극에 청이는 팔 위로 소름이 오스스 돋는 기분이었다. 방금까지 맑게 빛났던 두 쌍의 푸른 눈이 순식간에 식어 싸늘한 한기를 띠며 청이를 올려다보았다. 분명 하나린과 같은 눈인데 어찌 이렇게 다른 분위기를 낼 수 있는지.

"내명부 쪽에 관련된 일인가?"

그때 동공왕 쪽에서 질문이 날아왔다. 청이는 황급히 고개를 숙이며 그 질문에 답하였다.

"예, 그러합니다."

그의 질문 덕분에 무겁게 짓누르던 두 아이의 시선이 그에게로 돌아갔다. 제현은 말없이 절 올려다보는 두 아이를 보며 제 이마를 손으로 짚었다. 그리고 불만스럽다는 어투로 한탄하듯 말했다.

"하아— 제 어미를 닮을 것이지…… 왜 날 닮아서……."

"그러게요."

"왜 어마마마를 닮지 않았을까요?"

그의 한탄과 같은 말에 두 아이들도 떨떠름한 어조로 답하였다. 볼 때마다 느끼는 거지만 정말 귀여운 맛이 없는 아이들이다.

하나린 앞에서와 다른 이들 앞에서 행동 간극이 하늘과 땅 차이인 그 아이들을 볼 때마다 뭐랄까…… 상당히 찝찝한 느낌이 드는 그였다. 그녀 앞에선 세상 누구보다 순진한 아이인 척하면서 다른 이들 앞에선 무시무시하게 무게를 잡는 윗사람이 되었다. 거기에다 어린 녀석들이 벌써부터 권력 쓰는 법을 배운 건지 제 본모습이 어미 귀에 들어가지 않도록 수까지 써 놓았다. 그래서 하나린은 제 자식들이 딱딱한 애늙은이 같은 아이가 아니라 천진난만한 아이인 줄 안다.

그래도 그처럼 요화(妖花)의 정을 가지고 있지 않아서인지 폭력성을 보이지 않지만. 그나마 그런 게 다행인 걸까?

"많이 안 기다렸지?"

하나린의 재등장에 따라 두 아이들의 표정이 순식간에 일변했다. 그리고 여느 평범한 아이들처럼 까르르 웃으며 그녀에게 덥석 안겼다. 그런 제강과 제련의 머리를 쓰다듬어 주며 그녀는 아쉽다는 듯 말했다.

"이 아이들은 너무 날 닮은 것 같아. 제현을 닮은 아이도 하나 있었으면 좋겠는데."

청이와 제현은 아무런 말도 하지 못했다.

늦은 밤 침소. 하나린은 나른하게 지친 몸으로 제현의 몸에 기대어 있었다. 그녀는 근육으로 탄탄한 그의 팔을 쓸어내리며 조심스럽게 입을 뗐다.

"우리 셋째 가질까?"

"왜?"

"음…… 이번엔 제현 닮은 애를 보고 싶어서?"

"글쎄……."

제현은 영악하기 그지없는 제강과 제련을 떠올리며 말끝을 질질 끌었다. 자신 쪽에선 하나린을 닮은 아이를 보고 싶은데. 이번에도 절 닮은 애가 나오면 뭔가 좀 기분이 참담할 것 같았다. 절 닮은 애가 둘만 있어도 영 불편한데 무려 셋이나 쭈르르 있을 거라 생각하니 소름이 돋아났다. 물론 제 아이들이 싫다는 의미는 아니지만.

제현이 미적거리는 것이 느껴지자 하나린는 부루퉁한 얼굴로 중얼거렸다.

"미리내 쪽은 아이가 여섯이라던데……."

"두 번 임신했는데 두 번 다 세쌍둥이라지?"

뭐랄까? 생명의 신비가 느껴지는 일이랄까? 덕분에 흑영의 허리가 휘어지고 있다고. 그래도 아이들로 왁자지껄하고 부부 사이에서도 투닥투닥하면서도 나름 잘 살고 있는 모양이었다. 흑영은 많이 지쳐 보이는 얼굴이었지만 사람 사는 맛은 난다고 말하였던 것 같다.

제현은 반짝반짝 빛나는 하나린의 눈빛을 피하며 변명하듯 다른 말을 이었다.

"그리고 백가(家)의 계집은 아이 하나만 낳고 잘 지내는 것 같더만."

태어난 딸의 몸이 약해 잘 자랄까 걱정이었더니 지금은 건강하게 잘 뛰어다니고 있는 모양이었다. 가짜 웃음만 뒤집어쓰고 있던 그 차갑던 여인이 종종 자애로운 웃음을 지을 때면 뭔가 묘한 느낌이 들었다.

제현이 그렇게 빠져나가자 하나린은 칫 하고 콧방귀를 뀌며 볼을 부풀렸다. 제현은 쿡쿡 웃으며 빵빵하게 부푼 볼을 손가락으로 콕콕 찌르며 장난쳤다. 그때 하나린은 무언가 떠올랐다는 듯 '아' 하고 탄성을 터뜨렸다.

"그런데 오늘 들어 보니 요계산림(妖界山林) 쪽에서 요괴들의 움직임이 심상치 않다면서?"

"주기적으로 있던 일이지. 이번엔 규모가 좀 더 크긴 하지만. 그쪽에 나름 유능한 녀석들이 있으니 시일이 걸리더라도 어찌 해결되겠지."

"당신이 직접 가 보는 게 낫지 않아? 영스러운 존재와 관련된 일이니까. 그곳 인근 피해도 감소시킬 겸. 궁의 일들도 제법 줄어들었고 나름 한가할 텐데?"

"……글쎄."

제현은 귀찮다는 태도를 최대한 숨기며 말끝을 늘였다. 허나 날카로운 하나린의 시선을 피해 갈 수 있을 리가 없었다. 그녀는 눈을 가늘게 떴으나 이내 환한 표정을 지으며 제현에게 달라붙었다.

"진짜 안 갈 거야?"

"……글쎄."

이번엔 눈까지 피해 가면서 긍정의 말을 아낀다. 하지만 그것이 하나린이 의도하였던 것일까? 그녀의 입가에 의미심장한 웃음이 걸렸다.

눈 위로 톡톡 두드리는 햇빛, 그리고 참새가 짹짹 우는 소리에 잠에서 깨어나는 듯 제현의 눈꺼풀이 파르르 떨렸다. 아직 잠의 나른함에 취한 그는 일어나기 싫다는 듯 햇빛이 들어오는 창가의 반대편으로 몸을 돌렸다. 그리고 제 옆에 있을 따뜻한 온기를 찾아 손을 뻗어 더듬었다. 허나 그의 손길을 맞이하는 것은 텅 빈 공간과 식어 버린 천의 감촉.

방금 전 권태로움이 깔끔히 날아가며 제현의 눈이 번쩍 뜨였다. 방 안엔 제현 혼자밖에 없다. 그는 깊은 한숨을 내쉬며 제 이마를 짚었다.

"아…… 갔군."

이 양상대로라면 지금쯤 하나린은 궁 안에 없을 것이 분명했다. 그럼에도 제현은 찌뿌드드한 몸을 일으켰다. 그가 자리에서 몸을 일으키자 이불이 흘러내리며 아무것도 걸치지 않은 상체가 드러났다. 단단한 근육으로 꽉 들어찬 그의 몸은 그가 왕좌를 굳건히 지키고 있음에도 수련을 게을리하지 않는다는 것을 증명해 주었다.

그는 옆에 곱게 개어진 의복을 몸 위로 걸치며 문으로 걸어갔다. 그리고 문 앞에 놓인 서신을 내려다보며 '허ㅡ' 하고 허탈한 탄성을 내질렀다.

「저, 선녀님…… 이래도 되는 걸까요?」

「당연히 안 되지!」

하나린은 생글생글 웃으며 절 태우고 달리는 푸른 늑대에게 그리 말하였다. 현재 그들이 있는 곳은 넓게 펼쳐진 초원. 푸른 늑대는 하나린을 등 뒤에 태운 채 요계산림(妖界山林)을 향하여 달려가고 있었다. 그녀는 동공궁이 있을 방향을 바라보며 손으로 입가를 가리고 키득거렸다. 지금쯤 제현이 일어나 제가 쓴 편지를 읽고 있지 않을까?

아마 당장에 절 잡으러 달려올 것이다. 하지만 아무리 서두른다고 해도 늦을 수밖에 없으리라. 지금 그녀를 실어 나르고 있는 요괴가 바로 뇌수(雷獸)이기 때문에.

뇌수, 훨씬 더 동쪽으로 가면 있는 긴 섬에서는 라이주라고 부르는 요괴. 맑은 날에는 온순하지만 비가 억수처럼 쏟아지고 광풍이 몰아칠 때면 더불어 사납게 되어 구름을 타고 날며, 벼락이 침과 함께 땅 위로 떨어져 수목을 찢고 사람이나 가축(家畜)을 해친다고 불리는 존재이다. 회색의 작은 개나 흰색이 감도는 파란 늑대 형상으로 유명하다.

하나린은 빠르게 지나가는 주변 풍경을 구경하며 푸른 늑대의 등을 가볍게 탁탁 두드렸다.

「너무 빨라. 좀만 더 천천히 가자. 적어도 쫓아올 의욕이 들게는 해 줘야지.」

그녀는 지금 상황이 즐거워 죽겠다는 듯 신이 난 어조로 말하였다. 그에 뇌수는 속도를 조금 더 떨어뜨렸다.

그 역시도 너무 빨랐던 건 아닌가 하고 생각하고 있었다. 하나린이 능력을 잃기 전이었다면 자유롭게 달릴 것이나 지금 그녀는 평범한 인간과 다름없는 상태. 그의 질주로 인한 맞바람을 버틸 수 없을 것이다. 그가 나름 하나린을 위해 보호막을 펼치고 있다지만 불안한 건 불안한 거였다.

푸른 늑대는 제가 안심할 정도까지 발걸음을 늦춘 뒤에 질문을 던졌다.

「저 그런데 왜 갑자기 요계산림으로 가십니까? 선녀님께서 불러 부탁하시기에 가고 있긴 하지만…… 거기는 조금 위험한 곳이라.」

「조금 게을러지려는 남편님을 위한 깜짝 선물이랄까?」

아니, 깜짝 선물이라기보단 열불을 지르시려고 하는 것 같은데요?

뇌수는 기분 좋게 흥얼거리는 하나린에게 차마 그 말을 하지 못하였다. 그가 조용히 침묵을 지키고 있었기 때문일까? 그녀는 헤헤 웃으며 좀 더 자세한 설명을 더하였다.

「지금 요계산림 쪽에서 요괴들 동태가 이상하다고 하네? 제현이 직접 가 주면 금방 해결될 것 같은데 자신이 할 일이 아니라고 빈둥빈둥하려는 것 같아서. 어차피 요즘에 일거리도 줄어들었으면서.」

「……본디 왕은 발걸음이 무거워야 하는 법이 아닐까요?」

「에이— 시국이 위험할 때 직접 나서서 존재감을 팍팍 드러내 줘야지!」

하나린의 억지 같은 말에 푸른 늑대는 그녀에게 다른 속셈이 추가로 있다는 걸 깨달았다. 이번 일탈은 그 핑계이리라.

제현은 제 앞에서 달달 떨고 있는 궐문 경비병들을 바라보았다. 그리고 제현 옆에 있는 제강과 제련도 서늘하게 푸른 눈을 빛내며 그들을 응시했다. 경비병들은 서로 눈치를 보며 다시 한 번 눈으로 의견을 교환했다. '우린 진짜 못 본 거 맞지'라는.

"그래, 천아왕비가 궐문을 나가는 걸 보지 못하였다?"

"예, 정말이옵니다!"

제현은 싸늘히 가라앉은 눈으로 어좌의 팔걸이를 손가락으로 톡톡 두드렸다. 역시 그녀는 그 높은 담을 뛰어넘어 사라진 건가? 어쩌면 어딘가에 있는 개구멍으로 나갔을 수도 있었다. 아니, 경비병이 궐문으로 당당히 나가는 그녀를 실제로 봤다 해도 주술적인 암시로 잊어버렸을 수도 있다.

그때 밖에서 박 내관이 다급히 들어왔다. 그리고 제현을 향해 종종 걸음으로 다가오다 오 보(步) 밖에서 딱 멈춰 섰다. 제현은 그를 보곤 살포시 인상을 찌푸리며 보고하라는 듯 손가락을 까딱해 보였다.

"전하— 중전마마께서 새벽에 한양 동문을 통해 빠져나갔다는 소식이옵니다!"

박 내관은 땅에 머리를 박을 기세로 고개를 숙이며 전령에게 들은 바를 고했다. 그와 함께 제현의 입가에 섬뜩한 미소가 맺혔다.

"새벽에 빠져나갔는데 지금 보고를 올린다는 건가?"

"그, 그것이 잊고 있다가 갑자기 떠올랐다고 합니다."

박 내관은 울상을 지으며 그리 답하였다. 그리고 잘 계시다가⋯⋯ 아니, 평소에도 가끔 나들이라 적고 가출이라는 일탈을 즐겼지만⋯⋯ 이번에 성대하게 폭탄을 터뜨려 주신 중전마마를 향해 처연한 원망을 하였다. 멀리 나가지 않고 한나절만 사라져도 동공왕의 기분이 침잠하는데 오늘같이 아예 성 밖으로 나가 버리신다면 남은 사람들은 어찌하겠는가?

그가 언제 폭발할까 두려워하는 주변 인물들의 정신 건강은 생각하지 않은 채 제현은 험악하게 표정을 일그러뜨리고 생각에 빠졌다. 성문 쪽에 대놓고 흔적을 남긴 채 움직였다. 즉 자신의 행선지를 알려 줄 테니 따라오라는 의미. 제현은 혀를 차며 중얼거렸다.

"요계산림(妖界山林)으로 갔겠군."

한양 동쪽 끝으로 가면 위치하는 곳이 바로 요계산림. 그리고 어제 잠들기 전에 나눈 이야기 역시 요계산림에 관한 것이다. 제현은 살벌한 웃음을 지으며 어좌에서 일어섰다.

"오라는데 그럼 가야지."

그는 두어 걸음 내딛다가 무언가 생각났다는 듯 고개를 돌려 제강과 제련 뒤에 있는 청이를 바라보았다. 청이는 거대한 짐승과 맞닥뜨린 느낌에 등 뒤에서 소름이 솟아올랐으나 지금까지 쌓아 온 경륜으로 무표정을 유지했다.

"지밀상궁."

"예."

"왕비와 합궁하는 데 길할 날짜들을 잡아 놓거라."

"……예."

청이는 그 명을 끝으로 밖으로 나서는 동공왕을 보며 속에서 올라 오는 깊은 한숨을 간신히 참아 냈다. 역시 이렇게 되는가 싶다. 동공 왕이 하나린을 강제로 가두거나 묶어 두지는 않을 것이지만…… 다른 방식으로 얌전히 지내게 할 모양. 그때 청이의 앞에서 있던 아이들의 목소리가 들렸다.

"오라버니, 아바마마께서 화나신 듯한데 왜 합궁하는 데 길할 날짜 를 잡는 거예요?"

제련이 고개를 갸웃하며 묻자 제강은 별것 아니란 투로 답했다.

"합궁을 하면 어마마마 배 속에 우리 동생이 생기거든."

"동생이 생기는 거하고 어마마마께서 궁 밖으로 나간 거하고 무슨 상관이에요?"

"음…… 어마마마께서 널 가지셨을 때 나들이 안 가고 궁 안에 얌전 히 계셨거든."

어른이 듣기엔 참으로 민망한 대화가 아이들 사이에서 이루어졌다. 청이는 괜히 헛기침을 했으나 아이 같지 않은 아이들은 태연한 얼굴 로 이야기를 이어 갔다. 제련은 새로운 것을 깨달았다는 듯 입을 열었 다.

"아…… 이해했어요! 그럼 앞으로는 우리 동생이 많이 생기겠네 요?"

"아마 그렇겠지?"

제발 어린아이다운 대화를 해 주면 안 될까? 청이는 허허로운 웃음 을 지을 뿐이었다.

「……그러니까 셋째를 가지고 싶어서 이런 일을 꾸미신 겁니까?」

푸른 늑대는 어이없다는 투로 물어보았다. 그에 하나린은 방긋 웃으며 답했다.

「응응, 나 제현을 닮은 아기 낳아 보고 싶거든!」

「…….」

이미 두 명이나 있는 것 같습니다만? 하지만 뇌수는 하나린의 착각을 정정해 주지 않고 조용히 입을 닫았다. 그는 궁에서 종종 마주치던 제강과 제련의 눈길을 떠올렸다. 아직 나이도 한 자릿수인 아이면서 어찌 그런 차가운 눈빛을 가질 수 있는 건지.

부스럭.

그때 하나린이 소매에서 고급스러운 주머니를 꺼냈다. 그리고 조심스럽게 그 입구를 열어 그 안에서 빛깔 좋은 분홍색 꿀떡을 꺼내 입에 넣었다. 뇌수는 신기하다는 듯 질문을 던졌다.

「볼 때마다 느끼는 건데 그 꿀떡들은 어디서 계속 나오는 겁니까?」

하나린을 보좌하는 백사린이란 인간이 몇 번을 뒤져서 숨겨 놓은 것들을 싹 압수하여도 또 어디선가 꿀떡들이 계속 튀어나왔다. 하나린은 제 연분홍빛 입술에 검지를 대며 속삭이듯 말했다.

「쉿! 이건 제 가장 중요한 비밀이랍니다?」

그리고 까르륵 웃음을 터뜨렸다. 하나린은 뇌수의 보호에 의해 적당한 세기로 스쳐 지나가는 바람을 즐겼다. 그리고 고개를 돌려 궁이 있는 방향을 응시하였다. 그리고 품 속에서 파랗게 빛나는 용잠과 붉은 빛이 감도는 봉잠을 꺼내 내려다보았다. 본디 가지고 있던 청옥의 용잠은 그녀가 왕비가 되는 순간 홍옥의 봉잠이라는 짝을 만나게 되었다.

빙긋 웃음을 지은 하나린은 바람에 휘날리는 검은 머리를 틀어 올려 용잠과 봉잠을 꽂았다. 그리고 지금쯤 열심히 쫓아오고 있을 제 인연을 떠올리며 궁과 반대되는 방향으로 나아가기 시작했다. 앞으로도 밝은 미래만이 있을 거라는 듯 하늘로 떠오르는 태양을 마주하며.

여덟 번째

아이는 보배다. 날 닮지 않은 아이는 특히!

제현은 제 앞에 서 있는 아들 둘과 딸 하나를 보며 떨떠름하다는 표정을 지었다. 문제는 그의 자식인 제강, 제련, 제백 역시 똑같은 표정으로 그를 올려다보고 있다는 점이었다. 각자 올해로 열둘, 열, 다섯 살이 되는 아이들 되시겠다. 가장 중요한 문제는 모두 하나린의 눈을 닮은 푸른 눈임에도 성격은 제현을 똑 닮았다는 사실이었다.

"하아— 볼 때마다 느끼는 건데 참…… 내가 생각해도 어찌 이럴 수 있는지."

제현은 제 머리를 짚고는 혀를 차며 말했다.

"그러게요."

"그러게 말입니다."

"왜 그런 걸까요?"

그에 아이들도 뭔가 한숨이 섞인 답변을 내놓았다. 누가 보더라도 혈연관계라고 알 수 있을 정도로 표정이나 풍기는 분위기가 판박이다. 그렇다고 따로 동족 혐오 같은 걸 느끼는 것은 아니다. 서로 소중한 존재이긴 하다만 그냥…… 볼 때마다 어쩌면 이렇게 서로를 닮을

수 있나 하는 의문에 너무 신기하다고나 할까? 어머니 쪽의 피는 눈
색으로만 쏠렸나 보다.

제현은 셋째인 제백을 보며 안타깝다는 표정으로 말하였다.

"그래도 셋째는 하나린을 닮을 줄 알았는데……."

"저도 기대했습니다만."

"저도 어머니를 닮은 동생을……."

제현의 말이 끝나기 무섭게 아쉽다는 기운이 물씬 풍기는 제강과
제련의 말이 뒤이어졌다. 그에 제백의 눈썹 끝이 빠르게 꿈틀했다. 살
짝 띠껍다는 기운이 눈 안을 스쳐 지나갔다. 묘한 침묵이 내려앉은 공
간 사이로 아버지와 자식들 간에 작은 눈싸움이 오고 간다. 허나…….

"압빠?"

혀 짧은 아이의 부름이 들림과 함께 그들의 표정이 화사하게 일변
하였다. 그리고 고개를 돌려 자신들에게 오는 하나린과 그녀의 품에
안겨서 오는 막냇동생을 향해 환한 미소를 지어 주었다. 그에 작은 아
이 역시 방긋 웃음을 지으며 열심히 짧은 손을 흔들었다.

올해로 막 세 살이 된 공주 제린. 과거 천우의 선녀 시절의 하나린
과 같은 하얀 머리와 푸른 눈을 간직한 귀여운 아이. 얌전하고 순한
여아였다. 그리고…… 그 무엇보다 가장 중요한 것은 아버지 쪽과 전
혀 닮지 않았다는 것이다. 하나린은 그 점을 안타까워했지만 그녀를
제외한 나머지 가족들은 눈물을 흘릴 정도로 반갑게 만세를 부르짖었
다.

"모두 오래 기다린 건 아니지?"

"물론."

제현의 짧은 답변과 함께 아이들은 다다다 달려가 하나린 곁에 섰
다. 그리고 순진한 가면을 뒤집어쓰고는 즐겁게 여러 이야기들을 조
잘거리기 시작했다. 그때 때마침 제린이 눈을 말똥말똥 뜬 채로 까르
륵 웃으며 그 아이들을 불렀다.

"옵빠, 언냐."

그와 함께 아이들의 표정이 천국을 거닐 듯 사르르 풀려 갔다. 그리고 '까꿍' 하는 귀여운 소리와 함께 제 막냇동생과 어울리기 시작했다. 제현은 그런 아이들의 행태를 보며 '허허' 하고 속으로 허탈한 웃음을 지었다.

저 저 가증스러운. 제현은 속에서 맴도는 그 말을 꿀꺽 목 뒤로 삼켰다. 그들은 제 어미가 있는 곳과 없는 곳에 따라 행태가 극과 극으로 일변한다. 제강과 제련은 물론 새로 태어난 제백 역시 권력의 맛을 일찍 알아 자신들의 본모습이 어미의 귀에까지 들어가지 않게 철저히 관리했다. 그래서인지 하나린은 아직도 제 아이들이 그녀 자신을 닮은 줄 알고 있다. 아마도 저 이중인격과 같은 태도는 제 막냇동생에게까지 이어질 것이었다.

정말 무서울 정도가 아닌가? 그런데 더 무서운 건 그에게 감히 저런 아이들의 행동을 타박할 자격이 없다는 것이었다. 만약 그가 하나린을 만났을 때 그녀가 자신의 본모습을 모르고 있었다면 자신도 저 아이들과 똑같이 행동했을 것이 눈에 선하기 때문.

누군들 좋아하는 사람 앞에서 차갑고 잔혹한 제 본모습을 보이고 싶었겠는가. 허나 그와 하나린의 만남은 처음부터 뒤틀려 있었다. 내가 그녀를 좋아하고 있구나 하고 깨달았을 때는 이미 볼 장 다 본 뒤였다. 즉 간단하게 말해 수습 불가요, 땅에 엎질러진 물이었다.

그런데도 그의 옆에 남아 준 하나린은 정말…….

제현은 멍하니 아이들과 함께 즐겁게 떠들고 있는 그녀를 바라보았다. 정말 아름다운 광경이지 않은가? 과거에 그리도 그가 바랐던 이상적인 모습. 하지만 절대로 마주하지 못하리라 생각했던 꿈결과 같은 지금.

서아란을 필사적으로 붙잡으며 그녀와 함께 망가져 가던 시절. 그와 함께 미래마저도 뒤틀려 가던 그때에 하나린은 꿀떡이라는 아주

사소한 이유로 제게로 와 주었다. 그리고 부서져 내린 자신의 마음 조각을 다시 맞추어 주고 과거의 집착을 놓게 해 주었다. 그녀가 없었다면 미래는…… 지금의 현재는 어둠으로 가득했으리라.

하나린. 절 구해 준 사랑스러운 여인. 자신마저 희생해 가며 내게 사랑을 전해 준 고귀한 선녀.

그때 밝게 웃던 하나린의 시선이 멀리 서 있던 그에게로 향했다.

"제현도 이리 와."

하나린은 언제나 그에게 먼저 손을 내밀어 주었다. 과거에도 그렇고 현재에도 그렇고 미래에도 그럴 것이다. 제현은 부드럽게 웃으며 그녀를 향해, 그리고 자신과 그녀의 아이들을 향해 걸어갔다.

새액— 새액—

"잘도 자네."

제현은 하나린의 품에서 달게 잠든 제린을 보며 쿡쿡 웃었다. 그리고 조금은 짓궂은 얼굴이 되어 제린의 뺨을 콕콕 찔렀다. 탱글탱글하고 비단처럼 부드러운 감촉이 손끝에서 느껴졌다. 제린은 그것이 간지러운지 잠결에 손을 휙휙 내저었다.

"애가 자는데 장난은 적당히 쳐."

"네네."

하나린의 타박에도 제현은 뭐가 아쉬운지 제린의 하얀 머리카락을 조심스럽게 만지작거렸다. 그리고 조금은 아픈 표정으로 검게 변한 하나린의 머리를 바라보았다. 그녀가 자신을 살리기 위해 희생한 대가. 하늘과 계약 맺은 자라는 높은 자리에서 한낱 인간과 비슷한 수준으로 떨어져 내렸다.

"자꾸 그렇게 보면 물어 버린다."

그런 제현의 시선에 하나린이 볼을 부풀리며 말하자 그는 슬그머니 시선을 피했다. 실제로 전에 하나린의 경고를 무시하고 계속 쓴 표정을 짓고 있다가 뺨을 호되게 물렸다. 장수로서의 회복력도 있는데 하루 종일 이빨 자국이 지워지지 않더라.

"무는 건 봐줘라."

"그러면 박치기?"

"……그것도."

제현이 약한 소리를 내자 하나린이 고개를 갸우뚱하며 되물었다. 그에 제현은 잠깐의 공백 끝에 거부의 표시를 내보였다. 잠깐의 침묵. 그들은 서로의 눈을 보며 동시에 '쿡' 하고 웃음을 터뜨렸다.

한편 그들의 뒤로 청이가 조용히 서 있었다. 늘 그렇듯 하나린의 보좌가 목적이다. 뭐 구귀족파들이 싹 정리되고 평화로워진 지금 같은 시기에는 크게 할 일이 없긴 하지만.

청이는 지금의 그들을 보며 과거와 비교해 보았다. 하나린 쪽은…… 크게 변한 게 없었다. 성격 좋은 거야 본래 그랬고 어머니가 되고 나서 조금 어른스러워진 정도? 앞에 '조금'이란 말이 붙는 것은 종종 기이한 사고를 쳐서 그렇다.

가장 인상적인 것으로는 서양에서 축제준비용으로 들여왔다는 폭죽이란 것을 몰래 하나 빼돌려서 교태전에서 손수 발사한 과거가 있겠다. 그때는 구귀족파들이 아직 활동하던 때라서 그들이 과감한 수로 습격이라도 가해 온 줄 알았다. 하여튼 그때 궁내에서 난리도 보통 난리가 아니었다. 궁호군과 신위군 병사들이 헐레벌떡 몰려오고 몇몇 궁녀들은 자신들이 하던 일들도 내팽개치고 달려왔다. 거기에다 제현은 얼마나 급하게 달려왔던지 교태전 벽까지 부수고 난입하였다. 그렇게 많은 사람들이 집합한 그곳엔 얼굴에 그을음이 묻은 하나린이 어색한 웃음을 짓고 있었지.

그녀가 하는 행동은 너무나 일관적이라 이젠 무슨 일이 터져도 그러려니 한다.

청이는 하나린과 다르게 확 변한 제현을 향해 슬쩍 시선을 돌렸다.

피에 미친 폭군, 혈귀, 궁에 사는 악마 등등 악명이란 악명은 다 붙이고 다녔던 그였다. 이름대로 하던 일들 역시 예사롭지 않았었다. 귀족들 반절을 숙청한 일이라든가 과거 그녀가 모시던 서아란을 궁에 가두고 벌였던 무시무시한 일들이라든가.

지금도 종종 그때와 같이 무서운 분위기를 품을 때도 있고 적에게 자비가 없지만 단지 그 정도일 뿐이었다. 가족들 앞에선 부드럽게 웃음 지을 줄도 알고 웬만해선, 아니 절대적으로 필요한 일이 아니다 싶으면 검을 뽑지도 않는다.

그것이 다 저 하나린이라는 여인 덕분이겠지. 언뜻 들은 바에 의하면 영스러운 존재들 사이에서는 제법 높은 곳에 계셨던 분이란다. 거기에다 여기저기에 베푼 선행이 많은지 웬만한 영스러운 존재는 신선이고 요괴고 불문하고 모두 잘 따른다고. 그런 여인이 꿀떡 하나에 잡혀 온 게 아직까지 의문이지만.

잔잔한 분위기 속에서 그들의 대화가 이어졌다.

"이 아이도 자라나 언젠가 성인이 되어 우리 품을 떠나겠지?"

하나린이 그때를 떠올리는 것만으로도 아쉽다는 얼굴이 되자 제현은 그녀의 머리를 천천히 당겨 제 어깨에 기대게 한 뒤 말하였다.

"아직은 먼 미래야."

"그래 아직은……."

하나린은 자신의 눈과 닮은 하늘을 바라보며 무심코 입을 떼었다.

"제린의 남편은 누가 될까?"

그에 제현은 방긋 웃으며 즉각적으로 대답하였다.

"적어도 나보단 강해야지."

미쳤군. 청이는 간결하게 결론을 내렸다. 현재 제현의 무력은 대륙에서 다섯 손가락 안에 들어갈 정도로 무지막지하다. 그것은 무려 암정국에서 조사, 통계하였기에 신뢰도가 상당히 높은 결과였다. 물론 인간 중에서라는 조건이 붙지만.

즉, 제현의 말을 직역하자면 인간 중에서 최강이라 불릴 수준이 아니면 영스러운 존재 중에서 남편을 찾겠다는 의미였다. 아니, 영스러운 존재라고 하여도 웬만한 능력자가 아닌 이상에야 제현에게 순식간에 토막 나리라.

청이가 어이를 상실하여 할 말을 잃은 사이 제현의 말이 계속해서 이어졌다.

"일단 남편이 되고 싶다는 그놈의 면상을 마주하면 내 최고의 일격부터 꽂아 놓고 봐야지. 그래도 살아 있으면 한번 생각해 보고."

살아 있으면 인정해 주는 게 아니라 생각해 본단다. 청이는 더더욱 할 말을 잃어버렸다.

"흐응~ 우리 제린이가 평범한 사람이 좋다고 따라다니면?"

그때 하나린이 제현을 약 올리듯 물어보자 그의 표정이 무섭게 굳었다. 약간이지만 날카로운 살기가 살짝 새어 나온다.

"살고 싶으면 그 잡놈이 알아서 잘 처신해야 될걸?"

아직 생기지도 않은 제린의 남자에게 무시무시한 살의를 내비치는 제현. 듣기만 해도 소름이 쭈뼛 서는 음성이다.

"아웅―"

그 순간 무거운 기운의 변화에 제린이 잠에서 깨어나 눈을 끔뻑끔뻑했다. 살기를 거두기도 전에 딸과 눈을 마주한 제현이 '아차' 했으나 이미 늦어 버린 뒤. 아직 잠에 취한 듯 멍한 눈으로 제 아비를 올려다보는 제린. 평범한 사람들이 현재의 제현을 보게 된다면 겁을 먹고 후다닥 도망치듯 뒤로 물러서게 되리라.

허나 제린은 배시시 웃으며 진정하란 듯이 가까이 있던 제현의 손등을 그 작은 손으로 토닥거렸다. 이후에 작은 입을 크게 벌려 하품을 하고는 아무 일도 없었다는 듯 다시 눈을 감고 잠들었다. 아직 자그마한 아이가 신경줄이 보통이 아니다. 아니, 어쩌면 겁이 없는 건가?

태연한 제린의 태도에 멍청하게 있던 제현은 짧게 웃음을 터뜨리며 말하였다.

"역시 널 닮았어."

많이 얌전하긴 하지만. 뒤에 살짝 사족을 붙이며 제현은 하나린의 이마에 자신의 이마를 '콩' 하고 부딪쳤다.

아홉 번째

왕위 쟁탈전

교태전.

하나린은 불안하다는 듯 아랫입술을 짓씹고 있었다. 주먹도 계속해서 쥐었다 폈다를 반복하며 떨리는 속마음을 드러내고 있다. 홀로는 꾹꾹 마음을 누르고 있는 것이 힘들었을까? 그녀는 제 곁에 있는 딸아이에게 조심스럽게 물었다.

"제련아, 괜찮을까?"

"에이— 어머니, 걱정 붙들어 매셔요. 정말 괜찮다니까요."

제련이 방긋 웃으며 하나린의 손등을 감싸 쥔 채로 말하였다. 그럼에도 하나린은 입술을 오물거리며 작게 중얼거렸다.

"아니, 그래도 왕의 자리에 오를 아이를 정하는 것인데…… 첫째와 셋째가 싸우지 않을까 걱정이구나."

첫째인 제강이 태어나고 얼마 후 바로 왕세자로 책봉이 되었다. 하지만 무슨 일이 생긴 것인지 얼마 전부터 왕위에 오를 이가 누군가에 대한 회의가 제현과 제강, 제백 사이에서 이루어지고 있었다.

하긴 무려 왕의 자리다. 누군들 욕심이 나지 않겠는가? 제강이 묵묵히 왕세자 역할을 해 오고 있지만 제백이도 그에 불만을 품고 있지 않았겠는가? 고작 늦게 태어났다는 사실만으로 왕위에 오를 수 없다고 하니. 어쩌면 제강과 제백이 서로 싸울지도 모를 일이었다. 그만큼 궁이란 곳은 매정한 곳이니. 비록 하나린이 그들이 평범한 가족처럼 지낼 수 있도록 노력하였다 하여도.

"이럴 줄 알았으면 아들은 하나만 낳을걸."

물론 그것이 마음대로 되는 건 아니지만. 하나린의 눈가에 살짝 물기가 어리자 제련이 안절부절못하며 비단손수건을 꺼내 제 어미의 눈물을 닦아 주었다. 제련은 살짝 마른 제 연분홍 입술을 혀로 핥으며 침을 적셨다. 그리고 조심스럽게 입을 열었다.

"그렇게 불안하시면 제가 가서 살짝 보고 올까요?"

"그래 주겠니? 그리고…… 될 수 있는 대로 좀 중재 좀 해 주려무나."

하나린의 얼굴에 조금 화색이 돌자 제련은 고개를 끄덕이며 자리에서 벌떡 일어났다. 그리고 당찬 음성으로 말하였다.

"금방 다녀올게요. 가는 길에 우리 제린이도 부를 테니까 함께 담소라도 나누고 계셔요."

"그래, 부탁할게."

하나린이 온화하게 웃으며 말하자 제련의 빙긋 웃으며 방 밖으로 걸음을 옮겼다. 그리고 그녀가 나서자 등 뒤로 '탁' 하며 문이 닫혔다. 그와 함께 제련의 얼굴에서 싱글거리던 웃음이 순식간에 빠져나갔다. 그리고 지옥에서 기어 올라온 마귀가 내뱉는 것 같은 음산한 음성이 그녀의 입술 사이로 새어 나왔다.

"이런 말미잘 같은 남자들이……."

왕의 집무실.

제현은 제 앞에 있는 두 아들을 무섭게 노려보고 있었다.

톡톡톡톡—

제현이 책상을 손가락으로 두드리는 소리가 방 안에 울려 퍼지며 맴돌았다. 무겁게 내려앉은 침묵 때문에 그 소리가 더더욱 날카롭게 들려왔다. 제현은 입가를 비틀어 올리며 입을 떼었다.

"자, 그럼 다시 논의를 시작해 볼까?"

쾅!

"누가 왕위를 이을 것인가!"

제현은 책상 위로 옥쇄를 거칠게 올려놓으며 말했다. 그와 함께 제강과 제백의 눈에서 무섭게 안광이 번뜩였다. 그들 사이로 살벌한 기세가 충돌하며 분위기를 점점 더 험악하게 만들었다. 제현은 제강과 제백을 노려보며 말을 이었다.

"이 아비가 늙어서 그런지 이제 몸 여기저기가 예전 같지 않아. 슬슬 정계에서 물러나 쉬고 싶구나. 세자가 빨리 왕위를 이어 줬으면 좋겠는데 말이야."

제현이 왕의 자리를 내려놓고 상왕이 되었으면 한다는 의사를 내비치었다. 그에 제강이 입가를 끌어 올리며 답하였다.

"소자, 아직 아바마마께서 정정하시다고 생각되옵니다. 나흘 전 군사훈련 때 홀로 장군 여섯을 쓰러뜨리셨다고 들었습니다. 또한 그 누가 아바마마를 늙었다고 보겠습니까? 모르는 사람이 본다면 아직 이립(而立: 서른 살)에도 이르지 않았다고 생각할 것입니다."

제현은 나이대가 마흔 초반에 이르렀음에도 아직 이립 전후로 보일 정도였다. 아마 그가 지닌 '요화(妖花)의 정'의 효능일 것이다. 장수인 만큼 평범한 인간들보단 수명이 더 길 게 분명하였다. 그런 제현이 늙어서 몸이 좋지 않다고 말하니 참으로 기가 막힐 노릇이다. 제강은 말도 안 되는 말씀 말라며 두 눈을 부릅떴다. 분명 왕위에서 물러나신 뒤 어머니와 여기저기 놀러 다니실 게 눈에 훤하다.

제강은 거기서 말을 멈추지 않고 제 옆에 있는 제백을 바라보며 입을 열었다.

"그리고 요즘 선생들을 통해 들으니 아우가 학문은 물론 병법과 역법, 심지어 예술에도 조예가 깊어 칭찬이 마를 날이 없다고 합니다. 참으로 다재다능하다니 제 분수에 맞지 않는 왕세자란 무거운 짐을 아우에게 넘겨주고 싶사옵니다."

제가 가진 왕세자란 직위를 제백에게 떠넘기려는 속셈이었다. 제강은 이런 답답한 궁에 평생을 갇혀 지낼 생각은 티끌만치도 없었다. 이 딴 지루한 곳에 있어서 제게 도움이 될 게 무엇이란 말인가? 하지만 그런 생각은 제백 역시 동일하다는 것이 문제였다.

"형님, 그리 말씀하시니 이 아우가 몸 둘 바를 모르겠습니다. 하지만! 제가 선생들께 칭찬을 듣는 분야는 모두 필부(匹夫)의 영역! 궁중 선생분들께 들은 바에 의하면 형님만큼 제왕학을 일찍 깨우치신 분은 아무리 먼 과거를 살펴보아도 찾아볼 수 없다고 합니다. 이는 형님만큼 왕위에 어울리는 이가 없다는 뜻이 아니겠습니까? 이건 하늘의 뜻입니다. 왕위에 오르십시오."

제강과 제백 사이에서 치열한 눈싸움이 오고 가며 불똥이 튀어 올랐다. 이윽고 그 둘의 입가에 서로 매우 닮은, 아주 살벌한 미소가 걸렸다. 웃는데 웃는 게 아니다. 평범하게 일하던 궁녀가 밤에 뭣 모르고 마주하면 그대로 실금하며 혼절할 수준으로 무시무시했다.

제강의 입이 다시 열렸다.

"그건 네 착각이다. 네가 아직 제왕학을 배우지 않아 그런 것이니. 어릴 때부터 천재 소리를 끊임없이 듣던 너이니 제왕학 또한 순식간에 배우고 더 나아가 어진 임금이 될 수 있을 것이다. 네게는 분.명. 왕으로서 뛰어난 자질이 숨어 있을 것이다."

제백의 입이 다시 열렸다.

"그건 뚜껑을 열어 보지 않는 이상 알 수 없는 일이지요. 혹여 제왕학을 배웠는데 다른 분야의 것보다 몇 배로 재능이 떨어질 줄 어찌 압니까? 그리고 만약 아.주. 만약이지만 진짜진짜 매우매우 조금 티끌만한 재능이 있어 제왕학을 배운다고 하여도 늦게 시작한 만큼 완성되는 시기도 굉장히 늦어질 것이 분명합니다. 그에 비하면 형님은 어릴 때부터 담금질되어 완성된 후계자이지 않습니까?"

제강과 제백 사이에서 서로의 말을 논파하기 위한 수많은 말들이 오고 갔다. 그들은 자신이 가진 모든 수를 동원하여 상대의 의견을 짓누르기 위해 설전을 나누었다.

그들은 자신의 감각을 최대한 확장시켜서 제 형제를 상대하였다. 상대의 눈 떨림을 살피고 호흡의 흐트러짐을 감지한다. 버릇이나 무심코 보이는 손짓들을 보며 심리 상태를 해석한다. 말 속에 숨어 있는 함정을 찾으며 그 뒤에 보이지는 않는 심계를 꿰뚫어 보려고 한다.

빠직.

그런 안의 상황을 밖에서 듣고 있던 제련의 이마 위로 사 차로가 개통되었다. 역시 오늘도 왕위에 대하여 치열하게 다투고 있었다. '왕위를 누구에게 떠넘기고 자유로워질 것인가'에 대해서. 쓸데없는 일로 걱정하고 있는 제 어미가 불쌍해지는 순간이었다. 그렇다고 이 사실을 곧이곧대로 갖다 일러바칠 수 없는 노릇이지 않은가? 너무 한심해서 말도 나오지 않는 상황이었다.

안에서의 설전은 점차 절정으로 치닫고 있었다. 부드럽게 오고 가던 말은 이제 창과 방패와 같이 날카롭게 혹은 단단하게 변했다. 말을 논파하는 과정을 넘어서 상대의 감정까지 자극하며 틈을 살피고 있었다.

말의 높낮이나 어조, 심지어 기세까지 일으키며 이루어지는 그것은 하나의 훌륭한 연설에 가까웠다. 저 정도 수준이면 전쟁터에서 승리에 대한 희망이 보이지 않아 절망한 병사들의 사기를 올리는 것에도 큰 효과를 발휘할 정도이리라.

한마디로 솔직히 말하자면…… 쓸데없는 재능 낭비다.

"저런 사람들이 우리 집안 남자들이라니."

제련은 제 머리를 짚으며 한숨을 폭 내쉬었다. 허나 자신과 저 안에 있는 사람들이 서로 닮은 성격이란 것을 떠올리며 표정을 단단히 굳혔다.

"설마…… 나도 남자로 태어났으면 안에서 저 짓을 하고 있었을까?"

그 상상만으로 온몸에 소름이 오싹 돋았다. 그리고 자신이 여성으로 태어난 것에 대해 하늘과 어머니께 감사를 올렸다. 그녀는 고개를 흔들어 진절머리 나는 상상을 떨쳐 낸 뒤 곁에 있던 궁녀에게 문을 열라고 눈짓을 했다. 며칠간 지켜만 보는 것도 슬슬 질린다. 이제 슬슬 정리를 해야겠지.

"제련 공주가 방문하였습니다."

궁녀가 고함과 동시에 집무실 안에서의 대화가 뚝 끊겼다. 얼마의 시간이 지났을까? 제현의 목소리가 들려왔다.

"들라 일러라."

그와 함께 문이 좌우로 열린다. 제련은 당당한 걸음으로 집무실 안으로 들어갔다. 그리고 제현을 향해 고개를 숙여 인사하였다. 이후 제강과 제백을 번갈아 보며 화사한 웃음을 지었다. 하지만 그 웃음은 사람 한둘은 잡아먹을 듯이 사나워 보였다.

"밖에서 들려오는 목소리를 들어 보니 왕위의 대한 논의는 계속인 듯하군요."

차갑게 이어지는 음성에 제강과 제백은 조용히 침묵을 지켰다. 그녀가 이곳에 왔다는 의미는 하나린의 걱정이 극에 달했다는 의미이다. 제련은 혀를 차며 말을 이었다.

"어제도 그저께도 분명 말씀드렸을 텐데요. 어마마마께서 걱정에 잠도 잘 주무시지 못한다고요."

"……."

"……."

입이 백 개라도 무슨 할 말이 있을까? 그들이 시선을 피하며 딴청을 피우자 제련의 아미가 팍 찌그러졌다. 그녀는 제 아이들을 흥미롭다는 듯 바라보고 있는 아비에게 한 걸음 다가서며 입을 열었다.

"이럴 바엔 차라리 제가 왕위를 잇도록 하겠습니다."

"!"

"!"

제강과 제백이 놀란 표정으로 제 누이를 바라보았다. 전혀 생각지도 못했던 발언에 크게 당황한 듯싶다. 하지만 제현은 재밌다는 듯 입가를 끌어 올렸다. 이것은 참 참신한 의견이 아닌가?

"여왕이 되겠다라."

현 고신제국을 모두 통틀어 보면 여왕이 단 한 번도 없었던 것은 아니었다. 황제 직할령에 여황이 한 번, 서공국에 여왕이 두 번, 그리고 남공국에 여왕이 한 번 있었다. 하지만 유독 보수적인 동공국과 북공국에선 여왕의 존재를 인정하지 않으려 하였다. 그런데 지금 제련이 그 금기를 깨겠다고 지금 이 자리에서 말하고 있는 것이었다.

"각오는 되어 있는가?"

제현이 검붉은 안광을 빛내며 물었다. 그에 제련은 담담한 태도로 고개를 끄덕였다.

"예."

짧지만 굳건한 대답. 그 기백에 제강과 제백은 저도 모르게 고개를 끄덕일 수밖에 없었다. 역시 제련도 저희들과 닮은 아이라고. 확실히 그녀라면 어중간한 사내들보다 수배는 뛰어난 왕이 될 수 있을 것이다. 그러니 안심하고 왕위를 맡길 수 있다.

그때 제련은 천천히 운을 뗴었다.

"대신……."

방금 막 어마어마한 폭탄을 터뜨린 후라 그들의 시선이 화살처럼 그녀를 향해 꽂혔다. 그리고 제련은 그런 그들을 향해 비틀린 미소를 지어 보였다.

"제린이는 제 겁니다?"

쩌적.

그와 함께 남자 셋은 그대로 돌이 되어 버렸다. 상상치도 못했던 사실을 마주한 듯이. 제련은 그들을 비웃으며 말을 이어 갔다.

"어머나? 설마 궁을 떠나실 분께서 우리 제린이를 데리고 나가실 생각은 아니셨겠지요? 궁 밖에 얼마나 위험한 것들이 많은데요. 우리 순수하고 귀엽고 사랑스러운 제린이를 그런 위협에 노출시킬 수 없지요. 안 그런가요?"

현재 막내 제린의 나이 열하나. 아직 한창 부모 품에서 어리광을 부릴 때. 어미인 하나린과 달리 아무런 이능력도 없음. 그런 사랑스럽고 여린 아이를 궁 밖의 위험한 곳에 데리고 갈 수 없음. 그들 머릿속에서 빠르게 계산이 이루어졌다.

제련은 그것에서 멈추지 않고 말을 이었다.

"으흠— 그럼 제가 왕이 되니…… 제린의 남편도 제가 찾아봐 주어야겠네요. 아아, 이거 고민하는 것도 즐거운 일이 되겠어요."

순식간에 제강과 제백의 얼굴에 깊은 고뇌가 깃들었다. 빠르게 눈이 좌우로 흔들리며 머릿속에 생긴 공황을 수습해 가기 위해 최선을 다하기 시작했다.

제 오라비와 남동생을 혹 보내 버린 제련은 제 아버지를 향해 시선을 돌렸다. 그녀는 입꼬리를 올려 기대된다는 어조로 질문을 던졌다.

"아바마마, 제게 언제 왕위를 물려주실 생각이신지요?"

"……아직 난 젊으니 한 십 년 있다가 물려주마."

빠르게 바뀐 말에 제련은 작게 키득거리며 웃었다. 그리고 한쪽 눈을 찡긋하고 감았다 떠 보이며 입 모양으로 '수고하세요'라고 말하였다. 당연한 말이지만 제련에게도 왕위를 이을 생각 따윈 절대 없었다. 가만히만 있어도 자유가 보장되어 있는데 왜 그런 치열한 전장으로 뛰어들겠는가? 저 바보 남정네들을 적당히 자극해 놓았으니 이제 알아서 왕위를 이으려 할 것이었다. 제련은 한결 가벼운 마음으로 교태전을 향해 걸어갔다.

드르륵.

문이 열리자 안에서 제린의 무릎베개를 해 주고 있던 하나린이 제련을 바라보았다. 그리고 입술 위로 손가락을 대며 '쉿' 하고 작게 소리를 내었다. 제련은 제 어미 곁에 있는 작은 탁자와 그 위 접시에 놓인 약과를 보며 '아' 하고 짧게 감탄성을 터뜨렸다. 제린이 아마 간식을 먹다가 잠이 든 모양이었다.

하나린은 제린의 하얀 머리를 쓸어 주며 작은 목소리로 물었다.

"일은 잘 해결되었니?"

"네, 잘 해결되었어요."

하나린의 의도와 반대로 왕위 쟁탈전에 불을 지르고 온 제련이었지만 시치미를 뚝 떼고 순진한 미소를 지었다.

한편…….

"자, 그럼 의논해 볼까?"

회의 국면은…….

"우리 제린이의 남편은 어느 수준으로 맞추어 주어야 할까?"

다른 곳으로 흘러가고 있었다.

"적어도 저보단 똑똑해야죠."

제백이 사납게 웃으며 말했다.

"적어도 제 앞에서 기죽지 않을 강단은 있어야 되지 않겠습니까?"

제강이 섬뜩한 미소를 지으며 말했다.

"그래, 맞지. 거기에 적어도 나보단 강해야 하지 않겠나?"

제현이 매우 간단한 일이라는 듯 말했다. 그런 제현의 주변으로 검붉은 기운의 요력이 넘실거리고 있었다.

분명 제련이 '제린의 남편도 제가 찾아봐 주어야겠네요' 라고 말한 것이 원인일 게 분명하였다.

미래 제린의 남편이 될 이에게 작은 애도를……

열 번째

과거 어느 날 잠깐의 나들이

톡톡톡.

집무실을 울리는 일정한 소리. 그것은 소름 끼치도록 오싹한 웃음을 짓고 있는 제현이 탁자를 검지로 두드리는 소리였다. 그는 제 앞에서 오들오들 떨고 있는 박 내관을 보며 질문을 던졌다.

"그래, 다시 한 번 말해 보거라."

박 내관은 식은땀을 뚝뚝 흘렸다. 정말이지 왕 곁에서 이리 근무하다간 자신의 심장이 남아나지 않을 것 같았다. 그 기간이 벌써 십 년이 다 되어 간다는 것이 나름 함정이었다. 어찌 보면 정말 끈질기게도 제 목숨을 보전하고 있는 박 내관이었다.

그는 두 눈을 질끈 감으며 전해져 온 소식을 다시 고하였다.

"중전마마께오서…… 또 외출을 나가신 것 같사옵니다."

둘째를 낳으시고 슬슬 몸이 풀리시더니 이렇게 또 탈출을 감행하였다. 다행이라면 다행이랄까? 아침에 홀연히 사라져도 저녁쯤이 되면 다시 되돌아오신다. 그걸 알기에 동공왕 역시 따로 제재를 가하지 않는 것이지만…… 남아 있는 사람들이 은근히 괴롭다.

그때였다.

"그리고 근래 들어 슬슬 일거리가 많이 줄어들긴 했구나. 나름 시간이 넉넉해졌어."

묘하게 웃음기가 담긴 동공왕의 음성. 그런데 그 웃음이…… 영 불안하다. 박 내관이 파르르 떨면서 제현의 다음 말을 기다렸다.

"간만에 잠행을 나가는 것도 괜찮을 것 같구나."

동공왕이 직접 왕비를 잡으러 움직이기 시작했다.

검은 도포를 입고 갓을 쓴 제현이 궁의 뒷문으로 나와 시장으로 향했다. 그가 가라앉은 눈빛으로 하나린이 갔을 만한 장소를 떠올리며 사람 사이로 섞여 들어가려 할 때였다.

톡톡.

누군가가 그의 어깨를 새털같이 가벼운 손길로 두드렸다. 제현은 한숨을 폭 내쉬며 뒤돌아보았다. 그리고 저를 궁 밖으로 끌어낸 범인의 이름을 불렀다.

"하나린."

"까꿍!"

보랏빛 쓰개치마를 쓴 하나린이 푸른 눈으로 눈웃음치며 말했다. 허나 돌아오는 것은 집게손이었다.

"말없이 사라지는 버릇 좀 고치라 했을 텐데?"

"으갸갸갸— 미안, 미안, 미안!"

제현은 찹쌀떡 같이 잘 늘어지는 그녀의 뺨을 한동안 주물럭거리다가 놓았다. '힝' 하는 소리와 함께 제 뺨을 감싸고 눈물을 글썽거리는 하나린을 보며 그는 '쿡쿡' 하고 짧게 웃음을 흘렸다. 그리고 제가 꼬집었던 뺨을 살살 문질러 주며 입을 열었다.

"분장하려면 확실히 할 것이지. 동공국의 왕비는 검은 머리에 푸른 눈이란 소문이 파다한데 말이야."

"아, 그건 다 수가 있지!"

제현의 지적에 하나린은 배시시 웃으며 잠시 눈을 감았다가 떴다. 그러자 그녀의 푸른 눈동자가 검은색으로 변해 있었다.

"얍! 이러면 되지?"

하지만 제현은 무언가 마음에 들지 않는다는 듯 인상을 찌푸렸다. 하나린의 뺨에 있던 손을 조금 더 올려 그녀의 눈가를 쓰다듬었다.

"안 그래도 부족한 선력일 텐데 이렇게 써도 몸에 무리가 가지 않는 건가?"

"쓰면 당연히 무리가 가지. 내가 가진 건 일반인보다 조금 나은 정도밖에 안 되는데."

곧바로 돌아온 즉답에 제현의 표정이 한층 험악해지자 하나린은 쿡 웃으며 쓰개치마를 조금 들어 보였다. 그러자 그 안에 검은 알갱이 같은 것들이 맴돌고 있는 게 보였다. 그것의 정체는 바로 이매망량. 환각 능력이 뛰어난 군체 생명체.

"내가 하면 힘들어서 친구들의 힘 좀 빌렸어."

하나린이 빙긋 웃으며 말하자 그제야 제현의 표정이 편안하게 풀렸다. 하여튼 걱정은. 하나린은 곱게 눈을 흘기며 그의 손을 잡고 이끌었다.

"나온 김에 같이 놀다 들어가자."

제현은 그렇게 하나린에게 이끌려 여기저기 돌아다니기 시작했다. 옷감을 파는 면포점부터 장식품을 파는 가게, 곡물 관련하여 여러 가지를 다루는 음식점까지. 한참을 바쁘게 돌아다니다 결국 하나린이 멈춰 선 곳은 바로 떡집이었다.

꿀떡은 물론이요, 인절미, 술떡 등등의 가지각색의 떡들이 한가득이었다. 제현은 조금은 불만스럽다는 듯 입을 열었다.

"이런 것보다 궁에서 만들어 주는 게 더 나을 텐데?"

"시장엔 시장만의 맛이 있는 법이니까."

하나린은 짧게 대답하며 두어 개의 떡을 빠르게 입 안에 밀어 넣었다. 그리고 열심히 절삭작업을 하면서 말을 이었다.

"그건 그렇고 비단 가격이 많이 오른 것 같은데?"

"아아 남쪽 지방, 명주실을 잣는데 쓰이는 벌레들이 무슨 이유에선지 많이 죽었다는군. 아직 이유는 불명이라던가?"

"아아 그 벌레는 누에라고 하는 거야. 흠— 그러니까 누에의 수가 줄어서 명주실의 생산량도 줄었다는 거네? 그런 경우에는 대개 먹이로 쓰이는 뽕나무에 무슨 전염병이 돌았든가 아니면 기생벌레가 생긴 걸걸? 수가 더 줄기 전에 한번 확인해 보는 게 좋을 것 같아."

"그러지."

"그리고 상인들이 하는 말을 들어 보니 동쪽의 어디 지점의 길에 무슨 문제가 생겼나 봐. 그 때문에 보부상들이 필요한 물건들을 제때 가져오지 못하고 있대."

"걱정 마라. 동쪽에서 들어오는 물품들이 늦어지는 일이 많다 하여 확인해 보라 하였더니 그쪽에 식인호랑이가 나타났다더군. 특이하게도 두세 마리가 함께 다니는 모양이다. 이미 대대적으로 현상금을 걸고 호랑이사냥을 하라 명을 내렸으니 곧 해결될 거다."

놀러 나왔다는 명목치고는 나름 잠행에 충실한 그들이었다. 하나린이 이리저리 일을 팽개치고 놀러 다니는 것처럼 보여도 왕비 일들을 잘 해결해 나가는 이유가 엿보이는 대화였다.

하나린은 충분히 떡들을 즐겼는지 콧노래를 흥얼거리며 주머니로부터 동전을 꺼내 상인에게 값을 지불했다. 그녀는 찹쌀가루가 묻은 손을 털려다 장난기가 들었는지 짓궂은 미소를 지었다. 그리고 가루가 묻은 손가락을 제 곁에 있는 제현의 뺨으로 뻗어 콕 하고 찔렀다. 그에 그의 뺨 위로 하얀 자국이 남는다. 제현이 멍청한 표정을 짓고 있자 하나린은 까르륵 웃음을 터뜨렸다.

한동안 제가 무슨 짓을 당했는지 이해하지 못해 멍하니 서 있던 제현은 '허―' 하고 짧게 헛웃음을 터뜨렸다. 이후 망설이지 않고 가판대 위에 흩어져 있는 찹쌀가루를 손가락에 묻혀 그녀의 코 위에 콕 하고 찍었다. 하나린은 제현이 이런 소심한 복수를 할 줄 몰랐는지 웃음을 멈추고 멍하니 그를 올려다보았다. 이번엔 반대로 제현이 쿡쿡 얕게 웃음소리를 흘렸다.

그때 하나린의 코가 실룩였다. 아마 콧등에 묻은 가루가 숨을 들이마실 때 숨결을 따라 코 안으로 흘러 들어간 모양이었다.

"에, 에, 엣취―!"

결국 터져 나온 재채기. 제현은 소매에서 손수건을 꺼내어 하나린의 코에 묻은 가루를 닦아 주며 말하였다.

"장난은 여기까지……. 나도 좀 닦아 줬으면 하는데 말이지."

제현이 손수건을 그녀에게 쥐어 주자 그녀는 입술을 삐죽이며 재빨리 소매 안으로 그것을 챙겨 넣었다. 그 모습을 본 제현의 눈썹이 한 차례 꿈틀하자 하나린이 고개를 좀 숙여 달라고 손짓했다. 그는 의아해하면서도 그녀의 요청에 따라 몸을 숙여 주었다. 그리고…….

할짝.

하나린이 직접 제현에 뺨에 묻은 찹쌀가루를 핥아서 지웠다. 그와 함께 얼음이라도 된 듯 쩌적 굳어 버리는 제현. 하나린이 '베―' 하며 혀를 내밀었다 쏙 넣고는 앞장서서 걸어갔다. 그제야 정신 차린 듯 제현은 허탈한 웃음을 흘렸다.

정말 여우가 다 됐다. 아니, 본래 여우가 맞았나?

"이러니 내가 홀려서 꼼짝도 못하지."

썩 나쁘지 않은 구속이다. 제현은 그녀의 뒤를 따라 천천히 걸음을 옮겼다. 그때 갑자기 하나린이 우뚝 하고 멈춰 섰다. 그리고 무언가를 발견했다는 듯 호기심 어린 눈을 반짝였다.

"흐응―"

"무슨 일이야?"

제현은 하나린이 어딘가를 보며 묘한 웃음을 짓자 의아하다는 듯 질문을 던졌다. 그에 그녀는 입꼬리를 슬쩍 올리며 제현을 올려다보았다.

"내게 온 손님……이라고나 할까?"

"그놈의 영스러운 친구들 중 하나인가?"

제현이 진절머리 난다는 듯 말하자 하나린은 까르륵 웃음을 터뜨렸다. 그리고 그의 목을 끌어안은 뒤 그의 뺨에 촉 입을 맞추며 말했다.

"아니, 음…… 따지면 내 후배라고 할 수 있겠네. 잠깐 다녀와도 되지?"

"……쯧. 빨리 다녀와라. 안 그래도 짧은 여흥이니까. 너무 시간 뺏기지 말았으면 한다."

"네네."

하나린은 키득거리며 자신을 부르는 자가 있는 골목길로 뛰어 들어갔다. 그와 함께 주변의 풍경이 반전했다. 시장의 소란스러움은 멀어지고 잔잔한 햇빛이 비치고 있는 작은 공터가 나타났다. 연한 안개가 둘러싼 공간에 돌로 만든 의자 두 개가 놓여 있다. 그리고 그중 하나엔 하얀 의복을 입은 여인이 앉아 있었다. 하나린은 입가에 미소를 띤 채로 빈 의자에 가 엉덩이를 걸쳤다.

하나린은 절 초대한 여인을 찬찬히 살폈다. 하얀 머리에 별이 부서져 내리는 것 같은 푸른 눈. 과거의 그녀가 가졌던 것이었던 것이다. 그렇다고 그녀와 완전히 똑같지는 않았다. 하나린이 여인의 왼쪽 이마에 솟아난 푸른 광택의 뿔을 보며 입을 떼었다.

"내 후대는 도깨비, 그중에 독각귀인가?"

흥미롭다는 하나린의 언사에 여인은 얼음같이 차가운 얼굴로 인사를 올렸다.

"선대께 인사를 올립니다. 비각이라고 합니다."

"그래, 반가워. 난…… 소개할 필요가 없겠지?"

"네, 하나린 님."

하늘에 닿은 소원을 들어주는 자. 쉽게 말해 하나린 다음 대의 '천우의 선녀'. 하지만 그 직책과 달리 비각이 풍기는 느낌은 하나린과 상이하였다. 그걸 알아챈 듯 하나린은 쓰게 웃으며 말하였다.

"내게 있었던 오류가 수정되어 만들어진 것인가 보네?"

"예. 하지만 걱정하지 마십시오. 확실히 저는 모든 이들을 평등하게 아끼고 사랑하고 있습니다."

"하지만 네가 바라보는 시선은 수평선이 아니고 아래 방향을 향하겠지."

하나린와 비각은 달랐다. 쉽게 말해 하나린은 주변의 모든 이들을 자신과 같은 대상으로 공감하고 아꼈다면 비각은 주변의 모든 이들을 자신이 위에 서서 보살펴야 할 대상으로만 본다. 즉 자신보다 '아랫것'으로 인식한다. 그렇기에 그들을 공평하게 취급할 수 있는 것이겠지.

그 때문에 그들 중 하나와 이성 간의 사랑에 빠질 일도 없다. 그런 사랑은 자신과 동등한 자를 대상으로 하는 것. 누가 자신이 보살피는 애완동물과 이성 간의 사랑에 빠질 수 있겠는가? 확실히 하나린이 가졌던 오류를 수정하여 만들어진 존재였다.

하나린은 제 후대를 만난 것이 흥미롭기도 했지만 한편 씁쓸한 마음 역시 못지않았다. 그녀는 이제 검게 변해 버린 제 머릿결을 쓸어내리며 비각에게 질문을 던졌다.

"그건 그렇고 날 보러 오다니 무슨 일이야?"

솔직히 말해 하나린은 앞으로 하늘과 관련된 이들을 다신 만나지 못할 줄 알았다. 그런데 자신의 후대가 직접 자신을 찾아올 줄이야. 하늘이 자신에게 전할 전언이라도 있는 것일까? 아니면 개인적인 용무?

그때 비각의 연분홍빛 입술이 천천히 열렸다.

"그저…… 당신을 보고 싶었을 뿐입니다."

아마도 그녀는 후자의 이유였던 모양이다. 하나린이 의아하다는 표정을 짓자 비각이 계속하여 말을 이었다.

"하늘을 거역하여 하늘이 내려 준 모든 것을 뺏기고 땅에 떨어진 자가 어떤 모습으로 살아가고 있을지 궁금하였습니다. 그리고 제 전대라는 존재가 어떠한 자였는지도 궁금하였고요."

비각은 푸른 시선을 내리깐 채로 조곤조곤하게 말하였다. 그 음성엔 아무런 감정조차 묻어나오지 않았다. 그저 사실을 말하는 듯 담담한 어조. 하나린은 '흐응~' 하며 묘한 콧소리를 내었다. 그녀는 부드러이 웃으며 물었다.

"그래서 어땠어?"

짧은 물음. 그 순간 비각의 표정이 처음으로 흐트러지며 이해 불가란 마음을 드러내었다. 제 인지 밖의 상황을 마주하여 그 정체를 파악할 수 없다는 그런. 그 의문이 그녀의 입술을 비집고 흘러나왔다.

"어떻게 그렇게 웃을 수 있으신 겁니까?"

그에 하나린이 조금은 곤란하다는 표정을 짓자 비각이 다시 질문을 던졌다.

"당신은 당신을 평범한 인간과 같이 만든 하늘이 원망스럽지 않나요?"

비각이 푸른 눈을 들어 하나린의 푸른 눈을 응시하였다. 한동안 서로를 마주하는 푸른 시선. 하나린은 고개를 갸웃하며 되물었다.

"원망해야 돼?"

돌아온 대답에 비각은 약간의 흥분을 담은 채로 빠르게 말을 이어 갔다.

"하늘은 당신의 거의 모든 것이라 할 수 있는 것을 거두어 갔습니다. 과거에 비하면 여리기 그지없는 한낱 아낙네일 뿐이지요. 알게 모르게 많이 힘드실 게 아닙니까?"

비각이 가진 상식으론 하나린이 땅을 치며 하늘을 원망하지 않는 것이 이상하였다. 자신이 가지고 있던 거대한 힘을 일방적으로 강탈당하였다. 물론 그것은 하늘이 내려 준 것이긴 했지만 어찌 되었건 자신이 가진 거의 대부분을 빼앗긴 것이다. 비각이 태어나고 살아온 시간은 정말 짧았지만 그 시간 동안 보아 온 수많은 이들은 자신이 가진 것을 몽땅 잃었을 때 대개 하늘을 원망하며 울부짖었다. 그랬기에 평범하게 웃을 수 있는 하나린이 너무나 이상하게 느껴지는 것이었다.

하나린은 그런 그녀가 이해가 되는지 온화하게 웃으며 입을 열었다.

"너는 내가 불행해 보여?"

"……아닌 것 같군요."

약간의 공백을 두고 돌아온 대답. 하나린이 손뼉을 치자 따스한 햇빛이 비치는 주변이 서서히 어두워졌다. 이후 하나린의 손 위로부터 빛의 가루가 피어올랐다.

"맞아, 난 지금 너무나 행복해. 내가 사랑하는 제현도 곁에 있고 사랑스러운 아이들도 있어. 그리고 수많은 친구들과 마음에 쏙 드는 동료들도 있어. 그런데 내가 왜 하늘을 원망해야 하는 거야?"

빛의 파편들은 제현의 형상을 만들고 그 뒤를 따르는 자신의 아이들의 형상을 만들었다. 그리고 이후 자신의 곁을 지키는 영스러운 존재들의 모습과 청이, 백사린을 비롯한 사람들의 형상 역시 만들었다.

그것을 지켜보던 비각은 머뭇거리다 다시 입을 열었다.

"하지만 당신은……."

"잃은 것만 본다면 늘 괴로울 수밖에 없어. 내가 얻은 것들은 잃은 것보다 더더욱 값진 것들이야."

그녀의 말을 끊으며 하나린은 말했다.

하나린이 손을 내젓자 모래성이 무너져 내리듯 빛의 형상이 흩어져 떨어졌다. 그리고 그녀들의 발아래로 밤하늘이 펼쳐진 듯 별빛들이 빛나기 시작했다. 몽환적인 풍경을 배경으로 하나린의 부드러운 말이 계속해서 이어졌다.

"하늘은 생각보다 잔인하지 않다고 생각해. 그냥 보면 그저 제가 만든 피조물의 목숨을 거둬 가려 한 것처럼 보이지만…… 찬찬히 그때 일들을 생각해 보면, 아니 아쉽게도 내겐 그때의 기억이 없으니 더 정확한 말은 다른 이들로부터 전해 들은 말이겠구나, 어찌 되었든 그들의 말을 떠올려 보면 상황이 묘하게 조각 맞추듯 딱딱 들어맞았던 것 같아. 하늘이 나의 모든 것을 거두어 갔을 당시 날 묶어 두었던 수백의 홍사(紅絲)라든가, 그저 껍데기에 가까울 뿐이지만 내 모든 것을 거두어 가도 형체를 갖출 수 있을 만큼의 자아를 갖춘 성숙된 감정이라든가, 당장이라도 흩어져 버릴 육체에 영혼을 정착시킬 수 있는 능력을 가진 백호가 곁에 있었다든가."

"억지 같군요."

비각은 하나린의 말에 동의하지 않는다는 듯 단정하듯 말하였다. 하긴 그녀의 시선으로 보면 우연의 연속으로만 보일지도 모르겠다. 하지만 우연이 겹치면 필연이라 하였던가. 하나린이 손을 들어 올리자 별무리들이 천천히 순환하기 시작했다. 그리고 이내 한 점으로 모이더니 서서히 바닥으로부터 빛무리가 솟아올라 하나린의 모습을 만들었다.

누가 보더라도 달콤한 사랑에 빠진 소녀와도 같은 모습. 제가 만든 그 형상을 멍하니 바라보던 하나린은 천천히 입술을 뗐다.

"억지라……. 사실 하늘이 오류가 생긴 날 본래대로 돌리는 방법은 아주 간단해. 하늘에 닿은 소원 중 내 능력 밖의 힘이 필요한 소원을 이뤄 주게 하는 것. 당신도 알다시피 '천우의 선녀'는 제 능력 안에서 이뤄 줄 수 있는 소원이라면 상관없지만 제 능력 이상의 힘이 필요한 소원을 이뤄 주기 위해선 하늘과 거래를 하여야만 해. 그리고 상대의 소원을 들어주는 대가로 자신의 무언가를 희생해야 하지."

"자기희생…… 설마?"

비각의 비명과도 같은 음성에 빛무리로 이루어진 하나린의 표정이 공허하게 변하였다. 웃되 웃는 모습이 아니다. 하나린 역시 그것처럼 공허한 표정으로 변하였다.

"맞아. 하늘은 그때를 노려 나의 '사랑'이란 감정을 대가로 받아 가기만 하면 돼. 아니면 제현에 대한 기억이라든가. 그럼 내게 생긴 오류는 그대로 사라지고 나는 과거의 온전한 '천우의 선녀'로 되돌아가게 되겠지. 하지만 하늘은 그러지 아니하였어. 제현과 나 사이에 수백의 홍사가 이어지고 내 감정이 확고해질 때까지 기다려 주었지. 그 후에야 나와의 계약을 해지할 상황이 생기고 백호도 시기적절하게 찾아왔어."

하나린은 또다시 손을 흔들어 제 형상을 흐트러뜨렸다. 그리고 푸른 시선으로 비각을 응시하였다. 허나 그녀는 아직도 쉽게 납득할 수 없는 모양이었다.

"어차피 하늘께서 자비를 베푸시는 것이라면 그것을 이용하여 하늘의 계약자란 직위를 보유한 채 그자의 곁에 있을 수도 있었습니다."

이어지는 의문. 하나린도 과거에 고뇌하였던 생각. 그리고 그녀는 그것에 대한 답을 내놓았다. 하나린은 제가 내린 결론을 비각에게 들려주었다.

"글쎄 과연 그것이 옳은 일일까? 하늘의 계약자란 직위와 인간들의 왕비란 직위. 이 두 가지를 병행해 나갈 수 있었을까? 결국 이곳에도 저곳에도 속하지 못하게 되지 않았을까? 나는…… 생각해. 내가 젊은 모습을 유지하고 있어도 인간인 그들은 점점 늙어 가겠지. 내가 낳은 아이도 반은 인간의 피를 이은 이상 다른 이들보다 느리더라도 결국은 늙어 죽게 될 거야. 결국 이후에 남는 것은 나 혼자. 가슴속에 과거의 그림자만 부둥켜안고 살아가겠지. 결코 좋은 결말은 아닐 거라 생각해."

하나린의 진중한 음성에 비각은 말없이 경청하였다. 하나린의 말은 끊기지 않고 이어졌다.

"그리고 과연 내가 나의 후대가 이어 가는 동공국에 아무런 관여도 하지 않고 살아갈 수 있을까? 과연 아무런 정도 주지 않을 수 있을까? 내 핏줄이 이어진 왕실에 피바람이 불거나 동공국이 멸망할 위기에 이르렀을 때 과연 방관만 하고 있을 수 있을까? 한순간에 흔들림으로 내가 가졌던 그 힘을 사사로이 쓰진 않을까? 만약 그때에 이르게 되면 하늘은 어떻게 행동할까? 네 생각은 어때?"

"……."

"어찌 되었건 빠르든 늦든 내가 가진 오류로 인해 숙청될 수밖에 없는 운명이었던 거야."

그 말을 끝으로 주변이 다시 밝아지며 빛무리가 점점 형체를 감추었다. 하나린은 조용히 눈을 감았다.

"잃은 것만 생각하면 원망할 수밖에 없어. 너무 많은 것을 원하면 그 탐욕으로 인해 훗날 그 무게를 버티지 못하고 스스로 무너져 내릴지도 모르지. 잃은 것을 보기보단 내가 얻은 것을 보는 게, 그리고 그것이 얼마나 값진 것이라는 걸 깨닫는 게 더 중요하지 않을까?"

그녀들이 있던 공간에 다시 따스한 햇빛이 내리쬐었다. 비각은 반쯤 홀린 듯한 얼굴로 하나린을 바라보았다. 어찌 저리 생각할 수 있나? 그녀도 하나의 생명일 텐데 어찌 저리 욕심 없이 초탈한 모습을 보일 수 있나.

무릇 새로 만들어지는 것은 옛것보다 뛰어나기 마련이다. 하지만…… 과연 자신이 그녀보다 더 뛰어난 존재라 할 수 있을까? 한참을 하나린의 말을 곱씹던 비각이 다시금 입을 떼었다.

"그를…… 영스러운 존재와 같이 장생(長生)의 존재로 만들 수도 있었습니다. 당신도 그 방법을 알고 있었지 않았습니까?"

비각, 그녀가 가진 마지막 의문.

천천히 눈을 뜬 하나린은 제 뒤를 이은 아이를 바라보았다. 분명 자신보다 뛰어난 존재일 것이다. 하지만…… 역시 아직은 어리다. 과거의 기억을 몽땅 날려 버린 그녀가 할 생각은 아니지만. 그래도 제겐 비록 머릿속 지식은 없더라도 지혜는 남아 있지 않던가. 하나린은 빙긋 웃음을 지었다.

"영스러운 존재와 같은 수명을 가진다라……. 인간의 정신이 버텨 낼 수 있을까? 당시 나는 하늘과 계약을 맺은 자, 그리고 하늘의 대리자. 아마 별다른 일이 없다면 불사에 가까운 삶을 살 수 있었을 거야. 그 오랜 시간을 인간인 제현이 버텨 낼 수 있을까? 대신선이라 불리는 백호조차도 거의 일만 년에 가까운 시간에 짓눌려 그 정신이 변질되었어. 아니 어쩌면 마모되었다는 것이 옳은 말일지도 몰라. 적어도 다른 정상적인 영스러운 존재들과는 확실히 다르지. 어떤 것에도 흥미를 느끼지 않고 그 어떤 것도 그에게 소중한 것이 되지 못해. 그가 겉으로 보이는 모든 감정은 모두 가짜. 치밀하게 짜인 연기에 불과해. 그조차 그러할진대 제현이 그 끝없는 시간의 무게를 견뎌 낼 수 있을까? 인간이란 존재를 우리 영스러운 존재와 같이 재단하는 것은 잘못된 것이라 생각해."

"하지만…… 반대로 영스러운 존재를 인간에 맞게 재단하는 것도 문제이지요. 멀게만 느껴졌던 죽음이 코앞까지 다가와 있는 공포를 당신은 버틸 수 있나요?"

발악하듯 이어지는 비각의 말에 하나린은 짓궂게 웃으며 말을 이었다.

"음…… 그런가? 하지만 난 영스러운 존재일 때의 기억이 없는걸. 내가 알고 있는 영스러운 존재일 때의 나는 친구들에게 들어서 알고 있는 것이라서. 뭐랄까 쉽게 실감이 나지 않네."

비각은 마치 망치로 머리를 한 대 얻어맞은 표정이었다. 그녀는 할 말을 잃어버린 듯 멍하니 하나린을 바라보았다. 하나린은 그런 그녀

의 모습이 우스운 듯 가볍게 웃음을 흘렸다. 그리고 '영차' 하는 기합
소리와 함께 자리에서 일어섰다.

"모든 아름다운 것은 그 한순간에 존재해야지만 아름다운 거야. 듣
기 좋은 콧노래도 한두 번이란 말도 있잖아. 아무리 아름다운 풍경이
라도 매일 마주하다 보면 무덤덤해지는 법이야. 무한한 세월 동안 그
와 나 사이의 사랑이 불변할 것이라 장담할 수도 없는 것이고. 우리들
도 모르는 새 변질되어 버릴지도 모르지. 어쩌면 인간과 같이 불꽃처
럼 타오르는 짧은 삶도 괜찮을 것이라 생각해……라고 과거의 나도
생각하지 않았을까?"

그 말을 끝으로 하나린은 뒷짐을 지고 자신이 들어왔던 길로 다시
걸어갔다. 그녀는 이 공간을 벗어나기 직전 뒤돌아보며 비각을 향해
축복의 말을 남겼다.

"내가 벗어난 길을 걷게 된 그대에게 아름다운 미래가 있기를."

그것을 끝으로 하나린은 밖으로 나왔다. 그러자 방금 전의 고요는
착각이었다는 듯 시장의 소란스러운 소리가 귓가로 몰려왔다. 수많은
사람들이 왔다 갔다 하는 거리. 하나린이 방금 자신이 나온 골목길을
확인하자 어두침침하고 좁은 길이 보였다. 아마도 비각, 그 아이가 결
계 속으로 자신을 끌어들인 것이리라.

"스쳐 지나가는 인연인가?"

작은 읊조림과 조금은 씁쓸한 표정. 하지만 이내 밝게 웃으며 자신
을 기다리고 있을 제현에게로 뛰어갔다.

작은 공터에 남은 비각은 한동안 하나린이 사라진 자리를 바라만
보았다. 그때 그녀 뒤에서 웃음기가 섞인 물음이 날아들었다.

"직접 만나 보니 어때?"

비각이 뒤돌아보자 입에 장죽을 물고 있는 한량 같은 사내가 보였
다. 비각은 무표정한 얼굴로 그의 이름을 불렀다.

"이야기꾼 홍(紅)."

하늘과 계약을 맺은 자는 크게 두 분류로 나뉜다. 선천적으로 하늘에 의해 만들어진 존재. 하나린과 비각이 이에 속했다. 그리고 후천적으로 하늘과 계약을 맺어 스스로 제약을 받아들인 뒤 하늘의 도구가된 존재도 있었다. 이야기꾼 홍은 바로 후자에 속한 자였다.

세상의 벽 너머에서 흘러들어 온 존재이자 그런 질서에 어긋난 존재임에도 하늘과 계약을 맺어 이곳에 정착한 '다른 세계의 인간'. 들리는 바론 세상의 벽 너머에서도 '이야기꾼'이라는 직업을 가지고 있던 모양이었다. 그가 세상의 벽을 너머 이쪽 세계에 흘러들어 온 것은 우연. 하지만 그는 이쪽 세계가 마음에 든 모양이었다. 그를 다시 본래 세계로 돌려보내려고 나타난 하늘의 대리자를 상대로 거래하여 하늘과 계약을 맺게 되었다.

왜 굳이 이쪽에 남으려고 했냐는 물음엔 더 이상 거짓된 동화 이야기를 하는 게 질려서라는 의미 불명의 말을 하였다고 한다.

그가 하늘과 계약을 맺은 자가 되어 맡은 역할은 세계에서 일어나는 사건들의 기록. 단 간섭은 절대 불가란 조건이 붙는다. 그에게 주어진 것은 오직 관찰과 기록뿐이다. 아마 이번 하나린에 대한 일들도 이미 기록했을 것이다.

"여긴 무슨 일이지? 지금쯤이면 서쪽에서 벌어지는 일을 기록하기 바쁠 것이라 생각했는데?"

비각이 아무런 표정의 변화도 없이 그리 묻자 홍은 뒷머리를 긁적이며 입을 떼었다.

"뭐 그쪽 이야기도 재미있지만 이쪽 이야기도 기록해야 되는 건 마찬가지라서. 그리고 이쪽 이야기의 경우는 슬슬 마무리 지어야 하기도 하고."

홍이 손을 들어 올리자 그 위로 푸른색 표지의 책이 나타나 둥둥 떠다녔다. 그곳에 적힌 제목은 '여우야담'. 이후 그가 손을 살짝 휘젓자 책장이 차르르륵 넘어갔다. 각 장마다 꼼꼼히 글자가 적혀 있는 그 책의 공백은 이제 두어 장밖에 남지 않았다. 홍은 깃털로 만들어진 기이한 필기구를 꺼내더니 비각을 향해 웃음기 묻은 질문을 던졌다.

"자, 네 전대와 만나고 나서 느낀 소감은?"

비각의 미간이 살짝 찌푸려진다. 허나 그가 하늘로부터 부여받은 권한 때문에 그 물음에 답해 줘야 했다.

"이상해."

"어떤 게?"

"모든 게 다……. 어찌 저런 식으로 사고할 수 있는 것인지 어찌 저런 마음을 가질 수 있는 것인지."

비각은 하나린의 대답을 떠올리면서 홍에게 의문을 드러냈다.

"그녀가 인간과 같이 추락하여 살아가는 삶……. 정말…… 하늘이 그렇게 정한 것일까?"

이야기꾼 홍. 이 세상에 넘어와서 수많은 이야기들을 기록한 그이기에, 하늘이 행했던 많은 것들을 관찰한 이일 것이기에 비각은 그에게 답을 물었다. 그러면 정답을 알고 있으리라 생각하며. 하지만 홍은 곤란하다는 표정으로 뒷머리를 긁적였다.

"잘 모르겠는데?"

천연덕스러운 답변에 비각의 얼굴이 와락 구겨졌다. 그녀는 짜증이 섞인 어조로 물음을 이어 갔다.

"그대는 하늘과 직접 대면한 자가 아닌가?"

"아아 후천적으로 하늘과 계약을 맺었다고 해서 하늘과 직접 마주한 것은 아니야. 애초에 내가 한 것은 날 되돌려 보내려는 자를 통해 하늘에게 직통으로 닿는 일종의 기도? 뭐 그런 것을 한 것뿐이야. 이후엔 뭔가 번쩍하더니 마치 계시와 같은 것이 떨어져 내린 것이 끝. 거기에다 그 계시란 것은 상당히 애매모호하단 말이야. 내가 해야 될 일과 부여받은 능력 정도만 알 수 있었다고 할까?"

"그게…… 끝?"

"그래, 그게 끝. 애초에 하늘이란 존재 자체가 비밀에 휩싸인 존재잖아. 전지전능한 것 같은데 희한하게 세상에 제대로 개입을 안 해. 그렇다고 세상에 제대로 된 모습을 드러낸 적도 없어. 실체에까지 의문이 갈 정도지. 하늘에 대해 그나마 정의를 내릴 수 있는 말은 '조율자'라는 것. 세상의 균형이 흔들릴 때마다 자신과 계약 맺은 자, 즉 하늘의 대리자를 이용해 그 균형을 흔드는 현상을 수정한다는 사실이지. 어찌 보면 감정이 존재하지 않는다고 생각될 만큼 냉혹하게."

하늘은 조율자다. 세상이라는 거대한 집합체의 균형을 유지시키는 존재. 법칙이 뒤틀려 이 대지에 치명적인 혼란이 발생하지 않도록 조정하는 정체불명의 초월자이다. 그리고 종종 약한 이나 선한 이에게 가호를 내려 주기도 하는 신적인 무언가.

하늘은 직접적으로 세계에 관여하지 못한다. 어째서 그런 제약이 있는지는 모르지만 그것은 어떤 거짓도 섞이지 않은 확고한 진리였다. 그래서 만든 것이 하늘과 계약을 맺은 자. 하늘을 대리하여 세상에 관여하는 존재였다. 그러하기에 하늘과 계약을 맺은 자는 사적인 욕망으로 힘을 휘둘러서는 안 되었다. 세상과 관계를 맺으나 '단지 자신이 맡은 역할 내에서만'이라는 조건이 붙었다.

즉 간단하게 말하여서 하늘과 계약 맺은 자란 자연현상에 가까운 존재였다. 구름과 같은, 햇빛과 같은, 혹은 그것들보다 더 거대한 현상인 행성의 자전과 같은. 구름이 비를 내리기 싫다고 하여 계속해서 물기만 품고 크기를 불려선 안 되는 법이다. 햇빛이 강하게 내리쬐고 싶다하여 늘 뜨거운 열을 세상에 흩뿌리기만 해선 안 되는 법이다. 행성이 어떤 나라에 밤이 오게 하는 게 싫다고 하여 자전을 멈추어선 안 되는 법이다.

하늘과 계약을 맺은 자는…… 그런 자연현상과 같은 것이다. 하나린의 역할은 세상에 은혜를 베푸는 봉사자. 약하고 선한 자에게 가호를 내려 주는 역할. 그런 그녀가 어느 한 나라에만 정을 붙이고 머물러선 안 된다. 세상 전체를 위한 축복이 그 나라에만 집중되기 때문이다. 어떤 한 핏줄을 특별히 사랑하여 그들에게 관여해선 안 된다. 모든 이를 평등하게 대해야 하는 이가 사적인 감정에 치우쳐 공정성을 잃게 된다.

그렇기에 하늘은 제가 직접 만든 아이들에게 냉혹한 잣대를 가져다 대는 것이다. 세상을 이롭게 하기 위해 만든 존재가 오히려 더 큰 혼란을 초래할 수 있기 때문에. 잠깐의 변덕으로 인한 실수는 용납할 수 있다. 하늘과 계약을 맺은 자도 하나의 생물이기에 그 정도 실수는 일어날 수 있는 법이다. 하지만 제가 맡은 바를 잊은 이에겐 철저한 제약을 가한다. 그렇기에 하나린이 천벌을 받은 것은 매우 당연한 것.

홍은 흥얼거리듯 말을 계속해서 이어 나갔다.

"이번 일도 마찬가지야. 아니 오히려 더 일이 쉽나? 하나린이란 여인은 자신의 권한 아래 있었으니 그대로 홱 하고 내치면 끝. 인간을 사랑해 버린 하늘의 대리자라니. 모든 것을 평등하게 봐야 할 존재가 그러면 안 되잖아. 뭐 어찌 되었건 내가 아는 하늘이란 존재는 세상의 균형을 위해선 무엇이라도 한다는 것뿐이야."

홍조차도 하늘에 대해 잘 알지 못한다고 말하자 비각은 제 입을 꾸욱 닫아 버렸다. 더 이상 물어본다고 해도 제가 원하는 대답이 나오지 않으리란 사실을 깨달았기 때문이다. 홍은 의미심장한 얼굴로 말했다.

"그래도…… 그래도 말이야. 넌 이야기의 결말이 '냉혹한 하늘님이 제 말을 듣지 않는 아이를 죽여 버리려 했는데 실패했습니다'랑 '제 마음대로 할 수 없는 이런저런 제약이 덕지덕지 붙어 있지만 최선을 다해 제 아이를 행복하게 만들려고 노력했습니다'랑 어느 게 마음에 들어?"

비각은 망치로 한 대 얻어맞은 것 같은 표정을 지었다. 그녀는 머뭇

머뭇 입술을 열었다.

"그건……."

"가장 좋아 보이는 길이 최고의 길이란 법은 없다. 때론 차선으로 보이는 길이 가장 좋은 길일 수도 있는 법이다."

비각이 말을 꺼내기도 전에 홍이 먼저 말을 이었다. 그리고 깃털 모양의 필기구로 책 위에 빠르게 문장을 완성해 갔다. 이후 만족스럽단 표정으로 책장을 덮은 홍. 그가 손을 가볍게 휘젓자 책은 푸른색의 알갱이로 흩어져 사라졌다.

"뭐 나머지는 알아서 생각하라고."

홍은 그 말만을 남기고 뒤돌아서서 걸어갔다. 비각은 멍하니 그의 뒷모습을 보다 물음을 던졌다.

"서쪽으로…… 갈 건가?"

"응? 당연하지. 거기도 제법 흥미로운 이야기가 이어지고 있거든. 그리고…… 남쪽에는 백호가 기다리고 있다던 신비한 이야기도 있고. 하여튼 오래 살면 별의별 것을 다 봐요. 젠장 너무 부럽군. 서쪽 일이 끝나면 빨리 남쪽으로 달려가야지."

홍은 여전히 걸음을 멈추지 않은 채로 말했다. 결계 밖으로 나가기 직전 무언가 까먹었던 것을 떠올렸다는 듯, 그가 뒤돌아보았다. 그리고 방긋 웃으며 말하였다.

"당신의 운명에 행운이 깃들길."

그 말을 끝으로 홍은 작은 공터에서 자취를 감추었다. 그가 사라지자 따스한 햇볕과 함께 고요한 정적만이 이곳에 떠돌았다. 본래부터 그가 여기에 없었다는 듯. 홀로 남은 비각은 고개를 돌려 결계 밖에 있는 하나린과 제현을 바라보았다.

밝게 웃고 투닥거리기도 하며 걸어가고 있다. 시선은 서로에게서 떠나지 않는다. 힘들고 괴로웠을 과거가 있음에도 그들 사이에 어둠 이라곤 한 치도 보이지 않았다.

행복해…… 보였다.

"때론 차선으로 보이는 길이 가장 좋은 길일 수도 있는 법이다……
라는 건가?"

그 말을 끝으로 비각도 작은 공터에서 신형을 감추었다.

제 무덤 파는 여우
짧은 후일담

화창한 날씨. 때때로 구름이 해를 가려 주기도 하고 바람도 선선하여 딱 기분 좋은 날씨였다. 제현과 하나린은 오늘 오랜만에 제 자식들을 모두 떼어 놓고 둘만의 시간을 가질 수 있었다. 그들은 교태전 마루에 함께 앉아 적당히 따스한 분위기를 즐기고 있었다.

"흐음……."

그러던 중 제현은 하나린의 검은 머릿결을 만지작거리며 짧게 신음을 흘렸다. 뭔가 아쉽다는 듯 미안하다는 듯. 하나린은 종종 그런 모습을 보이는 제현의 행태에 작게 한숨을 쉬며 찰싹하며 그의 손등을 내리쳤다. 그에 제현이 앗 뜨거라 하며 황급히 제 손을 그녀의 머리카락으로부터 떼어 냈다.

"하여튼 심술은……."

제현이 작게 투덜거리자 하나린이 곱게 그를 흘겨보았다.

"자꾸 그런 눈길 보내면 뺨에 이빨 자국 내 준다고 했을 텐데?"

"아이쿠, 무서워라."

하나린이 귀엽게 협박을 하자 제현이 장난스럽게 그 말에 응대하였다. 그러다 서로 눈이 마주치자 '픽' 하고 새어 나오는 웃음소리를 터뜨렸다. 제현은 하나린의 머리를 끌어안아 제 가슴에 기대게 하면서 입을 열었다.

"그냥 네 검은 머리를 보면 가끔씩 떠오르는 의문이 있어서 말이야."

"뭔데?"

하나린이 푸른 눈을 들어 올려다보자 제현은 그녀의 눈을 마주 내려다보았다. 그는 그녀의 눈가를 살살 쓸며 천천히 입을 열었다.

"왜 날 위해 이렇게까지 희생해 주었는지. 그대가 살아온 삶에 비하면 난 그저 지나가는 짧은 인연이었을 텐데 그대가 맡은 '천우(天雨)의 선녀'라는 의무까지 포기할 필요까지 있었는지, 그로 인해 목숨이 위험해질 상황까지 갈 필요가 있었는지……. 하지만 그 대답은 들을 수 없겠지?"

그 기억은 이미 사라졌을 테니까. 제현이 쓰게 웃자 하나린은 안타까이 손을 뻗어 그의 머리를 부드럽게 끌어안듯이 붙잡았다. 그리고…….

"빠샤!"

빠아아악!

돌과 돌이, 아니 머리와 머리가 부딪치는 소리가 울려 퍼졌다. 갑작스러운 박치기에 제현이 이마를 쓰다듬으며 어리둥절해하고 있자 하나린은 볼을 부풀리며 말을 이었다.

"하여튼 바보 같기는! 더 사랑하는 쪽이 더 많은 걸 희생하는 것이 당연하잖아!"

'사랑하는 사람을 위해 희생하는 쪽은 언제나 더 사랑하는 쪽이야.'

하나린의 말에 과거 그녀가 했던 말이 겹쳐서 들리는 듯했다. 제현은 멍청하게 하나린을 내려다보았다. 그리고 이내 입꼬리를 끌어 올려 웃었다. 하나린은 그가 제 말을 우습게 여긴다고 생각했는지 미간을 찌푸리며 입을 열었다.

"갑자기 왜 웃어?"

"아니, 역시 하나린은 하나린이구나 싶어서."

제현이 그녀의 머리를 쓰다듬으며 그렇게 답했다. 그에 하나린이 입술을 삐죽이며 말했다.

"그럼 나는 나지 누구겠어."

"그래, 너는 너야."

제현은 기분 좋게 미소 지으며 고개를 숙여 그녀의 귓가에 속삭였다.

"하나린, 널 정말 사랑해."

그 순간 하나린이 살짝 얼굴을 붉히며 작은 목소리로 수줍게 답했다.

"내가 더 널 사랑해."

1판 1쇄 찍음 2016년 08월 23일
1판 1쇄 펴냄 2016년 08월 30일

지은이 은빛광대
펴낸이 정 필
펴낸곳 (주)뿔미디어

출판등록 2002년 9월 11일 (제1081-1-132호)
주소 경기도 부천시 원미구 소향로 17, 303(두성프라자)
전화 032)651-6513 팩스 032)651-6094
E-mail bbulmedia@hanmail.net
홈페이지 http://bbulmedia.com

ISBN 979-11-315-7327-3 04810
ISBN 979-11-315-7325-9 04810 (SET)